J.D. Barker

HOREN, ZIEN, ZWIJGEN

BOEKERIJ

Eerste druk januari 2019
Tweede druk oktober 2019

ISBN 978-90-225-8866-6
ISBN 978-94-023-1184-6 (e-book)
NUR 330

Oorspronkelijke titel: *The Fourth Monkey*
Vertaling: Jan Pott
Omslagontwerp: DPS Design & Prepress Studio, Amsterdam
Omslagbeeld: © Trevillion Images
Zetwerk: Mat-Zet bv, Soest

De pers over *Horen, zien, zwijgen*

'De beste seriemoordenaar sinds Hannibal Lecter.'
Taylor Elmore, producent van *Cold Case*

'Voortreffelijk opgebouwd en met een perfect tempo.'
The Daily Mail

'Een getalenteerde auteur met een heerlijk duivelse fantasie.'
Jeffery Deaver

'Een mooie twist op klassieke thrillerelementen.' *Publishers Weekly*

'Briljant. Gecompliceerd. Psychopathisch. Deze schurk geeft je hartkloppingen.' Marc Webb, regisseur van *The Office*

'Een sterk aanbevolen, overrompelende pageturner die zowel schokkend als vermakelijk is.' NY *Journal of Books*

'*Horen, zien, zwijgen* begint op een van de meest ingenieuze wijzen die ik sinds jaren heb gelezen. Deze thriller stelt nooit teleur.' James Patterson

'Duister, angstaanjagend en onmogelijk weg te leggen. *Horen, zien, zwijgen* is alles wat een thriller zou moeten zijn – een must-read!'
Heather Graham, *New York Times*-bestsellerauteur

'Duistere, meesterlijke spanning. Lee Child heeft zijn gelijke ontmoet.'
Tosca Lee, auteur van *Bloedverwant*

'Een overrompelende pageturner. Sterk aanbevolen!' NY *Journal of Books*

J.D. Barker bij Boekerij:

Het vijfde meisje

www.boekerij.nl

Voor moeder

Ga door met lezen. Ik wil dat je begrijpt wat ik heb gedaan.

— DAGBOEK

1

Porter

Dag 1 • 06.14 uur

Opnieuw dat irritante getingel.

Ik had het geluid uitgeschakeld. Waarom hoor ik dan dat er een sms binnenkomt? Waarom hoor ik überhaupt iets?

Apple gaat helemaal naar de kloten zonder Steve Jobs.

Sam Porter rolde zich op zijn rechterzij en graaide zonder iets te zien naar de telefoon op het nachtkastje.

Zijn wekker kletterde op de vloer met een geluid dat alleen goedkope elektronica uit China kan produceren.

'Verdomme.'

Toen zijn vingers de telefoon vonden, worstelde hij om het apparaat te verlossen van de oplaadkabel en bracht hij het naar zijn gezicht. Hij tuurde met samengeknepen ogen naar het fel oplichtende schermpje.

BEL ME – 911

Een sms van Nash.

Porter keek naar de andere kant van het bed, de kant van zijn vrouw. Die was leeg, afgezien van een briefje:

Ik haal even melk, ben zo terug.
xoxo,
Heather

Hij kreunde en wierp een nieuwe blik op het scherm van zijn telefoon.

06.15 uur.

Daar ging een rustige ochtend.

Hij ging overeind zitten en belde zijn partner. Die nam op nadat de telefoon twee keer was overgegaan.

'Sam?'

'Hé, Nash.'

De ander viel even stil. 'Het spijt me, Porter. Ik heb zitten dubben of ik je wel of niet moest bellen. Ik heb je nummer wel tien keer ingetoetst, maar ik kon het niet over mijn hart verkrijgen om je echt te bellen. Uiteindelijk heb ik maar besloten om je een sms te sturen. Die had je ook nog kunnen negeren, weet je wel?'

'Het is goed, Nash. Wat heb je me te vertellen?'

Weer bleef het even stil. 'Dat wil je zelf zien.'

'Wat wil ik zien?'

'Er is een ongeluk gebeurd.'

Porter wreef over zijn slaap. 'Een ongeluk? Wij zitten bij Moordzaken. Waarom moeten wij opdraven bij een ongeluk?'

'Je moet me maar op mijn woord geloven. Jij wilt dit zien,' zei Nash opnieuw. Zijn stem klonk scherp.

Porter zuchtte. 'Waar?'

'Bij Hyde Park, op de hoek van Fifty-Fifth Street. Ik heb je net een sms gestuurd met het adres.'

Porters telefoon tingelde luid in zijn oor. Hij rukte het ding uit de buurt van zijn hoofd.

Kut-iPhone.

Hij keek op het scherm, zag het adres en hervatte het gesprek.

'Het kost me een half uur om daar te komen. Is dat snel genoeg?'

'Ja...' zei Nash. 'Wij gaan voorlopig nergens naartoe.'

Porter verbrak de verbinding, schoof zijn benen van het bed en luisterde naar de knakkende en krakende geluiden die zijn tweeënvijftigjarige lichaam protesterend voortbracht.

De zon was aan een nieuwe zegetocht langs de hemel begonnen. Licht zocht een weg naar binnen door de kieren van de gesloten blinden voor het slaapkamerraam. Het was raar, zo stil en somber als het in het appartement was zonder Heather.

Ik haal even melk.

Vanaf de hardhouten vloer staarde zijn wekker naar hem op achter gebarsten glas dat de cijfers zodanig vervormde dat de tekens nog maar weinig met cijfers te maken hadden.

Het werd vandaag weer zo'n soort dag.

Veel dagen waren de afgelopen tijd zulke dagen geweest.

Tien minuten later verliet Porter zijn appartement, gekleed in zijn zondagse kleren: een kreukelig donkerblauw pak dat hij bijna tien jaar geleden bij Men's Wearhouse had gekocht. Hij liep de vier trappen af naar het benauwde halletje van het appartementencomplex. Hij bleef staan bij de brievenbussen, haalde zijn telefoon tevoorschijn en toetste het telefoonnummer van zijn vrouw in.

Je bent verbonden met de telefoon van Heather Porter. Aangezien dit voicemail is, heb ik waarschijnlijk via nummerherkenning al gezien wie je bent, en heb ik besloten dat ik je absoluut niet wil spreken. Als je me wilt eren met offeranden in de vorm van chocoladetaart of andere vormen van culinair genot, kun je me de details per sms toesturen, dan zal ik je plaats in mijn sociale hiërarchie misschien opnieuw overwegen en je mogelijk zelfs misschien later terugbellen. Als je probeert me een abonnement aan te smeren bij een andere provider dan mijn huidige provider, kun je nu net zo goed maar meteen ophangen; ik ben nog minstens een jaar lang eigendom van AT&T. En iedereen buiten die twee categorieën: laat maar een bericht achter. Vergeet echter vooral niet dat mijn liefhebbende echtgenoot een smeris is met een opvliegend karakter en een heel groot pistool.

Porter glimlachte. Haar stem toverde altijd een glimlach op zijn gezicht.

'Hé, Snoepje. Ik ben het. Nash belde. Hij is bij Hyde Park. Daar is iets aan de hand. Ik moet ernaartoe. Ik bel je wel als ik weet hoe laat ik weer thuis ben – O, en ik geloof dat er iets mis is met onze wekker.'

Hij liet de telefoon weer in zijn zak vallen en duwde de buitendeur open. De frisse ochtendlucht herinnerde hem eraan dat de herfst in Chicago op het punt stond om plaats te maken voor de winter.

2

Porter

Dag 1 • 06.45 uur

Porter reed over Lake Park Avenue, had weinig last van het verkeer en bereikte zijn bestemming rond kwart voor zeven. De politie van Chicago – Chicago Metro – had het kruispunt van Woodlawn met Fifty Fifth Street volledig afgezet. Straten verderop waren zwaailichten te zien van zeker tien patrouillewagens, een ambulance en twee brandweerwagens. Er liepen op zijn minst twintig agenten rond, misschien wel meer. Er was ook al pers bij.

Hij remde zijn nog niet zo oude Dodge Charger af toen hij in de buurt kwam van de chaos en hield zijn legitimatie buiten het raam. Een jonge agent, amper volwassen, dook onder het gele lint door waarmee het kruispunt was afgezet en kwam op een drafje naar hem toe. 'Rechercheur Porter? Meneer Nash heeft me gevraagd u op te vangen. Zet uw auto maar ergens neer. We hebben het hele blok afgezet.'

Porter knikte, parkeerde naast een van de brandweerwagens en stapte uit. 'Waar is Nash?'

De jonge agent reikte hem een beker koffie aan. 'Daarginds, bij de ambulance.'

Hij zag de grote gestalte van Nash die in gesprek was met Tom Eisley van het bureau van de lijkschouwer. Met een lengte van bijna een meter negentig torende hij hoog boven zijn veel kleinere gesprekspartner uit. Het leek of hij een paar kilo was aangekomen in de weken dat Porter hem niet had gezien. Zijn karakteristieke smerissenbuik hing prominent over zijn broeksriem.

Nash nodigde hem met een armgebaar uit dichterbij te komen.

Eisley groette Porter met een hoofdknikje en schoof zijn bril omhoog op de brug van zijn neus. 'Hoe gaat het, Sam?' Hij hield een klembord met een dik pak papier erop in zijn hand. In de huidige wereld van tablets en smartphones had de man nog altijd een klembord bij zich. Zijn vingers zochten nerveus tussen de vellen papier.

'Hij zal wel moe worden van al die mensen die hem vragen hoe het met hem gaat, of het nog een beetje wil, of het al weer een beetje lukt, en al die andere varianten waarmee iemands welzijn wordt gecontroleerd,' bromde Nash.

'Het geeft niet. Het gaat goed.' Hij dwong zichzelf te glimlachen. 'Bedankt voor je medeleven, Tom.'

'Als ik iets kan doen, zeg je het maar.' Eisley keek Nash even vernietigend aan.

'Dat stel ik op prijs.' Porter keerde zich naar Nash. 'Dus, een ongeluk?'

Nash knikte naar een stadsbus langs de stoeprand, twintig meter verderop. 'Man tegen machine. Kom op.'

Porter liep achter Nash aan, Eisley weer een paar stappen daarachter, met klembord.

Iemand van de technische recherche maakte foto's van de voorkant van de bus. Een gedeukte grille. Barsten in de lak een paar centimeter boven de rechterkoplamp. Een andere rechercheur peuterde aan iets in het profiel van de rechtervoorband.

Toen ze dichterbij kwamen, zag hij een zwarte lijkzak, omringd door agenten in uniform, met een groeiend aantal toeschouwers op een afstandje.

'De bus reed flink door, de volgende halte is pas anderhalve kilometer verderop,' zei Nash.

'Ik reed niet te hard, goddomme! Controleer de gps maar. Hou op zomaar wat te roepen!'

Porter draaide zich naar links om en ontdekte de buschauffeur. Een zware man, minstens honderddertig kilo. Het zwarte jackje van Chicago Transit Authority had moeite alles in toom te houden. Zijn springerige haar lag links tegen zijn schedel geplakt en stond rechts steil omhoog. Zijn ogen bewogen nerveus en kaatsten van Porter naar Nash, van Nash naar Eisley en van Eisley weer terug naar Porter. 'Die idioot sprong ineens voor de bus. Dit is geen ongeluk. Die man heeft zich van kant gemaakt.'

'Niemand beweert dat je iets verkeerd hebt gedaan,' suste Nash.

Eisleys telefoon ging. Hij wierp een blik op het scherm, stak een vinger op en liep een paar passen bij de anderen vandaan om het gesprek aan te nemen.

De chauffeur was nog niet klaar. 'Als je gaat rondbazuinen dat ik te hard reed, raak ik mijn baan kwijt en mijn pensioenrechten... Denk je dat ik op mijn leeftijd nog werk wil zoeken? In die kuteconomie?'

Porter ontwaarde de naam van de man op diens naamplaatje. 'Meneer Nelson, haalt u eens diep adem en probeert u een beetje te kalmeren.'

Zweetdruppels parelden op het rood aangelopen gezicht van de man. 'Ik loop straks ergens met een bezem, alleen omdat die klootzak het nodig vond om voor mijn bus te springen. Ik rijd al eenendertig jaar zonder dat er iets is gebeurd, en nu deze klotezooi.'

Porter legde een hand op de schouder van de man. 'Kun je me vertellen wat er gebeurd is?'

'Ik moet mijn mond houden tot de vakbondsman er is, dat moet ik doen.'

'Ik kan je niet helpen als je weigert tegen me te praten.'

De chauffeur fronste zijn wenkbrauwen. 'Wat wou jij voor mij doen dan?'

'Om te beginnen zou ik een goed woordje voor je kunnen doen bij Manny Polanski van Transit. Als je niets verkeerd hebt gedaan en als je meewerkt, is er geen enkele reden om je te schorsen.'

'Shit. Denk je dat ze me zullen schorsen?' Hij wiste het zweet van zijn voorhoofd. 'Jezus, dat kan ik me niet veroorloven.'

'Ik denk niet dat ze dat zullen doen als ze horen dat je meewerkt en ons probeert te helpen. Misschien hoef je dan niet eens op te draven voor een gesprek,' verzekerde Porter hem.

'Een gesprek?'

'Als je me nu eens vertelt wat er is gebeurd. Dan kan ik met Manny gaan praten en je misschien een boel ellende besparen.'

'Ken jij Manny?'

'Ik ben begonnen met twee jaar in uniform bij Transit. Manny luistert wel naar me. Als jij ons helpt, doe ik een goed woordje voor je, dat beloof ik je.'

De chauffeur dacht erover na, haalde een keer diep adem en knikte. 'Het is precies zo gegaan als ik je vriend al heb verteld. Ik was mooi op de tijd bij de halte van Ellis Avenue. Twee man erin, één eruit. Verder naar het oosten over Fifty Fifth en toen hier de hoek om. Het licht stond op groen, dus ik hoefde niet af te remmen – al reed ik niet te hard. Controleer de gps maar.'

'Je reed vast niet te hard.'

‘Nee, ik reed met de rest van het verkeer mee. Misschien zat ik een paar kilometer boven wat mag, maar ik reed niet te hard.’

Porter wuifde het weg. ‘Je reed naar het oosten over Fifty Fifth…’

De chauffeur knikte. ‘Ja… Ik zag een paar mensen op de hoek staan wachten, niet zo veel. Een man of drie, vier. En net op het moment dat ik er vlakbij was, sprong die kerel ineens voor de bus. Zonder waarschuwing of wat dan ook. Het ene moment stond hij nog op de stoep en het andere lag hij op straat voor de bus. Ik trapte op de rem, maar dit ding staat niet meteen stil. Ik raakte hem vol. Hij vloog wel tien meter door de lucht.’

‘Welke kleur had het verkeerslicht?’ vroeg Porter.

‘Groen.’

‘Niet oranje?’

De chauffeur schudde het hoofd. ‘Nee, groen. Dat weet ik, want ik zag het op groen springen. Het duurde nog bijna een halve minuut of zo voordat het op oranje sprong. Ik was de bus al uit toen ik het oranje zag worden.’ Hij wees omhoog naar het verkeerslicht. ‘Bekijk de opname maar.’

Porter keek. In de afgelopen tien jaar was vrijwel elk kruispunt in de stad uitgerust met bewakingscamera’s. Hij moest Nash eraan herinneren dat die de beelden moest opvragen als ze weer op het bureau waren. Waarschijnlijk had zijn partner dat zelfs al gedaan.

‘Die man stak niet gewoon over. Hij sprong. Bekijk de beelden maar, dan zie je het zelf.’

Porter gaf hem zijn visitekaartje. ‘Kun je nog even in de buurt blijven? Voor het geval ik nog meer vragen heb?’

De man haalde zijn schouders op. ‘Jij gaat met Manny praten, hè?’

Porter knikte. ‘Neem me niet kwalijk, één moment.’ Hij nam Nash apart en liet zijn stem zakken. ‘Hij heeft hem niet opzettelijk doodgereden. Zelfs als dit zelfmoord is, hebben we hier niets te zoeken. Waarom heb je me hiernaartoe gehaald?’

Nash legde een hand op de schouder van zijn partner. ‘Weet je zeker dat je dit aankunt? Als je meer tijd nodig hebt…’

‘Het is oké,’ zei Porter. ‘Zeg maar wat er aan de hand is.’

‘Als je wilt praten…’

‘Nash, ik ben goddomme geen kind. Hou op met dat slappe gelul.’

‘Oké.’ Hij gaf zijn verzet op. ‘Maar je moet me beloven dat je afstand neemt, als het je te machtig wordt. Niemand zal je daarop aankijken.’

‘Ik denk dat het me goed zal doen om te werken. Ik krijg de zenuwen van het nietsdoen thuis.’

'Dit is iets groots, Porter,' zei Nash zacht. 'Jij verdient het hier bij te zijn.'

'Christus, Nash. Voor de draad ermee.'

'Het heeft er alle schijn van dat het slachtoffer op weg was naar die brievenbus daar.' Hij keek in de richting van een blauwe brievenbus voor een bakstenen appartementencomplex.

'Hoe weet je dat?'

Er verscheen een grijns op het gezicht van zijn partner. 'Hij had een klein, wit doosje bij zich met een zwart lint eromheen gestrikt.'

Porters ogen verwijdden zich. 'Nee...'

'Jawel.'

3

Porter

Dag 1 • 06.53 uur

Porter staarde naar het lichaam, naar de bultige vorm onder de zwarte plastic lijkwade. Hij produceerde woorden.

Nash vroeg de andere agenten en rechercheurs ruimte te maken voor Porter, zodat hij alleen kon zijn met het slachtoffer. Ze schuifelden achteruit tot achter het gele lint waarmee het gebied was afgezet en spraken zacht met elkaar. Porter zag hen niet. Hij zag alleen die zwarte lijkzak en het witte doosje ernaast. Er lag een label van de technische recherche bij met het nummer 1. Er waren ongetwijfeld tientallen foto's van gemaakt vanuit elke denkbare hoek. Ze hadden het doosje niet opengemaakt. Dat was aan hem voorbehouden.

Hoeveel van dergelijke doosjes waren er nu al geweest? Een stuk of tien? Nee, eerder twintig.

Hij rekende het uit.

Zeven slachtoffers. Drie doosjes per slachtoffer.

Eenentwintig.

Eenentwintig doosjes in bijna vijf jaar.

Hij had met hen gespeeld. Hij had nooit een spoor achtergelaten. Alleen de doosjes.

Een geestverschijning.

Porter had tal van agenten zien komen en gaan in de taskforce. Bij elk nieuw slachtoffer werd het team uitgebreid. Zodra de pers ook maar vermoedde dat er weer een nieuw doosje was, kwamen ze er als een zwerm gieren op af. De hele stad nam deel aan een massale jacht op de dader, maar na verloop van tijd kwam het derde doosje. Het slachtoffer werd gevonden en de mysterieuze dader verdween weer in het niets. Loste op in de schaduwen. Maanden gingen voorbij, de kranten lieten de zaak vallen.

De taskforce kromp als rechercheurs op andere zaken werden gezet die belangrijker waren of belangrijker werden geacht.

Porter was de enige die er vanaf het begin bij betrokken was geweest. Hij had het eerste doosje in handen gehad en onmiddellijk begrepen wat het vertegenwoordigde – het startsein voor een langdurige moordpartij door een gestoorde seriemoordenaar. Toen het tweede doosje kwam, en daarna het derde, en uiteindelijk het lijk van het slachtoffer, zagen anderen het ook.

Het was het begin van iets vreselijks, iets wat gepland was. Iets wat was voortgebracht door het Kwaad. En hij was er vanaf het begin bij geweest. Was hij nu getuige van de laatste acte?

'Wat zit er in het doosje?'

'We hebben het nog niet opengemaakt,' zei Nash. 'Maar ik denk dat je het wel weet.'

Het doosje was klein, een centimeter of tien in het vierkant en zo'n zeven centimeter hoog.

Net als die andere.

Verpakt in wit papier met een zwart lint eromheen gestrikt. Het adres was er met de hand op geschreven in een pietepeuterig handschrift. Er zouden geen vingerafdrukken zijn. Die waren er nooit. De postzegels waren van het zelfklevende soort – ze zouden geen sporen van speeksel vinden.

Hij keek naar de lijkzak. 'Denk je echt dat hij het is? Heb je een naam?'

Nash schudde zijn hoofd. 'Geen portemonnee, geen legitimatie. Hij heeft zijn gezicht uitgesmeerd over de grille van die bus en de straat. We hebben vingerafdrukken gemaakt, maar geen match gevonden. De man is niemand.'

'O, hij is wel iemand,' zei Porter. 'Heb je handschoenen?'

Nash haalde een paar latex handschoenen uit zijn zak en reikte ze Porter aan. Porter schoof ze om zijn handen en knikte naar het doosje. 'Mag ik?'

'We hebben op jou gewacht,' zei Nash. 'Het is jouw zaak, Sam, dat is het altijd geweest.'

Toen Porter op zijn hurken ging zitten en zijn hand uitstrekte naar het doosje, kwam een van de technische rechercheurs aangesneld, rommelend met een kleine videocamera. 'Het spijt me, meneer, maar ik heb opdracht het vast te leggen.'

'Dat is goed, jongen. Maar alleen jij. Ben je er klaar voor?'

Een rood lampje op de voorkant van de camera lichtte op. De rechercheur knikte. 'Ga uw gang.'

Porter draaide het doosje zo dat hij het adres kon lezen, waarbij hij angstvallig de rode druppels vermeed. 'Arthur Talbot, 1547 Dearborn Parkway.'

Nash floot tussen zijn tanden. 'Chique buurt. Oud geld – al zegt die naam me niets.'

'Talbot is een investeringsbankier,' zei de technisch rechercheur. 'Hij doet veel in onroerend goed. In de afgelopen tijd heeft hij een stuk of wat oude pakhuizen bij het meer omgebouwd tot lofts – voor een deel door gezinnen met een laag inkomen op straat te zetten en te vervangen door mensen die zich de hoge huren kunnen veroorloven en Grandes kopen bij Starbucks.'

Porter wist precies wie Talbot was. Hij keek omhoog naar de rechercheur. 'Hoe heet jij, jongen?'

'Paul Watson, meneer.'

Porter kon een grijns niet onderdrukken. 'Jij wordt nog eens een ware detective, dr. Watson.'

'Ik ben geen dokter, meneer. Ik werk aan mijn scriptie, maar ik moet nog zeker twee jaar.'

Porter grinnikte. 'Is er dan niemand meer die nog wel eens een boek leest?'

'Sam, de doos?'

'Juist. De doos.'

Hij trok de knoop uit het lint. Het witte papier eronder was keurig over de hoeken gevouwen zodat de vier punten bovenop in vier driehoekjes bij elkaar kwamen.

Als een presentje. Hij heeft het als een cadeautje ingepakt.

Het papier liet zich gemakkelijk openvouwen. Een zwarte doos werd zichtbaar. Porter legde het papier en het lint opzij, keek Nash en Watson even aan en tilde toen het deksel langzaam op.

Er lag een schoongewassen oor op een bedje van watten.

Net als al die andere keren.

4

Porter

Dag 1 • 07.05 uur

'Ik wil het lichaam zien.'

Nash keek nerveus naar het nog steeds groeiende aantal toeschouwers. 'Weet je zeker dat je dat hier wilt doen? Er staan nogal wat mensen naar je te kijken.'

'Laten we er maar een tent omheen zetten.'

Nash maakte een gebaar naar een van de agenten.

Een kwartier later stond er tot chagrijn van het verkeer een tent midden op Fifty Fifth Street die een van de twee rijbanen in oostelijke richting blokkeerde. Nash en Porter gingen naar binnen, gevolgd door Eisley en Watson. Een agent in uniform posteerde zich bij de ingang om te voorkomen dat iemand langs de afzetting zou glippen om te proberen in de tent te komen.

Zes halogeenschijnwerpers van twaalfhonderd watt stonden op gele metalen statieven in een halve cirkel rond het lichaam en vulden de krappe ruimte met een fel wit licht.

Eisley pakte een punt van de lijkzak en trok die van het lichaam.

Porter knielde. 'Is hij op een of andere manier nog verplaatst?'

Eisley schudde zijn hoofd. 'We hebben foto's gemaakt en hem daarna zo snel mogelijk afgedekt. Zoals hij hier ligt, is hij terechtgekomen.'

Hij lag met zijn gezicht op het asfalt. Bij zijn hoofd had zich een kleine plas bloed gevormd waarvan een dun stroompje naar de rand van de tent was gelopen. Hij had kortgeknipt donker haar, doorschoten met grijs.

Porter trok een ander paar latex handschoenen aan die hij uit een doos links naast hem viste, en tilde het hoofd van de man voorzichtig op. Het kwam los van het koude asfalt met het geluid van snoep dat wordt losgetrokken van de verpakking. Zijn maag protesteerde en hij realiseerde zich dat hij nog niet had gegeten. Dat was waarschijnlijk maar goed ook. 'Kun je me helpen hem om te draaien?'

Eisley pakte de man bij een schouder, Nash ging bij de voeten staan.

'Bij drie. Eén, twee...'

Lijkverstijving was nog niet aan de orde. Het leek alsof het rechterbeen op z'n minst op drie plaatsen was gebroken. De linkerarm ook. Die was misschien op nog wel meer plaatsen gebroken.

'O god, dat ziet er verkeerd uit.' Nash staarde naar het gezicht van de man. Of, om het preciezer te zeggen, naar waar het gezicht van de man had moeten zijn. Zijn wangen waren verdwenen, er hingen alleen nog wat flarden. Het bot van de kaak was zichtbaar. Het was gebroken – de mond was een gapend gat, alsof iemand de boven- en onderkaak had vastgepakt en ze open had gescheurd als een berenklem. Eén oog was gescheurd, er droop een glazig vocht uit. Het andere oog staarde hen aan zonder iets te zien; het was groen in het felle licht.

Porter boog zich over het verwoeste gezicht. 'Denk je dat je dit kunt reconstrueren?'

Eisley knikte. 'Ik zal er iemand aan zetten zodra we hem in mijn lab hebben.'

'Het is moeilijk te zien, maar op basis van zijn bouw en het licht grijzende haar zou ik zeggen dat hij achter in de veertig is, hooguit begin vijftig.'

'Ik moet je ook wel een preciezere leeftijd kunnen leveren,' zei Eisley. Hij bestudeerde de ogen van de man. 'Het hoornvlies is nog intact.'

Porter wist dat ze een schatting konden maken van iemands leeftijd met behulp van koolstofdatering van materiaal uit de ogen. Het heette de Lynnerup-methode. Ze konden er de leeftijd tot op een jaar of twee nauwkeurig mee bepalen.

De man droeg een donkerblauw pak met een streepje. De linkermouw was gescheurd, er stak een bot uit bij de elleboog.

'Heeft iemand zijn andere schoen gevonden?' De rechterschoen ontbrak. De donkere sok glansde vochtig van bloed.

'Een agent in uniform heeft hem opgeraapt. Hij ligt op die tafel daar.' Nash wees naar rechts. 'Hij droeg ook een hoed, een fedora.'

'Een fedora? Komen die weer terug?'

'Alleen in de film.'

'Er zit iets in zijn binnenzak.' Watson wees naar het rechter pand van het jack dat de man aan had. 'Het is vierkant. Nog een doos?'

'Nee, het is dunner.' Porter knoopte voorzichtig het jack los en tastte in de binnenzak. Zijn hand kwam weer tevoorschijn met een klein aantekenboekje, het soort waarin studenten aantekeningen maakten voordat er tablets en smartphones waren: elf bij acht, een zwart met wit gevlekte kartonnen omslag en gelinieerd papier. Het boekje was bijna helemaal vol geschreven. De pagina's waren bedekt met een handschrift zo klein en fijn dat er tussen twee lijnen op het papier twee regels tekst stonden. 'Hier hebben we misschien wel iets aan. Het ziet eruit als een soort dagboek. Goed gezien, doc.'

'Ik ben geen...'

Porter wuifde met zijn hand. 'Ja, ja.' Hij keerde zich weer om naar Nash. 'Ik dacht dat je zei dat jullie zijn zakken hadden gecontroleerd?'

'We hebben alleen in zijn broekzakken gezocht naar een portemonnee. Met de rest heb ik gewacht tot jij er was zodat jij het lichaam kon onderzoeken.'

'Dat moeten we dan nu doen.'

Hij begon bij de rechterbroekzak en voelde of ze iets hadden overgeslagen. Daarna kregen de andere zakken een beurt. Alles wat hij vond, legde hij opzij. Nash labelde de items en Watson maakte er foto's van.

'Dat is het. Veel is het niet.'

Porter bestudeerde wat ze hadden gevonden:

het bonnetje van een stomerij
een zakhorloge
vijfenzeventig cent kleingeld

Het bonnetje was nogal vaag. Er stond een nummer op, 54873, maar geen informatie waarmee het verder geïdentificeerd zou kunnen worden, zelfs niet de naam of het adres van de stomerij.

'Controleer alles op vingerafdrukken,' zei Porter.

Nash fronste zijn wenkbrauwen. 'Waarom? We hebben hem, en zijn vingerafdrukken hebben niets opgeleverd.'

'Geen idee, je weet het nooit. Misschien vinden we er iemand mee die hem voor ons kan identificeren. Levert dat horloge nog iets op?'

Nash hield het klokje omhoog in het licht. 'Ik ken niemand die vandaag de dag nog een zakhorloge draagt. Misschien is die kerel toch ouder dan jij dacht?'

'Die indruk wekt die fedora wel.'

'Tenzij hij gewoon van ouderwetse spullen houdt,' zei Watson. 'Ik ken een heleboel mensen die dat mooi vinden.'

Nash drukte op de knop en het dekseltje sprong open. 'Hè?'

'Wat is er?'

'Het is stil blijven staan om veertien over drie. Dat is niet het moment waarop die man tegen de bus knalde.'

'Misschien is het versprongen door de klap?' probeerde Porter.

'Er zit geen krasje op, geen enkel teken van beschadiging.'

'Misschien iets in het binnenwerk, of misschien was het niet opgewonden. Mag ik eens kijken?'

Nash gaf Porter het horloge.

Porter draaide aan de knop. 'De knop zit los. Hij pakt de veer niet. Wel prachtig vakmanschap trouwens. Volgens mij is het handwerk. Een verzamelaarsitem, zonder meer.'

'Ik heb een oom,' zei Watson.

'Nou, gefeliciteerd, knul,' zei Porter.

'Hij heeft een antiekzaak in het centrum. Ik wil wedden dat hij ons hier wel meer over kan vertellen.'

'Jij probeert echt vandaag een gouden ster te verdienen, hè? Oké, jij neemt het horloge voor je rekening. Zodra alles hier is geregistreerd, ga jij met dat ding naar je oom om te kijken wat je kunt ontdekken.'

Watson knikte. Hij glom van trots.

'Is iemand iets vreemds opgevallen aan wat hij aan heeft?'

Nash bestudeerde het lichaam nog eens opnieuw en schudde toen zijn hoofd.

'Dat zijn mooie schoenen,' zei Eisley.

Porter glimlachte. 'Mooi, hè? Van John Lobbs. Ze kosten vijftienhonderd dollar per paar. Het pak is goedkoop, en komt waarschijnlijk van een winkelketen of een zaak in een winkelcentrum. Dat heeft hooguit een paar honderd dollar gekost.'

'Waar wil je naartoe?' vroeg Nash. 'Dat hij in de schoenenbranche werkt?'

'Ik weet het niet. Ik wil niet te snel conclusies trekken. Ik vind het alleen vreemd dat een man zoveel uitgeeft aan een paar schoenen zonder een vergelijkbaar bedrag te besteden aan zijn pak.'

'Tenzij hij in de schoenenbranche werkt en mooie kortingen kan versieren,' zei Watson.

'Ik ben blij dat je het ermee eens bent. Onnozel commentaar kost je je gouden ster.'

'Het spijt me.'

'Maak je geen zorgen, doc. Ik plaag je maar een beetje. Eigenlijk zou ik Nash willen pesten, maar die is zo langzamerhand aan mij gewend geraakt. Daar is niets meer aan.' Porters aandacht werd opnieuw getrokken door het aantekenboekje. 'Laat mij eens kijken?'

Watson reikte hem het aantekenboekje aan. Hij sloeg het bij de eerste bladzijde open. Porter liet zijn samengeknepen ogen over de tekst gaan.

Hallo vriend,
Ik ben een dief, een moordenaar, een kidnapper. Ik heb voor mijn plezier moorden gepleegd. Ik heb uit noodzaak moorden gepleegd. Ik heb moorden gepleegd omdat ik mensen haatte en ik heb moorden gepleegd, louter en alleen om mijn groeiende behoefte om te moorden te bevredigen. Een behoefte die me als honger in zijn greep houdt en die alleen gestild kan worden door bloed te laten vloeien of te luisteren naar het schreeuwen van een gemarteld slachtoffer.

Ik vertel je dit niet om je angst aan te jagen of indruk te maken, maar eenvoudigweg omdat ik de feiten op een rijtje wil zetten, omdat ik mijn kaarten op tafel wil leggen.

Mijn IQ is 156: ik ben een genie.

Een wijze man heeft eens gezegd: 'Je eigen IQ meten, proberen een etiketje op je eigen intelligentie te plakken, is een teken van onnozelheid.' Ik heb niet om een IQ-test gevraagd, hij werd me opgedrongen – daar mag je mee doen wat je wilt.

Niets van dit alles geeft uitsluitsel over wie ik ben, slechts over wat ik ben. Daarom heb ik de pen ter hand genomen. Zonder het delen van kennis is geen groei mogelijk. Jij (de hele maatschappij) weigert te leren van de vele fouten die je maakt – terwijl er zoveel is wat je zou moeten leren.

Wie ben ik?

Als ik mijn naam hier zou onthullen, zou dat het plezier vergallen, denk je ook niet?

Hoogstwaarschijnlijk ken je me als de Moordenaar van het Vierde Aapje. Zullen we het daar maar gewoon bij laten? En wie dat te lang vindt, mag ook best gewoon Aap zeggen. Voor de eenvoudigen van geest, zullen we maar zeggen. We sluiten niemand uit.

We gaan samen plezier beleven, jij en ik.

'Shit, allemachtig,' mompelde Porter.

5

Dagboek

Ik wil graag meteen wat duidelijk maken: het is niet de schuld van mijn ouders. Ik ben in mijn jeugd omringd met zo veel liefde dat zelfs Norman Rockwell het bijzonder zou hebben gevonden.

Mijn moeder, God zegene haar, zette een punt achter een veelbelovende carrière in de uitgeverswereld om zich na mijn geboorte aan het huishouden te wijden, en ik geloof dat ze nooit naar die wereld heeft terugverlangd. Elke ochtend zette ze het ontbijt op tafel voor mijn vader en mij; klokslag zes uur stond het avondeten klaar. We koesterden die gezinsmomenten en brachten ze heel plezierig samen door.

Moeder vertelde dan over haar dag, en vader en ik genoten van haar engelachtige stem. Tot op de dag van vandaag verlang ik daarnaar terug.

Vader werkte in de financiële dienstverlening. Ik weet wel zeker dat hij in hoog aanzien stond bij zijn collega's, ook al praatte hij thuis nooit over zijn werk. Hij geloofde er heilig in dat wat zich dagelijks afspeelde op het werk, ook daar moest blijven en niet meegenomen moest worden naar huis om daar in dat veilige toevluchtsoord te worden uitgestort als een emmer spoeling waaraan varkens zich tegoed zouden kunnen doen. Hij liet zijn werk achter op het werk, waar het hoorde.

Hij had een glanzende zwarte aktetas, maar ik heb hem die nooit open zien maken. Hij zette hem elke dag als hij thuiskwam bij de voordeur neer, waar hij bleef staan tot mijn vader de volgende dag weer naar kantoor vertrok. Dan graaide hij met een breed gebaar de tas van de vloer, nadat hij moeder liefdevol een kus had gegeven; ik kreeg altijd een speelse tik op mijn hoofd.

'Zorg goed voor je moeder, jongen!' zei hij dan. 'Jij bent de baas in huis tot ik weer thuiskom. Als de deurwaarder aanklopt, stuur je hem maar naar de buren. Let maar niet op hem. In het grote geheel is hij onbelangrijk. Dat kun je maar beter nu leren, zodat je er later, als je zelf een gezin hebt, niet over hoeft in te zitten.'

Met de fedora op zijn hoofd en de aktetas in zijn hand glipte hij de deur uit, glimlachend en wuivend. Ik ging achter het grote raam in de kamer staan kijken als hij het pad afliep ('s winters voorzichtig omdat het glad kon zijn) en in zijn kleine zwarte cabriolet stapte. Vader reed in een Porsche uit 1969, een schitterende auto, een kunstwerk met een grommende motor die met het omdraaien van een sleutel tot leven kwam. Geluid dat aanzwol als hij langzaam de straat op draaide en zich hongerig op weg begaf over het asfalt.

O, wat hield vader van die auto.

Op zondag pakten we in de garage een grote blauwe emmer en een handvol doeken om de auto van boven tot onder te wassen. Hij besteedde uren aan het verzorgen van het materiaal van de kap en het in de was zetten van de metalen rondingen – niet één keer, maar twee keer. Het was mijn taak om de spaken van de wielen schoon te maken, een klus die ik heel serieus nam. Als we klaar waren, glansde de auto alsof hij zo uit de showroom kwam. Dan sloeg vader de kap neer en nam hij moeder en mij mee voor een zondagse autorit. De Porsche was een twoseater, maar ik was een klein jongetje en paste precies in de ruimte achter beide voorstoelen. We reden naar de Daizy Freeze in de buurt om ijs en frisdrank te kopen en daarna naar het park waar we over de gazons onder de enorme eiken wandelden.

Ik speelde met andere kinderen. Vader en moeder keken toe, terwijl ze in de schaduw van een eik zaten en elkaars hand vasthielden. Hun ogen straalden van liefde. Ze maakten grapjes en lachten. Ik hoorde ze als ik achter een bal aan rende of probeerde een frisbee te vangen. 'Kijk dan! Kijk dan!' riep ik en dan keken ze. Ze keken naar me zoals ouders naar hun kinderen horen te kijken. Met trots. Hun zoon, hun leven. En ik keek naar hen, zo jong en onschuldig als ik was. Ik keek naar hen, zoals ze daar onder die boom zaten met een brede glimlach op het gezicht. Ik keek naar hen en stelde me voor dat hun hals open lag van oor tot oor, dat het bloed uit de wonden kolkte en plassen vormde in het gras. En dan lachte ik, met bonzend hart. O, wat moest ik dan lachen.

Natuurlijk, dat is jaren geleden, maar zo is het wel begonnen.

6

Porter

Dag 1 • 07.31 uur

Porter parkeerde zijn Charger langs de stoeprand bij Dearborn Parkway 1547 en staarde omhoog naar de gevel van de grote villa. Naast hem maakte Nash een einde aan een telefoongesprek.

'Dat was de commissaris. Hij wil ons spreken op het bureau.'

'Dat komt wel.'

'Hij drong nogal aan.'

'Aap stond op het punt om die doos hiernaartoe te sturen. De tijd dringt. We hebben nu geen tijd voor een kletspraatje op het bureau,' zei Porter, 'ook al duurt het maar even.'

'Aap? Ga je hem echt zo noemen?'

'Aap, Grote Aapman, de moordenaar van het Vierde Aapje. Het maakt mij niet uit hoe we die gekke klootzak noemen.'

Nash keek uit het raam. 'Wat een joekel van een huis. Woont hier echt maar één gezin?'

Porter knikte. 'Arthur Talbot, zijn vrouw, een tienerdochter uit zijn eerste huwelijk, waarschijnlijk een of twee keffende hondjes en een stuk of vijf huishoudsters.'

'Ik heb contact gehad met Vermissingen. Talbot heeft niemand aangegeven als vermist,' zei Nash. Ze stapten uit en beklommen de treden naar de voordeur. 'Hoe wil je het aanpakken?'

'Voortvarend,' zei Porter. Hij drukte op de bel.

'De vrouw of de dochter?' vroeg Nash zacht.

'Wat?'

'Dat oor. Wat denk je, is dat van de vrouw of van de dochter?'

Porter stond op het punt antwoord te geven toen de deur openging, op een kier vanwege de veiligheidsketting. Een vrouw van Latijns-Amerikaanse afkomst, hooguit een meter vijftig groot, keek hen woest aan met koude bruine ogen. 'Kan ik iets voor u doen?'

'Is meneer of mevrouw Talbot thuis?'

Haar ogen schoten heen en weer van Porter naar Nash. '*Momento.*'

Ze deed de deur weer dicht.

'Ik gok op de dochter,' zei Nash.

Porter wierp een blik op het scherm van zijn telefoon. 'Ze heet Carnegie.'

'Carnegie? Je houdt me voor de gek.'

'Ik zal rijke mensen nooit begrijpen.'

Toen de deur opnieuw openging, stond er een blonde vrouw van begin veertig op de drempel. Ze droeg een beige sweater en een nauwsluitende zwarte broek. Ze had haar haar samengebonden in een losse paardenstaart. Aantrekkelijk, dacht Porter. 'Mevrouw Talbot?'

Ze glimlachte beleefd. 'Ja. Wat kan ik voor u doen?'

De vrouw van Latijns-Amerikaanse afkomst kwam achter haar in beeld. Ze keek toe vanaf de andere kant van de hal.

'Ik ben rechercheur Porter en dit is rechercheur Nash. We werken voor Chicago Metro. Kunnen we ergens rustig praten?'

Haar glimlach verdween. 'Wat heeft ze gedaan?'

'Pardon?'

'Dat kutkind van mijn man. Ik zou graag een keer het einde van de week halen zonder de ellende van winkeldiefstal of joyriding of drank in het park samen met al die andere sletten. Ik kan net zo goed een pot koffie paraat houden om al die wetsdienaren die aan de deur komen gratis koffie uit te delen. De helft van het korps staat met de regelmaat van de klok op de stoep.' Ze deed een stap achteruit en trok de deur helemaal open, zodat de spaarzaam ingerichte hal zichtbaar werd. 'Kom maar binnen.'

Porter en Nash liepen achter haar aan naar binnen. Hoog boven hen hing het gewelfde plafond met in het midden een kristallen kroonluchter. Porter bedwong de aanvechting zijn schoenen uit te trekken toen hij de eerste stappen op het gepolijste marmer van de vloer zette.

Mevrouw Talbot wendde zich tot de huishoudster: 'Miranda, zou je zo goed willen zijn om ons thee en bagels te brengen – tenzij de heren de voorkeur geven aan donuts?' Dat laatste voegde ze er zonder ook maar een zweem van een glimlach aan toe.

Ah, de humor van rijkelui, dacht Porter. 'Doet u geen moeite, mevrouw.'

Er was niets waaraan rijke vrouwen zo'n hekel hadden als aan...

'Zegt u maar Patricia.'

Ze liepen achter haar aan door de hal, een grote bibliotheek in. De gepolitoerde houten vloeren glansden in het vroege ochtendlicht. Stof lichtte op in het door de kristallen kroonluchter die boven een grote open haard hing, gereflecteerde zonlicht. Ze gebaarde naar een bank midden in het vertrek. Porter en Nash gingen zitten. Ze nam zelf plaats in een zwaar gestoffeerde fauteuil die er comfortabel uitzag en reikte naar een kop thee op een klein bijzettafeltje. De ochtendkrant, de *Tribune*, lag er nog ongelezen naast.

'Vorige week nog had ze een overdosis van een of ander geslikt en moest ik haar midden in de nacht in de stad ophalen van de spoedpoli. Die zorgzame vrienden van haar hadden haar daar gedumpt toen ze ergens in een club van haar stokje was gegaan. Hadden haar op een bankje voor het ziekenhuis gezet. Kunt u zich dat voorstellen? Arty was op reis, en ik moest haar weer hier thuis krijgen voordat hij terugkwam, want niemand wil hem tegen de haren in strijken. Dan kan stiefmama maar het beste de rommel opruimen en net doen alsof er niets is gebeurd.'

De huishoudster kwam binnen met een groot zilveren dienblad. Ze zette het op de salontafel voor hen, schonk twee kopjes thee in, reikte Nash het ene kopje en Porter het andere. Op het dienblad stonden twee schoteltjes. Op het ene schoteltje lag een eenvoudige geroosterde bagel, op het andere schoteltje een chocoladedonut.

'Ik hou van eenvoudig,' zei Nash. Hij pakte de donut.

'Dit is echt niet nodig,' zei Porter.

'Onzin, geniet ervan,' zei Patricia.

'Waar is uw echtgenoot nu, mevrouw Talbot? Is hij thuis?'

'Hij is vanochtend vroeg vertrokken om te gaan golfen bij Wheaton.'

Nash boog zich naar voren. 'Dat is ongeveer een uur hiervandaan.'

Porter pakte zijn kopje thee, nam voorzichtig een slokje en zette het kopje weer terug. 'En uw dochter?'

'Stiefdochter.'

'Stiefdochter,' zei Porter.

Mevrouw Talbot fronste haar wenkbrauwen. 'Als u me nou eens vertelt wat er nu weer aan de hand is? Dan kan ik besluiten of ik u rechtstreeks met haar kan laten praten of dat ik een van onze advocaten moet bellen.'

'Dus ze is thuis?'

Haar ogen werden even iets groter. Ze schonk zich opnieuw in, pakte twee suikerklontjes en liet die in haar thee vallen, roerde en dronk. Ze kromde haar vingers om het warme kopje. 'Ze heeft de hele nacht als een prinsesje liggen slapen in haar kamer. Ik heb net nog gezien dat ze bezig was om haar spullen bij elkaar te pakken voor school.'

Porter en Nash wisselden een blik uit. 'Mogen we haar spreken?'

'Wat heeft ze gedaan?'

'We volgen een spoor, mevrouw Talbot. Als zij nu thuis is, hoeft u zich nergens zorgen over te maken. Dan zijn we zo weer weg. Maar als ze niet thuis is...' Porter wilde haar niet onnodig bang maken. 'Als ze niet thuis is, is er misschien reden voor bezorgdheid.'

'U hoeft haar niet in bescherming te nemen,' legde Nash uit. 'We moeten alleen weten dat ze veilig is.'

Ze draaide het kopje rond in haar handen. 'Miranda? Wil je alsjeblieft Carnegie ophalen?'

De huishoudster deed haar mond open alsof ze iets wilde zeggen, en bedacht zich toen. Porter keek toe terwijl ze zich omdraaide en de bibliotheek verliet, de hal overstak en de trap op ging die langs de tegenoverliggende wand naar boven voerde.

Nash stootte hem aan. Hij keerde zich om. Porter keek met hem mee naar een ingelijste foto op de plank boven de open haard. Een jong blond meisje in rijkleding naast een kastanjebruin paard. Hij stond op en liep ernaartoe. 'Is dit uw stiefdochter?'

Mevrouw Talbot knikte. 'Vier jaar geleden. Een maand voordat die foto is genomen, werd ze twaalf. Ze had gewonnen.'

Porter keek naar het blonde haar. Tot dan toe was slechts één slachtoffer van Aap blond geweest. Alle andere slachtoffers waren donkerblond geweest.

'Patricia? Wat is er aan de hand?'

Ze draaiden zich om.

In de deuropening stond een tiener op teenslippers, in een T-shirt van Mötley Crüe onder een witte badjas. Haar blonde haar zat verward.

'Zeg alsjeblieft geen Patricia tegen me,' snauwde mevrouw Talbot.

'Sorry, *moeder*.'

'Carnegie, deze heren zijn van de Chicago Metro.'

Het meisje trok wit weg. 'Waarom komt de politie hier, Patricia?'

Porter en Nash staarden naar haar oren. Haar beide oren. Links en rechts van haar hoofd.

7

Porter

Dag 1 • 07.48 uur

Het was gaan motregenen. De flagstones voor de voordeur waren nat en glibberig toen Porter en Nash zich terug haastten naar hun auto langs de stoeprand. Ze trokken de portieren dicht en loerden naar de onheilspellende lucht. 'Dat hebben we nu net vandaag niet nodig,' klaagde Porter. 'Als het echt gaat regenen, breekt Talbot zijn rondje golf misschien wel af en dan zijn we hem kwijt.'

Nash tikte op zijn iPhone. 'We hebben een groot probleem.'

'Opnieuw commissaris Dalton?'

'Nee, erger. Iemand is aan het tweeten.'

'Iemand doet wat?'

'Iemand tweet.'

'Wat is dat in hemelsnaam?'

Nash gaf Porter zijn telefoon.

Porter las de kleine lettertjes.

@AAP4EVER IS DIT DE MOORDENAAR VAN HET VIERDE AAPJE?

Daarna kwam een foto van de man die die ochtend door de bus was aangereden, op zijn buik op het asfalt. Een rand van de bus was nog net te zien in een hoekje van de foto.

Porter fronste zijn wenkbrauwen. 'Wie heeft er een foto vrijgegeven voor de pers?'

'Shit, Sam. Dit is de eenentwintigste eeuw. Niemand heeft wat dan ook vrijgegeven. Iemand heeft een foto gemaakt met een telefoon en op internet gezet, zodat iedereen kan meegenieten,' zei Nash. 'Zo werkt Twitter.'

'Iedereen? Hoeveel mensen is "iedereen"?'

Nash tikte op de iPhone. 'Ze hebben de foto twintig minuten geleden gepost. Hij is al 3212 keer geliket en meer dan vijfhonderd keer geretweet.'

'Geliket? Geretweet? Shit, Nash, praat alsjeblieft gewóón.'

'Dat betekent dat het de wijde wereld in is, Porter. Viral. De hele wereld weet dat hij dood is.'

Nash' telefoon rinkelde. 'Dat is de commissaris. Wat moet ik tegen hem zeggen?'

Porter startte de motor, schakelde en reed over West North Street naar de 1294. 'Zeg maar dat we iets op het spoor zijn.'

'Wat voor spoor?'

'De Talbots.'

Nash keek verbaasd. 'Maar het gaat niet om de Talbots. Die zijn thuis.'

'Niet die Talbots. We gaan een praatje maken met Arthur. Ik wil wedden dat de vrouw en de dochter niet de enige vrouwen in zijn leven zijn,' zei Porter.

Nash knikte en nam het gesprek aan. Porter hoorde de luide stem van de commissaris uit het kleine luidsprekertje. Na ongeveer een minuut van steeds herhaald 'Ja, meneer' legde Nash zijn hand over de telefoon. 'Hij wil jou spreken.'

'Zeg maar dat ik achter het stuur zit. Bellen onder het rijden is niet veilig.' Hij rukte het stuur naar links om een MPV in te halen die veel langzamer reed dan zij; hun huidige snelheid was honderdveertig kilometer per uur.

'Ja, commissaris, ik zet u op de luidspreker. Moment...'

De stem van de commissaris veranderde ineens van klein en blikkerig naar luid en bulderend toen de iPhone verbinding maakte met het Bluetooth-systeem van de auto. '... terug op het bureau in tien minuten zodat we een team kunnen samenstellen en als de bliksem aan de slag kunnen. Elke verslaggever die maar iets met de geschreven pers of de tv te maken heeft, zit aan me te trekken.'

'Commissaris, u spreekt met Porter. U kent de tijdlijn net zo goed als ik. Hij stond vanochtend op het punt om dat oor op de post te doen. Dat betekent dat hij haar een dag of twee geleden gegrepen heeft. Het goede nieuws is dat hij ze nooit meteen vermoordt, dus kunnen we ervan uitgaan dat ze nog in leven is... ergens. We weten niet hoeveel tijd ze nog heeft. Als hij alleen maar even de deur uit gegaan is om dat pakje op de post te doen, is de kans groot dat hij geen water en eten bij haar heeft achtergelaten. Een mens kan drie dagen zonder water en drie weken zonder eten. De tijd dringt. In het gunstigste geval hebben we drie dagen om haar te vinden, maar misschien zijn het er minder.'

'Daarom wil ik dat jullie nu terugkomen.'

'We moeten hier eerst achteraan. Totdat we weten wie hij in handen heeft, tasten we in het duister. U wilt resultaten – geef me een uur, dan kan ik u misschien een naam voor de pers geven. Als u een foto van een vermist meisje laat zien, laten ze u verder wel met rust,' zei Porter.

De commissaris bleef even stil. 'Eén uur, meer niet.'

'Meer hebben we niet nodig.'

'Kalm aan met Talbot. De burgemeester en hij zijn twee handen op één buik,' zei de commissaris.

'Gesnapt. Met fluwelen handschoentjes.'

'Bel me als je met hem gesproken hebt.' De commissaris verbrak de verbinding.

Porter racete de oprit van de 1294 op. Nash toetste Wheaton in op het navigatietoestel. 'Het is nog vijfenveertig kilometer.'

De auto versnelde toen Porter het gaspedaal nog iets dieper intrapte.

Nash zette de radio aan.

... Hoewel het bericht nog officieel bevestigd moet worden door Chicago Metro, doet het gerucht de ronde dat de man die deze ochtend in Hyde Park om het leven kwam nadat hij werd aangereden door een stadsbus, in feite de Moordenaar van het Vierde Aapje is. Een doosje dat op de plaats waar het ongeluk gebeurde, is gefotografeerd, vertoont overeenkomsten met de doosjes die de moordenaar in het verleden heeft verstuurd. Het was Samuel Porter, rechercheur bij Chicago Metro, die de man de naam Moordenaar van het vierde Aapje gaf. Porter was een van de eersten die de specifieke modus operandi van de moordenaar omschreef.

'Dat klopt helemaal niet. Dat heb ik helemaal niet...'

'Ssst!' maande Nash.

De vier aapjes zijn een verwijzing naar de Toshogu-schrijn in Nikko, in Japan, waar een reliëf in houtsnijwerk is aangebracht boven de ingang. Het eerste aapje bedekt de ogen, het tweede de oren en het derde de mond. Samen geven ze uitdrukking aan het spreekwoord 'Luister niet naar het kwaad, richt het oog niet op het kwaad en spreek geen kwaad'.

Het vierde aapje staat voor 'Doe geen kwaad'. Het patroon dat de moordenaar volgt, is vanaf de eerste moord consequent geweest. Dat was de moord op Calli Tremell vijfenhalf jaar geleden. Twee dagen nadat ze werd ontvoerd, ontving het gezin Tremell haar oor met de post. Twee dagen daarna ontvingen ze haar ogen, en nog weer twee dagen later haar tong. Haar lichaam werd twee dagen na het poststempel op het laatste pakketje gevonden in Bedford Park. In haar hand was een briefje geklemd waarop alleen stond: DOE GEEN KWAAD. *Naderhand werd bekend dat Michael Tremell, de vader van het slachtoffer, betrokken was geweest bij illegale gokactiviteiten waarbij miljoenen dollars naar buitenlandse belastingparadijzen werden gesluisd...*

Nash zette de radio weer uit. 'Hij grijpt altijd een kind of een bloedverwant om de vader te straffen voor een of andere misdaad. Waarom deze keer niet? Waarom heeft hij Carnegie niet gegrepen?'

'Dat weet ik niet.'

'We moeten iemand op de financiële handel en wandel van Talbot zetten,' zei Nash.

'Goed idee. Wie hebben we?'

'Matt Hosman?'

Porter knikte. 'Bel hem maar.' Hij haalde het dagboek uit zijn borstzak en gooide het op Nash' schoot. 'En lees dit dan maar eens hardop voor.'

8

Dagboek

Vader en moeder gingen veel om met onze buren, Simon en Lisa Carter. Ik was nog maar net elf die zomer toen ze in onze fantastische wijk kwamen wonen, en vond ze met mijn beperkte referentiekader dan ook allemaal erg oud. Als ik erop terugkijk, besef ik dat mijn ouders toen halverwege de dertig waren en dat de Carters één of twee jaar jonger waren dan mijn ouders. Hooguit drie. Nou ja, misschien vier, maar zeker niet meer dan vijf. Ze trokken in het huis naast het onze. De beide huizen stonden vrij aan het verlaten uiteinde van een rustig laantje.

Heb ik al gezegd hoe onvoorstelbaar mooi mijn moeder was?

Wat onbehouwen van me dat ik zoiets heb overgeslagen. Eindeloos jammeren over details en vergeten een beeld te schetsen dat kleur geeft aan het verhaal dat je zo welwillend bent gaan lezen.

Als je in dit boekwerkje zou kunnen kruipen en me er flink van langs zou geven, zou ik het toejuichen. Soms klets ik maar door als een kip zonder kop en dan kan een ferme tik om me weer op het juiste spoor te zetten geen kwaad.

Waar was ik gebleven?

Moeder.

Moeder was prachtig.

Haar haar was van zijde. Blond, vol en glanzend op precies de juiste manier. Het viel in weelderige golven tot halverwege haar slanke rug. O, en haar ogen! Schitterend groen, twee smaragden in haar porseleinen huid.

Ik schaam me niet te zeggen dat haar figuur veel aandacht trok. Ze ging iedere dag hardlopen, en ik durf best te beweren dat ze geen onsje vet te veel had. Ze woog waarschijnlijk niet meer dan vijftig kilo. Ze reikte tot aan mijn vaders schouders, dus was ze zo'n een meter zestig.

Ze hield van zonnejurkjes.

In het heetst van de zomer, maar ook hartje winter droeg ze zonnejurkjes. Ze negeerde de kou. Ik herinner me een winter waarin de sneeuw tot aan de vensterbanken was opgewaaid, terwijl zij opgewekt stond te neuriën in de keuken, gekleed in een kort, wit zonnejurkje met bloemen, dat om haar heen fladderde. Mevrouw Carter zat aan de keukentafel met haar handen gekromd om een dampende kop koffie en moeder vertelde haar dat ze die jurken droeg omdat ze haar een gevoel van vrijheid gaven. Bovendien droeg ze graag korte jurken omdat ze vond dat die haar benen het beste deden uitkomen. Ze zei dat vader zo van haar benen hield. Dat hij ze streelde. Dat hij ervan genoot als ze over zijn schouders lagen, of om zijn...

Op dat moment kreeg moeder mij in de gaten en maakte ik me uit de voeten.

9

Porter

Dag 1 • 08.49 uur

Porter wist weinig van golf. Het idee dat je tegen een klein wit balletje moest slaan om er vervolgens uren achteraan te lopen, trok hem niet. Hoewel hij begreep dat het uitdagend kon zijn, vond hij het geen sport. Honkbal was een sport. Dingen die je nog kon doen als je tachtig was en een zuurstoftank meezeulde, gekleed in een broek in pasteltinten, zouden in zijn wereld nooit het etiket 'sport' krijgen.

Het restaurant was echter heel aangenaam. Twee jaar geleden had hij Heather meegenomen naar de Chicago Golf Club om hun huwelijksdag te vieren en er de duurste biefstuk besteld die hij ooit had gegeten. Heather praatte weken later nog over de zeekreeft. Met het salaris van een politieman kon je je niet veel gekke dingen veroorloven, maar hij had er alles voor over om haar gelukkig te maken.

Hij stopte voor het grote clubhuis en gaf zijn sleutels aan de parkeerhulp. 'Hou hem maar in de buurt. We gaan zo weer weg.'

Ze hadden het slechte weer achter zich gelaten. Hoewel het een beetje nevelig was, waren de onheilspellende wolken boven de stad blijven hangen.

De ruimte binnen was groot en fraai ingericht. Enkele leden van de golfclub zaten rond een open haard in de hoek met uitzicht op de weelderige fairways aan de andere kant van de tuindeuren. Hun stemmen weerkaatsten over de marmeren vloer en van de mahoniehouten lambrisering.

Nash floot zacht tussen zijn tanden.

'Als ik je op bedelen betrap, laat ik je in de auto wachten.'

'Naarmate de dag vordert, betreur ik het meer en meer dat ik mijn zondagse pak niet heb aangetrokken,' gaf Nash toe. 'Dit is een heel andere wereld dan die waarin wij rondbanjeren, Sam.'

'Speel jij golf?'

'De laatste keer dat ik een golfclub in mijn handen heb gehouden, was op een midgetgolfbaan. Dit is golf voor grote jongens. Daar heb ik geen geduld voor,' zei Nash.

Een jonge vrouw zat aan een bureau in het midden van de lobby. Toen ze dichterbij kwamen, keek ze op en glimlachte ze. 'Goedemorgen, heren. Welkom bij de Chicago Golf Club. Wat kan ik voor u doen?'

Porter zag hoe ze hen achter die glimlach de maat nam. Ze had niet gevraagd of ze een teetime hadden gereserveerd en hij betwijfelde of dat per ongeluk was. Hij haalde zijn legitimatie tevoorschijn en liet haar die zien. 'We zoeken Arthur Talbot. Zijn vrouw zei dat hij aan het golfen was.'

Haar glimlach vervaagde terwijl ze van de legitimatie naar Porter zelf keek, en vervolgens naar Nash. Ze pakte de hoorn van de telefoon en koos een toestelnummer. Ze sprak zacht en legde de hoorn weer op de haak. 'Gaat u zitten, heren. Er is iemand onderweg om u verder te helpen.' Ze gebaarde naar een bank in de hoek.

'Dank u, we blijven wel even staan,' zei Porter.

Opnieuw de glimlach. Ze concentreerde zich weer op haar computer. Slanke, gemanicuurde vingers dansten over het toetsenbord.

Porter keek op zijn horloge. Bijna negen uur.

Links van hen ging een deur open. Een man van halverwege de vijftig liep de lobby in. Zijn peper-en-zoutkleurige haar was keurig achterovergekamd, zijn donkerblauwe pak keurig in de plooi geperst. Terwijl hij op hen toekwam, stak hij zijn hand uit naar Porter. 'Inspecteur. Ik hoor dat u op zoek bent naar Arthur Talbot?' Hij gaf een slappe hand. Porters vader had dat een 'doodvissenhandje' genoemd. 'Ik ben Douglas Prescott, senior manager.'

Porter liet opnieuw zijn legitimatie zien. 'Ik ben rechercheur Porter van Chicago Metro. Dit is rechercheur Nash. Het is heel dringend. Weet u waar we Arthur Talbot kunnen vinden?'

De blonde vrouw keek toe. Toen Prescott een blik in haar richting wierp, ging ze weer aan de slag met haar laptop. Prescott richtte zijn blik weer op Porter. 'Ik geloof dat de flight van meneer Talbot een teetime had afgesproken om halfacht. Dat betekent dat ze nu op de baan zijn. Blijft u gerust op hem wachten. In het restaurant serveren we een uitstekend gratis ontbijt en als u graag een sigaar rookt, zult u ontdekken dat onze humidor van de beste kwaliteit is.'

'Dit kan niet wachten.'

Prescott fronste zijn wenkbrauwen. 'Wij storen onze gasten niet tijdens het spel, heren.'

'Dat doen wij niet?' vroeg Nash.

'Dat doen wij niet,' hield Prescott vol.

Porter rolde met zijn ogen. Waarom leek het toch of iedereen zijn uiterste best deed om de zaken ingewikkeld te maken. 'Meneer Prescott, wij hebben geen tijd en geen geduld voor dit alles. Zoals ik het zie, kunt u kiezen. U kunt ons naar Talbot brengen, of mijn collega arresteert u, zet u met handboeien vast aan dat bureau en begint luid "Talbot" te roepen, net zo lang tot Talbot uit de bosjes tevoorschijn komt. Dat heeft hij eerder gedaan. De man produceert een enorm stemgeluid. U mag kiezen, maar eerlijk gezegd denk ik dat de eerste mogelijkheid uw zaken hier het minst zal verstoren.'

De receptioniste onderdrukte een giechel.

Prescott wierp haar een tweede venijnige blik toe, deed een stap naar voren en liet zijn stem dalen. 'De heer Talbot is een vrijgevig man en een persoonlijke vriend van uw baas, de burgemeester. Vorige week hebben ze samen nog een ronde gelopen. Ik denk niet dat een van hen beiden met genoegen zal vernemen dat twee agenten de reputatie van Chicago Metro op het spel zouden willen zetten door burgers te bedreigen die gewoon hun werk doen. Als ik hem nu zou bellen en hem zou vertellen dat u op het punt staat een opstootje te veroorzaken, zou hij u ongetwijfeld verwijzen naar zijn advocaat, in plaats van te overwegen u te woord te staan.'

Nash haalde zijn handboeien van zijn riem. 'Ik arresteer dit stuk verdriet, Sam. Ik wil wel eens zien hoe hij reageert als hij in een cel zit met crackheads en verkrachters. Ik ben ervan overtuigd dat mevrouw...' – hij wierp een blik op het naamplaatje van de receptioniste – '... Piper ons wel even verder wil helpen.'

Prescott liep rood aan.

'Diep ademhalen en goed nadenken voordat u uw mond weer opendoet, meneer Prescott,' zei Porter.

Prescott rolde met zijn ogen en wendde zich tot mevrouw Piper. 'Waar is de flight van meneer Talbot op het moment?'

Ze wees met een roze gelakte nagel naar een plek op haar scherm. 'Ze slaan net af op hole zes.'

'Hebt u video?' vroeg Nash.

Ze schudde haar hoofd. 'Onze buggy's zijn uitgerust met gps-trackers. Zo kunnen we zien waar opstoppingen dreigen te ontstaan en ervoor zorgen dat iedereen ongestoord kan spelen.'

'Als iemand te langzaam speelt, halen jullie hem van de baan en dan mag hij naar de driving range voor kinderen?'

'Nee, zo drastisch doen we dat niet, maar we zouden er een pro naartoe kunnen sturen die een paar tips geeft, en ze verder op weg helpt,' legde ze uit.

'Kunt u ons daarnaartoe brengen?'

Ze keek naar Prescott. Hij hief beide handen ten hemel in een gebaar van overgave. 'Ga maar.'

Mevrouw Piper pakte haar tasje onder het bureau weg en maakte een gebaar naar een ruimte aan de westkant van het gebouw. 'Deze kant op, heren.'

Even later reden ze in een buggy over een pad geplaveid met kinderkopjes. Mevrouw Piper zat aan het stuur. Porter zat naast haar en Nash zat op een klein bankje achter hen. Hij vloekte toen ze over een hobbel reden en hij op zijn bankje op en neer veerde. Porter stak zijn handen in zijn zakken. Het was koud hier op het open terrein.

'Ik bied u mijn verontschuldigingen aan voor het gedrag van mijn baas. Soms is hij een beetje...' Ze aarzelde en zocht naar het juiste woord. 'Een beetje een arrogante klootzak.'

'Een arrogante klootzak, hè?' zei Nash.

'Zo iemand die je niet op je vrijgezellenfeestje wilt hebben,' zei Porter.

Nash grijnsde. 'Ik ben nog niet van plan binnenkort mijn jawoord te geven, tenzij mevrouw Piper een vriendin heeft die op zoek is naar iemand in overheidsdienst die veel te weinig verdient om zich om de haverklap te laten beschieten. Ik werk bovendien regelmatig over en grijp veel vaker naar de fles dan ik bereid ben toe te geven tegenover iemand die ik net heb ontmoet.'

Porter keerde zich weer naar mevrouw Piper. 'Negeer hem maar, mevrouw. U bent op geen enkele wijze verplicht wetsdienaren in contact te brengen met aantrekkelijk ogende vriendinnen.'

Ze wierp een blik in de achteruitkijkspiegel. 'U komt over als de vangst van de dag, inspecteur. Zodra ik weer achter mijn bureau zit, zal ik eens zien of er zusters zijn met interesse.'

'Dat zou ik zeer op prijs stellen,' zei Nash.

Porter bewonderde het landschap. Weelderig, kortgeschoren gras, geen onkruid te zien, geen blaadje dat de verkeerde kant op groeide. Kleine vijvers lagen verspreid langs het pad van kinderkopjes. Grote eikenbomen flankeerden de fairways. Hun takken beschermden de golfers tegen de zon en de wind.

'Daar zijn ze.' Mevrouw Piper knikte naar een groepje van vier mannen die rond een ding stonden dat nog het meeste weg had van een mager soort fontein.

'Wat is dat voor ding?' vroeg Nash.

'Welk ding?'

Mevrouw Piper glimlachte. 'Dat, heren, is een ballenwasser.'

Nash masseerde zijn slapen en sloot zijn ogen. 'Er schieten zo veel grappen door mijn hoofd dat ik er hoofdpijn van krijg.'

Mevrouw Piper zette de buggy stil achter die van Talbot en trok de handrem aan. 'Wilt u dat ik op u wacht?'

Porter glimlachte. 'Dat zou heel aardig zijn, dank u.'

Nash sprong van de buggy. 'Terug wil ik voorin. Dan mag jij in de kattenbak.'

Porter liep naar de vier mannen die zich klaarmaakten om af te slaan en liet zijn legitimatie zien. 'Goedemorgen, heren. Ik ben rechercheur Sam Porter van Chicago Metro. Dit is mijn partner, rechercheur Nash. Het spijt me dat ik uw spel onderbreek, maar we zijn met iets bezig wat geen uitstel duldt. Wie van u is Arthur Talbot?'

Een lange man van voor in de vijftig met kortgeknipt peper-en-zoutkleurig haar hield zijn hoofd een beetje scheef en grijnsde op een manier die Nash placht te omschrijven als de grijns van een politicus. 'Ik ben Arthur Talbot.'

Porter liet zijn stem zakken. 'Kunnen we u even onder vier ogen spreken?'

Talbot ging gekleed in een bruin windjack over een witte polo, en een bruine broek die werd opgehouden met een bruine riem. Hij schudde zijn hoofd. 'Dat hoeft niet, inspecteur. Deze mannen zijn mijn zakenpartners. Ik heb geen geheimen waarvan zij niet op de hoogte zijn.'

De oudere man die links van Talbot stond, schoof het dunne metalen montuur van zijn bril omhoog over de rug van zijn neus en drukte een lok haren plat, die een veelbelovend begin vormde van het matje dat uiteindelijk dwars over de schedel gekamd, diezelfde, dan kale schedel zou moeten bedekken. Hij bekeek Porter met een ongeruste blik in de ogen. 'Wij kunnen wel doorspelen, Arty. Dan haal je ons zo maar in.'

Talbot stak een hand omhoog om hem het zwijgen op te leggen. 'Wat kan ik voor u betekenen, inspecteur?'

'U komt me heel bekend voor,' zei Nash tegen de man die rechts van Talbot stond.

Diezelfde gewaarwording onderging Porter ook, maar hij kon de man niet plaatsen. Pak hem beet een meter tachtig lang, een volle kop donkerblond haar, fit, halverwege de veertig.

'Louis Fischman. We zijn elkaar een paar jaar geleden tegengekomen. U werkte aan de zaak-Elle Borton en ik werkte voor de openbaar aanklager. Ik werk nu in de particuliere sector.'

Talbot fronste de wenkbrauwen. 'Elle Borton. Waarom herken ik die naam?'

'Dat was een van de slachtoffers van die Apenmoordenaar, toch?' zei de derde man. Hij begon met de ballenwasser te knoeien.

Porter knikte. 'Het tweede slachtoffer.'

'Juist.'

'Afgrijselijke smerige klootzak,' mompelde de man met de bril. 'Zijn er al sporen?'

'Misschien heeft het openbaar vervoer zich vanochtend over hem ontfermd,' zei Nash.

'Het openbaar vervoer? Is hij gearresteerd door een buschauffeur?' vroeg Fischman.

Porter schudde zijn hoofd en legde het uit.

'En u gelooft dat hij de Moordenaar van het Vierde Aapje is?'

'Het heeft er alle schijn van.'

Arthur Talbot fronste de wenkbrauwen. 'Waarom bent u dan hier om met mij te praten?'

Porter haalde diep adem. Hij haatte deze kant van zijn werk. 'De man die is overreden, was op weg naar de overkant om iets op de post te doen.'

'O?'

'Op het pakje stond uw adres, meneer Talbot.'

Talbot trok wit weg. Net als zo ongeveer iedereen in Chicago wist hij precies hoe de moordenaar te werk ging.

Fischman legde een hand op Talbots schouder. 'Wat zat er in het pakje, rechercheur Porter?'

'Een oor.'

'O, nee, Carnegie...'

'Niet van Carnegie, meneer Talbot. Ook niet van Patricia. Ze zijn allebei veilig. Voordat we hiernaartoe zijn gereden, zijn we bij u thuis langsgegaan. Uw vrouw heeft ons verteld waar we u konden vinden,' zei Porter zo snel als hij maar uit zijn woorden kon komen. Toen vervolgde hij rustiger, in de hoop Talbot te kalmeren: 'We hebben uw hulp nodig, meneer Talbot. U moet ons helpen erachter te komen wie hij heeft ontvoerd.'

'Ik moet zitten,' zei Talbot. 'Ik heb het gevoel dat ik moet overgeven.'

Fischman wierp een blik naar Porter en verstevigde toen zijn greep op Talbots schouder. 'Kom op, Arty, even naar de buggy.' Hij begon weg te lopen van de teebox en nam de wit weggetrokken Talbot mee naar de buggy, waar hij hem liet plaatsnemen op het bankje.

Porter maakte een gebaar naar Nash om aan te geven dat hij moest blijven waar hij was en volgde de beide mannen naar de buggy. Hij ging naast Talbot zitten zodat hij zonder veel stemgeluid met hem kon spreken. 'U weet hoe hij te werk gaat, toch? Het patroon?'

Talbot knikte. 'Doe geen kwaad,' fluisterde hij.

'Dat klopt. Hij zoekt iemand die iets verkeerds heeft gedaan, iets heeft gedaan waarvan hij vindt dat het verkeerd is, en ontvoert dan iemand uit diens naaste omgeving, iemand om wie hij geeft.'

'Maar ik... Ik heb...' stamelde Talbot.

Fischman schakelde over naar de juristenstand. 'Arty, het lijkt me verstandig dat je verder niets meer zegt tot wij even met elkaar hebben gepraat.'

Talbot ademde zwaar. 'Mijn adres. Weet u dat zeker?'

'Dearborn Park 1547,' zei Porter. 'Dat is zeker.'

'Arty...' mompelde Fischman zacht.

'We moeten erachter komen wie hij heeft ontvoerd.' Porter aarzelde even voordat hij doorging. 'Hebt u een minnares, meneer Talbot?' Hij boog zich naar de man toe. 'Als er een andere vrouw is, kunt u ons dat vertellen. We zullen discreet zijn, dat beloof ik u. We willen alleen uitzoeken wie hij heeft ontvoerd.'

'Dat is het niet,' zei Talbot.

Porter legde een hand op Talbots schouder. 'Weet u wie hij heeft ontvoerd?'

Talbot schudde Porters hand af en ging staan. Hij haalde een smartphone uit zijn zak, stak het pad met kinderkopjes over en hamerde op de toetsen. 'Kom op, neem op. Alsjeblieft...'

Porter kwam ook overeind en liep langzaam naar Talbot toe. 'Wie belt u, meneer Talbot?'

Arthur Talbot vloekte en verbrak de verbinding.

Fischman voegde zich bij hen. 'Wat je zegt, kun je niet meer terugdraaien. Begrijp je? Als je iets hebt gezegd, kan de pers er lucht van krijgen. Je vrouw. Je aandeelhouders. Je hebt verplichtingen. Dit is groter dan jijzelf. Je moet erover nadenken. Misschien moet je er met een van je andere advocaten over praten als je het niet met mij wilt bespreken.'

Talbot keek hem kwaad aan. 'Ik ga niet zitten wachten op beursanalyses als een of andere psychopaat...'

'Arty!' onderbrak Fischman hem. 'Laten we het op z'n minst eerst zelf duidelijk krijgen. Zorgen dat we het zeker weten.'

'Dat klinkt als de beste manier om de persoon in kwestie de dood in te jagen,' zei Porter.

Arthur Talbot maakte een wegwerpgebaar in Porters richting en koos opnieuw het nummer op zijn telefoon. Zijn bezorgdheid leek toe te nemen. Toen hij voor de tweede keer de verbinding verbrak, tikte hij zo hard op het schermpje dat Porter zich afvroeg of het niet gebroken was.

Porter wenkte Nash dichterbij en zei: 'U hebt nog een dochter, is het niet, meneer Talbot? Een dochter buiten uw huwelijk?'

Talbot keerde zich af. Fischman leek leeg te lopen. Een diepe zucht ontsnapte aan zijn longen. Talbot keek even naar Porter, vervolgens naar Fischman en toen weer naar Porter. Hij haalde een hand door zijn haar. 'Patricia en Carnegie weten van niets.'

Porter deed een stap naar Talbot toe. 'Is ze hier in Chicago?'

Talbot beefde, in de war. Hij knikte opnieuw. 'De Flair Tower. Ze deelt penthouse 2704 met de vrouw die haar verzorgt. Ik zal bellen en zeggen dat u onderweg bent, zodat u naar binnen kunt.'

'Waar is haar moeder?'

'Dood. Al bijna twaalf jaar nu. Mijn god, ze is nog maar vijftien...'

Nash keerde zich om en zocht contact met het bureau. Het kostte maar een paar minuten om iemand naar de Flair Tower te sturen.

Porter volgde Talbot terug naar de buggy en ging naast hem zitten. 'Wie verzorgt haar?'

'Haar moeder had kanker. Ik heb haar beloofd dat ik voor onze dochter zou zorgen als ze er niet meer was. De tumor groeide zo snel dat het in een maand voorbij was.' Hij tikte tegen zijn slaap. 'Daar zat hij, maar ze konden niet opereren, want hij zat te diep. Ik had er alles voor over gehad. Ik heb ze alles geboden, maar ze wilden niet opereren. Ik heb misschien wel met dertig artsen gepraat. Ik hield meer van haar dan van wat ook. Ik moest met Patricia trouwen, want ik had... verplichtingen. Er waren zaken waarover ik geen controle had. Maar ik had willen trouwen met Catrina. Soms werpt het leven hindernissen op, weet u? Soms moet je dingen doen die een hoger doel dienen.'

Dat wist Porter niet. En hij begreep er geen snars van. Ging het over de veertiende eeuw? Gedwongen huwelijken waren iets uit een ver verleden. Hardop zei hij: 'We zijn hier niet om een oordeel over u te vellen, meneer Talbot. Hoe heet ze?'

'Emory,' zei hij. 'Emory Connors.'

'Hebt u een foto van haar?'

Talbot aarzelde even en schudde toen zijn hoofd. 'Niet bij me. Ik kan niet riskeren dat Patricia hem per ongeluk vindt.'

10

Porter

Dag 1 • 09.23 uur

'Carnegie en Emory? Ik zal die lui een boek met babynamen cadeau doen met de kerst,' zei Nash. 'En hoe houd je in hemelsnaam een dochter en je vriendin verborgen in een van de meest dure penthouses van de stad zonder dat je huidige vrouw erachter komt?'

Porter gooide hem de autosleutels toe en liep om de Charger heen naar de passagierskant. 'Jij mag rijden. Ik moet dat dagboek lezen. Misschien staat er iets in wat ons verder helpt.'

'Luie flikker, je wilt gewoon lekker rondgereden worden.'

'Krijg de kolere.'

'Ik steek de appel aan. We hebben haast.' Nash drukte op een schakelaar op het dashboard.

Porter had die term al jaren niet meer gehoord, niet meer sinds hij als jong agentje de ronde deed. Toen noemden ze het magnetisch zwaailicht dat je op het dak van de auto zette, een appel. Vandaag bestonden die dingen allang niet meer en waren ze vervangen door lichtbalken met leds erin die in een zo dunne rand boven de ruit waren aangebracht dat je ze van binnenuit niet eens kon zien.

Nash schakelde zonder zijn voet van het gaspedaal te halen en stuurde naar de uitgang van het golfterrein. De auto kwam met een schok op gang en de banden gierden van genot onder al die kracht.

'Hé, ik zei dat je mocht rijden, niet dat je Grand Theft Auto mocht spelen met mijn wagen,' zei Porter met gefronste wenkbrauwen.

'Ik rijd in een Ford Fiesta uit 1988. Heb je enig idee hoe dat is? Hoe vernederend het is om het portier achter je dicht te trekken en dat monster van een viercilinder op te stoken? Het klinkt als een elektrische puntenslijper. Ik ben een man. Zo nu en dan heb ik dit nodig. Doe me een lol.'

Porter maakte met een handgebaar een einde aan de litanie. 'We hebben de commissaris beloofd dat we hem zouden bellen als we met Talbot hadden gesproken.'

Nash rukte het stuur naar links om een MPV te passeren die zich braaf aan de maximumsnelheid hield. Ze reden er zo rakelings langs dat Porter de Angry Birds herkende op het scherm van de iPad van een klein meisje dat op de achterbank zat. Ze keek op, grijnsde naar de zwaailichten en ging toen weer verder met haar spel.

'Ik heb hem een sms gestuurd vanaf Wheaton. Hij weet dat we op weg zijn naar de Flair Tower,' zei Nash.

Porter dacht aan het meisje met de iPad. 'Hoe dóé je dat? Een meisje van vijftien in de wereld van vandaag verborgen houden? Dat kan niet gemakkelijk zijn, toch? Nog afgezien van geboortecertificaten vraag je je af hoe je dat online geheimhoudt met al die social media en de pers. Talbot is voortdurend in het nieuws, helemaal sinds hij begonnen is met dat nieuwe project aan de waterkant. Ze lopen met camera's achter hem aan te wachten tot hij iets stoms doet. Je zou denken dat er wel iemand een keer een foto genomen heeft, of zo.'

'Met geld kun je heel veel verstoppen,' zei Nash, terwijl hij met gillende banden invoegde op de snelweg.

Porter zuchtte en verdiepte zich weer in het dagboek.

11

Dagboek

In de zomer kon het op ons kleine stukje aarde nogal heet worden. Tegen de tijd dat juni aanbrak, bracht ik het grootste deel van de dag buiten door. Achter ons huis lagen bossen, en midden in die bossen was een klein meer. 's Winters vroor het dicht, maar 's zomers was het water van het helderste blauw en had het een aangename temperatuur.

Ik ging graag naar het meer.

Dan zei ik tegen moeder dat ik ging vissen, maar de eerlijkheid gebiedt te zeggen dat ik helemaal niet van vissen hield. Het idee dat je een worm aan een haak zou moeten spietsen en dan in het water zou moeten gooien om te wachten tot er iets langs zou komen dat aan dat onderkruipsel zou beginnen te knabbelen, stond me helemaal niet aan. Aten vissen in het wild ook wormen? Ik betwijfelde het. Ik had nog nooit een worm gezien die uit eigen vrije wil was gaan zwemmen in het meer. Volgens mij aten grote vissen kleinere vissen, geen wormen. Misschien zou je sneller beet hebben als je met kleine visjes op grote vissen zou vissen? Hoe dan ook, ik had geen geduld voor dergelijke flauwekul.

Ik hield echter wel van het meer.

Net als mevrouw Carter.

Ik herinner me nog de eerste keer dat ik haar daar zag.

Dat was op 20 juni. De schoolvakantie was al zeven schitterende dagen oud en de zon stond hoog aan de hemel glimlachend zijn gele liefde naar ons te stralen, op dat kleine stukje aarde. Ik liep naar het meer met mijn hengel in de hand en floot een scherp deuntje. Ik was een opgewekt kind, een toonbeeld van blakende gezondheid.

Ik liet me vallen bij mijn lievelingsboom, een grote eik met een overhangende bladerkroon, heel typerend voor zo'n geweldig oude boom. Ik stelde me zo voor dat ik, als ik die boom zou opensnijden, minstens honderd jaarringen zou tellen. Jaren waren gekomen en gegaan terwijl die eik standvastig uitkeek over de rest van het bos. Het was echt een heel fijne boom.

Naarmate de zomer vorderde, sleet ik mijn eigen fijne plekje uit bij die boom. Ik zette mijn hengel altijd links van me neer en mijn lunchtrommeltje (met een dubbele boterham met pindakaas en druivenjam natuurlijk) rechts. Ik haalde het boek dat ik op dat moment las uit mijn zak en verloor mezelf in de wonderen op die pagina's.

Die dag onderzocht ik een theorie. Een maand eerder hadden we bij science geleerd dat de aarde vierenhalf miljard jaar oud was. De mens bestond pas tweehonderdduizend jaar. Toen ik me die feiten eigen had gemaakt, stak er achter in mijn hoofd een gedachte de hand op, en dat was de reden dat ik dat ene boek de vorige dag in de bibliotheek had geleend – een boek over fossielen.

Voorwerpen die opgesloten raken in gesteente, fossiliseren en blijven in die staat tot... weet ik veel, sint-juttemis, heel lang; bij de dinosaurussen gaat het om miljoenen jaren. De meeste dieren halen het stadium van fossilisering niet eens. Per slot van rekening moet je als dier eerst maar eens opgesloten raken in gesteente voordat het fossiliseren kan beginnen. Als de elementen een dier afbreken voordat het opgesloten kan raken, zal er geen spoor van achterblijven.

Een maand eerder had ik een kat doodgemaakt en het kadaver aan de rand van het meer gelegd om te kijken wat er zou gebeuren.

Maak je geen zorgen, het was niemands huisdier, het was een zwerfkat; een klein poesje dat in het bos leefde. Tenminste, daar had ik het dier gevonden. Als het wel een huisdier was geweest, dan had het een bandje om zijn hals gehad. Wie zijn huisdier los buiten laat lopen zonder bandje is zelf schuldig aan het eventueel voortijdig heengaan van het beest.

De kat zag er niet bijster gezond uit.

De eerste dagen stonken de stoffelijke resten afschuwelijk, maar die lucht ging er snel af. Er kwamen vliegen, daarna maden. Misschien had er 's nachts ook nog wel iets groters aan zitten knagen. Nu echter, na slechts een maand, waren er alleen nog botjes. De wind en de regen zouden die ongetwijfeld voor hun rekening nemen. Daarna zou er niets van over zijn.

Ik neem aan dat een mens op een even snelle manier zou verdwijnen.

Ik schrok van het geluid. In al die tijd dat ik al bij het meer kwam, had ik er nog nooit iemand anders gezien. Niets duurt echter eeuwig, en zo stond daar ineens iemand honderd meter verderop aan de rand van het meer over het water te turen.

Ik schuifelde om de boom heen zodat ik niet meer te zien was.

Hoewel ze van me afgekeerd stond, zodat ik haar gezicht niet kon zien, herkende ik haar haar onmiddellijk, die lange chocoladebruine krullen op haar rug.

Ze wierp een blik in mijn richting en ik dook weg achter de eik. Toen draaide ze naar rechts en bestudeerde die kant van de omgeving. Toen ze uiteindelijk had vastgesteld dat ze alleen was, haalde ze uit een grote tas een badlaken tevoorschijn dat ze uitspreidde op de oever.

Ze keek nog een keer om zich heen, alle kanten op. Daarna ging haar hand naar haar rug en knoopte ze haar jurk achter in de nek los. De jurk viel langs haar lichaam omlaag tot een hoopje witte, met bloemen bedrukte stof.

Mijn mond viel open.

Ze droeg verder niets.

Ik had nog nooit een naakte vrouw gezien.

Ze sloot haar ogen, keerde haar gezicht naar de zon en glimlachte.

Ze had zulke lange benen.

En borsten!

O, mijn god. Ik voelde dat ik bloosde. Ik bloos er nog altijd van.

Ik zag een klein bosje haar op die plek, dat speciale kleine plekje.

Mevrouw Carter liep het water in, aanvankelijk aarzelend. Ongetwijfeld was het koud.

Ze liep steeds verder en verdween langzamerhand dieper in het water.

Toen het water tot haar knieën reikte, bukte ze zich en schepte ze met beide handen water op dat over haar borst spatte. Daarna dook ze en zwom ze naar het midden van het meer.

Vanaf mijn veilige plekje achter de eik keek ik toe.

De nacht die erop volgde was zeer rusteloos.

Met de zomer kwam de hitte. Mijn kamer had veel weg van een broodrooster als de lente eenmaal voorbij was. Het was echter niet de hitte die me wakker hield, het waren de gedachten aan mevrouw Carter. Ik durf rustig te bekennen dat die gedachten niet erg puur, maar wel heel nieuw voor me waren. Als ik mijn ogen sloot, zag ik haar weer in het meer staan met het water glinsterend op haar huid in dat felle licht. Die lange benen… zo lang en slank. Mijn bloed haastte zich naar een plek waar ik me eerder nooit van bewust was geweest. Ik voelde me…

Laat ik maar zeggen dat ik gewoon smoorverliefd was.

De volgende ochtend werd ik wakker met het geluid van haar stem in mijn oren. Eerst dacht ik dat het gewoon de volgende droom was, en ik verheugde me erop keer op keer in het theater van mijn dromen te zien hoe ze die jurk uittrok en het meer in liep. Haar stem zweefde door de lucht, gevolgd door het giechelen van mijn moeder. Mijn ogen schoten open.

'Dat was opwindend,' zei ze. 'Ik ben nog nooit vastgebonden geweest.'

'Nooit?' vroeg mijn moeder.

Mevrouw Carter giechelde. 'Betekent dat dat ik preuts ben?'

'Alleen maar dat je weinig ervaring hebt. Op den duur zul je versteld staan van wat je man allemaal bedenkt om aan zijn trekken te komen.'

'Echt?'

'O ja, Vorige week nog...' Moeder begon te fluisteren.

Ik zat rechtop in bed. Ik hoorde de stemmen nu nog maar vaag, ergens anders in huis.

Ik kleedde me haastig aan en drukte mijn oor tegen de deur van mijn slaapkamer, maar ik kon niets meer verstaan.

Uiterst voorzichtig draaide ik de deurkruk, maakte ik de deur open en sloop ik door de hal. Mijn kousenvoeten maakten geen enkel geluid op de hardhouten vloerplanken.

De hal kwam uit op de woonkamer, die weer in open verbinding stond met de keuken. Ik rook dat er iets gebakken werd: de heerlijk geur van appels en brood. Appeltaart? Ik hou van appeltaart.

Moeder en mevrouw Carter barstten samen in lachen uit.

Ik hurkte neer bij de muur in de hal, vlak bij de woonkamer. Ik kon het allemaal nog steeds niet goed horen, maar ik durfde de woonkamer niet binnen te gaan. Zo moest het maar.

'Die Simon van mij is niet zo avontuurlijk,' zei mevrouw Carter. 'Ik ben bang dat zijn repertoire nogal mager is. Amper een repertoire eigenlijk. Stelt niets voor.'

Te horen aan het rinkelen van flessen ging de deur van de koelkast open.

'Daar heeft mijn man geen last van,' zei moeder. 'Soms zeg ik maar dat ik hoofdpijn heb om ervoor te zorgen dat hij aan iets anders denkt dan de slaapkamer. Of het washok. Of de keukentafel.'

'Nee!' riep mevrouw Carter lachend uit.

'O ja,' zei moeder. 'De man is een hitsig beest. Soms is hij niet te houden.'

'Maar jullie hebben een kind.'

'O, die jongen is altijd op sjouw, ergens mee bezig. En zo niet, dan ligt hij in bed te snurken als een os. Je kunt een kanon afschieten naast zijn bed, dan wordt hij nog niet wakker.'

Ik stak heel voorzichtig mijn hoofd om de hoek zonder ook maar een geluid te maken en trok het meteen weer terug. Moeder stond ergens in te roeren bij het aanrecht. Mevrouw Carter zat aan tafel met een beker koffie.

'Misschien moet je eens proberen de zaak een beetje spannender te maken,' ging moeder door. 'De missionarishouding is voor de missionarissen, zeg ik altijd maar. Pak er een keer een speeltje bij, of neem eten mee naar de slaapkamer. Alle mannen houden van slagroom.'

Ik mocht geen eten meenemen naar mijn slaapkamer. Niet sinds die keer dat mijn moeder een half pak koekjes onder mijn bed had gevonden.

Mevrouw Carter giechelde. 'Ben je gek.'

'Nee, echt.'

'En als hij dat nou niet leuk vindt, of denkt dat ik gestoord ben? Ik zou me doodschamen.'

'O, hij vind het wel leuk. Ze vinden het altijd leuk.'

'Denk je dat?'

'Ik wéét het.'

De beide vrouwen vielen even stil. Toen zei mevrouw Carter: 'Is het jouw man wel eens overkomen dat het hem niet lukte... Ik bedoel, dat hij niet kon, je weet wel...'

'Mijn man?' Moeder gierde van het lachen. 'Mijn god, nee, zijn zaakje werkt prima.'

'Zelfs als hij drinkt?'

'Vooral als hij drinkt.'

De poten van een van onze houten stoelen schraapten over de vloer.

Ik loerde heel snel even om de hoek. Moeder was naast mevrouw Carter gaan zitten en had een hand op haar schouder gelegd. 'Gebeurt het vaak?'

'Alleen als hij drinkt.'

'Drinkt hij veel?'

Mevrouw Carter aarzelde en zocht naar woorden. 'Niet iedere avond.'

Moeder kneep in haar schouder. 'Nou ja, mannen zijn mannen. Hij moet nog een beetje volwassen worden.'

'Denk je?'

'Tuurlijk. Als een man aan het leven begint, staat hij zwaar onder druk. Jullie allebei, maar vooral hij. Hij heeft dat prachtige huis voor je gekocht. Ik neem aan dat jullie het over kinderen hebben gehad?'

Mevrouw Carter knikte.

'Al die dingen bij elkaar liggen als een loden last op zijn schouders. Steeds maar weer een kilootje erbij totdat hij amper nog op zijn benen kan staan. Hij drinkt omdat hij denkt dat hij er dan beter mee om kan gaan. Ik vind een beetje drank om gespannen zenuwen tot rust te krijgen helemaal niet erg. Wees maar niet bang. Als de zaken een beetje beter gaan en de druk wat afneemt, moet je maar eens opletten.'

'Denk je niet dat het aan mij ligt?' vroeg mevrouw Carter met een stemmetje als van een klein meisje.

'Zo'n knap vrouwtje als jij? Natuurlijk niet,' zei moeder.

'Vind jij mij knap?'

Moeder snoof. 'Dat je dat zelfs maar durft te vragen. Je bent adembenemend. Je bent een van de mooiste vrouwen die ik ooit ben tegengekomen.'

'Het is zo aardig dat je dat zegt,' zei mevrouw Carter.

'Het is gewoon de waarheid. Elke man zou zich gelukkig prijzen met jou,' zei moeder.

Opnieuw vielen beide vrouwen stil en waagde ik het opnieuw om even om de hoek te gluren. Muisstil.

Moeder en mevrouw Carter zoenden elkaar.

12

Emory

Dag 1 • 09.29 uur

Duisternis. De duisternis kolkte om haar heen als de stromingen in het diepst van de zee. Koud en stil kroop het donker over haar lichaam als de aanraking van een vreemde.

'Em,' fluisterde haar moeder. 'Opstaan. Je komt te laat op school.'

'Nee,' kreunde ze. 'Nog even...'

'Luister, schat, ik zeg het geen tweede keer.'

'Ik heb hoofdpijn. Mag ik thuisblijven?' Haar stem klonk zacht en op afstand, diep en zwaar van slaap.

'Ik ga niet opnieuw een smoes voor jou opdissen bij de rector. Waarom moet het iedere dag weer zo?'

Maar het klopte niet. Haar moeder was lang geleden overleden, toen ze nog maar drie was. Haar moeder was er niet bij geweest op haar eerste schooldag. Haar moeder had haar nooit naar school gestuurd. Het grootste deel van haar leven had ze thuis les gehad.

'Mama?' zei ze zacht.

Stilte.

Haar hoofd deed zo'n pijn.

Ze probeerde haar ogen open te doen, maar haar oogleden werkten niet mee. En ze had een bonzende, kloppende hoofdpijn. Haar eigen hartslag was een snel en krachtig ritme achter haar ogen.

'Ben je daar, mama?'

Ze tuurde door de duisternis naar links en zocht naar de lichtgevende rode cijfers van haar wekker. De wekker was er echter niet. Het was aardedonker in haar kamer. Ze zag helemaal niets.

Dit is je kamer niet.

De gedachte kwam ineens bij haar op, een stem die ze niet kende.

Waar dan wel?

Emory Connors probeerde rechtop te gaan zitten, maar een hamerende golf van pijn aan de linkerkant van haar hoofd dwong haar weer te gaan liggen. Ze tastte met haar hand naar haar oor, maar voelde alleen een dik verband. Vochtig.

Bloed?

Toen herinnerde ze zich de injectie.

Hij had haar een injectie gegeven.

Wie was hij?

Emory wist het niet. Ze kon het zich niet te binnen brengen. Ze herinnerde zich echter wel de injectie. Hij had van achteren zijn arm om haar heen geslagen en de naald in haar nek gestoken. Koude vloeistof verspreidde zich onder haar huid.

Ze had geprobeerd zich om te draaien. Ze had hem pijn willen doen. Dat had ze geleerd van al die cursussen zelfverdediging die haar vader haar had opgedrongen. *Pijn doen en uitschakelen. Ram hem in zijn ballen, schat. Grote meid.*

Ze was van plan geweest zich om te draaien met een welgemikte trap en een klap op zijn neus of zijn luchtpijp, of misschien iets met zijn ogen. Ze had hem pijn willen doen voordat hij haar pijn kon doen. Ze had...

Ze had zich niet omgedraaid.

In plaats daarvan was het licht uitgegaan en was ze in een diepe slaap verzonken.

Hij verkracht me en maakt me dood, ging het nog door haar heen terwijl ze het bewustzijn verloor. *Help me, mama.* En toen werd alles zwart.

Haar moeder was er niet meer. Dood. En zij zou snel volgen.

Dat was prima, dat was goed. Ze wilde haar moeder graag terugzien.

Nee. De doden voelen geen pijn.

Haar oor klopte.

Ze dwong zichzelf overeind te gaan zitten.

Het bloed zakte weg uit haar hoofd en ze viel bijna flauw. De duisternis kolkte even extra heftig om haar heen voordat alles weer tot stilstand leek te komen.

Wat had hij haar gegeven?

Ze had verhalen gehoord van meisjes die roofies in hun drinken kregen op feestjes en wakker werden op vreemde plekken met verfomfaaide kleren, zonder dat ze zich iets konden herinneren van wat er was gebeurd. Maar zij was niet op een feest geweest. Ze was aan het hardlopen in het park. Hij was zijn hond kwijt. Hij stond daar zo verloren met die riem in zijn hand haar naam te roepen. Bella? Stella? Hoe heette die hond? Ze kon het zich niet herinneren. Haar denken was nevelig; een dikke rookwolk smoorde haar gedachten.

'Welke kant is ze op gegaan?' had ze hem gevraagd.

Hij had zijn wenkbrauwen gefronst en was bijna in huilen uitgebarsten. 'Ze zag een eekhoorn en daar is ze achteraan gegaan. Die kant op.' Hij had naar het oosten gewezen. 'Ze is er nog nooit vandoor gegaan. Ik snap het niet.'

Emory had zich omgedraaid en dezelfde kant op gekeken als hij. Toen lag ineens die arm om haar hals. De injectie.

'Tijd voor een dutje, liefje,' had hij in haar oor gefluisterd.

Er was geen hond geweest. Hoe had ze zo stom kunnen zijn?

Ze had het koud.

Iets verhinderde dat ze haar rechterarm kon optillen. Emory rukte eraan en hoorde het rinkelen van metaal op metaal. Ze reikte met haar linkerhand en verkende het gladde staal om haar rechterpols en de dunne ketting.

Handboeien.

Vastgemaakt aan wat het ook maar was waarop ze lag.

Haar rechterpols was geboeid, haar linkerpols was vrij.

Ze haalde diep adem. De lucht was bedompt en vochtig.

Niet in paniek raken, Em. Zorg ervoor dat de paniek je niet te pakken krijgt.

Haar ogen probeerden zich aan te passen aan de duisternis, maar het was zo zwart, zo intens. Haar vingertoppen streken over het bed.

Het is geen bed, het is iets anders.

Staal.

Een brancard uit een ziekenhuis.

Emory wist niet hoe ze dat wist, maar ze wist het gewoon.

O god, waar was ze?

Ze rilde en realiseerde zich ineens dat ze naakt was.

Na een korte aarzeling voelde ze tussen haar benen. Het deed geen pijn. Als hij haar had verkracht, zou ze dat wel weten, toch?

Ze wist het niet zeker.

Ze had pas één keer seks gehad, en dat had pijn gedaan. Niet heel erg, maar vervelend, en alleen in het begin. Haar vriendje Tyler had beloofd dat hij voorzichtig zou zijn, en dat was hij geweest. Het was zo weer voorbij, het was ook zijn eerste keer. Dat was nog maar een paar weken geleden. Haar vader had haar toestemming gegeven om met Tyler naar *homecoming* van Whatney Vale High te gaan. Tyler had een kamer gehuurd in het Union en was er zelfs in geslaagd ergens een fles champagne te scoren.

God, haar hoofd.

Ze betastte voorzichtig het verband. Haar oor was helemaal ingepakt. Het verband werd op zijn plaats gehouden met een soort pleister. Voorzichtig pelde ze het eraf.

'Fuck!'

De koude lucht stak als een mes.

Ze begon aan het verband te peuteren, plukte er net zo lang aan tot ze er haar hand onder kon schuiven.

De tranen sprongen haar in de ogen toen haar vingers over de resten van haar oor streken. Meer dan een rafelige wond was het niet, gehecht en gevoelig. 'Nee... nee... nee,' jammerde ze.

Haar stem weerkaatste tegen de muren en de echo keerde spottend bij haar terug.

13

Porter

Dag 1 • 10.04 uur

Nash draaide een invalidenparkeerplaats bij de Flair Tower op en zette de motor af.

'Wil je echt hier parkeren?' Porter fronste zijn wenkbrauwen.

Nash haalde zijn schouders op. 'Wij zijn van de politie. Wij mogen dat.'

'Help me onthouden dat ik een verzoek indien voor een andere partner als dit allemaal voorbij is.'

'Dat klinkt als een uitstekend plan. Misschien koppelen ze mij dan aan een hete jongedame die zo van de politieacademie komt.' Nash grinnikte. 'Misschien kun jij vragen om iemand met een vadercomplex.'

'Ik kan me niet herinneren dat die optie ook op het formulier staat, maar misschien heb ik hem over het hoofd gezien.'

De conciërge maakte de grote glazen deuren voor hen open en ze liepen langs hem naar de receptie. Porter liet zijn legitimatie zien. 'Penthouse zevenentwintig?'

Een jonge vrouw met kortgeknipt, donkerblond haar en blauwe ogen glimlachte naar hem. 'Uw collega's zijn een klein halfuur geleden gearriveerd. Lift nummer zes naar de zevenentwintigste verdieping. Het penthouse is aan de linkerkant als u de lift uit komt.' Ze gaf hem een sleutelkaart. 'Deze hebt u nodig.'

Ze stapten in lift nummer zes. De deur schoof met een beschaafde zucht achter hen dicht. Porter drukte op de knop voor de zevenentwintigste verdieping, maar er gebeurde niets.

'Je moet die kaart door dat geval schuiven,' legde Nash uit.

'Dat geval? Hoe ben jij in vredesnaam rechercheur geworden?'

'Neem me niet kwalijk dat ik vanochtend niet op mijn woordenschatkalender heb gekeken,' teemde Nash. 'Ik bedoel natuurlijk de kaartlezer hier, die veel weg heeft van een creditcardlezer.'

'Begrepen, Einstein.' Porter schoof de plastic sleutelkaart door de gleuf van de kaartlezer en drukte opnieuw op de knop. Dit keer lichtte het paneel helderblauw op en begon de lift te stijgen.

Toen de liftdeur openging, werd een grote hal in twee richtingen zichtbaar. Grote met leuningen afgezette gaten in de vloer boden uitzicht op een enorm atrium een verdieping lager. Aan het einde van de hal rechts stond een deur open, bewaakt door een agent in uniform.

Porter en Nash liepen ernaartoe, legitimeerden zich en gingen naar binnen.

Het uitzicht was adembenemend.

Het penthouse besloeg de hele noordoosthoek van het gebouw. De buitenwanden waren in hun geheel van glas, van vloer tot plafond, aangevuld met een balkon. De stad spreidde zich onder hen uit. In de verte was Lake Michigan te zien.

'Mijn kamer toen ik vijftien was,' zei Porter, 'zag er heel anders uit.'

Mijn hele appartement past in deze kamer,' verklaarde Nash. 'Ik lever vandaag mijn penning in en word vastgoedmagnaat.'

'Dat kan vast niet zomaar,' zei Porter. 'Je zult wel eerst een cursus moeten doen op internet.'

Nash haalde latexhandschoenen uit zijn zak, gaf één paar aan Porter en trok het andere paar zelf aan.

Een aantal technische rechercheurs was al aan het werk. Paul Watson kreeg hen in de gaten en liep van de tot aan het plafond reikende boekenkast tegen de andere wand naar hen toe.

'Er is geen enkel spoor van een eventuele worsteling. Dit is het schoonste appartement dat ik heb gezien. De koelkast zit afgeladen vol. Ik heb in de prullenbak een bonnetje gevonden van eergisteren. We trekken de telefoongesprekken na, maar ik vrees dat dat ook niets zal opleveren. De laatste tien binnenkomende gesprekken waren allemaal van haar vader afkomstig.'

'Heeft ze een vaste lijn? Echt?'

'Misschien hoort die bij het appartement,' opperde Watson.

'Dat zal papa wel geregeld hebben. Met een vaste lijn kun je niet zeggen dat je geen bereik had,' zei Nash.

'En uitgaande gesprekken?' vroeg Porter.

'Drie nummers. Daar zijn we nu mee bezig,' antwoordde Watson.

Porter verkende het appartement. Zijn schoenen piepten op de hardhouten vloeren. De keukenkastjes waren van kersenhout, de aanrechtbladen van donker graniet. Alle apparatuur was van roestvrij staal. Er stond een Viking-fornuis en een Sub-Zero-koelkast. In de woonkamer stond een modulaire leren bank. Hij zag er zo comfortabel uit dat Porter al moe werd bij het zien van de pluchen kussens. Het scherm van de tv had een diagonaal van minstens tachtig inch.

'Dat is een 4K-scherm,' zei Watson.

'4K?'

'Vier keer meer pixels dan een standaard 1080p HD-tv.'

Porter knikte alleen maar. Hij had thuis nog steeds een negentien inch-toestel met een ouderwetse beeldbuis. Hij weigerde het antieke exemplaar te vervangen door een flatscreen zolang hij het nog deed. Het stomme ding weigerde de geest te geven.

Er was een studeerkamer met een groot eikenhouten bureau. Een technisch rechercheur kopieerde de bestanden van een zevenentwintig inch iMac.

'Iets bruikbaars?' vroeg hij.

De rechercheur schudde zijn hoofd. 'Niets wat opvalt. We onderzoeken de bestanden en haar activiteiten op social media zodra we terug zijn op het bureau.'

Porter liep door naar de slaapkamer. Het bed was keurig opgemaakt. Geen posters aan de wanden, alleen een paar schilderijen. 'Dit voelt niet goed.'

Nash trok een paar laden open. In elke la lagen keurig opgevouwen kleren. 'Ja... Het lijkt wel een modelwoning. Als hier een tiener van vijftien woont, is dat de meest geordende tiener die ik ooit ben tegengekomen,' zei hij.

Op het nachtkastje stond een ingelijste foto van een vrouw van halverwege de twintig of tegen de dertig. Golvend donkerblond haar en ogen zo groen als Porter nog nooit had gezien. 'Haar moeder?' vroeg hij aan niemand in het bijzonder.

'Ik denk het,' zei Watson.

'Talbot zei dat ze is overleden aan kanker toen Emory drie was,' zei Porter. Hij bestudeerde de foto. 'Een hersentumor nog wel.'

'Dat kan ik voor u uitzoeken,' stelde Watson gretig voor.

Porter knikte en zette de foto terug. 'Dat helpt.'

'Ik heb nog nooit een bed gezien dat zo strak is opgemaakt,' zei Nash. 'Dat is niet het werk van een tiener.'

'Ik ben er nog helemaal niet van overtuigd dat hier een tiener woont.'

De badkamer was verbijsterend – een en al graniet en porselein. Twee wastafels. In de douche kon je een feestje bouwen. Porter telde maar liefst zes douchekoppen, aangevuld met extra jets in de wanden. Hij liep naar de wastafels en voelde aan haar tandenborstel. 'Nog steeds vochtig.'

'Ik zal hem door iemand laten inpakken,' zei Watson. 'Voor het geval we DNA nodig hebben. Geef me die haarborstel ook maar.'

De woonkamer grensde aan de slaapkamer. Langs de wanden waren boekenplanken aangebracht met een paar honderd boeken, uiteenlopend van Charles Dickens tot J.K. Rowling. Een roman van Thad McAlister lag open op een grote, donzige luie stoel midden in het vertrek. 'Misschien woont ze hier toch wel,' zei Porter. Hij pakte het boek. 'Dit is net een paar weken uit.'

'En hoe weet jij dat?' vroeg Nash.

'Heather had het gekocht. Ze is een fan van die schrijver.'

'Ah.'

'Kijk eens.' Watson hield een leerboek Engelse literatuur omhoog. 'Ik zag ook een boek over differentiaalrekening in de studeerkamer. Deze reeks, van Worthington Studies, wordt vaak gebruikt door mensen die thuis lesgeven. Heeft meneer Talbot ook gezegd waar ze naar school ging?'

Porter en Nash keken elkaar aan. 'Dat hebben we niet gevraagd.'

Watson bladerde in het boek. 'Als ze ergens op school zat, kunnen we misschien vrienden van haar vinden.' Hij liep rood aan. 'Sorry, meneer, ik bedoel, dan kunt u misschien vrienden van haar vinden. Als u denkt dat het u verder zal helpen.'

Talbot had Porter zijn kaartje gegeven met zijn mobiele nummer. Porter tikte op zijn zak, om te voelen of het er nog steeds was. 'Ik zal haar vader bellen als we hier klaar zijn.' Ze liepen van de woonkamer naar de hal. 'Hoeveel slaapkamers heeft dit appartement?'

'Drie,' zei Watson. 'Kijk hier eens.' Hij maakte een gebaar naar een kamer rechts van waar ze stonden.

Porter liep de kamer in. Op een queensize bed stond een mand wasgoed. Aan het hoofdeinde hing een crucifix aan de wand. Op de ladekast stond een dubbele rij ingelijste foto's.

Nash hield er een omhoog. 'Is ze dat? Emory?'

'Vast.'

Het onderwerp van de foto's varieerde van een peuter tot een verbluffend mooi meisje in een donkerblauwe jurk naast een jongen van een jaar of zestien met lang, glanzend donkerblond haar. In een hoek van de foto was een klein bijschrift gezet: WHATNEY VALE HIGH HOMECOMING 2014.

'Zit ze daar op school? vroeg Porter.

'Ik zal het uitzoeken.' Watson wees naar de jongen die naast haar stond. 'Zou dat haar vriendje zijn?'

'Misschien.'

'Mag ik die foto eens zien?' vroeg Watson.

Porter gaf hem de ingelijste foto.

Watson draaide hem om, schoof de kleine lipjes opzij en haalde het karton achter de foto weg. Voorzichtig nam hij de foto uit de lijst. 'Em en Ty'. Hij liet hun de achterkant van de foto zien. De namen waren in kleine lettertjes in de rechterbenedenhoek geschreven.

'*Elementary*, beste Watson,' zei Porter.

'Nee, Whatney Vale is voortgezet onderwijs.'

Nash grijnsde. 'Wat een leuke knul. Kunnen we hem houden?'

'De commissaris vermoordt me als ik nog een keer iets van de straat meeneem,' zei Porter.

'Ik meen het, Sam. We zullen mankracht nodig hebben. We moeten dat meisje in twee, hooguit drie dagen vinden. Er zit een goed stel hersens onder die schedel,' zei Nash. 'Als jij niet zelf mensen uitzoekt voor de taskforce, doet de commissaris het voor je. Dan kun jij het maar beter doen, anders worden we opgezadeld met mensen als Murray.' Hij knikte in de richting van een rechercheur die in de hal stond te staren naar de punt van zijn balpen. 'We zouden hem als een liaison naar de technische recherche kunnen binnenhalen.'

Porter dacht even na en keerde zich toen naar Watson. 'Heb je interesse om aan deze zaak te werken?'

'Ik werk particulier op contractbasis voor de technische recherche. Kan ik dan wel als ordehandhaver fungeren?'

'Zolang je niemand neerschiet,' zei Nash.

'Ik heb geen pistool,' zei Watson. 'Ik heb nooit de neiging gehad om de test af te leggen. Ik ben meer een boekenwurm.'

'Chicago Metro heeft een overeenkomst met het forensisch lab. Officieel zou je gedetacheerd moeten worden als consultant. Denk je dat je dat voor elkaar kunt krijgen met je leidinggevende?'

Watson zette de foto terug op de ladekast en haalde zijn mobiele telefoon tevoorschijn. 'Een moment, dan bel ik hem.' Hij liep naar de andere kant van het vertrek en toetste een nummer in.

'Slimme jongen,' zei Nash.

'Het kan geen kwaad om iemand met een frisse blik mee te laten kijken naar de zaak,' zei Porter. 'Per slot van rekening heb ik aan jou niet zoveel.'

'Val dood, maatje.' Nash stopte de foto in een plastic zakje voor bewijsmateriaal. 'Deze neem ik mee naar het hoofdkwartier.'

Porter streek met een hand over zijn haar. Hij keek het vertrek rond. 'Weet je wat ik nog niet heb gezien?'

'Wat?'

'Niet één foto van haar vader,' zei hij. 'Er is helemaal niets wat erop wijst dat ze bloedverwanten zijn. Ik wil wedden dat we ook nergens officiële documenten zullen vinden die hem aan haar koppelen. Het appartement is waarschijnlijk eigendom van een bedrijf dat eigendom is van een bedrijf dat eigendom is van een brievenbusfirma op een eiland dat zo afgelegen is dat er zelfs nog levende dodo's rondlopen.'

Nash haalde zijn schouders op. 'Verbaast je dat? Hij heeft een gezin, een eigen leven. Hij is het soort kerel dat aan de horizon iets in de politiek ziet schitteren. Bastaardkinderen doen het niet zo best in een campagne, tenzij het kinderen van je tegenstander zijn. Datzelfde geldt voor minnaressen. Want laten we wel wezen: ook al zegt hij dat hij heel veel om die vrouw gaf, meer dan een minnares was ze niet, anders was hij wel gescheiden en met haar getrouwd, in plaats van haar hier in dit penthouse te verstoppen, veilig weggestopt voor loerende ogen. Kind of geen kind.'

Watson kwam terug terwijl hij zijn telefoon in zijn zak stopte. 'Hij zei dat hij het goed vond, zolang mijn huidige *caseload* er maar niet onder lijdt.'

'En hoe schat jij dat zelf in?'

Watson schudde zijn hoofd. 'Dat lukt wel. Eerlijk gezegd vind ik een beetje actie wel zo leuk. Het is een prettig vooruitzicht om even een tijdje door te brengen buiten het lab.'

'Oké dan, welkom bij de Taskforce Aap. Op het bureau regelen we de papierwinkel wel.'

'Dat stelde niet veel voor, Sam. Je moet nog maar eens oefenen op plechtige toespraken,' zei Nash.

Watson wees naar de foto. 'Moet ik proberen die Ty op te sporen?'

'Ja,' zei Porter. 'Kijk maar eens wat je te weten kunt komen.'

Nash trok de bovenste la van de ladekast open. Damesondergoed. Hij spande een beha tussen zijn beide handen en floot tussen zijn tanden. 'Dat zijn een paar beste joekels.'

‘Volgens mij is dit de kamer van een kindermeisje of een huishoudster,’ zei Porter. ‘Emory is nog maar vijftien. Die woont hier absoluut niet alleen.’

‘Oké, maar waar is die dame dan nu? Waarom heeft zij geen aangifte gedaan van vermissing? Het is al minstens een dag geleden gebeurd, misschien wel langer geleden.’

‘Ze heeft geen aangifte gedaan bij de politie, maar misschien heeft ze wel iemand anders gebeld,’ bedacht Porter.

‘Bedoel je Talbot?’ Nash schudde zijn hoofd. ‘Dat denk ik niet. Hij kwam bij mij echt geschokt over toen je het hem vertelde.’

‘Als die huishoudster hier illegaal is, zal ze de politie niet bellen,’ zei Watson. ‘Het klinkt logisch dat ze dan contact zou opnemen met Talbot.’

‘Of met iemand die voor Talbot werkt.’

‘Oké, laten we ervan uitgaan dat dat zo is. Waarom zou Talbot dan doen alsof hij van niets weet? Hij zou haar toch willen terugvinden?’

Porter haalde zijn schouders op. ‘Zijn advocaat hamerde erop om het allemaal onder de pet te houden. Misschien is dat het standpunt van Talbot. Ze hebben dit meisje vijftien jaar geheimgehouden. Waarom zouden ze dat nu opgeven? Hij is bemiddeld, hij heeft waarschijnlijk eigen mensen die naar haar op zoek zijn. Hij heeft ons helemaal niet nodig.’

‘Maar waarom doorbreekt hij dat geheim dan naar ons toe? Als het zijn allereerste prioriteit was om haar bestaan geheim te houden, zou hij ons toch om de tuin proberen te leiden?’

Porter liep naar de wasmand en voelde aan een handdoek onder wat kleren. ‘Nog warm.’

Nash knikte bedachtzaam. ‘Iemand heeft haar gebeld en gezegd dat we eraan kwamen.’

‘Zoiets denk ik. Ze is er waarschijnlijk onmiddellijk vandoor gegaan nadat ze werd gebeld.’

‘Dat wil nog niet zeggen dat er sprake is van een of andere enorme samenzwering. Misschien is ze inderdaad illegaal in het land, zoals dr. Watson hier betoogde, en wil hij voorkomen dat ze het land uit wordt gezet,’ zei Nash.

‘Ik ben geen…’

Nash onderbrak hem met een handgebaar. ‘Ik wil wedden dat ze nog in de buurt is. We moeten hier iemand neerzetten die het appartement in de gaten houdt.’

Nash’ telefoon rinkelde. Hij keek op het schermpje. ‘Het is Eisley.’ hij nam het gesprek aan. ‘Met Nash.’

Porter maakte van de gelegenheid gebruik om zijn vrouw te bellen. Toen hij werd doorverbonden met de voicemail, drukte hij het gesprek weg zonder een bericht in te spreken.

Nash verbrak de verbinding en liet zijn telefoon in zijn broekzak glijden. 'Hij wil dat we naar het lijkenhuis komen.'

'Wat heeft hij ontdekt?'

'Hij zei dat we dat met eigen ogen moesten zien.'

14

Dagboek

'Wil je honing in je havermout, liefje?'

Moeder maakte heerlijke havermout. Niet met het voorverpakte spul, o nee. Ze kocht rauwe havermout en kookte die tot een lekkernij die ze samen met toast en vers sinaasappelsap serveerde in de kleine ontbijthoek in onze keuken.

'Ja, moeder,' zei ik. 'En mag ik nog een beetje sap?'

Het was even na achten in de ochtend van een zonnige donderdag in de zomer en er werd zachtjes op de hor van de voordeur geklopt. Moeder en ik keerden ons allebei gelijktijdig om en zagen mevrouw Carter op de stoep staan.

Moeder grijnsde. 'Hé, jij daar, kom binnen.'

Mevrouw Carter trok de deur open. Doordat ze de zon in haar rug had, zag ik de contouren van haar benen door haar jurk toen ze over de drempel stapte. Ze kneep me even in mijn schouder en glimlachte naar me, voordat ze naar mijn moeder liep en haar een kusje op haar wang gaf. Het was nogal tam, vergeleken met wat er de vorige dag was voorgevallen, al ving ik wel een blik van verstandhouding tussen hen op.

Moeder streelde het haar van mevrouw Carter. 'Wat heb je toch schitterend haar. Ik zou een moord doen voor zulke lokken. Zo, ik neem een Irish coffee. Wil jij ook?'

'Wat is Irish coffee?'

'Nou, nou, er valt voor jou nog veel te ontdekken op de wereld, hè? Irish coffee is koffie met een scheut Jameson – Ierse whiskey. Volgens mij de beste manier om op gang te komen op een warme zomerdag.'

'Whiskey op de vroege ochtend? Wat een duivels idee! Ja, graag.'

Moeder schonk mevrouw Carter een kop dampende koffie in en haalde toen een kleine groene fles met een geel etiket uit de kast waar ik niet bij mocht. Ze schroefde de dop eraf en vulde de beker bij, die ze vervolgens aan mevrouw Carter gaf. Het ontging me niet dat hun handen elkaar iets langer aanraakten dan strikt gezien noodzakelijk leek om een beker aan te reiken.

Mevrouw Carter nam een teugje en glimlachte. 'Godendrank. Die moet wonderen verrichten in de winter.'

Moeder keek haar aan; ze hield haar hoofd wat schuin. 'Is dat dezelfde jurk die je gisteren aan had?'

Mevrouw Carter bloosde. 'Je hebt gelijk. Ik moet absoluut met de was aan de gang vandaag.'

'Ik kan je niet rond laten lopen in dezelfde kleren als gisteren. Kom mee.' Moeder stond op en liep in de richting van de slaapkamer met de fles Jameson in de hand. 'Hier liggen nog een paar jurken die ik niet meer draag. Ik wil wedden dat ze jou heel goed passen.'

Mevrouw Carter glimlachte en liep achter moeder aan met haar Irish coffee in haar hand. Ik keek hen na door de hal en zag moeder de deur van de slaapkamer achter zich dichttrekken.

Heel even overwoog ik daar aan tafel te blijven zitten en mijn ontbijt verder op te eten. Het is per slot van rekening de belangrijkste maaltijd van de dag. Als opgroeiende jongeman begreep ik het belang van goede voeding. Maar ik bleef niet zitten. In plaats daarvan liep ik op mijn tenen door de hal en drukte ik mijn oor tegen de slaapkamerdeur.

Aan de andere kant van de deur heerste stilte.

Ik liep naar buiten en om het huis heen.

Het raam van de slaapkamer lag aan de oostkant, boven een rozenperk, in de schaduw van een oude katoenboom. Voorzichtig, zodat ik niet te zien was vanaf de straat, koos ik een plekje naast de boom. Ik gluurde naar het raam. Jammer genoeg was ik nog vrij klein en had ik het tengere lichaam van een jongetje, zodat ik vanaf die plek alleen het plafond van de slaapkamer kon zien.

Ik rende snel om het huis heen en keerde terug met een grote plastic emmer van twintig liter. Die zette ik op de kop naast de boom, ik klom erop en keek opnieuw naar het slaapkamerraam.

Mevrouw Carter stond met haar rug naar me toe te kijken naar moeder, die in haar klerenkast wroette als een hond die een gat graaft voor zijn lekkerste bot. Toen moeder weer tevoorschijn kwam, had ze drie jurken in haar handen. Er werd iets gezegd, maar dat kon ik niet verstaan doordat het raam dicht was. Moeder deed nooit haar slaapkamerraam open, zelfs niet midden in de zomer.

Mevrouw Carter reikte achter haar hoofd en trok de strik los die haar jurk op de rug bij elkaar hield. Mijn adem stokte in mijn keel toen de dunne stof op de vloer viel. Afgezien van een dun, wit slipje was ze naakt. Moeder gaf haar een van de jurken; ze liet hem over haar hoofd glijden. Moeder deed een stap achteruit en nam de andere vrouw schattend op. Toen bracht ze de kleine groene fles naar haar mond en nam ze een slok, rechtstreeks uit de fles. Ze huiverde, grijnsde en gaf de fles aan mevrouw Carter, die maar heel even aarzelde voordat ze zelf de fles aan haar lippen zette.

Ik wist wat alcohol was, en ik kon me niet herinneren dat ik moeder ooit had zien drinken – alleen vader. Het was heel gebruikelijk dat hij zich na een lange dag werken een of twee keer een glas inschonk, maar dat gold niet voor moeder. Dit was nieuw. Dit was anders.

Moeder hield een van de andere jurken omhoog. Mevrouw Carter knikte enthousiast. Ze trok de jurk uit die ze aanhad en liep naar moeders spiegel terwijl ze de tweede jurk voor haar borst hield.

Mijn hart ging sneller kloppen.

Moeder ging achter mevrouw Carter staan en streek haar haar opzij, zodat de ronding van haar nek zichtbaar werd. Ik tuurde naar binnen toen moeder haar o, zo teder kuste waar de nek overgaat in de schouder. Mevrouw Carter sloot haar ogen en leunde licht achterover, drukte zich tegen moeder aan. Ze liet de jurk op de vloer vallen. In het beeld dat door de spiegel werd weerkaatst, zag ik moeders hand tergend langzaam over de buik van mevrouw Carter omhoog gaan en tot rust komen om de rechterborst.

In tegenstelling tot mevrouw Carter had moeder haar ogen niet gesloten. Ik weet dat doordat ik haar ogen kon zien. Ik zag haar ogen die naar me staarden in de spiegel, terwijl haar handen strelend over de buik van mevrouw Carter omlaag gleden en in haar slipje verdwenen.

15

Porter

Dag 1 • 10.31 uur

Het bureau van de lijkschouwer van Cook County was in West Harrison Street in het centrum van Chicago. Het kostte Porter en Nash niet al te veel tijd om er te komen vanaf de Flair Tower. Ze parkeerden op een van de plaatsen die gereserveerd waren voor de politie. Eisley had aangegeven dat hij hen zou opwachten in het lijkenhuis.

Porter was nooit erg dol geweest op het lijkenhuis. De lievelingsluchtverfrisser daar leek een combinatie van formaldehyde en bleekwater te zijn, maar daarmee viel niet verdoezelen dat het in het lijkenhuis in werkelijkheid stonk naar voeten, oude kaas en goedkope parfum. Steeds als hij het lijkenhuis binnen stapte, moest hij denken aan de varkensfoetus die meneer Scarletto hem had laten ontleden op de middelbare school. Hij wilde er zo snel mogelijk weer weg. De wanden waren in een vrolijke kleur lichtblauw geverfd, wat er amper aan bijdroeg om te vergeten dat je werd omringd door doden. Al het personeel leek dezelfde nonchalante uitdrukking op het gezicht te hebben, een uitdrukking die Porter zich deed afvragen wat hij zou tegenkomen bij een kijkje in hun koelkast thuis. Nash leek van dat alles echter geen last te hebben. Hij was halverwege de hal blijven staan bij een snoepautomaat.

'Hoe is het mogelijk dat de Snickers hier op zijn? Wie runt de boel hier?' gromde hij tegen niemand in het bijzonder. 'Hé, Sam, heb je een kwartje voor me?'

Porter negeerde hem en duwde de stalen klapdeuren open bij een groene leren bank die misschien ooit nieuw was geweest in de tijd dat JFK de eed aflegde als president van de VS.

'Kom op, kerel, ik heb honger!' riep Nash achter hem.

Tom Eisley zat achter een stalen bureau in de hoek van de ruimte driftig te typen. Hij keek op van zijn computerscherm. 'Zijn jullie komen lopen?'

Porter overwoog te zeggen dat ze eigenlijk als idioten hadden gereden, met zwaailicht en al, maar bedacht zich. 'We waren in de Flair Tower. We hebben ontdekt waar het slachtoffer woont.'

De meeste mensen zouden hebben gevraagd wat ze daar hadden aangetroffen, maar niet Eisley. Hij interesseerde zich pas voor mensen als hun hartslag het had laten afweten.

Nash kwam de ruimte in door de klapdeuren met de restanten van een KitKat aan zijn vingers.

'Gaat het weer een beetje beter?' vroeg Porter.

'Doe me een lol. Ik loop op mijn laatste benen.'

Eisley stond op. 'Handschoenen aan, allebei. Kom mee.'

Hij liep langs zijn bureau en voor hen uit een tweede stel klapdeuren door naar een onderzoeksruimte. Meteen voorbij de klapdeuren leek het wel vijftien graden kouder. Het was er in ieder geval zo koud dat Porter de lucht die hij uitblies als een wolkje voor zich zag hangen. Hij kreeg kippenvel op zijn armen.

Een grote ronde operatielamp met aan weerszijden handgrepen hing boven de onderzoekstafel midden in de ruimte, waarop de naakte stoffelijke resten lagen van een man. Het gezicht was bedekt met een witte doek. De borstkas was geopend met een incisie in de vorm van een Y die bij de navel begon en zich vertakte bij de borstspieren.

Hij had kauwgum moeten meenemen. Kauwgum hielp tegen de stank.

'Is dat hem?' vroeg Nash.

'Dat is hem,' zei Eisley.

Het vuil en de rommel van het wegdek was weggewassen, zodat de schaafwonden her en der op de huid zichtbaar waren.

Porter bekeek de man van dichterbij. 'Dit heb ik vanmorgen gemist.'

Eisley wees naar twee grote paars-zwarte bloeduitstortingen op de rechterarm en het rechterbeen. 'Daar heeft de bus hem geraakt. Zie je die lijnen? Dat is de grille. De klap heeft hem iets meer dan zes meter door de lucht gesmeten en daarna is hij nog eens drie meter over het asfalt geschoven. Hij heeft inwendig enorm veel letsel opgelopen. Meer dan de helft van zijn ribben is gebroken. Vier hebben de rechterlong doorboord, twee de linkerlong. Zijn milt is gescheurd, evenals een nier. Het trauma aan het hoofd was de doodsoorzaak, maar al die andere kwetsuren zouden even dodelijk zijn geweest. Hij was vrijwel op slag dood. Er was niets meer aan te doen.'

'Is dat het grote nieuws?' Nash leek bijna verontwaardigd. 'Ik dacht dat je iets belangrijks had ontdekt.'

Diepe rimpels vormden zich in het voorhoofd van Eisley. 'O, er is nog iets.'

'Ik houd niet zo van suspense, Tom. Wat heb je gevonden?' vroeg Porter.

Eisley liep naar de roestvrijstalen tafel en wees naar een afgesloten plastic zak met iets bruins.

'Is dat zijn maag?' vroeg Nash.

Eisley knikte. 'Zie je iets bijzonders?'

'Ja... Hij is verwijderd,' zei Porter.

'Nog iets anders?'

'We hebben geen tijd voor raadsels, doc.'

Eisley zuchtte. 'Zie je die vlekken, daar, en daar?'

Porter boog zich iets verder naar voren. 'Wat is dat?'

'Maagkanker,' zei Eisley.

'Ging hij dood? Wist hij het?'

'Dit is een vergevorderd stadium. Behandelen heeft geen zin meer als de ziekte in dit stadium is. Het moet heel pijnlijk zijn geweest. Ik ben ervan overtuigd dat hij precies wist wat er met hem aan de hand was. Ik heb bij de drugstest een paar interessante dingen gevonden. Hij gebruikte een hoge dosis octreotide, dat wordt voorgeschreven om misselijkheid en diarree onder controle te houden. Ik heb ook een concentratie van trastuzumab gevonden. Dat is een boeiend medicijn. Ze pasten het in eerste instantie toe bij de behandeling van borstkanker, maar ontdekten toen dat het ook werkzaam is bij andere vormen van kanker.'

'Denk je dat we via de medicijnen zijn identiteit zouden kunnen achterhalen?'

Eisley knikte bedachtzaam. 'Waarschijnlijk wel. Trastuzumab wordt minstens één keer per week – maar in dit stadium waarschijnlijk vaker – intraveneus toegediend gedurende een uur. Het is mij niet bekend dat er ergens een privékliniek is die het medicijn verstrekt en dat betekent waarschijnlijk dat hij ervoor naar een ziekenhuis of kankercentrum moest. Hier in de stad heb je dan maar weinig keus. Het medicijn kan hartproblemen veroorzaken, dus houden ze de patiënten nauwlettend in de gaten.'

Nash richtte zich tot Porter. 'Wat denk je, zou hij met opzet voor die bus zijn gesprongen omdat hij doodging?'

'Ik betwijfel het. Waarom zou hij dan nog weer een meisje hebben ontvoerd? Ik denk dat hij dit tot het einde wilde volhouden.' Hij keerde zich naar Eisley. 'Hoeveel tijd had hij nog, denk je?'

Eisley haalde zijn schouders op. 'Moeilijk te zeggen. Niet erg lang. Een paar weken, hooguit een maand.'

'Gebruikte hij pijnstillers? vroeg Porter.

'Ik heb een gedeeltelijk verteerde tablet oxycodon in zijn maag gevonden. We testen zijn haar op andere, eerder gebruikte medicijnen, zaken die niet langer in zijn systeem zitten. Waarschijnlijk komen we morfine tegen,' zei Eisley.

Porter wierp een blik op het donkere haar van de man. In haar blijven sporen van medicijnen en voedsel bewaard. Aap liet zijn haar kort knippen, zijn haar was niet langer dan een centimeter of twee, drie. Haar groeit normaal gesproken iets meer dan een centimeter per maand en dat betekende dat ze in het haar van Aap op zijn minst sporen van een maand of drie terug zouden vinden. Drugtests die werden uitgevoerd op haren waren minstens vijf keer zo betrouwbaar als tests uitgevoerd op urine. Door de jaren heen had hij verdachten meegemaakt die drugs en medicijnen uit hun systeem hadden gespoeld door van alles en nog wat te drinken, variërend van cranberrysap tot urine. Uit je haar kon je echter niets wegspoelen. Dat was de reden waarom veel junkies en gedetineerden die voorwaardelijk waren vrijgelaten, hun hoofd kaalschoren.

'Hij heeft haar,' zei Porter zacht.

Eisley fronste even zijn wenkbrauwen tot het tot hem doordrong waarop Porter doelde. 'Ik heb geen sporen van chemotherapie kunnen vinden, zelfs niet een enkele cyclus. Misschien hebben ze de kanker te laat ontdekt en was een traditionele behandeling vanaf het begin al uitgesloten.' Eisley liep naar een andere tafel waarop de persoonlijke bezittingen van de man lagen. 'Dat kleine blikken doosje daar,' zei hij, wijzend naar een zilverkleurig doosje, 'zit vol lorazepam.'

'Dat is tegen angststoornissen, toch?'

Nash grijnsde. 'Seriemoorden plegen is een vreemde hobby voor iemand die last heeft van angststoornissen.'

'Generiek Ativan. Bij maagkanker schrijven artsen het soms voor om het maagzuur in toom te houden. Spanningen leiden tot een verhoogde productie die lorazepam weer onderdrukt,' zei Eisley. 'De kans is groot dat hij rustiger was dan wij allemaal.'

Porter keek naar het zakhorloge dat nu, voorzien van een label, was opgeborgen in een plastic zak. Het deksel was rijkelijk versierd met graveerwerk. Eronder waren de wijzers te zien. 'Heeft die nog vingerafdrukken opgeleverd?'

Eisley knikte. 'Hij heeft een paar schaafplekken op zijn handen, maar de vingertoppen waren niet beschadigd. Ik heb een volledig set kunnen maken. Die heb ik naar het lab gestuurd. Ik heb er nog niets over gehoord.'

Porters ogen gleden over de schoenen.

Eisley volgde zijn blik. 'O, die was ik bijna vergeten. Kijk eens, heel vreemd.' Hij pakte een van de schoenen en liep ermee terug naar het lijk. Daar zette hij de zool van de schoen voorzichtig tegen de blote voet van de man. 'Bijna twee maten te groot. Hij had tissues in de punt gestopt.'

'Wie draagt er nu schoenen die hem twee maten te groot zijn?' peinsde Nash. 'Zei je niet dat je voor die dingen vijftienhonderd dollar moest neertellen?'

Porter knikte. 'Misschien zijn ze niet van hem. We moeten kijken of er vingerafdrukken op staan.'

Nash wierp een blik op Eisley en keek toen rond door de ruimte. 'Heb je hier... Laat maar, ik zie het al.' Hij liep naar een werkbank en pakte een setje voor het afnemen van vingerafdrukken. Hij strooide met grote deskundigheid het poeder op de beide schoenen. 'Bingo.'

'Stuur ze maar naar het laboratorium en zorg ervoor dat ze doorhebben hoe urgent het is,' zei Porter.

'Doe ik.'

Porter keerde zich weer naar Eisley. 'Verder nog iets?'

Eisley fronste de wenkbrauwen. 'Hoezo? Heb je nog niet genoeg aan die medicijnen?'

'Daar gaat het...'

'Er is nog iets anders.'

Hij nam Porter mee naar de andere kant van het lijk en tilde de rechterhand op. Porter probeerde niet naar het gapende gat in de borst te kijken.

Ik heb een kleine tatoeage gevonden,' zei Eisley. Hij wees naar een kleine zwarte vlek op de binnenzijde van de pols. 'Volgens mij is het het cijfer acht.'

Porter boog zich over de pols. 'Of een oneindigheidssymbool.' Hij pakte zijn telefoon en maakte er een foto van.

'Hij is nieuw. Zie je dat rode? Hij heeft hem minder dan een week geleden laten zetten.'

Porter probeerde het een betekenis te geven. 'Misschien was het iets religieus. Hij was per slot van rekening terminaal.'

‘Ik laat het betere speurwerk aan jullie over,’ zei Eisley.

‘Porter tilde de rand op van de witte doek die over het hoofd lag. Het kwam los van het gezicht met net zo’n soort geluid als klittenband maakt.

‘Ik ga proberen een reconstructie te maken van zijn gezicht.’

‘Ja? Denk je dat dat kan? vroeg Porter.

‘Nou ja, ik niet,’ bekende Eisley, ‘maar ik heb een vriendin die in het Museum voor Wetenschap en Industrie werkt. Ze is gespecialiseerd in dat soort dingen. Oude stoffelijke resten en zo. Ze is de afgelopen zes jaar bezig geweest met de restanten van een stam Illiniwek die in het zuiden van de staat, in de buurt van McHenry County, zijn gevonden. Normaal gesproken werkt ze met niet meer dan de schedel en botresten en niet met iets... vers als dit. Maar ik denk dat het haar wel lukt. Ik zal haar bellen.’

‘Heb je een vriendin?’ zei Nash. Hij was klaar met de schoenen en pakte de spullen van de set weer in. ‘Ik heb zes gedeeltelijke afdrukken en minstens drie volledige duimen. Drie duimafdrukken, zou ik moeten zeggen. Ik bedoel niet te beweren dat onze grote onbekende hier drie duimen heeft, al zou hij in dat geval wel veel gemakkelijker te identificeren zijn. Ik ga de afdrukken wegbrengen. Zien we elkaar weer in het hoofdkwartier? Over een uur? Ik zal ook contact opnemen met de commissaris.’

Porter dacht aan het dagboek in zijn zak. Over een uur leek hem een prima afspraak.

16

Dagboek

Moeder zag me, maar ik rende niet weg. Ik wist dat ik dat wel moest doen. Ik wist dat dit heel privé was, en niet bestemd voor mijn ogen, maar ik bleef kijken. Ik denk dat ik mijn blik niet had kunnen afwenden, zelfs niet als ik dat had gewild. Ik bleef naast die boom staan kijken tot moeder en mevrouw Carter uit het zicht verdwenen. Om precies te zijn, uit het zicht zakten, of ze daarbij op het bed belandden of op de vloer kon ik niet zien.

Onder me wiebelde de emmer. Ik wiebelde zelf. Mijn benen voelden aan alsof ze met pudding waren gevuld. Wiebel, wiebel. Mijn hart bonsde als een militaire optocht. Ik kan je wel vertellen dat het op z'n minst een stimulerend effect had!

Ik werd zo volledig door dit alles in beslag genomen dat ik niet hoorde dat de auto van meneer Carter langs ons huis reed. Het drong pas tot me door toen hij knarsend het gravel van de oprit van het huis van de buren op reed. Op dat moment moet mevrouw Carter de auto ook hebben gehoord. Als een bosmarmot op de laatste dag van de winter dook haar hoofd ineens op achter het raam boven de vensterbank, boven op en neer wippende borsten, de mond happend naar adem opengesperd. Ze zag mij op hetzelfde moment dat ik haar zag. Ik kon niets doen, ik verstijfde en bleef naar haar staren. Ze draaide zich om en riep iets. Toen verscheen mijn moeder achter het raam. Zij keek niet naar mij.

Beide hoofden verdwenen weer.

Het portier van meneer Carters auto werd dichtgeslagen. Hij kwam nooit op dit tijdstip thuis. Normaal gesproken arriveerde hij pas na vijf uur, ongeveer op hetzelfde moment als mijn vader. Meneer Carter zag mij bij de boom staan, hoog boven op mijn emmer, en bleef verbaasd naar me staan kijken. Ik zwaaide. Hij zwaaide niet terug, maar liep met grote stappen over het paadje naar zijn voordeur en verdween in huis.

Enkele ogenblikken later liep mevrouw Carter met een stevige tred ons huis uit. Ze stak het gazon over en steek met haar handen haar jurk glad. Even bleef haar blik tijdens het passeren op mij rusten. Ik zei iets als 'Hoi', maar ze reageerde niet. Toen ze haar huis binnenging, deed ze dat voorzichtig. Ze sloot de voordeur zo zacht als ze maar kon.

Ik sprong van mijn emmer en volgde haar.

Ik zou mezelf geen bemoeiziek kind willen noemen, gewoon nieuwsgierig, meer niet. Dus stak ik het gazon van de Carters over zonder bijbedoelingen. Ik was halverwege toen ik de klap hoorde.

Je kon je onmogelijk vergissen bij dat geluid. Mijn vader geloofde heilig in discipline en had zijn hand bij meerdere gelegenheden naar mijn achterste opgeheven. Ik zal niet in detail treden, maar ben zonder meer bereid toe te geven dat ik in al die gevallen wel één of meer ferme tikken had verdiend; daarom draag ik hem ook geen kwaad hart toe. Ik kende dat geluid maar al te goed, en doordat ik zelf de ontvangende partij was geweest, herkende ik ook maar al te goed de kreet van pijn die er onmiddellijk op volgde.

Toen ik die kreet van mevrouw Carter hoorde, wist ik dat meneer Carter haar had geslagen. Er volgde nog een klap, en opnieuw klonk er een kreet van pijn.

Ik stond bij de auto van meneer Carter. De afkoelende motor maakte een regelmatig tikkend geluid. Er hing hitte boven de motorkap en de lucht was doortrokken van uitlaatgassen.

Meneer Carter kwam als een stormram door de voordeur naar buiten op me af, zoals ik daar naast die auto stond. 'Wat sta jij daar godverdomme te doen?' gromde hij in het voorbijgaan op weg naar ons huis.

Mevrouw Carter verscheen in de deuropening, maar bleef op de drempel staan. Ze hield een natte handdoek tegen de zijkant van haar gezicht. Haar rechteroog was gezwollen, roze en betraand. Toen ze me zag, begonnen haar lippen te trillen. 'Hij mag je moeder geen pijn doen,' fluisterde ze.

Meneer Carter stond bij onze keukendeur en bonsde met zijn vuist op de deurpost. Ik vond het vreemd dat die deur dicht was. Vrijwel iedere zomerdag ging die deur 's morgens open en bleef hij open tot 's avonds laat. Alleen de hor was dan dicht om het beestenspul van moeder natuur buiten te houden. Moeder moest…

Ik zag moeder staan bij een zijraam. Ze keek woest naar meneer Carter bij onze keukendeur.

'Maak die deur open, kutwijf!' schreeuwde hij. 'Maak die klotedeur open!'

Moeder keek terug maar verroerde zich niet.

Ik ging op weg terug naar ons huis. Haar hand schoot omhoog en gebaarde dat ik moest blijven waar ik was. Ik bleef staan en wist niet meer wat ik moest doen. Als ik erop terugkijk, besef ik dat het nogal naïef was geweest om te geloven dat ik ook maar iets had kunnen uitrichten. Meneer Carter was een grote kerel, misschien wel groter dan mijn vader. Als ik zou proberen hem op een of andere manier tegen te houden, zou hij me van zich afslaan alsof ik een vervelende vlieg was die om zijn hoofd zoemde.

'Denk je dat je mijn vrouw zomaar voor je eigen perverse pleziertjes kunt gebruiken?' Hij bonsde op de deurpost. 'Ik wist het wel. Ik wist het godverdomme wel. Onverzadigbaar kutwijf dat je bent. Ik wist wel dat er iets aan de gang was. Ze zat altijd maar bij jou thuis. Ze stonk naar jou. Ik kon jou proeven, wist je dat? Geloof me maar. Godverdomme, nou en of. En nu sta je bij mij in het krijt. Dat wordt dokken. Misschien moet ik het een beetje duidelijker voor je maken. Krikken, trut! Wat jij doet heeft gevolgen! Tijd om af te rekenen, teef. Niets voor niets op deze wereld!'

Moeder was niet meer te zien achter het raam.

Mevrouw Carter begon achter me te snikken.

Meneer Carter draaide zich om en wapperde een woedende vinger heen en weer. 'Hou verdomme je kop!' Zijn gezicht was vuurrood. Zweet glinsterde op zijn voorhoofd. 'Denk maar niet dat ik met jou klaar ben. Als ik hier orde op zaken heb gesteld, kom ik terug om nog eens goed en lang met jou te praten. Geloof me. Als ik met deze slet heb afgerekend, ben jij aan de beurt. Denk je dat dat ene schrammetje pijn doet? Wacht maar tot ik thuis kom voor het toetje!'

Op dat moment ging onze achterdeur open. Moeder deed een stap naar buiten, het licht in, en wenkte meneer Carter naar binnen.

Meneer Carter stond even als aan de grond genageld woest naar moeder te kijken. Zijn gezicht nog steeds zo rood als een biet en er zaten diepe rimpels in zijn voorhoofd, waarop zweet glinsterde. Hij had zijn handen tot vuisten gebald. Ik dacht eerst dat hij haar zou slaan, maar dat deed hij niet.

Moeder gluurde over zijn schouder en keek mij even aan voordat ze zich weer tot hem richtte. 'Ik bied het maar één keer aan. Het is nu of nooit.' Ze krulde een lok blond haar om een vinger en liet die toen langs haar hals omlaag glijden. Er lag een glimlachje om haar mond.

'Zet je me voor schut?'

Moeder liep terug de keuken in en zei: 'Kom mee.'

Hij keek haar na de keuken in en keerde zich naar zijn vrouw. 'Beschouw dit maar als les één. Als ik hier klaar ben, kom ik thuis en dan krijg jij les twee.' Hij snoof alsof hij de beste grap ooit had gemaakt, liep ons huis binnen en liet de deur achter zich dichtvallen.

Mevrouw Carter snikte.

Ik was een jochie en ik had geen idee hoe ik een huilende vrouw moest troosten. Ik had er bovendien geen zin in. In plaats daarvan rende ik om ons eigen huis naar het raam van de slaapkamer en nam ik mijn positie op de emmer weer in. De slaapkamer was leeg.

Ergens in het huis hoorde ik iemand afgrijselijk krijsen. Het was niet mijn moeder.

17

Emory

Dag 1 • 09.31 uur

Ze moest overgeven. Kots kroop omhoog in haar keel, dik en ranzig. Ze slikte de troep weg en kromp in elkaar als reactie op de vieze smaak die ze eraan overhield.

Ze haalde diep adem, happend naar adem tussen de snikken.

Hij had haar oor afgesneden. *Wtf*? Waarom…

Het antwoord op die vraag drong zich onmiddellijk aan haar op en ze haalde opnieuw zo diep en zo snel adem dat de volgende snik met een gierend geluid uit haar keel ontsnapte. Tranen sprongen haar in de ogen en dropen op haar knieën. Ze probeerde ze van haar wangen te vegen, maar het was tevergeefs. Er kwamen er nog meer, zout en branderig op haar huid.

Ze ademde onregelmatig en hikkend.

Haar lichaam onderging wilde, spastische schokken. Snot droop uit haar neus en vermengde zich met haar tranen. Net als ze het gevoel kreeg dat het voorbij was, ging er weer een golf van angst, pijn en woede door haar heen en begon alles opnieuw. Het werd heel langzamerhand iets minder fel.

Toen de aanval eindelijk over was, toen ze eindelijk weer op een normale manier adem kon halen en in staat was die vast te houden in haar longen, zat ze als verdwaasd in de diepe stilte. In haar hoofd voelde het hol en leeg, haar lichaam deed pijn, haar spieren deden pijn, haar gezicht was rood en opgezwollen. Ze liet haar vingers over de handboeien gaan en zocht naar een palletje om ze te ontgrendelen, in de hoop dat het geen echte handboeien waren, maar het soort dat je koopt in een seksshop of een speelgoedwinkel – haar vriendin Laurie had haar over het bestaan ervan verteld. Haar vriendje had ze willen gebruiken en ze had 'O nee, daar komt niets van in' gezegd.

Er was geen palletje en de stalen band om haar pols zat strak. Ze zou niet zonder sleutel van die handboeien verlost worden. Ze zou kunnen proberen ze met een pennetje of zo open te peuteren, maar daarvoor had ze zoiets als een pennetje nodig en dan moest ze op onderzoek uit om er een te vinden.

Wie hield ze eigenlijk voor de gek? Ze had geen flauw idee hoe je een slot met een pennetje moest openpeuteren.

Aan de handboeien zat een abnormaal lange ketting, van meer dan een halve meter, iets wat je alleen maar in de film ziet als de handen van de boef worden geketend aan zijn voeten en hij wordt gedwongen om door donkere gangen te schuifelen. Met dergelijke boeien kon je je een beetje verroeren, maar echte bewegingsvrijheid had je niet.

Ze wist van het bestaan van de Moordenaar van het Vierde Aapje. Iedereen in Chicago kende hem, misschien wel iedereen op de hele wereld. En iedereen wist dat hij niet alleen een seriemoordenaar was, maar ook dat hij zijn slachtoffers martelde voordat hij ze vermoordde, en dat hij over de post delen van het lichaam naar hun familie stuurde. Eerst een oor en dan...

Emory's hand ging naar haar ogen. Het was donker in de ruimte waar ze gevangen werd gehouden, maar ze kon vage contouren onderscheiden. Hij had haar ogen nog met rust gelaten.

Vooralsnog. Misschien begint hij daaraan als hij terugkomt.

Haar hart klopte in haar keel.

Hoelang zou het duren voordat...

Ze kon zich er niet toe zetten om daaraan te denken. Het lukte haar niet.

Het idee dat iemand haar ogen zou uitsteken, zich van haar ogen meester zou maken terwijl ze in leven was.

En ook je tong, schat. Vergeet de tong niet. Dat is de derde trofee die hij je afpakt, en dan stuurt hij het stompje over de post naar mammie en pappie, pal voordat hij uiteindelijk...

De stem in haar hoofd kwam haar vreemd vertrouwd voor.

Herinner je je mij niet meer, schat?

Ineens wist ze het, zomaar ineens. Woede welde in haar op.

'Jij bent mijn moeder niet,' zei ze woedend. 'Mijn moeder is dood.'

Christus. Ze werd gek. Ze praatte tegen zichzelf. Kwam dat door die injectie? Wat had hij haar ingespoten? Hallucineerde ze? Misschien was het allemaal alleen maar een akelige droom. Misschien was ze...

Probeer alle details maar later uit te dokteren, schat, als je meer tijd hebt.

Op dit moment moet je je volgens mij concentreren op het zoeken naar een manier om hieruit te komen. Voordat hij terugkomt, vind je ook niet?

Emory besefte dat ze instemmend knikte.

Ik heb het beste met je voor.

'Stop.'

Als je veilig bent. Tot dan... Je zit in het nauw, Em. Ik kan je nu niet helpen door een briefje voor je te schrijven. Dit is heel wat erger dan een kwade rector.

'Stil!'

Het bleef stil.

De enige geluiden die ze hoorde waren haar eigen ademhaling en het kloppen van het bloed in haar oor, warm en bonzend onder het verband.

Waar je oor was, schat.

'Alsjeblieft, niet doen. Wees alsjeblieft stil...'

Je kunt het maar beter meteen accepteren, dan kun je verder.

Emory liet haar benen over de rand van haar geïmproviseerde bed zakken. De wielen piepten toen de brancard een paar centimeter opzij gleed, tot een muur met een schrapend geluid verder rollen verhinderde. Toen ze met haar voeten het koude beton voelde, trok ze ze bijna weer terug op de brancard. Ze vond het doodeng dat ze niet wist wat zich onder haar bevond, maar blijven waar ze was en wachten tot haar ontvoerder terug zou komen was iets waaraan ze helemaal niet wilde denken. Ze moest een weg naar buiten zoeken.

Ze vocht met haar ogen tegen de duisternis, probeerde op allerlei manieren om maar het kleinste beetje licht te ontdekken, maar het was tevergeefs. Ze hield haar hand voor haar gezicht en kon die al amper zien, eigenlijk alleen als ze er zo ongeveer haar neus mee aanraakte.

Emory dwong zich om te gaan staan. Ze negeerde de pijn aan haar oor en de duizeligheid die haar deed wankelen. Ze haalde diep adem en greep de plek waar ze aan geboeid was, de rand van de brancard, om zich in evenwicht te houden. Ze wachtte tot de misselijkheid voorbijging.

Het was zo donker. Te donker.

Pas toch op, schat, dat je niet valt. Pas toch op dat je niet ergens over struikelt als je probeert te lopen. Weet je zeker of dit verstandig is? Waarom ga je niet gewoon weer zitten om er eens goed over na te denken? Is dat niet veel beter?

Emory negeerde de stem en tastte voor zich met haar linkerhand, in de duisternis, met graaiende vingers. Toen die niets vonden, deed ze een stap langs de brancard, opnieuw met een voor zich uit tastende linkerhand. Eén stap, een tweede, daarna een…

Haar vingers raakten de muur en ze sprong bijna achteruit. Het ruwe oppervlak voelde vochtig en viezig aan. Ze liet haar vingers voorzichtig over het oppervlak gaan, vond een groef en volgde de rand ervan met de top van haar vinger, horizontaal totdat ze op een andere groef stuitte, nu verticaal. Het patroon herhaalde zich zo'n dertig centimeter lager. Rechthoeken.

Betonblokken.

Weet je, als er één muur is, is er meestal ook een tweede. Soms is er een deur of een raam, of misschien zijn er wel twee. Misschien moet je eens een rondje gaan maken? Uitzoeken in welke nesten je jezelf nu weer hebt gewerkt? Maar ja, je zit natuurlijk wel vast aan die vervelende brancard. Dat maakt het een stuk minder gemakkelijk.

Emory trok aan de brancard tot die in beweging kwam en moeizaam een paar centimeter verrolde op piepende wielen. Ze kneep in de rail. Alleen door iets, die ijzeren buis, vast te houden, voelde ze zich veiliger. Het was belachelijk, dat wist ze wel, maar…

Net zoiets als een kruk. Dat bedoel je toch?

'Val dood,' mompelde ze.

Met haar linkerhand tastte ze de muur af en met haar rechter- sleepte ze de brancard mee, centimeter na centimeter, met schuifelende voeten. Ze telde onder het gaan en probeerde in gedachten een plattegrond van de ruimte te vormen. Het kostte haar twaalf schuifelende stappen tot aan de eerste hoek. Die eerste muur schatte ze op drie meter.

Ze schuifelde verder langs de tweede muur. Opnieuw betonblokken. Ze liet haar vingers omhoog en omlaag over de wand gaan, op zoek naar een lichtknopje, een deur, of wat dan ook, maar het leverde niets op. Alleen meer betonblokken.

Ze bleef even stilstaan, met geheven hoofd. Onwillekeurige vroeg ze zich af hoe hoog het vertrek was. Was er een plafond?

Natuurlijk is er een plafond, schat. Seriemoordenaars zijn slim. Je bent niet het eerste meisje dat een ritje maakt met deze draaimolen. Hoeveel meisjes heeft hij al ontvoerd? Vijf? Zes? Zo langzamerhand heeft hij het wel tot in alle details uitgedokterd. Ik wil wedden dat dit hok volledig is afgeschermd van de buitenwereld. Maar je moet wel blijven verkennen. Dat is een stuk beter dan lijdzaam gaan zitten wachten tot hij terugkomt. Dat zou dom zijn. Dit heeft een doel. Dit laat zien dat je pit hebt.

Ze schuifelde verder langs de wanden. De brancard stribbelde opnieuw tegen toen ze bij een hoek kwam. Ze haalde het ding met een woeste ruk naar zich toe.

Hé, ik zit ineens aan iets te denken. Veronderstel dat hij naar je kijkt? Dat hij camera's heeft?

'Het is te donker.'

Met infraroodcamera's kun je in het donker net zulke goede opnamen maken als in het licht. Waarschijnlijk zit hij nu ergens met zijn voeten op zijn bureau naar Emory TV te kijken met een brede grijns om zijn smoel. Naakt meisje in een doosje. Naakt meisje probeert uit doosje te ontsnappen. Het vorige meisje deed er een half uur over om zo ver te komen. Dit is een kampioen, het heeft haar maar twintig minuten gekost. Opwindend! Vermakelijk.

Emory bleef stilstaan en staarde de duisternis in. 'Ben jij daar? Kijk je naar me?'

Stilte.

'Hallo?'

Misschien is hij verlegen?

'Kop dicht.'

Ik wil wedden dat hij met zijn broek op zijn enkels staat en zijn piemel in zijn hand en een bordje met NIET STOREN *op de deur, Emory TV Bij Nacht wordt uitgezonden en het feestje begint net. Dit keer hebben we een kampioen. Heb je gezien hoe hoog ze sprong?*

'Nu weet ik zeker dat je niet mijn moeder bent. Die zou nooit zoiets zeggen,' zei Emory.

Nou, ik denk dat hij kijkt. Waarom zou hij anders je kleren hebben afgepakt? Mannen zijn viezeriken, schat. Stuk voor stuk. Hoe eerder je dat beseft, des te beter.

Emory draaide langzaam om haar as en tuurde met opgeheven hoofd in de duisternis. 'Er is hier geen camera. Ik zie geen klein rood lichtje.'

Juist. Want alle camera's hebben kleine rode lichtjes. Knipperende, kleine rode lichtjes die je al van een kilometer afstand ziet. Ik weet zeker dat ik, als ik fabrikant van camera's was, nooit zou overwegen ook maar één camera te maken zonder een klein rood knipperend lichtje. Er is vast een toezichthouder die elke camera controleert om er zeker van te zijn dat...

'Wil je je bek dichthouden?' schreeuwde Emory. Toen liep ze rood aan. Ze stond nota bene met zichzelf ruzie te maken.

Ik zeg alleen maar dat er ook camera's zijn zonder een rood lichtje, meer niet. Daar hoef je niet zo boos om te worden.

Emory blies gefrustreerd haar adem uit en tastte achter zich naar de muur. In gedachten zag ze de ruimte waarin ze was als een groot vierkant. Ze had twee wanden geïnspecteerd zonder een deur te vinden. Er waren nog twee wanden.

Ze begon langs de derde wand te schuifelen met de brancard op sleeptouw. Haar vingers volgden het zo langzamerhand vertrouwde patroon van de voegen tussen de betonblokken. Haar vingers trokken een spoor door dikke lagen stof en vuil. Geen deur.

Nog een laatste wand.

Ze trok aan de brancard, eerder kwaad dan bang nu, en telde de stappen. Toen ze bij twaalf gekomen was en haar vingers op de wand om de hoek stuitten, bleef ze staan. Waar was de deur? Had ze hem gemist? Vier hoeken, vier keer linksaf. Ze wist dat ze driehonderdzestig graden rond was gegaan. Ja, toch?

Was het mogelijk dat het vertrek geen deur had?

Nou, dat is wel een afschuwelijke gedachte. Wie ontwerpt er nu een vertrek zonder deur? Ik wil wedden dat je niet goed hebt opgelet en hem voorbijgelopen bent.

'Ik heb niets gemist. Er is geen deur.'

Ze hoorde de echo van een klik hoog boven zich. Muziek kwam ineens met zoveel krijsend lawaai op haar af dat het was alsof iemand messen in haar oren stak. Ze sloeg beide handen tegen haar hoofd. Een bliksemflits van pijn schoot door de linkerhelft van haar gezicht toen ze haar linkerhand met een klap tegen de wond sloeg waar haar oor had gezeten. De handboei sneed in haar andere hand. Ze klapte voorover en huilde van de pijn, maar ze kon de muziek niet buitensluiten. Het was een song die ze eerder had gehoord: Mick Jagger die iets blèrde over de duivel.

18

Porter

Dag 1 • 11.30 uur

Hoewel er maar twee weken voorbij waren gegaan sinds Porter de laatste keer kamer 1523 was binnengestapt, diep in de kelders van het hoofdbureau van Chicago Metro aan Michigan Avenue, kwam de ruimte hem doods voor, als in winterslaap.

In slaap.

Afwachtend.

Hij knipte het licht aan en luisterde naar de tl-buizen die zoemend tot leven kwamen en de verschraalde lucht een lading gaven. Hij liep naar zijn bureau en bladerde wat in de papieren en dossiers die er opgestapeld lagen. Alles was nog precies zoals hij het had achtergelaten.

Zijn vrouw keek hem aan vanuit de zilveren fotolijst rechts in de hoek. Hij kon een glimlach niet onderdrukken.

Hij ging op de rand van het bureau zitten, trok de telefoon naar zich toe en toetste het nummer in van haar mobiel. De telefoon ging drie keer over. Daarna kwam het voicemailbericht dat hij zo goed kende:

Je bent verbonden met de telefoon van Heather Porter. Aangezien dit voicemail is, heb ik waarschijnlijk via nummerherkenning al gezien wie je bent, en heb ik besloten dat ik je absoluut niet wil spreken. Als je me wilt eren met offeranden in de vorm van chocoladetaart of andere vormen van culinair genot, kun je me de details per sms toesturen, dan zal ik je plaats in mijn sociale hiërarchie misschien opnieuw overwegen en je mogelijk...

Porter verbrak de verbinding. Hij bladerde in een dossiermap die het etiket MOORDENAAR VAN HET VIERDE AAPJE droeg. Alles wat ze over hem wisten, paste in deze ene dossiermap – tot vandaag.

Vijf jaar lang had hij op de moordenaar gejaagd. Zeven dode meisjes.

Eenentwintig doosjes. Vergeet die doosjes niet.

Hij zou de doosjes nooit meer uit zijn hoofd krijgen. Hij zag ze steeds weer voor zich als hij even zijn ogen dichtdeed.

Het kantoor was niet erg groot, acht bij negen of zo. Behalve dat van Porter stonden er verspreid in de ruimte nog vijf bureaus, die stuk voor stuk ouder waren dan de meeste rechercheurs die eraan werkten. In een hoek stond een oude houten vergadertafel die Porter in een bergruimte aan het einde van de gang had gevonden. Het oppervlak zat vol krassen en deuken. Het dof geworden esdoornhout vertoonde kringen van honderden glazen, bekers en blikjes die er in de loop van de jaren een plek op hadden gevonden. Ergens zat een grote bruine vlek die volgens Nash een sprekende gelijkenis vertoonde met Jezus (volgens Porter zag het eruit als geknoeide koffie). Ze hadden al jaren geleden een einde gemaakt aan hun pogingen om alle ongerechtigheid weg te schrobben.

Achter de vergadertafel waren drie whiteboards opgesteld. Op de eerste twee hingen foto's van de slachtoffers van Aap en de diverse plaatsen delict. Het derde whiteboard was leeg. Ze gebruikten het vooral als ze aan het brainstormen waren.

Nash kwam binnen en reikte hem een kop koffie aan. 'Watson is bij Starbucks langs geweest. Ik heb gezegd dat hij ons hier kon vinden als hij boven bij de bazen is geweest. De anderen zijn ook onderweg. Wat gaat er allemaal door dat hoofd van jou? Volgens mij broeit er iets.'

'Vijf jaar, Nash. Ik was al bang dat het nooit zou ophouden.'

'Er is nog minstens één slachtoffer. We moeten haar vinden.'

Porter knikte. 'Ja, ik weet het. En we zúllen haar vinden. We zullen zorgen dat ze weer thuiskomt.' Hetzelfde had hij een halfjaar geleden gezegd over Jodi Blumington. Haar hadden ze niet op tijd gevonden. Nog eens al het verdriet van een gezin kon hij niet aan, nooit meer.

'Kijk, kijk, daar is hij!' bulderde Clair Norton op de drempel.

Porter en Nash keerden de whiteboards de rug toe.

'Het leek wel een lijkenhuis hier zonder jou, Sammy. Geef me eens een zoen!' Ze stevende op hem af en sloeg haar armen om hem heen. 'Als je iets nodig heb, bel je me, goed? Dat moet je me beloven,' fluisterde ze in zijn oor. 'Ik ben er altijd voor je, dag en nacht.'

Uitingen van genegenheid maakten Porter nerveus. Hij klopte haar op de rug en ontworstelde zich aan haar omhelzing. Hij voelde zich even ongemakkelijk als een priester die werd omhelsd door een misdienaar terwijl de hele parochie toekeek. 'Dank je, Clair. Bedankt dat je op de zaak heb gepast.'

Clair Norton werkte al bijna vijftien jaar bij de politie. Ze was na drie jaar geüniformeerde dienst de jongste zwarte vrouwelijke rechercheur geworden toen ze een rol had gespeeld bij het oprollen van een van de grootste drugsbendes in de geschiedenis van de stad – een bende zonder één enkel bendelid dat ouder was dan achttien. Vierentwintig tieners, vooral leerlingen van Cooley Highschool, al waren er vertakkingen geweest naar zes andere highschools. Ze dreven uitsluitend handel op schoolpleinen en dat had het uiterst moeilijk gemaakt om de zaak aan te pakken. Clair, die er jong had uitgezien voor haar leeftijd, had zich undercover voorgedaan als leerling.

De zaak had haar de bijnaam 'Jump Street' opgeleverd, naar de gelijknamige tv-serie uit de jaren tachtig van de vorige eeuw, al zou niemand dat hardop zeggen waar zij bij was.

Clair schudde haar hoofd. 'Shit, je zou me moeten bedanken als babysitter voor dat kleutertje daar, die partner van je. Die is zo stom als het achtereind van een varken. Ik wil wedden dat je hem dood terugvindt met zijn tong in een stopcontact als je hem alleen opsluit in een kamer en na een uurtje even gaat kijken.'

'Ik sta hier,' zei Nash. 'Ik kan je uitstekend verstaan.'

'Weet ik.' Ze keerde zich om en pakte de beker koffie uit zijn hand. 'Dank je wel, schattebout.'

Edwin Klozowski, voor de meesten 'Kloz', wandelde achter haar het kantoor binnen. In zijn ene hand hield hij een uitpuilende aktetas, in de andere de restanten van een chocoladecupcake. 'Dus we halen eindelijk alle oudgedienden weer bij elkaar? Dat zal tijd worden. Als ik nog een minuut langer bij Central IT harde schijven had moeten demonteren van foute pornoliefhebbers, was ik teruggegaan naar de gamesindustrie. Hoe gaat het, Sammy?' Hij sloeg Porter op de schouder.

'Hé, Kloz.'

'Het is goed om je weer te zien.' Hij liet zijn aktetas op een van de lege bureaus vallen en schoof de rest van de cupcake in zijn mond.

Porter zag Watson bij de deur staan en gebaarde hem binnen te komen. 'Kloz, Clair, dit is Paul Watson. We lenen hem van de technische recherche. Hij komt ons helpen. Heeft iemand Hosman al gezien?'

Clair knikte. 'Ik heb hem een kwartier geleden gesproken. Hij snuffelt in de financiële handel en wandel van Talbot, maar hij heeft nog niets gevonden. Hij zegt dat hij contact met je zal opnemen zo gauw hij iets weet.'

Porter knikte. 'Oké, laten we maar beginnen.'

Ze liepen het kantoor door en namen plaats rond de vergadertafel. De slachtoffers van de Moordenaar van het Vierde Aapje staarden naar omlaag van de whiteboards. 'Nash, waar is die foto van Emory?'

Nash haalde de foto uit zijn zak en gaf hem aan Porter. Porter plakte hem op het rechter whiteboard. 'Ik neem de hele zaak een keer vanaf het begin door. Voor de meesten van jullie is dat oud nieuws, maar Watson heeft het nog niet eerder gehoord, en misschien valt iemand iets op als het allemaal nog eens hardop wordt gezegd.' Hij wees naar de foto in de linkerbovenhoek van het eerste whiteboard. 'Calli Tremell, twintig jaar, ontvoerd op 15 maart 2009. Zijn eerste slachtoffer...'

'Voor zover we weten,' interrumpeerde Clair.

'Ze is het eerste slachtoffer met het patroon van Aap, maar alles wijst erop dat hij toen al subtiel te werk ging en eerder moorden had gepleegd,' zei Klozowski. 'Niemand pleegt een eerste moord zo verfijnd als hij. Dat bouwen ze op, langzamerhand ontwikkelen ze methoden en technieken.'

Porter ging verder. 'Haar ouders gaven haar op dinsdag aan als vermist en ontvingen op donderdag met de post haar oor. De ogen kwamen op zaterdag en de tong op de daaropvolgende dinsdag. Allemaal verpakt in kleine witte doosjes waaromheen een zwarte strik gebonden was. De etiketten waren met de hand geschreven. Er waren geen vingerafdrukken. Hij ging heel voorzichtig te werk.'

'En dat doet vermoeden dat ze niet zijn eerste slachtoffer was,' herhaalde Klozowski.

'Drie dagen na het laatste pakje werd ze in Almond Park gevonden door een jogger. Ze was rechtop op een bankje gezet. Tussen haar handen was een stuk karton gelijmd met de tekst DOE GEEN KWAAD. We hadden al een vermoeden van zijn modus operandi toen de ogen kwamen, maar dit bevestigde onze theorie.'

Watson stak zijn hand op, tot grote ergernis van Nash. 'We zitten hier niet op school, doc. Zeg maar wat je kwijt moet.'

'Doc?' vroeg Klozowski. 'O, ik snap het.'

'Heb ik ergens gelezen dat hij op die manier zijn slachtoffers uitzoekt? "Doe geen kwaad"?'

Porter knikte. 'Dat kregen we door bij zijn tweede slachtoffer, Elle Borton. Aanvankelijk dachten we dat de slachtoffers zelf iets hadden gedaan waarvan Aap vond dat het niet door de beugel kon. Dat hij daarom achter ze aan ging, maar bij Elle kregen we door dat het niet persoonlijk tegen het slachtoffer gericht was, maar tegen bloedverwanten. Elle Borton verdween op 2 april 2010, bijna een jaar na het eerste slachtoffer. Ze was drieëntwintig. Het werd onze zaak toen haar ouders twee dagen later haar oor over de post kregen. Toen haar lichaam een week later werd gevonden, hield ze een negatieve belastingaanslag voor haar grootmoeder over 2008 in haar handen. Toen we gingen graven, bleek dat die in 2005 was overleden. Haar vader had drie jaar lang valse belastingaangiften gedaan. We hebben toen Matt Hosman van de financiële opsporingsdienst erbij gehaald. Hij ontdekte dat haar vader op veel grotere schaal de belasting had opgelicht. Hij had belastingaangiftes vervalst voor meer dan tien mensen die allemaal overleden waren, allemaal bewoners van het verpleeghuis waarvan hij manager was.'

'Hoe kon Aap dat weten?'

Porter haalde zijn schouders op. 'Geen idee. Maar met al die nieuwe kennis zijn we opnieuw naar de familie van Calli Tremell gaan kijken.'

'Het eerste slachtoffer.'

'Het bleek dat haar moeder zich schuldig maakte aan de witwaspraktijken bij de bank waar ze werkte, voor meer dan drie miljoen dollar in de voorafgaande tien jaar,' zei Porter.

Watson fronste zijn wenkbrauwen. 'Nogmaals, hoe kon Aap zoiets weten? Misschien is dat wat de zaken verbindt. Zoek uit hoe hij aan zijn informatie komt en je weet wie hij is.'

Klozowski snoof. 'Ja... Fluitje van een cent.' Hij stond op en liep naar het whiteboard. 'Melissa Lumax, slachtoffer nummer drie. Haar vader verkocht kinderporno. De vader van Susan Devoro verruilde namaakdiamanten voor echte in zijn eigen juwelierszaak. De zuster van Barbara McInley reed zes jaar voordat Barbara werd vermoord een voetganger aan die aan de gevolgen daarvan was overleden. Niemand legde het verband met de zuster tot Aap het blootlegde. De broer van Allison Crammer runde in zijn sweatshop in Florida een handel in verboden spierversterkende middelen. En dan heb je nog Jodi Blumington, zijn recentste slachtoffer...'

'Voor Emory Connors,' zei Nash.

'Sorry, zijn recentste slachtoffer voor Emory Connors. Haar vader importeerde coke voor het Carlito Cartel.' Hij tikte stuk voor stuk op de foto's. 'Al die meisjes hebben een bloedverwant die iets fouts heeft gedaan, maar er is geen enkel verband tussen de meisjes onderling of die bloedverwanten. Allerlei verschillende misdrijven. Er is geen rode draad.'

'Hij lijkt wel een wraakengel,' mompelde Watson.

'Ja... Eentje die beter weet wat er gaande is dan wij. We hadden niet een van die misdrijven in het vizier. We kwamen er pas achter toen we de moorden onderzochten,' zei Porter. 'Zonder Aap zouden al die mensen nog vrij rondlopen.'

Watson stond op en liep naar het whiteboard. Hij kneep zijn ogen tot spleetjes terwijl hij de foto's één voor één bestudeerde.

'Wat is er, doc?' vroeg Klozowski. Hij barstte in lachen uit.

Iedereen staarde hem aan.

Klozowski fronste de wenkbrauwen. 'O, dus het is grappig als Nash het doet, maar niet als de man van IT het doet? Ik begin te begrijpen hoe het hier tegenwoordig werkt in de kelder.'

Watson tikte op het whiteboard. 'Hij escaleert. Kijk eens naar de datums.'

'Escaleerde,' zei Nash. 'Aap pleegt geen nieuwe moorden meer.'

'Ja, escaleerde. Ongeveer één slachtoffer per jaar, maar vanaf het vijfde slachtoffer, Barbara McInley, ongeveer eens in de zes, zeven maanden. Maar er is nog iets.' Hij wees naar de foto van Barbara McInley. 'Zij is het enige blonde meisje. Alle anderen zijn donkerblond. Betekent dat ook iets?'

Porter haalde een hand door zijn haar. 'Ik dacht het niet. Met die moorden straft hij de bloedverwanten voor hun misdaden. Ik geloof niet dat het hem ooit om de slachtoffers zelf te doen is geweest.'

'Alle andere meisjes lijken wel een beetje op elkaar: mooi lang donkerblond haar, ongeveer even oud. Voor iemand die geen specifiek type zoekt, begint dat toch aardig op een type te lijken. Met Barbara als uitzondering, zij is de enige blondine. Ze wijkt af.' Watson was even stil en vroeg toen: 'Zijn er ook slachtoffers aangerand?'

Clair schudde haar hoofd. 'Niet een.'

'Zijn er ook bij die een broer hadden?'

'Melissa Lumax, Susan Devoro en Calli Tremell hadden een broer. Allison Crammer had twee broers,' zei Clair. 'Ik heb met ze gesproken toen ik verklaringen van de familie opnam.'

Watson knikte. Hij dacht na. 'Als we ervan uitgaan dat er in de helft van die gezinnen op z'n minst één zoon was en hij zijn slachtoffers willekeurig koos, zouden er één of twee jongens bij moeten zitten. Dat is niet het geval, dus moet er een reden zijn waarom hij meisjes ontvoerde. Die reden moet er zijn, we kennen hem alleen niet.'

Porter schraapte zijn keel. 'Eerlijk gezegd weet ik niet of dat nog belangrijk is. We hoeven ons geen zorgen meer te maken over toekomstige slachtoffers. Zoals Nash al zei, hij pleegt geen nieuwe moorden meer. We moeten ons concentreren op zijn laatste slachtoffer.'

Watson ging weer zitten. 'Sorry, soms slaan mijn hersens op hol en ben ik helemaal de draad kwijt.'

'Geen probleem. Daarom hebben we je erbij gevraagd. Iemand die met een frisse blik naar al het oude materiaal kijkt.'

'Oké,' zei Watson.

Porter pakte een blauwe stift en schreef met grote letters EMORY CONNORS op het derde whiteboard. 'Goed, wat weten we van het slachtoffer?'

'Volgens de receptie van dat gebouw waar ze woont, is ze gisteravond even na zessen de deur uitgegaan om te joggen,' zei Clair. 'Ze zeiden dat dat heel gebruikelijk voor haar was. Ze deed het bijna iedere dag, meestal 's avonds. Niemand heeft haar terug zien komen.'

'Weet iemand waar ze hardliep?' vroeg Nash.

Clair schudde haar hoofd. 'Ze zagen haar altijd alleen vertrekken en weer terugkomen.'

'Misschien kan ik daar wel een antwoord op geven,' zei Klozowski. 'Hij zat te tikken op een MacBook Air. 'Ze droeg een FitBit Surge.'

'Een wat?'

'Een smartwatch waarmee je hartslag, verbrande calorieën en afstand kunt bijhouden. Er zit ook een gps in. Ik heb op haar computer een programma gevonden waarin alle gegevens worden opgeslagen. Ik ben al bezig ze op te vragen.'

'Zou die gps nog steeds actief kunnen zijn?'

Klozowski schudde zijn hoofd. 'Zo werkt het niet. De smartwatch registreert de gps-data als je hem draagt, en synchroniseert de gegevens vervolgens in de cloud met een app op je telefoon of via je computer. Ze had de watch gekoppeld aan haar telefoon, maar die staat ook uit, al denk ik wel dat ik weet waar ze gelopen heeft.' Hij draaide de Mac honderdtachtig graden, zodat de anderen op het scherm konden kijken. Er werd een kaart weergegeven met een blauwe stippellijn die begon bij de Flair Tower en langs West Erie Street naar de rivier voerde. Bij de waterkant liep het spoor rond een grote groene vlakte. 'Het is bijna iedere dag dit traject.' Hij tikte op het scherm. Dit is A. Montgomery Ward Park.'

Porter boog zich er dichter naartoe. Zijn ogen werden minder. 'Clair, wil jij daar gaan kijken als we hier klaar zijn?'

'Zeker, baas.'

Porter keerde zich weer naar Klozowski. 'Heb je nog meer op haar computer gevonden?'

Klozowski draaide de Mac weer om en begon op toetsen te drukken. 'Je hebt me de kans gegeven om met toestemming van de autoriteiten te snuffelen op de harde schijf van een stuk in wording. Het spreekt vanzelf dat ik grondig te werk ben gegaan.'

Clair trok haar neus op. 'Viezerik.'

Klozowski grijnsde. 'Ik ben trots op mijn verdorven inborst, schat. Er komt een dag dat je mij zult prijzen om mijn zieke gesnuffel.' Hij bestudeerde even het scherm. 'Emory's vriendje heet Tyler Mathers. Hij zit in de voorlaatste klas op Whatney Vale High. En ik stuur jullie nu een recente foto, zijn mobiele telefoonnummer en zijn adres.' Alle telefoons in het vertrek produceerden tegelijkertijd een geluidssignaal. 'Ze hebben al ongeveer een maand verkering. Zij denkt dat het de perfecte match is.'

'Maar ze heeft het mis?' vroeg Porter.

Klozowski grijnsde ondeugend. 'Misschien heb ik toevallig iets van zijn privéberichten op Facebook onder ogen gekregen. De jongen is nogal een versierder.'

Iedereen staarde hem aan.

'O, kom op! Als je de naam van je vrouw of je vriendin gebruikt als wachtwoord, verdien je het om te worden gehackt.'

Porter nam zich voor het wachtwoord van zijn e-mail te wijzigen. 'Wacht de volgende keer tot je officieel toestemming hebt. Ik wil niet dat je de zaak verknalt.'

Klozowski salueerde. 'Jazeker, *capitán*!'

Porter schreef TYLER MATHERS op het whiteboard en trok een pijl naar de jongen op de *homecoming*-foto met Emory. 'Nash en ik zoeken Tyler vanmiddag op. Nog meer op haar pc?'

'Emory heeft een Mac, en nog een heel aardige ook. Een dergelijk stuk techniek moet je niet beledigen door het een pc te noemen. Dat past jou niet,' zei Klozowski.

'Het spijt me. Verder nog iets op haar Mac?'

Klozowski schudde zijn hoofd. 'Nee.'

'En de nummers die ze met haar vaste lijn heeft gebeld?'

Klozowski stak een hand omhoog en tikte af op zijn vingers. 'Pizzeria, Chinees en een afhaal-Italiaan. De dame weet wat goed eten is.'

Clair schraapte haar keel. 'Op de permanente gastenlijst staat een T. Mathers. De enige andere persoon op die lijst is A. Talbot.'

Porter schreef A. Talbot op het whiteboard. Direct eronder schreef hij FINANCIËN? 'Ik ben heel benieuwd wat Hosman over die man boven water haalt. Aap heeft niet voor niets dat meisje ontvoerd. Ik wil wedden dat de man niet deugt.'

'Waarom halen we hem niet op voor verhoor?' vroeg Clair.

'Als we dat doen, brengt hij zijn advocaten mee en komt er geen woord meer uit. Als we opnieuw met hem moeten praten, kan dat het beste informeel, denk ik. Een gesprek als hij niet op zijn hoede is, ergens waar hij zich op zijn gemak voelt. Dan is de kans groter dat hij fouten maakt,' zei Porter. 'Hij is bovendien een baasje hier in de stad, maatjes met de burgemeester en wie weet met wie nog meer. Als we hem te snel aan de tand voelen, bestaat de kans dat we niets uit hem krijgen, en als we het dan later nog een keer proberen, zou het zomaar kunnen dat hij een van zijn vriendjes inschakelt om hem uit de wind te houden. We kunnen beter wachten tot we iets concreets hebben.'

'Dit is boeiend,' zei Klozowski. Hij had zijn ogen weer op de MacBook gevestigd. 'Die luxeliften in dat gebouw registreren alles wat er met die kaartlezers gebeurt.'

Porter kreunde. 'Hack je die lift met dezelfde toestemming waarmee je Facebook van die jongen hebt gehackt? Want als je...'

Klozowski stak beide handen omhoog. 'Kom, kom, zie ik eruit als een recidivist?'

'Zeker weten,' mompelde Clair.

'Krijgt u ook maar de tering, mevrouw Norton.'

Ze grijnsde en stak haar tong uit.

'De beheerder van het gebouw was zo vriendelijk om ons toegang te verlenen,' zei Klozowski.

'Wat krijg je te zien?' vroeg Porter.

Klozowski tuitte zijn lippen. Hij bladerde door een tekstbestand. 'Emory is gisteravond om drie minuten over zes naar beneden gegaan, maar niet weer naar boven. Het blijft rustig tot zeven minuten voor half tien. Dan gaat een zeker N. Burrow naar boven. Zij is vanochtend om zes minuten over negen weer naar beneden gekomen.'

'Dat is maar een paar minuten voordat Chicago Metro daar arriveerde,' zei Clair.

'Ik wil wedden dat het om de huishoudster gaat, die we nog niet hebben gevonden,' zei Porter. 'Kun je dat opnemen met de receptie van de Flair Tower om te kijken of zij een volledige naam hebben?'

'Doe ik,' zei Klozowski. Hij maakte een aantekening.

Porter haalde diep adem. 'Goed, dat brengt ons bij de man van vandaag, de man die vanochtend onder de bus kwam.' Hij vertelde de groep wat Eisley te weten was gekomen.

'Shit, de man was terminaal?' vroeg Klozowski.

'Hij had minder dan een maand te leven.'

'Denk je dat hij met opzet voor die bus is gesprongen?'

'Ik denk dat we dat niet mogen uitsluiten,' zei Porter. Hij schreef AAP op het bord en daaronder een lijstje:

BONNETJE VAN DE STOMERIJ
DURE SCHOENEN – TWEE MATEN TE GROOT
GOEDKOOP PAK
FEDORA
0,75 CENT (TWEE KWARTJES, TWEE DUBBELTJES EN EEN STUIVER)
ZAKHORLOGE
TERMINALE MAAGKANKER

'Niet te geloven dat die klootzak terminaal was,' mompelde Klozowski. Hij zat te peuteren aan iets op zijn mouw.

Porter tikte op het whiteboard. 'Kunnen we iets met die persoonlijke bezittingen?'

'Dat bonnetje van de stomerij is waardeloos,' zei Clair. 'Afgezien van een nummer staat er niets op waar je iets aan hebt, zelfs geen naam of adres van de stomerij. Het komt uit een heel ordinair bonnetjesboekje dat je bij honderden shops online kunt kopen. De helft van de stomerijen in de stad gebruikt precies hetzelfde soort boekje.'

'Kloz, ik wil dat jij daarachteraan gaat. Maak een lijst met alle stomerijen in een straal van vijf kilometer rond het ongeluk van vanochtend en neem contact met ze op. Zoek uit of ze zo'n bonnenboekje gebruiken. Zo ja, vraag naar nummer 54873. Het spreekt vanzelf dat Aap de spullen niet meer komt ophalen. Zelfs als je meer dan één keer beet hebt, wordt het lijstje toch korter omdat andere stomerijen uitgesloten worden. Als je niets vindt, breid je het zoekgebied uit. Hij was echter te voet, dus ik denk dat die stomerij niet al te ver weg was.'

Klozowski wuifde naar hem. 'Ik neem de uitdaging aan.'

Nash tuurde naar het bord. 'Wat doen we met het pak en de schoenen?'

'Kloz kan net zo goed alle schoenenzaken even meenemen als hij toch met de stomerijen bezig is,' zei Clair.

Klozowski stak zijn tong naar haar uit.

Porter staarde even naar het whiteboard. 'Ik heb liever dat Klozowski zich concentreert op de stomerijen. Die verkeerde maat zit mij ook niet lekker, maar voorlopig kan ik er nog niets mee. We laten het gewoon op het whiteboard staan. Misschien komt het later van pas.'

'Dat muntgeld vertelt ons ook niet veel,' zei Nash. 'We hebben hier allemaal waarschijnlijk wel wat in onze broekzak.'

Porter overwoog de vijfenzeventig cent te wissen, maar bedacht zich. 'Dat laten we ook gewoon even staan.' Hij keerde zich naar Watson. 'Weet je al iets over dat zakhorloge?'

'Ik ga naar de winkel van mijn oom als we hier klaar zijn,' zei Watson.

Porter keek weer naar het whiteboard. 'Ik denk dat we hem hiermee vinden,' zei hij. Hij trok een streep onder TERMINALE MAAGKANKER. Eisley zei dat hij sporen van octreotide, trastuzumab, oxycodon en lorazepam had gevonden. Trastuzumab kan alleen worden toegediend in een handjevol klinieken hier in de stad. Die moeten we benaderen met een signalement van Aap en dan kijken naar patiënten die niet meer komen opdagen.'

'Dat kan ik wel doen,' zei Clair. 'Zo veel patiënten met maagkanker die een fedora dragen, en een goedkoop pak, en dure schoenen kunnen er niet zijn. In die zin hebben we ook nog iets aan die kleren. Met dat soort kleren moet hij opgevallen zijn in kankercentra.'

'Daar zeg je wat,' zei Porter. 'Eisley heeft ook nog een kleine tatoeage gevonden op de binnenzijde van de rechterpols van de man.' Hij zette de foto op het schermpje van zijn telefoon en gaf die door zodat iedereen een indruk kreeg. 'Een verse tatoeage. Eisley vermoedt dat hij niet langer dan een week geleden is gezet.'

Klozowski bestudeerde de tatoeage nauwgezet. 'Is dat een oneindigheidssymbool? Nogal ironisch voor iemand die op weg is naar de uitgang.'

'Het moet ongetwijfeld iets voor hem hebben betekend,' zei Clair. Ze leunde over zijn schouder om het beter te kunnen zien. 'Als je iets permanent op je lichaam zet, heb je daar serieus over nagedacht.'

Klozowski grijnsde naar haar. 'Spreek je uit ervaring? Is er iets wat je de groep wilt laten zien?'

Ze knipoogde naar hem. 'Zou je wel willen, sukkel.'

Porter haalde het dagboekje uit zijn zak en liet het op tafel vallen. 'Dit is er ook nog.' Iedereen keek even zwijgend naar het boekje.

'Shit, ik dacht dat Nash dat had verzonnen,' zei Klozowski. 'Had die klootzak echt een dagboek bij zich? Heb je dat al geregistreerd als bewijsmateriaal? Ik heb het nergens zien staan.'

Porter schudde zijn hoofd. 'Ik wil niet dat de pers er weet van krijgt. Voorlopig nog niet.'

Klozowski floot tussen zijn tanden. 'Een met de hand geschreven manifest van de Moordenaar van het Vierde Aapje? Shit, dat is goud waard.'

'Het is geen manifest, eerder een autobiografie. Het gaat helemaal terug tot toen hij nog maar een jochie was.'

Klozowski leunde achterover op zijn stoel. 'Hoezo? Zoiets als: vandaag had Becky Smith dat rode jurkje aan naar school. Dat staat haar zo leuk. Daar werd ik gelukkig van. Ik besloot achter haar aan te lopen naar haar huis en haar te vragen of ze verkering met me wilde. Toen ze nee zei, heb ik haar in de woonkamer aan het mes geregen. Morgen is er pizza in de kantine op school. Ik hou wel van pizza, maar niet zo veel als van hamburgers. Hamburgers met kaas zijn...'

Clair gooide een pen naar hem.

'Au!'

Nash knikte naar het dagboek. 'Oké, laat ik de vraag dan maar stellen. Heb je de laatste bladzij gelezen? Wat staat daar?'

Porter boog zich naar het boekje toe en gaf het een duwtje. Het gleed over de tafel en bleef voor Nash liggen. 'Kijk zelf maar.'

Nash kneep zijn ogen tot spleetjes toen hij naar het boekje reikte. Het was doodstil geworden in het kantoor. Hij draaide het boekje om, sloeg het open bij de laatste bladzijde en las hardop voor:

Ah, geachte heer. Heeft uw moeder u niet geleerd dat even op de laatste bladzijde gluren naar de afloop van een goed boek een doodzonde is? Schrijvers overal op de wereld draaien zich om in hun graf, rollen met hun ogen uit afschuw, of roepen zonder omhaal hel en verdoemenis over u af. Ik zou willen zeggen dat ik zwaar teleurgesteld ben in u, maar dat is niet zo. Als de rollen omgekeerd waren en ik in uw glanzende instappers zou staan, zou ik ongetwijfeld hetzelfde hebben gedaan. Maar helaas, de antwoorden die u zoekt, staan niet hier aan het einde. Ik zou zeggen, schenk u zelf eens een lekker bakje troost in, plant uw achterste in een comfortabele stoel en sla de eerste bladzij op. Ik denk echt dat u daar moet beginnen, vindt u ook niet? Hoe zou u kunnen begrijpen hoe ons verhaal eindigt als u niet weet hoe het is begonnen? Kent u mij, dan kent u mijn beweegredenen, en die zijn er, beweegredenen. Het is slechts een kwestie van weten waar u moet zoeken. U zult moeten leren om tussen de onnozele regeltjes door te lezen. Daar zit de helft van het plezier in, toch? In leren hoe het spel gespeeld moet worden? Succes, vriend. Ik zal u aanmoedigen. Dit is allemaal zo leuk, vindt u ook niet?

Nash bladerde nog wat naar andere bladzijden en gooide het dagboekje toen weer op tafel. 'Klootzak.'

Porter haalde zijn schouders op. 'Ik heb het je gezegd.' Hij raapte het dagboekje op. 'Ik heb erin zitten lezen en ik weet nog steeds niet precies wat ik ermee aan moet. Het is een verslag van het leven van Aap, door hem zelf geschreven, maar tot nu toe ben ik niets tegengekomen wat helpt om Emory te vinden. Het enige wat ik heb gelezen zijn de breedvoerige gedachtegangen van een heel erg verward mens.'

'De klootzak is dood, en nog steeds tergt hij ons.'

'Misschien moet je er een paar kopieën van maken. Als we het met z'n allen lezen, zijn we er sneller doorheen,' zei Clair.

Porter schudde zijn hoofd. 'We hebben de tijd niet om het hier om te turnen tot een boekenclub. Ik wil dat jullie je allemaal concentreren op je eigen taak. Ik vertrouw dit niemand buiten dit vertrek toe, dus blijf ik als enige over. Ik lees snel. Zodra ik iets vind, horen jullie het.'

'Die camera bij dat busongeluk,' zei Watson. 'Heeft iemand al naar de beelden gekeken?'

'Ik heb een aanvraag ingediend bij Central, maar ze hebben nog geen analyse geleverd,' zei Klozowski. 'Ik zal erachteraan zitten.'

'De beelden zullen op z'n minst uitwijzen of hij met opzet voor die bus is gesprongen, of dat het echt een ongeluk was,' zei Porter. 'Als we mazzel hebben, krijgen we een goed shot te zien van zijn gezicht.'

Nash haalde zijn schouders op. 'Ik zet mijn geld op zelfmoord. Waarom zou hij anders dat dagboek in zijn zak hebben? Hij wist dat het binnen de kortste keren door iemand gelezen zou worden, anders had hij die laatste bladzij niet geschreven. Hij wilde er op zijn eigen voorwaarden een einde aan maken en niet afwachten tot de kanker hem zou opvreten. Ik wil wedden dat het de bedoeling was dat wij dat boek zouden vinden zodat hij ons nog een laatste keer lekker kon verneuken.'

'Als hij van plan was om zelfmoord te plegen, waarom heeft hij dat dan gedaan voordat hij het oor op de post had gegooid?' vroeg Watson. 'Zou het niet beter te begrijpen zijn als hij eerst nog had afgerekend met zijn laatste slachtoffer?'

'Seriemoordenaars zijn niet de meest rationele exemplaren van het menselijk ras,' zei Nash. 'Misschien heeft hij dat oor wel bij zich gehouden om zeker te weten dat we hem zouden herkennen als Aap.' Hij richtte zich tot Porter. 'Je hebt nog niet verteld van de vriendin van Eisley.'

Porter knikte. 'Dat was ik bijna vergeten. Eisley heeft een vriendin die in een museum werkt en misschien een reconstructie kan maken van het gezicht aan de hand van de botstructuur van het hoofd. Als dat lukt, hebben we wellicht een foto waar we iets mee kunnen.'

'Heeft Eisley een vriendin? Wie gaat er nu stappen met iemand die in een lijkenhuis werkt?' vroeg Klozowski zich hardop af.

'Kennelijk heeft ze het zelf aangeboden. Ik was niet van plan om aangeboden hulp te weigeren,' zei Porter.

Watson staarde opnieuw naar de foto van de tatoeage. Hé, misschien heeft dit allemaal iets met nalatenschap te maken.'

'Hoe bedoel je?'

Watson legde de telefoon weer neer. 'Hij was bezig dood te gaan, dus hij schrijft dat dagboek. Daarna ontvoert hij zijn laatste slachtoffer en stapt voor die bus, in de wetenschap dat we hem zullen herkennen als Aap vanwege dat oor in dat doosje. Dat oneindigheidssymbool is misschien wel heel letterlijk bedoeld: hij wil dat we hem nooit meer zullen vergeten.'

'Een mooie strik om het leven van een seriemoordenaar,' mompelde Porter.

'De echt slimme jongens, de moordenaars die de politie eindeloos om de tuin weten te leiden, willen uiteindelijk dat iedereen weet wat ze hebben gedaan. Ze willen dat hun daden op hun conto worden bijgeschreven. Als jij Aap was, zou je dan willen sterven in de wetenschap dat niemand ooit zou weten wie je echt was?' Watson schudde zijn hoofd. 'Natuurlijk niet, als je al zo lang uit handen van de politie bent gebleven, wil je het wel van de daken schreeuwen. Wij kunnen hem niets meer maken en hij gaat de geschiedenisboeken in.'

Porter wist dat Watson gelijk had. 'Wat betekent dat voor Emory?'

Er viel een doodse stilte in het vertrek. Niemand had een antwoord op die vraag.

WHITEBOARD RESUMÉ

Slachtoffers:

1. Calli Tremell, 20, 15 maart 2009
2. Elle Borton, 23, 2 april 2010
3. Missy Lumax, 18, 24 juni 2011
4. Susan Devoro, 26, 3 mei 2012
5. Barbara McInley, 17, 18 april 2013 (als enige blond)
6. Allison Crammer, 19, 9 november 2013
7. Jodi Blumington, 22, 13 mei 2014

Emory Connors, 15, 3 november 2014
Ging joggen om 18.03 uur gisteren

TYLER MATHERS
Emory's vriend

ARTHUR TALBOT
Financiën?

N. BURROW
Huishoudster? Kinderjuf?

VOORWERPEN, GEVONDEN OP HET LICHAAM VAN AAP
Dure schoenen – John Lobb – $1500/paar – maat 45 (Aap heeft 43)
Goedkoop pak
Fedora
75 cent (twee kwartjes, twee dubbeltjes en een stuiver)
Zakhorloge
Bonnetje van stomerij (nummer 54873) – Klozowski filtert stomerijen
Terminale maagkanker – medicijnen: octreotide, trastuzumab, oxycodon, lorazepam
Tatoeage, binnenkant rechterpols, nieuw – cijfer acht? Oneindigheidssymbool?

Informatie inwinnen:

- Zat Emory ergens op school? Zo ja, waar?
- Relatie tussen Emory en Tyler
- Gezichtsreconstructie

Taken:

- Clair – A. Montgomery Ward Park, kankercentra
- Nash en Porter: Tyler
- Klozowski: stomerijbon, beelden beveiligingscamera (gezicht?)
- Watson: oom/klokkenmaker (zakhorloge), achtergrond moeder van Emory

19

Dagboek

Vader kwam stipt om zeventien voor zes thuis. Zijn zwarte Porsche kroop de oprit op als een wilde kat op zoek naar een prooi voor de avond. De motor spinde van genot. Hij sprong energiek uit de auto en zette zijn aktetas op het glanzende dak. 'Ha, knul.'

Hij moet op enig moment het dak van de auto omlaag hebben gehad, want zijn haar zat in de war. En dat was gek, want het goed met gel op zijn plaats gehouden kapsel van vader zat anders nooit in de war. Hij haalde er een hand doorheen en alles zat weer op zijn plaats.

Ik wierp een nerveuze blik op ons huis. Er waren uren voorbijgegaan, maar meneer Carter was niet meer naar buiten gekomen. Mevrouw Carter was ook verdwenen, maar daar was ik alleen maar blij om. Huilen op de stoep voor je eigen huis is niet erg damesachtig, zelfs niet voor zo'n mooie vrouw als mevrouw Carter.

'Ik heb honger,' zei vader. 'Heb jij honger? Ik wil wedden dat je moeder daarbinnen een ware feestmaaltijd voor ons heeft klaargemaakt. 'Zullen we maar eens gaan eten? Hoe lijkt je dat?'

Hij maakte mijn haar in de war met een van zijn forse handen. Ik probeerde hem van me af te schudden, maar hij deed het een tweede keer, dit keer gniffelend. 'Kom, knul.' Met de ene hand pakte hij zijn aktetas, met de andere mijn schouder. Hij dirigeerde me in de richting van het huis.

Mijn maag trok zich samen en ik was bang dat ik al mijn koekjes eruit zou gooien, maar de misselijkheid ging weer over. Ik probeerde langzaam te lopen, om vader af te remmen, maar mijn getreuzel had weinig succes. Hij sleepte me gewoon mee.

We liepen de treden op naar de stoep achter het huis en gingen door de achterdeur de keuken in. Toen priemden er ogen in mijn rug. Ik draaide me om en zag mevrouw Carter achter het raam naar ons staan kijken. Ze hield iets tegen haar slaap wat eruitzag als een zak bevroren erwten.

Moeder stond bij de gootsteen borden af te drogen. Toen we binnenkwamen, glimlachte ze warm. Ze gaf vader een kus op zijn wang. 'Hoe ging het vandaag, honnepon?'

Vader kuste haar en zette zijn aktetas op het aanrecht. 'O, hetzelfde ouwe... Iets ruikt hier heel lekker? Wat heb je...?' Hij zoog de lucht diep in zijn longen en liep naar de grote pan op het fornuis.

Moeder sloeg een arm om hem heen. 'Nou, ik heb een stoofpot gemaakt, je lievelingseten. Wat zou het anders moeten zijn?'

Mijn ogen schoten van links naar rechts. Eerst door de keuken, daarna door de woonkamer, toen door de hal. De deuren naar de beide slaapkamers stonden open, evenals die naar de badkamer, en nergens was een spoor van meneer Carter. Ik wist dat hij nog in het huis moest zijn. Dat kon niet anders, want als hij was vertrokken, had hij mij moeten passeren. Dan zou hij...

'Ha, het ruikt heerlijk.' Vaders stem klonk zangerig. 'Als jij nu even de tafel dekt, knul, dan schenk ik mijzelf iets lekkers in on the rocks.'

Moeder wendde zich tot mij. 'Soepkommen en bestek, schat. Doe die mooie rode maar.'

Ik stel me voor dat ik ogen als schoteltjes had, maar moeder leek niets te merken. Ze floot een wijsje, trok ovenwanten aan en droeg de stoofpot naar de tafel.

Even stond ik verstijfd naar haar te staren. Toen liep ik naar de la met het zilverbestek en haalde er drie eetlepels uit. Hoewel ik het afgelopen jaar gegroeid was als kool, kon ik nog steeds niet bij het keukenkastje waarin de soepkommen stonden. We hadden een klein trapje in de keuken, bedoeld voor dergelijke momenten. Ik klom erop, pakte drie kommen en zette ze op de tafel.

Vader keerde terug met zijn whiskey en ging zitten. Hij stopte de punt van een servet in de halsopening van zijn shirt. 'En wat heb jij vandaag gedaan, maatje?' vroeg hij.

Ik wierp een blik op moeder. Ze was druk bezig brood te snijden.

Meneer Carter was niet in de keuken, niet in een van de slaapkamers en niet in de woonkamer, want dan zou vader hem hebben gezien. Hij was ook niet vertrokken. Ik wist dat hij niet was vertrokken.

'Niks bijzonders,' zei ik.

Moeder zette het brood op de tafel en ging zitten. Ze schepte mijn kom goed vol. 'We kunnen eten tot we barsten,' zei ze stralend.

Ik staarde naar de stoofpot.

Vader grijnsde naar moeder. ‘En jij, hoe was jouw dag?’

Moeder schepte een minstens zo grote portie als de mijne in zijn kom. ‘O, het was hier redelijk rustig. Amper de moeite van het vermelden waard.’

Ik staarde naar de stoofpot.

Meneer Carter was nergens te zien.

Ze zou toch niet...? Ze kon dat toch niet...? Toch?

Terwijl ik naar mijn lepel reikte, kwam mijn maag in opstand. Het voelde alsof ik harder zou gaan kotsen dan ik ooit had gekotst. Ik probeerde de damp van de stoofpot, de kruiden en de geur die uit mijn soepkom opsteeg niet in te ademen. Het vlees rook heerlijk, maar dat maakte de aandrang om te kotsen alleen maar erger.

Ik keek toe terwijl vader een lepel naar zijn mond bracht en naar hartenlust begon te kauwen. Moeder keek naar ons beiden. Ook zij was begonnen te eten, met kleine, delicate hapjes. Ze glimlachte en depte met haar servet haar mondhoeken. ‘Vind je het lekker?’ vroeg ze. ‘Het is een nieuw recept.’

Ik was verbijsterd.

Vader knikte gelukzalig. ‘Dit is misschien wel de lekkerste stoofpot die je ooit hebt gemaakt. Je bent een culinair wonder, schat.’

‘Mag ik van tafel?’ vroeg ik. Mijn maag verkrampte.

Moeder en vader keerden zich naar mij terwijl ze op die arme meneer...

Een luid gekreun steeg op uit de kelder.

Vader en ik draaiden ons beiden in de richting van het geluid. Moeder niet. Ze bleef dooreten, haar ogen op haar kom gericht.

‘Wat was...’

Het klonk opnieuw, onmiskenbaar dit keer, het gekreun van een man in de kelder.

Vader stond op van tafel. ‘Het kwam uit de kelder.’

‘Eet je kom leeg, honnepon,’ zei moeder.

Vader liep langzaam naar de kelderdeur. ‘Wat is er aan de hand? Wie is dat?’

‘Je stoofpot wordt koud. En koude stoofpot is niet lekker.’

Ik stond ook op en stond achter vader toen hij zijn hand uitstak naar de deurkruk van versleten messing en die omdraaide.

Ik kwam niet graag in de kelder. De trap was steil en de treden kraakten bij het minste of geringste gewicht. De muren waren klam en vuil. Er huisden meer spinnen bij de zoldering dan in het bos achter ons huis. Er was maar één lamp, een kale peer midden in de ruimte. Ik was altijd bang dat hij zou uitgaan als ik beneden was. Als dat zou gebeuren, was ontsnappen onmogelijk. Dan zou ik daar voor eeuwig opgesloten zitten en zouden de spinnen een voor een op mij neerdalen.

Er huisden monsters in de kelder.

Vader trok de deur open en deed het licht aan. De kale peer verspreidde een gelige gloed onderaan de lange trap.

Opnieuw gekreun. Dit keer luider, dringender.

'Wacht hier, knul.'

Ik sloeg mijn armen om hem heen en schudde mijn hoofd. 'Ga niet naar beneden, vader.'

Hij maakte mijn armen los. 'Blijf hier bij je moeder.'

Moeder zat nog steeds aan de tafel. Ze neuriede een of ander deuntje. Volgens mij was het iets van Ritchie Valens.

Vader begon de trap af te dalen. Hij was al halverwege toen ik besloot achter hem aan te gaan.

20

Clair

Dag 1 • 13.17 uur

Clair stond naast een groot, roestvrijstalen beeldhouwwerk in A. Montgomery Ward Park. Volgens de plaquette heette het COMMEMORATIVE GROUND RING. Ze had het wel eens van een afstandje gezien als ze over Erie reed, maar nu ze er zo dichtbij stond, moest ze bekennen dat ze er geen flauw idee van had wat die hoop metaal te betekenen had. Bij Clair kwam het over alsof Godzilla de voorraad had opgevreten van een winkel in roestvrijstalen gebruiksvoorwerpen om de resultaten daarvan vervolgens midden in dit smetteloze park weer uit te schijten.

Clair hield haar hand boven haar ogen tegen de zon en keek om zich heen.

Het park was niet heel erg groot, maar Clair kon begrijpen wat de aantrekkingskracht ervan was, zeker voor hardlopers als Emory. Er liep een pad langs de rand aan de westkant, bij de rivier. Links zag ze een speelplaats en rechts een groot terrein dat was omgeven door een hek. Daar renden minstens tien honden achter door hun eigenaren weggegooide ballen en frisbees aan. Hier en daar liep een kind.

Er waren twaalf mensen met een hond. Aan de andere kant bevonden zich zes volwassenen die kinderen op de speelplaats in het oog hielden. Clair gooide in gedachten een muntstuk op, besloot dat het kop was, en liep in de richting van de schommels.

Toen ze dichterbij kwam, werd ze met de nodige achterdocht door de diverse moeders en twee mannen in het oog gehouden.

'Hallo,' zei ze op haar meest ontwapenende toon. Het was niet ontwapenend genoeg kennelijk, want beide mannen produceerden een krampachtig glimlachje en keken nerveus naar de vrouwen. Drie van de moeders pakten de hand van hun kind vast. Een van hen schoof haar kind zelfs achter zich. Het was duidelijk dat je alleen welkom was op dit feestje als je een kind had; volwassen bezoekers die alleen door het park dwaalden, waren niet welkom. Clair begon te twijfelen aan de juistheid van haar beslissing om deze kant op te gaan. Het leek erop dat deze mensen harder van zich af zouden bijten dan de honden. Ze hield haar legitimatie voor zich omhoog. 'Ik ben rechercheur Norton, ik werk voor Chicago Metro. Ik wil graag een beroep doen op uw bereidheid om mee te werken.'

Achter haar kwamen drie patrouillewagens en een busje van de technische recherche met gillende remmen tot stilstand – ingeschakelde zwaailichten, maar geen sirenes. Een stuk of tien agenten sprongen naar buiten. Achter uit het busje voegden drie technisch rechercheurs zich bij hen.

Een vrouw die gekleed ging in een zwarte broek en een grijze trui tilde haar dochter van een schommel en liep op haar af. 'Wat is er aan de hand?'

Clair wist dat de hele groep de kinderen onder de arm zou nemen en binnen de kortste keren in de drukke straten verdwenen zou zijn, als zij het woord 'Aap' liet vallen. Ze zou de kans niet krijgen ook maar één enkele vraag te stellen. *Vaag is niet hetzelfde als liegen*, zei ze in zichzelf. *Ik kan best vaag zijn*. 'We denken dat er gisteren een meisje verdwenen is uit dit park. Als u een paar minuten voor me hebt, wil ik graag een paar vragen stellen.'

Heel even bleef het stil. Toen begonnen ze allemaal tegelijkertijd te praten, eerst tegen elkaar, daarna tegen haar. Ze kon er geen woord van volgen. Drie kinderen begonnen zonder aanwijsbare reden te huilen. Clair hief beide handen boven haar hoofd. 'Als iedereen even stil wil zijn, graag!' Een vierde kind zette het op een brullen. Aan de andere kant van het park begon een hond te blaffen, gevolgd door een tweede, en al snel deden er nog twee mee. In luttele seconden was het geheel aangegroeid tot een oorverdovende herrie. 'Genoeg!' riep Clair op een toon die ze anders in reserve hield voor vriendjes, voor het moment waarop ze de relatie verbrak en hen 's Heren wegen op stuurde om het verder zonder haar uit te zoeken.

De volwassenen vielen een voor een stil, waarna ook de kinderen weer rustig werden, met uitzondering van een klein, mollig ventje dat vlak bij de wipwap stond. Hij bleef maar huilen, met grote snikkende uithalen. Zijn gezicht was knalrood, en bedekt met snot en tranen.

De vrouw met de grijze trui tilde haar dochter op en liet haar op en neer wippen op haar arm. 'Heeft iemand haar hier ontvoerd? We doen ons best om alles in de gaten te houden, als groep. Dit is een fijne buurt, maar je weet tegenwoordig gewoon niet meer met wie je te maken hebt. Er lopen zo veel gekken rond.' Ze aarzelde even, toen zakte haar mond wijd open. 'O god, heeft iemand Julie Anderson ontvoerd? Ik heb haar en haar moeder de hele dag nog niet gezien. Het is zo'n lief kind. Er is, hoop ik, niets...'

Clair hief haar hand. 'Het gaat niet om een kind.'

Onderdrukt gemompel van opluchting steeg op. De vrouw met de grijze trui keek de kring rond met een blik die zei: *laat mij maar even*, en keerde zich weer naar Clair. 'Wie dan wel?'

Blijkbaar was zij de Koningin van de Speelplaats, want de anderen deden er het zwijgen toe. Zelfs het snotterende, mollige jochie bij de wipwap hield op met huilen.

Clair zette de foto die ze van Klozowski had gekregen op het scherm van haar telefoon en liet hem aan de vrouw zien. 'Ze heet Emory Connors. Ze is vijftien. We denken dat ze gisteravond rond zes uur in het park was om te joggen en toen is ontvoerd. Kent u haar?'

De vrouw reikte naar de telefoon. 'Mag ik?'

Clair gaf haar de telefoon.

De vrouw kreeg rimpels in haar voorhoofd terwijl ze naar het scherm tuurde. Ze kneep haar ogen tot spleetjes en keerde zich naar de mensen achter zich. 'Martin?'

Beide mannen stonden achter de vrouwen. De man rechts had een lichtbruine broek aan en een lichtblauw overhemd. Hij schoof zijn zware bril over de brug van zijn neus omhoog en kwam naar voren. De vrouw gaf hem de telefoon. 'Dat is ze, toch?'

Hij knikte heftig. 'God, ik zei toch al dat er iets niet klopte. We hadden de politie moeten bellen.'

Clair kreeg haar telefoon terug en hing hem met een clip aan haar riem. Ze trok een klein aantekenboekje en een pen uit haar achterzak. 'Martin? Wat is je achternaam, Martin?'

'Ortner. Martin R. Ortner.' Hij begon de naam te spellen, maar ze wuifde het weg.

'En u?' vroeg ze, opnieuw de vrouw aankijkend.

'Tina Delaine,' zei ze. 'De meesten van ons zijn hier een paar keer per week. In deze tijd van het jaar probeer ik er iedere dag wel uit te gaan. Zolang het nog warm is. De kinderen kunnen hier hun energie beter kwijt dan thuis.'

Clair keek de kring met kinderen rond. Afgezien van die paar die zich vastklampten aan hun moeder, stonden ze in een groepje bij elkaar bij de schommels, nog steeds met uitzondering van de jongen bij de wipwap, die druk doende was het snot van zijn gezicht te poetsen met zijn trui. Waar waren zijn ouders? Ze keerde zich weer naar Tina Delaine. 'Wat hebt u gezien?'

Tina stak van wal. 'Ze jogt hier bijna elke dag. Gisteren kwam ze ook daar de hoek om, en verdween ze net als anders onder de bomen. Normaal komt ze dan een paar seconden later weer aan de andere kant tevoorschijn, maar gisteren niet. Dat zei ik tegen Martin en we besloten om met z'n tweeën te gaan kijken. Toen we halverwege waren, kwam er een man tussen de bomen vandaan, die haar in zijn armen droeg. Hij zei dat hij had gezien dat ze door haar enkel ging en bij het vallen haar hoofd had gestoten. Hij kende haar en zou haar naar het ziekenhuis brengen, want dat ging sneller dan met een ambulance. Voordat we iets terug konden zeggen, liep hij al verder. Hij zette haar op de passagiersstoel van zijn auto en reed weg.'

'En u hebt de politie niet gebeld,' zei Clair met gefronste wenkbrauwen.

'Hij zei dat hij haar kende,' mompelde Martin.

'Wat voor auto had hij?'

Tina tuitte haar lippen. 'Een witte Toyota.'

Martin schudde zijn hoofd. 'Die auto was niet wit. Hij was beige.'

'Nee, nee, hij had een witte Toyota. Ik weet het zeker.'

'Hij was absoluut niet wit. Hij was beige, maar het kan ook zilverkleurig geweest zijn. Het was in ieder geval geen Toyota. Ik denk dat het een Ford was, een Focus, of een Fiesta.'

'Waar stond hij geparkeerd?'

Martin wees naar een rijtje parkeerplaatsen aan het einde van Erie. 'Daar, onder die lantaarnpaal.'

Clair keek. Ze zag geen beveiligingscamera's. 'Oké, ik wil u vragen hier even te wachten, allemaal. Ik stuur een van de agenten hiernaartoe om van iedereen een verklaring op te nemen.'

'Komt er ook een tekenaar?' vroeg Tina. 'Dat heb ik altijd al eens willen doen.'

'Of een line-up?' opperde Martin.

'Als u hier nog even wilt wachten,' zei Clair nog een keer, voordat ze zich omdraaide en op het groepje agenten afliep.

Inspecteur Belkin herkende haar en wuifde naar haar. 'Ik heb agenten aan het werk gezet die Erie en Kingsbury doen. Hoe staan de zaken hier?'

Clair maakte een hoofdgebaar in de richting van de moederbrigade.

‘Die twee die daar vooraan staan, zeggen dat ze haar hebben zien joggen in het park. Gisteren ging ze achter die bomen langs, maar ze bleef veel te lang weg en daarna werd ze er door een man uit gedragen. Misschien was ze buiten bewustzijn. Hij vertelde hun dat ze was gevallen en een hoofdwond had opgelopen en dat hij haar naar het ziekenhuis zou brengen. Hij beweerde dat hij haar kende.’

Belkin nam de pet van zijn hoofd en haalde zijn hand door zijn dunner worden blonde haardos. ‘Christus, dus zo heeft hij haar gepakt? Hebben ze een goed beeld van hoe hij eruitziet?’

‘Ze hebben gezien dat hij haar in een witte, beige of zilverkleurige Toyota of Ford heeft gezet,’ zei Clair. ‘Maar als ze zich die auto zo vaag herinneren, wens ik iedereen veel sterkte die iets met hun beschrijving van de dader moet. Ik heb alleen met die twee vooraan gepraat. We moeten ook met die mensen daar bij de honden praten. Stuur er maar een mannetje naartoe en zorg ervoor dat niemand ertussenuit knijpt.’

Belkin wees twee agenten aan die in een groepje bij het busje van de technische recherche stonden en instrueerde zijn team.

Clair bedankte hem met een hoofdknik en wendde zich af om Porter te bellen en op de hoogte te stellen. Ze had niet veel, maar het was in ieder geval iets.

21

Dagboek

Vader was al bijna beneden voordat ik genoeg moed had verzameld om hem te volgen. Hij fronste zijn wenkbrauwen. Met een borende blik probeerde hij me te dwingen terug te gaan naar de keuken. Hij rolde met zijn ogen toen hij besefte dat ik dat niet van plan was.

Toen hij op de laatste trede van de trap stond, klonk er opnieuw gekreun, nu nog dringender dan eerder. Vader verstijfde en staarde naar iets in de tegenoverliggende hoek. 'O jee, moeder? Wat heb je gedaan?'

Boven was moeder van neuriën overgegaan op zingen. Ze was luidruchtig in de weer met serviesgoed. Schepte ze zich nog een tweede keer op? Ze reageerde niet op vader, al wist ik zeker dat ze hem net zo duidelijk had gehoord als ik.

Ik liep de laatste treden van de trap af en volgde vaders blik naar het hoopje mens dat in de hoek van de kelder lag. De man zat met handboeien vast aan een dikke pijp van de waterleiding. Een stuk stof stak uit een mondhoek omlaag onder twee lange stroken ducttape die helemaal om zijn hoofd waren gewikkeld.

Als die tape eraf moet, trekken ze de haren uit zijn hoofd, dacht ik. Ze worden met wortel en al uit zijn schedel gerukt.

Meneer Carter keek ons aan met smekende ogen. Zijn witte overhemd was opengescheurd. De knopen waren ongetwijfeld ergens verloren gegaan in de stofnesten en rommel op de vloer. Zijn borst was een landschap vol lange sneden. Sommige begonnen bij de schouder en liepen helemaal door tot aan zijn navel. Er was één snede die nog veel lager eindigde. Ik probeerde daar verder niet over na te denken; dat deed te veel pijn.

Zijn geruïneerde overhemd en zijn broek zaten onder het bloed. Rondom hem lag een grote plas bloed op de vloer. Er hing een geur van koper in de lucht. Hij had bloeduitstortingen rond beide ogen, die al bijna zwart waren, en zijn neus was onmiskenbaar gebroken.

Vader staarde op hem neer. 'Zo gaan wij niet met onze buren om. Hij heeft het duidelijk nogal moeilijk.'

Ik probeerde iets te zeggen, maar er kwam niet meer dan een zwakke kreun uit mijn gortdroge keel.

Meneer Carter keek ons woedend aan, zacht jammerend achter de prop in zijn mond. Tranen volgden een vlekkerig spoor over zijn wangen en dropen op de kraag van zijn overhemd.

Moeder stampte de trap achter ons af naar beneden. Ze keek woest naar meneer Carter, een blik vol minachting en vuur. 'Die... die mán – ik weet niet hoe ik hem anders moet noemen, maar dat zou ik graag doen – heeft zijn prachtige vrouw vandaag geslagen en vond het daarna nodig om hiernaartoe te komen en met zijn apparaat te gaan staan zwaaien terwijl hij naar mij stond te schreeuwen dat hij me wel eens even zou geven wat ik volgens hem had verdiend. Nou, ik had niet het gevoel dat ik iets had verdiend en ik was ook niet van plan wat hij met die arme Lisa had gedaan zomaar over mijn kant te laten gaan. Zij zal godbetert een ander nooit pijn doen, zelfs dit ellendige schepsel hier niet.'

Vader bepeinsde dat even. 'Dus je hebt hem vastgeketend in de kelder en een pak slaag gegeven?'

'O, welnee. Ik heb hem van de trap afgeduwd, aan de waterleiding vastgemaakt en geprobeerd om het kwaad uit hem te snijden. Dat was smerig werk en zelfs na drie uur heb ik het gevoel dat dit nog maar het begin is. Maar ik kreeg trek en toen besloot ik er na het eten mee verder te gaan – eten dat koud staat te worden terwijl we hier staan.'

Vader knikte bedachtzaam. Hij liep naar meneer Carter toe en knielde naast hem. 'Is dat waar, Simon? Heb je je vrouw geslagen. Ben je naar dit huis gekomen en heb je de vrouw van wie ik zielsveel hou, bedreigd? De moeder van dat prachtjong daar? Heb jij dat allemaal gedaan, Simon?'

Meneer Carter schudde heftig met zijn hoofd. Zijn ogen sprongen van vader naar moeder en weer terug.

Moeder haalde een lang mes achter haar rug vandaan en stormde op de man af. 'Leugenaar!' schreeuwde ze. Ze stootte het mes in zijn buik. Hij schreeuwde het uit van achter de prop in zijn mond. Zijn gezicht liep eerst rood aan en verbleekte toen. Ze trok het mes weer terug.

Er vloeide verrassend weinig bloed uit de wond. Ik vond het uitermate boeiend: onder het bleke vlees was geel vet te zien en daar weer onder zat de donkere spiermassa. De wond opende en sloot zich steeds als hij ademhaalde, alsof de wond zelf een beetje mee-ademde. Ik deed een stap naar hem toe om het beter te kunnen zien.

Moeder hief het mes opnieuw.

Ik was ervan overtuigd dat vader haar had kunnen tegenhouden als hij dat had gewild. Maar hij deed niets. Hij keek in alle rust toe, zo pal naast meneer Carter geknield.

Moeder stak het mes met zo veel kracht in het dijbeen van meneer Carter dat de punt een dof geluid produceerde toen hij dwars door het been heen op het beton van de keldervloer stuitte. Meneer Carter slaakte opnieuw een kreet en begon te huilen. Dat vond ik grappig. Volwassen kerels huilen niet, dat had vader me zelf verteld.

Moeder draaide het mes een keer bijna helemaal rond in de wond en rukte het er toen weer uit. Dit keer vloeide er wel bloed, veel bloed. Er vormde zich een nieuwe plas onder het spastisch schokkende been.

Ik kon er niets aan doen, maar er plooide zich een glimlach op mijn gezicht. Ik mocht meneer Carter niet. Ik mocht hem absoluut niet. En na wat hij mevrouw Carter had aangedaan? Het was goed om te zien dat hij kreeg wat hij verdiende. Vrouwen moet je respecteren en koesteren, altijd. We zouden hem leren.

22

Porter

Dag 1 • 13.38 uur

Whatney Vale High School was een massief uit staal en glas opgetrokken gebouw van drie verdiepingen, even ten noorden van de University of Illinois in Chicago. Whatney was jaar in, jaar uit een van de vijf beste scholen van Illinois en om die reden erg gewild. Een medewerker van de bewakingsdienst van de school nam Porter en Nash mee door de gangen naar de administratie en liet hen daar wachten terwijl hij het hoofd opspoorde.

Na minder dan een minuut stapte er een kleine, kale man het kantoor in. Hij prutste met een iPad. 'Goedemorgen, heren. Mijn naam is Kolby, ik ben het hoofd van deze school. Wat kan ik voor u doen?'

Porter schudde de man de hand en toonde zijn legitimatie. 'Wij willen graag praten met één van uw leerlingen, Tyler Mathers. Is hij vandaag op school?'

Kolby wierp een nerveuze blik op de twee vrouwen achter de balie die nauwgezet in de gaten hielden wat er gebeurde. Drie somber kijkende leerlingen op stoelen die in een rijtje tegen de muur stonden completeerden het tafereel.

'Laten we even naar mijn kantoor gaan.' Hij glimlachte en gebaarde naar een klein vertrek links.

Toen hij achter zijn bureau had plaatsgenomen, vroeg Kolby: 'Tyler? Heeft hij problemen?'

Porter en Nash namen plaats op twee stoelen tegenover het hoofd. Het waren lage, kleine stoeltjes, oncomfortabel. Porter voelde zich meteen heel erg ongemakkelijk, alsof hij terugkeerde naar zijn jeugd en op het matje werd geroepen. Zijn handpalmen waren klam. Hoewel Kolby minstens tien centimeter kleiner was, leek hij toch op hen neer te kijken vanuit zijn hoge, met leer beklede stoel. De blik in zijn ogen had iets wat Porter het gevoel gaf dat hij minder dan vijf minuten verwijderd was van een schorsing. Hij schudde het van zich af en boog zich iets naar voren. 'Nee, helemaal niet. We willen hem alleen graag spreken over zijn vriendin.'

Kolby fronste de wenkbrauwen. 'Vriendin? Het was me niet bekend dat hij een vriendin had.'

Nash schoof zijn mobiel met de foto van Emory over het bureau. 'Ze heet Emory Connors. Zit ze hier op school?'

Kolby pakte de telefoon en bestudeerde de foto even. Toen typte hij de naam in zijn computer en bekeek hij de resultaten. 'Nee.' Hij gaf Nash zijn telefoon terug en drukte op een knop op zijn bureau. 'Mevrouw Caldwell, wilt u Tyler Mathers voor me opzoeken en hem vragen naar mijn kantoor te komen?'

'Ja, meneer,' antwoordde de secretaresse.

Porter wierp een blik op Nash. Die was nooit zo stil. Zijn handen lagen gevouwen in zijn schoot en hij keek het hoofd van de school niet aan. Porter had geen idee hoeveel rotzooi zijn partner als scholier had getrapt, maar hij moest regelmatig zijn opwachting hebben gemaakt bij het hoofd van zijn school.

Het leek Kolby ook op te vallen. Hij zei echter niets, maar glimlachte alleen zelfvoldaan en tikte verwoed op zijn iPad. 'Zo te zien heeft hij wiskunde, op de tweede verdieping. Het duurt hooguit een paar minuten. Kan ik de heren iets te drinken aanbieden?'

Porter schudde zijn hoofd.

'Nee, meneer,' zei Nash. 'Dank u.'

Vijf minuten later werd er op de deur geklopt. Een jongen van een jaar of zestien stapte naar binnen. Hij wierp een blik op de beide rechercheurs en knikte toen naar Kolby. 'U wilde mij spreken, meneer?'

Kolby ging staan. 'Kom binnen, Tyler. Doe de deur achter je dicht. Deze beide heren werken bij Chicago Metro. Zij willen graag even met jou praten.'

Tylers ogen werden groot. Ongetwijfeld passeerde in hoog tempo alles wat hij de afgelopen tijd had uitgespookt de revue en probeerde hij te bedenken wat nu precies de aandacht van de politie had getrokken.

Porter toverde zijn meest geruststellende glimlach op zijn gezicht. 'Rustig maar, jongen – je hebt niets gedaan. We willen alleen met je praten over Emory.'

Hij keek verbaasd. 'Em? Is alles goed met haar?'

Porter richtte zich tot Kolby: 'Zou u zo goed willen zijn ons even alleen te laten met Mathers?'

Kolby schudde zijn hoofd. 'Het spijt me, maar hij is minderjarig. Ik ben bang dat ik erbij moet blijven als de ouders er niet bij zijn.'

'Goed,' zei Porter. Hij ging staan en zette zich op de rand van het bureau, zodat Kolby de leerling niet meer kon zien. Achter hem schraapte Kolby zijn keel, maar hij zei niets.

'Wanneer heb je Emory het laatst gezien?'

Tyler schuifelde met zijn voeten. 'Zaterdag, denk ik. We zijn naar de film geweest en daarna hebben we in de stad gegeten. Is alles goed met haar? U maakt me nerveus.'

Porter wierp Nash een steelse blik toe. 'We denken dat ze ontvoerd is.'

De jongen verbleekte. 'Wie zou... Waarom?'

'We denken dat ze in A. Montgomery Ward Park is ontvoerd toen ze daar gisteren aan het joggen was. Dat is ongeveer anderhalve kilometer...'

Tyler knikte. 'Ik weet waar het is. Daar jogt ze altijd. God, ik heb wel tegen haar gezegd dat ze niet alleen moest gaan, maar ze luistert nooit naar me.' Zijn ogen vulden zich met tranen. Hij poetste ze weg met zijn mouw. 'Ze is zo knap, en dan heeft ze zo'n klein joggingpakje aan. Ik heb het steeds maar weer tegen haar gezegd dat het niet veilig is. De stad zit vol met gekken, toch? O god, ik heb haar de hele tijd sms'jes gestuurd, maar ze reageerde niet. Zo is ze anders helemaal niet. Meestal krijg ik binnen een paar minuten antwoord. Maar sinds gisteravond is het stil. Ik was al van plan om naar haar toe te gaan na schooltijd.'

'Waar zit zij op school?'

'Nergens. Ik bedoel, ze zit niet op een school, ze krijgt thuis les. Privéles,' zei Tyler.

'Van iemand die bij haar in huis woont? Een privéleraar?'

Tyler knikte. 'Lerares. Mevrouw Burrow.'

'Wat is haar voornaam?'

'Dat weet ik niet, het spijt me. Ze trekt zich meestal terug als ik er ben. Ik praat niet zo vaak met haar.'

'Heb je enig idee waar we haar kunnen vinden?'

Tyler schudde opnieuw zijn hoofd. 'Denkt u dat alles goed is met haar? Emory, bedoel ik. Het is niet te geloven dat iemand zoiets doet.'

Achter Porter ging Kolby verzitten. Porter was bijna vergeten dat de man nog in het kantoor was.

'Is er iets wat ik kan doen om te helpen?' vroeg Tyler.

Porter haalde een visitekaartje uit zijn achterzak en gaf het aan Tyler. 'Bel me als je iets hoort.'

'Heeft u haar telefoon gezocht? Dat kunt u doen, toch?'

'Haar telefoon geeft sinds gisteren geen netwerksignaal meer af,' zei Nash. 'Waarschijnlijk is hij uitgezet.'

'Allebei?'

23

Dagboek

Net gedoucht, met dampende haren en geurend naar babypoeder liep ik van mijn slaapkamer terug naar de keuken. Ik had ondertussen erg veel trek gekregen en de stoofpot rook echt heerlijk. Ik liet me op mijn plek aan tafel vallen, nam hap na hap en dwong mezelf om te kauwen. De song van Ritchie Valens die moeder eerder had gezongen, had zich stevig in mijn hoofd geplant en ik nu zat ik zelf al etend te neuriën. Mijn maatgevoel is altijd uitstekend geweest en dat was het toen, op zo'n jonge leeftijd, ook al.

Moeder en vader waren nog steeds in de kelder. Hun lach schaterde langs de trap omhoog en bereikte echoënd de keuken. Ze hadden zo veel plezier. Ik verloor mijn belangstelling toen meneer Carter voor de derde en laatste keer het bewustzijn verloor. Ik denk dat zijn hart het uiteindelijk begaf. Hij had wel veel bloed verloren, zeker, maar niet zo veel dat hem dat de kop kostte. Het menselijk lichaam kan wel veertig procent van de totale hoeveelheid bloed verliezen voordat het ermee kapt. Iemand met de omvang van meneer Carter heeft zo'n zeven liter bloed, en ik betwijfel of hij meer dan een liter was kwijtgeraakt. Soms is dat moeilijk uit te maken, maar als het zich in plassen verzamelt zoals op het beton in onze kelder, heb je er behoorlijk goed zicht op.

Nee, het was niet het bloedverlies – de angst heeft hem de das om gedaan.

Ik keek vanaf de trap toe toen vader meneer Carters ogen eruit wipte. Ik geloof dat meneer Carter het in eerste instantie niet eens doorhad, maar toen drukte vader meneer Carter diens eigen ogen in de hand om er goed op te passen. Hij hield ze veel te stevig vast. Vader moest erom lachen, terwijl moeder maar bleef snijden. Eerst kleine sneetjes, daarna een paar diepe sneden. Ze plaagde hem – ze trok een sneetje van een paar centimeter in zijn schouder, net genoeg om zijn aandacht te trekken, en stootte dan het mes uit alle macht al draaiend ergens in zijn dij (ze vond het heerlijk om dat mes in een wond rond te draaien). Zonder zijn ogen had hij geen flauw idee waar ze de eerstvolgende snee zou zetten. Ik neem aan dat het die spanning was die zijn hart echt aan het werk zette. Toen hij langzamerhand in shock leek weg te glijden, stuurde vader me naar boven om vlugzout te halen. Niemand van ons wilde dat hij er de brui aan gaf terwijl het allemaal net zo opwindend was. Dan was er geen lol meer aan. Na een tijdje was er echter maar weinig wat we konden doen om hem wakker te houden. Shock is een echte spelbreker.

Op het laatst zoog hij nog één keer, snakkend naar adem, lucht in zijn longen. Zijn lichaam trok zich spastisch samen, verstijfde en viel toen slap als een vaatdoek op het beton. Ik geloof dat hij nog eens alles liet lopen, maar het was al zo'n bende dat ik het niet met zekerheid zou kunnen zeggen.

Moeder was dit keer begonnen, dus ik wist dat vader haar zou opzadelen met de schoonmaak. Zo waren de regels. Vader hield van regels.

Opnieuw een lachsalvo daarbeneden. Wat konden ze nu nog aan het doen zijn?

Ik wilde me net nog een keer opscheppen, toen er werd geklopt bij de keukendeur. Ik draaide me om en zag mevrouw Carter achter de hordeur staan. De huid om haar beide ogen had een afgrijselijke paarse kleur aangenomen. Ook op haar linkerwang zat een grote bloeduitstorting. Ze ondersteunde haar linkerpols met haar rechterhand.

'Is mijn man hier?' vroeg ze zacht.

Ik pakte mijn servet en depte mijn mondhoeken. Dat was eigenlijk helemaal niet nodig, want ik ben geen slordige eter, maar ik had even tijd nodig om na te denken.

'Hij is nog niet thuisgekomen, en hij is al uren weg.' Haar stem was laag en rauw. Ze had lange tijd gehuild. Ik vroeg me af waarom ze er eigenlijk naar verlangde dat hij weer thuis zou komen. Hij had haar een pak rammel gegeven. Zou ze hem werkelijk met open armen ontvangen alsof er niets was gebeurd?

Ik stond op en liep naar de deur. Die was niet op slot. Ik was volstrekt niet van plan om haar uit te nodigen binnen te komen, maar dat betekende nog niet dat ze dat niet vanuit zichzelf zou doen. Ze was kind aan huis. Meestal tikte ze met haar knokkels een paar keer op de deurpost en liep ze zonder te wachten naar binnen. Waarom ook niet? Dit keer echter niet. Ze stond wankelend op de stoep achter het huis en staarde naar me vanuit die gehavende oogkassen met ogen die liever dicht waren gegaan, en nog maar met grote moeite tussen de gezwollen oogleden door iets konden zien.

'Ik zal het aan moeder vragen. Wacht u even?' zei ik met de kalme stem van een volwassene, een stem die uitdroeg dat er niets aan de hand was, een stem vol zelfvertrouwen die haar duidelijk maakte dat ze maar op mij moest vertrouwen, dat ik alles in het werk zou stellen om haar te helpen.

Ik glimlachte naar haar en stampte de trap af naar de kelder.

24

Porter

Dag 1 • 15.03 uur

Ze troffen Klozowski ineengedoken aan achter zijn Mac, in een hoek van de afdeling IT. Op zijn bureau lag een chaotische verzameling handboeken, losse vellen papier, verpakkingen van fastfood en Batman-memorabilia. Nash reikte naar een Batmobiel, maar kreeg een klap met een liniaal voordat hij het ding had kunnen vastpakken. 'Als ik bij jou thuis op bezoek kom, ga ik ook niet met je barbiepoppen zitten spelen. Blijf van mijn spullen af,' gromde Klozowski.

'Ben je nog iets te weten gekomen?' vroeg Porter.

'Dat tweede toestel levert niets op,' zei Klozowski. 'Maar kijk hier eens naar.' Hij wees naar het middelste van de vijf schermen die voor hem stonden. Helemaal rechts op het scherm was een stadsbus te zien. Helemaal links in beeld stond een handjevol mensen op de stoep te wachten om over te steken.

Porter boog zich naar voren. 'Kun je hem zien?'

Klozowski wees naar een plekje op het scherm tussen een grote man in een donker pak en een vrouw achter een wandelwagen. 'Zie je dat? Dat is het bovenste stukje van zijn fedora.'

Nash kneep zijn ogen tot spleetjes. 'Ik zie het niet.'

'Let op hoe de video verdergaat,' zei Klozowski. Hij tikte op een paar toetsen en het beeld kwam in beweging. De vrouw boog zich voorover en fluisterde iets tegen het kind in de wandelwagen. Een paar tellen lang was Aap te zien zoals hij achter haar stond. Hij had de fedora een beetje scheef omlaag getrokken, zodat zijn gezicht verborgen bleef voor het oog van de camera, maar hij was het zonder meer.

'Kun je nog dichterbij komen?' vroeg Porter.

Klozowski draaide aan een kleine knop naast zijn muis en de camera zoomde in. 'Het beeld wordt te korrelig als ik veel inzoom, maar het maakt ook niet uit, want die hoed zit in de weg. Kijk hier eens naar.'

Hij drukte opnieuw op de knop om de film in beweging te zetten. In slow motion. Porter zag de bus met een fractie van de werkelijke snelheid over het beeld kruipen en het kruispunt naderen. Rechts boven in het scherm was een groen verkeerslicht te zien. 'De chauffeur heeft niet gelogen. Het licht was groen toen hij aan kwam rijden.'

Klozowski priemde met zijn pen naar het scherm. 'Blijf kijken naar onze man.'

Toen de bus dichterbij kwam, stapte de man met de fedora voor de andere wachtenden. Zijn gezicht nog steeds afgeschermd met de hoed, keek hij even over de weg en toen omlaag naar het plaveisel. Met één snelle beweging zette hij zich af tegen de stoeprand en wierp hij zich op straat. Zijn voeten raakten de grond niet meer – zijn schouder kwam in contact met de grille van de bus, de klap wierp hem vooruit. Zelfs in slow motion ging alles snel. Zijn lichaam leek zich te vormen rond de neus van de bus. Toen werd het weg gekatapulteerd door de lucht en verdween het van het scherm.

'Verdomme,' mompelde Nash.

De bus reed voorbij. De wachtende voetgangers staarden met een ongelovige blik in hun ogen naar het tafereel.

'Agenten hebben met al die mensen gesproken, maar niemand kan zich de man herinneren,' zei Klozowski. 'De meesten waren te druk bezig met hun telefoon en functioneerden verder op de automatische piloot. Niemand kon een goede beschrijving geven. Je zou toch zeggen dat iemand met een fedora wel zou opvallen.'

'Het is duidelijk dat hij zelf sprong, zeker weten,' zei Nash. 'Hij was helemaal niet van plan dat pakketje met de post te versturen. Dit was zelfdoding in het verkeer.'

'Ik heb die beelden honderd keer bekeken, bij allerlei snelheden, ingezoomd en uitgezoomd, maar er is geen enkel beeldje bij waarop zijn gezicht te zien is,' zei Klozowski. 'Als je het mij vraagt, bespeelt hij de camera. Door die rare outfit valt hij op, maar hij heeft de hoed zo op zijn hoofd, dat er nooit een shot is onder de goede hoek. Hij wist precies wat hij deed, en ik denk dat hij wilde dat wij hem wel zouden zien, maar niet zijn gezicht. Vandaar die uitdossing.'

'Dus Aap weet dat hij terminaal is en liever dan zich overgeven aan de grillen van de natuur, grijpt hij een laatste slachtoffer, trekt zijn beste pak aan en ensceneert iets wat ervoor zorgt dat hij niet in de vergetelheid zal raken?' peinsde Porter hardop. 'Hij gaat ervan uit dat wij dat oor zullen vinden en het verband zullen leggen. Hij gunt ons dat dagboek omdat hij daarin zijn verhaal kwijt kan zoals hij het zelf wil vertellen, zijn eigen verleden, zijn eigen details van waar hij vandaan komt. Hij heeft zijn eigen geschiedenis geschreven zodat het juiste verhaal in de geschiedenisboeken terechtkomt. Hij is altijd al heel scrupuleus geweest. Waarom zou hij iets wat zo belangrijk voor hem is, overlaten aan verslaggevers en idioten die van alles fantaseren op internet? Het is allemaal lang niet zo toevallig als het in eerste instantie leek te zijn. Ik ben ervan overtuigd dat het toeval geen enkele rol speelt. Dat betekent dat alles wat hij bij zich had – het horloge, het bonnetje van de stomerij, misschien zelfs het kleingeld – een bedoeling had.'

Nash fronste de wenkbrauwen. 'Dat lijkt me vergezocht, Sam.'

'Een goedkoop pak, een fedora, schoenen die hem niet passen... Ik denk dat hij niets aan het toeval heeft overgelaten. Hij speelt nog steeds met ons, hij speelt een spelletje, hij vertelt een verhaal. Het past allemaal in elkaar. Op een of andere manier heeft het een betekenis.'

'Of het is toevallig alles wat hij bij zich had toen hij die bus een kusje gaf.'

Porter zuchtte.

'Niet overal zit een complot achter, meer wil ik niet zeggen,' zei Nash.

'De man is jarenlang zijn gang gegaan zonder ook maar een spoor achter te laten. En nu ineens dit allemaal. Het betekent iets.'

Porters telefoon ging. Hij haalde hem uit zijn broekzak en nam het gesprek aan. Toen hij de verbinding verbrak, greep hij zijn sleutels van Klozowski's bureau. 'Dat was Murray in de Flair Tower. Ze hebben mevrouw Burrow daar. Die is net met de dienstlift boven gekomen.'

25

Dagboek

Vader en moeder lagen te rollebollen op de met bloed besmeurde betonvloer, hun ledematen in elkaar verstrengeld. Ze joelden als schoolkinderen op de eerste dag van de vakantie. Ik legde mijn vinger op mijn lippen en maande hen tot stilte.

'Wat is er, knul?' vroeg vader. Hij veegde een lange streng haar van het gezicht van moeder. Er bleef een rood spoor achter en misschien wat vetweefsel. Het was nogal onduidelijk, ze zag er niet uit.

'Mevrouw Carter is boven, bij de achterdeur,' zei ik zacht. 'Ze is op zoek naar meneer Carter. Ze weet dat hij hiernaartoe kwam vanmiddag. Ze heeft hem naar binnen zien gaan met moeder. Ik zag het vanuit de tuin.'

Vaders gezicht was moeilijk te lezen. Dat was altijd al zo geweest. Hij keek moeder aan. 'Is dat zo? Heeft ze dat gezien?'

Moeder haalde haar schouders op. 'Misschien wel. Het kan. Hij deed zo raar. Hij was helemaal buiten zinnen. Ik heb mezelf alleen maar verdedigd. Dat begrijpt Lisa vast wel. Lisa is een heel verstandige vrouw.'

Vaders ogen schoten heen en weer door de kelder. Hij nam alles razendsnel in ogenschouw. Meneer Carter was een bloederige hoop, nog steeds aan de waterleiding geketend. Zijn lichaam was nog veel erger toegetakeld dan toen ik mijn interesse verloren had en naar boven was gegaan. Ze waren doorgegaan toen hij al dood was, stekend en snijdend. Wat er nog van hem over was, was geen mens meer, maar een hoop vlees, het afgedankte speeltje van een roofdier.

'Ze is boven,' zei ik nog een keer. 'Nu.'

Moeder zuchtte. 'Hè, zo kunnen we geen bezoek ontvangen.'

Vader gniffelde. 'Misschien moeten we haar vragen straks nog even langs te komen?'

'Volgens mij is de achterdeur niet op slot. Ze kan zo binnenkomen,' zei ik. 'Misschien is ze al binnen.'

Vader ontworstelde zich aan moeder en ging staan. 'Dat zou heel ongelukkig zijn.'

Daar moest ik hem gelijk in geven.

'Denk je dat je haar weer weg kunt sturen?' vroeg vader.

'Dat... dat weet ik niet,' stamelde ik.

'Je bent nu een grote jongen, knul, al bijna de heer des huizes. Je bent slimmer dan zij, daar twijfel ik niet aan. Bedenk iets, zoek maar een oplossing.'

We konden niet accepteren dat ze vader en moeder in deze staat te zien zou krijgen. En ze zouden nooit langs haar kunnen glippen, want vanaf de achterdeur kon je de kelderdeur zien. Deels hoopte ik dat ze binnengekomen was en nu boven aan de trap stond te luisteren. Ik dacht aan haar, toen bij het meer. Ik dacht eraan hoe het moest zijn om haar geketend in de kelder te hebben.

'Nou, knul? Wat denk je, kun je haar aan?'

Ik knikte. 'Ja, pa.'

26

Emory

Dag 1 • 15.34 uur

Emory zat ineengekropen in een hoek onder de brancard, met één hand tegen haar oor geperst, het andere oor tegen de muur. Het lukte haar echter niet de muziek uit te bannen. Die was te luid, luider dan welke stereo dan ook die ze ooit had gehoord. Ze was vorig voorjaar samen met Kristie Donaldson naar het concert van de Imagine Dragons geweest in de Allstate Arena. Ze hadden ongeveer een meter voor het podium gestaan, pal voor de grootste toren met speakers die ze ooit had gezien. Daar was zo veel lawaai uit gekomen dat hun haar daadwerkelijk over hun schouders werd weggeblazen. Het had nog een paar prachtige selfies opgeleverd.

Maar dit was veel luider. Niet alleen luider. De muziek weerkaatste ook tegen de wanden. Het galmde. Het trilde in haar botten.

Toen de muziek was begonnen – dat leek nu al uren geleden – had ze zo hard ze kon gekrijst, zonder dat ze de muziek kon overstemmen. De muziek had háár overstemd, eerst Pink Floyd, daarna Janis Joplin, en vervolgens een tiental andere bands die ze wel herkende, maar waarvan ze de naam niet wist. Ze gilde niettemin en gaf daarmee uiting aan de woede, de haat en de angst die er in haar huisde en die eruit moest. Ze krijste en gilde tot haar keel rauw was en ze ervan overtuigd was dat ze geen stem meer over had, ook al kon ze het niet horen of dat werkelijk zo was. Ze gilde en krijste tot haar tong aanvoelde als schuurpapier en ze een snijdende migraine achter haar ogen voelde.

Emory probeerde haar hoofd te verbergen tussen haar knieën. Dat hielp wel even, maar toen begon haar rechterschouder te branden door de ongemakkelijke houding. Gefrustreerd rukte ze aan de handboei, met als enige gevolg dat die nog dieper in haar pols sneed. Ze wilde huilen, maar ze was al uren geleden door haar tranen heen geraakt.

Ze had het zo koud.

Alles wat ze met haar naakte lichaam aanraakte, was klam en steenkoud.

'Mama?' Ook al sprak ze het woord hardop uit, ze hoorde het niet. Het werd met gemak overstemd door de herkenningsmelodie van CSI door The Who. Of zoiets. 'Mama, ben je daar nog?'

Ze tilde haar hoofd op van tussen haar knieën en keek omhoog. De muziek kwam van ergens ver boven haar. Na al die lange uren waren Emory's ogen een heel klein beetje gewend geraakt aan de duisternis. Hoewel er nog altijd een vrijwel absolute duisternis heerste, kon ze toch vage vormen onderscheiden. Ze zag de poten van de brancard, in ieder geval de poten vlakbij. Ze kon haar hand boven zich zien, vastgeketend aan de reling van de brancard. Ze kon zelfs iets van de reling zelf zien. Ze had de handboei langs die reling geschoven van het ene uiteinde naar het andere, in de hoop dat hij er aan het einde af zou glijden. Maar nadat de handboei een haakse bocht had gemaakt, was hij rinkelend tot stilstand gekomen tegen een andere buis. Daarna had ze...

Iets scharrelde over haar voet. Emory gilde en trok haar benen op tegen haar lichaam.

Wat was het? Een kakkerlak?

Nee, het was groter dan een kakkerlak. Misschien een muis of een...

Laat het alsjeblieft geen rat zijn. Ze haatte ratten. Soms zag ze een rat zijn snuit uit een riool steken. Kleine kraaloogjes en scherpe gele tanden die op elkaar klapperden van de honger terwijl ze razendsnel rond containers in steegjes en gangetjes dribbelden op zoek naar voedsel. Die aten alles. Ze had gehoord dat ze soms in groepen of kuddes daklozen aanvielen, al noemde je dat niet zo. Ze kende de term wel. Ze had het een paar jaar geleden geleerd voor een proefwerk. *Roedel*, dat was het woord. Een groep ratten noemde je een roedel. Ze vond het maar een gek woord en onder de omstandigheden klonk het helemaal raar, maar zo was het nu eenmaal. Het enige wat erger was dan een rat, was meer dan één rat. Een roedel.

'Mama?'

Iets schuurde langs haar dij. Ze sprong overeind en stootte haar hoofd tegen de brancard. Alsjeblieft nee, geen ratten. Ratten konden zien in het donker, misschien wel heel goed. Ze zag voor zich hoe het behaarde beest in een hoek van de ruimte hongerig naar haar stond te kijken, die kleine bek vol kwijl en ziektekiemen.

Ik wil de pret niet bederven, maar ik moet het vragen. Wat eet een rat die samen met een naakt meisje is opgesloten in een betonnen hok?

Emory kreunde, en heel even hoorde ze zichzelf. Toen brak er een gitaarsolo los en ging elk ander geluid verloren. Ze klom onhandig op de brancard.

Ik weet dat ratten geen kieskeurige eters zijn. Ze nemen genoegen met alles wat zich aandient. Een lekker mals jong meisje zal wel de hoofdschotel zijn van hun diner, vermoed ik. Een Kobe-biefstukje vergeleken met een uitgemergelde oude dakloze.

Emory tuurde in de duisternis onder zich. Ze voelde dat ze daar onder haar zaten te wachten, maar ze zag hen niet.

Zouden ze kunnen klimmen?

De brancard kraakte toen ze op haar achterste naar het midden schuifelde.

Als er heel veel zijn, kunnen ze vast wel een kleine rattenpiramide maken waarlangs ze omhoog kunnen klimmen. Het zijn vindingrijke beesten. Ik heb gehoord dat ze soms hun slachtoffer in de wang bijten om hem zo ver te krijgen dat hij zijn ogen opendoet. Dan kunnen ze het oog zo uit de kas happen. Een soort lokaas. Sluw. Het zijn sluwe beesten.

'Het was geen rat,' zei Emory tegen zichzelf. 'Hoe zou een rat hier nu binnen moeten komen?'

Ja, dat lijkt een probleem, maar hij heeft jou hier ook neergezet, dus hij kan er ook wel een paar ratten bij gegooid hebben. Per slot van rekening snijdt de man ook lichaamsdelen af die hij naar de familieleden stuurt. Hij heeft op zijn zachtst gezegd een twijfelachtige smaak als het om spelletjes gaat. Misschien speelt hij wel vals.

Emory's hart bonsde, een ritmisch kloppend gevoel bij haar gewonde oor, *bonk, bonk, bonk.*

Deze keer, toen de rat langs scharrelde, wist ze zeker dat ze hem zag, heel even maar, een fractie van een seconde, voordat het vette kleine knaagdier weer door het duister werd opgeslokt.

27

Dagboek

Ik liep de trap weer op met de snelheid van een slak en pijnigde mijn hersens om een geloofwaardig verhaal te verzinnen. Hoe moest ik verhinderen dat ze binnen zou komen en dan – nog erger – naar de kelder zou gaan?

Ik trof haar aan bij de keukentafel. Ze had zitten huilen. Ze depte haar ogen met een vochtig servet terwijl ze aan een korst brood knabbelde.

Meteen toen ik boven aan de trap was, trok ik de kelderdeur achter me dicht. Het kozijn zette 's zomers uit en ik moest een behoorlijke ruk aan de deur geven om hem in het slot te laten vallen.

Ik liep door de keuken en ging aan tafel zitten, mijn ogen gefixeerd op de koud geworden stoofpot. 'We hebben een probleem met de boiler, en moeder is in de kelder om vader te helpen. Ze proberen hem weer te maken.'

Ik sprak zo zacht dat ik mezelf amper kon horen. Het was niet de meest creatieve leugen die ik ooit had bedacht, maar ik wist niets beters te bedenken. Ik keek naar haar, naar haar vermoeide gezicht.

Mevrouw Carter keek mij aan. De bloeduitstortingen waren in de afgelopen paar minuten nog donkerder geworden. De zwellingen waren ook groter. Hoe kon een man iemand van wie hij hield zoiets aandoen? Ze wipte haar voet op en neer onder de tafel.

Toen ze begon te praten, klonk haar stem zwak en afwezig. 'Hij is dood, toch?'

Het was eerder een mededeling dan een vraag, op vlakke toon uitgesproken, zonder ook maar een spoor van emotie.

'Ze zijn aan het werk met de boiler. Soms is het heel lastig om dat oude kreng weer aan de praat te krijgen,' zei ik.

Ze schudde haar hoofd en zuchtte. 'Je mag me de waarheid vertellen. Het is goed.'

Vader had me gevraagd haar voor mijn rekening te nemen. Hij wilde dat ik een oplossing zou verzinnen. Als ik het haar zou vertellen, zouden ze haar dan ook vermoorden? Als zij moest sterven, zou dat dan mijn schuld zijn?

Ze moest het echter wel weten. Daar had ze recht op. Wat zou ze doen als ik het haar niet zou vertellen? Zou ze dan naar huis gaan om de politie te bellen? Of nog erger, zou ze dan tegen ze zeggen dat meneer Carter naar ons was gegaan en niet meer was teruggekomen? Ik moest het haar vertellen. 'Hij wilde moeder pijn doen. Ze verdedigde zich. Dat kun je haar niet kwalijk nemen.'

Ze zuchtte opnieuw. Ze kneep in het verfrommelde servet. 'Nee, ik denk het niet.'

'Ik kan u beter naar huis brengen,' zei ik.

Mevrouw Carter veegde haar neus af met de rug van haar hand. 'Maar... Wat hebben ze met... O, god, is hij echt dood?'

De tranen vloeiden opnieuw. Jaren later heb ik daarover zitten peinzen. Vrouwen lijken over een eindeloze stroom tranen te beschikken. Je hoeft maar een emotioneel startschot te geven of ze vloeien zo makkelijk en zo krachtig. Dat geldt niet voor mannen. Mannen huilen bijna niet, in ieder geval niet vanuit emoties. Bij mannen worden de waterwerken op gang gebracht door pijn. Dan gaat de kraan wagenwijd open. Vrouwen kunnen heel goed tegen pijn, maar niet tegen emoties. Mannen kunnen heel goed omgaan met emoties, maar verdragen geen pijn. De verschillen zijn soms subtiel, maar ze zijn er wel.

Ik heb nooit gehuild. Ik vraag me af of ik het wel kan.

Ik stond op en bood mevrouw Carter mijn hand. 'Kom, ik breng u naar huis.'

28

Porter

Dag 1 • 16.17 uur

Agent Thomas Murray ving Porter en Nash op bij de voordeur van Emory's appartement, met een kop koffie in zijn ene hand en een luxe broodje ham in de andere. Er zat mayonaise bij zijn mondhoek en er droop een klodder langzaam over zijn uniformshirt omlaag. Porter overwoog om hem op de hoogte te stellen van het ongerief, maar besloot het niet te doen. Hij was benieuwd hoe lang het zou duren eer de klodder op de vloer zou vallen. Nash had het ook gezien, maar zei evenmin iets. Ze wisselden een blik van verstandhouding uit.

'Maak je het jezelf een beetje gemakkelijk?' vroeg Porter. Hij liep het appartement in.

Murray nam een hap van het broodje en veegde zijn mond af aan zijn mouw. 'Beter dan acht uur in een patrouillewagen zitten,' mompelde hij onder het kauwen door. Hij maakte met zijn hoofd een gebaar over zijn schouder naar de woonkamer. 'Daar staat een bank met magische vingers erin, of zo. Als je gaat zitten, beginnen de kussens je te masseren. De tv weet het ook wanneer je er bent – als je de kamer binnenkomt, floept hij aan. Niet dat ik ga zitten als ik in functie ben, natuurlijk – tenminste niet langer dan een minuut of twee. O, en beneden hebben ze een volwaardig restaurant en een luxe broodjeszaak. Daar heb ik deze vandaan. Misschien wel het lekkerste broodje dat ik ooit heb gehad.' Hij nam nog een hap. Een brok ham viel van het brood en belandde op zijn schoen.

'Waar is ze, Tom?' vroeg Porter. Hij was aan het eind van zijn geduld gekomen.

Murray wees door de gang en knoeide bijna met zijn koffie. 'Ze is in haar kamer. De deur links, niet die rechts. Haar voornaam is trouwens Nancy. Nancy Burrow. Een stuk van jewelste.'

Porter liep langs hem de gang in. Murray kwam achter hem aan.

Toen Nash Murray passeerde, zei hij: 'Zo een wil ik ook.'

Murray fronste zijn wenkbrauwen. 'Het broodje of de koffie?'

'De bank,' zei Nash.

'Ah… ja, ik ook.' Murray nam nog een hap en vloekte toen de mayonaise het einde van de glijvlucht over zijn buik had bereikt en met een smakkend geluid op de hardhouten vloer viel.

De deur van de slaapkamer was dicht.

Porter klopte zacht aan. 'Mevrouw Burrow? Ik ben rechercheur Sam Porter van Chicago Metro. Mag ik binnenkomen?'

'De deur zit niet op slot, inspecteur,' zei een vrouwenstem aan de andere kant. Het was een stem met een licht Australisch accent, dat hem aan Nicole Kidman deed denken.

Porter draaide aan de deurkruk en deed de deur open.

Goed. Een gevulde Nicole Kidman. Op zijn minst honderdtien kilo, misschien wel meer.

Nancy Burrow zat aan een bureau in een hoek van het vertrek. Op haar omvangrijke schoot lag een boek. Ze fronste haar wenkbrauwen toen hij de kamer in kwam. 'Die neanderthaler daar buiten heeft me kamerarrest gegeven, terwijl hij de keuken aan het plunderen was en Joost mag weten nog meer allemaal aan het doen was. U kunt erop rekenen dat ik een klacht zal indienen bij uw meerdere, om maar te zwijgen van meneer Talbot. Die laat dat niet over zijn kant gaan, dat kan ik u verzekeren. Iemand is zelfs zo brutaal geweest om te rommelen in mijn persoonlijke bezittingen en mijn kleren. Waar haalt u het recht vandaan om zoiets te doen?'

Porter toverde zijn meest overtuigende vredestichtende glimlach op zijn gezicht. 'Ik bied u mijn verontschuldigingen aan, mevrouw Burrow. We doen allemaal alleen maar ons uiterste best om Emory te vinden. Meneer Talbot heeft ons toestemming gegeven om het appartement te doorzoeken. Er was hier niemand en we hebben gekeken of we iets konden vinden dat ons zou helpen zijn dochter op te sporen. Als we daarbij ook uw persoonlijke bezittingen hebben doorzocht, is dat met de beste intenties gebeurd.'

Haar ogen knepen zich samen tot spleetjes. 'En u verwachtte aanwijzingen te vinden in de la met mijn ondergoed?'

Daarop moest Porter het antwoord schuldig blijven. Hij keek Nash aan, die alleen zijn schouders ophaalde. Hij besloot de vraag te negeren. 'Misschien wilt u ons vertellen waar u vandaag bent geweest?'

'Ik heb gewinkeld.'

'Ze had boodschappen bij zich toen ze thuiskwam,' zei Murray vanaf de drempel. 'Ik snap alleen niet wat iemand zeven uur lang te zoeken heeft in de supermarkt.'

Mevrouw Burrow zuchtte diep. 'Als u het per se moet weten, vandaag is mijn vrije dag. Ik heb mijn haar laten doen en nog een paar boodschappen gedaan. Sinds wanneer is het een misdaad om je eigen appartement te verlaten?'

Porter verplaatste zijn gewicht op zijn andere been. 'Wanneer hebt u Emory voor het laatst gezien, mevrouw Burrow?'

'Ze ging om een uur of zes joggen. Op zijn laatst om kwart over zes,' zei ze. 'Het leek te gaan regenen, maar ze wilde toch naar buiten.'

'U maakte zich geen zorgen toen ze niet terugkwam?'

Mevrouw Burrow schudde haar hoofd. 'Ik nam aan dat ze naar haar vriendje was gegaan. Die twee hebben heel veel samen opgetrokken de laatste tijd.'

'En wanneer kreeg u het gevoel dat er iets niet in orde was?'

Haar ogen sprongen naar het boek op haar schoot. 'Ik weet niet precies of ik dat gevoel wel kreeg. Zoals ik al zei, soms gaat ze naar haar vriendje.'

'Ze is vijftien,' zei Nash. 'Acht uur? Negen uur? Tien uur? Hoe laat moet ze thuis zijn? Ik heb een dochter van die leeftijd. Die laat ik onder geen beding na donker alleen buiten rondlopen, al helemaal niet met een jongen.'

'Ik ben haar moeder niet, inspecteur.'

Porter maakte een gebaar naar de foto's op het nachtkastje. 'U hebt een grote rol gespeeld in haar opvoeding. Het mag duidelijk zijn dat u om haar geeft.'

Mevrouw Burrow keek naar de foto's en keerde zich toen weer naar de rechercheurs. 'Ik heb mijn best gedaan om er voor haar te zijn, en ik zal als eerste toegeven dat we in de loop van de jaren heel belangrijk voor elkaar zijn geworden, maar haar vader heeft me ervan doordrongen dat ik slechts iemand van zijn personeel ben, en niets meer dan dat. Iemand die je zo kunt vervangen door iemand anders als ik me niet aan de regels zou houden. Afgezien van wat ik voor Emory voel, vind ik dit een aangename baan en verlang ik er geenszins naar om een einde aan het dienstverband te maken.'

'Wat is precies uw functieomschrijving, mevrouw Burrow?' vroeg Nash.

'In hoofdzaak ben ik Emory's privélerares. Dat ben ik al sinds haar moeder overleden is. Ik houd zowel toezicht op haar studie als op het huishoudelijk personeel.'

'Als een soort Mrs. Doubtfire?'

Ze fronste de wenkbrauwen. 'Wie?'

Porter duwde Nash aan de kant. 'Laat maar. Emory gaat niet naar school?' vroeg hij.

De vrouw zuchtte opnieuw. 'Het schoolsysteem in uw land laat veel te wensen over, inspecteur. Meneer Talbot wilde dat Emory het beste onderwijs kreeg dat maar te krijgen is. Dat niveau kan alleen worden bereikt bij één op één-lessen. Ik was een van de besten van mijn jaar in Oxford. Ik heb twee doctoraalstudies afgerond, een in psychologie en een in literatuur. Verder heb ik drie jaar gewerkt aan het Center for Family Research in Cambridge. Ik heb een omgeving in het leven geroepen waarin het intellect van Emory tot bloei kan komen en niet wordt afgeknepen door incapabele onderwijzers en leeftijdgenoten die ze op school zou tegenkomen. Toen ze zes was, lag haar leesniveau op dat van groep vijf. In wiskunde was ze de highschool ontstegen toen ze twaalf was. Ik bereid haar voor op een universitaire studie volgend jaar – twee jaar eerder dan de meeste studenten in uw land.'

Het viel Porter op dat ze het feitenrelaas opsomde alsof ze uit haar eigen cv voorlas. Waarschijnlijk had ze thuisonderwijs al eerder verdedigd, bij meer dan één gelegenheid.

'Wie stuurt haar? Wie vertelt haar dat ze niet mag drinken? Wie oordeelt over haar vriendjes? Hoe kan het dat ze een vriendje heeft terwijl ze nog maar vijftien is?' vroeg Nash.

Mevrouw Burrow rolde met haar ogen. 'Als je een kind op jonge leeftijd de juiste waarden en normen meegeeft, zul je ontdekken dat het veel volwassener is dan anderen. Zo'n kind verdient vertrouwen.'

'Dus als ze tot diep in de nacht de beest wil uithangen in de stad, kijkt u rustig de andere kant op?' gromde Nash.

'Zo kan het wel, Nash,' zei Porter.

'Het spijt me, maar ik geloof dat dit meisje niet tegen donker alleen in het park zou gaan joggen als er iemand was die enig ouderlijk toezicht had uitgeoefend. Waarom hield iemand haar niet beter in de gaten?'

Mevrouw Burrow fronste haar wenkbrauwen. 'Emory is een heel speciaal meisje. Ze is intelligent en vindingrijk; veel meer dan ik op die leeftijd en veel meer dan de meesten. Zolang ze haar lessen niet verwaarloost, is er geen reden om haar iets in de weg te leggen.'

Nash was rood aangelopen. 'In de weg leggen? Wie heeft het verdomme voor het zeggen hier?'

Mevrouw Burrow had er genoeg van. 'Inspecteur Nash, ik werk uiteindelijk voor meneer Talbot. Mijn plichten reiken niet verder dan de cijfers die het meisje haalt voor haar toetsen. Als hij zou willen dat ik op een of andere manier een rol als ouder op me neem, ben ik daar best toe bereid, maar dat was niet de bedoeling toen hij mij inhuurde en het is ook niet de rol die hij mij nu wil toebedelen. Ik verzoek u om met vragen en zorgen over de opvoeding van Emory of de omgeving waarin ze opgroeit, rechtstreeks contact op te nemen met meneer Talbot. U mag van mij niet verwachten dat ik hier hulpeloos blijf zitten en me de les laat lezen over zaken die ik niet onder controle heb. Ik spreek vanuit vrije wil met u, maar u moedigt me bepaald niet aan om daarmee door te gaan.'

Nash maakte aanstalten om haar van repliek te dienen, maar Porter kneep in zijn schouder. 'Waarom ga jij niet een blokje rond om een beetje stoom af te blazen? Ik red me hier verder wel.'

Nash keek beiden met een gefrustreerde blik aan en stampte toen het vertrek uit.

'Ik bied u mijn verontschuldigingen aan, mevrouw Burrow. Dat was niet professioneel en volstrekt buiten de orde.'

Ze wreef over haar kin. 'Ik begrijp zijn zorgen, maar zonder kennis van meneer Talbot en Emory...'

Porter stak zijn hand op. 'U hoeft het niet uit te leggen.'

'Ik geef echt om haar, eerlijk waar. Het doet me pijn te moeten denken dat ze misschien in gevaar verkeert.'

'Wanneer hebt u gehoord dat ze is ontvoerd?' vroeg Porter.

'Meneer Talbot heeft me ongeveer een uur geleden gebeld,' antwoordde ze. 'Hij was ontdaan, bijna hysterisch. Hij zei dat hij aan het golfen was met zijn advocaat en dat twee rechercheurs hen hadden opgespoord en hem het nieuws vertelden.' Ze aarzelde. 'Omdat het mijn vrije dag was, had ik mijn telefoon uitgezet. Anders had ik het bericht vast al eerder gehoord. Ik ben meteen naar huis gegaan toen ik het had gehoord.' Ze haalde diep adem. 'Als ik het eerder...'

Porter legde een hand op haar schouder. 'Het is goed, mevrouw Burrow, u bent er nu.'

Ze knikte en dwong een magere glimlach om haar lippen.

'Hoe is de relatie tussen Emory en haar vader?'

Mevrouw Burrow zuchtte. 'Weet u, tot vanochtend was woede de enige emotie die hij ooit heeft getoond. Normaal gesproken blijft hij op grote afstand, heel erg op zijn hoede, zeker naar Emory toe. Hij zoekt haar zelden op. Ik moet wekelijks verslag doen van haar vorderingen. Zo bewaakt hij haar leven, altijd op afstand. Ik begrijp dat er een noodzaak voor discretie is, maar hij blijft wel haar vader. Je zou denken dat hij meer bij haar betrokken zou willen zijn.'

'Maar ze praten toch wel met elkaar over de telefoon?'

'Ja, maar die gesprekken lijken niet op iets tussen vader en dochter. Dat meisje heeft een weldoener, meer niet, en van dat feit is ze zich heel wel bewust. Ze is bang voor hem en doet haar best om hem een plezier te doen, maar er is geen sprake van liefde. Daarom verbaasde zijn reactie me zo.'

Ze boog zich naar voren en liet haar stem dalen. 'Als u het mij een week geleden gevraagd had, zou ik u hebben verteld dat de kans dat die man zou hebben geglimlacht groter was bij het horen van die ontvoering dan dat hij er een traan om zou laten. Jarenlang moeten omgaan met het feit dat je een dochter hebt buiten je huwelijk, is een probleem dat je met geld alleen niet kunt oplossen, en dat vreet aan hem. Hij houdt niet van zaken waarop hij geen greep heeft. Het is een vreselijk koude man.'

'Denkt u dat hij hier een rol in zou kunnen spelen?'

Daar dacht ze even over na, toen ging ze stijf rechtop zitten. 'Nee. Hij is een harteloze schurk, maar ik denk niet dat hij in staat is zijn eigen vlees en bloed pijn te doen, noch iemand anders. Het ontbreekt Emory aan niets. Ze krijgt het beste wat deze wereld maar te bieden heeft.'

'In ruil voor zwijgen?'

'In ruil voor medewerking,' zei ze. 'Ik heb hem nooit horen vragen om hun relatie stil te houden. Er is sprake van wederzijds begrip tussen hen beiden, zo eenvoudig ligt het.'

Staand op de drempel vermaalde Murray chips tussen zijn kaken. Porter wierp hem een verwoestende blik toe, de agent stak in een gebaar van overgave zijn handen op en verliet het vertrek. Porter richtte zich weer tot mevrouw Burrow. 'Is u in de dagen en weken voorafgaand aan de ontvoering gisteren ook iets bijzonders opgevallen? Heeft Emory iets bijzonders gezegd? Werd ze gevolgd? Kreeg ze vreemde telefoontjes? Iets wat niet normaal was?'

Burrow schudde haar hoofd. 'Ik kan me niets bijzonders herinneren.'

'Zou ze u zoiets vertellen?'

'In tegenstelling tot wat uw partner schijnt te willen geloven, gingen, ik bedoel, gáán Emory en ik heel intiem met elkaar om. Ze nam me in vertrouwen over andere zaken. Als haar iets dwarsgezeten zou hebben, zou ze me dat wel hebben verteld, denk ik.'

'Andere zaken?'

Mevrouw Burrow bloosde. 'Vrouwenzaken, inspecteur. Niets om over verder te praten.'

'De kans is vrij groot dat de man die haar heeft ontvoerd, haar al een tijdje in de gaten heeft gehouden. Heeft ze de laatste tijd nog nieuwe mensen leren kennen? Hebt u de afgelopen tijd mensen in het gebouw gezien die u niet herkende? Of misschien iemand die u hier hebt gezien, en vervolgens ergens anders opnieuw, bijvoorbeeld in de supermarkt vandaag?'

'Denkt u dat hij haar geschaduwd heeft?'

Porter haalde zijn schouders op. 'Dat weten we niet. Het enige wat ik kan zeggen is dat hij uiterst behoedzaam opereert. Hij laat niets aan het toeval over. Ik denk niet dat die kidnapping in het park een spontane ingeving was. Het is heel waarschijnlijk dat hij haar in de gaten hield, dat hij zich haar gewoonten eigen maakte, dat hij uitvogelde wanneer ze ergens was. Het is heel waarschijnlijk dat hij u ook heeft geschaduwd.'

Ze keek naar de handen in haar schoot en schudde haar hoofd. 'Ik kan me niets dergelijks herinneren. Dit gebouw is extreem goed beveiligd. Denkt u dat hij hier binnen heeft kunnen komen?'

'Hij is in het verleden door de beveiliging gekomen van gebouwen die nog veel zwaarder werden bewaakt. Ik denk dat hij wel een manier gevonden zou hebben, als hij dacht dat het moest.'

Mevrouw Burrow tuitte haar lippen. 'Het boek.'

Porter fronste de wenkbrauwen. 'Welk boek?'

Mevrouw Burrow stond op en liep naar de hal, waar ze bijna tegen Murray aan botste. Toen Porter zich achter haar aan haastte, verbaasde hij zich over de snelheid waarmee ze zich voortbewoog, per slot van rekening was ze een tamelijk zwaargebouwde vrouw. Ze bleef staan bij het bureau in de studeerkamer en hield het wiskundeboek in haar handen dat ze daar al eerder hadden zien liggen.

'Ik zag het boek drie dagen geleden en heb er Emory naar gevraagd. Ze heeft differentiaalrekening twee jaar geleden al afgerond. Ik vond het vreemd dat ze een boek had gekocht over dat onderwerp, en dan helemaal zo'n verouderd boek. Er staat niets nieuws voor haar in. Maar ze zei dat ze het niet had gekocht en dat ze niet wist waar het vandaan kwam.'

Porter bekeek het boek aandachtig. 'Legt u het boek alstublieft neer, mevrouw Burrow.'

29

Dagboek

De hor bij de achterdeur van het huis van de Carters was niet vastgezet, en nu had de wind zich erover ontfermd. De hor klapperde tegen het wit geschilderde, afschilferende kozijn. Ik pakte de greep, hield de hor stil en liet mevrouw Carter naar binnen gaan. Ze liep langs me de donkere keuken in. Het hele eind terug had ze geen woord gesproken. Wij geen van beiden. Als ze niet zacht had lopen snotteren, zou ik niet geweten hebben of ze me werkelijk volgde.

Ik trok de deur dicht, in het slot. De wind buiten protesteerde huilend.

Mevrouw Carter zette haar handen op het aanrecht en liet haar hoofd hangen boven de gootsteen. Haar ogen waren glazig, afwezig. Ik zag een fles bourbon op de keukentafel staan naast een glas met een afbeelding van Snoopy en Woodstock in kleuren die door jarenlang afwassen waren vervaagd en afgesleten. Ik liep naar de tafel en schonk een paar centimeter bourbon in. Twee vingers, zou vader hebben gezegd.

'Ben je daar niet nog een beetje te jong voor?' vroeg mevrouw Carter. Ze had zich omgedraaid.

Ik gaf haar het glas. 'Het is voor u.'

'O, nee, dat moet ik niet doen.'

'Ik denk van wel.'

Vader zei nooit nee tegen een borrel na een lange dag werken. Ik wist dat een of twee glazen hem hielpen zich te ontspannen, en als iemand zich nu zou moeten ontspannen, was het mevrouw Carter wel.

Ze aarzelde, keek naar de bruine vloeistof, pakte toen het glas aan en bracht het naar haar gezwollen lippen. Ze goot de bourbon in één teug door haar keel en zette het glas met een knal op het aanrecht. Haar hele lichaam huiverde en ze slaakte een zachte zucht. 'O, jee.'

Ik moest onwillekeurig glimlachen. We deelden een moment dat normaal was voorbehouden aan volwassenen. Twee maatjes die er een of twee achteroverslaan in de keuken. Ik wilde het eigenlijk ook best proberen, maar riep mezelf tot de orde: dit was niet het juiste moment; ik moest scherp blijven. De avond en de nacht duurden nog lang.

'Wilt u nog een glas?' vroeg ik.

Ze knikte. Ik schonk haar opnieuw in, een vingertje extra dit keer.

Ze sloeg dit glas nog sneller achterover dan het eerste, nu zonder huiver, met een klein glimlachje. Ze ging aan tafel zitten.

'Simon was een goede man, meestal. Hij heeft me niet echt met opzet pijn gedaan. Het is... was... al die druk, meer was het niet. Hij had niet verdiend om...'

Ik ging op een stoel tegenover haar zitten.

Op school moest ik wel een uur lang moed verzamelen om een meisje te vragen of ik even een potlood mocht lenen, maar mevrouw Carter had iets wat me op mijn gemak stelde. Ik voelde geen klont in mijn maag zoals anders, en mijn nekspieren verkrampten evenmin.

Ik hief mijn hand en raakte de bloeduitstortingen op haar wang aan. In de afgelopen twintig minuten of zo waren ze veel donkerder geworden. 'Hij zou u nog veel erger pijn hebben gedaan. Misschien zou hij u wel hebben vermoord.'

Ze schudde haar hoofd. 'Niet mijn Simon. Zo was hij niet.'

'Jawel, kijk maar naar wat hij u heeft aangedaan.'

'Dat had ik verdiend.'

Het beeld van mevrouw Carter met mijn moeder kwam in een flits weer boven. Wist ze dat ik dat had gezien? 'Niets wat u gedaan kunt hebben rechtvaardigt zo'n aframmeling als hij u heeft gegeven. Een man mag nooit een vrouw slaan. Een echte man doet dat niet.'

Ze giechelde. 'Heeft je vader je dat geleerd?'

Ik knikte. 'Vrouwen moet je respecteren en koesteren. Ze worden ons als een geschenk gepresenteerd.' Hij had me ook verteld dat ze zwak waren, en niet in staat zich te verdedigen tegen een pak slaag, niet fysiek en niet verbaal, maar dat zei ik er niet bij.

'Je vader is een schat.'

'Ja.'

Mevrouw Carter reikte naar de fles bourbon en schonk zich nog een keer in. Toen schoof ze de fles naar mij. 'Waarom probeer je het niet een keer? Heb je al eens eerder alcohol gedronken?'

Ik schudde mijn hoofd. Dat was een leugen, want vader had een martini voor me gemaakt toen ik jarig was. Moeder had zich een glas van haar lievelingswijn ingeschonken en we hadden op mijn verjaardag getoost. Ik had het grootste deel weer uitgespuugd over tafel, terwijl de rest zo fel had gebrand in mijn keel, dat ik het niet meer durfde op te drinken. Moeder lachte en vader klopte me op de rug. 'Je moet leren drinken, knul. Er komt een dag dat je het heerlijk zult vinden. Ik ben alleen bang dat die dag nog niet is aangebroken!' Toen begon hij ook te lachen. 'Misschien ben je meer een bierdrinker,' grapte hij.

Ze gaf de fles nog een duwtje. 'Kom op, niet bang zijn. Het bijt niet. Je laat me toch niet alleen drinken, hè? Dat is onbeschaafd.' De scherpe kantjes waren ondertussen van haar stem geslepen. Ze sprak nog niet met dubbele tong, maar zelfs met de geringe ervaring die ik op dit terrein had, constateerde ik dat het niet lang meer zou duren.

Bedenk iets, knul.

Ik pakte de fles en schroefde de dop eraf. EVAN WILLIAMS KENTUCKY BOURBON stond er op het zwarte etiket. Het licht boven de tafel deed de bruine drank glinsteren als vloeibaar snoepgoed. Ik zette de fles aan mijn lippen en sipte van de inhoud. Het brandde, maar niet zo erg als die martini. Misschien was ik er dit keer op voorbereid, misschien had ik al een tolerantie opgebouwd. Het was... eigenlijk helemaal niet slecht. Niet mijn eerste keuze voor iets te drinken, maar ik kon het niet slecht noemen. In feite werd ik er een beetje warm van vanbinnen, er nestelde zich een gloeiend gevoel in mijn buik. Ik nam nog een slok, dit keer een iets grotere slok dan de eerste.

Mevrouw Carter lachte. 'Kijk nou eens! Als een ouwe zuipschuit. Als ik je een sigaar zou geven en een honkbalpet, zou je zo de hele nacht aan de pokertafel kunnen gaan zitten met de rest.'

Ik glimlachte en schoof de fles weer naar haar toe. 'Wilt u nog?'

'Hoezo? Probeer je me dronken te voeren?'

'Nee mevrouw, ik dacht alleen...'

'Geef hier,' zei en ze reikte naar de fles. Dit keer deed ze geen moeite met het glas. Ze dronk direct uit de fles, net als ik had gedaan. Toen ze de fles weer op tafel zette, huiverde ze opnieuw.

'Je kunt het proberen met snoepgoed, maar met drank gaat het sneller,' zei ik.

Ze lachte. 'Waar heb je dát vandaan?'

'Dat zei vader een keer. Die avond werd hij behoorlijk dronken.'

'Die vader van jou lijkt me een heel boeiende man.'

Ik overwoog nog een slok te nemen. De eerste slok had me een warm, kalm gevoel opgeleverd. Kalmte was goed. Ik knikte naar de fles en ze gaf hem aan mij. Toen barstte ze in lachen uit.

'Wat is er? Deed ik iets?'

Ze wuifde naar me. Het lachen ging over in giechelen. Ik voelde mijn mondhoeken wegtrekken tot een glimlach en kon niet verhinderen dat ik met haar mee begon te lachen, ook al begreep ik niet wat er zo grappig was. 'Zeg het dan!' zei ik. 'Kom op.'

Mevrouw Carter zette beide handen vlak op tafel en hield op met lachen. Ze perste haar lippen stijf op elkaar. Toen zei ze: 'Ik zat te denken: als ik jou dronken naar huis stuur, vermoorden je ouders me.'

Ik staarde haar even aan. We keken elkaar diep in de ogen. Toen barstten we allebei uit in een bulderend lachsalvo. De tranen sprongen me in de ogen. Ik kreeg pijn in mijn buik van het lachen.

Ze pakte de fles en nam nog een slok. 'Dit was Simons lievelingswhiskey, maar van bourbon werd hij altijd agressief. Jij wordt toch niet agressief van drank, hè?'

Ik schudde mijn hoofd.

'Ik ook niet, dus waarom werd hij er zo agressief van? Waarom werd hij altijd zo boos dat hij mij pijn moest doen als hij iets uit deze fles had gehad? Waarom kon het niet zo zijn zoals het nu met ons beiden is? Plezierig. O god, hij is echt dood. Mijn Simon is er niet meer. Ze hebben hem vermoord, toch?'

Misschien had ik die tweede slok niet moeten nemen. Er zaten nu twee exemplaren van mevrouw Carter tegenover me. Als ik op de juiste manier tussen mijn wimpers door tuurde, versmolten ze weer tot één beeld, maar meteen daarna werden het er weer twee. Ik legde een hand voor mijn ene oog, toen voor het andere en daarna weer voor het eerste.

Mevrouw Carter bedaarde en zei toen plotseling op zachte toon: 'Ik weet dat je me toen hebt gezien bij het meer.'

Adrenaline gierde door mijn lichaam. De beide exemplaren van mevrouw Carter versmolten weer en bleven één. 'U... u weet dat?'

Ze knikte traag. 'Ja...'

Ik bloosde. Mijn ogen zochten ergens houvast om haar niet aan te hoeven kijken en vonden de fles bourbon op tafel. Ik wilde hem pakken, maar voordat ik mijn hand om de fles kon leggen, pakte mevrouw Carter mijn hand. Ze trilde. 'Ik denk dat ik wilde dat je me zou zien. Ik had je die kant op zien lopen met je hengel. Ik wist dat je daar zou zijn.'

'Waarom zou u...'

'Soms wil een vrouw begeerd worden.' Ze nam een slok bourbon. 'Vind je me mooi?'

Ik knikte. Ze was een van de mooiste vrouwen die ik ooit had gezien. En ze was een vrouw. Niet zoals de meisjes op school die net aan hun eerste behaatje toe waren en de verjaardagsfeestjes in roze suikerjurkjes nog maar amper ontgroeid waren, die briefjes doorgaven aan elkaar en in katzwijm vielen bij het zien van foto's van boybands. Ze was een vrouw – een vrouw die met mij over dergelijke onderwerpen praatte. Dat gevoel daarbeneden keerde terug, snel stromend warm bloed. Ik wist dat ze niets kon zien van wat er onder tafel gebeurde, maar ik voelde me ongemakkelijk. Ik trok mijn hand weg onder die van haar en zette de fles aan mijn lippen. Dit keer brandde het niet. Ik vond het gewoon heerlijk. Ik gaf haar de fles en ze hield zich niet in. Bijna een kwart van de inhoud verdween voordat ze hem weer op tafel probeerde te zetten. Ze miste de tafel volledig. De fles viel op de vloer en barstte met een knal stuk. Glas en bourbon spatten alle kanten op om onze voeten.

'O jee...' zei ze. 'Wat een rommel. Niet goed.'

'Het is oké. Ik ruim het wel op.' Ik stond op om naar een vaatdoek te zoeken, maar de kamer draaide om me heen. Ik hield me vast aan de rugleuning van de stoel om mijn evenwicht terug te vinden en haalde adem in lange, diepe teugen tot de keuken weer tot stilstand kwam. Mevrouw Carter keek naar me vanaf haar keukenstoel van geel vinyl en buisstaal, legde toen haar hoofd op haar gevouwen armen op de tafel.

Ik stond daar ineens in volstrekte stilte. Ik bleef zo staan tot ik hoorde dat haar ademhaling het rustige ritme van de slaap kreeg. Daarop liep ik naar buiten, de steeds toenemende kou van de nacht in.

Ik moest vader en moeder halen. Ze moesten me helpen haar vast te binden.

30

Porter

Dag 1 • 16.49 uur

'Het is verouderd. Het wordt niet meer gedrukt.' Watson keek op het schermpje van zijn iPhone terwijl hij zich samen met Porter over het boek op Emory's bureau boog. '*Wiskunde in de moderne tijd* van Winston Gilbert, Thomas Brothington en Carmel Thorton. Eerste druk 1923, voor het laatst herdrukt in 1987, zo te zien.'

Hij bukte zich naar het koffertje dat naast zijn voet stond en kwam weer overeind met een kwastje en poeder om vingerafdrukken zichtbaar te maken. Hij doopte het kwastje in het poeder en bracht het poeder met een gelijkmatig draaiende beweging van zijn hand over de hele omslag aan.

'Ik wens degene die dat terug moet brengen naar de bibliotheek sterkte,' zei Nash.

Watson negeerde hem.

Hij dook opnieuw omlaag naar het koffertje en kwam dit keer omhoog met een grote zaklantaarn. Hij zette hem aan en boog zich weer over het boek.

'Is dat standaarduitrusting?' vroeg Porter.

Watson schudde zijn hoofd. 'Het is een FENIX 750. Er zit een led in die negenentwintighonderd lumen produceert. Dat is bijna twee keer zo fel als wat we uit het magazijn meekrijgen. Hij heeft ook een stand voor infrarood en stroboscooplicht.'

Nash floot tussen zijn tanden. 'Dat is een dijk van een zaklantaarn. Zoals wij aan de kerstman om een mooi nieuw pistool vragen, vragen jullie zeker om zaklantaarns. Klinkt heel logisch.'

'Zie je iets?' vroeg Porter.

Watson boog zich nog dieper voorover. 'Ik zie maar één set afdrukken, waarschijnlijk die van Burrow. Ik moet haar vingerafdrukken nemen om haar te kunnen uitsluiten. En ik moet de rug nog inspecteren.' Hij wees ernaar. 'Daar zit niet één vouw in. Ik wil wedden dat dit boek nooit is gebruikt. Het verkeert in een uitstekende conditie.'

'Ik wil niet samenzweerderig klinken of zo, maar denk je dat ermee geknoeid kan zijn?' vroeg Nash.

Porter keek geïnteresseerd. 'Geknoeid?'

'Ja, een bom of zo. Uitgehold misschien?'

Watson maakte aanstalten het boek open te slaan.

'Niet doen!' schreeuwde Nash. Hij wankelde achteruit tegen de muur.

Het voorplat viel op het bureau met een zacht geluid. Nash kneep zijn ogen dicht.

Porter las de titelpagina. 'Het is gewoon een boek. Geen boem.'

'Ik ga een glaasje water drinken,' zei Nash. Hij verdween in de hal, in de richting van de keuken.

Porter sloeg de bladzijden om. Watson had gelijk – voor een boek dat op zijn laatst was herdrukt in 1987 was het merkwaardig nieuw. De glanzende bladzijden plakten aan elkaar. Er steeg zo'n geur van nieuwe boeken uit op, die hem deed terugdenken aan de lessen Engels in groep drie lang geleden – de enige keer dat hij een splinternieuw schoolboek had gekregen. 'Wat zou dat moeten betekenen als Aap het hier heeft neergelegd?'

Watson zuchtte. 'Ik weet het niet. Heeft hij ooit eerder een aanwijzing achtergelaten?'

'Niet een.'

'Hij probeert je iets te vertellen. Waarom zou hij anders zo veel moeite doen?'

'Waar zou hij het vandaan hebben, denk je?'

Watson sloeg de bladzijden om. 'Er zijn genoeg winkels in de stad waar je oude boeken kunt kopen, maar ik ken er niet één die schoolboeken verkoopt.'

'Wie zou er nu een oud wiskundeboek willen?'

'Een leraar wiskunde?'

'Denk je dat het van een school afkomstig is?'

Watson dacht even na en schudde toen zijn hoofd. 'Als dit boek ooit had gecirculeerd in het onderwijssysteem, zou het niet in zo'n perfecte conditie zijn. Schoolboeken liggen niet netjes stil op de plank. Ze worden gebruikt en misbruikt.'

'Oké, een leverancier dan?'

Watson bladerde terug naar de eerste bladzijden. Hij liet zijn ogen gaan over wat er op pagina twee stond, tikte erop met zijn vinger en draaide het boek zo dat Porter het ook kon lezen. 'Het boek is hier in Chicago gedrukt en gebonden. Dat adres is hier nog geen vijf kilometer vandaan, in Fulton.'

Porter fronste zijn wenkbrauwen. 'Heb jij die ezelsoor gemaakt?'

'Nee, meneer.'

Iemand had de hoek van een pagina omgevouwen en weer terug. Er was een nauwelijks zichtbare vouw. Aap had gewild dat ze dit zouden vinden.

Porter haalde zijn telefoon tevoorschijn, belde Klozowski en las hem het adres voor. Hij wachtte even en daarna verbrak hij de verbinding weer. 'Het adres is van een afgekeurd pakhuis dat op de nominatie staat om overmorgen te worden gesloopt.'

Porter en Nash begrepen de reikwijdte van die boodschap. De Moordenaar van Vierde Aapje had het stoffelijk overschot van zijn derde slachtoffer, Missy Lumax, achtergelaten onder een zeil in een leegstaand pakhuis. Dat pakhuis zou ook worden gesloopt. Dat was ook in het Fulton River District geweest.

31

Dagboek

Ik kan me niet herinneren dat ik in slaap ben gevallen, maar op een gegeven moment moet ik zijn weggedoezeld, want ik werd weer wakker in mijn eigen bed met mijn beste pyjama aan en een barstende hoofdpijn achter mijn slapen. De ochtendzon gluurde door de jaloezieën en nam mijn ogen zo onbarmhartig onder vuur, dat ik dacht dat ik blind zou worden van al dat licht.

De vorige avond had vader me op mijn kop gegeven omdat ik had gedronken. Ik had geprobeerd uit te leggen waarom ik dat had gedaan, maar daar wilde hij niet naar luisteren. Misschien ook wel, ik weet het niet. Alles van de vorige avond ging gehuld in een waas.

Ik trok de dekens van me af en zette mijn voeten op de vloer.

Hoewel ik dat met uiterst voorzichtige bewegingen deed, verplaatste die aanraking zich dreunend door mijn lichaam omhoog naar mijn gepijnigde hoofd. Ik overwoog weer onder de dekens te kruipen en nog maar eens een tijdje door te slapen, een jaar of zo, maar ik wist dat mijn ouders me binnen de kortste keren uit bed zouden trommelen als ik langer bleef liggen. Als je bij ons thuis niet om negen uur aan de ontbijttafel zat, werd er afgeruimd en stond je met een leeg bord en een rommelende maag bij de koelkast. Die deed moeder namelijk op slot. Precies om negen uur 's morgens vergrendelde ze de koelkast met een glanzend nieuw hangslot van Stanley. Hij bleef op slot tot het tijd was voor de lunch en daarna ging hij weer op slot tot het avondeten. Hoewel ik heel goed zonder eten kon tot het middaguur, had ik het idee dat een beetje vast voedsel in mijn maag me zou helpen de na-ijlende effecten van mijn drinkgelag van de vorige avond te bestrijden en me de rest van de dag een beter gevoel te geven.

De kleren die ik gisteren had gedragen lagen naast mijn bed, en ik wilde ze al weer aantrekken toen de stank van kots uit mijn T-shirt opsteeg naar mijn neus. Ik kon me niet herinneren dat ik had overgegeven, maar er was geen enkele reden om te denken dat al die vuiligheid door iemand anders was veroorzaakt dan door mijzelf. Nee, het leek erop dat ik misselijk was geworden. Kennelijk had een deel van de bourbon het nodig gevonden mijn aardse verschijningsvorm te verlaten langs dezelfde weg die het op de heenweg was gegaan.

Ik liet het hoopje kleren op de vloer liggen, besloot ze bij de eerste de beste gelegenheid te verbranden en haalde een schoon shirt en een schone spijkerbroek uit mijn klerenkast. Aangekleed begaf ik me op weg naar de keuken.

'Daar is mijn kampioen!' Vader straalde achter een bord met ei en worstjes. 'Ga zitten, zoon. Een beetje vet eten zal je opstandige maag tot rust brengen. Je bent een beetje jong voor een kater, maar moet er toch absoluut een hebben als je werkelijk de hoeveelheid alcohol hebt ingenomen waarover je gisteren zo liep op te scheppen.'

Ik vond mijn weg naar een stoel en deed mijn best om de inhoud van mijn protesterende maag binnen te houden. Bourbon was een drank voor mannen en ik had elke druppel van wat ik had gedronken als een man weggewerkt. Ik was niet van plan om in het bijzijn van vader te laten zien dat ik eigenlijk nog maar een zwak en zielig jongetje was.

Hij reikte over de tafel, pakte een karaf en schonk me een glas sinaasappelsap in. Toen toverde hij een borrelglas onder een servet vandaan met alle toeters en bellen van een goochelaar die een konijn uit zijn hoge hoed haalt. 'Dit had ik voor je klaargemaakt. Het beste uit Kentucky en misschien wel de snelste manier die de beschaafde wereld kent om een kater uit te bannen.' Hij schoof het glas naar me toe met een gemene grijns.

Ik zal wel met bloeddoorlopen ogen en bleke wangen naar het borrelglas hebben gestaard tot hij me bulderend van het lachen zou duidelijk maken dat het maar een grap was. Maar dat gebeurde niet. Hij schoof het glas nog iets dichter naar me toe. 'Drink dit eens op, knul. Ik garandeer je dat je je een stuk beter zult voelen als je die kater onmiddellijk een flinke opdonder geeft.'

'Echt?'

Hij knikte.

Ik pakte het glas en bracht het voorzichtig naar mijn lippen. Mijn hoofd bonkte. De geur van warme karamel en geroosterde vanille streelde mijn neus.

'Nu in één keer. Een echte man slaat zo'n shot in één keer achterover zonder een druppel te verspillen.'

Ik haalde diep adem en stortte het borrelglas leeg in mijn mond. Ik dwong mezelf te slikken en kromp in elkaar toen de brandende stroom vloeistof door mijn slokdarm omlaag gleed naar mijn maag. Het was verbijsterend hoe ik het centimeter na centimeter omlaag voelde gaan. Ik had nog nooit eerder stilgestaan bij de reis die mijn eten en drinken vanaf mijn keel ondernam. Alcohol was werkelijk iets heel bijzonders.

'Oké, en nu zet je dat glas met een klap terug op tafel,' instrueerde vader glunderend.

Ik deed wat me was opgedragen en knalde het glas zo hard op de tafel dat ik bang was dat het in mijn hand uit elkaar zou spatten.

Vader klapte in zijn handen. 'Geweldig, knul!'

Ik veegde mijn mond af aan mijn mouw, mijn adem was nog doortrokken van de geur van de bourbon. Die deed me denken aan verbrande toast en stroop.

Vader pakte het glas en schonk er een tweede shot in. Dit keer sloeg hij de drank zelf achterover en hij zette het glas ook met een klap terug op tafel. Hij gromde, rilde en zuchtte hoorbaar. Toen keerde hij zich naar mij, plotseling bloedserieus. 'Ik wil dat je dit onthoudt, knul, als je eerste drank. Denk je dat je dat kunt onthouden? Ik wil dat je, als je ouder wordt en terugdenkt aan je jeugd, dit moment in je herinnering zult ophalen als je kennismaking met het verboden vruchtensap, het genot van een enkel shot, samen met je ouweheer. Een ogenblik van vader en zoon. Vergeet gisteravond. Vergeet het drinkgelag samen met die lieftallige buurvrouw. Vergeet waarom jullie aan het drinken waren. Als jij volwassen wordt, wil ik niet dat je denkt aan dronken worden samen met mevrouw Carter. Ik wil dat je helemaal niet meer aan haar denkt, ik wil dat je alleen dit onthoudt. Wat denk je, knul, wordt dat wat of is het niks?'

Ik dacht er even over na en knikte toen. 'Komt voor elkaar, vader,' zei ik grijnzend. 'Zeker weten, komt voor elkaar.'

'Beloofd?'

Ik stak mijn hand op en beloofde het plechtig.

'Goed zo, want zo moet je je eerste keer drinken herinneren als een gelukkig moment met je vader, en niet als een poging jezelf onder de tafel te drinken met die gekke teef van een buurvrouw.'

Ik had hem nog nooit dergelijke taal horen bezigen, moeder ook niet. Ze hielden het altijd netjes. Ik kende het woord wel. Ik had het al vaak genoeg op school gehoord, en uit de mond van andere volwassenen, maar ik had het vader nog nooit horen zeggen, ik had het nog nooit met zijn stem gehoord.

'O, sorry, knul. Zulke woorden moet ik niet gebruiken in jouw bijzijn. Zo moet je mensen nooit noemen, zeker vrouwen niet. Ik geef je een afschuwelijk slecht voorbeeld. Ik heb al vaak genoeg gezegd dat vrouwen gerespecteerd moeten worden, en gekoesterd.'

Ik keek de keuken rond. Ik had moeder die ochtend nog niet gezien.

'Ze is beneden bij onze gast,' zei vader. Soms was het net of hij mijn gedachten kon lezen.

Ik had me afgevraagd of mevrouw Carter nog zou leven. Eerlijk gezegd verbaasde het me dat dat zo was. Hoewel vader en moeder niet op hun scherpst waren de vorige avond, waren ze toch eigenlijk altijd wel heel voorzichtig als ze zich overgaven aan buitenissigheden. Ze hielden niet van losse eindjes.

'Blijft mevrouw Carter een tijdje bij ons?'

Vader dacht even na. 'Ja, knul, ik denk het wel. Kijk, we kunnen haar niet kwalijk nemen wat haar man heeft gedaan, niet echt tenminste, maar ze moet wel iets hebben gedaan om hem zo kwaad te maken. Als dat niet zo was, zou hij nooit hierheen zijn gekomen om je moeder te bedreigen, en dan zou zij zich nu niet in zo'n lastig parket bevinden. Dan had je moeder hem geen pijn hoeven doen. Dan zou meneer Carter waarschijnlijk op dit moment met zijn lieve vrouw op de veranda hebben gezeten om te genieten van het zomerbriesje, en zou moeder nu niet de hele ochtend op handen en voeten over de keldervloer kruipen om allerlei akelige viezigheid weg te schrobben.' Hij schudde zijn hoofd en lachte. 'Die man bloedde er flink op los, vind je ook niet?'

Daar moest ik het wel mee eens zijn. Ik glimlachte onwillekeurig.

Vader streek met zijn hand door mijn haar. 'Kijk, de vraag is: wat heeft mevrouw Carter gedaan om haar man zo kwaad te maken? Heeft hij iets gezien? Heb jij iets gezien, knul?'

Hij sprak die woorden zo snel uit, dat ze me verrasten.

De adem stokte in mijn keel en toen ik probeerde iets te zeggen, kreeg ik geen woord over mijn lippen. Ik schudde mijn hoofd en zei uiteindelijk: 'Ik geloof het niet, vader.'

Hij kneep zijn ogen tot spleetjes. 'Je gelooft van niet?'

Daar reageerde ik niet op. Mijn tong voelde als een opgezwollen lap vlees in mijn mond die alle woorden tegenhield die eruit wilden. Vader keek me intens aan. Hij straalde geen woede uit, maar registreerde het knipperen van mijn ogen en iedere kleine zenuwtrek bij mijn neus. Ik keek niet weg, want dat zou hij zonder meer interpreteren als een voorspel voor het presenteren van leugens. 'Ik bedoel dat ik niet denk dat hij iets heeft gezien, vader. Ik in ieder geval niet.'

Hij hield zijn hoofd schuin en keek me lang aan, tot hij eindelijk begon te glimlachen en me op mijn hand klopte. 'Nou, goed, de waarheid zal snel genoeg boven water komen. Dat gebeurt altijd en op dat moment zal ik zonder aarzelen naar bevind van zaken handelen. Voorlopig schijnt de zon; de lucht trilt van de vitaliteit. Ik ben niet van plan om zo'n fraaie dag te verknoeien.'

Ik reikte over tafel en pakte een stuk toast. Het was afgekoeld, maar het zou goed zijn iets in mijn maag te hebben.

'Hoe gaat het met je hoofd?'

Ik besefte dat mijn hoofdpijn bijna helemaal was verdwenen, dat er alleen nog een vaag bonzen achter mijn linkeroog resteerde. Ook de misselijkheid was bijna weg. 'Veel beter!'

Hij streek opnieuw met zijn hand door mijn haar. 'Kijk, zie je wel? Ga maar lekker eten. Als je klaar bent, moet je een bord eten naar beneden brengen, naar onze gast. Er moet misschien ook een glas sinaasappelsap bij. Ik neem aan dat ze zo langzamerhand ook flinke trek heeft gekregen. Ik ga eens even bij de Carters thuis kijken en de zaak een beetje opruimen. Misschien moet ik ook maar even een tas met spullen voor haar volgooien. Waarschijnlijk is het het beste als het erop lijkt of ze een reisje zijn gaan maken, als iemand even komt kijken hoe het met ze gaat.'

'Misschien moet u hun auto ergens anders neerzetten,' bedacht ik, terwijl ik aan mijn toast knabbelde.

Hij streek voor de derde keer door mijn haar. 'Je bent echt een appel die niet ver van de stam is gevallen, hè?'

Ik grijnsde.

32

Emory

Dag 1 • 17.00 uur

De muziek hield op.

Zomaar, ineens.

Het ene moment bonkte 'Sweet Home Alabama' met het geweld van een in een orkaan klapperend stormluik tegen haar trommelvliezen, en het volgende moment was het geluid weg.

Het werd echter niet stil. Een luid rinkelen had de muziek vervangen. Hoewel Emory wist dat dat geluid alleen maar in haar hoofd bestond, had het net zo goed geproduceerd kunnen zijn met enorme luidsprekers. Het geluid nam niet toe of af in volume, het bleef constant.

Tinnitus.

Mevrouw Burrow had haar drie jaar geleden alles uitgelegd over het gevaar van harde geluiden voordat ze naar haar eerste concert was geweest, Jack's Mannequin in de Metro. Mevrouw Burrow had haar bang willen maken. Achteraf was dat volstrekt duidelijk voor Emory. Mevrouw Burrow had haar verteld dat langdurige blootstelling aan luide muziek tot permanente problemen leidde, vooral in gesloten ruimten. Iets over kleine haartjes in je oren die dan beschadigd raakten als rafelige draadjes, zodat je hersens geluid gingen opvangen dat er niet echt was. Meestal was dat maar tijdelijk.

Meestal.

Toen mevrouw Burrow haar een paar oordoppen had gegeven, had ze die dankbaar aangenomen voordat ze de deur uitging. Ze had ze natuurlijk niet gebruikt. Je zou wel gek zijn om je onder je vrienden te begeven met die rare roze dingen die uit je oren steken. Ze had ze in haar zak gehouden en aan het einde van de avond had ze hetzelfde rinkelende geluid in haar oren gehad als nu.

Dat was helemaal niets, vergeleken bij nu, schatje. Weet je het niet meer? Je kon het amper horen en het duurde maar even. Per slot van rekening was dat concert niet zo absurd luid en duurde het ook niet zo lang. Het was lang niet zo erg als het bombardement waar je nu net aan blootgesteld bent. Hoelang ging dat wel niet door? Vijf uur? Tien? Je bent al gereduceerd tot één oor. Dit zal het er niet beter op maken.

'Hou je kop!' probeer Emory te roepen, maar de woorden kwamen gesmoord en vervormd uit haar droge keel die protesteerde bij elke lettergreep.

Ik bedoel alleen maar dat een oordopje nu best wel handig zou zijn. De ene kant van je hoofd zit goed ingepakt. Als die muziek terugkomt, is het misschien wel slim om een stukje van dat verband te gebruiken als een prop die je in je andere oor kunt steken. Beter voorkomen dan genezen, toch? Als je deze beroerde situatie overleeft, ben je een juffie met één oor. Dan kun je maar het beste zorgen dat dat andere oor nog in goede conditie is, of niet dan? Je kunt vast wel raden wat er erger is dan een meisje met maar één oor, denk ik. Nou?

'Wees alsjeblieft stil.'

Weet je wat erger is?

Emory sloot haar ogen, het zwart werd nog dieper zwart. Ze begon te zingen. 'It's My Party' door Jessie J.

Het enige wat erger is dan een meisje met één oor is een meisje met één oor zonder ogen. Dat zou best eens de volgende halte kunnen zijn van dit uitstapje, schatje, want als de muziek is opgehouden, wil dat zeggen dat er iemand is die ervoor zorgt dat de muziek ophoudt.

De adem stokte Emory in de keel. Haar hoofd schoot van links naar rechts en terug terwijl ze de muur van duisternis in tuurde.

Haar ogen probeerden zich aan te passen aan de duisternis, maar ze verloren de strijd. Emory zat gespannen op haar brancard, met haar knieën opgetrokken tegen haar borst, en in die houding kon ze zelfs haar eigen voeten niet zien. De glanzende zilverkleur van de brancard was niet meer dan iets dofs dat je nog niet eens een schijnsel kon noemen. Dat betekende echter geenszins dat er ook niets bewoog. Er bewoog van alles om haar heen. Het donker tolde in golven rond, zweefde zo somber en dik door de lucht dat ze het bijna kon proeven.

Hij kon best nu al bij haar in de ruimte zijn zonder dat zij het wist. Misschien stond hij een meter van haar af met een mes in zijn hand, klaar om de punt ervan in haar oog te prikken en het oog eruit te wippen met een handomdraai. Ze zou de tijd niet krijgen om te reageren of zich te verzetten, niet voordat hij was begonnen het zicht uit haar gelaat te kerven.

Emory bleef zingen, maar maat en ritme van wat ze zong klopten helemaal niet.

'I keep da-dancing alone, da-dancing,' zong ze zacht. 'Da-dancing till I say stop.' Ze tastte met haar vrije arm voor zich en maakt een langzaam vegende beweging heen en weer in de duisternis. 'Ben je... ben je daar?'

In gedachten zag ze hem. Een lange, magere man die tegen de tegenoverliggende muur geleund stond met een mes in zijn ene hand en een lepel in de andere hand. Hij wriemelde met zijn vingers terwijl hij met het mes op de rand van de lepel tikte. Aan beide kleefde geronnen bloed, resten van hen die haar waren voorgegaan. Zelfs in die verstikkende duisternis kon hij haar zien, dat wist ze. Op de vloer bij zijn voeten stond een wit doosje. Er lag een zwart lint naast. Hij hief zijn rechterhand, spreidde de wijs- en middelvinger tot een V-teken en wees daarmee eerst naar haar beide ogen, toen naar haar beide oren, terwijl een grijns om zijn lippen speelde – korstige lippen, droog en gebarsten bij gebrek aan water. Hij liet zijn tong langs zijn lippen gaan, tergend langzaam en veelbetekenend. 'Er is niets meer wat het kijken nog de moeite waard maakt,' zei hij met een zachte stem. 'Je jonge ogen zijn ziek van het kwaad op de wereld, ze moeten worden verwijderd. Dat is de enige manier om te ont-zien, de enige manier om jou te reinigen, om jou weer zuiver te maken.'

Emory schoof achteruit, dichter naar de muur. 'Je bent niet echt,' zei ze tegen zichzelf. 'Ik ben hier alleen.'

Kwam de muziek maar weer terug.

Als hij hier was, als hij werkelijk in de ruimte stond, op het punt haar te martelen, wilde ze hem niet horen komen. Op die manier zou het beter zijn.

Het rinkelen in haar oren was afgenomen. Ze dwong zich om het bonzen van het bloed bij haar gewonde oor te negeren. Ze dwong zich te luisteren naar geluiden in haar omgeving.

Zou ze hem horen ademhalen?

'Als je me pijn gaat doen, doe het dan, zieke klootzak!' riep ze. Het kwam er alleen niet uit als een schreeuw – haar keel was zo uitgedroogd dat haar stem hoog en gebarsten klonk.

Ze hoorde een geluid.

Was dat er eerder ook al geweest?

Een regelmatig *plop, plop, plop*, om de seconde of zo.

Maar waar?

Ze had een ronde door de ruimte gemaakt meteen nadat ze wakker was geworden. Ze had alle muren afgetast. Ze had rondgeschuifeld op blote voeten. Als er ergens een lek was, als er ergens een plas water stond, zou ze dat toch hebben gevoeld?

Haar keel deed pijn bij de gedachte aan water.

Misschien hoor je wel water omdat je zo veel dorst hebt, schat. Menselijke hersens zitten raar in elkaar. Ik denk dat hij je wel water gegeven zou hebben, als hij gewild had dat je water zou drinken.

Emory sloot haar ogen en probeerde harder te luisteren. Ze wist dat het belachelijk was, want ze kon niets zien, maar het hielp om haar ogen te sluiten. Geluiden werden iets harder, iets helderder.

Plop… plop… plop.

Ze hield haar hoofd schuin, richtte haar goede oor naar de ruimte en draaide haar hoofd bij iedere vallende druppel een heel klein beetje tot ze de richting had gevonden waarin het geluid het luidst klonk. Toen ze haar hoofd nog verder draaide en het geluid weer begon af te nemen, stopte ze en draaide ze haar hoofd voorzichtig weer terug.

Het kwam van links.

Emory liet zich van de brancard zakken en stond op het ijskoude beton. Ze kreeg kippenvel en sloeg haar linkerarm om zich heen in een vergeefse poging het warmer te krijgen. Met haar rechterhand rukte ze de brancard mee.

Vergeet de ratten niet, schat. Die kleine duiveltjes rennen waarschijnlijk op dit moment rondjes om je heen. Ze hebben dat water waarschijnlijk al heel lang geleden gevonden. Nu zullen ze er wel een lekker hapje bij willen, een stukje meisjesvlees. Als ik een rat was, zou ik me pal naast het water installeren. Ik zou het water beschermen, zeker, ik zou het met hand en tand verdedigen.

Emory deed een stap vooruit, en nog een. Ze sleepte de brancard achter zich aan.

Ze wilde het contact met de muur niet kwijt. De muur stelde haar in zekere zin gerust, als een grote veiligheidsdeken, maar ze stapte er toch bij vandaan. Ze deed nog een stap, een klein stapje, eigenlijk was het meer een klein beetje schuifelen. Zonder te weten wat zich daar voor haar bevond, kon ze zich niet meer dan zoiets permitteren.

Kun je je voorstellen dat hij glasscherven heeft rondgestrooid? Of roestige spijkers? Wat dacht je van een gat in de vloer? Als je zou vallen en een been zou breken, zou je pas echt problemen hebben, veel erger dan nu in ieder geval. Tussen twee haakjes, het is niet mijn bedoeling spelbreker te zijn, maar ik vind dat ik het toch even moet aanstippen. Ben je er al achter wie de muziek heeft uitgezet? Want als diegene in de buurt is, zou je je nu niet druk moeten maken om een slokje water.

'Als hij van plan is me iets aan te doen, dan doet hij dat,' zei Emory. 'Ik ga niet zitten wachten tot hij iets onderneemt.'

Ze schuifelde verder van de muur en kreeg een doof gevoel in haar tenen. Werd het beton waarover ze schuifelde steeds kouder?

'Hij laat me niet doodgaan, niet zolang hij nog niet klaar met me is. Hij hield de meisjes die in het nieuws waren minstens een week in leven. Ik ben hier pas een dag, hooguit. Hij heeft me nog nodig.'

Daar zou je wel eens gelijk in kunnen hebben, maar hij kan zoveel met je doen, zo veel onaangename dingen, dingen waarvan je niet meteen doodgaat. Hij heeft je al een oor afgenomen. Je weet dat je ogen nu aan de beurt zijn. Zou dat echt zo erg zijn? Ik bedoel, nu kun je ook niets zien. Eerlijk gezegd zou ik me meer zorgen maken over het verliezen van mijn tong. Je kunt altijd nog een beetje rondscharrelen in het donker, maar als je niet meer kunt praten? Jee, dat zou heftig zijn. Je bent altijd zo'n gezellige kletstante geweest.

Emory luisterde. Ze was er nu dichtbij. Hooguit nog een meter.

Een rat trippelde over haar tenen. Ze gilde en viel bijna achterover op de brancard.

Ze dwong zich om een keer diep adem te halen. Ze moest kalm blijven. Opnieuw trippelden kleine pootjes over haar tenen. Toen ze nogmaals gilde, was dat luid; ondanks haar droge keel hield ze zich niet in. Haar keel voelde alsof ze glas had uitgekotst, en ze wilde wel ophouden, maar ze kon niet, ze bleef maar gillen. Ze gilde niet meer vanwege die rat of omdat ze ontvoerd was en opgesloten zat. Ze gilde om haar vader en de mensen om haar heen, de frustraties van het thuis les krijgen, van het kleine aantal vrienden in haar leven. Alles wat de pijn bij haar oor, de doofheid in haar voeten en de kwetsbaarheid van het naakt zijn in deze omgeving met haar deed werd bij elkaar opgeteld en kwam ineens tot uitbarsting. Het ging om die onbekende ogen die op haar gericht waren. Het ging om de man die haar had ontvoerd – een man die mijlenver weg kon zijn, maar ook op een afstand van een paar centimeter, verloren in het duister. Het ging om haar moeder die stierf, zodat ze alleen achtergelaten het gevecht moest aangaan met dit alles om haar heen.

Toen het eindelijk ophield, brandde haar keel alsof ze heet lood had doorgeslikt en de aanslag daarvan had weg geschraapt met een roestig mes, maar het interesseerde haar niet. Het gillen had ruimte gemaakt in haar hoofd. Ze had helderheid nodig. Ze moest nadenken.

Het rinkelen in haar oren was verdwenen.

Emory luisterde met haar goede oor en probeerde het pompen van het bloed in het gewonde oor uit te bannen.

Plop.

Links van zich hoorde ze een zacht krassen. Nageltjes op beton. Klauwtjes die aan het graven waren.

Negeren, zei ze tegen zichzelf.

Gewoon negeren.

Ze schuifelde opnieuw verkrampt vooruit, centimeter na centimeter, eerst een stapje met de ene voet, dan met de andere. Toen weer...

Haar teen stootte ergens tegenaan. Iets wat kouder was dan het beton. Koud en vochtig. Ze knielde onhandig om het aan te raken, haar rechterarm achter zich schuin omhoog gestrekt. Ze trok aan de brancard, trok hem dichter naar zich toe zodat ze iets meer armslag kreeg.

Een stalen plaat? Dat was het, een vrij grote stalen plaat. Ze liet haar vingers langs de rand glijden en schatte dat de plaat een doorsnee had van ongeveer een meter. Om de vijftien centimeter staken de koppen omhoog van bouten waarmee de plaat was vastgemaakt in het beton.

Emory liet haar hand over de plaat glijden. Zeker weten vochtig.

Plop.

Dit keer viel de druppel zo dichtbij dat ze spetters voelde op haar huid. Ze liet haar vingertop over de plaat glijden en bracht hem naar haar mond. Al voordat ze het proefde, rook ze het metaal, roest of een of andere aanslag. Ze proefde het toch. Ze wist intuïtief dat als ze niet snel water te drinken kreeg, al het andere niet belangrijk meer was.

Het was afschuwelijk, maar het was nat en ze wilde er meer van.

Emory boog zich voorover naar de stalen plaat en trok aan de brancard om zich wat vrijer te kunnen bewegen. Toen rekte ze haar nek en stak haar tong uit. Ze kon het dan weliswaar niet zien, maar daar was water, een paar centimeter onder haar tong. Ze voelde dat het er was en tastte met de punt van haar tong, steeds lager.

Toen hoorde ze opnieuw het krassen. Klauwtjes die groeven...

Ik zou die tong maar weer in mijn mond stoppen, als ik jou was. Water of geen water, zo is het wel een heel aantrekkelijk hapje voor een hongerige rat, vind je ook niet? Op zijn minst maak je het je gastheer wel heel erg gemakkelijk om die lap eens lekker uit je mond te snijden.

Emory ging rechtop zitten. Met haar gewonde oor was het lastig om uit te maken waar dat krassen precies vandaan kwam. Het ene moment leek het pal naast haar te zijn, maar dan weer, als ze haar hoofd een beetje schuin hield, leek het eerder van de andere kant van de ruimte te komen.

Plop.

Water spetterde tegen haar hand en haar wang.

'Verdomme.' Emory boog zich voorover zo ver als ze maar kon en trok aan de handboei achter zich. Ze rekte haar nek tot ze het gevoel kreeg dat hij zo kon afknappen onder de spanning. Het staal van de handboei sneed in haar pols. Ze dwong zich die pijn te negeren en dacht maar aan één ding – water.

Ze trok nog harder en boog nog verder voorover.

Haar tong raakte even het staal van de plaat, heel even maar, en ze proefde roest. Het gebeurde zo snel en het staal was zo koud dat ze niet eens met zekerheid kon vaststellen of ze nu daadwerkelijk water had opgelikt of dat ze zich had ingebeeld dat het koude staal water was geweest. Het was in ieder geval niet genoeg geweest om haar dorst te lessen. Dat kleine voorproefje maakte haar dorst alleen maar erger.

Ze zou niet huilen. Dat weigerde ze.

Ze boog zich zo ver voorover als ze maar kon en trok opnieuw uit alle macht aan de handboei. Ze negeerde de pijn van het in haar pols snijdende staal, gooide haar volle gewicht in de strijd om de brancard nog verder te trekken. Iets gaf mee en haar gezicht schoot naar voren. Haar tong vond het water – ijzig, verfrissend, smerig, roestig water in een plasje midden op de plaat. Ze had haar tong amper in de plas gestoken toen de brancard omsloeg en op haar rug viel, zodat ze met haar hoofd tegen de vloer klapte en alles nog veel zwarter werd voor haar ogen.

33

Dagboek

Ik vond een dienblad in de kast en laadde dat vol met een paar plakjes toast, een banaan, sinaasappelsap en een kom Cheerios (mijn persoonlijke lievelingsontbijt). Ik wilde er ook melk bij doen, maar toen ik in de koelkast keek, bleek er niet meer dan een klein bekertje melk over te zijn in het kartonnen pak. Vader was een groot liefhebber van melk en ik zou het niet in mijn hoofd halen om hem te tergen door de laatste melk uit de koelkast te halen.

De trap naar de kelder leek me veel steiler dan eerst. Ik keek naar het glas sinaasappelsap dat stond te wiebelen op het dienblad. Het sap klotste heen en weer, klom omhoog langs het glas tot de rand, pauzeerde daar en zakte weer omlaag, om daarna langs de andere kant omhoog te klimmen bij mijn volgende stap. Als het sap over de rand zou gaan, zou de toast een kleffe boel worden, en dat mocht natuurlijk niet gebeuren. Ik voelde me al schuldig genoeg over het feit dat ik mevrouw Carter de vorige avond voor de gek had gehouden. Ik was niet van plan daar nog een schepje bovenop te doen door haar kletsnatte toast te serveren.

Moeder kwam naar de trap toen ik beneden was aangekomen. Ze droeg een emmer, een paar lappen en een grote boender. Ze had grote plastic huishoudhandschoenen aan die bijna tot haar ellebogen reikten.

'Goedemorgen, moeder.'

Ze keek me aan en grijnsde. 'Kijk eens aan, wat ben jij toch een attente jongeman. Onze gast zal in haar nopjes zijn als ze jou ziet. Ze is de hele tijd maar aan het mompelen. Ik kan me heel goed voorstellen dat ze toe is aan een lekker ontbijt en een sapje om haar keel een beetje te smeren.' Ze glipte langs me en nam een klein hapje van een stuk toast, dat ze daarna teruglegde op het dienblad. 'Zorg ervoor dat ze goed weet wat de regels zijn. Ik zou het heel vervelend vinden als ze de eerste dag van haar verblijf meteen al een valse start maakt.'

Daar was ik het mee eens.

'Ook niet te veel licht aandoen. We willen je vader niet tegen de haren instrijken met een hoge elektriciteitsrekening.'

'Ja, moeder.'

Ik keek haar na toen ze de trap op liep en rook met mijn fijne neus de mix van koper en bleekwater die in de kelder hing.

Ik zag mevrouw Carter net iets eerder dan ze mij zag. Moeder (of misschien vader) had haar linkerpols met een handboei vastgeketend aan dezelfde waterleidingbuis waaraan haar man uren daarvoor vastgeketend had gelegen. Zij zat echter niet op de vloer, maar lag op het randje van vaders oude veldbed. Haar rechterhand was aan de andere kant geketend.

Hij had me ooit verteld dat hij het veldbed mee naar huis had genomen uit de oorlog. Het wankele ding leek al heel wat oorlogsgeweld van dichtbij te hebben meegemaakt. Het dikke canvas was gehavend en versleten, er zaten meerdere gaten in de verbleekte groene stof. De stalen poten hadden ongetwijfeld geglansd toen het ding nieuw was, maar waren nu dof en verroest. Het frame kraakte onder haar gewicht toen ze zich iets naar links keerde.

Ze lag. Het was onduidelijk of ze dat deed om het zich gemakkelijk te maken of omdat zitten bijna onmogelijk was. Het was vrij donker in de kelder. Moeder had alle gloeilampen losgedraaid, met uitzondering van de kale peer aan een draad midden in de ruimte. Hoewel je geen luchtstroom voelde, zwaaide de lamp zacht heen en weer, zodat er zware dansende schaduwen over de wanden en vloer gleden.

Moeder (of vader) was zo verstandig geweest haar aan de rechterkant van de waterleidingbuis vast te maken, zodat de ruimte die meneer Carter eerder in beslag had genomen vrij was gekomen. Het helderrode bloed dat de vorige avond zo rijkelijk was gevloeid, was vervangen door een donkere vlek in het beton. Ik denk dat moeder met evenveel enthousiasme in de viezigheid had zitten schrobben als waarmee ze die had veroorzaakt, maar bloed was een volhardende minnares die niet snel losliet als ze eenmaal haar knokige oude handen had geslagen om iets waarvan ze hield. Moeder zou eigenlijk kattenbakvulling moeten gebruiken. Niet alleen vanwege de absorberende eigenschappen, het maskeerde ook de geur.

Onwillekeurig vroeg ik me af of mevrouw Carter de geur van het bloed en het zweet van haar man herkende.

Ik liet het dienblad bijna vallen toen ze overeind ging zitten en mij aanstaarde met grote, bloeddoorlopen ogen. Ze slaakte een kreet achter een doek die strak om haar mond was geknoopt en zei iets, maar ik kon niet horen wat.

'Goedemorgen, mevrouw Carter. Wilt u een ontbijt?'

Ze haalde moeizaam adem door de doek. Haar neus zat ongetwijfeld verstopt met snot van al het huilen, maar daar probeerde ik niet aan te denken. Ondanks het feit dat ze een nacht achter de rug had die vast en zeker niet in de top-tien van fijne nachten zou belanden, was ze nog altijd een mooie vrouw. Ik kon wel door bloeduitstortingen en het rechteroog dat nu zwart was, heen kijken. Haar linkeroog leek er minder erg aan toe: het was minder gezwollen dan een paar uur eerder.

Ik zette het dienblad op de rand van het veldbed en herinnerde me de hoofdpijn waarmee ik die ochtend was wakker geworden. Waarschijnlijk was zij er nog veel erger aan toe. Afgezien van het pak slaag had ze ook veel meer gedronken dan ik, en hoewel ze me een ervaren drinker leek, zou ze toch wel niet aan een kater ontsnapt zijn.

'Wat zou u denken van een shot?'

Ze keek me peinzend aan en ik realiseerde me het mogelijke misverstand. 'Ik bedoel een snelle borrel tegen de kater.'

Ze bleef me aankijken alsof ze verbijsterd was, haar hoofd een beetje scheef naar links. Ze was in ieder geval opgehouden met gillen.

'Voor de hoofdpijn. Vader heeft boven bourbon staan en zo'n shotje heeft bij mij wonderen verricht. Het is misschien een beetje vroeg op de dag, maar er is geen enkele reden om de hele dag pijn te lijden.'

Mevrouw Carter schudde haar hoofd langzaam en bleef me aanstaren.

Ik knikte naar het dienblad. 'Als we het zelf moeten opknappen, blijken vader en ik niet zulke beste koks te zijn. Misschien maakt moeder morgen iets voor u klaar. Dat wordt dan vast heel lekker. Wilt u iets eten?'

Ze knikte en probeerde al schuivend gemakkelijker te gaan zitten, maar de handboei om haar linkerpols maakt dat moeilijk. Ze wierp me een woedende blik toe en mompelde iets achter de doek om haar mond.

Ik kwam dichterbij. 'Als ik die doek weghaal, moet u beloven dat u niet gaat gillen. Ik zou het u niet kwalijk nemen als u het wel deed, eerlijk, maar het heeft geen zin. Boven hoor je niets van het gillen. Het is volstrekt onmogelijk dat iemand buiten u zou horen.' Ik stak mijn vingers achter de rand van de doek en trok hem omlaag. Er was iets met haar huid. Die kleine aanraking ging als een tinteling door me heen. Ik durf best te bekennen dat ik waarschijnlijk bloosde en dat mijn hart wild tekeerging.

Toen de doek omlaag gleed om haar hals, zoog mevrouw Carter haar longen vol lucht. Ze blies de adem weer uit en haalde opnieuw diep adem, en nog een keer. Ik was bang dat ze zou gaan hyperventileren en overwoog naar boven te rennen om een papieren zak op te halen, maar toen begon ze te praten met een doffe, rauwe stem, ongetwijfeld vanwege een droge keel.

'Het gillen?'

Ik hield mijn hoofd schuin.

'Je zei: "Boven hoor je niets van het gillen", alsof het vaker gebeurt. Hebben je ouders dit al eerder gedaan?'

'Hebben ze wat gedaan?'

'Dit.' Ze rukte aan de handboei die tegen de waterleidingbuis een rinkelend geluid produceerde.

'O, dat.' Ik keek weer naar het dienblad. 'Dat weet ik niet.'

Ze fronste de wenkbrauwen. 'Je weet niet of je ouders ooit eerder een vrouw hebben vastgeketend in de kelder?'

Ik pakte het sinaasappelsap. 'U sterft vast van de dorst. Dit is heerlijk sap, zon gevangen in een glas.'

'Ik wil geen sap. Ik wil dat je me laat gaan. Alsjeblieft, laat me gewoon gaan.'

'Een banaan dan? Ik denk dat ik er zelf ook een neem. We hebben ze twee dagen geleden gekocht en ze zijn nu net in dat stadium tussen groen en geel dat ze nog niet helemaal rijp zijn. Ze zitten ertegenaan, zodat je lippen er net een beetje van gaan trekken.'

'Maak me los!' bulderde mevrouw Carter. De woorden kwamen schrapend uit haar droge keel. 'Maak me los! Maak me los!'

Ik zuchtte. 'Ik ga die doek even weer om uw mond binden, zodat ik u de regels kan uitleggen. Het spijt, mevrouw Carter.'

Ze probeerde achteruit te krabbelen, maar daar was ik op voorbereid. Ik greep een handvol haar en rukte haar hoofd weer terug. Ik wilde haar geen pijn doen, maar ze gaf me weinig keus. Mijn mes was een klein Ranger buckknife dat ik makkelijk kon verbergen in mijn rechterhand. Ik haalde het bliksemsnel tevoorschijn en wipte het lemmet met één handige beweging uit het heft. Ik prikte de punt in haar hals en liet haar het bloed zien. Het was geen diepe wond, ik wilde alleen bloed doen vloeien, om haar te laten weten dat ik haar veel meer pijn zou kunnen doen als ik dat zou willen.

Mevrouw Carter keek jammerend naar het mes.

Met mijn vrije hand sjorde ik de doek weer om haar mond. Toen liet ik haar haar los. Het was in een mum van tijd gebeurd, maar Ik had duidelijk gemaakt hoe de zaken ervoor stonden. Na een nieuwe snelle beweging van de pols zat het lemmet weer in de heft, en liet ik het mes in mijn zak verdwijnen. 'De regels zijn heel eenvoudig, mevrouw Carter. Ik zal ze zo even uitleggen en daarna kunt u van uw ontbijt genieten. U hebt vast reuzenhonger.'

Haar gezicht liep rood aan van woede.

'Zult u zich gedragen als ik de regels aan u uitleg?'

'Val dood!' riep ze achter de doek.

Ik was verbijsterd. Wat grof! Ik probeerde haar nota bene te helpen.

'Dergelijke taal accepteren we niet in dit huis, Lisa. Zelfs niet van gasten,' zei vader achter me met een bulderende stem.

Ik draaide me om en zag hem aan de voet van de trap staan met een dampende kop koffie in zijn hand. Hij kwam dichterbij. 'Het begint met taal, dan komen ruw gedrag, woede en haat... Dat kunnen we domweg niet tolereren in een beschaafde samenleving. Voordat je het weet, rennen we allemaal naakt over straat met bijlen te zwaaien. Wij proberen onze jongen netjes op te voeden. Hij leert de volwassenen om zich heen met respect tegemoet te treden. Hij leert van de volwassenen om hem heen.' Hij kwam nog dichterbij en streek met zijn hand door mijn haar. 'Dit kleine mannetje is druk bezig op te groeien; hij zuigt alles wat hij ziet in zich op als een spons. Zijn moeder en ik willen zeker weten dat we hem groot brengen met de beste normen en waarden, voordat we hem loslaten in die grote, vreselijke, maar ook zo mooie wereld van ons. En daarbij spelen heldere regels een rol.'

'De regels komen van de drie aapjes,' zei ik, en ik klapte in mijn handen van opwinding. 'Sommige mensen hebben het over de drie mystieke aapjes, maar in werkelijkheid waren er vier. Het vierde aapje heette...'

'Kalm aan zoon. Je begint toch ook niet met de clou als je een mop vertelt?'

Ik schudde mijn hoofd.

'Natuurlijk niet,' ging hij door. 'Hetzelfde geldt voor een goed verhaal. Je begint met een beetje achtergrond, een beetje geschiedenis als dat passend is, dan komt de kern van het verhaal en uiteindelijk sluit je het pakketje af met een mooi lint waar je een mooie strik in legt. Geen haast. Je moet genieten van het vertellen, net zoals je geniet van een lekkere biefstuk of een ambachtelijk ijsje.'

Vader had natuurlijk gelijk. Hij had altijd gelijk. Ik was van nature een beetje ongeduldig, een karakterfout waar ik aan wilde werken.

'Waarom vertelt u haar het verhaal niet, vader? U kunt het veel beter dan mij.'

'Dan ik, zoon, dan ik.'

'Het spijt me. Dan ik.'

'Als onze gast belooft dat ze zich zal gedragen, kan ik wel even vrijmaken om het verhaal met jullie beiden door te nemen. Het is per slot van rekening maar het beste als ze vanaf het begin de regels kent, vind je ook niet?'

Ik knikte.

Mevrouw Carter staarde onbewogen naar ons beiden, en haar wangen gloeiden rood op achter de zwarte en blauwe bloeduitstortingen.

Vader trok een op zijn kop gezette emmer naar zich toe en ging naast me zitten. Hij zette zijn koffie op de betonvloer. Hij knoeide een beetje koffie, die meteen diep in de donkere bloedvlek trok. 'De wijze aapjes maken deel uit van een reliëf in houtsnijwerk boven de deur van de beroemde Toshogu-schrijn in Nikko, in Japan. Ze zijn in de zeventiende eeuw gesneden door Hidari Jingoro en staan symbool voor de levenscyclus van de mens... Nou ja, al die panelen verbeelden de levenscyclus, maar alleen in het tweede paneel zijn de wijze aapjes opgenomen. De levenscyclus is gebaseerd op de leer van Confucius.'

'Niet die van de gelukskoekjes – de échte Confucius,' flapte ik eruit. 'De echte Confucius was een Chinese meester, schrijver, politicus en filosoof, die tussen 551 en 479 voor Christus moet hebben geleefd.'

'Heel goed, zoon!' zei vader stralend. 'Hij heeft een aantal Chinese geschriften en gedragscodes nagelaten die nog steeds tot de invloedrijkste behoren, niet alleen in China, maar in een groot deel van de moderne wereld. Confucius was een wijze man. Sommige mensen beweren wel dat het idee van de aapjes Japan heeft bereikt in de vorm van een legende uit het Mahayana-boeddhisme. Als je het mij vraagt, weet niemand het precies. Dergelijke wijze spreuken leven gewoon eeuwig voort. Het zou mij niet verbazen als we ooit zullen vernemen dat zowel China als Japan de wijsheid heeft geput uit een nog veel oudere bron, die weer was gevoed door iets nog ouders. De wijze aapjes gaan terug tot het ontstaan van de mensheid.'

Mevrouw Carter staarde vader aan. Hij ging verder: 'Het reliëf met de levenscyclus bij de Toshogu-schrijn bestaat uit acht panelen. De aapjes staan op het tweede paneel. Weet iemand hier hoe ze heten?'

Natuurlijk wist ik dat. Ik stak ernstig mijn hand op. Als mevrouw Carter het ook wist, had ze kennelijk besloten niet actief deel te nemen aan het geheel.

Vader keek naar mij, toen naar mevrouw Carter en vervolgens opnieuw naar mij. 'Goed, jij hebt als eerste je hand opgestoken. Vertel eens hoe ze heten.'

'Mizaru, Kikazaru en Iwazaru.'

'Heel goed! Die jongen verdient een prijs,' grijnsde vader. 'En een bonus als je ook nog weet wat die namen betekenen...'

Natuurlijk wist hij dat ik dat wist, maar vader hield van spelletjes en dus speelde ik mee. 'Mizaru betekent: *richt het oog niet op het kwaad*, Kikazaru betekent: *luister niet naar het kwaad* en Iwazaru betekent: spreek geen kwaad.'

Vader tikte mevrouw Carter op haar knie. 'U hebt het reliëf met de aapjes vast wel eens gezien. De eerste aap bedekt de ogen, de tweede de oren en de derde heeft een harig pootje voor zijn bek.'

'Dus toen mevrouw Carter die schunnige taal uitsloeg, zondigde ze tegen de regel van Iwazaru,' zei ik.

Vader schudde zijn hoofd. 'Nee, zoon, hoewel schunnige taal heel slecht is en duidt op een verlaagde intelligentie, zou ze pas tegen de regel van Iwazaru hebben gezondigd als ze kwaad over iemand zou hebben gesproken.'

'Ah.' Ik knikte.

Mevrouw Carter gromde en rukte aan haar handboeien.

'Nou, nou, Lisa. Jouw beurt komt nog wel. Maar je moet sneller zijn met je hand,' zei vader.

Ze rukte opnieuw aan de handboeien, die rammelden tegen de waterleidingbuis en het veldbed. Ze kreunde gefrustreerd.

'Je voet misschien?'

'Er is een vierde aapje, maar niemand weet van zijn bestaan,' legde ik uit.

Vader knikte. 'De eerste drie aapjes staan voor de regels waaraan we ons allemaal hebben te houden, maar de boodschap van het vierde aapje is het belangrijkst.'

'Shizaru,' zei ik. 'Hij heet Shizaru.'

'Zijn boodschap is: *doe geen kwaad*,' zei vader. 'En daar draait het allemaal om. Als iemand kwaad ziet of hoort gebeuren, is er weinig wat hij kan doen. Wanneer iemand kwaadspreekt, kan hem dat worden verweten, maar wanneer iemand kwaad doet... Nou ja, er is geen ruimte voor vergeving wanneer iemand kwaad doet.'

'Die mensen zijn niet puur, hè, vader?'

'Nee, zoon, dat zijn ze zeker niet.' Hij keerde zich weer naar mevrouw Carter. 'Helaas viel uw man in die laatste groep, en de mensen in die groep kunnen we eenvoudigweg missen als kiespijn op onze fantastische planeet. Ik zou er de voorkeur aan hebben gegeven om met iets meer discretie dan mijn vrouw nodig achtte, die vunzigheid op te ruimen, maar gebeurd is gebeurd en we kunnen ons niet druk maken over zaken waarop we geen greep hebben. Ik zou er ook de voorkeur aan hebben gegeven als ons dolletje van gisteravond voor je verborgen was gebleven, maar helaas, je betoonde je een ware speurneus en betrapte ons. Vandaar onze huidige precaire situatie: wat moeten we aan met jou?'

'Is zij puur, vader?' Ik moest het vragen, want ik wist het antwoord op de vraag werkelijk niet. Ze had natuurlijk kwaad gezien en gehoord, maar vader had al eerder gezegd dat die zonden vergeven konden worden. Had ze kwaad gesproken? Had ze kwaad gedaan? Ik wist het niet.

Vader streek een haarlok uit mevrouw Carters ogen. Hij staarde haar een hele tijd zwijgend aan en zei toen: 'Ik weet het niet, zoon, maar ik ben wel van plan erachter te komen. Meneer Carter was een weerzinwekkende man, dat staat als een paal boven water, maar iets moet bij hem een knop hebben omgedraaid. Iets moet ervoor gezorgd hebben dat de stoom uit zijn oren kwam.' Met het topje van zijn wijsvinger raakte hij de bloeduitstorting rond mevrouw Carters rechteroog aan. 'Ik zit me maar steeds af te vragen wat dat geweest is, en of mevrouw Carter daar iets mee te maken had.'

In gedachten zag ik weer het beeld van moeder met mevrouw Carter. Dat kon ik vader niet vertellen. Nog niet. Als wat mevrouw Carter had gedaan er de oorzaak van was dat meneer Carter zich niet aan de regels had gehouden, had moeder daar toch ook een aandeel in gehad? Als moeder had gezondigd tegen de regels... Ik moest er niet aan denken.

Vader keek me aandachtig aan. Wist hij het? Had ik het verraden? Hij spitte echter niet nog dieper. Integendeel, hij kwam overeind en maakte een gebaar naar het dienblad met het ontbijt. 'Ik ben bang dat je eten koud is geworden, maar je zult het ermee moeten doen. Misschien kun je de volgende keer zo'n liefdevol klaargemaakt ontbijt met een glimlach in ontvangst nemen in plaats van zo hard en negatief te zijn.' Hij klopte mij op mijn schouder. 'Denk erom, zoon, geen bestek voor onze gast.'

'Ik weet het, vader.'

'Heel goed, knul.'

Hij liep de trap op.

Ik keerde me weer naar mevrouw Carter en reikte naar de doek om haar mond. 'Zullen we het nog een keer proberen?'

Ze knikte en staarde vader na, die door het trapgat uit het zicht verdween.

34

Porter

Dag 1 • 17.23 uur

Even ten noordwesten van de Loop en grenzend aan het centrum van Chicago lag het Fulton River District, waar de stad met man en macht werd gerenoveerd. Oude pakhuizen werden omgebouwd tot lofts met hoge huren, en voormalige schoenenfabrieken werden omgetoverd in luxe spa's en koffiebarretjes. Hier en daar tussen al dat lekkers voor hipsters stond nog een afgekeurd gebouw. Als die gebouwen hadden kunnen denken, zouden ze vast nerveus om zich heen kijken naar de buren en in spanning hun eigen facelift afwachten, hopend dat de plannen voor renovatie eerder zouden komen dan de sloopkogel.

Zo was het ook gesteld met Despalines 1483.

Het was plomp en hoekig vergeleken met de gebouwen eromheen. Het telde een begane grond en twee verdiepingen op een vloeroppervlak van hooguit duizend vierkante meter. Bij nadere inspectie werd hier en daar de naakte rode baksteen zichtbaar, maar voor het grootste deel gingen de gevels schuil onder lagen verf in kleuren variërend van groen, via wit, tot geel. Vensters waren dichtgetimmerd of kapot.

Ooit was het waarschijnlijk een trots bouwwerk geweest, maar de tand des tijds had het geen goed gedaan. Het had veel te lijden gehad. De politiek had ooit de Drooglegging voortgebracht die door gangsters achter deze ramen hardhandig de nek was omgedraaid. Het gebouw was getuige geweest van de geboorte van de stad en de Great Chicago Fire waarbij panden aan de overkant van de rivier in de as werden gelegd. Porter zou durven zweren dat de buurt nog stonk naar vuur en roet, ook al hadden honderd winters geprobeerd het vuil weg te wassen.

Op de dakrand stond een enkel houten bord met de naam in vervaagde letters: MULIFAX PUBLICATIONS. Het laatste overblijfsel van vergane glorie.

'Weinig uitstraling,' zei Nash, die op de passagiersstoel zat in de Charger van Porter. Ze stonden geparkeerd aan de overkant, op de hoek van de straat en hadden direct zicht op het gebouw. Zijn telefoon zoemde ten teken dat er een sms binnenkwam. Hij keek op het scherm. 'Clair is er over twee minuten en SWAT komt meteen achter haar aan.'

Porter keek in de achteruitkijkspiegel. Watson zat te tikken op zijn eigen smartphone. Porter had nog nooit vingers zo snel heen en weer zien flitsen. 'Jezus, doc, zo meteen vliegt dat ding in brand.'

'Mulifax heeft de deuren gesloten in 1999. Sinds die tijd heeft het gebouw leeggestaan,' zei Watson zonder op te kijken. 'Blijkbaar heeft het moederbedrijf de rekeningen betaald tot 2003. Toen ging het failliet en legde de gemeente beslag op het gebouw. Er zijn pogingen gedaan het te verhuren, maar het lukte niet om een huurder te vinden. In 2012 heeft de gemeente besloten dat het zou worden gesloopt.'

'Waarom wordt het niet gerenoveerd, net als die gebouwen eromheen?' vroeg Nash. 'Dit is een chique buurt geworden. Daar kom je met het salaris van een smeris niet in.'

Porter knikte in de richting van Mulifax. 'Kan die magische telefoon van jou ook vertellen wat we daarbinnen zullen aantreffen?'

Nash antwoordde: 'Ik kan je wel vertellen wat we niet zullen aantreffen – de Moordenaar van het Vierde Aapje. Omdat die ligt uit te rusten in het lijkenhuis.' Hij liet zijn blik door de straat dwalen. 'En dat leidt tot de tienduizenddollarvraag. Waarom zitten we eigenlijk te wachten op SWAT? Een dooie moordenaar betekent dat er niemand meer is die op ons zal beginnen te schieten.'

Porter haalde zijn schouders op. 'Orders van de commissaris.'

'Heeft hij ook gezegd waarom SWAT als eerste naar binnen moet?'

'Hij denkt dat het misschien een valstrik is. Dat dagboek dat hij zo open en bloot... dat is niet zijn stijl. Er klopt iets niet.'

'Wat denk jij?'

'Ik weet niet wat ik moet denken.'

'Kijk eens.' Watson gaf zijn smartphone aan Porter. In het browservenster werd een pagina van Wikipedia weergegeven. 'Ze hebben hier illegaal drank gestookt; onder al deze gebouwen lopen tunnels.'

'Die kan hij gebruikt hebben om hier ongezien te komen.'

Een groene Honda Civic parkeerde achter hen. Clair Norton stapte uit en haastte zich gebukt achter de Charger langs naar het raam bij Nash. Hij draaide het open.

‘Iets te zien?’ vroeg ze. Ze knikte naar het gebouw.

‘Niets, Alles is stil.’

‘En die witte auto?’

Porter had de auto meteen zien staan toen ze waren komen aanrijden. Een vrij nieuwe Buick met een glasvezelmat links op de achterbumper. ‘Nergens een chauffeur te bekennen.’

Porter gaf de smartphone terug aan Watson. ‘Denk je dat hij die tunnels gebruikt?’

‘De tunnels van de Drooglegging?’ Clair liet haar blik gaan over de gebouwen rondom en keek toen weer naar de witte auto. Ik heb een paar jaar geleden in de East Side aan een zaak met mensensmokkel gewerkt en die vuilakken maakten zeker gebruik van de tunnels. Ik heb gehoord dat de telefoonmaatschappijen het systeem destijds zelfs nog hebben uitgebreid om er kabels door te trekken en dat er zelfs spoorrails liggen. Het tuig kon vanaf de rivier tot bijna in het centrum van de stad komen zonder ooit daglicht te aanschouwen. Sommige van die tunnels zijn zo breed dat er een vrachtwagen kan rijden. Als je de weg weet, kun je overal in de stad komen. Het is daarbeneden ijskoud – er zijn bioscopen die ventilatiekokers naar de tunnels hebben geslagen om de filmzalen te koelen.’

‘Kun je van hieruit ook in A. Montgomery Ward Park komen?’

‘Ik snap waar je naartoe wilt, Sam, maar ik betwijfel of dat zou werken,’ zei Nash. ‘Hij heeft haar meegenomen in een auto. Als hij had geprobeerd door een put af te dalen met het meisje op sleeptouw, zou iemand vast wel hebben geprobeerd hem tegen te houden.’

‘Je hebt dat volk daar op die speelplaats niet gezien,’ zei Claire.

Porter bouwde voort op zijn eerdere gedachte. ‘Oké, hij neemt haar mee in een auto. Waarnaartoe? A. Montgomery Ward Park is maar één straat verwijderd van de noordtak van de Chicago River. Kun je daar met een auto in de tunnels komen?’

Watson tikte opnieuw op zijn smartphone. ‘Ik ben geneigd om te denken van wel, maar ik kan er geen gedetailleerde foto’s van vinden. Het klinkt alleen logisch, toch? De lui die de tunnels hebben gegraven zullen ze bereikbaar hebben gemaakt vanaf alle belangrijke waterwegen. Hij kan met haar onder de grond zijn verdwenen en haar hiernaartoe hebben gedragen zonder het risico te lopen dat iemand hem zou zien, zelfs als hij een deel van de tocht te voet aflegde.’

Misschien heeft hij al zijn slachtoffers op die manier getransporteerd.

Dat zou verklaren waarom hij zo lang in de stad heeft kunnen opereren zonder te worden gepakt,' zei Nash.

'Dus misschien is ze hier,' zei Clair zacht.

'Ja...' zei Porter.

Een donkerblauw busje met TOMLINSON PLUMBING in gele letters op de zijkant stak het kruispunt over en parkeerde pal achter de witte auto.

'Zijn dat onze jongens?' vroeg Porter.

'Ja, een beetje low profile leek me verstandig.' Clairs telefoon ging over. Ze haalde hem uit haar zak en nam het gesprek aan. Ze knikte een paar keer en zei toen: 'Oké, bij drie.' Ze keerde zich weer naar Porter en Nash. 'Klaar? We gaan na hen het gebouw in. Zij zorgen ervoor dat het veilig is en dan komen wij.'

Nash wees met zijn duim over zijn schouder naar de achterbank. 'Wat doen we met hem?'

Porter keek opnieuw in de achteruitkijkspiegel naar Watson. 'Jij heb geen wapen, hè?'

Watson schudde zijn hoofd. 'Nee.'

'Heb je toevallig een kogelvrij vest meegenomen?' Een beleidsregel verbood het betreden van het terrein waar een misdrijf werd gepleegd zonder kogelvrij vest.

'Die krijg je niet standaard op onze afdeling.'

'Dan moet jij hier buiten wachten. Het spijt me, jongen.'

Porter en Nash stapten uit en liepen naar de achterkant van de auto. Porter haalde twee kogelvrije vesten, een shotgun en een grote zaklantaarn uit de kofferbak. Hij gaf de shotgun en een van de vesten aan Nash en trok zelf het andere kogelvrije vest aan. Nash knikte de shotgun open en inspecteerde het staartstuk. Porter haalde een 9 mm Beretta 92FS uit de ruimte onder het reservewiel en inspecteerde het magazijn. Hij trok de slede naar achteren om het pistool door te laden.

'Reserve?' vroeg Nash, die zijn eigen pistool inspecteerde, een Walther PPQ.

Porter knikte. 'Ik heb de commissaris nog niet gesproken. Hij heeft nog steeds mijn dienstwapen.'

'Officieel ben je nog niet eens terug. Zorg er maar voor dat ze je niet raken. Een gewonde burger leidt tot een veel grotere papierwinkel dan een gewonde partner.'

'Ik ben blij dat jij me dekking geeft.'

Clairs telefoon zoemde om een sms aan te kondigen. 'Over tien seconden.' Ze trok de slede van haar Glock naar achteren om door te laden.

Het busje van Tomlinson Plumbing wiebelde een beetje heen en weer. Toen zwaaiden de laaddeuren aan de achterkant open en sprongen er mannen in volledig gevechtstenue uit. De eerste twee droegen een zware zwarte stalen stormram, de anderen hielden AR-15 aanvalswapens in de aanslag. Als een goed geoliede machine bewogen ze in de richting van het gebouw.

Nash stak rennend de straat over, achter hen aan. Porter rende naast hem, Clair achter hen.

De stormram maakte korte metten met de deuren van de hoofdingang, en na één flinke klap vlogen ze open. Het hangslot scheurde los van het stalen frame en viel kletterend op de grond. Een gelaarsde voet trapte het slot opzij. De beide mannen met de stormram gingen aan de kant om de anderen vrij baan te geven. Toen haalden ze hun eigen geweer van hun rug en sloten ze zich bij de rest aan.

Een flitsgranaat ontplofte. Gedempte kreten 'Politie!' en 'Veilig!' klonken terwijl het team zich door het gebouw verspreidde. Porter verstevigde de greep op zijn Beretta toen ze de zonovergoten straat verruilden voor de zwarte duisternis in het gebouw.

'Ik zie geen flikker,' gromde Nash, naar binnen turend.

'Alle ramen zijn dichtgespijkerd. Het lijkt wel een graf,' zei Clair.

Porter gluurde om de deurpost. Het licht van de straat vormde slechts een kleine plas meteen achter de ingang, een paar meter diep. Daarachter was het zwarter dan zwart. Het leek wel of de schaduwen het licht weer naar buiten probeerden te duwen.

Hij klikte de zaklantaarn aan en liet de lichtstraal over het interieur glijden in de verwachting een grote hal te zien te krijgen. In plaats daarvan zag hij een klein entreehalletje van rottend hout. Het systeemplafond van geluidsisolerende platen verkruimelde, het stucwerk op de muren was gebarsten, stukken ervan lieten los, en de vloer was bezaaid met losse brokstukken die al jaren eerder van de muren waren gekomen.

Porter hoorde het SWAT-team ver weg in het gebouw. Hun laarzen dreunden op het beton terwijl ze de ene na de andere ruimte verkenden.

Toen werd het stil.

'Hoor je dat?'

'Wat?'

'Je hoort SWAT niet meer.'

'Misschien zijn ze te ver weg.'

'Nee, dat is het niet. Ze staan stil.'

'Misschien hebben ze iets gevonden?'

'Misschien.'

'Het is te stil,' zei Clair.

'Kom mee,' zei Porter. 'Dicht bij elkaar blijven.'

Ze liepen langzaam achter de lichtstraal van de zaklantaarn aan, die door de duisternis sneed. Het halletje leidde naar een grote hal, waar ze een nauw gangetje volgden tussen dozen, kratten en allerlei andere dingen die opgestapeld waren tegen de wanden. Porter telde de eerste vijftien meter maar liefst vijf matrassen waarvan de tijk vergaan en versleten, klam en beschimmeld was. Insecten krioelden in en uit het binnenwerk. De vloer van het pakhuis was even smerig als de bodem van een beerput: ze zagen vuil en slijm en kleine plassen van naar pis stinkend water. Het krakende geluid van naalden onder zijn schoenzolen deed hem verlangen naar andere oorden. Hij stelde zich voor dat hij bij iedere stap de skeletjes van kleine knaagdieren fijn trapte.

Zo ongeveer om de drie meter was een deur in een gescheurd en versplinterd kozijn. Hij wist dat het SWAT-team korte metten maakte met afgesloten ruimtes en deuren opentrapte of met de stormram te lijf ging, net zoals met de voordeur was gebeurd. Porter scheen met de zaklantaarn in elk vertrek waar ze langs kwamen, ook al wist hij dat het niets belangrijks zou opleveren. Het was meer een voorzorgsmaatregel.

Bij de derde deur bleef hij staan en dwong hij zich te luisteren.

Hij hoorde een gestaag druppelen van water.

Hij hoorde Nash en Clair een paar passen achter zich ademhalen.

Het tikken van zijn horloge.

Maar hij hoorde niet het SWAT-team. Er kwam geen enkel geluid uit de richting waarin ze gegaan waren.

Porter wachtte tot Nash en Clair zich bij hem hadden gevoegd. 'Er is iets mis. Het bevalt me niet.'

Diep uit het gebouw klonk een luide, krakende klap, gevolgd door twee pistoolschoten.

'Nu!' riep Porter. Hij rende in de richting van het lawaai.

Clair en Nash spurtten achter hem aan; ze volgden het op en neer wippende licht van de zaklantaarn. Porter had het gevoel dat hij zou stikken in de beschimmelde lucht. Ze kwamen bij een kapotte goederenlift naast een open trappenhuis dat omlaag voerde. Beneden klonken stemmen.

Zonder aarzelen stortten ze zich de trap af. Ze namen de treden met twee tegelijk terwijl ze hun best deden rommel en puin te mijden en niet uit te glijden.

'Holy shit!' schreeuwde iemand.

'Waar komen ze vandaan?'

'Geen idee!'

'Terug!'

'Nee, wacht!'

Een fel rood licht scheen Porter tegemoet door het deurgat onder aan de trap: iemand had een fakkel aangestoken. Porter kneep zijn ogen tot spleetjes tegen het felle licht. Hij tilde de loop van zijn pistool op, zodat hij naar de zoldering wees. Hij was niet van plan per ongeluk iemand neer te schieten.

'Ze verspreiden zich.'

'Steek nog een fakkel aan. Daar, in de hoek!'

Nash greep Porter bij zijn schouder en hield hem tegen, een paar treden boven de keldervloer, en schreeuwde: 'Espinosa! Rechercheurs Porter, Norton en Nash komen naar jullie toe! We zijn op de trap. Niet schieten!'

'Blijf daar, rechercheurs!' schreeuwde Espinoza terug.

'Alles veilig!' schreeuwde iemand anders.

'Die kutbeesten zijn overal!'

Een tweede fakkel kwam luid sissend tot leven en landde aan de voet van de trap.

Minstens een vijftal ratten schoot langs hen heen. De kleine klauwtjes zochten houvast in het leer van de schoenen van Nash en Porter. Clair slaakte een gil.

'Kut!' riep Nash. Hij sprong achteruit, met zijn rug tegen de muur.

Porter staarde als gebiologeerd terwijl nog eens vijf ratten langs hem schoten.

'Oké, kom maar beneden, maar blijf in het licht,' riep Espinoza.

'Ik ga niet…' zei Nash.

Clair gaf hem een duw. 'Schiet op, watje.'

Ze stapten een grote kelderruimte in die onder het hele gebouw leek te liggen. De betonvloer en de bakstenen muren strekten zich, verlicht door het rode schijnsel van de fakkels, zo ver uit als het licht maar reikte. De vloer was bezaaid met rommel: dozen, vellen papier, lege frisdrankblikjes, en…

'Ik heb nog nooit zo veel ratten gezien,' zei Porter, zijn ogen gericht op de vloer net buiten de reikwijdte van de fakkels. De vloer leek te trillen en te bewegen. Een levende deken van ratten. Ze kropen en renden over elkaar in een poging het schijnsel van de fakkels te ontvluchten, maar ze konden geen kant op. Kleine klauwtjes tikten op het beton en groeven zich vast in de vacht van andere ratten in hun drang tot ontsnappen.

'Ik had gezegd dat jullie buiten moesten wachten,' zei Espinoza met gefronste wenkbrauwen. 'Op zijn minst totdat we weten waarmee we te maken hebben.'

'We hebben verdomme te maken met een plaag,' gromde een van de andere mannen van het SWAT-team. Hij wierp nog een fakkel ver in het onverlichte deel van de kelderruimte.

'Als je die fakkel daarheen gooit, komen die ratten deze kant op. We moeten ze terugdringen.'

'Terugdringen waarheen?'

'Hebben jullie op die ratten geschoten?' vroeg Porter.

'Dat was Brogan, die stomme idioot.'

'Hé!'

'Die klotebeesten zijn overal. Het moeten er duizenden zijn,' zei Espinoza. Hij schopte een rat van zijn voet, het beest vloog door de lucht, stuiterde tegen een muur, schudde zich uit en rende naar een tegenoverliggende hoek van de ruimte.

Nash stond doodstil. Zijn gezicht was lijkbleek. Ratten renden in blinde paniek om hen heen met ontblote gele tandjes.

Clair vertelde wat ze wist over de tunnels en dat de ratten de tunnels gebruikten om gebouwen zoals dit in en uit te komen.

Espinoza knikte en drukte op een knop op de radio bij zijn schouder. 'Inspecteer de buitenmuren. We zoeken zoiets als de ingang van een tunnel.'

'Je hoeft niet te zoeken,' zei Porter. Zijn ogen volgden de ratten die over de vloer renden, obstakels mijdend. 'Volg die beesten maar.' Zijn ogen schoten in de richting van de tegenoverliggende hoek. De ratten renden niet zomaar een beetje rond. Ze vormden een gestage stroom in die richting, een rivier van vuil en ziekte. 'Mag ik een fakkel?' vroeg hij.

Espinoza trok een fakkel van zijn riem en gaf hem aan Porter.

Porter trok de kap eraf, stak de fakkel aan en wierp hem naar de andere kant van de kelder. Hij vloog met een boog door de lucht en klapte met een doffe bons twintig meter verderop op de vloer.

'Zo! Dat is een fraaie worp, Porter,' zei Espinoza.

Porter liep in de richting van de fakkel.

Hoewel de ratten met een wijde boog om de fakkel heen scharrelden, volgden ze allemaal dezelfde weg naar een punt waar een gesloten deur was met een klein gat in de rechterbenedenhoek, net zo groot dat de ratten zich erdoor konden wurmen. En dat was ook precies wat ze deden. Keurig netjes om de beurt ontvluchtten ze de kelderruimte.

Porter wilde de deur openmaken, maar Espinoza greep zijn hand. 'Even wachten. We moeten eerst kijken of de zaak veilig is.' Hij sprak zacht, bijna onhoorbaar.

Porter knikte en deed een paar stappen opzij.

Met zijn vrije hand gebaarde Espinoza twee leden van zijn team zich aan weerszijden van de deur op te stellen. Zelf stond hij recht voor de deur, drie meter ervanaf, met zijn pistool erop gericht. Met opgestoken vingers telde hij tot drie.

Een van de mannen trapte de deur open. Hij dook naar binnen met snelle bewegingen naar links en rechts. De andere man volgde hem onmiddellijk met zijn wapen iets hoger. Nog twee leden van het team volgden hen.

'Veilig!' klonk het dof.

En nog een keer: 'Veilig!'

Met zijn wapen in de aanslag kwam Espinoza in beweging. Hij verdween door de deuropening. Meteen daarna lichtte de ruimte erachter op in het rode schijnsel van een fakkel.

'Porter! Kom hier!' riep Espinoza.

Porter wierp een blik op Nash en Clair, en stapte door de deuropening. Hij probeerde de ratten te ontwijken die tegelijk met hem naar binnen en naar buiten probeerden te rennen.

De ruimte was kouder dan de rest van de kelder. Het was er klam. Er hing een stank van schimmel en verrotting. Hij herkende de geur onmiddellijk, de ziekelijk zoete geur van rottend vlees. Zijn hand schoot omhoog naar zijn mond en neus in een vergeefse poging de stank te weren.

De vijf mannen stonden voor hem met een strakke blik in hun ogen naar iets te kijken.

'Allemaal eruit,' beval Porter met bijna gesloten mond.

Espinoza draaide zich om en maakte aanstalten bezwaar aan te tekenen, maar bedacht zich. Hij liep langs de versplinterde deur de kelderruimte in en gebaarde zijn mannen dat ze hem moesten volgen.

Porter liep verder het vertrek in.

Honderden kaarsen stonden opgesteld langs de wanden en op de vloer.

De meeste waren weggesmolten tot niet meer dan een hoopje was. Er brandden er nog een paar, sputterend, en ze verspreidden een zwak schijnsel – zwak in vergelijking met het brute felle licht van de fakkel.

Hij wilde het allemaal doven, de fakkel en de kaarsen.

Hij wilde al dat licht vernietigen en het vertrek weer teruggeven aan de duisternis.

Hij wilde het niet zien.

Niets van alles.

Midden in het vertrek lag een oude omgevallen ziekenhuisbrancard. De metalen buizen waren bedekt met rode roestvlekken.

Onder de brancard, eraan vastgeketend met handboeien, lag een lichaam dat was aangevreten door duizenden knaagdieren die er hongerig omheen zwierven.

Een onduidelijke homp vlees waar botten uit staken.

35

Dagboek

Mevrouw Carter moest de regels hebben begrepen, want dit keer gilde ze niet meer toen ik de doek voor haar mond wegtrok. Ze vloekte niet. Als haar gedachten al werden verziekt door allerlei hatelijks, hield ze dat voor zich. In plaats daarvan keek ze me met vermoeide ogen aan. 'Dorst,' zei ze.

Ik hield het glas sinaasappelsap bij haar uitgedroogde lippen, net scheef genoeg om het warm geworden sap in haar mond te laten stromen. Daarna gaf ik haar de tijd om te slikken.

'Nog meer, alsjeblieft.'

Ik gaf haar meer te drinken.

Nadat ze het glas had leeggedronken, zette ik het op de vloer naast het veldbed. 'Banaan of Cheerios?'

Ze haalde diep adem. 'Je moet me laten gaan.'

'Ik weet dat droge Cheerios niet erg aanlokkelijk zijn, maar ze smaken best goed. Die kleine ronde havermoutkorrels zijn echt een traktatie. Die vind ik misschien wel het allerlekkerst.' Ik had er graag zelf een paar van in mijn mond gestopt, maar zij kon de voeding niet missen. Ik zou mezelf met een kom Cheerios belonen als ik weer boven was.

Mevrouw Carter boog zich naar me toe. Ik voelde haar warme adem tegen mijn wang. 'Je vader en moeder zullen me vermoorden. Dat begrijp je toch wel? Is dat wat je wilt? Ik ben altijd alleen maar aardig voor je geweest. Ik heb je zelfs naar me laten kijken... Weet je nog wel? Bij het meer. Dat was een heel speciaal moment van jou en mij. Iets wat alleen voor jou bestemd was. Als je me laat gaan, beloof ik je daar meer van, veel meer. Ik zal je alles geven wat je maar wilt hebben. Ik zal dingen doen waarvan meisjes van jouw leeftijd niet eens weten dat ze bestaan. Je moet me laten gaan.'

'Banaan of Cheerios?' vroeg ik nog een keer.

'Alsjeblieft.'

'Oké, banaan dan maar.' Ik pelde de banaan en hield hem voor haar mond. Ze knipperde met haar ogen, boog toen naar voren en nam een hap.

'Ik zei al dat het een goede banaan is.'

'Jij bent goed,' zei ze. 'Jij bent een goede jongen en ik weet zeker dat je ervoor zult zorgen dat mij niets overkomt, toch?'

Met een bruusk gebaar hield ik haar de banaan weer voor. 'U moet eten.'

Ze nam opnieuw een hap, langzamer dan de eerste. Ze liet haar rode lippen om de banaan glijden en wachtte even voordat ze haar mond weer terugtrok.

36

Porter

Dag 1 • 17.32 uur

'Nash, Clair, pak een zaklantaarn en kom hier!' riep Porter over zijn schouder.

Hij knielde neer bij het lichaam en klapte zo hard hij kon in zijn handen. Het geluid echode door het vertrek en deed ratten wegvluchten van onder het lichaam. Hij klapte nog een keer, en nog eens twee ratten vluchtten weg. Met rode, pijnlijke handpalmen klapte hij een derde keer. Nog een rat vluchtte weg; tussen zijn op elkaar geklemde tanden bungelden resten vlees die deden denken aan een oor.

Een lichtstraal danste over de muur aan de andere kant. Porter keerde zich om. Daar stond Nash met de mouw van zijn jas tegen zijn mond en neus gedrukt. 'Jezus christus,' zei hij.

'Geef eens,' zei Porter met een gebaar naar de zaklantaarn.

Nash bleef zo stijf mogelijk met beide voeten stevig op de vloer rechtop staan terwijl hij zijn arm strekte en Porter de zaklantaarn aangaf.

'O, god bewaar me,' hoestte Clair, terwijl ze een hand voor haar mond sloeg. 'Is dat Emory?'

Zonder zich om te draaien zei Porter: 'Clair, ik wil dat jij naar buiten gaat en Watson opdracht geeft de technische recherche hiernaartoe te sturen. De lijkschouwer ook.'

'Doe ik,' zei Clair. Ze draaide zich direct om en verdween.

'Brian, je hoeft hier niet te blijven. Ik begrijp het wel.'

Nash schudde zijn hoofd. 'Ik red het wel... Geef me even wat tijd.'

Porter keerde zich weer naar het lichaam en bescheen het met de zaklantaarn.

Vliegen zoemden om de smalle mond, die ingeklemd lag tussen de betonvloer en de brancard. Toen hij zich naar het hoofd toe boog, zag hij een fractuur in de schedel, net onder de haarlijn. De huid rond de fractuur was weggepeuzeld. Waarschijnlijk had de wond gebloed en waren de ratten op de geur afgekomen. 'Ik denk dat hij of zij van de brancard is gevallen en dat die fractuur een gevolg is van de klap op het beton. Het valt niet te zeggen hoe lang hij of zij hier al was.'

Nash wees. 'De rechterarm is met een handboei vastgeketend aan de brancard. Bij de val is de brancard meegesleurd en boven op haar... Is dit het meisje?'

Porter liet het licht van de zaklantaarn op en neer langs het lichaam glijden en concentreerde zich toen weer op het hoofd. 'Nee, deze persoon heeft kortgeknipt lichtbruin haar en is, denk ik, ook ouder. Ik zie grijze haren en rimpels onder wat er over is van de kin. Emory heeft donker haar.'

'Is het een vrouw?'

'Moeilijk te zeggen. Help me eens om het lichaam om te rollen.'

Nog een rat vluchtte weg van onder het linkerbeen in de richting van de deur.

'Klotebeesten...' Nash sprong achteruit.

Porter duwde hem de zaklantaarn in de handen. 'Jezus, ik doe het wel. Hou vast en volg mijn handen.'

Nash pakte de zaklantaarn aan en richtte de lichtstraal. 'Sorry, dat kutbeest liet me schrikken.'

'Heb je nooit een hamster of een woestijnratje gehad toen je klein was? Deze zijn net zo, alleen een beetje groter.'

'Ze eten afval en dragen meer ziekten dan een Kardashian tijdens carnaval,' zei Nash. 'Als een van die kleine klootzakken je bijt, zit je de rest van de nacht op de spoedpoli van het ziekenhuis om je buik vol te laten spuiten met troep tegen hondsdolheid. Nee, hartelijk dank.'

'In je arm,' zei Porter. Hij haalde een paar groene latex handschoenen uit zijn zak.

'Wat?'

'Die injecties. Ze spuiten niet meer in de buik tegenwoordig. Ze injecteren in je bovenarm.'

'Ah... de vooruitgang.'

'Ze zijn bovendien helemaal niet specifiek de drager van hondsdolheid. Er is in de Verenigde Staten nog nooit een geval van hondsdolheid geregistreerd als gevolg van een rattenbeet. Dat is een mythe. Het geeft je een beter gevoel als je ze afmaakt. Kun je je voorstellen hoe smerig deze stad zou zijn zonder ratten om ons afval op te eten? Mensen zijn de echte plaag, als je het mij vraagt. Mensen doen dit soort dingen.' Zijn ogen waren op het lichaam gericht toen hij dat zei. 'Ik wil dat jij die brancard optilt als ik het lichaam omrol. Ga aan de andere kant staan.'

'Ik had nooit gedacht dat jij een rattenman was.' Nash klemde de zaklantaarn onder zijn oksel en trok ook een paar latex handschoenen aan. Hij liep om het lichaam heen en pakte de brancard vast. 'Klaar?'

'Klaar.'

Nash tilde de brancard op. Porter pakte een schouder met zijn linkerhand, reikte over het lichaam met zijn rechterhand naar de achterkant van een been en trok het naar zich toe. Zijn niet meer zo jonge rug protesteerde. Een pijnscheut ging door zijn dijbeen. Het lichaam maakte een luguber zuigend geluid toen het loskwam van de betonvloer. Een golf van stinkende lucht, een combinatie van zoet en zuur, verrotting en vocht welde op. Het lichaam viel op de rug. Porter zag dat de halve buik verdwenen was. Er was slechts een grote holte waar de darmen en het buikvlies hadden gezeten, roze vet waaruit vocht droop en waaraan maden zich tegoed deden.

Nash rolde de brancard aan de kant. Hij miste Porter op een haar na toen hij het ding op de grond liet vallen, vooroverboog en de inhoud van zijn maag – half verteerde resten KitKat – uitspuugde tegen de muur van betonblokken. Het schijnsel van de zaklantaarn draaide met hem mee naar de muur en Porter was hem dankbaar voor een ogenblik duisternis. Hij had een paar seconden nodig om weer greep op zichzelf te krijgen voordat hij weer naar het lichaam zou kunnen kijken.

Toen Nash zich oprichtte, deed hij een poging zich te verontschuldigen, maar Porter wuifde het weg. 'Geef me die zaklantaarn eens.'

Nash knikte en gaf Porter de zaklantaarn. Daarna veegde hij met de mouw van zijn jas zijn mond schoon.

Het licht van de zaklantaarn gleed over het lichaam, langzaam, van de resten van het gezicht naar de tenen en weer terug. 'Een man, misschien in de vijftig.'

'Jezus, hoe kun je dat zien?'

De ratten hadden zich tegoed gedaan aan de genitaliën. Het grootste deel van het vlees was weggevreten, zodat alleen botten en pezig spiermateriaal en een lege holte te zien waren waar de genitaliën ooit hadden gezeten. Het had een vreemde kleur, een combinatie van donkergroen, wit en kastanjebruin. Maden wriemelden en kronkelden door de resten van het feestmaal dat de ratten hadden aangericht.

‘Ze hebben de ogen te pakken gekregen,’ zei Nash.

Porter bescheen met de zaklantaarn het hoofd opnieuw. Het waren niet alleen de ogen geweest. De lege oogkassen staarden hem strak aan. Het wit van de oogzenuw in het centrum en de ontbrekende oogleden deden denken aan stripverhalen.

‘Hoelang heeft hij hier al gelegen, denk je?’

Porter zuchtte en betreurde dat onmiddellijk toen de bedorven lucht zijn longen bereikte. ‘Op zijn minst een paar dagen, denk ik. En het duurde zeker twee dagen voordat hij doodging.’

‘Waarom?’

Porter wees naar de hals van de man. ‘Zie je die stoppelbaard? Die is van een paar dagen. Zijn haar is kortgeknipt, goed bijgehouden. Hij trimde zelfs zijn wenkbrauwen. Zo iemand scheert zich één of misschien wel twee keer per dag. Het is te zien dat hij zich twee, drie dagen niet heeft geschoren. Ik wil wedden dat de lijkschouwer ons wel een preciezer beeld kan geven.’

‘Enig idee wat de doodsoorzaak is geweest?’

Hij liet het licht opnieuw over het lichaam glijden. ‘Geen duidelijke wonden. Ik gok erop dat hij in zijn buik is gestoken, want het lijkt erop dat de ratten daar het ergst tekeer zijn gegaan.’

‘Ze gaan in eerste instantie af op het bloed van de wond, dat bij die fractuur in zijn schedel bijvoorbeeld.’

‘Jep.’

Nash deed een stap dichterbij en wees naar de linkerhand van het slachtoffer. ‘Wat is dat?’

Porter volgde zijn blik. De hand was tot een vuist gebald die iets vasthield. Hij probeerde de vingers open te trekken.

‘Rigor?’

‘Dat is al voorbij. De ratten hebben aan de vingers geknaagd en het geronnen bloed heeft ze aan elkaar geplakt. Hou nog eens vast.’ Hij gaf de zaklantaarn aan Nash.

Met beide handen trok hij de vingers recht. Het slachtoffer had een stuk glanzend papier vast, iets meer dan tien centimeter lang, opgerold als een met de hand gedraaide sigaret. Porter rolde het voorzichtig af. ‘Het is een brochure.’

‘Waarvan?’

Porter hield de kleurrijke brochure in het licht van de zaklantaarn.

Nash boog zich ernaartoe en las hardop. ‘Moorings Lakeside, een project van Talbot Estates Development. Waar zeiljachten en golf elkaar ontmoeten.'

'Is dat het vastgoedbedrijf van Talbot?'

'Of zijn bouwbedrijf, maar misschien wel allebei.' Nash pakte de brochure aan. 'Ik heb reclame gezien voor dat project. Ze hebben tientallen pakhuizen en fabrieken aan de waterkant platgewalst, net zulke gebouwen als dit hier, en daar hebben ze joekels van moderne villa's neergezet. Enorme kasten van huizen, maar op heel kleine percelen. Belachelijk. Als je zo veel geld hebt dat je je een huis aan het water kunt veroorloven, wil je toch zeker niet boven op je buurman wonen? Een maat van me werkt in de haven en die zegt dat ze bij al die huizen een eigen aanlegplaats hebben gemaakt, maar dat ze niet diep genoeg gebaggerd hebben. Je kunt er net een visbootje afmeren. Als je een groter schip hebt, laten ze je gigantische bedragen betalen voor het uitbaggeren. Je hebt er alleen geen bal aan als je buren dat niet ook doen, want het slibt onmiddellijk weer dicht. Na een paar jaar kun je weer helemaal opnieuw beginnen.'

Porter kwam moeizaam, met krakende knieën overeind. 'We moeten naar buiten. Hosman bellen. Aap heeft een reden om op Talbot te mikken. Het heeft vast te maken met dit project.'

'Misschien schimmige dingen in de boeken?'

'Bij zo'n groot project? Het kan van alles zijn. Je trapt op een heleboel tenen als je zo'n groot vastgoedproject uitvoert.'

'Porter?'

Beide mannen keerden zich om. Espinoza stond in de deuropening. 'Mijn mannen hebben de tunnel gevonden waarover je het had. Ze hebben hem ooit dichtgespijkerd, maar iemand heeft hem onlangs weer opengebroken en het gat afgedekt met een paar kratten. De tunnel leidt van de kelders hier naar het noorden. Tenzij je me hier nodig hebt, ga ik met een team kijken waar hij uitkomt.'

Porter wilde terug naar de buitenlucht. Dit vertrek, het lijk, de ratten, alles bij elkaar bezorgde het hem claustrofobie. 'Nash, wacht hier tot de lijkschouwer komt. Laat Watson de plaats delict onderzoeken. Ik ga met Espinoza mee. Ik neem weer contact op als we weten waar die tunnel naartoe gaat.' Hij richtte zich tot Espinoza. 'Kom op, we gaan.'

37

Dagboek

'Hé, knul, kun je me hier even mee helpen?'

Vader stond bij de achterdeur naast mijn kleine rode bolderwagen. De bolderwagen was volgepakt met pakjes in zwart plastic, een centimeter of dertig groot, rondom dichtgeplakt met ducttape.

Ik had die bolderwagen al jaren niet meer gebruikt. De laatste keer dat ik hem had gezien, stond hij achter in onze schuur, begraven onder tuingereedschap en een oude barbecue die vader in de opruiming bij Sears had gekocht. Vader vond het een fijn ding omdat hij op gas werkte. Moeder vond het een rotding omdat hij niet op houtskool werkte. Mij maakte het niet uit. Voor mij was een hamburger van de grill een hamburger van de grill, en het interesseerde me volstrekt niet hoe die hamburger was gegrild zolang hij maar op mijn bord terechtkwam, het liefst met een kwak ketchup, een kwak mosterd en een beetje mayonaise.

Het stond me niet aan dat vader ongevraagd mijn bolderwagen gebruikte, maar ik wist dat dat een belachelijke gedachte was. Hij had de bolderwagen ooit gekocht. En toch, het was mijn bolderwagen en het was onbeleefd om iemands bolderwagen te lenen zonder daarvoor eerst permissie te vragen. Zoiets zou ik nooit doen, en zelfs zo jong als ik was, zat ik ermee.

'Je moet iets heel belangrijks voor me doen, knul. Je moet deze pakketjes naar het meer brengen, er een paar zware stenen aan vastplakken en ze zo ver mogelijk in het water gooien. Denk je dat je dat voor me kunt doen?' Hij gaf me halve rol ducttape. 'Ik was van plan het zelf te doen, maar ze hebben gebeld van kantoor, en ik moet aan het werk. Ik ben bang dat het een beetje gaat ruiken als ik dit uitstel tot later op de avond, en dat willen we niet, zeker niet nu we een gast in huis hebben.'

Ik pakte de greep van de dissel en trok eraan. 'Hij is zwaar.'

Vader glimlachte. 'Zo'n tachtig kilo slechte biefstuk. Wat denk je, zullen de vissen daar wel blij mee zijn?'

Eten vissen biefstuk? Ik had wel eens gehoord van tropische vissen zoals piranha's die genieten van een lekker stuk vlees, maar ik dacht zeker te weten dat er geen piranha's in ons meer rondzwommen. In het meer zat veel forel en baars, maar ik had me nooit laten voorlichten over wat die op het menu hadden staan. Ik vroeg me nog steeds in alle ernst af of ze wormen wel lekker vonden.

'Heb je je mes nog steeds in de zak? Misschien moet je in elk pak een klein sneetje maken voordat je het in het water gooit, zodat ze alvast even kunnen genieten van wat hun daarbinnen te wachten staat. Dat zou ideaal zijn.'

'Ja, vader.'

'O.' Hij wierp een blik in de richting van het huis van de Carters. 'We moeten ook nog een paar weekendtassen inpakken en alles in huis er zo uit laten zien dat het lijkt of ze op vakantie zijn.'

'Dat kan ik wel doen,' zei ik.

Hij keek naar me omlaag en hield zijn hoofd schuin. 'Echt?'

Ik knikte. 'Zeker, vader, u kunt op me rekenen.'

Hij kneep zijn ogen tot spleetjes en overpeinsde de situatie. Toen knikte hij. 'Oké, knul. Ik moet dat mannenwerk maar aan jou overlaten. Leg wat spullen in hun auto, dan zal ik ze vanavond wel ergens dumpen.'

'Waar wilt u het naartoe brengen?'

Vader haalde zijn schouders. 'Dat weet ik nog niet. Het vliegveld is best een eind rijden. Ik zat te denken aan het busstation in Marlow, maar ik bedenk wel iets.'

Hij begon om het huis naar voren te lopen, maar bedacht zich en hield in. 'Nog iets, knul. Kun jij je moeder een beetje in de gaten houden? Je weet hoe ze is als...'

Ik knikte. Ik wist precies hoe ze was.

Hij grijnsde. 'Mijn kleine jongen is al bijna een volwassen man. Wie had dat kunnen denken? Ik zeker niet.' Hij draaide zich om en liep de hoek van het huis om. 'Ik zeker niet, meneer, nee, nee,' zei hij terwijl hij uit het zicht verdween.

Moeder werd meestal een beetje emotioneel na een moord. Ze was dan wat onvoorspelbaar. Soms trok ze zich helemaal terug in zichzelf, sloot zich op in haar kamer en kwam ze er dagenlang niet meer uit. Wanneer dat uiteindelijk gebeurde, was ze weer zo fris als een hoentje, maar tot het zo ver was, kon je haar maar het beste met rust laten. Het gebeurde ook wel dat ze juist erg vrolijk was, en voortdurend lachte en grapjes maakte. Dan liep ze dansend door de keuken en huppelend over straat. Ik hield het meest van moeder als ze zo was: Vrolijke Moeder, Uitgelaten Moeder, de Moeder van Duizend Glimlachjes. We wisten nooit welke moeder tevoorschijn zou komen na een moord – alleen dát er een tevoorschijn zou komen, en dat het een paar dagen zou duren voordat ze weer de Oude, Vertrouwde Moeder werd.

Ik overwoog even bij haar te gaan kijken voordat ik mijn tocht naar het meer zou maken, maar besloot daar toch maar van af te zien. Als het vandaag Uitgelaten Moeder was, zou dat zomaar kunnen omslaan in een van de andere moeders als ze te horen kreeg wat ik op het punt stond te gaan doen, en daar had niemand behoefte aan. Ik kon haar maar het beste haar gang laten gaan tot ik klaar was met mijn klusjes voor die ochtend en de rest van de dag in haar nabijheid doorbrengen om haar te helpen bij het verwerken van de gebeurtenissen van gisteravond.

Met een ruk bracht ik de bolderwagen in beweging. Ik liep het pad op naar het meer en floot een vrolijk deuntje van Eddie and the Cruisers. Het pad liep gelukkig licht omlaag. Meneer Carter was een zware man geweest.

38

Porter

Dag 1 • 18.18 uur

Porter liep achter Espinoza aan, het vertrek met het lijk uit, de grote kelderruimte in. Drie van de leden van het team van Espinoza stonden dicht bij elkaar in een hoek bij een stapel kratten. Porter nam de namen in zich op die op naamplaatjes op hun borst stonden: Brogan, Thomas en Tibideaux.

Tibideaux was de eerste die praatte. 'Het was precies zoals u zei. We zijn de ratten gevolgd, en de meeste renden in één rechte lijn van het lichaam naar deze hoek. Ze verdwenen achter een hoop rotzooi, dus gingen we ervan uit dat er daarachter iets moest zijn. De opening van de tunnel ligt achter die kratten.' Hij maakte een gebaar naar een breed, rond gat in de keldermuur. Het was twee, tweeënhalve meter hoog en iets minder breed. De randen waren verstevigd met metselwerk met keien. Een meter na het begin van de tunnel begon een smalspoor.

'Mijn grootvader heeft me over die tunnels verteld. Ze werden in het begin van de vorige eeuw gebruikt om kolen te sjouwen van de rivier naar deze gebouwen,' zei Brogan. Hij scheen met een zaklantaarn in de tunnel, zodat een klein karretje zichtbaar werd op de rails, amper groter dan een winkelwagentje. De wielen glansden van onlangs aangebrachte olie.

'Heeft iemand van jullie een vingerafdruksetje bij zich? Iemand heeft dat ding gebruikt.'

Thomas knikte. 'Dat doe ik wel.' Hij maakte een tasje los van zijn riem, knielde neer bij het karretje en begon er poeder op aan te brengen. Zijn vingers bewogen met de snelheid van een ervaren professional. Porter vroeg zich af wat de man had gedaan voordat hij bij SWAT was gaan werken.

Porter woonde al jaren in deze stad, maar tot vandaag had hij er geen idee van gehad dat deze tunnels bestonden. In gedachten zette hij de andere moorden van Aap nog eens op een rijtje: waar waren de slachtoffers ontvoerd? Waar waren ze gevonden? Als deze tunnels onder de hele stad lagen, was het denkbaar dat hij ze al die tijd had gebruikt om de lichamen van de ene plek naar de andere te slepen. Dat leek heel logisch. Ze hadden nooit een afdoende verklaring kunnen vinden voor de manier waarop Aap ongezien van de ene plek in de stad naar de andere kwam. Hij had lichamen achtergelaten op plekken waar steeds veel mensen kwamen, en toch was er niet één ooggetuige te vinden geweest. Susan Devoro was op een bankje gezet bijna midden in Union Station, onder een vieze deken. De kans dat deze tunnels ook Union Station kruisten, was groot. Als hij haar lichaam daar bovengronds naartoe had moeten brengen, had hij langs beveiliging gemoeten, langs een tiental kraampjes en Joost mocht weten hoeveel voetgangers. Zelfs midden in de nacht was het er druk. Maar ondergronds? Dat moest het zijn.

'Hij is schoongeveegd,' rapporteerde Thomas. 'Maar ik heb een gedeeltelijke afdruk hier bij het linkerachterwiel. Dat zou een match moeten opleveren als hij in het systeem zit.'

'Aap heeft nog nooit een vingerafdruk achtergelaten. Als je van plan bent tegen een bus aan te lopen, wordt alles blijkbaar anders. Dan is heimelijkheid kennelijk niet meer van belang.' Thomas nam de afdruk over op tape en stopte dat in een plastic zak die hij aan Porter gaf. 'Alstublieft.'

Porter hield het zakje tegen het licht. Iets meer dan een halve vingertop, genoeg om iemand te identificeren. 'Goed gedaan, Thomas.' Hij stak het zakje bij zich en richtte zich tot Espinoza: 'Doet jouw radio het?'

De man wierp een blik op zijn ontvanger en schudde zijn hoofd. 'We hebben het contact verloren op het moment dat we die trap af zijn gegaan. Smartphones doen het hier ook niet.'

'Hoe voorkomen we dat we verdwalen als we die tunnel in gaan?'

Porter zag een netwerk van tunnels voor zich, die zich voortdurend splitsten en alle kanten op gingen, een ware ondergrondse doolhof. Hij nam aan dat de stad er wel kaarten van had, maar hoe nauwkeurig zouden die zijn? Helemaal als een deel van de tunnels was aangelegd om drank te smokkelen. Misschien was een deel nooit in kaart gebracht.

Espinoza haalde een klein spuitbusje tevoorschijn. 'Had ik al verteld dat ik vroeger padvinder ben geweest?'

'Oké, ga jij maar voorop.'

Espinoza liep de tunnel in, gevolgd door Thomas en Tibideaux, terwijl

Porter en Brogan de rij sloten. Ze wurmden zich langs het spoorwagonnetje. De lucht in de tunnel voelde klam en koud aan. Het was er een graad of tien, schatte Porter. De wanden van de tunnel waren glad, gehouwen uit kalksteen. Zelfs vandaag de dag zou het niet eenvoudig zijn geweest om dergelijke tunnels te graven. Hoe hadden ze dat honderd jaar geleden klaargespeeld? Hoeveel mannen hadden hierbeneden het leven gelaten? Minstens één armzalige ziel heeft zich deze week bij hen gevoegd, dacht Porter.

Op sommige plaatsen drupte water van het gewelf van de tunnel. Niet zoveel dat het zorgen baarde, maar genoeg om de bodem onder je voeten glibberig te maken. Porter had zich niet bepaald gekleed op speleologie. Zijn zwarte instappers boden weinig grip.

Twintig minuten later bleven de vijf mannen staan bij een bocht waarachter een kruispunt was. Espinoza tilde zijn zaklantaarn hoog boven zijn hoofd en liet het licht de drie tunnels in schijnen. 'Voorkeur?'

Porter knielde midden op het pad. 'Schijn eens omlaag.'

De bodem lichtte op onder de stralenbundel van de zaklantaarn. Het licht van de andere zaklantaarns kwam erbij. Porter bestudeerde de sporen. Er was slechts één voetspoor dat recent leek, het voetspoor dat linksaf ging. 'Die kant op.'

Espinoza schudde zijn spuitbus en spoot een pijl op de muur in de richting van waaruit ze waren gekomen. Ze liepen verder.

Porter keek om over zijn schouder, de duisternis in. Inktzwarte duisternis. Geen enkel spikkeltje licht. Zo zou de toegangspoort tot de hel er ongeveer uitzien, dacht hij. Wat zou er gebeuren als achter hen de tunnel instortte? Het voelde alsof ze door ijle lucht liepen, alsof alle hoop verloren was. Hoever waren ze wel niet afgesneden van de werkelijke wereld? Hij keek op zijn iPhone. Geen signaal.

Espinoza hief een gebalde vuist en bleef stokstijf staan, zijn wapen gericht op een punt voor hem. 'Ik zie daarginds licht,' zei hij zacht.

'Daglicht?' vroeg Thomas.

'Ik denk het niet, daarvoor is het niet helder genoeg. Kom mee. De rest wacht hier.'

Porter hurkte en haalde de Beretta uit zijn schouderholster; hij verschoof de veiligheidspal en richtte op het gewelf.

Wat zou er gebeuren als ze begonnen te schieten? Op de wanden afgeketste schoten zouden dodelijk zijn. Ook al had hij een kogelvrij vest aan, er bleef genoeg van zijn lichaam over waar een kogel verwoestingen zou kunnen aanrichten. Hij zag aan de blik in de ogen van de andere twee dat hun gedachten zich op dezelfde wijze ontsponnen. Brogan trok een lang mes uit een schede op zijn dij. Hij had kennelijk meer vertrouwen in dat mes als het op een gevecht van man tot man aan kwam in die benauwde ruimte dan in de MP5 op zijn rug. Tibideaux hield een Glock in zijn hand.

'Porter!'

Van verderop echode de stem van Espinoza langs het gladde kalksteen.

Porter kwam overeind en rende door de tunnel naar het licht. De andere twee renden achter hem aan. Ze troffen Espinoza en Brogan midden in een soort zaal aan. De ruimte werd verlicht door een schijnwerper die hoog aan de wand was bevestigd en kennelijk op een of andere manier was aangesloten op het elektriciteitsnet van de stad. In een hoek was een ladder met bouten aan de kalkstenen wand vastgemaakt. Bovenaan was een putdeksel. Espinoza wees met zijn wapen naar de bodem. 'Daar.'

Porter volgde zijn blik.

Er stonden drie witte doosjes naast elkaar, elk dichtgestrikt met een zwart lint. Op het middelste doosje was één enkel woord geschreven: PORTER.

'Handschoenen?'

Tibideaux haalde een paar latex handschoenen uit een zak van zijn jack. Porter deed ze aan en trok voorzichtig de strik van het eerste doosje los. Hij tilde het deksel op.

Op een bedje van watten lag een menselijk oor.

'O, dat is goor,' zei Brogan. Hij deed een stap achteruit.

Porter maakte het tweede doosje open. Er lag een paar ogen in. Blauwe ogen. Een deel van de oogzenuw zat nog aan een van de beide ogen vast, verschrompeld en met korsten geronnen bloed, vastgekoekt aan de watten.

In het derde doosje lag een tong.

Porter had niet gekeken of bij het lichaam in het Mulifax-gebouw de tong ontbrak. De ogen en oren waren weg, maar hij had aangenomen dat de ratten ermee vandoor waren gegaan. 'Dit zal allemaal wel van die man zijn in de kelder daarginds. De lijkschouwer moet ernaar kijken.'

'Ik doe niet mee,' zei Brogan zonder aarzelen. 'Dat ga ik niet dragen.'

'Ik ook niet, baas,' zei Tibideaux. 'Dat is slecht karma.'

'Klotewatjes,' zei Thomas. Hij haalde drie plastic zakken uit zijn rugzak en gaf ze aan Porter. 'Als u ze in de zakken stopt, neem ik ze mee.'

Porter schudde zijn hoofd. 'Laat het maar hier. De technische recherche moet deze hele ruimte onderzoeken.'

Hij ging staan en wees naar de ladder. 'Hij wil dat we naar boven klimmen. Er is geen enkele andere reden om die doosjes hier neer te zetten. Als een kruis om een plek te markeren.'

'Oké.' Espinoza hing zijn wapen op de rug en begon te klimmen. 'Geef me dekking, Brogan.'

'Begrepen, sir.' Brogan knielde onder aan de ladder en richtte zijn MP5 op het putdeksel.

Toen hij op de hoogste treden van de ladder stond, duwde Espinoza tegen het putdeksel. Het was moeilijk om in die positie kracht uit te oefenen. Porter wist uit ervaring dat die krengen tegen de vijftig kilo wogen. Luid kreunend schoof Espinoza het putdeksel opzij. Daglicht stroomde door het gat omlaag. Porter schermde zijn ogen af.

Espinoza trok een Glock uit een holster op zijn dij, laadde het wapen door, trok zich toen in één vloeiende beweging omhoog door het gat en rolde opzij weg.

Brogan stond onder aan de ladder, zijn wapen op de lucht gericht.

'Veilig!' riep Espinoza.

'Toe maar, rechercheur,' zei Brogan.

Porter werkte zijn vermoeide lichaam omhoog langs de ladder en voelde hoe de zon de kou uit zijn botten verdreef. Toen hij zijn hoofd door het gat stak, zag hij een kruispunt in een woonwijk om zich heen. Er was geen verkeer. De huizen verkeerden in diverse stadia van bouw.

'Moorings Lakeside, neem ik aan.'

39

Dagboek

De kat stonk niet meer, een aangename verrassing. Toen ik dichterbij was, gaf ik de pluizige resten een tikje met de punt van mijn schoen. Een verzameling van diverse vliegensoorten steeg op en een paar onderkruipsels bevrijdden zich uit het karkas en maakten dat ze wegkwamen. Wat er nog aan vlees over was, zag eruit als verrot gedroogd vlees met plukken plakkerig zwart en wit haar. Het schedeltje leek kleiner, alsof de elementen het hadden doen krimpen.

Dat was een belachelijke gedachte natuurlijk. Katten krimpen niet, zelfs niet als ze worden blootgesteld aan water. Maar niettemin, tegen alle wetten van de logica in leek het schedeltje kleiner. Iets was aan de haal gegaan met de staart van de kat. Waarom zou iets nu in hemelsnaam van alles wat je van een kat kon meenemen, aan de haal gaan met de staart? Moeder Natuur en de wezens die onze aardkloot bevolkten verrasten me steeds opnieuw.

Ik trok aan de bolderwagen. De wankel opgebouwde piramide van pakketjes dreigde uiteen te vallen toen een van de wielen over een uitstekende boomwortel hobbelde. Ik stak mijn hand uit en hield de zaak in evenwicht. De inhoud van de zwarte plastic zakken voelde zompig aan, als de huid van een waterballon. In gedachten zag ik voor me hoe een van mijn vingers door het plastic zou priemen en diep zou wegzinken in de inhoud. Ik vloekte binnensmonds omdat ik er niet aan had gedacht een paar handschoenen mee te nemen. Ik overwoog naar huis te rennen om een paar handschoenen op te halen, maar bedacht toen dat vader waarschijnlijk liever had dat ik dit met blote handen deed. Als ik handschoenen zou aantrekken, zou daar misschien bewijsmateriaal op achterblijven, zodat die handschoenen op zich weer zouden moeten worden opgeruimd zonder sporen achter te laten. Ik kon moeilijk handschoenen mee naar huis nemen en het risico lopen dat de verkeerde persoon ze zou vinden (nog even afgezien van de grote meneer Carter-vlek die lag te drogen in onze kelder). Ik kon ze ook niet zomaar in het meer gooien, vanwege het risico dat iemand ze daar zou vinden en het spoor terug zou volgen naar mij. Vader had me ooit eens verteld dat de politie zelfs vingerafdrukken kon nemen van de binnenkant van handschoenen. Het leek me maar het beste om alles met blote handen te doen en achteraf mijn handen te wassen om alle viezigheid die er dan nog aan kon kleven, weg te poetsen.

Eenmaal bij de waterkant liet ik de dissel van de bolderwagen vallen. Ik keek uit over het meer. Er zouden vissers kunnen zijn, of zwemmers, of andere natuurliefhebbers, die geen van allen welkom waren op mijn kleine feestje. Het leek echter rustig en verlaten. Er was geen levende ziel te bekennen, niet in het water en nergens op de oevers.

Gerustgesteld dat ik alleen was, haalde ik mijn mes tevoorschijn. Ik klapte het open en pakte het eerste pakket. Ik sneed het open en keerde mijn hoofd af toen de geur van verrotting mijn neus bereikte.

Nou, vader, daar gaat-ie. Laten we hopen dat de vissen er lekker van zullen smullen. Ik gooide het pakket naar het midden van het meer met alle kracht die ik in mijn armen had. Ze zouden me op school nooit uitkiezen als quarterback bij football, maar het pakket vloog een aanzienlijke afstand door de lucht voordat het in het water plonsde en onder het oppervlak verdween.

'Potdomme,' mopperde ik. Ik was vergeten er stenen aan vast te plakken.

Ik keek naar het meer en verwachtte het zwarte pakket weer boven te zien komen, maar dat gebeurde niet. Er gingen enkele minuten voorbij en het water kwam weer tot rust.

Ik keerde me naar de bolderwagen, waarop nog minstens dertig pakketten lagen te wachten. Ik moest stenen verzamelen, heel veel stenen. Ik begon ze op te stapelen naast de bolderwagen. Toen ik er genoeg had, plakte ik ze aan de pakketten met ducttape, dat ik er twee keer omheen draaide om zeker te weten dat het niet zou loslaten. Daarna sneed ik stuk voor stuk de pakketten open en gooide ze naar het midden van het meer. Door het extra gewicht kon ik ze minder ver gooien, maar het was nog altijd ver genoeg. Ik had hier wel gezwommen (en ik wist absoluut zeker dat ik er na vandaag nooit meer zou zwemmen) en ik wist dat de bodem al meteen vanaf de oever steil afliep. Ik had geen idee hoe diep het meer in het midden was, maar als ik een meter of drie het meer in waadde, kwam het water al tot mijn kin. Als ik dan nog een stap deed, was het zwemmen of verzuipen. Die pakketjes kwamen allemaal tussen de vijf en de zes meter ver en ze zonken ongetwijfeld allemaal naar de bodem.

Het kostte me bijna drie kwartier om me van mijn taak te kwijten. Tegen de tijd dat er niets meer op mijn bolderwagen lag, deden de spieren in mijn schouders en mijn rug pijn van de inspanning, en was mijn mes rood van het bloed. Ik doopte het lemmet in het water en poetste het schoon met mijn duim en wijsvinger, net zo lang tot het metaal weer glom. Ik stopte het mes in mijn zak en inspecteerde het oppervlak van het meer nog een laatste keer. Ik was er redelijk van overtuigd dat niet een van die pakketjes weer omhoog zou komen, maar ik zou liegen als ik zou zeggen dat dat allereerste pakketje me geen zorgen baarde. Misschien moest ik hier later op de dag nog maar een keer naartoe om poolshoogte te nemen.

Ik liet het restje ducttape in de bolderwagen vallen, pakte de dissel en ging op weg terug naar huis om me aan het tweede deel van mijn taak te zetten: de aftocht van de Carters in goede banen leiden.

40

Porter

Dag 1 • 21.12 uur

Met Nash pal achter zich stapte Porter de grotachtige duisternis van het Mulifax-gebouw uit. Beide mannen haalden diep adem en proefden de zurige geur van vis die kwam aanwaaien over het meer, van rottend afval in het steegje meteen naast hen, en van een kletsnatte slaapzak die aan hun voeten lag, die iemand had achtergelaten.

Heerlijk. Porter had nog nooit zulke schone lucht in zijn longen gehad.

Nadat hij Espinoza en zijn team opdracht had gegeven het vastgoedproject Moorings Lakeside van boven tot onder te doorzoeken, was hij aan de terugtocht begonnen door de tunnels, terug naar het vertrek waar ze het lichaam gevonden hadden en de kelderruimte onder het Mulifax-gebouw. Daar troffen ze Watson aan, die de ruimte aan een nauwgezet onderzoek onderwierp, en de lijkschouwer, die zich met het lichaam bezighield.

Porter was nog eens drie uur in het gebouw geweest en hij was niet van plan er de komende tijd nog weer naar binnen te gaan.

Clair stond met haar rug naar hem toe te bellen. 'Het draait allemaal om Talbot. Hij moet maar eens naar het bureau komen. Er is meer dan...' Ze hield haar telefoon boven haar hoofd en produceerde een reeks krachttermen die Porter zelfs niet verwacht zou hebben uit de mond van een dokwerker.

Vervolgens hield ze de telefoon weer bij haar oor. 'Maar, commissaris...'

'Zou de commissaris haar werkelijk de voet dwars zetten?' Nash keek naar Clair.

Porter wilde dolgraag eens met Talbot praten, en dan bedoelde hij niet een gezellig onderonsje op de golfbaan, maar een gesprek van man tot man, onder felle lampen, met een doorkijkspiegel in de ene wand. Talbot was de spil van alles. Niet alleen had Aap zijn buitenechtelijke dochter ontvoerd, maar hij had die ontvoering nu direct in verband gebracht met Moorings Lakeside, een van de vastgoedprojecten van Talbot. Ook al haatte Porter de moordenaar nog zo, het stond vast dat hij niet zonder plan opereerde, dat hij voor alles wat hij deed een reden had. Alle slachtoffers tot nu toe waren ontvoerd als vergelding voor illegale activiteiten die een familielid op zijn kerfstok had staan.

Talbot had vuile handen.

Als ze konden vaststellen wat voor vuil er precies aan zijn handen kleefde, zouden ze er misschien in slagen zijn dochter op tijd te vinden.

Hij hoopte eigenlijk stiekem dat Espinoza haar in een van die onafgebouwde huizen in Moorings Lakeside zou vinden, vastgebonden en geblinddoekt in een kelder of een slaapkamer, maar de kans dat dat zou gebeuren was klein. Aap zou haar niet ergens hebben verborgen waar ze zo gemakkelijk te vinden zou zijn. Op een bouwplaats zou ze toevallig ontdekt kunnen worden door een arbeider. Of een dakloze, er zaten daar genoeg illegale daklozen.

Aap wilde dat ze Talbot zouden vinden, niet zijn dochter.

Ze was nu meer dan een dag weg. Waarschijnlijk een hele dag zonder water of eten. Hij kon zich geen voorstelling maken van de pijn die ze moest lijden. Zelfs als Aap haar iets gegeven had nadat hij haar oor had afgesneden, zouden de pijnstillers zo onderhand uitgewerkt zijn.

'Ja, meneer, dat zal ik hem zeggen,' zei Clair. 'Daar zal ik voor zorgen. U ook, commissaris.' Ze verbrak de verbinding en stopte de telefoon in haar zak. 'Die waardeloze klootzak heeft geen ruggengraat!'

Nash gaf haar een kop koffie die hij had gejat van een van de agenten in uniform. 'Laat me eens raden. De commissaris golft met de burgemeester, die een goede vriend is van Talbot, en niemand wil het schip met donatiegeld lekschieten.'

Als een zwarte vrouw rood kon aanlopen, leek het Porter dat het Clair op dat moment overkwam. Even dacht hij dat ze Nash de koffie in zijn gezicht zou gooien. 'Kloothommel! Clown! zakkenwasser!'

'Je bent heel opwindend als je zo tekeergaat,' zei Nash. Hij kneep in haar schouder.

Ze zuchtte. 'Hij heeft hier nog eens twaalf patrouillewagens naartoe gestuurd en er gaan er tien naar Moorings Lakeside. Ze gaan beide locaties van boven tot onder doorzoeken. Alle gebouwen en alle tunnels. De commissaris wil dat wij allemaal naar huis gaan en na een gezonde nachtrust morgenvroeg weer aan de slag gaan. Hij denkt dat we tegen de ochtend geen cent meer waard zullen zijn, wandelende zombies, als we de hele nacht doorbuffelen en beloofde ons te zullen waarschuwen als ze iets vinden, zodat we er weer meteen bij kunnen zijn, maar hij wil niet dat we hier blijven hangen. Hij zei ook dat hij nog niet van plan is Talbot naar het bureau te laten komen. Nog niet. Hij zegt dat we beter kunnen wachten op wat Hosman boven water haalt aan financieel gerommel.' Ze spreidde haar armen en gebaarde naar het gebouw. 'Dit gebouw is trouwens ook van hem. Hij heeft het drie weken geleden gekocht op een veiling.'

'Dat is nog eens nieuws. Ik wil wedden dat hij mijn huis ook heeft gekocht in die drie minuten dat ik hier op de stoep sta,' zei Nash.

'Ik ga niet naar huis, hij kan de klere krijgen,' zei Clair. 'De commissaris laat zich gebruiken.'

'Ik denk dat de commissaris gelijk heeft als het om Talbot gaat. Het is beter om eerst het hele financiële plaatje rond te hebben dan hem te lijf te gaan met vaag indirect bewijs. We hebben niet genoeg.' Porter haalde een hand door zijn haar en liet zijn ogen over het pand glijden. 'Nog niet, in ieder geval. Waarschijnlijk is er maar één kans om hem aan de praat te krijgen.'

'Wat wil je dan nu gaan doen?' vroeg Nash.

'Clair, jij gaat naar Moorings Lakeside en bemoeit je met het onderzoek daar. Jij hier, Nash. Ik ga een ritje maken naar het huis van Talbot om hem in de gaten te houden. We hebben dan wel geen toestemming om met hem te praten, we kunnen hem best in het oog houden. Ik ben bovendien nog niet officieel aan het werk, dus de commissaris kan mij niet vertellen waar ik wel en niet mag parkeren. Als het morgenvroeg licht wordt, zien we elkaar weer in het hoofdkwartier.' Hij keek om zich heen, de kring van agenten rond die zich om hen heen had verzameld. 'Waar is Watson?'

'Hij is nog steeds in de kelders, bezig in de ruimte waar die doosjes stonden,' zei Nash. 'Hij zei dat hij nog wel een uur nodig zou hebben.'

Porter haalde de plastic zak met de vingerafdruk uit zijn zak. 'Kun je dit aan hem geven? Of nee, laat je door een van de agenten naar het lab rijden als je hier klaar bent. Vraag maar of ze de afdruk willen verwerken. Het is nergens voor nodig om dat weer via een extra man te doen.'

'Waar heb je die vandaan?

'Van dat wagonnetje in de kelder.'

Nash hield het zakje even tegen het licht en stopte het toen in zijn zak.

'Doe ik.' Hij keerde zich in de richting van Clairs auto, keerde zich toen weer terug naar Porter. 'Het is goed om je er weer bij te hebben, Sam.'

Porter knikte hem toe.

'Ik ben het met Shrek eens. Het is fijn om je er weer bij te hebben,' zei Clair glimlachend.

Porter keek Nash na toen die tussen de mensen uit het zicht verdween. Hij zag Clair in haar Civic stappen en wegrijden. Toen stak hij de straat over naar zijn Charger.

41

Dagboek

De auto van meneer Carter stond nog steeds op hun oprit. Ik weet eigenlijk niet waar ik hem anders zou moeten verwachten – aan meneer Carters dagen achter het stuurwiel was definitief een einde gekomen, en mevrouw Carter zou de komende tijd ook niet in de auto stappen – maar toen ik die auto daar zo zag, gaf die me het gevoel dat er iemand in huis zou kunnen zijn, ook al wist ik dat het niet zo was.

Ik liet mijn bolderwagen bij ons op de oprit staan en liep naar hun huis.

Toen ik de hor bij de achterdeur opentrok, kon ik het idee dat er iemand in huis was, moeilijk uit mijn gedachten zetten. De deur was niet op slot, dus iemand zou naar binnen kunnen zijn gegaan, maar ik had geen enkele reden om te denken dat het ook werkelijk zo was. We woonden in een heel veilige buurt, zo'n buurt waar je nooit de deuren op slot deed en waar vrienden en familieleden naar hartenlust bij elkaar naar binnen liepen zonder dat hen veel in de weg werd gelegd. Eerlijk gezegd vermoedde ik dat meneer Carter gisteren ook gewoon zijn autosleutels in het contact had laten zitten. Dat deden mijn ouders ook altijd.

Toch voelde er iets niet goed.

De hor kraakte een beetje toen ik hem opentrok en naar binnen stapte, net luid genoeg om een indringer van mijn komst op de hoogte te stellen.

In de keuken was het stil. Alles zag er nog net zo uit als we het gisteravond hadden achtergelaten. De glasscherven lagen nog op de vloer in een verdampende plas bourbon. Het krioelde er van de mieren. Konden mieren dronken worden? Vast wel. Ik keek naar ze, hoe ze over de kleverige vloer scharrelden, ogenschijnlijk in doelloze patronen rondrenden. Ze zagen er niet anders uit dan andere mierenkolonies die je buiten op het trottoir kon aantreffen, of onder een grote steen, maar toch waren ze verzadigd van alcohol. Van een paar glazen was ik helemaal van de kaart geweest, dus een beetje rondzwemmen in de drank moest hen wel een enkele reis richting dronkenschap bezorgen. Toch oogden ze normaal, onaangedaan.

Ik had graag een lucifer afgestreken om ze in lichterlaaie te zetten en ze te zien branden. Die kleine lijfjes zouden knetteren en ontploffen in een van alcohol doordrenkte vuurzee. Het ene moment nog springlevend, het volgende een hoopje verkoold stof. Even voor god spelen.

Ik knoopte in mijn oren dat ik er op een later tijdstip nog een experiment van zou maken. Ik was hier met een reden, en vader zou teleurgesteld zijn als ik me daarvan zou laten afleiden door een zootje mieren.

Ik keek naar de tafel waaraan mevrouw Carter had gezeten toen ze onderuit was gegaan. Ik zag haar nog zitten, zoals ze me met glazige ogen en dubbele stem had verteld dat het opzet was geweest dat ik haar naakt had gezien bij het meer. 'Soms wil een vrouw begeerd worden,' had ze gezegd.

De gedachte joeg het bloed sneller door mijn aderen.

Concentreren. Ik moest me concentreren.

Het geluid kwam van ver weg in het huis. Een soort geratel, of misschien een klap van metaal op metaal.

Het was niet het soort geluid dat huizen helemaal zelfstandig maken, niet het krakende of kreunende geluid van een huis dat zich zet. Dit was iets anders.

Ik hoorde het opnieuw, nu luider. Het kwam van de andere kant van het huis, voorbij de keuken en de gang, uit de richting van waar zich ongetwijfeld de slaapkamers en een badkamer bevonden. Ik was nog nooit zo ver in het huis van de Carters geweest en ik wist niet precies hoe het er achter de keuken uitzag. Ik kon alleen maar gissen op basis van de indeling van ons eigen huis, dat ongeveer dezelfde afmetingen had en in dezelfde stijl was gebouwd.

Ik haalde mijn mes uit mijn zak. Ik durfde het lemmet niet uit het heft te laten springen, omdat ik bang was dat het een geluid zou produceren dat mijn positie zou kunnen verraden aan degene (of wat het dan ook was) daarginds. Ik hield het lemmet met mijn hand tegen terwijl ik op de knop drukte en liet het lemmet langzaam tevoorschijn komen. Ik hield tegendruk op de veer tot het lemmet helemaal uit het heft was gegleden en zich had vastgezet. Het nog maar net schoongemaakte en weer gewette staal glansde in het schemerige licht dat door de gordijnen heen naar binnen kwam en het interieur zijn vorm gaf.

Opnieuw de klank van metaal op metaal.

Wie of wat daar was, had er geen idee van dat ik er ook was. Ik had genoeg lawaai gemaakt toen ik het huis binnenkwam, eigenlijk heel achteloos, maar niemand had het gehoord. Een inbreker zou vast al poolshoogte hebben genomen.

Vader had me leren jagen toen ik klein was. Hij had me geleerd op mijn tenen te lopen om geen geluid te maken en door het woud te glippen met de gratie van een eland. Die kennis bracht ik nu in praktijk en zonder ook maar een enkel geluidje te produceren, bereikte ik de andere kant van de keuken. Daar leunde ik tegen de deurpost om de gang in te kijken.

Rechts was de woonkamer. Ertegenover een toilet. Aan het uiteinde van de gang waren nog twee deuren, ongetwijfeld van twee slaapkamers.

Ik sloot mijn ogen en luisterde.

Geritsel.

Geritsel van papier.

Een lade die werd opengeschoven.

Nog meer geritsel.

Het geluid kwam uit de slaapkamer rechts. Ik wist niet of dat de slaapkamer van de Carters was, of de logeerkamer.

Mijn handpalm begon te zweten omdat ik het heft van het mes veel te stijf vasthield.

Ik wist dat het anders moest, want een zweterig mes was moeilijk onder controle te houden. Het zou uit je hand kunnen glippen, zijn doel missen.

Ik veegde mijn hand af aan mijn spijkerbroek, haalde diep adem en dwong mijn polsslag omlaag. Ik kalmeerde mijn lichaam. Ik gaf me over aan mijn instincten.

Ik gaf me over aan de jacht.

Heel voorzichtig liep ik de gang in, de hand met het mes tegen mijn borst gedrukt, het lemmet vooruit gericht. Vader had me deze greep geleerd. Zo nodig zou ik steken met alle kracht van mijn armspieren en even precies gericht als je kunt schieten met een pistool. Het voordeel van onderhands steken in vergelijking met bovenhands, is dat onderhands veel moeilijker af te weren is. Onderhands kun je bovendien direct proberen in het hart of de buik te steken, met een omhoog of omlaag gerichte beweging. Bovenhands kun je alleen maar omlaag steken, en bij zo'n aanval was er een grotere kans dat het mes zou schampen en niet werkelijk een verwonding zou toebrengen.

Vader was heel bedreven met messen.

Ik drukte me tegen de muur en versmolt met het stucwerk terwijl ik naar de openstaande deur schuifelde.

Er klonk nog meer geritsel en toen een gesmoorde vloek.

Ik zag een schaduw, een glimp van iemand die in het schemerdonker van de kamer bewoog.

Ik bereikte de deurpost.

Vader had me eens verteld dat je ongeveer een seconde de tijd hebt om iemand aan te vallen nadat je hem hebt beslopen. Zolang duurt het voor hij kans ziet te reageren. Het menselijk brein verwerkt de informatie langzaam. Heel even verstijft het slachtoffer terwijl het probeert te bevatten dat jij daar staat, zeker in een vertrek waarin het alleen dacht te zijn. Volgens vader kijken sommige slachtoffers alleen maar toe, alsof ze iets op tv zien. Ze staan daar maar en vragen zich af wat er nog meer zal gaan gebeuren. Soms is het maar beter om niet te weten wat er nog meer op het programma staat.

Ik hoorde het geluid van een lade die werd dichtgesmeten en een andere lade die werd opengetrokken.

Ik haalde diep adem, verstevigde de greep op het heft en rende door de deuropening op de inbreker af.

Moeder deed een stap opzij. Haar rechterhand kwam met een klap op mijn arm terecht, terwijl ze met haar linkerhand het mes uit mijn hand rukte. Ik probeerde stil te blijven staan, maar ik had zo veel vaart dat ik tegen het bed knalde, doorrolde en tegen de muur tot stilstand kwam.

'Langzaam en in alle rust iemand besluipen is altijd beter,' zei moeder. 'Zeker als je het verrassingselement in je voordeel kunt laten werken. Langzaam en in alle rust, als je dat had gedaan, had je misschien een kans gehad. Zoals je het nu deed, hoorde ik je al zuchten en steunen nog voordat je aan je kleine bestorming begon. Oké, misschien zijn er mensen die niet snel genoeg kunnen reageren, maar iedereen die maar een beetje gezonde reflexen heeft, zou met deze aanval weinig moeite hebben.'

Ik was met mijn hoofd onzacht met de vloer in aanraking gekomen en de hoofdpijn van eerder die dag kwam dubbel zo hard terug. Ik kwam overeind en veegde mijn handen af aan mijn spijkerbroek. 'O, bent u het? Ik had niet verwacht dat hier iemand zou zijn.'

Ze hield haar hoofd schuin. 'En wat had je dan wel verwacht? Een huis dat rijp was om te worden geplunderd?'

'Vader heeft me gevraagd een tas met spullen in te pakken, zodat het eruitziet alsof de Carters op reis zijn. Ik moet dingen in hun auto leggen. Die wil hij vanavond ergens naartoe brengen als hij weer thuis is van zijn werk.'

Ze kneep haar ogen tot spleetjes. 'Meer niet, hè?'

'Eerlijk.'

'Oké, nou, schiet op dan. Ik zal je niet voor de voeten lopen.'

Ik wreef over mijn achterhoofd, waar een flinke bult aan het groeien was. 'Mag ik mijn mes terug?'

'Dat moet je verdienen. Misschien dat je je dan een volgende keer zoiets belangrijks minder gemakkelijk laat afpakken.'

'Ja, moeder.'

Links van me was een inloopkast. Ik trok de deuren open en vond in een hoek een versleten koffer. 'Perfect.' Ik tilde het ding op het bed.

Moeder ging verder met zoeken. Ze ging zorgvuldig door de inhoud van de derde van vijf laden van een grote ladekast van donker eikenhout. Er zaten truien in.

'Wat zoekt u?'

Ze schoof de la dicht en trok een volgende open. 'Dat zijn jouw zaken niet.' Ze wierp een blik op de koffer op het bed. 'Doe er in ieder geval een paar extra schoenen in. Vrouwen die reizen, nemen schoenen mee, minstens twee paar, soms nog wel meer. Dat in tegenstelling tot mannen, die tevreden zijn met wat ze aan hun voeten hebben, ongeacht waar ze heen gaan. Misschien ook een jack.'

'Een jack? Maar het is zomer, het is veel te warm voor een jack.'

Moeder grijnsde. 'Dat is nu juist het geniale van een jack in de koffer. Als je midden in de zomer een koffer vindt met een jack, ga je je afvragen waar de eigenaar van die koffer naartoe is, denk je ook niet? Een beetje willekeur houdt de mensen bezig. Als ik zo'n koffer zou vinden, zou ik denken dat ze naar een bijzonder oord waren vertrokken. Groenland of zo.'

'Of Antarctica.'

Ze knikte. 'Of Antarctica.'

'Dan moet ik er ook een badpak bij doen. Dan wordt het helemaal verwarrend.'

'Nee, dat zou idioot zijn. Niemand gaat ergens naartoe waar je én een jas én een badpak nodig hebt.'

'En als dat hotel op Antarctica nu eens een binnenzwembad heeft?' wierp ik tegen.

Daar dacht moeder even over na. 'Ik geloof niet dat je zo'n hotel kunt vinden op Antarctica. Maar misschien wel in Groenland.'

Ik begon willekeurige kleren uit de kast te trekken en legde die in de koffer. Shirts voor meneer Carter, een paar jurken voor mevrouw Carter, een paar broeken, een stropdas.

'Vergeet hun ondergoed niet. En sokken, veel sokken. Mensen nemen altijd te veel sokken mee.'

'Welke la?'

Ze knikte naar een klein ladekastje naast de inloopkast. 'De tweede en de derde.'

Ik liep naar het ladekastje en trok de laden open. Beide zaten propvol, het ene laatje met zijn sokken, het andere met haar sokken. Ik graaide er een stuk of wat uit en gooide die in de koffer. Hij zat al bijna vol.

'Je moet een paar laden open laten staan,' zei moeder. 'Dan lijkt het net of ze overhaast zijn vertrokken.'

'Badkamerspullen?'

Moeder knikte en trok nog weer een andere lade open. 'Tandenborstel, scheermes, deodorant...'

Ik vond in de inloopkast nog een kleine reistas. Die nam ik mee naar de badkamer. Mevrouw Carter was een keurige huisvrouw. Er viel geen spatje tandpasta in de wastafel te bekennen en er zat geen vlekje op de spiegel. Al haar spullen stonden keurig gerangschikt op de toilettafel.

Ik pakte de beide tandenborstels en een tube tandpasta uit een groene beker en liet ze in de tas vallen. Ik deed er een elektrisch scheerapparaat bij, een spuitbus deodorant, een roze deodorantroller die een beetje naar seringen geurde, een potje gezichtsreiniger, flosdraad en een ladyshave die ik op de rand van het bad vond. Ik plunderde ook het medicijnkastje en nam aspirine, twee potjes met multivitaminen, flesjes met pillen – lisonopril, Imitrex – en een doordrukstrip anticonceptiepillen mee.

Ik liet het deurtje van het medicijnkastje openstaan en nam de kleine reistas mee naar de slaapkamer, waar ik hem naast de koffer op het bed zette.

'Ik kan u wel helpen zoeken, moeder, als u me maar vertelt wat u zoekt.'

Ze wuifde ongeduldig met haar hand zonder me aan te kijken en bleef rommelen tussen kleren die keurig waren opgestapeld op grenenhouten planken.

Op het nachtkastje lag een exemplaar van *A Caller's Game* van Thad

McAlister. Mensen lezen ook boeken als ze op vakantie gaan, toch? Vast en zeker.

Ik gooide het boek op de spullen in de koffer en zag een foto die tussen de bladzijden uitstak. Het was een foto van mevrouw Carter met moeder. Beiden waren naakt en lagen in elkaars armen tijdens een gepassioneerde kus. De foto was genomen op het bed van de Carters. Moeder en mevrouw Carter lagen op hetzelfde dekbed dat nu op het bed lag.

Ik staarde ongelovig naar de foto en in gedachten ging ik terug naar wat ik gisteren had gezien. Ik had gedacht dat dat de eerste keer was dat er zoiets tussen hen had plaatsgevonden. Maar ik zat er blijkbaar helemaal naast.

Wanneer was die foto genomen? Er was niets op de foto dat een aanknopingspunt bood. Toch moest hij recent zijn. Meteen drong zich een tweede vraag aan me op.

Het was niet belangrijk wanneer hij was gemaakt. Ik was veel nieuwsgieriger naar wie hem had gemaakt.

Ik hoorde niet dat moeder achter me kwam staan. Tot het moment dat ze de foto uit mijn handen graaide, had ik geen idee dat ze daar stond. 'Ik geloof niet dat die van jou is,' zei ze. Ze stak de foto in haar zak. Ze wees naar de koffer en de reistas op het bed. 'Zet ze maar in de auto.'

Ik stond haar met open mond aan te staren.

'Haal het niet in je hoofd om hierover tegen je vader te beginnen,' fluisterde ze.

42

Porter

Dag 2 • 04.58 uur

Porter vond drie straten verderop een plekje om te parkeren; vandaar liep hij naar huis. Hij had het grootste deel van de nacht doorgebracht voor het huis van Talbot, maar er was niets gebeurd. Alleen Carnegie was even na twee uur waggelend thuisgekomen. Talbot had zich niet laten zien.

Clair en Nash hadden zich allebei gemeld. Geen van beide teams had ook maar een spoor van Emory gevonden, noch in het Mulifax-gebouw, noch in Lakeside Moorings.

Doodlopende straten.

Tijdens zijn surveillance van Talbots huis had hij verder gelezen in het dagboek, maar dat had ook niets opgeleverd. Louter anekdotes over de jeugd van Aap.

Hij begon het gevoel te krijgen dat het dagboek niet meer was dan een verzinsel dat bedoeld was om hem zijn tijd te laten verknoeien.

Ook een doodlopende straat.

Emory was daar ergens in nood en ze hadden geen enkel spoor.

Toen Porter bij zijn 'veilige' appartementencomplex aankwam, stond de voordeur wagenwijd open te klepperen in de wind. Er lag ook een nogal grote hoop dampende uitwerpselen van een hond voor de trap, ongetwijfeld van de pitbull in 2c. Hij nam het de hond niet kwalijk, maar hij zou er geen moeite mee hebben om er het mollige snoetje van diens eigenaar eens flink doorheen te halen, mocht hij hem alleen buiten aantreffen. Iedereen in het complex wist dat de man zijn hond zijn behoefte liet doen op deze plek en ze wisten ook dat hij de rommel nooit opruimde.

Carmine Luppo.

De drieënvijftigjarige voormalige badkuipverkoper deed de hele dag niets anders dan computerspelletjes spelen en kwam net lang genoeg de deur uit om de cheque van zijn uitkering te verzilveren, zijn voorraad beef jerky aan te vullen en zijn hond over te halen op de stoep te schijten.

Een maand geleden had een zestal buren om beurten de wacht gehouden om te proberen hem te betrappen, maar hij slaagde erin ze allemaal te slim af te zijn. Hij zag eruit alsof hij tweehonderd kilo woog – nou niet bepaald iemand van wie je zou verwachten dat hij zich onopgemerkt kon verplaatsen – maar op de een of andere manier dook iedere keer als bij toverslag die hoop stront weer op.

Er werd gepraat over het installeren van een camera.

Porter had voorgesteld om de domeinnaam www.poeptv.com te kopen en de beelden van de camera te streamen. Misschien konden ze de investering terugverdienen met reclame.

Hij stak zijn sleutel in het slot van zijn brievenbus, haalde er een stapeltje enveloppen uit en sorteerde ze even snel. Drie rekeningen, een reclamefolder van een stomerij en de *TV Guide*.

Porter gooide alles weg, met uitzondering van de *TV Guide*. Hij was er dol op. Hij keek nooit tv: alles wat hem boeide, vond hij in het tijdschrift. Voor hem had de tv zijn glans verloren toen ze in mei 1982 de uitzendingen van *The Incredible Hulk* hadden stopgezet.

Drie trappen omhoog kostte hem meer moeite dan drie trappen naar beneden. Hij was bijna buiten adem toen hij zijn voordeur bereikte. Heather was vegetariër geweest en ze had hem bezworen dat hij zou afvallen en meer energie zou krijgen als hij zijn eetgewoonten zou aanpassen. Waarschijnlijk had ze gelijk, maar als hij haar een bonenburger met spruitjes had zien eten terwijl hij zelf een mooi stuk ouderwets rood vlees naar binnen werkte, had hij geweten dat het nog wel een tijdje kon duren eer hij dat pad zou bewandelen. Hij liep liever rond met een immer aangroeiende pens dan te stoppen met het eten van rundvlees. Hij had er vrede mee en accepteerde de gevolgen. Vandaar dat er in de zak die hij in zijn hand hield, twee koude Big Macs zaten en een portie frieten.

Met behulp van een waarlijk atletisch kunststukje wist hij de voordeur van zijn appartement te ontgrendelen en binnen te komen zonder iets te laten vallen. Hij zette de zak van McDonald's op het aanrecht, trok zijn jas uit en liep naar de slaapkamer.

Het briefje van Heather lag nog op het bed waar hij het de vorige ochtend had achtergelaten.

Ik haal even melk.

Porter ging op de rand van het bed zitten, haalde een keer diep adem, pakte zijn telefoon en koos het nummer van Heather. De boodschap van haar voicemail werd afgespeeld, en er klonk een pieptoon.

'Hé, Snoepje.' Het klonk veel zwakker dan zijn bedoeling was. Hij kreeg een brok in zijn keel. 'Het is een krankzinnige dag geweest. Ik betwijfel of ik kan slapen, maar ik ga het toch maar proberen. Er is een meisje dat Emory Connors heet. Ik moet haar vinden. Ze is pas vijftien, Snoepje. Aap heeft haar ontvoerd. De klootzak. Daarom belde Nash me vanochtend wakker. Daarom was ik...' Plotseling had hij geen lucht meer. Tranen welden op in zijn ogen. Hij poetste ze weg met de mouw van zijn shirt.

Hij probeerde de eerste snik nog in te slikken, maar de tweede kwam met meer kracht. Volwassen mannen huilen niet. Hij wilde het tegenhouden, maar een golf van emotie spoelde door zijn hele vermoeide lichaam. Zijn maag kromp samen en de tranen vloeiden, eerst zacht, maar al snel met meer geweld – tot hij het opgaf en luid begon te janken terwijl de telefoon uit zijn handen op het bed viel.

43

Dagboek

Vader was blij met het resultaat van mijn inpakwerkzaamheden.

Toen hij ongeveer een uur vroeger dan anders thuiskwam, stond ik hem op te wachten met een honkbal in mijn handen.

Ik was niet zo'n liefhebber van honkbal. Ik hield eigenlijk in het algemeen niet zo van sport, maar vader had me geleerd hoe belangrijk het is om de schijn hoog te houden en ik was vast van plan dat te doen. Moeder had me op de uitkijk gestuurd. Ik kon moeilijk buiten een beetje naar de grond gaan staan staren, toch? Dus een honkbal. Ik gooide de bal omhoog met rechts en ving hem met mijn linkerhand weer op, dan omhoog met links en vangen met rechts, en weer – een oude prof die zich prima vermaakt met een balletje.

Ik deed heel erg mijn best niet aan de foto te denken. Maar het beeld kwam iedere keer als ik mijn ogen dichtdeed terug. Moeder en mevrouw Carter, naakt en met verstrengelde ledematen. Ik gooide de bal omhoog en begon het aantal keren dat ik hem ving te tellen. Iets om mijn hersens bezig te houden zodat ze niet steeds konden terugkeren naar dat beeld, dat als een soort olifant in de hoek van de kamer stond: niet te missen, maar toch onbespreekbaar.

Toen vader de oprit op stuurde, knikte hij me goedkeurend toe. Hij hield zijn hand op. Ik gooide de bal naar hem. Zijn arm schoot omhoog en hij plukte de bal uit de lucht alsof hij in de Major League speelde. Hij liet de bal rondtollen tussen zijn vingers en liep naar me toe. 'Drukke dag gehad vandaag?'

Vader praatte vaak in geheimtaal. Dat was ook iets wat we met z'n tweeën oefenden. We konden een heel gesprek over een onderwerp voeren, terwijl we allebei wisten dat we over heel iets anders spraken.

'Hm, een beetje van dit en een beetje van dat.' Ik probeerde niet te glimlachen.

Ik knipperde een paar keer met mijn ogen en tussendoor schoot ik een enkele, steelse blik in de richting van de auto van de Carters. Het viel vader meteen op. Dat zag ik aan de flauwe glimlach die zich om zijn lippen plooide.

Hij keek naar de lucht. 'Volgens mij wordt het een prachtige avond, knul. Ik moest moeder maar eens vragen of ze zin heeft een ritje te maken, even de stad in. Denk je dat jij een hier een oogje in het zeil kunt houden als wij de deur uit zijn?'

Wat hij tussen de regels door wilde duidelijk maken, was zonneklaar. Vader zou de auto van de Carters ergens naartoe rijden en laten verdwijnen, maar dan moest moeder achter hem aan rijden zodat hij ook weer thuis kon komen. Terwijl ze weg waren, moest ik me om mevrouw Carter bekommeren.

'Zeker, vader. U kunt op me rekenen.'

Hij gooide de honkbal weer naar mij en streek met zijn hand door mijn haar. 'Geweldig, knul.'

Ik keek hem na toen hij naar binnen ging.

Tien minuten later kwam hij weer naar buiten met moeder in zijn kielzog. Ze keek me even bezorgd aan toen ze langs me naar de auto van de Carters liep. Het portier sloot met een krakend geluid. Ze paste de stand van de achteruitkijkspiegel aan, en haar ogen waren opnieuw op mij gericht. Vader stond bij zijn Porsche en frunnikte met de sleutels. 'We blijven niet lang weg, knul. Hooguit een paar uur. Ik ben bang dat ik je moeder heb geconfisqueerd voordat ze zich op het avondeten kon storten. Denk je dat je voor jezelf iets in elkaar kunt flansen?'

Ik knikte. Moeder had eerder op de dag een lekkere perzikentaart gebakken en de springvorm op de vensterbank gezet om af te koelen. Er stond bovendien pindakaas en jam in de kast. Ik zou me wel redden. 'Veel plezier!' zei ik. Ik probeerde mijn stem te laten klinken als die van een volwassene.

Hij glimlachte, zette zijn lievelingspet op en liet zich echter het stuur zakken. De motor kwam brullend tot leven, hij reed langzaam de oprit af, de straat uit en verdween over de heuvel bij Baker Street.

Moeder volgde hem in eerste instantie niet. Toen ik me naar het huis van de Carters keerde, had ze zelfs de motor nog niet gestart. Ze zat op de stoel van de bestuurder, met haar ogen op mij gericht, en schonk me een woeste blik, alsof ze probeerde iets in mijn hersens te implanteren. Het deed bijna pijn. Ik lieg niet, het was net alsof ze kleine laserstralen op me afvuurde. Ik probeerde het oogcontact vast te houden. Vader had me vaak genoeg verteld dat het heel belangrijk was om oogcontact te houden, ook al voelde je je daar nog zo ongemakkelijk onder. Maar het lukte me niet, ik moest een andere kant op kijken. Toen ik dat deed, startte moeder de motor van de auto van de Carters. Ze zette hem krakend in de eerste versnelling en reed de straat uit, achter vader aan.

Stof dreef in de lucht boven de oprit van de Carters. Het licht van de ondergaande zon speelde er op precies de goede manier mee. Glinsterend stof boven het gravel.

Ik liet de honkbal vallen en liep naar binnen.

Ik hoorde het bonken al voordat ik door de achterdeur de keuken in kwam, een luid slaan van metaal op metaal dat uit de kelder kwam.

Ik pakte de kruk van de kelderdeur, eigenlijk in de verwachting dat de deur op slot zou zitten, maar dat was niet zo: ik kon de deur zo opentrekken. Een gestaag bonken van metaal op metaal steeg omhoog uit de kelder.

Ik liep de trap af.

Mevrouw Carter stond naast de bloedvlek op de vloer. Op de een of andere manier had ze een arm om het buisframe van het veldbed geslagen en ze zwaaide het nu als een honkbalknuppel steeds tegen de buis van de waterleiding. Na elke zwaai kreunde ze. Ze liet het veldbed zakken, zwaaide het weer naast haar heup, achter zich, gebruikte haar gewicht om het met een nieuwe zwaai tegen de buis van de waterleiding te slaan. Als je in aanmerking nam dat haar ene pols nog steeds met een handboei aan die buis was geketend, terwijl de ander aan het veldbed was geketend, mocht het een wonder heten dat ze haar arm niet gebroken had. Steeds als het veldbed tegen de buis klapte, zag ik het resoneren in haar lichaam. Die trilling moest behoorlijk pijnlijk zijn.

Ik weet niet of ze me zag. Ze liet het in ieder geval niet merken. Haar haar was verward, er droop zweet van haar voorhoofd.

'De kelder zou onder water komen te staan, hoor,' zei ik. 'Als u er al in zou slagen om zo'n dikke buis te breken, zou de hele kelder waarschijnlijk in minder dan een uur onder water staan, en dan zou u, vastgeketend aan die buis en het veldbed, net onder water liggen te dobberen.'

Ze haalde diep adem, manoeuvreerde het veldbed weer achter zich en maakte zich op voor een nieuwe zwaai. 'Als die buis breekt, kan ik de handboei eraf schuiven en naar boven de trap op hollen.'

'Die buis scheurt eerst en dan duurt het nog een hele tijd voordat hij doormidden breekt. Ondertussen stroomt het water eruit. Het is zo al moeilijk genoeg om zo'n zwaai met dat veldbed te maken, dus u kunt zich wel voorstellen hoe lastig het wordt als de ene na de andere liter ijskoud water uit die buis komt stromen. Ik zal niet zeggen dat het een slecht plan is dat u hebt bedacht. Er zitten alleen wat haken en ogen aan. Misschien moet u er nog eens goed over nadenken voordat u doorgaat. U ziet er sowieso uit alsof u wel even rust kunt gebruiken.'

Ze liet het veldbed naast zich op de vloer vallen. De handboei trok aan haar pols, dreigde haar omlaag te trekken, maar ze bleef overeind. 'Ga je niet proberen me tegen te houden?'

Ik haalde mijn schouders op. 'Ik wil wel eens zien wat er gebeurt.'

Ze keek me woest aan met bloeddoorlopen, betraande ogen. Ze hijgde. Ik vroeg me af hoelang ze al bezig was geweest met haar kleine projectje. Moeder had haar waarschijnlijk genegeerd. Misschien was ze al uren op die buis aan het rammen geweest.

'Dus jij vindt het niet erg als ik hier beneden doodga?'

Ik zei niets.

'Het maakt jou niet uit of ik verdrink of door je ouders word vermoord? Wat heb ik gedaan dat ik zoiets verdien? Ik heb niemand iets misdaan. Mijn man sloeg me, weet je nog?'

Ze liet zich chagrijnig op de rand van het veldbed vallen.

Het was grappig. Hoewel ze ouder was dan ik, zag ik soms in haar gelaatsuitdrukking en haar bewegingen een glimp van een veel jonger meisje, een onzeker en bang meisje, een meisje dat hoopt dat er een volwassene (of een sterke jongen) op het toneel zal verschijnen om haar te redden.

Nu ik als volwassene op dat moment terugkijk, realiseer ik me dat ik die uitdrukking talloze malen heb gezien. Als iemand in nood verkeert, wacht hij tot iemand met de nodige autoriteit hem helpt. Ik denk dat dat komt doordat het op tv en in de film altijd op die manier gaat. De held arriveert altijd op het allerlaatste moment, verijdelt het misdrijf en redt degenen die in nood zijn van een gewisse dood als er geen enkele andere uitweg meer lijkt te zijn. Daarna komen de tranen, gevolgd door een innige omhelzing en vijf minuten reclame voordat er een slot aan gebreid wordt.

In het echt werkt het niet zo. Ik heb meer levens tot een einde zien komen dan ik me kan herinneren, en in al die gevallen lijkt die hoop op het laatst opgeld te doen, de vertwijfelde blikken in de richting van de deur, waar de reddende held moet verschijnen. Maar die komt niet. In het echt is er maar één reddende held in je leven, en dat ben je zelf.

Ze was erin geslaagd om de verf van de waterleidingbuis te bikken, maar verder niets. Er zat zelfs nog geen deukje in. Ze had het echter geprobeerd, en dat vond ik belangrijk. Het spel werd saai als ze het uiteindelijk opgaven.

En zij zou het uiteindelijk ook opgeven. Dat deden ze altijd.

'Als je me laat gaan, zal ik niets zeggen,' zei ze. 'Dat beloof ik. Simon was een slechte man, hij verdiende het. Je ouders hebben me een dienst bewezen. Ze hebben me bevrijd. Dat ben ik ze schuldig. Ze hoeven zich over mij geen zorgen te maken. Dat beloof ik. We kunnen het allemaal achter ons laten.'

'U hebt zich niet aan de regels gehouden,' zei ik zacht. 'Dat heeft helaas gevolgen.'

'En hoe is me dat gelukt? Door me te laten slaan door mijn man?'

'Misschien kunt u beter nadenken over waarom uw man u sloeg, vindt u ook niet?'

Een traan drupte uit haar oog en liep over haar wang. Ze probeerde hem weg te vegen, maar de handboeien belemmerden haar bewegingsvrijheid. Ze kon niet bij haar gezicht.

Ik ging op de rand van het veldbed zitten, pakte mijn zakdoek en veegde de traan weg. Ze staarde me aan, maar zei niets.

'Ik heb de foto gevonden.'

'Welke foto?'

'O, ik denk dat u wel weet welke foto ik bedoel.'

Ze verbleekte. 'Je moet hem verstoppen.'

'Moeder was erbij, zij heeft de foto nu. Ik weet niet wat zij ermee heeft gedaan.'

'Je vader heeft hem niet gezien?'

'Nog niet,' zei ik. 'Maar dat betekent niet dat hij hem niet te zien zal krijgen.'

'Maar jij zegt niets tegen hem, hoop ik.'

Ik gaf geen antwoord, wat voor haar kennelijk duidelijk genoeg was.

'Als hij die foto te zien krijgt, zal hij niet alleen mij pijn doen, maar ook je moeder. Is dat wat je wilt?'

Opnieuw zei ik niets.

44

Porter

Dag 2 • 06.53 uur

Toen Porter aankwam op het hoofdkwartier stonden Nash, Clair en Watson rond een van de bureaus te staren naar het scherm van een laptop. Nash keek op en wuifde hem dichterbij. 'Heb je nog een beetje geslapen?'

'Lukte niet. Jij?'

Hij zag aan de bloeddoorlopen ogen dat ze geen van allen hadden geslapen. Porter liet zijn jas op zijn eigen bureau vallen en liep naar hen toe. 'Hebben we iets?'

'O, we hebben iets. We hebben zelfs een paar dingen. Om te beginnen heeft Eisleys vriendin iets moois geproduceerd. Kijk hier eens naar.' Hij draaide de laptop zodat hij naar Porter gekeerd stond.

'Is dat een hoofd uit Madam Tussauds?'

Watson wees naar het hoofd op het scherm. 'Ze heeft de schedel uitgekookt, bewapening aangebracht om spieren en weefsel te suggereren, op eenentwintig plaatsen, en dat vervolgens massa gegeven met klei. Ik heb wel eens gehoord dat forensische antropologen op die manier gezichten reconstrueren, maar ik had het nog nooit gezien. Het is nogal indrukwekkend. En zo snel... Eisley zei dat ze er pas gisteravond aan begonnen is.'

Porter fronste zijn wenkbrauwen. 'Wacht, is dit Aap?'

Watson ging verder zonder acht te slaan op Porters onderbreking. 'Ze had zijn haar al. Dat was bij lange na niet zo zwaar beschadigd als zijn gezicht. Zelfs zijn gebit was ongeschonden, dus dat had ze ook al. We wisten de kleur van de ogen... Volgens mij komt dit heel dicht in de buurt. Ik heb haar website bekeken. Normaal werkt ze met de schedels van indianen die gevonden zijn bij archeologische opgravingen. Dan is er op voorhand veel minder bekend dan nu en komt er heel veel gokwerk aan te pas. Misschien schiet ze hiermee wel midden in de roos.'

‘Volgens mij geilt Watson op de vriendin van Eisley,’ zei Nash.

Watson wierp hem zijdelings een vuile blik toe. ‘Ik probeer alleen aan te geven dat dit een heel exact beeld geeft van Aap, en dat ze dat in recordtijd in elkaar heeft gezet, geholpen door een verbazingwekkend vakmanschap en artisticiteit. Met een computer kun je een dergelijke kwaliteit niet leveren. Zoiets kan alleen handmatig.’

‘Ik vind het eng,’ zei Nash. ‘Het is net alsof hij je aankijkt. Net als zo’n schilderij waarvan de ogen je nakijken, waar je ook naartoe loopt in de kamer. Griezelig.’

‘Clair, wil jij met afdrukken van dit hoofd langs de kankercentra gaan waarover we het gisteren hebben gehad? Met dit portret en de medicijnen zouden we hem moeten kunnen identificeren,’ zei Porter.

‘Maar we hebben nog meer,’ zei Clair. Toen jij een gat in de dag lag te slapen, hebben wij gewerkt.’

Porter keek op zijn horloge. ‘Het is nog geen zeven uur.’

‘Je hebt zo ongeveer een halve dag verspild met nietsdoen.’

‘O ja?’ zei hij. ‘Wat hebben jullie nog meer?’

‘Het slachtoffer in het Mulifax-gebouw? Dat was Gunther Herbert, CFO van Talbot Enterprises, dat Talbot Estates Development, Moorings Lakeside en nog een tiental andere projecten omvat. Zijn vrouw heeft hem vijf dagen geleden aangegeven als vermist. Hij was naar zijn werk gegaan en is nooit meer teruggekomen. Eisley heeft hem een uurtje geleden geïdentificeerd. Hij heeft het tijdstip van overlijden ook vastgesteld op vijf dagen geleden, dus hij is waarschijnlijk op weg naar zijn werk ontvoerd.’

‘Heb je de commissaris al ingelicht?’

‘Er is nog meer, Sam,’ zei Nash. ‘Toe maar, Klaartje.’

Clair straalde. ‘De schoenen die onze eerste dooie van gisteren droeg toen hij de bus opzocht? De vingerafdrukken die erop zaten, hebben een match.’

‘Wie?’

Nash trommelde met zijn vingers een roffel op de rand van het bureau. ‘Arthur Talbot.’

‘Noemde jij mij Klaartje?’

Porter legde Nash het zwijgen op voordat hij kon reageren. ‘Zijn die schoenen van Talbot?’

‘Hij lijkt me wel iemand die vijftienhonderd dollar neertelt voor een paar schoenen, toch?’

‘Waarom zou Aap de schoenen van Talbot hebben aangetrokken?’

'Om dezelfde reden waarom hij diens dochter heeft ontvoerd. De man heeft iets fouts gedaan en Aap wil dat wij dat weten. Dit is zijn laatste optreden, zijn zwanenzang. Hij wil voorkomen dat wij de zaak wegleggen, dus zet hij alles netjes op een rijtje voor ons,' zei Nash. 'Op een of andere manier heeft hij de hand weten te leggen op de schoenen van Talbot. Hij heeft er een paar kranten voorin gepropt zodat ze niet meer te groot zouden zijn voor zijn poezelige voetjes, en is er het verkeer mee te lijf gegaan.'

'Clair, probeer Hosman eens aan de lijn te krijgen. Vraag hem hoever hij is met de financiën. We moeten er vaart achter zetten,' zei Porter.

Clair pakte haar smartphone van het bureau en liep ermee naar een hoek van het vertrek. Ze koos het nummer van Hosman.

Porter keerde zich naar Watson. 'Weet je al meer over het horloge?'

Watson schudde zijn hoofd. 'Ik heb mijn oom een foto laten zien, maar hij zei dat hij het ding in het echt moet zien om echt hulp te kunnen bieden. Ik heb geprobeerd het horloge los te peuteren uit het magazijn met bewijsmateriaal, maar daar kreeg ik te horen dat het alleen zou worden vrijgeven voor jou of Nash.'

Dat ergerde Porter. Het laatste waarop hij nu zat te wachten, was bureaucratie. 'Als we hier klaar zijn, loop ik met je mee daarnaartoe.'

'Nog iets anders,' zei Nash. 'De FBI wil zich met de zaak bemoeien. Ze bellen al de hele nacht vanuit het plaatselijke kantoor. Maar Emory is ouder dan twaalf en er is geen bewijs van vervoer van de ene naar de andere staat, dus is het onze zaak.'

'Laten we eens kijken waar Hosman staat. Misschien kunnen ze helpen met de boeken van Talbot. Zijn er nog nieuwe dingen opgedoken over Moorings Lakeside of Mulifax sinds ik de laatste keer met jullie heb gesproken?'

Nash schudde zijn hoofd. 'Ze hebben alle huizen doorzocht en wel sporen aangetroffen van een paar krakers of daklozen, maar verder niets. Als Aap haar daar had verstopt, is ze er nu niet meer. Ze kammen de tunnels uit, maar die zijn kilometers lang en lopen onder de hele stad. We vinden haar daarbeneden nooit in het donker. Wat we nodig hebben zijn broodkruimels. Afgezien van het lijk heeft Mulifax ons niets opgeleverd.'

'Aap heeft ons daarheen geleid, dus moet er een reden zijn. Het zit waarschijnlijk...'

'In de financiën, ik snap het,' zei Nash. 'FBI, Hosman, financiën, ik doe mijn best.'

'Porter? Kan ik je even spreken?' Commissaris Henry Dalton stond op de drempel. Niemand had hem zien binnenkomen. Zijn dunner wordende haar was glad achterovergekamd en glom nog vochtig van het douchen. Zijn pak was schoon en zat keurig in de plooi.

Porter keek even naar Nash en Watson. 'Momentje.'

De commissaris legde een hand op Porters schouder en nam hem mee de gang in. Hij keek in beide richtingen en toen hij had geconstateerd dat ze alleen waren, begon hij zacht te praten: 'Luister, mannen van Bureau Eenenvijftig hebben gisteren een jongen opgepakt die probeerde een overval te plegen bij een 7-Eleven in de East Side met een .38. Toevallig was er een agent in burgerkleding die geen dienst had in de winkel, die hem te pakken kreeg zonder dat er een schot was gelost. Ze hebben het pistool onderzocht en er is een match met... nu ja, het wapen van Heather.'

Porters maag kromp zo heftig en pijnlijk samen dat hij bang was dat hij zou dubbelklappen. Hij haalde diep adem en probeerde zichzelf weer onder controle te krijgen. Hij voelde het gewicht van zijn eigen pistool in de schouderholster, het pistool dat hij op dit moment geacht werd niet te dragen. Officieel was hij nog steeds met verlof. Ze zouden hem pas weer toestaan een pistool te dragen na een beoordeling door een psychiater, als ze dachten dat hij er weer klaar voor was. Als die nieuwe ontwikkelingen in de zaak-Aap er niet waren geweest, zou hij nu nog thuis hebben zitten wachten op nieuws. Wat voor nieuws dan ook, iets wat hem naar het einde van de dag zou slepen. Maar Aap was in actie gekomen en ze hadden hem erbij gehaald. Hij was blij geweest met de afleiding, want alles was beter dan afwachten en alleen thuis zitten.

Hij stak zijn hand in zijn zak en sloeg zijn vingers om zijn smartphone. Hij wilde haar bellen. Hij wilde haar stem horen.

Je bent verbonden met de telefoon van Heather Porter. Aangezien dit voicemail is, heb ik waarschijnlijk via nummerherkenning al gezien wie je bent, en heb ik besloten dat ik...

'Ik wil ernaartoe,' zei Porter. Zijn stem klonk als die van een klein jongetje. Het was zijn eigen stem toen hij nog in een wereld leefde waarin geen kwaad bestond, een wereld waarin het leven hem nog toelachte en alleen heel veel moois in petto had.

'Ik weet het,' zei Dalton. 'Ik heb ze al verteld dat je zou komen.'

Er welde een traan op in Porters ooghoek. Hij veegde hem bruusk weg en stak zijn hand weer in zijn zak.

Dalton zag het en glimlachte meelevend. 'Misschien moet iemand anders je erheen brengen.'

Porter deed zijn mond open om tegen te stribbelen, maar bedacht zich. Hij wilde Nash of Clair echter niet van de zaak halen, niet nu.

'Ik zal Watson vragen om erheen te rijden.'

Dalton wierp een blik in het hoofdkwartier en knikte. 'Ze hebben de zaak van die poging tot roofoverval helemaal rond, maar niemand heeft hem nog iets verteld over die match van het pistool. Ik heb de situatie uitgelegd en ze hebben ermee ingestemd te wachten tot jij erbij kon zijn om te observeren. Ik heb ze beloofd dat het daarbij zou blijven: observeren. Je blijft aan de goede kant van de doorkijkspiegel en zij doen het werk. Zij krijgen wel een bekentenis uit die jongen.'

'Ja.'

Dalton legde opnieuw een hand op Porters schouder. 'Het spijt me dat je dit allemaal moet meemaken, echt.'

'Dank u.'

Dalton haalde diep adem, knikte en liep naar de deur van het hoofdkwartier. 'Nash! Waar is verdomme je laatste rapport? Er kamperen tien journalisten voor mijn deur. Die honden moeten iets te vreten hebben.'

Nash haalde zijn schouders op. 'U had ons opgedragen naar huis te gaan om te slapen – we hebben geen tijd gehad om mooie verhaaltjes te schrijven. Maar komt u er lekker bij zitten als we de taken verdelen.'

Dalton bleef bij de deur staan en keerde zich om. 'O, Porter?

'Ja?'

'Laat je reservepistool in de auto liggen. Ik wil niet ergens op papier zien staan dat je op dit moment een pistool draagt. Bij een line-up zou het worden geregistreerd.'

Porter knikte. 'Ja.'

Clair verbrak de verbinding van het gesprek dat ze had gevoerd en kwam aanlopen. 'Hosman heeft misschien iets. Hij wil dat we boven komen.'

'Ga maar samen met Nash. Ik moet naar Bureau Eenenvijftig en ik neem Watson mee.'

'Laat je me alleen met die neanderthaler?'

Porters ogen liepen vol. Hij keerde zich om. Clair keek naar de commissaris. 'O,' zei ze zacht. 'Oké, juist... Bel me maar als je iets nodig hebt.'

Porter glimlachte geforceerd en knikte. 'Dank je, Klaartje.'

Ze stompte hem op zijn arm. 'Begin jij nu ook al? Klootzakken zijn jullie, allebei.'

Porter knipoogde naar haar en stak zijn hoofd naar binnen in het hoofdkwartier. 'Watson? Kom op, we gaan achter dat horloge aan.'

WHITEBOARD RESUMÉ

Slachtoffers:

1. Calli Tremell, 20, 15 maart 2009
2. Elle Borton, 23, 2 april 2010
3. Missy Lumax, 18, 24 juni 2011
4. Susan Devoro, 26, 3 mei 2012
5. Barbara McInley, 17, 18 april 2013 (als enige blond)
6. Allison Crammer, 19, 9 november 2013
7. Jodi Blumington, 22, 13 mei 2014

Emory Connors, 15, 3 november 2014
Ging joggen om 18.03 uur gisteren

TYLER MATHERS
Emory's vriend

ARTHUR TALBOT
Financiën?
Lichaam van Gunther Herbert (CFO Talbot Enterprises) gevonden in gebouw van Mulifax Publications (eigendom Talbot)
Er is iets met project Moorings Lakeside (eigendom Talbot)

N. BURROW
~~Huishoudster? Kinderjuf? – een beetje van beide~~ privélerares

VOORWERPEN, GEVONDEN OP HET LICHAAM VAN AAP
Dure schoenen – John Lobb – $1500/paar – maat 45 (Aap heeft 43) – vingerafdrukken van Talbot
Goedkoop pak
Fedora
75 cent (twee kwartjes, twee dubbeltjes en een stuiver)
Zakhorloge
Bonnetje van stomerij (nummer 54873) – Klozowski filtert stomerijen
Terminale maagkanker – medicijnen: octreotide, trastuzumab, oxycodon, lorazepam

Tatoeage, binnenkant rechterpols, nieuw – cijfer acht? Oneindigheidssymbool?
Wiskundeboek – achtergelaten door Aap, leidt naar

PAKHUIS MULIFAX PUBLICATIONS
Gedeeltelijke vingerafdruk op spoorwagonnetje bij ingang tunnel, waarschijnlijk gebruikt om lijk te vervoeren
Oor, ogen en tong achtergelaten in doosjes (Gunther Herbert) – brochure op lichaam en doosjes leiden naar

VASTGOEDPROJECT MOORINGS LAKESIDE
Helemaal uitgekamd – niets gevonden

Videobeelden – tonen aan dat Aap zelfmoord pleegde, gezicht niet herkenbaar

Informatie inwinnen:

- Achtergrond Emory's moeder
- Gezichtsreconstructie – uitgevoerd

Taken:

- Nash en Clair – overleg met Hosman
- Clair – coördinatie identificatie Aap bij kankercentra
- Klozowski: stomerijbon
- Watson: oom/klokkenmaker (zakhorloge)

45

Dagboek

Ik sliep toen vader en moeder weer thuiskwamen. Nou ja, eerlijk gezegd deed ik alsof ik sliep, anders had ik ze niet gehoord.

Eerst hoorde ik geschreeuw, maar ik kon niets verstaan. Vader en moeder maakten nooit ruzie, en ik kon me niet voorstellen dat ze buiten ruzie zouden maken waar een van de buren hen zou kunnen horen, maar toch deden ze dat – ze stonden tegen elkaar te schreeuwen op de oprit.

Het deed me denken aan meneer Carter die gisteren tegen mevrouw Carter en moeder had staan schreeuwen.

Op een bepaald moment moeten ze weer greep op zichzelf hebben gekregen, want plotseling werd het stil. De deur ging open en weer dicht en er klonken boze stappen in de woonkamer. Ik dacht te horen dat vader met de autosleutels smeet. Ze vlogen rinkelend over het aanrecht en vielen op de vloer. Ik hoorde moeder zeggen: 'Je doet maar wat je niet laten kunt. Ik doe niet mee.' Ze liep stampvoetend langs mijn kamer verder de gang door naar de slaapkamer en sloeg de deur met een klap achter zich dicht.

Stilte.

De luidruchtigste stilte die ik ooit had gehoord.

Ik zag voor me hoe vader met een rood aangelopen hoofd in de keuken stond. Zijn vuisten balden zich, ontspanden weer en balden zich opnieuw.

Ik trok de lakens opzij en stapte uit bed. Ik liep op mijn tenen door mijn kamer en drukte mijn oor tegen de deur.

'Knul?' bulderde vader van de andere kant.

Ik struikelde bijna over mijn eigen benen toen ik achteruit sprong. Met bonzend hart vroeg ik me af of ik terug in bed moest duiken, veilig onder de lakens.

Dat zou me nooit snel genoeg lukken.

'Knul? Ben je wakker?'

Ik deed snel de deur open met een resoluut gebaar. Vader stond voor de drempel, zijn silhouet een donkere schaduw tegen het licht achter hem in de keuken. Zijn hand zweefde nog ter hoogte van de deurkruk, waar die zo-even was geweest. De andere hand hield hij achter zijn rug.

'Nog laat in de weer, maatje?'

De woede die ik in zijn stem had gehoord tijdens de ruzie met moeder was verdwenen. Of misschien maskeerde hij die heel geraffineerd. Er was in ieder geval niets meer van te horen. Op zijn gezicht lag een glimlach, zijn ogen schitterden.

Vader had me het belang leren inzien van het projecteren van emoties. Hij had me verteld dat ik altijd moest vaststellen welke emotie van me werd verwacht onder bepaalde omstandigheden en dat ik ervoor moest zorgen dat ik die overtuigend uitstraalde, helemaal los van hoe ik me werkelijk voelde. We hadden dat keer op keer geoefend. Toen onze hond Ridley op een keer puppy's had, pakte hij er een, brak zijn nek pal voor mijn ogen en dwong mij te lachen. Toen me dat niet lukte, pakte hij een tweede pup en ik begon schaterend te lachen – liever dat dan nog een pup zo dood te moeten zien gaan. Het was voor hem echter niet goed genoeg. Hij zei dat het niet echt klonk. Pas bij de vierde pup kreeg ik de slag te pakken. Ik leerde op commando van gelukkig naar droevig te gaan, van kwaad naar somber en van serieus naar doldwaas bij het klikken van de vingers. Niet lang daarna was Ridley weg. Ik weet niet waarnaartoe. Ik was nog maar vijf en mijn herinneringen aan die tijd zijn nogal fragmentarisch.

Vader grijnsde als de Cheshire Cat uit *Alice in Wonderland* en niets in zijn gedrag verraadde hoe hij zich werkelijk voelde, al wilde ik dat ook helemaal niet weten. Als hij vermoedde dat ik allesbehalve gelukkig was, zou het geen prettige avond worden voor moeder en mij.

'Ik wilde niet gaan slapen voordat u weer thuiskwam, want misschien zou ik nog ergens mee moeten helpen.'

Hij haalde zijn hand door mijn haar. 'Jij bent mijn kleine soldaat, hè?'

Ik knikte.

'Eigenlijk zou ik het heel plezierig vinden als je me even kunt helpen, als je dat tenminste wilt. Heb je zin in een beetje plezier?'

Opnieuw knikte ik.

'Ga dan die grote plastic slakom van je moeder maar even halen uit de keukenkast en neem hem mee naar de kelder. Ik heb een kleine verrassing voor onze gast.' Hij haalde een papieren zak achter zijn rug vandaan en hield hem omhoog. Hij schudde hem een beetje heen en weer. Binnenin begon iets te krabben. 'Dit wordt geweldig!'

Dit keer wist ik dat hij echt gelukkig was.

46

Clair

Dag 2 • 07.18 uur

'Heeft hij ook gezegd waarom hij daarnaartoe moest?' vroeg Nash. Hij stond te staren naar het display boven de deur van de lift waarop de nummers van de verdiepingen werden weergegeven.

'Dat heb ik je al drie keer verteld. Hij zei alleen dat hij iets moest regelen op Bureau Eenenvijftig, verder niets. Geen geheime handdruk, geen stiekeme briefjes, helemaal niets.'

'Maar het moet te maken hebben met Heather, toch?'

'Als hij zou willen dat wij het wisten, zou hij het ons wel vertellen.'

De deuren van de lift schoven open op de vierde verdieping. Ze liepen een ruimte in waar met allerlei rommel volgestouwde werkhoeken van elkaar werden gescheiden door schouderhoge schotten. Op de wankele stalen bureaus stonden computers die zo oud waren dat er zelfs nog diskettestations in zaten.

Nash keek even snel de hele ruimte door voordat hij slalommend koers zette langs dozen vol dossiers en stapels documenten. 'En waarom moest Watson zo nodig mee? Waarom heeft hij niet een van ons tweeën meegenomen?'

'We weten niet eens of het wel met Heather te maken heeft.'

'Het moet wel om Heather gaan.'

Clair wist dat Nash gelijk had. De commissaris kwam nooit naar de kelder. 'Ja... Waarschijnlijk.'

'Dus waarom Watson?'

'Afgaande op dat stuk zwaar metaal dat jij met vergunning mag rondsjouwen, ben je een rechercheur. Waarom denk jíj dat hij niet een van ons beiden heeft meegenomen?'

'Ik ben zijn beste vriend.'

Jezus, ging de man een potje janken? 'Misschien wilde hij iemand bij zich hebben die het verhaal niet kent. Minder druk. Ik bedoel, ik ben er niet over begonnen, maar hij weet dat wij het weten, en dat zorgt voor spanningen. Het moet zwaar voor hem zijn om weer aan het werk te gaan met alles wat er aan de hand is, in de wetenschap dat hij er niets aan kan doen. Ik denk dat hij zich er heel goed doorheen slaat, shit, een stuk beter dan ik zou kunnen. Ik zou helemaal in de kreukels liggen.'

Het kantoor van Hosman lag aan de andere kant van de zaal, derde deur links. De deur stond open en hij wuifde hen naar binnen. 'Wie heeft er zin in een beetje rekenwerk?'

Clair wees naar Nash. 'Dat is je man. Nash heeft drie jaar achter elkaar de wiskundewedstrijd gewonnen toen hij nog op school zat.'

Hosman trok zijn wenkbrauwen op en keek Nash aan. 'Echt?'

'Zeker weten. Een dag na dat ik de eerste prijs had gewonnen bij het polsstokhoogspringen,' zei Nash, driftig knikkend met zijn hoofd. 'Ik bak ook een gemeen lekkere kersentaart. Ik heb een kast vol medailles.'

'Oké, dus geen rekenwonders?'

'Nee.'

'Weten jullie wat een ponzifraude is?'

Clair stak haar hand op. 'Bij ponzifraude betaalt iemand rendement op investeringen uit nieuw kapitaal in plaats van uit winst.'

Nash floot tussen zijn tanden. 'Wow, het maakt je echt aantrekkelijk als je zulke dingen zegt.'

Clair stompte hem op zijn arm.

Hosman tikte op een stapel papier die op zijn bureau lag. 'Ik denk dat we een ponzifraude te pakken hebben. Niet alleen bij Moorings Lakeside, maar bij alle holdings van Talbot.'

'Hoe kan dat?' vroeg Clair. 'Hij is een van de rijkste mannen in de stad, misschien wel in het hele land.'

'Hij is rijk op papier, waanzinnig rijk, maar hij kampt met een paar serieuze problemen. Het ging ongeveer twee jaar geleden de verkeerde kant op met Moorings Lakeside. Hij had al dat land gekocht, maar een week voordat zijn bedrijf met bulldozers al die gebouwen te lijf zou gaan, legde de rechter op last van de Historical Preservation Division van Planning and Development hier in Chicago, zeg maar Monumentenzorg, de werkzaamheden stil. Zij waren van mening dat de buurt bewaard moest blijven. Op het toppunt van de Drooglegging floreerden de clandestiene kroegen in die buurt. Er waren er minstens tien. Bij Planning and Development vonden ze dat de stad beter af zou zijn als ze alles daar zouden renoveren en intact zouden laten. De waterkant zou een mekka voor toeristen moeten worden. Al Capone was stamgast in een van die clandestiene kroegen. Met gangsters zit je altijd aan de goede kant van de streep.'

Clair hield haar hoofd scheef. 'Dat moet hij toch hebben zien aankomen? Het maakt niet uit wat voor krotten het zijn, Planning and Development houdt overal in de stad van die stukjes in stand. Je zou zeggen dat een beetje vastgoedman extra cash achter de hand houdt en tijd uittrekt om met die lui af te rekenen.'

Hosman tikte op een van zijn uitgeprinte spreadsheets. 'Klopt helemaal. Hij heeft twintig miljoen apart gezet op een tussenrekening om het tegen hen op te nemen. Zijn advocaten stonden op de stoep van de rechtbank om zelf een claim in te dienen op de dag dat Planning and Development bij de rechter aanklopte.'

'Was hij van plan om Planning and Development aan te klagen?'

Hosman grijnsde. 'Sterker nog, hij heeft de gemeente aangeklaagd. Zijn advocaten beweren dat die illegale kroegen zonder vergunning zijn gebouwd en dat het niet alleen onwettig zou zijn om ze in stand te houden, maar dat de gemeente de plicht heeft ervoor te zorgen dat ze voldoen aan het vergunningenstelsel of ze moet afbreken.'

Clair floot tussen haar tanden. 'Wow. Wat vonden ze daarvan in het stadhuis?'

'Daar waren ze natuurlijk niet blij mee en dus zette de county de tegenaanval in. Een dag later werden de bouwwerkzaamheden aan twee wolkenkrabbers in het centrum stilgelegd. Een kantoorgebouw en een woontoren. Kennelijk was er een klokkenluider opgestaan die beweerde dat het bouwbedrijf inferieur beton gebruikte. Toen ze het spul onderzochten, bleek het waar te zijn. Te veel zand of zo. Ik probeer nog steeds de details van het onderzoeksrapport te pakken te krijgen. Dat kantoorgebouw telt drieënveertig verdiepingen en kost naar schatting zo'n honderdachtentachtig miljoen dollar. De woontoren telt vierenzestig verdiepingen en daar hangt een prijskaartje aan van pak hem beet een miljard.'

'En betekent dat dan dat hij de boel moet slopen en opnieuw moet beginnen?' vroeg Nash.

Clair bestudeerde een foto van het kantoorgebouw die Hosman had afgedrukt. 'Denk je dat de gemeente al die tijd wel wist dat hij inferieur beton gebruikte en er alleen over is begonnen om terug te slaan?'

Hosman hief beide handen. 'Geen idee en geen idee.'

'We hebben huizen gezien in Moorings Lakeside, dus kennelijk zijn ze tot een oplossing gekomen,' zei Nash. 'Ik bedoel, die oude gebouwen zijn weg en nu staan er luxe eengezinshuizen, dus iemand moet ergens een knop hebben omgedraaid.'

Hosman wees naar een tweede spreadsheet. 'Dat is het grote raadsel. Afgelopen mei is er vier miljoen dollar van zijn rekening geschreven, en ik heb geen flauw idee naar wie. Maar kort daarna werd de bouw hervat in Moorings Lakeside. De gemeente gaf hem toestemming verder te bouwen aan de twee torens op voorwaarde dat er een nogal kostbaar herstelplan zou worden uitgevoerd.'

'Dus hij heeft iemand bij de gemeente omgekocht?'

'Dat zou ik denken. Alle rechtszaken werden ineens geseponeerd.'

Nash fronste zijn wenkbrauwen. 'Ik ben geen financieel analist, maar wat heeft dit met een ponzifraude te maken? Het klinkt meer als een rijke stinkerd die nog rijker probeert te worden.'

'Niet echt rijker,' zei Hosman, bladerend in een stapel papieren. Toen hij vond wat hij zocht, gaf hij het aan Nash.

Nash liet zijn ogen over het papier gaan en gaf het terug. 'Ik ben geen financieel analist, weet je nog?'

Hosman legde het uit. 'Talbot voert op dit moment zestien grote projecten uit, variërend van woningbouw tot winkels en van koopflats tot luxe kantoorruimte. De oplevering duurt bij al die projecten nog maanden en ze zuigen geld op, vooral die torens met hun slechte beton. Op het moment dat de investeerders lucht kregen van zijn problemen, begonnen ze zich terug te trekken. Hij heeft de afgelopen maand meer dan driehonderd miljoen terugbetaald. In de komende twee weken moet hij nog eens honderdtachtig miljoen ophoesten en voor zover ik het kan beoordelen, heeft hij die niet. Hij is geld van nieuwe investeerders gaan gebruiken om de oude tevreden te stellen terwijl hij ondertussen probeert leningen af te sluiten.'

'Goed, dus ponzifraude,' zei Nash.

'Nee, dat is geen ponzifraude,' zei Hosman.

'Hè? Wat...'

Clair legde haar hand over Nash' mond. 'Het wordt pas ponzifraude als hij fondsen werft voor een nepproject en de opbrengst daarvan gebruikt om de investeerders van andere projecten te betalen.'

'En zo zijn we weer terug bij Moorings Lakeside.' Hosman legde een exemplaar van de brochure die Gunther Herbert, de CFO van Talbot, in zijn hand had gehouden, op het bureau. 'Dit is nep.'

'Maar hij is daar aan het bouwen,' zei Nash.

'Je hebt de huizen van fase één gezien, zes stuks in totaal, waarvan er nog niet een is verkocht. Het echte probleem is fase twee. Hij heeft percelen verkocht met toekomstige woningen, zelfs aandelen in een luxe golf en country club die officieel volgend najaar gereed moet zijn. Ik heb Terry Henshaw gebeld bij de afdeling Witte Boorden van de FBI, die zegt dat ze Talbot al een paar maanden in de gaten houden. Hij sluist de gelden van fase twee langs een aantal rekeningen naar het buitenland en brengt ze dan onder de paraplu van Talbot Enterprises weer het land in om er investeerders in andere projecten mee zoet te houden.'

Clair wuifde met een vinger. 'Dat is nog steeds geen ponzifraude. Misschien is het ethisch niet verantwoord, maar zijn bedrijf is eigenaar van al die projecten, en die projecten zijn allemaal wettig. Waarschijnlijk heeft hij zich ingedekt met kleine lettertjes in de contracten.'

Hosman draaide langzaam rond op zijn stoel. 'Je zou gelijk hebben als ik niet nóg iets had ontdekt.'

'En dat is?'

'Het land waarop fase twee moet worden uitgevoerd, is niet van hem. Hij verkoopt een project op het land van iemand anders.'

'Als het niet van hem is, van wie dan wel?'

De grijns op het gezicht van Hosman werd nog breder. Zijn ogen schoten heen en weer van de ene rechercheur naar de andere. 'Wacht...'

Nash begon rood aan te lopen. 'Voor de dag ermee, rekenwonder.'

'Emory Connors.' Hosman sloeg met een vlakke hand op het bureau. 'Haar moeder heeft het haar nagelaten. Dat meisje is een heleboel poen waard. Omdat het land van haar is en niet van Talbot, hebben we met iets veel ergers te maken dan ponzifraude. En er is nog meer. Kijk hier eens naar.' Hij wees naar een alinea in een juridisch document dat met een marker was bewerkt.

Nash las het en floot tussen zijn tanden. 'Wat denk je, zouden we hem nu wel naar het bureau mogen halen van de commissaris?'

47

Dagboek

De treden kraakten toen ik met de grote slakom van moeder in mijn ene hand en een glas water in mijn andere hand de trap afliep naar de kelder. Moeder had me aandachtig gevolgd toen ik bezig was die spullen bij elkaar te zoeken. Op een gegeven moment fluisterde ze zelfs: 'Hou hem tegen.' Natuurlijk sloeg ik daar geen acht op, want ik was niet bezig vader iets te laten doen wat ik zou kunnen tegenhouden en ik was niet van plan zijn goede humeur te vergallen met het doorgeven van een dergelijk bericht van moeder. Hij had me gevraagd met die slakom naar de kelder te komen en ik wist dat mevrouw Carter al uren niet had gedronken. Ze zou wel uitgedroogd zijn, dus nam ik ook water mee. Moeder was heel goed in staat om zelf uiting te geven aan eventuele twijfels over wat er stond te gebeuren.

Vader was al in de kelder en zat op zijn knieën bij het veldbed. Toen ik dichterbij kwam, zag ik dat hij de voeten van mevrouw Carter aan de buizen van het veldbed vastbond met drie strengen dik nylontouw. De hand waarmee ze redelijk vrij had kunnen bewegen had hij al vastgebonden. Ze rukte vergeefs aan haar boeien. Vader wist hoe hij een stevige knoop moest leggen. Hij had een lap in haar mond gepropt die op zijn plaats werd gehouden met een om haar nek geknoopte strook van het shirt van meneer Carter. Er zaten kleine rode spatjes op de stof.

Vader trok aan de laatste knoop en tikte op het been van mevrouw Carter. 'Keurig netjes ingepakt.' Hij keerde zich naar mij met ogen die schitterden als die van een kind met kerst. 'Heb je je mes in je zak?'

Moeder had nog steeds mijn mes. Ik had het hele huis doorzocht, maar had het nergens gevonden. Ik schudde mijn hoofd.

Vader fronste. 'Je moet altijd je mes bij je hebben.' Hij stak zijn hand in zijn achterzak, haalde zijn eigen mes tevoorschijn en gaf het aan mij.

'Gaan we haar liquide maken?'

'Je moeten "liquideren" zeggen, niet "liquide maken". Dat betekent iets anders, en zo klinkt het nogal dom.'

'Het spijt me, vader.'

'Zoiets moet je alleen zeggen als je je dommer wilt voordoen dan je bent. Het is wel eens beter om niet de slimste te zijn. Sommige mensen zijn daar bang voor. Als je je onnozel houdt, accepteren ze je gemakkelijker en dan val je niet zo op. Maar in het gezelschap van je vader en je lieftallige buurvrouw hoef je de schijn natuurlijk niet op te houden. Als je ten overstaan van vrienden en je eigen familie al niet meer jezelf kunt zijn, waar gaan we dan naartoe, hè?'

Daar moest ik het wel mee eens zijn. 'Gaan we haar liquideren, vader?'

Vader nam me het mes uit handen en hield het lemmet omhoog tegen het licht. 'Dat is een uitstekende vraag, knul, maar het is niet aan mij om die te beantwoorden, want zie je, mevrouw Carter bepaalt hoe het spelletje gespeeld wordt en zij speelt nu niet wat je noemt open kaart. Persoonlijk zou ik haar liever niet doodmaken. Ik zou haar hier nog wel een tijdje willen houden. Ik heb me laten vertellen dat ze nogal een feestnummer is, en tot nu toe heb ik nog niet erg kunnen meegenieten.' Hij tikte opnieuw op haar been. 'Toch, Lisa? Jij houdt wel van een beetje plezier, toch?'

Haar ogen zaten vastgeklonken aan het lemmet. Het glinsterde mooi in het schijnsel van de kale peer van zestig watt aan de zoldering.

De papieren zak van vader stond op de vloer en bewoog zacht knisperend op het beton. Hij gaf mij het mes weer. 'Je bent nu een grote jongen. Als jij nu eens de honneurs waarnam?'

Mevrouw Carter worstelde met haar boeien. Ze trappelde met haar voeten; haar ogen puilden uit. Ze riep iets achter de prop in haar mond, maar het was volstrekt onverstaanbaar. Ik begreep niet zo goed waarom vader haar een prop in de mond had gestopt. De helft van alle plezier zat toch zeker in de reacties?

Vader trok de witte blouse van mevrouw Carter uit haar spijkerbroek. 'Snijd die blouse maar los. Het is zonde om zo'n smetteloos kledingstuk te vernielen, maar er is helaas geen andere manier om haar ervan te ontdoen nu ze zo vastgebonden ligt. Jammer dat ze geen leuk bloesje met knoopjes draagt.'

Mevrouw Carter schudde woest nee met haar hoofd, maar vader gunde haar geen stem in wat er moest gebeuren. Ik glimlachte haar zo geruststellend mogelijk toe, schoof toen het mes onder de dunne stof van haar blouse en gaf er een klein rukje aan. De scherpe snijkant gleed met amper enige weerstand door het katoen toen ik het erdoor trok. Mijn knokkels gleden over het gladde vel van haar buik en ik begon te blozen. Ik kon niet naar vader of mevrouw Carter kijken, want ik was bang dat ze dan de vloed van emoties die door me heen ging van mijn gezicht zouden kunnen lezen. Mijn temperatuur liep met de minuut hoger op. Toen de rug van mijn hand haar beha raakte, dacht ik dat ik zou ontploffen. Ik dwong mezelf verder te snijden tot bij haar kraag. De blouse viel in tweeën. Mevrouw Carter huilde.

'Nu moet je de mouwen en de schouders eraf snijden, zodat we van dat hinderlijke ding verlost zijn,' zei vader.

Ik deed wat me was opgedragen, en al snel lag de blouse in flarden naast me op de vloer.

Mevrouw Carter maakte zich steeds drukker, ze haalde zwoegend adem door de prop. Haar borst rees en daalde in een steeds heftiger tempo. Zou ze van haar stokje gaan?

'Moeten we haar van die prop bevrijden?'

Vader keek mevrouw Carter even aan en schudde toen zijn hoofd. 'Iemand die van angst gilt is tot daaraan toe, maar iemand die van pijn gilt, dat is nog heel wat anders. En dit gaat pijn doen. Dat weet ik wel zeker.' Hij haalde nog een stuk touw tevoorschijn en wikkelde dat over haar buik, net onder haar borsten, onder het veldbed door en legde er een stevige knoop in. Dat deed hij nog vier keer, tot het touw op was. Toen hij daarmee klaar was, kon mevrouw Carter zich niet langer bewegen. 'Laten we maar even opschieten. Kun je me die papieren zak en de slakom geven?'

Ik knikte en pakte de papieren zak. Hij was zwaar. Wat er dan ook in zat, het woog minstens een half pond. Ik voelde dat het heen en weer gleed in de zak. Het had ook gepist, de bodem van de zak was doordrenkt met urine en stonk naar warme ammoniak.

Vader nam de zak van me aan en zette hem op de buik van mevrouw Carter. Ze zoog met geweld lucht in haar longen en probeerde rechtop te gaan zitten toen de kletsnatte zak haar huid raakte, maar de touwen hielden haar tegen. Ze rekte haar nek ver genoeg om de zak te kunnen zien, maar ze kon die onmogelijke houding niet lang volhouden en liet haar hoofd weer terugvallen.

Vader vouwde de zak aan de bovenkant ietsje open en liet er een beetje verse lucht in. Toen zette hij er snel de slakom overheen, zodat de zak gevangen was tussen de kom en de buik van mevrouw Carter.

Hij haalde een rol ducttape tevoorschijn, scheurde er een paar stroken van af en plakte de kom daarmee vast op haar buik. Het plastic was transparant zodat we goed konden zien wat er onder de kom gebeurde.

Vader tikte op de kom. 'Deze kleine jongen is een schoolvoorbeeld van een Rattus argentiventer. Ik kon hem buiten zo oppakken nadat ik hem een stukje kaas had gevoerd dat ik had besprenkeld met chloroform. De chloroform raakt echter uitgewerkt en als hij echt wakker wordt, zal hij flink de pest in hebben, en bovendien last hebben van een knallende koppijn. Ratten houden niet van benauwde, kleine ruimten, dus ik ben er eigenlijk van overtuigd dat hij wel graag onder deze kom weg wil. Misschien zal hij aan die kom beginnen te krabben, maar die is te glad om hem veel houvast te bieden. Als hij eenmaal zijn pogingen in die richting staakt, zal hij zijn aandacht ongetwijfeld richten op wat er onder zijn pootjes ligt. En dan begint de lol. Zijn kleine, scherpe nageltjes zullen minder moeite hebben met jouw huid dan met plastic; en als dat kleine bekje van hem zich in de strijd gaat mengen…' Vader glimlachte gul. 'Nou ja, laten we maar zeggen dat die tandjes zijn gemaakt om veel weerbarstiger stoffen soldaat te maken.'

Mevrouw Carter lag te worstelen en naar adem te happen. Ze probeerde haar longen vol lucht te zuigen, maar alleen door haar neus lukte dat niet. De tranen stroomden over haar wangen. Haar ogen waren bloeddoorlopen en gezwollen.

Ik boog me naar haar toe. De rat lag opgerold in de zak en bewoog amper, maar het was duidelijk dat de chloroform uitgewerkt raakte. Toen de kleine zwarte rat zijn kop uit de zak stak, sloeg mijn hart een keer over van schrik.

Vader lachte. 'Maak je geen zorgen, knul. Hij doet jou niets. Als hij daar eenmaal uit is, zit zijn buikje zo vol dat een tweede maaltijd wel het laatste is waar hij aan denkt.'

'Ze raakt buiten bewustzijn.'

Ik weet zeker dat vader al met die mogelijkheid rekening had gehouden, maar op zijn gezicht stond iets anders te lezen. Hij keek eerst verbaasd en toen gefrustreerd. 'Het zou maar zo kunnen zijn dat je gelijk hebt, knul, misschien is dit een beetje heftig voor haar, maar het is bijna voorbij.' Hij liet zijn vingers door mevrouw Carters haar glijden. 'Je houdt het nog wel even vol, hè, Lisa? Je bent een taaie meid, dat lukt vast wel.'

Ze bewoog wild met haar hoofd. Ik kon niet uitmaken of ze ja knikte of nee schudde.

De rat klom uit de rechtop staande papieren zak en tuimelde naar beneden. Hij klom weer overeind op zijn kleine roze voetjes. Hij had moeite zijn evenwicht te bewaren en was ongetwijfeld nog duizelig, maar hij kwam snel weer bij zijn positieven. Hij snuffelde eerst aan de zak, toen aan de kom en daarna aan de navel van mevrouw Carter. Het snuitje verdween in de navel en kwam toen weer tevoorschijn.

'Kijk, kijk, onze kleine vriend.' De rat maakte een rondje langs de kom. 'Ik denk dat mijn zoon gelijk heeft. Die prop maakt het moeilijk om adem te halen, dus haal ik hem weg, zodat je weer genoeg lucht krijgt. Ik zal van de gelegenheid gebruikmaken om je een eenvoudige vraag te stellen. Met het antwoord kun je in één klap een einde maken aan dit hele gedoe, maar dan moet je wel eerlijk zijn. Wil je dat?'

Dit keer knikte mevrouw Carter heel duidelijk instemmend.

Vader aarzelde nog even, boog zich toen voorover en drukte zijn lippen tegen haar oor. 'Ging jouw man met mijn vrouw naar bed?' De woorden kwamen als een zucht uit zijn mond. Ik stond naast hem, maar kon het bijna niet horen.

Mevrouw Carter sperde haar ogen open en staarde vader aan. Vader trok de strook katoen weg waarmee de prop op zijn plaats werd gehouden. Ze spuugde de prop uit haar mond en haalde hijgend adem, alsof ze uren onder water was geweest. 'Haal dat beest van me af!' gilde ze. Ze begon weer te worstelen, maar zonder enig effect. Haar lichaam bewoog hooguit een centimeter, vastgesnoerd als ze was op het veldbed. Ze rekte haar nek, maar kon haar hoofd niet genoeg optillen om te zien wat er gebeurde.

Ik wel. Ik kon het allemaal zien.

De rat kwam weer bij, schudde de slaap van zich af en hervond zijn zeebenen. Als er in de rattenwereld zoiets bestond als een paniekaanval, dan stond deze rat op het punt er een te krijgen. Hij rende rondjes in de kom met zijn neus tegen de rand geperst waar het plastic aansloot op de buik van mevrouw Carter. Telkens na een paar razendsnelle pasjes stond het beest even stil om het plastic te inspecteren. Daarna ging de verkenningstocht langs de rand van het beperkte territorium weer verder. Iedere keer opnieuw draaide de rat een rondje, steeds iets gejaagder dan het vorige.

'Och, arme, volgens mij heeft hij last van claustrofobie. Wat denk jij, knul?'

Ik knikte. 'Nou en of, vader. Kijk eens, hij wordt kwaad!'

'Geen van Gods schepselen geniet van gevangenschap. Het maakt niet uit of je het over een worm hebt, of een knaagdier, of een reus van een kerel. Sluit een levend wezen op in een kooi en het wil er weer uit, zelf als het een gouden kooi is, gevuld met lekkernijen en een comfortabel bed om op te rusten. Deze kleine donder zal een tunnel dwars door onze buurvrouw graven om eens te kijken of hij er weer uit kan komen. Kun je je dat voorstellen? Een gat dwars door haar heen. Ik wil wedden dat ze er niet eens aan dood zou gaan. Niet meteen tenminste. Ik heb een keer een man meegemaakt met een kogelgat in zijn buik, die nog drie dagen leefde. Ik zweer je dat je er dwars doorheen kon kijken als het licht er goed op viel. Dit wordt natuurlijk een veel groter gat, dus het zal geen dagen duren, maar twintig minuten, een half uurtje lijkt me toch zeker mogelijk.' Hij huiverde. 'Kun je je voorstellen hoeveel pijn dat doet? Een gat zo groot als je vuist.' Hij balde zijn eigen vuist en hield die boven haar gezicht.

Mevrouw Carter rukte aan haar boeien en trappelde met haar voeten voor zover dat mogelijk was, maar daardoor raakte de rat alleen maar meer geërgerd. 'Haal dat beest van me af! Alsjeblieft! Ik vertel je alles wat je wilt.'

Vader boog zich naar haar toe. 'De vraag die ik je heb gesteld was eenvoudig genoeg, maar misschien ben je hem door alle opwinding vergeten of je heb je hem niet goed verstaan, dus stel ik hem gewoon nog een keer: ging jouw man met mijn vrouw naar bed?'

Mevrouw Carter schudde haar hoofd.'Nee! Nee, nee, nee!'

Vader knipoogde naar mij. 'Wat denk jij, knul? Vertelt ze de waarheid of zegt ze maar wat?'

'Aaah!' gilde mevrouw Carter met uitpuilende ogen en een rood aangelopen gezicht.

Ik keek naar de rat, die een minuscuul hapje had genomen van de navel van mevrouw Carter. Er vloeide niet eens bloed, maar je zag het onderhuidse weefsel. De rat zat met zijn kopje geheven. Zijn bekje bewoog kauwend terwijl het beestje zich een oordeel vormde over een eerste mondvol, een beetje op dezelfde manier als iemand die wijn proeft.

Vader klapte in zijn handen. De rat keerde zich naar vader en vergat heel even zijn maaltijd. 'De kleine donder krijgt honger en hij houdt van vlees. Dat is een goed teken. Ik wil wedden dat jij heel zoet smaakt, Lisa, lekker mild, maar toch een beetje pittig.'

'Je bent knettergek!' schreeuwde mevrouw Carter. Opnieuw hapte ze naar adem. Het was maar goed dat vader die prop had weggehaald, want ze zou nu vast en zeker al flauwgevallen zijn.

'Haal dat beest van me af, alsjeblieft,' huilde ze. De tranen stroomden over haar wangen. 'Ik heb die kutvraag van je beantwoord. Haal dat beest van me af.'

'Denk om je woorden, schat, niet zo grof.'

'Ik zal doen wat je wilt. Ik vertel je alles, haal alleen...'

De rat beet opnieuw. Mevrouw Carter slaakte een ijselijke gil. Dit keer aarzelde het knaagdier niet. De eerste beet was een beetje een verkennende beet geweest, maar deze werd gedreven door honger. Vader had gelijk, de smeerlap hield wel degelijk van vlees. Hij nam een hap van een centimeter uit haar buik. Ik staarde er gefascineerd naar. De wond kleurde eerst roze, toen rood en vulde zich daarna met bloed.

'O, o,' zei vader opgetogen. 'Nu begint het feest.'

Mevrouw Carter greep de buizen van het veldbed vast en rukte eraan met vingers waaruit alle bloed was weggestroomd. Ik had de uitdrukking 'uitpuilende ogen' wel eerder gehoord, maar tot dat moment had ik het fenomeen nog nooit meegemaakt. De ogen van mevrouw Carter puilden uit! Ik dacht dat ze zo uit hun kassen zouden springen.

Toen zag vader het glas water.

'Let op, knul.' Hij hield het glas scheef en liet een paar druppels water op de slakom vallen. Het water droop langs de kom omlaag en vormde een miniem plasje op de buik van mevrouw Carter, daar waar het plastic haar buik raakte. In minder dan een seconde had de rat door dat er water was. Hij sprong er van de andere kant van zijn doorzichtige plastic gevangenis op af en duwde zijn snuit tegen de rand van de kom. Hij kon het water echter niet bereiken, vader had de kom stevig vastgeplakt. Dat leek de rat te frustreren. Hij begon te graven. De kleine klauwtjes sneden door mevrouw Carters buik zonder dat het beest acht sloeg op het gillen. Want mevrouw Carter gilde als een bezetene. Ik dacht dat ze hard had gegild toen ze gebeten werd, maar...

Vader streek met zijn hand over mijn hoofd. 'Hebben wij plezier of niet?' Hij keerde zich naar mevrouw Carter. 'Kijk, Lisa, ik weet dat ze heel vaak naar jullie toe gaat, soms blijft ze uren weg, en als ze dan terugkomt, stinkt ze naar seks. Ze glimlacht naar me alsof er niets aan de hand is, alsof ze niets verkeerds heeft gedaan, maar wij weten allebei dat dat niet waar is, toch? Ik denk dat wij allebei wel weten wat daar gebeurt. Toen ze hem vermoordde, was ze niet bezig jou te beschermen, maar zichzelf. Klopt dat?'

Ik geloof niet dat mevrouw Carter hem hoorde. Ze haalde adem met lange, haperende teugen. Bij elke ademtocht was er een vochtig, slurpend geluid, doordat lucht zich mengde met opgehoopte tranen en snot in haar keel. Haar ogen staarden niets ziend naar de zoldering. Ze zag mij niet meer – en vader evenmin.

'Volgens mij is ze in shock,' zei ik.

De rat was gestopt met graven, maar had er wel een beetje een smeerboel van gemaakt. Afgezien van die ene beet waren de wonden oppervlakkig. Het waren er veel. Tegenover de plek waar het plasje water tegen de slakom lag, was het een wirwar van krassen, kleine sporen alsof iemand met een scheermesje op haar buik in de weer was geweest.

Vader trok de tape van de slakom en sloeg met zijn hand de kom opzij. De kom en de rat vlogen door de kelder. 'Stomme rat... te ver...' mompelde hij. Hij pakte het glas water en goot het leeg in mevrouw Carters gezicht. Het happen naar adem hield op. Ze keek ons woest aan en gilde.

Vader sloeg haar. Zijn vlakke handpalm liet een vuurrode plek achter op haar wang. Het gillen hield op. Haar lichaam onderging heftige spastische rillingen.

'Nou, nou. Kom op, zeg, zo erg was het nu ook weer niet.' Hij depte de wonden met de papieren zak. 'Zie je wel, alleen maar een paar krasjes. Niets om je druk over te maken.' Hij boog zich weer over haar heen met zijn lippen bij haar oor. 'Als ik je pijn wil doen, ik bedoel, echt pijn, kan ik wel iets anders bedenken. Ik heb ooit eens met een mes de vingers van een man gevild tot op het bot. Eerst een snee in de lengterichting en toen kleine reepjes. Ik heb bijna een uur gedaan over de eerste vinger. Op een gegeven moment raakte hij bijna in een shock, dus toen heb ik hem een shot adrenaline gegeven. Daar werd hij niet alleen weer helemaal wakker van, maar het verhevigde ook de pijn.' Hij pakte mevrouw Carters hand en streelde die. Ze probeerde haar hand weg te trekken, rukkend aan de handboei. 'Wist je dat er zevenentwintig botjes in een mensenhand zitten? Een paar grotere en een paar hele kleine. Ze zijn echter allemaal breekbaar. Ik weet niet of hij echt nog veel kon voelen op dat punt, omdat ik het grootste deel van de huid, spieren en pezen had weggesneden, maar hij krijste oorverdovend. Ik wil wedden dat je me wel heel snel de waarheid zou vertellen als ik dat bij jou zou doen, denk je ook niet? Als ik je vingers stuk voor stuk zou villen?' Hij liet een vingertop over de rug van haar hand glijden, rond haar pols, en greep haar pols toen stevig vast. 'Ik wil wedden dat ik je huid er als een natte handschoen af zou kunnen pellen als ik hier een incisie zou maken, zo helemaal rond. Ik zou natuurlijk moeten oppassen om je slagader niet open te halen, maar ik denk dat het wel zou lukken.' Hij keerde zich weer naar mij. 'Wat denk jij, knul? Moeten we dat maar eens proberen?'

Ik zag het voor me.

Vader drukte zijn handpalm tegen de wond in mevrouw Carters buik. Deze keer gilde ze niet. Haar ogen rolden weg in de oogkassen. Zo ver dat alleen het oogwit nog te zien was. Toen viel haar hoofd scheef opzij.

'Is ze dood?'

Vader voelde bij haar hals. 'Nee, alleen flauwgevallen. Dat viel niet te vermijden, denk ik.' Hij kwam overeind en liep in de richting van de trap. 'Maak de touwen maar los, maar laat de handboeien zitten. En kom daarna maar naar boven, het wordt tijd om te gaan slapen. Het is een lange avond geweest. Ik moet eens even met je moeder praten.'

'En die rat?' riep ik hem na. Hij was echter al weg. Ik bleef alleen achter bij onze gast.

48

Emory

Dag 2 • 08.06 uur

Schatje? Het is echt tijd om op te staan. Al dat slapen is helemaal niet gezond.

Emory sloeg met haar hand naar de lucht om zich heen, ze probeerde de dichte mist die over haar gedachten was neergedaald van zich af te slaan. Toen ze knipperend haar ogen opende, zag ze niets. Ze wist alleen dat ze ze had opengedaan doordat ze zo droog waren. De koude lucht voelde zo gruizig op haar pupillen dat ze haar ogen meteen weer dicht moest doen. Ze probeerde om te rollen, maar dat lukte niet.

Iemand hield haar vast! Iemand drukte op haar rug en hield haar plat op de betonvloer.

God, laat hem niet aan mijn ogen komen. Laat hem alsjeblieft niet aan mijn tong komen!

Ze spande haar spieren en wachtte tot ze de pijn zou voelen van een mespunt waarmee haar ogen eruit gewrikt zouden worden, of een hand die haar bij haar keel zou grijpen en net zo lang zou knijpen tot ze gedwongen was haar mond open te doen en dan…

Kalm aan maar, schatje. Het is alleen maar de brancard. Weet je nog? Dat ijzeren ding viel boven op je toen je als een hond een beetje van dat smerige water probeerde op te lebberen.

Ineens kwam het allemaal weer terug, in een flits die werd gevolgd door een knallende pijn in haar slaap, zo erg dat ze bang was dat ze opnieuw het bewustzijn zou verliezen. Emory raakte haar voorhoofd aan en voelde kleverig, geronnen bloed.

Heb je nog iets gedronken voordat die hele santenkraam boven op je viel? Ik weet niet hoe het met jou is, maar ik sterf van de dorst.

Afgaande op hoe haar keel voelde, had ze niets gedronken.

In eerste instantie deed haar pols geen pijn. Ze voelde niets tot ze haar gewicht verplaatste en onder de brancard uit probeerde te kruipen, maar toen voelde het alsof haar hand bij de pols werd afgehakt, alsof iets zich met agressieve tanden dwars door haar huid en botten vrat. Ze probeerde te gillen, maar het enige wat ze produceerde was een zacht kreunen.

Ze dreigde opnieuw het bewustzijn te verliezen door de pijn in haar pols en de wond aan haar voorhoofd. Ze verzette zich ertegen. Ze zei tegen zichzelf dat de pijn een teken was dat ze nog leefde, en zolang ze nog leefde zou ze alle moeilijkheden die op haar af kwamen overwinnen.

O, toe maar, meisje, maak jezelf maar wat wijs. Niets doet het beter op tv dan een grietje met maar één oor en een stompje onder aan haar arm, dat dapper vertelt over haar doorzettingsvermogen. Je zult de talkshows van je af moeten slaan. 'Hoe is het je gelukt vol te houden toen je hand eraf viel en het bloed uit de wond spoot? Het voelde vast wel goed om weer vrij te zijn, maar het moet toch ook wel vreselijk pijn hebben gedaan?'

Bloedde ze?

Met haar goede hand voelde Emory aan het opgezwollen weefsel bij de handboei. Ze voelde bloed, maar niet veel. De handboei had de huid bijna rondom opgestroopt, maar wat haar de meeste zorgen baarde, was het bot van haar onderarm dat onder een vreemde hoek uitstak. Het had de huid niet doorboord, maar het scheelde weinig. Toen ze probeerde haar pols te bewegen, gierde de pijn door haar lichaam. Alle kracht vloeide uit haar weg. Ze zoog tussen haar op elkaar geklemde tanden lucht in haar longen.

Die pols was gebroken, dat stond vast. Voor het eerst sinds ze hier was, was ze blij dat het te donker was om iets te zien.

Iets fluisterde haar in dat ze moest gaan staan, en voordat iets anders haar ervan kon weerhouden, voegde ze de daad bij het woord. Met haar gewonde pols trok ze de brancard mee omhoog tot hij weer op vier wielen stond. Vervolgens stond ze tegen de brancard geleund in doodse stilte huiverend te wachten op de pijn die ongetwijfeld zou komen.

De pijn overviel haar als een vloedgolf. Niet alleen haar pols deed pijn. Haar armen en benen deden pijn. Ze wist niet hoelang ze bewusteloos was geweest, maar het moesten eerder uren dan minuten zijn geweest. Alles aan haar lichaam voelde eerst doof en daarna leek het alsof ze met naalden werd gestoken tot uiteindelijk een diep kloppend gevoel achterbleef, dat nog wel een tijdje zou aanhouden.

Dit keer gilde ze niet. Ze was te geschokt om te merken dat ze haar urine liet lopen, voor het eerst sinds ze hier in de duisternis was wakker geworden. Het warme vocht liep in een dun stroompje langs haar been en verzamelde zich in een plasje bij haar tenen.

Plotseling kwam met donderend geweld de stem van Rod Stewart omlaag met het refrein van 'Maggie May'.

Ze vroeg zich vertwijfeld af hoelang het nog zou duren tot ze dood zou gaan.

49

Dagboek

Ik legde een koude, vochtige doek op de wonden van mevrouw Carter. De wonden zagen er niet half zo ernstig uit als ik had verwacht. Met een beetje zalf en een paar pleisters zou het leed zo verholpen zijn. Helaas had ik geen zalf en pleisters daar in de kelder, dus moest het maar met die vochtig doek.

Ik dacht dat ze wel weer wakker zou worden, maar na twintig minuten sliep ze nog steeds heel vast. Volgens mij was het gewoon slaap, want shock is niets anders dan een verdedigingsmechanisme van het lichaam. Als de zaken een beetje hachelijk worden, draait het lichaam een knop om. Gecombineerd met de enorme hoeveelheden adrenaline die pal daarvoor vrijkomen, waardoor het lichaam in een soort turbostand gaat functioneren, is aan alle voorwaarden voor een gigantische crash voldaan.

Als ze genoeg uitgerust was, zou ze vanzelf weer wakker worden.

Op de wasmachine vond ik een deken die ik over het frêle lichaam drapeerde. Daarna liep ik de trap op naar de keuken.

Vader lag op de bank te snurken. Op de vloer lag een lege fles bourbon. Ik sloop langs hem zonder ook maar één vloerplank te laten kraken, dook mijn kamer in en sloot de deur.

Daar stond ik, met mijn voorhoofd tegen de deur, met gesloten ogen. Ik was nog nooit zo moe geweest.

'Heb je hem verteld van de foto?'

Ik draaide me om en zag moeder in de hoek van de kamer staan. In het schemerduister waren alleen haar contouren te onderscheiden.

'Heb je hem verteld van de foto?' vroeg ze nog een keer, met een zachte, rauwe stem.

'Nee,' zei ik. Mijn eigen stem klonk veel beschroomder dan de bedoeling was. 'Nog niet,' voegde ik eraan toe in een poging harder over te komen dan ik me voelde.

Ze liep op me af, en ik zag dat ze een mes in haar hand had; een van de grote messen uit het messenblok waar ik niet mee mocht spelen.

'Wat heeft ze je vader verteld?' Het lemmet ving het maanlicht en glansde. 'Weet hij het?'

Ik schudde mijn hoofd. 'Hij denkt dat u met meneer Carter naar bed ging.'

Ik weet niet zo precies waar ik had geleerd dat je dat zo kon zeggen, al was ik ervan overtuigd dat ik de term juist gebruikte, maar het voelde raar om het te zeggen. 'Hij deed zijn best haar… over te halen, maar ze heeft het niet verteld.'

'Wat heeft hij gedaan?'

Ik vertelde het haar, maar liet achterwege dat er nog steeds een rat los rondliep in de kelder. Kunnen ratten traplopen?

'En jij vertelt hem ook niets, hè? Het blijft een geheimpje tussen ons tweeën?'

Daar reageerde ik niet op.

Moeder zwaaide met het mes en deed een stap naar voren, het maanlicht in. Haar ogen waren rood en gezwollen. Had ze gehuild?

'Als jij je mond houdt, mag je van mij van alles doen met mevrouw Carter. Intieme dingen. Dingen waar jongens van jouw leeftijd alleen maar over dromen. Zou je dat willen?'

Opnieuw zei ik niets. Ik kon mijn ogen niet van het mes losmaken. 'Je begrijpt vast wel wat je vader met mij zal doen als hij erachter komt. Wat hij met mevrouw Carter zal doen. Daar wil jij toch niet verantwoordelijk voor zijn?

'Ik kan niet liegen, moeder.' De woorden floepten eruit voordat ik besefte wat ik zei, voordat ik me realiseerde welke enorme fout ik maakte.

Moeder sprong naar me toe, het mes hoog geheven, en ze hield maar een paar centimeter voor mijn gezicht in. 'Als je hem ook maar iets vertelt, snij ik je in je slaap open als een varken. Hoor je dat? Dan pulk ik je ogen eruit met een lepeltje en prop ik ze zo diep in je strot dat je ze doorslikt als twee rijpe druiven, zo van de rank.'

De punt van het mes was zo dicht bij de punt van mijn neus dat ik hem dubbel zag.

Moeder had me voor die tijd nog nooit met een vinger aangeraakt.

Ze had me nog nooit pijn gedaan.

Ik geloofde haar nu echter zonder meer.

Ik geloofde elk woord van wat ze zei.

Ze ging door, nog steeds met zachte stem, maar het klonk zo vreselijk luid in mijn oren. 'Als je hem ook maar iets vertelt, zal ik hem uit de doeken doen dat jij er ook bij bent geweest. Heel vaak. Dan zal ik hem vertellen dat je in een hoekje stond met je dingetje in je hand, als een opgewonden aapje in de dierentuin, dat je kwijlend naar mevrouw Carter stond te kijken. Dat je je moeder bespioneerde door het raam van haar kamer op intieme momenten. Je moest je schamen voor je verachtelijke gedrag, je bent een heel slecht kind.'

Ik wilde me niet door haar laten intimideren. 'Wie heeft die foto gemaakt, moeder?' vroeg ik.

'Wat?'

'U hebt me wel gehoord. Wie heeft die foto gemaakt? Meneer Carter? Heeft vader gelijk? Hadden hij en u iets met elkaar voor gisteren? Kwam hij daarom zo gedwee mee naar binnen?'

De hand waarin ze het mes hield, trilde van woede. Ik wist dat ik haar provoceerde, ik wist dat ik moest stoppen, maar ik kon het niet. 'Iemand moet die camera hebben bediend, en ik wil wedden dat het meneer Carter was. Hebt u hem daarom vermoord, moeder? U lokte hem helemaal niet hiernaartoe om mevrouw Carter te beschermen, u wilde alleen uw eigen sporen uitwissen. Vader ontdekt de waarheid wel, bereid u daar maar op voor. U weet dat hij pas ophoudt als hij een antwoord op al zijn vragen heeft. U hoort trouw te zijn, moeder – zo werkt het huwelijk – en u zou niet achterbaks rond moeten sluipen om ik weet niet wat uit te vreten met ik weet niet wie.'

Haar gezicht liep rood aan. 'Spreek geen kwaad, zoon.'

'Doe geen kwaad, moeder,' kaatste ik de bal terug. 'We hebben vanavond allemaal regels overtreden.'

Ze liet het mes vallen. Het boorde zich met de punt minder dan een centimeter van mijn voet in een vloerplank. Ze trok de deur van mijn kamer open en stormde door de hal naar haar eigen kamer. Vader lag nog altijd roerloos op de bank te snurken, zich totaal niet bewust van wat er aan de hand was.

Ik trok het mes uit de vloerplank, deed de deur van mijn kamer dicht en schoof de rug van mijn bureaustoel onder de deurkruk. Ik duwde hem zo stevig mogelijk aan. De deur kon weliswaar op slot, maar vader had me geleerd om het slot zonder sleutel open te krijgen toen ik nog maar vijf was, en ik was ervan overtuigd dat een dergelijk slot mijn moeder evenmin zou kunnen tegenhouden, omdat ze ongetwijfeld dezelfde lessen had gevolgd. Ik deed mijn ramen ook dicht en op slot. Het was een broeierige nacht, maar ik had geen keus. In gedachten zag ik moeder al naar binnen klimmen en naar mijn bed toe lopen, met een lepel in haar ene hand en een mes in de andere. 'Goedemorgen, knul, toe aan je ontbijt?' hoorde ik haar al zeggen, en dan zou ze de lepel in mijn oogkas steken. Ze zou het mes in mijn buik steken en het een halve slag omdraaien. 'Vandaag je lievelingshapje.'

Ik schudde het beeld uit mijn gedachten, trok de deken en het kussen van mijn bed en sleepte ze mee naar de klerenkast, waar ik me op de vloer opkrulde tussen tennisschoenen, een voetbal en alle andere rommel die een jongen van mijn leeftijd verzamelde.

Ik wilde niet in slaap vallen, maar het zou vast wel beter zijn. Het was allemaal nog lang niet voorbij en ik had rust nodig.

Ik kon niet met mijn ogen open slapen, maar ik probeerde het toch. Duistere dromen namen bezit van me terwijl ik zonder iets te zien naar de deur van mijn kamer staarde en wachtte tot het monster terug zou keren. Ik hield het slagersmes stevig vast.

50

Porter

Dag 2 • 08.56 uur

'Je kunt het me best vragen.'

Watson keek Porter even aan en richtte toen zijn blik weer op de weg. 'Het leek me dat u er wel over zou beginnen als u dat zou willen. Het hoeft natuurlijk niet.' Hij zweeg een tijdje en voegde er toen aarzelend aan toe: 'Ik heb het een en ander gehoord, het meeste van Nash. Ik was de hele tijd al van plan u te zeggen hoe erg ik het vind, maar de gelegenheid deed zich niet voor. Het spijt me.'

'Spijt het je dat de gelegenheid zich niet voordeed om me dat te vertellen of vind je het erg voor mij dat mijn vrouw dood is?'

Watson verbleekte. 'Ik wilde...'

Porter liet zijn schouders zakken en schudde zijn hoofd. 'Nee, wacht – dat kwam er verkeerd uit. Ik ben gespannen. Ze wilden me per se naar een psychiater hebben, en ik weet dat ik ook zou moeten gaan, dat ik er een nodig heb, maar elke vezel in mijn lijf verzet zich ertegen. Het is net zoiets als wanneer je nog maar een jochie bent en met opzet net niet doet wat je ouders je vertellen, ook al weet je dat ze gelijk hebben. Het is gewoon eigengereidheid.'

Watson knikte voorzichtig. Hij wriemelde met de zak waarin het horloge zat. 'Nash zei dat ze is doodgeschoten.'

Porter knikte. 'We dronken altijd koffie 's morgens voordat we naar ons werk gingen. Maar die avond was de melk opgeraakt, dus ging ze nog even naar de winkel om een pak te halen voor de volgende ochtend. Ik was in de slaapkamer bij de tv in slaap gevallen. Ik heb haar niet horen weggaan. Ze wilde me waarschijnlijk niet wakker maken. Toen ik wakker werd, zag ik het briefje op haar kussen, waarop stond waar ze naartoe was. Het was halfelf en doordat ik had liggen slapen, wist ik niet of ze nog maar vijf minuten of al twee uur de deur uit was. Het bleek achteraf dat ik bijna drie uur had liggen slapen. Dat komt van dit werk – je bent voortdurend in de weer en holt overal achteraan, en als je dan even de tijd krijgt om adem te halen, zak je als een pudding in elkaar. Hoe dan ook, ik ben naar de woonkamer gegaan om een boek te lezen en te wachten tot ze terug zou komen. Na twintig minuten begon ik me zorgen te maken, want meestal gaan we naar een klein avondwinkeltje, een straat verderop, op de hoek, en dat is hooguit vijf minuten lopen. Je bent er ook hooguit vijf minuten binnen. Ze had dus allang terug moeten zijn. Ik belde haar, maar kreeg haar voicemail. Nog eens tien minuten later besloot ik zelf te gaan kijken waar ze bleef.'

Hij zweeg; zijn ogen waren op de weg gericht.

'Ik zag de zwaailichten. Op het moment dat ik de hoek omsloeg en Windsor Street inliep, zag ik de zwaailichten en wist ik het. Ik wist gewoon dat het Heather was. Ik begon te rennen. De winkel was afgetapet. Vijf patrouillewagens blokkeerden de straat. Ik dook onder de tape door en liep naar de ingang, maar een van de agenten herkende me en riep mijn naam. Iemand greep me bij de arm, en nog iemand anders, en nog iemand... Het lijkt eerder een boze droom dan iets wat werkelijk is gebeurd.'

'Waarschijnlijk ben je in een shock geraakt.'

Porter knikte. 'Waarschijnlijk.'

'Een overval?'

'Ja. Een jochie. Volgens Tareq, de winkelier, stond Heather achter in de zaak toen die klojo de winkel in kwam en hem een pistool onder zijn neus duwde. Ik ken Tareq nu bijna vier jaar. Een prima kerel, achter in de twintig, vrouw en twee kinderen thuis. Hoe dan ook, volgens Tareq richtte de man het pistool op hem en droeg hem op de kassa leeg te maken. Tareq is eerder beroofd en hij weet donders goed dat hij gewoon moet doen wat hem wordt gezegd, dus hij begint het kleingeld uit de kassa over te hevelen in een zak. Hij dacht dat hij zo'n driehonderd nog wat in de kassa had. Hij zei dat het joch stond te trillen als een espenblad. Je weet dat dat de ergste overvallers zijn. Als ze kalm blijven, lijkt het alsof ze gewoon even zaken komen doen – iedereen doet keurig wat er van hem wordt verwacht en iedereen blijft ongedeerd. Maar als ze zenuwachtig zijn, wordt het allemaal anders. Volgens Tareq kon het joch amper dat pistool op hem gericht houden en hij was als de dood dat het zou afgaan. En dat is precies wat er gebeurde, alleen raakte hij Tareq niet. Hij schoot op de vrouw die hij vanuit een ooghoek zag, de vrouw die hij niet had opgemerkt toen hij de winkel in kwam. Hij werd door haar verrast. Hij draaide zich om haalde de trekker over. De kogel trof Heather onder haar rechterborst en doorboorde de slagader.'

Watson keek omlaag naar zijn handen. 'Ze moet heel snel doodgebloed zijn.'

Porter snoof en sloeg nogal hoekig af, Roosevelt Avenue in. 'Het joch ging ervandoor zonder het geld. Tareq heeft 911 gebeld en geprobeerd het bloeden te stelpen, maar het is zoals je zei... Je kunt er niets aan doen.'

'Ik vind het heel erg.'

'Weet je wat het helemaal zo erg maakt? Toen ik die avond op weg was naar huis, schoot me te binnen dat de melk bijna op was. Ik wilde onderweg nog een pak meenemen, maar toen ik langs de winkel reed, leek het erg druk. Dus besloot ik om later te gaan. Kun je je dat voorstellen? Ik ben mijn vrouw... omdat ik godverdomme te beroerd was om een paar minuten op mijn beurt te wachten.'

'Zo moet u niet denken.'

'Ik weet niet zo goed hoe ik nu moet denken. Ik weet niet zo goed wat ik moet doen. Ik denk niet dat ik nog een dag langer in dat appartement had kunnen zitten, met al die buren die in het trappenhuis naar me liepen te gluren, en iedereen die zo poeslief tegen me was. Niets is meer wat het zijn moet. Zelfs dit...' Hij wuifde met zijn hand tussen hen beiden in. 'Ik dacht dat ik jou beter mee kon nemen dan Nash of Clair, maar het maakt niets uit. Om de een of andere reden wil ik erover praten met iemand die niet...' Hij schraapte zijn keel. '... die haar niet kende. Maar eigenlijk wil ik er helemaal niet over praten, en eigenlijk weet ik het gewoon niet. Bij Moordzaken heb ik zo veel gezinnen moeten vertellen dat iemand dood was, dat ik ongevoelig was geworden, verdoofd. Drieëntwintig jaar lang dat verhaal vertellen, die onheilsboodschap overbrengen. De pijn daarvan werd een deel van mijn systeem. Wil je wel geloven dat ik twee, drie praatjes vanbuiten ken? Voor elke situatie een. Nash en ik hadden de gewoonte om een munt op te gooien. Wie verloor, moest het woord doen. Ik vertelde de mensen wat er was gebeurd, met de smoes dat de overledene nu in een betere wereld was, dat ze verder moesten, dat ze het verdriet achter zich moesten laten en dat de tijd alle wonden heelt. Maar nu klinkt het allemaal als dom gelul. Toen ik Heather... kwijtraakte – god, ik kan het niet eens hardop zeggen zonder dat ik volschiet. Ze zou niet willen dat ik brak. Ze zou willen dat ik aan alle goede herinneringen denk, dat ik de afgelopen paar weken vergeet en dat ik onze relatie niet zou laten kleuren door die weken van verdriet. Maar dat lukt me niet. Ik wil het wel. Steeds als ik iets van haar zie – het boek dat ze las, dat ze nu nooit meer zal uitlezen, de tandenborstel, die ze nooit meer zal gebruiken, haar ondergoed in de wasmand, haar post – we speelden scrabble, en het laatste spelletje dat we speelden, ligt nog op het bord. Ik kan mezelf er niet toe zetten het op te ruimen. Ik blijf maar naar haar letters kijken en me afvragen wat het volgende woord geweest zou zijn dat ze had gelegd. Ik word midden in de nacht wakker en dan voel ik aan haar kant van het bed alleen maar koude lakens.'

Hij schakelde en passeerde een taxi die afremde om rechts af te slaan, en rukte onmiddellijk daarna aan het stuur om naar links uit te wijken voor een bestelbusje dat de parkeerplaats van een Burger King afreed.

'Misschien moeten we een zwaailicht op het dak zetten,' zei Watson. 'Of als u wilt, kan ik ook wel rijden.'

Porter veegde met zijn mouw zijn ogen droog. 'Nee, het is in orde. Ik had je waarschijnlijk moeten waarschuwen voordat we in de auto stapten. Ik zou dit er allemaal uit moeten gooien in therapie en niet in de auto met iemand die net komt kijken bij de technische recherche. Hier heb je niet voor getekend.'

'U moet met iemand praten. Zo gaat dat met verwerking. Als u het allemaal opkropt, groeit het in u als een tumor.'

Porter grinnikte. 'Je klinkt nu net als een psychiater. Sinds ik je heb leren kennen, heb je nog niet zoveel achter elkaar in één keer gezegd.'

'Misschien studeer ik ook af in psychologie,' zei Watson schaapachtig.

'Meen je dat? Wacht, óók?'

Watson knikte. 'Ik ben met mijn derde studie bezig.'

Porter schoot door een licht dat al een fikse tijd oranje was en maakte een schuiver om een Volkswagen Kever te ontwijken.

Watsons knokkels waren spierwit toen Porter terugschakelde naar de derde versnelling en vanuit de linker rijbaan rechts afsloeg, waarbij hij een rode Buick tot een noodstop dwong. 'Ik geloof dat ik beter kan rijden. De commissaris wilde dat ik zou rijden.'

'We zijn er bijna.'

'Ik ben er eigenlijk niet van overtuigd dat het wel zo goed is dat u daarnaartoe gaat.'

'Niet gaan is geen optie. Als het dat joch is, moet ik hem zien.'

Ze reden Fiftieth Avenue op en kwamen met piepende banden tot stilstand op een parkeerplek voor gehandicapten, pal voor het bureau. Hij legde zijn speciale parkeervergunning achter de voorruit, haalde zijn Beretta uit de schouderholster en schoof hem onder zijn stoel. Hij keek naar het horloge dat Watson in zijn hand hield. 'Waar is die winkel van je oom ook weer?'

'Aan West Belmont Avenue. De winkel heet Lost Time Antiques and Collectibles.'

'Geef mij dat horloge eens,' zei Porter. 'Ik vind het vervelend om bewijsmateriaal uit handen te geven.'

Watson gaf hem het horloge. Hij liet het in zijn zak glijden.

'Weet u zeker dat u dit wilt doen?' vroeg Watson.

'Ik vind het een verschrikkelijk idee, maar ik moet dat joch zien.'

51

Dagboek

Ik werd wakker toen er luid op een deur werd gebonsd.

Mijn nek en mijn rug deden pijn van het zittend slapen op de koude houten vloer. Ik worstelde me overeind en rekte me uit om de pijn uit mijn ledematen te verjagen. Mijn vingers zaten nog steeds om het heft van het slagersmes geklemd, zo stijf dat ik ze met mijn andere hand een voor een van het heft moest losmaken. Ik legde het mes op mijn nachtkastje. Ik had nog steeds de kleren van de vorige dag aan. De zon scheen, maar ik had geen idee hoe laat het was.

Opnieuw werd er gebonsd, nog harder dit keer.

Het geluid kwam van de voordeur.

Ik trok de stoel onder mijn deurkruk weg en zette hem aan de kant. Ik deed de deur op een kier open.

Vader was verdwenen, evenals de lege fles bourbon. Aan het andere einde van de gang stond de deur naar de slaapkamer van vader en moeder wagenwijd open. Het bed was keurig opgemaakt. Als ze er hadden geslapen, waren ze nu weg. Het huis ademde een vreemde, verlaten sfeer.

'Moeder? Vader?'

Mijn stem klonk luider dan mijn bedoeling was in die doodse stilte.

Was vader naar zijn werk? Ik wist niet welke dag het was. Het voelde als een maandag, maar ik wist het niet zeker.

Er werd opnieuw gebonsd.

Ik liep naar de voordeur en trok het gordijn opzij van het zijraam. Een zwaargebouwde man van een jaar of zeventig stond in een beige regenjas en een pak vol kreukels op de stoep. Hij keek naar me omlaag en hield met zijn linkerhand een penning op zodat ik duidelijk het zilver kon zien schitteren.

Ik liet het gordijn weer vallen, haalde diep adem en deed de deur open.

'Goedemorgen, jongeman. Zijn je ouders thuis?'

Ik schudde mijn hoofd. 'Vader is naar zijn werk en moeder is naar de winkel om eten voor vanavond te kopen.'

'Vind je het erg als ik wacht tot ze terugkomt?'

Het leek me niet verstandig om daarmee in te stemmen. Misschien was moeder in de kelder en deed ze ik weet niet wat – misschien wel met mevrouw Carter. Hoe zou ze reageren als ze de trap op kwam en een vreemde in huis aantrof? Een vreemde met een penning?

'Ik weet niet hoelang ze weg blijft,' zei ik.

Hij zuchtte en haalde de mouw van zijn regenjas over zijn voorhoofd. Ik vond het maar raar dat hij niet alleen een colbertje aan had, maar daaroverheen ook nog een regenjas, terwijl hij het overduidelijk heet had. Misschien deed hij dat om zijn pistool te verbergen? Ik stelde me een Magnum .44 voor in een schouderholster onder die vlezige arm, die hij in een vloek en een zucht zou kunnen trekken om te schieten, net zoals Dirty Harry in die oude films. Alle politieagenten wilden toch eigenlijk het liefst een soort Dirty Harry zijn?

Deze politieman leek in de verste verte niet op Dirty Harry. Hij was veel te zwaar en het haar op zijn hoofd was al een tijd geleden met pensioen gegaan, zodat er boven de kraag niets restte dan een groot hoofd vol rimpels en ouderdomsvlekken. Zijn ogen waren waarschijnlijk ooit blauw geweest toen hij jonger was, maar hadden nu de kleur van met veel water verdunde ruitensproeiervloeistof. Hij had een paar kinnen onder een huid vol rimpels, zodat hij veel weg had van een Sharpei of een appel die te lang in de zon heeft gelegen.

'Misschien kan ik u helpen?'

Dat aanbod zou hij vast afslaan. Volwassenen lieten zich zelden helpen door kinderen. De meeste zagen kinderen niet eens staan. We hoorden bij het decor van het leven, net als huisdieren en oude mensen. Vader had me eens verteld dat er tussen je vijftiende en je vijfenzestigste een periode was waarin je zichtbaar was; zodra je ouder werd, vervaagde je langzaam. En als je jonger was? Nou ja, jonge kinderen begonnen onzichtbaar en kregen heel langzamerhand vorm, werden steeds tastbaarder tot ze halverwege de puberteit begonnen deel te nemen aan de zichtbare wereld. Poef! Op een dag was je er ineens en hielden mensen rekening met je, zagen ze je staan. Ik wist dat die dag er voor mij ook aankwam, maar ook dat hij nog niet gekomen was.

'Nou ja, misschien wel,' zei de man helaas. Hij tilde de mouw van zijn jas op tot bij zijn slaap en veegde zweet weg dat langs zijn oor omlaag gleed. Hij knikte naar het huis van de Carters. 'Wanneer heb je je buren voor het laatst gezien?'

Ik keek zo ongeïnteresseerd als ik maar kon naar het huis. 'Een paar dagen geleden. Ze zeiden dat ze op reis gingen. Ik heb mevrouw Carter beloofd dat ik de planten water zou geven.'

Dat was een goed verhaal. Een geloofwaardig verhaal, al had het één zwakke plek. Op het moment dat de woorden mijn mond uit waren, vroeg ik me vertwijfeld af of mevrouw Carter wel planten had. Hoewel ik daar niet in het bijzonder op had gelet, had vader me geleerd om omgevingen in me op te nemen, en ik kon me geen planten in hun huis herinneren. Niet één.

'Ben je een botanist in de dop?'

'Een wat?'

'Een botanist. Dat is iemand die verstand heeft van planten.' Zweet druppelde langs zijn slapen.

Ik probeerde er niet naar te staren. Ik probeerde helemaal nergens naar te kijken.

'Nee, ik heb geen verstand van planten, ik geef ze alleen water. Daar hoef je niet zoveel voor te weten.'

'Nee, dat denk ik ook.' Zijn ogen schoten langs me heen, onze kleine woonkamer in.

Was moeder daar? Was ze toch in de kelder geweest en nu naar boven gekomen?

'Mag ik je om een glas water vragen?'

Het zweet droop langs zijn kaak omlaag, over al zijn onderkinnen, en drupte op zijn shirt. Ik voelde plotseling de neiging in me opkomen om dat zoute spoor van zijn slaap te vegen voordat het opnieuw zou beginnen te druipen, maar ik hield me in.

'Dat is goed, maar u moet buiten blijven,' zei ik. 'Ik mag geen vreemden binnenlaten.'

'Dat is heel attent van je. Je ouders hebben je goed opgevoed.'

Ik liet de man op de stoep staan en liep naar de keuken om een glas water te halen. Voordat ik bij de gootsteen was, besefte ik dat ik de deur niet had dichtgedaan. Ik had hem dicht moeten doen en op slot. Hij kon zo naar binnen lopen als hij dat zou willen. En als hij eenmaal zo'n kolossale overtreding had begaan, zou hij ook zo maar doorlopen naar de kelder, waar mevrouw Carter niet kon wachten om hem alles te vertellen over wat zich hier de laatste paar dagen had afgespeeld.

En als ze plotseling begon te gillen?

Als ze maar niet zou gillen, niet nu. Hij zou haar zeker horen, daar bij de deur.

Ik wilde hem niets aandoen. Maar dat zou wel moeten. Ik wist dat ik het zou kunnen als het moest.

Ik onderdrukte de neiging me om te draaien en te kijken. Als ik dat deed, zou hij vast en zeker aan mijn ogen kunnen zien dat ik me zorgen maakte. Vader heeft me geleerd dat soort dingen te verbergen, maar ik was er niet van overtuigd dat ik het werkelijk kon. Niet goed genoeg om een rechercheur om de tuin te leiden, zelfs deze niet, met zijn kraaloogjes en puddingbuik.

Ik pakte een glas van het droogrek, vulde het met koud kraanwater en liep terug naar de voordeur. Ik deed mijn best mijn opluchting te verbergen toen ik zag dat hij nog steeds op de stoep stond. Hij schreef iets op in een klein aantekenboekje.

'Alstublieft, meneer.' Ik gaf hem het glas.

'Zo beleefd,' zei hij. Hij pakte het glas aan. Hij drukte het tegen zijn voorhoofd en rolde het zacht over de rimpelige huid. Toen zette hij het glas aan zijn lippen, nam een miniem teugje en smakte met zijn lippen. 'Ah, precies wat ik nodig had.' Hij gaf mij het glas terug.

Had hij echt iets te drinken willen hebben, of had hij alleen maar een mogelijkheid gezocht om naar binnen te kijken?

'Hebben ze gezegd waar ze naartoe gingen?'

'Dat heb ik verteld; vader is naar zijn werk en moeder is naar de winkel.'

'Nee, je buren. Je zei dat ze op vakantie zijn. Hebben ze ook gezegd waar?'

'Ik heb gezegd dat ze op reis waren, niet op vakantie. Ik weet niet of ze op vakantie zijn. Misschien wel, misschien zijn ze op vakantie.'

Hij knikte vaag. 'Je hebt gelijk. Ik moet geen overhaaste conclusies trekken.'

Dat klopt. Ik heb heel veel stripverhalen gelezen van Dick Tracy en ik weet dat een goede rechercheur nooit overhaaste conclusies trekt. Hij volgt het bewijs. Het bewijs leidt naar feiten, en feiten leiden naar de waarheid.

'Want weet je, we zijn gebeld door de baas van meneer Carter. Hij is niet op zijn werk verschenen en hij heeft niet gebeld en hij neemt de telefoon niet op... Ze maken zich zorgen, dus heb ik gezegd dat ik poolshoogte zou nemen, even zou kijken of alles in orde is. Het lijkt echter alsof er niemand thuis is. Ik heb door een paar ramen naar binnen gegluurd en eigenlijk niets gezien om gealarmeerd te raken, niets ongewoons.'

'Ze zijn op reis.'

Hij knikte. 'Ze zijn op reis. Ja... dat zei je al.' Hij trok zijn jas uit en vouwde hem over zijn arm. Onder zijn oksels zaten grote zweetvlekken, maar er was geen holster. 'Het punt is, dat het me een beetje vreemd voorkomt dat ze jou hebben gevraagd om de planten water te geven, maar niet om ook even de post en de kranten te doen. Het viel me op dat hun brievenbus boordevol zit en dat er twee kranten op de oprit liggen. Als mensen op reis gaan, is dat meestal het eerste wat ze regelen. Er is geen betere manier om dieven opmerkzaam te maken op je afwezigheid dan met een volle brievenbus en kranten op de oprit.'

'Hun auto staat er niet,' zei ik impulsief. 'Ze zijn met hun auto vertrokken.'

Hij wierp een blik op de oprit van de Carters. 'Ach, met de auto.'

Dit ging niet goed. Dit ging helemaal niet goed. Ik stak mijn hand in mijn broekzak op zoek naar het vertrouwde heft van mijn mes, maar het was er niet. Als ik mijn mes had gehad, had ik de man de keel af kunnen snijden. Ik zou dwars door al die onderkinnen kunnen snijden en zijn bloed laten lopen alsof je een kraan openzette. Ik wist dat ik snel was. Zou ik snel genoeg zijn? Ik zou hem toch zeker wel kunnen vermoorden voordat deze veel te zware kerel zou kunnen reageren? Toch? Vader zou willen dat ik het deed. Moeder ook. Dat zouden ze willen. Zeker. Ik wist dat ze dat zouden willen. Maar ik had mijn mes niet.

Hij boog zich naar me toe. 'Heb jij een sleutel?'

'Waarvan?'

'Van het huis van de buren. Je moet toch naar binnen om de planten water te geven?'

Mijn maag kromp samen. 'Ja, meneer.'

'Wat denk je, kun je mij wel binnen laten? Heel even maar? Om even rond te kijken?'

Dat leek me geen probleem. Zou dat niet zijn wat vader van me verwachtte? Dat was toch de reden waarom we alles geënsceneerd hadden? Er was maar één probleem – ik had gezegd dat ik een sleutel had, en die had ik niet. Ik was bezig het paard achter de wagen te spannen, zou vader hebben gezegd. Praten zonder eerst na te denken is de beste manier om een geweldige valkuil voor jezelf te graven.

Hij drong aan. 'Er zijn mensen die zich zorgen maken. Misschien is er iets gebeurd.'

'Ze zijn op reis.'

Hij knikte. 'Ja... dat zei je al.'

'U bent van de politie. Waarom trapt u de deur niet in om te gaan kijken?' vroeg ik.

De man hield zijn hoofd schuin. 'Heb ik gezegd dat ik bij de politie was?'

Had hij dat gezegd? Nu ik erover nadacht, begon ik te geloven dat hij dat niet had gezegd. 'U ziet eruit als iemand van de politie.'

Hij wreef over zijn kin. 'Aha, is dat zo?'

'En u zei dat ze u hadden gebeld omdat meneer Carter niet op zijn werk was verschenen. Wie zouden ze anders moeten bellen dan de politie?'

'Het lijkt erop dat je behalve botanist ook nog een rechercheur in de dop bent.'

'Dus waarom trapt u de deur niet in?'

Hij haalde zijn schouders op. 'We kunnen bij de politie alleen iets doen als er een redelijk vermoeden is van een misdrijf. Als dat ontbreekt, kan ik niet zomaar dat huis ingaan. Tenzij jij mij natuurlijk binnenlaat. Als jij mij geheel uit vrije wil daar naar binnen laat gaan, zijn we allemaal gedekt en krijgt niemand problemen. Ik kijk even rond en ik ben in een mum van tijd weer weg.'

'Gewoon zo?'

'Gewoon zo.' Hij knipoogde. Hij zweette niet meer, maar zijn gezicht zat onder de rode vlekken.

Ik dacht even na. Het klonk als een heel aannemelijk plan. Een voorzichtig plan.

Als hij een politieman was, waarom had hij dan geen pistool?

'Mag ik uw penning nog een keer zien?' Nu ik daarover nadacht, besefte ik dat wat hij me had laten zien wel de juiste vorm en kleur voor een penning had, maar dat ik helemaal niet wist of het ding wel echt was. Hoe moest ik dat weten? Ik had nog nooit een politiepenning gezien, alleen die dingen die ze op tv hadden. Meestal zaten ze in een chic leren mapje, samen met een legitimatiebewijs. Die penning van hem had niet in een mapje gezeten. Misschien was de penning echt, maar het kon ook zo'n speelgoedding zijn dat overal te koop was.

Hij hield opnieuw zijn hoofd schuin en trok zijn bovenlip bij een mondhoek op. Hij stak zijn hand in zijn achterzak, aarzelde, en liet zijn arm toen slap langs zijn lichaam vallen. 'Weet je, ik denk dat ik toch liever later nog even terugkom, als je ouders thuis zijn. Dan kan ik met hen praten. Eens kijken of ik erachter kan komen waar, eh... het reisje van de Carters naartoe is.'

Er veranderde iets in de uitdrukking op zijn gezicht. De trekken verhardden, zijn ogen werden iets donkerder.

Ik onderdrukte de neiging hem tegen te houden. 'Misschien is dat wel het beste,' zei ik.

Hij knikte en liep terug naar zijn auto. Een oude Plymouth Duster. Smaragdgroen. Geen politieauto, bedacht ik. Wel een klassieke kar, een van de betere die ze in Detroit ooit hadden gebouwd.

Halverwege het gazon van de Carters bleef hij stilstaan. Hij riep over zijn schouder: 'Raap die kranten maar op en haal de brievenbus leeg, voordat allerlei verdachte sujetten het idee krijgen dat er niemand thuis is. Of nog erger, misschien denken ze wel dat jij alleen thuis bent bij de buren. Er lopen heel enge mensen rond tegenwoordig, kleine vriend.'

Ik deed de deur dicht en vergrendelde hem zorgvuldig.

52

Clair

Dag 2 • 09.23 uur

Achter de doorkijkspiegel keek Clair naar het zenuwachtige gewriemel van Talbot op de aluminium stoel in de verhoorkamer. Hij probeerde de stoel dichter bij de tafel te trekken, maar de stoel was met bouten aan de vloer vastgezet. Clair had zich al vaak afgevraagd of dat opzettelijk was gebeurd, of de stoelen opzettelijk iets verder van de tafel waren vastgezet dan prettig was, om het ongemak van opgesloten te zitten in een verhoorkamer te vergroten. Louis Fischman, de advocaat die Nash en Porter de vorige dag op Wheaton hadden gezien, zat naast hem. In plaats van de golfkleren droeg hij nu een keurig donkergrijs pak dat waarschijnlijk meer had gekost dan haar Honda Civic toen die nog iets waard was. Talbot droeg een wit shirt boven een lichtbruine broek en om zijn pols prijkte een letterlijk schitterende Rolex.

'Porter zou hierbij moeten zijn,' zei Nash naast haar, zijn ogen op Talbot gericht.

'Ja...'

Fischman boog zich naar zijn cliënt toe en fluisterde hem iets in het oor. Daarna keek hij achterdochtig naar de doorkijkspiegel.

'Denk je dat hij weet dat we hier zijn?' vroeg Nash.

Clair haalde haar schouders op. 'Met alles waar zo iemand zich aan schuldig heeft gemaakt? Ik wil wedden dat hij op dit moment een hele waslijst door zijn hoofd laat gaan. Die advocaat begint te kwijlen als hij aan alle toekomstige rekeningen denkt die hij kan uitschrijven. Hij heeft de brochure voor een nieuw zomerhuisje aan het Meer van Genève waarschijnlijk al in huis.'

In het kleine, volgepropte observatievertrek achter de doorkijkspiegel zat een technicus aan een tafel, die hen nu toeknikte. 'De opname is gestart. We kunnen beginnen zodra jullie zo ver zijn.'

Nash knikte terug en richtte zich tot Clair. 'Hoe wil je het aanpakken?'

'Net als altijd – aardige agente, gemene klootzak,' zei ze, terwijl ze eerst met haar duim naar zichzelf wees en toen naar Nash. Voordat hij kon reageren, pakte ze een grote kartonnen dossierdoos waarmee ze naar de verhoorkamer liep.

Talbot en de advocaat keken op toen ze binnenkwam.

'Heren, ik stel het heel erg op prijs dat u beiden op zo korte termijn kon komen,' zei Clair. Ze zette de doos op tafel en ging tegenover hen zitten. Nash ging naast haar zitten.

'Hebben jullie Emory gevonden?' gooide Talbot eruit.

'Nog niet, maar we hebben er veel mensen op gezet.'

Fischman keek naar de doos. 'Waarom is meneer Talbot dan hier, als ik vragen mag?'

'Wanneer hebt u Gunther Herbert voor het laatst gezien?'

Talbot hield zijn hoofd schuin. 'Mijn CFO? Ik weet het niet. Enkele dagen geleden. Ik ben een paar dagen niet op kantoor geweest. Hoezo?'

Nash liet een grote gele map op tafel vallen en klapte hem open. Foto's staarden hen aan in hoogglans. 'Wij hebben hem kortgeleden nog gezien en hij zag er niet goed uit.'

'O, mijn god.' Talbot wendde zijn hoofd af om de foto's niet te hoeven zien.

Fischman keek woest naar Nash. 'Wat mankeert u? Is dat Gunther eigenlijk wel? Of is dit een vuile grap?'

'Dat is Gunther.'

'Wat is er gebeurd?' Talbot sprak hen aan, zijn ogen strak op hen gericht over de foto's heen.

Clair haalde haar schouders op. 'We wachten nog op het verslag van de lijkschouwer met de doodsoorzaak, maar ik durf wel te wedden dat hij geen zelfmoord heeft gepleegd. Kent u het Mulifax-gebouw, meneer Talbot? Aan de waterkant?'

Fischman stak zijn hand op en gebaarde zijn cliënt te zwijgen. 'Waarom?'

Nash boog zich voorover, naar Talbot toe. 'Omdat uw CFO in de kelder van dat gebouw de ratten lag te voeren.'

Talbot zag bleek. 'Is dat.. Is hij daardoor zo...?'

Fischman wierp hem een veelbetekenende blik toe en richtte zich tot Nash. 'Het bedrijf van meneer Talbot heeft dat gebouw van de gemeente gekocht. Als hij er ooit is geweest, en ik beweer niet dat hij er ooit is geweest, was dat louter en alleen om de waarde van het gebouw te bepalen.'

'Is dat juist, meneer Talbot?' vroeg Clair.

'U hebt het net van mij gehoord,' blafte Fischman.

'Ik hoor het liever direct van uw cliënt.'

Talbot keek Fischman aan. De advocaat dacht even na en knikte toen.

'Ik ben er een paar maanden geleden geweest met Gunther,' zei Talbot. 'Zoals Louis al zei, waren we van plan het te kopen, samen met nog een paar gebouwen in datzelfde blok. De gemeente wilde de gebouwen slopen. We moesten een besluit nemen of het de moeite waard was om de gebouwen te behouden en er een appartementencomplex van te maken. Misschien konden we de gemeente beter eerst de gebouwen laten slopen en dan de grond kopen.'

'Hebt u enig idee waarom Gunther er in zijn eentje opnieuw naartoe gegaan zou kunnen zijn?'

'Heeft die Aap dit gedaan?'

'U hebt mijn vraag niet beantwoord, meneer Talbot.'

'Als hij er weer naartoe is gegaan, was dat niet omdat ik het hem heb gevraagd,' zei Talbot. 'Dan was het op eigen initiatief.'

'Heeft Aap dat gedaan?' herhaalde Fischman de vraag van zijn cliënt.

Clair haalde haar schouders op. 'Misschien, misschien niet.'

'Wat moet dat betekenen?'

'Dat betekent dat uw cliënt misschien wel zelf zo zijn beweegredenen heeft om zijn CFO uit het beeld te doen verdwijnen. Net zo goed als zijn dochter, trouwens,' zei Nash.

Talbot keek hem met open mond aan. 'Dat is absurd! Waarom zou ik...'

Clair onderbrak hem. 'Waarom hebt u Emory al die tijd verborgen gehouden, meneer Talbot?'

Fischman hief zijn hand. 'Geen antwoord geven, Arthur.'

Het viel Clair op dat hij het minder formele *Arty* van de dag daarvoor waarover Porter het had gehad, had laten vallen.

'Ik heb haar niet verborgen gehouden,' antwoordde Talbot. Hij keek zijn advocaat nors aan. 'Emory had het heel zwaar na het overlijden van haar moeder. Het leek mij het beste als er geen banden naar mij waren. De pers hangt voortdurend om mij heen. Ze zouden haar foto op de voorpagina van alle roddelbladen zetten. "Buitenechtelijke dochter van miljardair" en dat soort dingen. Ze zouden haar overal in de stad achterna zitten en haar voortdurend lastigvallen. Waarom zou ik haar daaraan blootstellen? Het is al erg genoeg dat Carnegie dat moet meemaken. Ik wilde Emory een kans op een gewoon leven geven. Goed onderwijs, een eigen gezin stichten, iets doen met haar leven zonder steeds maar in mijn schaduw te moeten staan.' Hij keek Clair recht in de ogen. 'Maar als zij haar komaf publiek had willen maken, zou ik zonder aarzelen achter haar gaan staan, ongeacht de gevolgen. Hebt u kinderen?'

'Nee,' zei Clair.

'Dan kan ik niet van u verwachten dat u dat begrijpt. Als je kinderen krijgt, gaat het leven niet langer om jou. Dan draait alles om hen. Je hebt alles voor ze over. Ik heb er eens met mevrouw Burrow over gesproken en zij stelde me een heel eenvoudige vraag: "Als Emory midden op straat zou staan en dreigde te worden overreden door een auto, zou u dan uw eigen leven opofferen om haar te redden?" Ik wist zonder erover na te denken dat het antwoord ja was. Toen ze me dezelfde vraag stelde over mijn vrouw, merkte ik dat ik aarzelde. Ik vond dat veelbetekenend. Je houdt nooit zo veel van iemand als van je eigen kind, zelfs niet van jezelf. En je hebt er echt alles voor over om het te beschermen.'

'Waarom zou iemand haar ontvoeren, denkt u?' vroeg Clair.

Fischman kneep zijn ogen tot spleetjes. 'Bedoelt u, waarom zou die Aap haar hebben ontvoerd?'

'Zeker, laten we het zo zeggen.' Clair haalde haar schouders op. 'Waarom zou Aap uw buitenechtelijke dochter ontvoerd hebben?'

Talbot liep rood aan, maar hij antwoordde met vlakke stem: 'U bent de rechercheur, als u me dat nu eens zou vertellen…'

Clair legde een hand op de doos. 'Als er één ding is dat we over Aap te weten zijn gekomen door de jaren heen, is het wel dat hij nooit iets doet zonder dat hij een doel wil bereiken. Hij heeft het op u gemunt omdat hij van mening is dat u iets hebt gedaan wat bestraft moet worden. Hij straft u niet direct, maar ontvoert uw dochter. Wat ik zo bijzonder vind, is dat hij een dochter ontvoert over wie nog nooit iemand iets heeft gehoord, iemand die helemaal losstaat van het Talbot-imperium, in plaats van de erfgename van dat imperium. Uw dochter Carnegie is nogal aanwezig in de beau monde. Een verwend krengetje dat…'

'Let op uw woorden, rechercheur,' zei Fischman.

'Een verwend krengetje dat parmantig de hele stad door huppelt en het geld van haar vader rondstrooit. Als je haar ontvoert, weet je zeker dat je de aandacht van de media te pakken hebt. Dat zou zo veel publiciteit opleveren, dat je zelfs op de Filippijnen geen krant zou kunnen kopen zonder dat er een artikel of twee aan de ontvoering was gewijd. En dat is toch wat hij normaal gesproken nastreeft. Bij alle andere moorden die hij heeft gepleegd, probeerde hij zo uitgebreid mogelijk in de pers te komen. Maar nu breekt hij met die gewoonte en ontvoert hij de onbekende dochter; de dochter die u hebt opgesloten in een ivoren toren en voor de wereld verborgen houdt. Wat zit daarachter, denkt u?'

Talbot keek zijn advocaat aan en keerde zich toen weer naar Clair. 'Misschien denkt hij dat de pers het verhaal nog veel verder zal opblazen als iemand erachter komt wie Emory is.'

Clair hield haar hoofd scheef, alsof ze die mogelijkheid overwoog. 'Dat zou ik in eerste instantie ook denken, maar hij lijkt me slimmer. Ik denk dat hij een heel specifieke reden had om Emory te ontvoeren in plaats van Carnegie, een reden die ook meteen een goede verklaring is voor het feit dat hij u op de korrel heeft genomen.' Ze tilde het deksel van de doos en tikte erop. 'Misschien moet u ons maar eens vertellen wat er met Moorings Lakeside aan de hand is, meneer Talbot.'

Talbot schoof ongemakkelijk heen en weer op zijn stoel. Hij wisselde een blik uit met Fischman en keek toen kwaad naar de doos. 'Moorings Lakeside?' zei hij met krakende stem.

'Zeg niets, Arthur, geen woord,' zei Fischman. 'Rechercheur, we zijn hier om u te helpen Emory te zoeken. Meneer Talbot is hier uit vrije wil naartoe gekomen. Als u hier een of andere heksenjacht van gaat maken, zet ik nu onmiddellijk een punt achter dit gesprek.'

Een boosaardige grijns plooide zich om de mondhoeken van Clair. 'O, ik denk dat dit veel meer met Emory te maken heeft dan uw cliënt u ooit heeft verteld, meneer Fischman. Kijk eens naar hem. Hoort u zijn hersens kraken?' Ze ging staan, liep om de tafel heen tot ze achter de beide mannen stond en keerde zich om naar de doorkijkspiegel. Ze boog zich voorover en fluisterde in Fischmans oor: 'Hij probeert te bedenken hoe hij u ervan gaat overtuigen dat hij nog altijd genoeg geld heeft om u te betalen als u eenmaal zijn laatste bankafschriften hebt gezien.'

Nash ging verzitten en trok de aandacht van de beide mannen tegenover hem. Zowel Fischman als Talbot keerde zich naar hem. 'Je maatje Arty kan zich nog geen reep Snickers veroorloven. Toch, Arty?'

'Hij heeft geld heen en weer zitten schuiven tussen allerlei projecten alsof het een spelletje is,' zei Clair. 'Zijn rekeningen zijn leeg, hij moet leningen aflossen, investeerders kloppen aan de deur. Waarschijnlijk heeft hij een weekendtas met spullen achter in de auto liggen, klaar om ervandoor te gaan. En dan is er ook nog een probleempje met fase twee bij Moorings Lakeside.' Ze keek Fischman schuin aan. 'Hebt u niet ook in dat project geïnvesteerd?'

'Wat heeft dat met dit alles te maken?' vroeg Fischman wrevelig.

Daar reageerde Clair niet op. 'Interesseert het u als investeerder niet dat Talbot niet de eigenaar is van het land waarop hij wil gaan bouwen?' vroeg ze.

'Wat?'

'Ik wil alleen maar dat u mijn dochter zoekt,' mompelde Talbot.

'Dat geloof ik graag, Arty,' zei Nash.

'Waar hebben ze het over, Arthur?'

'Carnegie bezit geen vastgoed, toch, meneer Talbot? Niet zoals Emory in ieder geval,' zei Clair. 'Waarom vertelt u uw vriend hier niet even precies waarom Aap in Emory geïnteresseerd is en niet in Carnegie?'

Fischman keek Talbot aan. 'Arthur?'

Talbot maakte een handgebaar. 'Emory's moeder was de eigenaar van de waterkant van Belshore tot Montgomery. Bij haar dood heeft ze die nagelaten aan Emory.' Hij richtte zich weer tot Clair. 'Het is maar een formaliteit. Emory heeft ermee ingestemd om het aan mij te verkopen. Ze staat helemaal achter het project.'

Fischman liep rood aan. 'Ze is minderjarig, Talbot. Ze kan jou de komende – wat, twee, drie jaar? – helemaal niets verkopen. Het project moet over anderhalf jaar worden opgeleverd.'

Talbot schudde zijn hoofd. 'Daar passen we wel een mouw aan. Ik heb overlegd met haar vermogensbeheerder. De papieren zijn maanden geleden opgesteld. Als haar voogd kan ik voor haar tekenen wanneer ik wil.'

Nash legde het juridische document dat Hosman voor hem had gekopieerd voor Talbot neer en wees naar de met een marker bewerkte alinea. 'Uw CFO is dood. Dat is zijn handtekening onder de overdracht van het pandrecht. De enige man in uw organisatie die het probleem aan de kaak zou kunnen stellen, is dood. Dat komt goed uit, hè? U krijgt, omdat u Emory's vader bent, als zij overlijdt, volledige zeggenschap over haar bezittingen. De vermogensbeheerder staat buiten spel. U neemt de grond over en dendert verder met Moorings Lakeside zonder dat er een haan naar kraait. Ik begin me zo langzamerhand af te vragen of dit wel het werk van Aap is. Het komt mij voor dat alles wat er gebeurd is, in uw voordeel werkt.'

'Dat noemen ze een "motief", meneer Talbot,' zei Clair. 'U hebt de middelen.'

Talbot schudde zijn hoofd. 'Nee, nee, u zit er helemaal naast. Zo is het helemaal niet.'

'Ik denk dat het wel precies zo is.'

'Nee, ik bedoel, zo werkt het vermogensbeheer niet.' Talbot haalde diep adem en probeerde tot rust te komen. 'Als Emory overlijdt, gaat de grond weer over in handen van de gemeente.'

Clair fronste haar wenkbrauwen. 'Wat?'

'Dat heeft haar moeder bewerkstelligd. Ze wilde dat per se zo regelen in het vermogensbeheerplan, daar was ze heel duidelijk in. Als er iets gebeurt met Emory, als ze komt te overlijden voor haar achttiende, gaat al het vastgoed weer over in handen van de gemeente, terwijl de resterende bezittingen worden verdeeld onder een aantal liefdadigheidsinstellingen. De enige manier waarop ik eigenaar kan worden van die grond, is met instemming van Emory.' Hij glimlachte grimmig. 'Dus, ziet u, rechercheur, als er iemand is die er belang bij heeft dat mijn dochter veilig bij mij terugkeert, ben ik het wel.'

Clair keerde zich naar de advocaat. 'Is dat de waarheid, meneer Fischman?'

Fischman hief beide handen en haalde zijn schouders op. 'Mijn firma is niet betrokken bij het vermogensbeheer. Ik zou het niet kunnen zeggen.'

'We hebben kopieën van de documenten nodig,' zei Clair tegen Talbot.

Hij knikte. 'Ik zal mijn secretaresse opdracht geven ze naar u te e-mailen.' Hij keek beide rechercheurs even aan en zei toen: 'Als er verder niets is, wil ik graag terug naar mijn kantoor. Tenzij u natuurlijk van plan bent mij iets ten laste te leggen? Want dan moet ik waarschijnlijk een borgtocht regelen.'

'U bent blut, meneer Talbot,' zei Nash. 'Hoe zou u dat willen doen?'

Talbot kneep zijn lippen op elkaar en keek Nash woest aan.

Clair gromde, keerde zich om en liep naar het observatievertrek. Ze liet Nash, Fischman en Talbot achter in de verhoorkamer.

De technicus keek op. 'Dat ging lekker,' zei hij.

'Val dood,' zei Clair. Ze pakte een foto en stampte terug naar de verhoorkamer. Ze liet de foto op tafel vallen voor Talbot. 'Herkent u die?'

'Zou ik die moeten herkennen? Het lijken me een paar John Lobbs, zwart leer.'

'Zijn ze van u?'

'Dat weet ik niet. Ik heb een heleboel schoenen. Als u ook een paar John Lobbs wilt, kan ik u een fijne winkel aanbevelen in de binnenstad.'

'Lul,' zei Nash. 'Aap had deze schoenen gisteren aan toen hij voor de bus stapte. Uw vingerafdrukken zaten erop. Kunt u dat verklaren?'

Fischman stak opnieuw een hand op en boog zich naar Talbot toe. Hij fluisterde iets in zijn oor.

'Nee,' zei Talbot. 'Dat kan ik niet. Misschien heeft iemand ze uit een van mijn huizen gestolen. Ik heb tientallen paren John Lobbs. Ze zitten heel lekker.'

Er speelde een laatdunkend glimlachje om zijn lippen. Clair had zin hem een klap te verkopen. 'Wat is uw schoenmaat?'

Talbot keek even naar zijn advocaat, die naar hem knikte, en zei toen: 'Elf.'

'Dat is dezelfde maat als deze schoenen.'

Talbot pakte de foto en gooide hem demonstratief in haar richting terug over tafel. 'U verspilt uw tijd als u mij met dit soort dingen lastigvalt. Of u het nu gelooft of niet, ik houd van mijn dochter en ik zou nooit iets doen wat haar in gevaar zou brengen. Als u probeert mij af te schilderen als een harteloze klootzak, dan kan het geen kwaad te bedenken dat ik haar levend nodig heb om Moorings Lakeside tot een goed einde te brengen. Hoe dan ook, zolang u hier met mij in deze verhoorkamer zit, bent u niet bezig haar te zoeken, en dat is onacceptabel.'

Fischman kneep Talbot in zijn schouder. 'Zo is het genoeg, Arty.'

Het was weer Arty geworden.

'Ik vind dat u genoeg tijd van mijn cliënt hebt verspild, rechercheur Norstrum,' zei Fischman.

'Het is Norton.'

'Ah, neem me niet kwalijk,' zei hij. 'Stelt u mijn cliënt in staat van beschuldiging? Zo niet, dan gaan wij nu.'

Clair zuchtte gefrustreerd en gebaarde Nash mee te komen naar het observatievertrek.

Hij trok de deur achter zich dicht. 'Jij houdt je muil dicht,' zei hij tegen de technicus.

De technicus stak beide handen in de lucht en onderdrukte een grijns.

'Het was niet helemaal verspilde moeite,' zei Nash. 'Hij stuurt ons in elk geval naar een goede schoenenwinkel.'

Clair stompte hem tegen de borst.

'Jezus, Klaartje!' bulderde hij. 'Ik sta aan de goede kant, weet je nog?'

'Zonde van de tijd,' zei Clair. 'Hij heeft ermee te maken… Dat moet wel.'

Nash schudde zijn hoofd. 'Je zit er te dicht met je neus bovenop. Je moet een stapje achteruit doen. Ik denk dat Aap een spelletje met ons speelt. Hij mikt echt op Talbot. Dat betekent niet automatisch dat wij onze pijlen ook op hem moeten richten. Als dat van dat vermogensbeheer blijkt te kloppen, gaat hij vrijuit, denk ik. Denk jij dat die kerel zijn eigen CFO heeft vermoord? Zomaar? Ik geloof er niets van. Die doosjes waren precies dezelfde als die Aap vanaf het begin heeft gebruikt. Hoe zou iemand als Talbot zelfs maar te weten moeten komen wat voor soort doosjes hij nodig zou hebben? Als hij zijn CFO zou willen vermoorden om iets toe te dekken, zou hij iemand inhuren. Dan zou het eruit zien als een ongeluk, dat hij verdronken was of met zijn auto ergens tegenaan was gereden, of misschien zelfs wel een hartaanval. Ik wil wedden dat Hosman het verband zal vinden tussen de CFO en de vermogensdelicten. Dat is voor Aap genoeg reden om hem aan te pakken. Hij heeft wel minder aanleiding nodig gehad om te moorden.'

Ze wist dat hij gelijk had, maar dat zou ze tegen hem nooit ofte nimmer toegeven.

'We pakken Talbot ondanks alles op zijn vermogensdelicten, ook al is het dan niet hierop. We moeten het spoor blijven volgen en ons vooral richten op het zoeken van Emory.'

'We zijn geen stap dichterbij dan twaalf uur geleden. Dat meisje komt om door uitdroging voordat we haar vinden,' zei Clair zacht. 'De tijd raakt op.'

Nash knikte naar de doos op de tafel in de verhoorkamer. 'Wat zit daarin?'

Clair haalde haar schouders op. 'Hij is leeg. Ik wilde hem een beetje zenuwachtig maken.'

Nash rolde met zijn ogen. 'Laat de FBI hem maar oppakken voor de vermogensdelicten. Wij moeten naar het hoofdkwartier om de zaak verder door te praten.'

Clairs telefoon zoemde. Ze keek op het schermpje. 'Het is Belkin.' Ze nam het gesprek aan en schakelde over naar handsfree.

'Ik ben in het Medisch Centrum van de Universiteit van Chicago. Er is hier een verpleegkundige die Aap herkent op de foto van de reconstructie.'

'Weet ze het zeker?'

'Ja. Ze zegt dat hij altijd die fedora op heeft en dat hij tijdens de behandeling op een ouderwets zakhorloge de tijd bijhoudt. Het is hem. Hij heet Jacob Kittner. Ik sms je nu zijn adres.'

'Stuur zijn adres ook maar naar Espinosa, bij SWAT, en zeg maar dat hij ons daar moet ontmoeten. We zijn onderweg.' Ze verbrak de verbinding en glimlachte naar Nash. 'Ik zou je een zoen geven als je niet zo'n ongelooflijke rotkop had.'

53

Dagboek

'Mag ik de aardappelen?' vroeg ik aan niemand in het bijzonder.

Moeder was zo'n twee uur geleden thuisgekomen en meteen begonnen met het avondeten. Vader was binnengekomen en aan tafel gaan zitten zonder ook maar iets tegen haar te zeggen. Hij wreef mij over mijn hoofd met de woorden 'Hoe gaat het met mijn kleine man?' Ze klonken geforceerd. Er hing spanning in de lucht, veel spanning.

Toen de aardappels niet mijn kant op kwamen, reikte ik over tafel en pakte ik de schaal zelf. Ik schepte een royale portie op mijn bord. Noch vader, noch moeder zei er iets van dat ik de groente negeerde en alle broccoli aan de volwassenen overliet terwijl ik zelf een extra plak gehaktbrood nam.

Het onregelmatige getik van vorken op serviesgoed was zo luid dat ik ervan overtuigd was dat onze buren het hadden kunnen horen als de een niet dood was geweest en de ander vastgeketend zat in de kelder.

Ik pakte mijn melk, klokte die door mijn keelgat en veegde mijn kin af met de rug van mijn hand.

'Er was een man aan de deur vandaag. Hij kwam voor de Carters. Eerst dacht ik dat hij een smeris was, maar nu ben ik daar niet zo zeker meer van.'

Vader keek op van zijn bord en wierp moeder een blik toe. Toen hun blikken elkaar kruisten, richtte hij zich tot mij met een mondvol broccoli. Eén stukje ervan was blijven steken tussen zijn snijtanden. 'Je moet geen "smeris" zeggen, maar "politieagent". "Smeris" zeggen wijst op een gebrek aan respect.'

'Ja, vader.'

'Zei hij dat hij politieagent was?'

Daar had ik lang en hard over nagedacht. 'Hij had een penning, maar nee, hij heeft niet gezegd dat hij politieagent was. Hij gedroeg zich wel zo. In het begin tenminste, daarna minder.'

'Wat bedoel je?'

Ik deed zo goed en zo kwaad als dat ging verslag van het gesprek.

'Een Plymouth Duster?' vroeg moeder toen ik klaar was. 'Weet je dat zeker?'

'Ja, moeder, de vader van mijn vriend Bo Ridley heeft er net zo een, alleen is die geel. Ik zou die auto overal herkennen.'

Vader richtte zich tot moeder. 'Zegt jou dat iets? Ken je hem?'

Moeder aarzelde een fractie van een seconde en schudde toen haar hoofd. 'Nee.' Ze stond op en begon de borden af te ruimen.

Vader en ik keken elkaar aan. Hij zag het ook.

Ze had gelogen.

54

Porter

Dag 2 • 09.23 uur

Porter en Watson liepen achter de agent aan door de gangen van Bureau Eenenvijftig. Ze bleven staan bij een deur op de eerste verdieping. 'De rechercheur die het verhoor doet, heet Ronald Baumhardt. Hij zit binnen op u te wachten.' Hij keek even naar de vloer en richtte zijn blik toen weer op Porter. 'Voor wat het waard is, ik leef met u mee.'

Porter knikte naar de man en liep het kleine observatievertrek in.

Baumhardt was een man met een gedrongen postuur en halverwege de veertig. Hij had grijzend haar en een klein sikje. Hij zat op de rand van een tafel te lezen in een dossier. Porter stak zijn hand uit. 'Bedankt dat ik er vandaag bij mag zijn.'

Baumhardt schudde zijn hand. 'Ik kan me geen voorstelling maken van wat jij moet doormaken. Dit is het minste wat we voor je kunnen doen.' Hij keek Watson aan. 'En jij bent...?'

'Paul Watson. Ik werk op het forensisch laboratorium in het centrum. Ik help meneer Porter bij een andere zaak.'

'De Moordenaar van het Vierde Aapje?' Baumhardt floot tussen zijn tanden. 'Dat is andere koek. Hoelang zit je nu al achter hem aan? Vijf jaar, zes jaar? En dan stapt hij voor een stadsbus. Daarmee heeft hij de burger een boel belastinggeld bespaard. Ik mag lijden dat de chauffeur de bus in zijn achteruit heeft gezet en nog een keer over dat stuk stront gereden is.'

'De bus heeft hem een eindje verderop op het asfalt gekwakt, maar hij was behoorlijk dood,' zei Watson. 'Daar had de chauffeur niet veel meer aan toe kunnen voegen.'

'Oké,' zei Baumhardt weifelend.

Porter knikte naar het dossier dat Baumhardt in zijn hand had. 'Hoe staat het ervoor?'

Baumhardt gebaarde naar de tafel en legde het dossier op het tafelblad. 'Hij heet Harnell Campbell. Hij liep gisteravond om kwart over tien een straat verderop een 7-Eleven in en duwde de winkelier een .38 onder zijn neus. Hij wilde de inhoud van de kassa en de kluis. Hetzelfde oude liedje als altijd, maar hij had helemaal de verkeerde zaak uitgekozen. De helft van het korps dat hier werkt, loopt daar voor en na de dienst even naar binnen. De zaak grenst zo ongeveer aan de parkeerplaats. Er stond een agent die geen dienst had achterin bij de kast met koud bier. Hij trok een blikje Coors Light uit het sixpack dat hij net uit de kast had gehaald, schudde het flink heen en weer en gooide het dwars door de winkel naar de deur. Onze meestercrimineel keek in de richting van de deur en werd genoeg afgeleid door het exploderende bierblikje. De agent zag kans hem te besluipen en een pistool tegen zijn slaap te zetten. Het is de eerste keer dat ik meemaak dat iemand met bier wordt ingerekend.'

'Ik weet niet of je Coors Light echt "bier" moet noemen.'

'Tja... Mijn vrouw noemt het "oefenbier",' zei Baumhardt. 'Maar als tactisch wapen kan het er zeker mee door. Hoe dan ook, we hebben een patroon uit de .38 ballistisch onderzocht en vonden een match met...'

'... de kogel die mijn vrouw heeft gedood,' zei Porter.

Baumhardt knikte. 'Ik heb samen met jouw commissaris op de academie gezeten, dus ik heb Dalton meteen gebeld en hem verteld wat er aan de hand was.'

'Ik waardeer het dat ik erbij kan zijn. Heel erg bedankt.'

Een telefoon aan de muur rinkelde. Baumhardt nam de hoorn van de haak en hield hem bij zijn oor. 'Baumhardt. Oké, stuur hem maar naar binnen.'

Even later ging de deur open en werd Tareq naar binnen geleid. Zijn gezicht betrok toen hij Porter zag. Hij stak zijn hand uit. 'Ik vind het zo erg, Sammy. Als ik had geweten dat die jongen echt zou schieten, dan zou ik... Ik weet het niet, dan zou ik iets anders hebben gedaan. Maar ze schieten nooit. Meestal staan ze sneller weer buiten dan ze binnengekomen zijn. Jezus, ik... ik vind het zo erg...'

Genoeg misplaatste schuldgevoelens, zo te zien.

Porter schudde zijn hand en kneep in zijn schouder. 'Ik neem jou niets kwalijk, Tareq. Ze hebben me verteld wat je hebt gedaan, hoe je hebt geprobeerd haar te helpen. Bedankt dat je er voor haar bent geweest. Ik vind het een troost dat het laatste gezicht dat ze heeft gezien, het gezicht van een vriendelijk man was. Ze was niet alleen toen ze stierf.'

Tareq knikte en veegde zijn ogen droog met zijn mouw.

Baumhardt liep op hen af, stelde zich voor aan Tareq en legde uit wat er zou gebeuren. 'We brengen zo meteen zes man naar binnen in de line-upkamer en die zetten we op een rij. Ze hebben allemaal een bordje met een nummer.' Hij wierp een blik op de papieren op de tafel. 'Volgens uw verklaring zei de man die u beroofde: "Al het geld in een zak, nu." Ik zal al die mannen vragen een stap naar voren te doen en die zin uit te spreken. Ik wil dat u ze allemaal goed bestudeert. Het is goed om in gedachten te houden dat de man die u heeft beroofd, er misschien helemaal niet bij staat. U hoeft zich dus niet verplicht te voelen er een uit te kiezen. Ik wil dat u honderd procent zeker bent van uw zaak als u iemand aanwijst. Als u twijfelt, als er niemand bij is die bij uw herinnering past, is dat oké. Dan kunt u dat rustig zeggen. Is dat duidelijk?'

Tareq knikte.

Baumhardt drukte op de knop van de intercom op de muur. 'Breng ze maar naar binnen.'

Porter stond achter in het observatievertrek. Hij had koude, klamme handen. Terwijl hij ze over zijn broekspijpen wreef, voelde hij zijn hartslag in zijn halsader, het kloppen van het bloed achter zijn oor. Watson stond naast hem en staarde door de doorkijkspiegel naar de line-upkamer. De deur van die kamer ging open. Twee agenten leidden een groepje van zes mannen naar binnen.

'Nummer vier,' zei Tareq. 'Dat is hem, ik weet het zeker.'

Baumhardt wierp een blik naar Porter en keerde zich toen weer naar Tareq. 'Moeten we ze nog op een rij zetten? U moet er zo zeker van zijn dat u kunt getuigen in de rechtbank.'

Tareq knikte. 'Ik zal dat gezicht van die jongen nooit meer vergeten. Dat is hem.'

Porter deed een stap naar voren om beter te kunnen kijken.

Nummer vier was blank. Het meetlint op de muur gaf aan dat hij bijna een meter tachtig was. Hij was net geen tiener meer. Hij had zijn hoofd kaalgeschoren en in beide oren zat een reeks piercings. Zijn rechterarm was bedekt met een *sleeve*, met een draak bij zijn schouder en Tweety op zijn onderarm. Zijn linkerarm was ongemakkelijk naakt. Hij keek hun kant op met stijf op elkaar geklemde kaken en een starre blik in de ogen.

Baumhardt zocht in het dossier. 'U heb in uw verklaring niets gezegd over tatoeages.'

'Hij had een jasje aan. Ik kon zijn armen niet zien,' zei Tareq. 'Maar ik herinner me wel dat hij een tattoo op zijn rechteroor had. Ik kan me ook herinneren dat ik dat aan de politieagent heb verteld die mijn verklaring opnam.'

'U zei dat hij zo trilde dat hij het pistool amper recht kon houden. Hij ziet er nu heel wat minder nerveus uit,' zei Baumhardt. 'Een compleet ijskonijn zo te zien.'

'Dat is hem. Kijk maar of hij een tattoo op zijn oor heeft.'

Baumhardt drukte op de knop van de intercom. 'Nummer vier, een stap naar voren, alstublieft, en een kwartslag naar links maken.'

Porter zou zweren dat hij de jongen even zelfgenoegzaam zag grijnzen voordat hij deed wat hem was opgedragen, alsof hij van dit alles genoot. Toen hij een kwartslag draaide, zag Porter iets zwarts op de binnenkant van de oorlel. 'Daar, ik zie iets.'

'Waar? Ik zie alleen een verzameling oud ijzer,' zei Baumhardt.

'Nee, aan de binnenkant. Onder die piercings, zwarte inkt, denk ik.'

Baumhardt deed een stap dichterbij de doorkijkspiegel en tuurde. 'Shit, kun jij dat zien? Ik zie het amper.' Hij pakte een van de papieren uit het dossier. 'Volgens het verbaal staat er "Filter".'

Tareq keerde zich naar Baumhardt. 'Dat is het. Ik zei toch dat hij het is?'

Baumhardt zuchtte.

Porter legde een hand op Tareqs schouder. 'Dank je.'

Tareq keerde zich naar Porter, zijn ogen schoten vuur. 'Ik wou dat ik meer had kunnen doen.'

'Je moet je niet schuldig voelen.'

Net zo goed als ik me niet schuldig moet voelen.

Baumhardt gebaarde naar een van de agenten. 'Zet nummer vier in een verhoorkamer. We zullen hem eens flink aan de tand voelen.' Hij keerde zich weer naar Tareq. 'Alleen nog een verklaring en dan kunt u weer naar huis.'

Porter stootte Watson aan. 'Laten we die oom van jou eens gaan opzoeken om over dat horloge te praten.'

Watson keek verbaasd. 'Wilt u niet kijken bij het verhoor?'

Porter schudde zijn hoofd. 'Mijn bloed kookt nu al. Ik kan hier niet langer blijven. Ik dacht dat ik dit moest zien, maar dat is niet zo. Ik kan beter vertrekken.'

Baumhardt, die naast hem zijn papieren bij elkaar pakte, vroeg: 'Moet ik je bellen? Om je te vertellen hoe het verder is gegaan?'

'Graag.'

'Hij doet heel stoer, maar we krijgen hem wel klein. En zelfs als hij niet bekent, hebben we met het ballistische bewijs en de verklaring van Tareq genoeg. Ik heb wel jury's meegemaakt die minder nodig hadden om een verdachte schuldig te oordelen.'

Porter schudde Baumhardt de hand. 'Nogmaals bedankt.'

Watson keek hem met gefronste wenkbrauwen aan. 'Wat is er?'

'U ziet een beetje bleek, meer niet.'

'Het komt wel goed. Ik heb alleen frisse lucht nodig,' zei Porter. 'Kom op, we gaan.'

Hij duwde de deur open, stapte resoluut de gang in en botste frontaal tegen een zwaarlijvige rechercheur die een kartonnen tray met vier bekers koffie van Starbucks droeg. De hete koffie spatte alle kanten op en droop op de vloer. Watson sprong opzij.

'Kut!' barstte de rechercheur los. 'Kun je niet uitkijken?'

'Het spijt me, ik...'

'Dat interesseert me geen flikker. Wil je me in het ziekenhuis hebben?' Hij depte fanatiek met een servetje een grote koffievlek op zijn overhemd.

Porter was er niet beter vanaf gekomen: de koffie droop van zijn mouw en zijn jack, en er zat een grote vlek in zijn broek. Het voelde alsof het grootste deel van de koffie in zijn ene schoen terecht was gekomen, waar zijn sok het opzoog. Porter viste een klam visitekaartje uit zijn borstzakje. 'Ik werk op het hoofdbureau bij Moordzaken. Stuur me de factuur van de stomerij maar, dan neem ik die voor mijn rekening.'

'Dat is je geraden,' gromde de man, hij griste Porters visitekaartje uit zijn handen. 'Je mag van geluk spreken dat ik je niet meteen meesleep naar een pinautomaat en dan naar Starbucks om nieuwe koffie te halen.' Hij stampte de gang uit en mompelde iets over de inferieure kwaliteit van de koffie in de kantine.

'Kom op,' zei Porter. 'Onderweg naar jouw oom komen we langs mijn huis. Dan kan ik me omkleden.'

55

Clair
Dag 2 • 10.59 uur

'We zouden Porter moeten bellen,' zei Nash.

Ze waren aangekomen bij het appartementencomplex waar Kittner had gewoond, een onopvallend bakstenen gebouw met appartementen verspreid over de begane grond en twee verdiepingen. Espinosa en zijn team stonden al klaar om naar binnen te gaan. Clair en Nash trokken hun kogelvrije vesten aan en volgden SWAT door de hoofdingang de trappen op naar de tweede verdieping. Het appartement van Kittner was de laatste deur rechts.

Clair controleerde het magazijn van haar Glock en drukte zich naast Nash tegen de muur van de hal. 'Ik denk dat we hem nu beter niet kunnen storen.'

'Hij zou willen weten wat er gaande is,' zei Nash.

'We moeten hem even met rust laten.'

'Over vijf tellen naar binnen,' blafte de stem van Espinosa in haar oordopje.

'We gaan,' zei ze.

Nash gluurde om de hoek en zag Thomas en Brogan de deur van het appartement van Kittner te lijf gaan met de stormram. De deur vloog splinterend open en sloeg met een luide knal tegen de muur.

'Hup! Hup! Hup!' schreeuwde Espinosa. Hij rende het appartement in.

'Kom op,' zei Clair. Ze rende door de hal met haar pistool voor zich uit naar de grond gericht. Toen ze bij de deur kwam, kraakten stemmen in haar oordopje.

'Brogan, veilig.'

'Thomas, veilig.'

'Tibideaux, slaapkamer veilig.'

'Espinosa, alles veilig, zo ongeveer.'

Nash ging het appartement in met Clair op zijn hielen. 'Jezus christus!'

Het viel niet te zeggen of er meubilair in de woonkamer stond. Tientallen stapels kranten vulden het vertrek van vloer tot plafond. Er waren oude, vergeelde kranten, maar ook nieuwe. Tussendoor stonden stapels boeken, zowel gebonden boeken als paperbacks. 'Hij heeft ze gesorteerd op genre. Op deze stapel liggen alleen cowboyboeken, dat zijn avonturenromans en daar ligt sciencefiction. En dat is horror. Hoe kan iemand hier in godsnaam wonen?'

'Een verzamelaar,' zei Clair. 'Ze beginnen met het verzamelen van dingetjes zo hier en daar en dan gaat het van kwaad tot erger. Ik neem aan dat jouw verzameling porno er ook ongeveer zo uitziet.' Ze hield haar hoofd schuin. 'Hoor jij een kat?'

'Ik rúík een kat,' zei Brogan.

'Het komt hiervandaan,' zei Tibideaux. 'De kattenbak is al een paar dagen niet meer schoongemaakt.'

'Hoe kan een kat in al die rommel ooit zijn kattenbak vinden?' vroeg Nash.

Espinosa kwam de badkamer uit. 'Alle rommel concentreert zich kennelijk in de woonkamer. De rest van het appartement is redelijk netjes.'

Tibideaux kwam de slaapkamer uit met een grote blauwe Rus op zijn arm. De kat miauwde en likte het zwarte kevlar van het kogelvrije vest. 'De arme stakker moet uitgehongerd zijn.'

Nash deed een stap achteruit. 'Hou dat beest uit mijn buurt – ik ben allergisch.'

Clair wroette in een stapel kranten. Ze hield een exemplaar van de *Tribune* omhoog. 'Deze is zes jaar oud.'

'Als je al die stapels ziet, heeft hij hier tientallen jaren bij elkaar gespaard,' zei Espinosa. 'Wat zoeken we?'

'Alles wat ons maar op het spoor kan zetten van waar we Emory kunnen vinden,' zei Nash.

Clairs telefoon ging over. 'Het is Kloz.' Ze schakelde de handsfreefunctie van de telefoon in.

Klozowski viel met de deur in huis: 'Dit is gek.'

'Wat is gek?'

'Ik heb de bankafschriften van Kittner opgevraagd – met toestemming, Porter, voordat je begint te zaniken.'

'Porter is hier niet op het moment.'

'Waar is hij dan?'

Clair rolde met haar ogen. 'Hij is bezig. Wat heb je ontdekt?'

'Ik heb een overschrijving gevonden waarmee vijf dagen geleden tweehonderdvijftigduizend dollar op zijn rekening is gestort. Maar dat is niet het gekke – gisteren kwam er nadat hij dood was gegaan nog eens een kwart miljoen bij.'

'Kun je achterhalen waar het geld vandaan kwam?'

'Een rekeningnummer op de Kaaimaneilanden. Ik probeer er een naam bij te vinden, maar ze werken daar niet erg mee. Ik heb een maatje bij de FBI dat ze misschien een beetje bang kan maken. Ik bel hem zodra we klaar zijn met dit gesprek.'

Nash stootte Clair aan. 'Denk je dat dat geld van Talbot komt?'

'Waarvoor?'

'Ik weet het niet, misschien een soort losgeld?'

Clair keerde zich weer naar de telefoon. 'Kloz, heeft Talbot rekeningen op de Kaaimaneilanden?'

'Die heeft overal rekeningen. Het geld was afkomstig van RCB ROYAL, en ik heb overschrijvingen van een paar bedrijven van Talbot van en naar dat filiaal gevonden, maar dat gaat om andere rekeningnummers. Dat betekent echter nog niet dat we het moeten uitsluiten.' Hij zweeg even. Het enige wat hoorbaar was, was het geklik van een toetsenbord. 'Hm.'

'Wat?'

'Ik heb nog een overschrijving gevonden. Precies een maand voor die eerste tweehonderdvijftigduizend heeft iemand vijftigduizend overgemaakt. Als het iets met losgeld te maken heeft, is het in ieder geval al een maand aan de gang.'

'Wat weet je over Kittner?'

'Zesenvijftig jaar. Hij werkte tot een maand geleden voor UPS en is toen met onbetaald verlof gegaan. Ik heb zijn dossier opgevraagd, maar ik neem aan dat het iets te maken had met die diagnose van kanker.'

'Had hij een mobiele telefoon? Kun je zijn gangen nagaan?'

'Nee. Er is nergens een telefoon geregistreerd op zijn naam en hij heeft er ook niet een gekregen van UPS. Als hij al een mobiele telefoon heeft gehad, was het een prepaid. In zijn appartement is een vaste lijn. Ik ben bezig met zijn telefoongeschiedenis.'

'Familie?'

Opnieuw het toetsenbord. 'Hij had een jongere zuster die vijf jaar geleden om het leven is gekomen bij een auto-ongeluk. Amelia Kittner. Getrouwd met iemand die Mathers heet.'

Nash schoot rechtop. 'Mathers?'

'Ja... Hoezo?'

'Emory heeft een vriend die Tyler Mathers heet. Hij zit op Whatney Vale High School.'

'Wacht even. Ik probeer haar gegevens boven water te krijgen,' zei Klozowski.

Clair sperde haar ogen wagenwijd. 'Emory gaat stappen met het neefje van Aap?'

Klozowski kwam weer aan de lijn. 'Bingo. Klopt. Zestien jaar oud. Hij woont midden in de stad met zijn vader.'

'Clair?'

Clair en Nash draaiden zich om. Espinosa stond op de drempel van de slaapkamer. Hij hield een mobiele telefoon in zijn hand. 'Deze is van Emory.'

'Kloz? Ik bel je zo terug,' zei Clair. Ze verbrak de verbinding. 'Laat eens zien.'

Clair trok een paar handschoenen aan. Espinosa gaf haar de telefoon. Ze tikte op het scherm. Er gebeurde niets.

'Hoe weet je dat die telefoon van Emory is?'

'Hij heeft de batterij eruit gehaald. Ik heb het serienummer nagetrokken. Hij staat op naam van Talbot Enterprises met haar als aangewezen gebruiker. De telefoon is eergisteren 's avonds om drieënveertig minuten na zes offline gegaan.'

Clair liet de telefoon in een plastic zak voor bewijsmateriaal vallen en keerde zich weer naar Nash. 'We moeten de neef oppakken. Misschien weet hij waar ze is.'

56

Dagboek

De volgende dag begon met een schitterende zomerse ochtend, dus besloot ik een wandeling te maken, want ik wilde niet steeds maar opgesloten zitten in huis.

Ik was niet lang weg geweest, hooguit een uur, maar toen ik terugkwam, nadat ik even bij mijn kat had gekeken, een paar platte keitjes over het water had gekeild en had geconstateerd dat het zeemansgraf van meneer Carter een permanent karakter had, stond de groene Plymouth er weer.

Hij stond geparkeerd voor het huis van de Carters, leeg. Ik liep ernaartoe. De motor was nog zo warm dat het krimpende metaal tikte. Er hing een zweem van uitlaatgassen in de lucht. De man die me gisteren een bezoek had gebracht, was nergens te zien.

Behoedzaam, ervoor zorgend dat ik onzichtbaar bleef achter de dichte struiken en bomen van het bosje, sloop ik dichter naar de auto.

De sleutel stak nog in het contactslot. De bos sleutels die eraan vastzat, bungelde schitterend in het zonlicht.

De man was goed van vertrouwen. Als de sleutel nog in het contactslot stak, lag het voor de hand dat de auto niet op slot zat.

Ik stak mijn hoofd heel even omhoog en keek naar het huis van de Carters. De voordeur was gesloten, maar er was iets niet in orde. Het huis maakte geen verlaten indruk. De man moest binnen zijn, waar anders?

Het portier aan de chauffeurskant was te zien vanuit het huis. Het portier aan de passagierskant lag aan de straat.

Alleen gewapend met longen vol lucht en een aan roekeloosheid grenzende dapperheid rende ik vanuit mijn schuilplaats tussen de struiken naar de auto. Slippend kwam ik tot stilstand naast het portier aan de passagierskant. Dwars door de auto heen had ik nu een goed zicht op het huis van de Carters – wat betekende dat iemand die zich in hun huis bevond, mij ook zou kunnen opmerken. Maar ik had geen keus; ik zou snel moeten handelen.

Ik deed de deurkruk omhoog en trok uiterst voorzichtig het portier open, dat niettemin schel krakend protesteerde. Eerst dacht ik dat het geluid zo hard was dat de man het wel moest horen, dus ik liet het portier open hangen en dook weer omlaag. Ik loerde onder de auto door naar het huis.

Na een minuut was hij nog steeds niet naar buiten gekomen. Ik richtte me weer half op en leunde naar binnen.

De Duster had een zwarte leren voorbank. Een lange versnellingspook, afgetopt met een zwarte biljartbal met het cijfer acht, stak omhoog uit de vloer. Het was waarschijnlijk de meest coole knop die ik ooit op een versnellingspook had gezien en ik besloot ter plekke dat ik later ook zo'n ding zou kopen bij mijn eerste auto. Dat lag weliswaar nog in de verre toekomst, maar een goede planning is belangrijk bij alles wat je onderneemt, niet alleen bij de aankoop van een auto, maar ook bij het je wederrechtelijk toegang verschaffen tot de auto van een ander.

Ik had niet echt een plan bij deze inbraak, maar toen ik de knop van het dashboardkastje beetpakte, deed ik stilletjes een schietgebedje dat het kastje niet op slot zou zitten. Als het wel op slot zat, zou ik het zonder mijn gereedschap niet open krijgen. Mijn gereedschap lag in het bovenste latje van mijn nachtkastje onder het nieuwste exemplaar van Spider-Man.

Het dashboardkastje schoot met een plofje open.

Ik had gehoopt dat ik er papieren in zou aantreffen die me konden helpen de onbekende te identificeren, maar ik zag in één oogopslag dat ik geen geluk had. Er lag geen enkel document in het kastje. Er lag echter wel een vrij grote revolver in. Ik heb geen verstand van revolvers, en ik zou liegen als ik zou zeggen dat ik allerlei wapens zomaar op het eerste oog zou herkennen, maar deze revolver herkende ik wel, doordat ik een paar maanden eerder een Dirty Harry-marathon had gedaan – dit was net zo'n revolver als die waarmee Clint Eastwood in die films had rondgelopen: een .44 Magnum, het krachtigste handwapen op de hele wereld, het soort revolver waarmee je een arme drommel moeiteloos het hoofd van zijn romp kon blazen.

Ik was geen arme drommel. Ik was een slimme drommel. Ik pakte de revolver, klapte er de cilinder uit, liet de kogels op mijn hand vallen en stopte ze in mijn zak. Ik duwde de cilinder weer op zijn plaats en legde de Magnum terug op zijn plek in het kastje, precies zoals ik hem had gevonden.

Als Meneer de Vreemdeling zou besluiten om zijn revolver te trekken (en ik was ervan overtuigd dat het daarop uit zou draaien in de nabije toekomst), kon ik stilletjes genieten van de wetenschap dat die revolver ongeveer even effectief was als een waterpistool. Als ik mijn gereedschap bij me had gehad, had ik de slagpin eruit gehaald en de kogels laten zitten. Ik overwoog dat alsnog te doen, maar het betekende in het zicht van iedereen in het huis van de Carters een trip heen en weer naar ons eigen huis, en dat vond ik te riskant. Als de kans zich aanbood, zou ik er opnieuw over nadenken.

Nu ik de revolver onschadelijk had gemaakt en had teruggelegd, klikte ik het dashboardkastje weer dicht en keek ik onder de voorbank. Meer dan een oude papieren wikkel van een broodje dat nog naar mosterd stonk, ontdekte ik niet. Op de achterbank lag evenmin iets.

De man, die misschien een smeris was, maar waarschijnlijk niet, was nog altijd een groot mysterie, al was ik vastberaden dat mysterie op te lossen.

Ik wilde het liefst ook in de kofferbak kijken, maar mijn gezonde verstand zei dat ik nu al veel te veel risico's nam, dus liet ik me uit de auto glijden, sloot zacht het portier en trok me behoedzaam weer terug in het veilige bos.

Zorgvuldig manoeuvrerend in de beschutting van de dikste eiken sloop ik dichter naar het huis van de Carters toe. Toen ik zo ongeveer bij de veranda aan de voorkant was, rende ik over het gras en knielde ik neer bij de gevel onder het raam van de woonkamer.

Ik deed mijn ogen dicht en luisterde.

Vader had me ooit eens verteld dat onze zintuigen elkaar aanvullen tijdens de normale gang van zaken overdag, maar dat je een of meer zintuigen kunt blokkeren en je concentreren op de overige, die dan veel beter werken. Ik had al vaak geconstateerd dat het klopte. Als ik gewoon mijn ogen dichtdeed, leken mijn oren geluiden op te vangen die ik anders zou hebben gemist.

Ik hoorde Meneer de Vreemdeling binnen rondstommelen. Zo te horen was hij in de woonkamer direct boven mij.

Ik hoorde een luide krakende klap.

Het klonk alsof het uit de woonkamer kwam, maar ik kon me niets in die ruimte herinneren dat een dergelijk geluid kon produceren, terwijl ik toch een heel goed geheugen had. Vader had me vaak genoeg een mij onbekende kamer ingestuurd en me meteen daarna mijn ogen laten sluiten en me alles laten opnoemen wat ik er had waargenomen, inclusief waar het zich bevond. Om te oefenen gingen we naar huizen die te koop stonden, waar een open huis werd gehouden om kopers aan te trekken. Dan liepen we van het ene vertrek naar het andere. Als we klaar waren met een huis, gingen we naar het volgende, en als we genoeg tijd hadden, deden we nog een derde. We hebben ooit eens zes huizen gedaan op één dag. Ik had een bijna fotografisch geheugen, had vader me trots verteld. Maar zijn geheugen was zelfs nog beter – bij het avondeten op die dag dat we zes huizen hadden gedaan, vroeg hij me wat ik me nog kon herinneren van bepaalde kamers in het tweede huis. Ik was niet voorbereid op dat herexamen en bleek al weer veel te zijn vergeten. Vader leek echter alles te hebben onthouden. Hij leek…

'Plantjes water geven?'

De stem verraste me. Mijn hart sloeg een keer over. Ik draaide me bliksemsnel om en botste bijna tegen Meneer de Vreemdeling, die pal achter me stond, zijn ogen tot spleetjes geknepen, zijn gezicht een en al rimpels zo diep dat hij er een heel leven over gedaan moest hebben om ze te verzamelen. Hij liet een hamer rondtollen tussen zijn mollige vingers.

'De Carters zijn op vakantie en ik dacht dat ik iemand in hun huis zag,' gooide ik eruit.

Dat leek me een heel aannemelijke verklaring voor mijn aanwezigheid daar. Soms zijn de eenvoudigste antwoorden de beste antwoorden, omdat je bij een leugen later in een gesprek soms geen kant meer op kunt en de leugen je bij de strot pakt en de adem beneemt.

'Dat zal dan mijn zakenpartner meneer Smith zijn geweest,' zei Meneer de Vreemdeling. 'Meneer Smith maakt zich net als ik en mijn werkgever grote zorgen nu jouw buurman al een paar dagen niet op zijn werk is verschenen. Ik geloof dat ik wel heb verteld dat meneer Carter geen verzoek had ingediend om vrije dagen op te nemen voor vakantie. We vinden het allemaal verontrustend.'

Ik kon me niet herinneren of hij dat ook had gezegd toen we de eerste keer met elkaar spraken, maar ik knikte toch maar. 'U kunt niet zomaar hun huis in. Misschien moet ik de politie bellen.'

'Dat lijkt me een uitstekend idee,' zei Meneer de Vreemdeling. 'Wil je hier binnen bellen of bij jullie thuis?'

Shit.

De hand van Meneer de Vreemdeling ging naar mijn schouder, maar ik dook weg, schoot eronderdoor en kwam aan de andere kant weer overeind.

Hij gniffelde, tikte op het raam en wenkte met een gekromde wijsvinger. 'Rustig maar, jochie, ik vraag alleen meneer Smith even naar buiten te komen.'

Een ronkend geluid kwam uit de richting van mijn huis en ik zag de Porsche van vader de oprit opdraaien. Hij stapte uit aan de bestuurderskant en moeder aan de passagierskant. Ze praatten zacht tegen elkaar en keken naar Meneer de Vreemdeling en mij. Ze liepen op ons af. Vader toverde een glimlach op zijn gezicht waarmee je een heel huis kon verlichten. Moeder haakte haar arm achter zijn elleboog. Ze droeg een prachtige groene bloemetjesjurk, gemaakt van een stof die zich bij iedere stap gewillig om haar benen vleide. Ze konden zo in een tijdschrift.

Vader stak zijn hand uit om eens flink handen te schudden. 'Hoe maakt u het, meneer? U bent een vriend van de Carters?'

Meneer de Vreemdeling glimlachte op zijn beurt. 'Ik werk voor zijn werkgever. Hij is al sinds dinsdag niet meer op zijn werk verschenen en bij de waterkoeler maken mensen zich zorgen. Ik dacht dat ik maar eens deze kant op moest om te kijken hoe de zaken ervoor staan.'

De hordeur van de voordeur van het huis van de Carters sloeg dicht. We keerden ons allemaal om in die richting. Een pezige man met lang blond haar en een bril met dikke glazen stapte de veranda af. Hij kwam echter niet bij ons staan, maar leunde tegen het hek van de veranda en trok een pakje Marlboro Red uit zijn zak. Hij knipte een lucifer aan met de nagel van zijn rechterduim en stak er een sigaret mee aan die tussen zijn lippen was komen te hangen, al had ik niet gezien dat hij er een uit het pakje had gehaald.

'Dat is mijn partner, meneer Smith.'

Meneer Smith tikte met zijn vingers tegen de rand van een niet-aanwezige pet en bleef ons gadeslaan van een afstandje. Zijn ogen bleven iets langer aan moeder hangen dan strikt noodzakelijk was en ik voelde dat het vader kwaad maakte, al liet hij dat niet blijken.

Hij zei juist heel vriendelijk: 'Aangenaam kennis te maken', en richtte zich toen weer tot Meneer de Vreemdeling: 'Uw naam is me even ontgaan.'

Meneer de Vreemdeling glimlachte. 'Dat zou zomaar kunnen. Mijn naam is Jones.'

'En werkt u bij de politie, meneer Jones?'

Meneer de Vreemdeling hield zijn hoofd scheef. 'Hoe komt u op die gedachte?'

Vader bleef Meneer de Vreemdeling strak aankijken. 'Mijn zoon zei dat u gisteren een penning had.'

Meneer de Vreemdeling verbrak het oogcontact en keek omlaag naar mij. 'Ik zou niet weten waarom hij zoiets zou zeggen. Hij moet zich vergist hebben.' Hij knipoogde naar me, streek me over mijn hoofd en richtte zich weer tot vader. 'Hebben de Carters u verteld waar ze heen gingen?'

Vader schudde zijn hoofd. 'Zo veel gaan we niet met elkaar om.'

'Hebben ze gezegd wanneer ze weer terugkomen?'

'Zoals ik al zei...'

'... u gaat niet zo veel met elkaar om.'

'Juist.'

Bij de veranda liet meneer Smith de peuk van zijn sigaret op de grond vallen. Hij trapte erop met een zwarte laars die je eerder om de voet van een lid van een motorclub zou verwachten dan om die van het kleine mannetje dat daar stond. Hij was amper groter dan ik. Zijn stem was echter veel dieper dan je zou verwachten, en schor. 'Meneer Carter werkte aan een nogal kwetsbaar project voor onze werkgever, en omdat hij geen verzoek voor het opnemen van verlofdagen heeft ingediend, en bovendien onvindbaar lijkt te zijn, moeten we ervan uitgaan dat hij zijn plicht verzuimt. Tegen die achtergrond moeten alle documenten en andere bezittingen van onze werkgever onmiddellijk worden ingeleverd. We hadden gehoopt die documenten hier in zijn huis te vinden, maar daar lijken ze niet te zijn. Tenminste, als ze er wel zijn, is dat niet zomaar meteen zichtbaar. Sprak meneer Carter wel eens over zijn werk? Misschien heeft hij u wel eens verteld waaraan hij werkte?'

'Zo veel gaan we niet met elkaar om,' herhaalde vader. 'Het spijt me te moeten zeggen dat ik niet eens weet welk beroep meneer Carter heeft.'

'Hij is accountant,' zei Meneer de Vreemdeling.

Ik zag hem heel even in de richting van moeder kijken. Zij keek terug. Er werd met die enkele blik gecommuniceerd, maar ik wist niet wat de boodschap was.

Meneer Smith gebaarde met beide handen in de lucht. Hij vormde een vierkant.

'Hij bewaarde zijn documenten in een metalen kist, beige van kleur, een centimeter of dertig hoog en zestig centimeter breed, brandwerend en met een slot waarvoor je een sleutel nodig hebt. Zoiets als een bankkluisje. Dat ding lag wel onder hun bed, maar hij was net zo leeg als de wijnfles van een dronkenlap. Ik zou graag willen weten wat hij met de inhoud heeft gedaan.'

Moeder, die tot dat moment had gezwegen, nam op ferme toon het woord. 'Ik denk niet dat de Carters het op prijs zullen stellen dat u zonder voorafgaande toestemming in hun spullen op zoek gaat naar zo'n kist, ongeacht de inhoud. Het lijkt me het beste als de heren nu vertrekken. Als de Carters terugkomen, zal ik er persoonlijk op toezien dat meneer Carter contact opneemt met zijn kantoor. Het zou me niet verbazen als hij geen vrij heeft gevraagd omdat dat er domweg bij ingeschoten is. Waarschijnlijk is er een heel ordinaire verklaring voor.'

Meneer de Vreemdeling glimlachte, maar het was een geforceerd glimlachje, het soort glimlach dat je op je gezicht tovert als je een bitter dessert voorgeschoteld krijgt. 'U hebt vast gelijk. Waarschijnlijk maken we van een mug een olifant.' Bij wijze van buiging liet hij zijn kin op zijn borst zakken. 'Het was me aangenaam u beiden te leren kennen.' Hij streek mij opnieuw door mijn haar. 'U hebt een prima zoon. Zeg tegen meneer Carter dat hij meteen naar de zaak belt als hij terugkomt.'

'Zeker,' zei vader.

Daarna wandelden de beide mannen op hun gemak terug naar de Plymouth bij de stoeprand. Geen van beiden keek nog om. Vader, moeder en ik bleven staan kijken waar we stonden tot de auto uit het zicht verdwenen was en er slechts een stofwolk achterbleef.

57

Emory

Dag 2 • 11.57 uur

Emory trok haar knieën tegen haar borst en sloeg haar vrije arm om haar benen in een poging warm te blijven. Ze rilde zonder dat ze er iets aan kon doen, haar tanden klapperden en maakten een ratelend geluid in haar schedel. Ze had met haar goede hand aan de gebroken pols gevoeld en haar hand snel weer weg moeten trekken. De pols was zo gezwollen dat de huid om de handboei leek te kruipen. Ze voelde haar polsslag tegen het staal, warm en vochtig. Ze was bang dat ze haar hand zou kwijtraken als ze zich niet snel zou kunnen bevrijden. Ze had alleen geen idee wat ze moest doen.

Ze kon hier niet weg.

Geen deur.

Geen zoldering.

Niets dan koud beton rondom.

Oorverdovende muziek, een song die ze niet kende.

Het werd ook steeds moeilijker om samenhangende gedachten te produceren. Ze wist dat dat veroorzaakt werd door een gebrek aan eten en drinken, maar ze schoot er weinig mee op om zich dat voor te houden. Ze had een kloppende hoofdpijn en haar hersens functioneerden traag, alsof er een deken over lag, een dikke laag mist.

Ze was ooit een keer dronken geweest.

Samen met Colleen McDoogle.

Ze hadden een fles Wild Turkey gevonden in een keukenkastje bij Colleen thuis en besloten om het eens te proberen. Per slot van rekening moesten ze toch oefenen om te weten hoeveel ze veilig konden drinken op een feestje zonder dronken te worden? Uiteindelijk was er maar heel weinig voor nodig. Colleens moeder was onaangenaam verrast toen ze een uur eerder dan ze had gezegd, was thuisgekomen. Emory kon zich niet herinneren hoeveel ze hadden gedronken, maar het had haar de volgende dag een heel bijzondere hoofdpijn bezorgd. Een hoofdpijn die achter haar ogen leek te beginnen en in kracht toenam op weg naar de achterkant van haar hoofd.

Zo'n hoofdpijn had ze nu ook.

Ik weet nog wanneer dat was. Je had nog niet over een rechte lijn kunnen lopen als je leven ervan af had gehangen. Je probeerde het wel, en Colleen ook, in de hoop dat haar moeder niets in de gaten zou hebben.

'Dat was vorig jaar, mama. Toen was jij allang dood.'

Dat wil niet zeggen dat ik niet toekeek, schatje. Van mij had je huisarrest gekregen! Ik zou je computer hebben weggeborgen, en je telefoon en je tv. Misschien had ik wel hetzelfde gedaan als wat mijn moeder deed toen ik voor het eerst samen met mijn broer met sterke drank in de weer was. Je herinnert je oom Roger nog wel, toch? Ze betrapte Roger en mij met een fles wodka en dwong ons de fles helemaal leeg te drinken. Ik ben zes dagen misselijk geweest, maar heb daarna bijna drie jaar geen druppel meer gedronken. Hoe gaat het tegenwoordig met Roger?

'Wie is Roger? Ik ken geen oom Roger.'

Hoe kun je oom Roger nu vergeten zijn? Hij heeft bijna een jaar bij ons in huis gewoond na jouw geboorte.

Toen herinnerde Emory zich Roger. Een beetje overgewicht, een warrige dos donkerblond haar in een vergeefse poging een kalende kruin te verbergen. Hij had de afvoer een keer weer in orde gemaakt toen mevrouw Burrow die had verstopt met pasta. Hij had haar ook aan een nieuwe kaart voor de lift geholpen toen haar oude kaart er de brui aan had gegeven nadat hij in de buurt van haar mobiele telefoon in haar tas had gezeten. Maar wacht... 'Ik heb geen oom Roger. Roger is de huismeester.'

Zei ik Roger? Ocharme, ik bedoel oom Robert.

'Ik heb geen oom. Als ik ooit een familielid van je ben tegengekomen, kan ik me die niet herinneren,' zei Emory zacht. Ze had ook kunnen schreeuwen als ze dat had gewild, want niemand zou haar hebben gehoord boven het donderende geweld van Cream met 'Born under a Bad Sign'.

Herinner je je oom Steve niet meer? Dat zou een schok voor hem zijn. Hij wiegde je in slaap toen je een baby was. Hij zong altijd dat liedje voor je... Hoe ging dat ook al weer? Weet jij het nog? Iets over de dag dat de muziek ophield...

'Drove my Chevy to the levee but the levee was dry,' kraakte Emory met droge, met korsten bedekte lippen. Ze liet haar tong over de barsten glijden. '... this'll be the day that I die...'

Dat is het. Oom Ryan was er gek op.

'Ik heb geen ooms. Ik heb ook geen moeder. Jij bestaat niet. Hou op met tegen me te praten.'

Denk je dat vandaag de grote dag is?

'Hè?'

Je weet wel, de dag dat je zult sterven.

Emory drukte met de vingertoppen van haar goede hand tegen haar slaap en boorde ze diep in de zachte huid.

Het lijkt me het beste als je je verzoent met je nog maar beperkte toekomst. Echt, schatje, zelfs als die Aap je niet heel snel vermoordt, je hebt al in weken geen eten en drinken meer gehad. Hoeveel langer denk je dat je het nog kunt volhouden?

'Ik zit hier nog geen weken, twee dagen pas, hooguit drie.'

O, volgens mij is het minstens een week, schatje.

Emory schudde haar hoofd en kromp in elkaar toen de pijn in haar gewonde oor opvlamde. 'Volgens mij staat die muziek op een tijdklok. Als dat zo is, komt de muziek één keer per dag, en dan is het vandaag de tweede dag.'

Zelfs als dat theorietje waar zou blijken te zijn, en ik geloof er niets van, hoelang denk je het vol te houden zonder eten en drinken?

'Gandhi vastte eenentwintig dagen,' zei Emory.

Eenentwintig dagen zonder eten, maar hij had wel water.

'O ja?'

Vast en zeker. Het zou me ook niet verbazen als iemand hem zo nu en dan een Mars of zo toestopte. Je weet hoe die beroemde sterren zijn.

'Hij was geen ster, hij was...' Waarom praatte ze tegen haar? Ze was niet echt. Ze bestond alleen maar in haar hoofd. Emory was gek aan het worden. Het zou lang voordat ze kon bezwijken onder gebrek aan water al voorbij zijn. Haar hersens raakten langzaam uitgedroogd, als een spons die in de zon ligt. Haar organen ook. Ze had het gevoel dat ze moest plassen, maar toen ze het probeerde, kwam er niets. Ze kon bijna voor zich zien hoe haar nieren en haar lever in haar lichaam verschrompelden. Hoelang duurde het voordat ze niet meer functioneerden? Ook al zat ze doodstil, haar hartslag ging omhoog. Haar hart bonkte in haar borst. Eerst had ze gedacht dat het verbeelding was, maar toen ze haar hartslag een paar uur geleden had gemeten, had ze negentig slagen per minuut geteld. Dat was heel hoog. Als ze aan het joggen was, kwam haar hartslag zelden boven de tachtig.

Emory legde haar vingers tegen haar halsslagader om opnieuw de hartslag te meten. Ze telde het aantal slagen in vijftien seconden – zesentwintig. Zesentwintig keer vier is… Shit, ze kon zich niet concentreren. Zesentwintig keer…

Dat is bijna tweehonderd, schatje. Dat is heel hoog.

'Honderdvier,' zei Emory. Ze negeerde de stem. Haar hartslag was in rust normaal gesproken rond de vijfenvijftig. Ze deed nu helemaal niets, maar haar hart sloeg op hol. Emory wist niet precies wat dat betekende, maar ze wist dat het niet goed was.

Als Aap terugkomt, kun je hem misschien vragen je snel dood te maken. Dat zou zoveel beter zijn dan dat gedoe met de ogen en de tong, vind je ook niet?

Emory ging met haar tong door haar mondholte. Ze was haar smaak goeddeels kwijt, maar wat er nog van resteerde, deed haar aan zaagsel denken.

Ze wilde huilen, maar ze had geen tranen meer. Haar droge ogen brandden in het duister.

Ergens ver boven haar hoofd pakte Jimi Hendrix zijn gitaar en perste er een snerpende solo uit.

58

Dagboek

De rat was dood. Toen ik achter vader en moeder de trap naar de kelder af liep, was dat het eerste wat me opviel. Het kleine, zwarte lijfje had veel weg van een drijfnatte vaatdoek met oogjes. De kop van de rat lag naar de rug gekeerd, de pootjes lagen uitgespreid alle kanten op. Het verminkte knaagdier lag in een plas bloed naast het veldbed waarop mevrouw Carter nu zat. Haar vrije hand had de rode kleur van de dood.

Ze glimlachte naar ons toen we de trap af kwamen. De angst die haar ogen zelfs nog maar een paar uur geleden hadden uitgestraald, had plaatsgemaakt voor een ijskoude, starende blik.

'Hij vermoordt ons allemaal, weet je.' Haar stem klonk ook anders, kalm en beheerst. Zelfverzekerd.

'Wie?' vroeg vader, al wist ik eigenlijk wel zeker dat hij wist wie ze bedoelde. Hoe mevrouw Carter wist waarom we naar beneden kwamen, waarover en over wie we met haar wilden praten, was me een raadsel, maar kennelijk wist ze het. Ze wist precies waarom we daar bij haar waren.

'Is hij weer weg? Pas maar op, want ik verwacht hem elk moment weer terug.' Mevrouw Carter veegde haar bloederige hand af aan de onderkant van het veldbed, schopte toen tegen de dode rat, die over de keldervloer gleed en een rood spoor achterliet. 'Jullie hadden mijn man niet moeten doden.'

Vader strekte zijn arm achter zich, alsof hij van plan was uit te halen en haar te slaan. Ik kon me niet voorstellen dat hij zoiets zou doen. Hij had me altijd gezegd dat ik nooit een vrouw mocht slaan, zelfs niet als ze mij sloeg met iets zwaars. Geen enkel excuus rechtvaardigde het slaan van vrouwen. Nooit.

Hij pakte een handdoek van de wasmachine en gooide die naar mevrouw Carter.

Ze glimlachte dankbaar en veegde het bloed van haar hand zo goed en zo kwaad als dat ging zonder water. 'Als jullie mij laten gaan, kan ik proberen uit te leggen wat er is gebeurd, al geloof ik niet dat hij mij zal geloven. Zelfs als hij me wel gelooft, denk ik dat het hem niets kan schelen.'

'Hij wil de documenten van je man. Hij zegt dat hij voor de baas van je man werkt,' zei vader.

Ze hield haar hoofd scheef. 'Nou ja, dat is niet gelogen.'

'Weet je waar die papieren zijn?'

Mevrouw Carter glimlachte opnieuw, maar zei niets en trok alleen aan haar handboei.

Moeder, die zich niet met het gesprek had bemoeid, vloog ineens op mevrouw Carter af. Vader ving haar op toen ze probeerde zich op mevrouw Carter te werpen. Moeder probeerde zich los te worstelen uit vaders omarming en klauwde naar mevrouw Carter. 'Wat heb je in mijn huis gebracht!' schreeuwde ze.

Mevrouw Carter keek nors terug. 'Jij hebt mij in je huis gebracht. Ik heb hier niet om gevraagd. Ik heb je niet gevraagd mijn man te vermoorden, kutwijf.'

Dat maakte moeder woest. Heel even dacht ik dat vader haar niet in bedwang kon houden, maar hij slaagde daar toch in. Hij sloeg een arm om haar hals in een wurggreep, niet zo strak dat ze er het bewustzijn door verloor, maar strak genoeg om haar duidelijk te maken dat hij de baas was. Meer hoefde ook niet, want moeder gaf het op en werd rustig. Vader verslapte zijn greep echter niet en ik wist precies waarom. Toen hij me de wurggreep had geleerd, had hij me ook verteld dat het slachtoffer soms zou voorwenden het bewustzijn te verliezen of zich over te geven, om je op het moment dat je je greep liet verslappen, opnieuw aan te vallen. Dat vertelde hij me niet alleen om me te leren hoe je een wurggreep moest toepassen, maar ook om te leren hoe ik me kon verweren als iemand mij in een wurggreep nam. Hij had me zelfs geleerd hoe je moest simuleren dat je het bewustzijn verloor. Vader was heel wijs.

'Je moet me beloven dat je je zult gedragen als ik je loslaat,' zei vader zacht in moeders oor.

Ze knikte en hij verslapte langzaam de greep. Hij bleef paraat om haar meteen opnieuw in een wurggreep te nemen als ze zich niet aan haar woord zou houden, maar ze bleef rustig. Ze leunde tegen de wasmachine en keek woest naar mevrouw Carter.

Vader wendde zich weer tot mevrouw Carter. 'Voor wie werkt je man?'

'Bedoel je, voor wie werkte mijn man?'

Hij wuifde de vraag weg. 'Woorden.'

Mevrouw Carter zweeg, en voor het eerst sinds we hier weer bij haar beneden waren, zag ik angst in haar ogen. Ze probeerde zich ertegen te verzetten, zich sterk voor te doen, maar ik las angst in haar ogen, heel duidelijk. Vader zag het ook. Toen ze uiteindelijk weer iets zei, sprak ze zacht, met een dun stemmetje. 'We moeten hier weg, allemaal.'

Vader knielde neer naast het veldbed en legde zijn hand op haar hand. 'Voor wie werkte hij?'

Ze keek eerst moeder aan, toen mij, en daarna weer vader. 'De onderwereld. Tientallen criminelen, misschien nog wel meer. Hij werkte zelfs voor een paar leden van de familie Genovese. Hij hielp ze hun geld wit te wassen.'

Vader reageerde meteen. 'En wat heeft hij ze afgenomen?'

Mevrouw Carter haalde diep adem, sloot haar ogen en blies haar adem weer uit. 'Alles, tot op de laatste cent.'

59

Porter

Dag 2 • 12.18 uur

'Maak het jezelf gemakkelijk,' zei Porter tegen Watson. Hij liet zijn sleutels op een klein tafeltje bij de voordeur vallen. 'Zoek maar iets te eten of te drinken in de koelkast. Ik weet niet precies wat er allemaal in ligt.'

Het was een zwijgzame rit geweest van Bureau Eenenvijftig naar zijn appartement. Watson had zitten schuiven op zijn stoel en Porter had zijn best gedaan het gezicht uit zijn herinnering te bannen van de jongen die zijn vrouw had vermoord.

Het lukte niet.

Elke vezel in zijn lijf spoorde hem aan terug te rijden, zijn Beretta tegen het strottenhoofd van de jongen te zetten en de trekker over te halen tot de laatste kogel uit de kamer vertrokken was, en daarna wat er over was van het hoofd tot moes te slaan.

Die gedachten vervulden hem niet met trots. Hij wilde niet zo denken. Hij was geen gewelddadig man en Heather zou op hem mopperen als ze had geweten dat hij ook maar iets van haatdragende gevoelens jegens die jongen koesterde. Ze zou tegen hem zeggen dat hij erboven moest staan, dat hij niet moest toegeven aan zijn woede. Ze zou tegen hem zeggen dat woede en haat haar niet terug zouden halen en dat zulke gedachten louter en alleen zijn ziel zwart zouden kleuren.

Watson staarde hem aan. 'Alles goed?' vroeg hij.

Porter knikte. 'Ik ben zo weer de oude. Even bijkomen. Alles op een rijtje zetten.' Hij aarzelde en zei toen: 'Bedankt dat je met me mee bent gegaan daarnaartoe.'

'Geen dank. Is ze dat?' Hij wees naar een foto op een bijzettafeltje.

Heather, een foto van ongeveer een jaar geleden.

Porter pakte de foto. 'Ja. Ik was die dag heel trots op haar. Ze wilde schrijver worden. Ze zat altijd te krabbelen in een notitieboekje, altijd te schrijven. Ik had een van haar verhalen ingezonden naar de Shirley Jackson Awards, en ze won. Die foto heb ik meteen na de prijsuitreiking gemaakt.'

Porter was Watson dankbaar toen die niet doorvroeg. 'Ik ben zo terug. Zoek maar iets te eten.' Hij knikte in de richting van de keuken en keek Watson na toen die naar de keuken liep.

Zijn telefoon trilde in zijn broekzak toen hij de slaapkamer inliep. Hij overwoog het gesprek te laten lopen, zodat voicemail zou worden ingeschakeld, maar bedacht zich. Een blik op het scherm maakte duidelijk dat Klozowski aan de lijn was. Hij drukte op de knop om het gesprek aan te nemen en hield het toestel bij zijn oor.

'Sam?'

'Ja?'

'We hebben een serieus probleem.'

'Zeg het maar.'

'Herinner je je die vingerafdruk nog die je gisteren had gevonden op dat treinwagonnetje in de tunnels?'

'Ja.'

'We hebben een match.'

Porter liep naar de klerenkast, trok zijn jack uit en begon zijn shirt los te knopen. De koffie was koud en kleverig geworden. De vlek strekte zich uit tot halverwege zijn arm. Waarschijnlijk was het shirt geruïneerd.

'Sam, die vingerafdruk is van Watson. Alleen was het Watson niet. Volgens VICAP was die vingerafdruk van ene Anson Bishop. Ik heb net Forensisch aan de lijn gehad. In eerste instantie lijkt er niets aan de hand met zijn dossier, maar toen ik begon te graven, kwam ik gaten tegen. Zijn VICAP-dossier is vervalst. Er bestaat geen Paul Watson. Het is een schuilnaam van die Anson Bishop. Ik probeer nog steeds alles op een rijtje te krijgen, maar hij heeft dat wagonnetje aangeraakt op een moment voordat jij daar met SWAT kwam. Dat betekent dat hij er op de een of andere manier bij betrokken is. Dit zit fout, Sam. Volkomen fout. Wie of wat die kerel dan ook mag zijn, hij werkt niet bij de politie. Waar hadden Nash en jij hem opgepikt?'

'Eh... eh...'

'Shit. Hij is daar bij jou, hè?'

'Jep.'

'Waar ben je? Zijn jullie met zijn tweeën?'

Porter stak zijn hoofd om de hoek van de slaapkamerdeur en gluurde door de gang naar de keuken.

'Sam, ben je er nog?'

'Watson,' zei Porter luid. 'Zit er nog bier in mijn koelkast?'

'Je appartement? Ben je thuis?'

'Ja zeker, meneer. Daar hebt u helemaal gelijk in.'

Hij hoorde Watson in de keuken of de woonkamer, maar de man gaf geen antwoord.

Porter trok zijn schoenen uit en liep geruisloos de gang in, constateerde in één oogopslag dat de woonkamer leeg was, en liep toen naar de keuken, waarvan de deur openstond.

'Watson?' Porter maakte behoedzaam de klep van zijn schouderholster los. Hij legde zijn vingers om de greep van zijn Beretta en trok het wapen uit de holster. 'Ik weet dat het nog een beetje vroeg is, maar ik zou best een borrel kunnen gebruiken om even een beetje spanning kwijt te raken.'

Hij hoorde zwakjes hoe Klozowski commando's blafte aan de andere kant van de lijn. 'Houd hem daar, Sam. Er zijn eenheden onderweg.'

'Natuurlijk, Kloz. Kom maar deze kant op. Watson en ik gaan straks naar zijn oom, de klokkenmaker. Dan kun je met ons meerijden.'

'De dichtstbijzijnde wagen is er over vier minuten. Waar is Watson? Kun je hem zien? Kan hij ons horen?'

'Watson, als je alle pizza die er nog in koelkast lag, opeet, word ik daar niet blij van.'

Het pistool gericht sprong hij de kleine keuken in.

Leeg.

Het grote mes gleed zijn dijbeen in, een fractie van een seconde voordat hij Anson Bishop vanuit een ooghoek zag. 'Niet bewegen,' fluisterde Bishop achter hem staand, in zijn oor. 'Dat mes zit tegen de slagader in je dijbeen. Dat is een van de grootste. Als je probeert om dat mes eruit te trekken, bloed je in een paar seconden dood. Ik zal je helpen om te gaan liggen. Laat het pistool vallen.'

'Wie zijn...' zei Porter moeizaam. Hij kreeg de woorden ternauwernood over zijn samengeperste lippen.

'Laat het pistool vallen. En die telefoon ook.'

Porter liet het pistool en de telefoon vallen en bewoog zich niet terwijl Bishop het pistool wegschopte en de telefoon verbrijzelde door erop te stampen met zijn hak.

'Watson?'

'Sst, niets zeggen,' zei Bishop. 'Nu heel rustig. Eerst op je knieën en dan plat op je buik... Goed zo. Pas op voor dat mes.'

Porter liet toe dat Bishop hem hielp om te gaan liggen. Hij voelde het gewicht van het mes in zijn dijbeen, maar Bishop hield het mes stabiel met zijn vrije hand tot Porter op zijn buik op de hardhouten vloer lag.

'Ik neem aan dat je vriendje ondertussen actie heeft ondernomen, dan hoef je niet zo lang te wachten. Zoals je ziet, bloedt het niet heel erg. Dat blijft ook zo, zolang je het mes niet uit de wond trekt. Wacht maar op de professionals. Die weten wel wat ze moeten doen. Ze naaien de boel weer dicht en al snel loop je er weer zo fris als een hoentje bij. Het spijt me dat ik je pijn moest doen. Echt. Ik had gehoopt dat we meer tijd samen hadden kunnen doorbrengen. Ik had er echt plezier in, maar zoals het altijd met alle leuke dingen in het leven gaat, er komt ook weer een einde aan, en het einde is nabij.'

'Waar is Emory?'

Bishop glimlachte. 'Doe de groeten aan Nash en Clair. En voor wat het waard is, ik vind het heel erg wat je vrouw is overkomen.'

Porter draaide zijn hoofd net ver genoeg om Bishop de keuken uit te zien lopen. In de verte hoorde hij sirenes.

60

Dagboek

'Nou ja, dat was in ieder geval het plan. Alles stelen en er dan vandoor gaan. Ik weet alleen niet of het hem is gelukt. Simon had altijd grootse plannen, maar de uitvoering liet nog wel eens te wensen over.'

'Ze hebben een grote beige metalen kist onder jullie bed gevonden. Stopte hij daar de spullen in?' vroeg vader.

Mevrouw Carter haalde haar schouders op. 'Dat weet ik niet.'

Moeder probeerde haar opnieuw aan te vliegen, en dit keer was ze sneller dan vader. Ze greep mevrouw Carter met beide handen bij haar haar en trok er uit alle macht aan. Mevrouw Carter gilde en sloeg met haar vrije hand naar moeders arm. Haar nagels trokken een snel rood spoor over moeders onderarm.'

'Stop!' bulderde vader. Hij drong zich tussen beide vrouwen in.

Moeder liet los en snoof. Ze deed een stap achteruit. 'Die vrouw wordt onze dood.'

'Wat heeft hij precies gestolen?' vroeg ik. Dat was een goede vraag. Ik hoopte dat ik daarmee de spanning kon doorbreken.

Mevrouw Carter tastte voorzichtig haar hoofdhuid af en kreunde. Ze keek met samengeknepen ogen naar moeder. 'We zijn al zo goed als dood.'

Vader duwde haar terug op het veldbed. 'Geef antwoord op de vraag van mijn zoon.'

Ze glimlachte zuur naar hem. 'Durf je wel? Zo hardhandig tegen een vrouw die je geboeid in je kelder hebt?' Er zat geronnen bloed onder haar vingernagels. Ze begon eraan te peuteren. 'Simon kende hun zaken beter dan zijzelf. Als ze denken dat hij ervandoor is, moeten ze zich wel echt zorgen maken.' Ze keek vader en moeder beschuldigend aan. 'Het lijkt erop dat jullie een knappe prestatie hebben geleverd om de indruk te wekken dat hij met de noorderzon vertrokken is, dus zijn ze behoorlijk opgefokt. Jullie hebben ze gewoon hierheen gelokt.'

'Wat heeft hij van hen gestolen?' vroeg vader opnieuw. Het klonk alsof hij zijn woede inhield. Hij zou het geen derde keer vragen. Niet vriendelijk in ieder geval.

Mevrouw Carter liet haar vingernagels met rust en haalde diep adem.

'Ongeveer een maand geleden zei hij dat de beide eigenaren van de firma zich raar gingen gedragen, stiekem – meer dan normaal in ieder geval. Ze hielden hem een paar keer buiten het overleg, terwijl hij het gevoel had dat hij daar wel bij had moeten zijn. Ze waren ineens op de meest vreemde tijden op kantoor. Hij dacht een paar keer dat er iemand had zitten snuffelen in zijn spullen. Hij had het gevoel dat er achter zijn rug werd gepraat, dat ze voorbereidingen troffen om hem eruit te werken, of erger zelfs. Hij nam dossiers mee naar huis om kopieën te maken. Ik zei dat hij gek was. Als ze hem zouden betrappen, waren ze tot alles in staat. Maar hij deed het toch. Hij nam tientallen dossiers mee. Een "verzekering" noemde hij dat. Als ze hem te grazen zouden willen nemen of hem eruit zouden willen gooien, kon hij dreigen die documenten openbaar te maken.'

Vader haalde een hand door zijn haar. 'Dat klinkt als een heel gevaarlijk spelletje.'

Mevrouw Carter knikte. 'Vorige week, nadat ze hem van zijn grootste account hadden gehaald, zei hij dat hij de informatie die hij bij elkaar had gesprokkeld zou gebruiken om geld weg te sluizen naar een bank in het buitenland zodat we ervandoor zouden kunnen gaan, domweg verdwijnen.'

'Maar je weet niet of hij dat ook heeft gedaan?'

Ze schudde haar hoofd. 'Als hij het heeft gedaan, heeft hij me dat niet verteld. We hebben zo veel ruzie gehad de afgelopen week, dat ik betwijfel of hij het me eigenlijk wel zou vertellen.' Ze had tranen in haar ogen.

Ik vond het moeilijk haar zo te zien. Ik keek naar de vloer en wroette met mijn voet in het stof.

'Wat heeft hij gedaan met al die gekopieerde documenten?' vroeg vader.

Mevrouw Carter haalde haar schouders op. 'Ik weet het niet. Dat heeft hij me niet verteld. En nu is hij er niet meer.'

Vader richtte zich tot moeder: 'Dat soort mensen zal ons liever uit de weg ruimen dan dat ze hun vuile was op straat terecht zien komen. Misschien moeten we verdwijnen.'

'Misschien moeten we hen eerst uit de weg ruimen,' zei moeder zacht.

'Ik ken die man. Dit is nog maar het begin,' zei mevrouw Carter. 'Hij komt terug, waarschijnlijk heel vlug, en misschien neemt hij anderen mee. Ervandoor gaan is de enige mogelijkheid.'

61

Clair

Dag 2 • 13.23 uur

'Wat gebeurt er verdomme allemaal?' Steven Mathers had een vuurrode kop toen hij het kantoor van rector Kolby binnenstormde.

Kolby hief beide handen in de lucht. 'Rustig, Steven. Ik heb je meteen gebeld toen ze hier op het toneel verschenen.'

Steven Mathers' ogen viel op zijn zoon die in een hoek van het vertrek zat, met beide handen om zijn gebogen hoofd geslagen. Hij richtte zich tot Clair en Nash. 'Wat willen jullie van mijn zoon?'

Clair maakte een gebaar naar een stoel voor het grote eikenhouten bureau. 'Gaat u even zitten, meneer Mathers?'

Dat leek hem alleen maar kwader te maken. 'Wat ik ga doen, is mijn zoon meenemen, hem opsluiten in ons appartement en drie van mijn advocaten naar jullie baas sturen om eens een hartig woordje met hem te praten. Dat ga ik doen.'

Clair haalde diep adem en blies de lucht langzaam weer uit. 'Uw zoon zou betrokken kunnen zijn bij de ontvoering en mogelijke dood van Emory Connors-Talbot.'

Mathers fronste de wenkbrauwen. 'Talbot? De vastgoedmagnaat?'

Nash knikte. 'Uw zoon gaat uit met zijn dochter.'

'Wat heeft dat met haar ontvoering te maken?'

'Gaat u alstublieft even zitten, meneer Mathers,' vroeg Clair nog een keer.

Dit keer voldeed Mathers aan het verzoek. Hij liet zijn aktetas naast de stoel op de vloer vallen.

'Wat weet u over Jacob Kittner?' vroeg Clair.

'De broer van mijn vrouw?'

Clair knikte.

‘Ik heb hem al niet meer gesproken sinds mijn vrouw Amelia iets meer dan vijf jaar geleden is overleden.’

‘En uw zoon? Wanneer heeft hij meneer Kittner voor het laatst gesproken?’

‘Die heeft ook geen contact met hem gehad. We praten niet met haar kant van de familie,’ zei Mathers.

Ze keken alle drie naar Tyler, die nog steeds voorovergebogen zat, zijn gezicht verscholen achter zijn handen.

‘Toch, Tyler?’ vroeg Mathers.

Tyler keek op met rode, betraande ogen. ‘Het is mijn schuld, alles. Ik dacht dat het geen kwaad kon.’

Mathers stond op en liep naar zijn zoon. ‘Waar heb je het over?’

‘Oom Jake zei dat het geen kwaad kon.’

Clair en Nash keken elkaar aan en keken toen weer terug naar Tyler.

‘Oom Jake? Sinds wanneer ga jij op die manier om met die kerel?’

Tyler zuchtte. ‘Mam en ik zagen hem heel vaak. Dat vertelden we jou niet omdat jullie tweeën niet met elkaar overweg konden. Mam wilde geen ruzie. Toen hij me had verteld dat hij doodging, ben ik hem een beetje gaan helpen in huis. Kleine dingetjes na schooltijd, meer niet.’

‘Ging hij dood?’

Clair keek de rector aan, die achter zijn bureau meeluisterde. ‘Meneer Kolby, wilt u even buiten wachten?’

Kolby leek te willen protesteren, maar bedacht zich. ‘Ik ben hiernaast als u me nodig hebt.’

Toen Kolby de deur achter zich dicht had getrokken, richtte Clair zich tot Mathers. ‘Uw zwager had maagkanker in een vergevorderd stadium. Hij zou nog maar een paar weken te leven hebben gehad.’

Mathers schudde zijn hoofd. ‘Wacht even, wat bedoelt u met “zou hebben gehad”? Wat is er gebeurd?’

Nash haalde een hand door zijn haar. ‘Gisterochtend is Jacob Kittner om even na zes uur aangereden door een stadsbus toen hij op weg was naar een brievenbus op het kruispunt van Fifty-Fifth en Woodlawn. Hij was op slag dood. We denken dat hij van plan was een klein wit doosje op de post te doen. In dat doosje zat een mensenoor… Het oor van Emory. Uw zwager was de Moordenaar van het Vierde Aapje.’

Mathers verbleekte en ging verzitten. ‘Jake? Onmogelijk.’

Nash knikte. ‘Hij heeft Emory ontvoerd. Ze zit nog steeds ergens opgesloten, zonder eten en drinken of iemand die haar verzorgt. Er rest ons weinig tijd. Uw zoon is misschien wel de enige die weet waar we haar kunnen vinden.'

Mathers zag er nu nog meer aangedaan uit dan zijn zoon. Hij was lijkbleek en ademde oppervlakkig. 'Tyler, is dat waar?'

Tyler haalde diep adem. 'Hij is niet de Moordenaar van het Vierde Aapje. Het is niet zoals u denkt.'

Clair liep het vertrek door en knielde neer bij zijn stoel. 'Ik begrijp dat je om hem gaf, maar hij heeft vreselijke dingen gedaan. En op het moment moeten we ons concentreren op Emory. Als jij weet waar hij haar heeft opgesloten, moet je ons dat vertellen.'

'Hij is niet de Moordenaar van het Vierde Aapje,' herhaalde Tyler.

Mathers ging staan en liep naar zijn zoon. 'Wat probeer je ons te vertellen?'

'Oom Jake probeerde ons te helpen.'

'Helpen? Waarmee?' vroeg Clair.

Tyler keek zijn vader aan, boog toen het hoofd en keek weer naar de vloer. 'Mijn vader heeft financiële problemen. Ze hebben hem vorig jaar op zijn werk lager ingeschaald en sinds die tijd kost het hem moeite om zijn rekeningen te betalen. Hij heeft geld opgenomen van de spaarrekening voor mijn studie.'

'Hoe weet jij dat...'

Clair stak haar hand op.

Tyler ging verder. 'Op grond van mijn cijfers is de kans heel groot dat ik aan een universiteit van de Ivy League kan gaan studeren, maar ik presteer net niet goed genoeg voor een studiebeurs van de universiteit. Vader verdient nog steeds te veel om voor andere beurzen in aanmerking te komen, dus moeten we mijn studie uit eigen zak betalen. We kunnen niet alle kosten dekken met studieleningen. Oom Jake zei dat het allemaal alleen kon als ik hem liet helpen. Toen hij te horen kreeg dat hij kanker had, heeft hij geprobeerd een levensverzekering af te sluiten, maar hij werd geweigerd op grond van de diagnose. Toen vertelde hij me dat het ook op een andere manier kon.

Ongeveer een maand geleden werd hij door iemand benaderd die hem vertelde dat hij heel veel geld kon verdienen als hij hem hielp. Hij zei tegen oom Jake dat het niet illegaal was, of in ieder geval niet heel erg illegaal. Hij zei dat hij wist dat oom Jake ziek was en dat hij niet veel tijd meer had. Hij zei dat dit een manier was waarop hij niet alleen mij, maar een heleboel mensen kon helpen. Hij zei dat oom Jake het echter niet alleen kon doen, dat hij er mijn hulp bij nodig had.'

Mathers liep opnieuw rood aan. 'Wat moest je voor die klootzak doen?'

'Meneer Mathers, alstublieft,' zei Clair.

Tyler zuchtte. 'Ik hoefde helemaal niets voor hem te doen, pa. Niets wat ik niet zelf wilde, in ieder geval. Hij zei dat ik toenadering moest zoeken tot Emory Connors, dat ik haar misschien een paar keer mee uit moest nemen. Ze is aantrekkelijk, dus ik dacht: waarom niet? We zijn een paar keer uit geweest en toen heb ik haar meegenomen naar homecoming...' Zijn ogen dwaalden in de richting van Clair. 'In het begin probeerde ik alleen maar om haar mee uit te nemen, maar toen ik haar leerde kennen, begon ik haar aardig te vinden. We hadden veel lol samen. Ze begreep me. En ze is heel slim. Ze heeft me zelfs bij sommige vakken geholpen. Het ging allemaal heel goed. En toen vroeg oom Jake naar die schoenen.'

'De schoenen van meneer Talbot?' vroeg Clair.

'Ja... Afgelopen donderdag lagen we een beetje te hangen op de bank en naar een film te kijken, toen meneer Talbot langskwam. Langer dan een kwartier is hij er niet geweest. Zijn kleren waren vuil. Hij zei niet waardoor dat was gekomen. Hij zei dat hij even snel wilde douchen en meteen weer weg wilde. Een minuut of twintig later belde oom Jake. Hij zei dat ik de schoenen van meneer Talbot moest meenemen. Hij zei niet waarom, alleen maar dat die man hem dat had opgedragen. Ik had geen idee hoe hij zelfs maar wist dat meneer Talbot daar was geweest, laat staan hoe hij wist dat hij er kleren had achtergelaten. Ik kreeg het er een beetje benauwd van. Ik dacht dat hij misschien wel camera's in het appartement had. Toen ik naar de wc moest, heb ik die schoenen in mijn rugzak gestopt. De volgende dag heb ik ze naar oom Jake gebracht. Hij zei niet wat die man ermee wilde. Alleen dat hij genoeg geld had overgemaakt om mijn collegegeld te betalen, en dat er dan nog geld overbleef. Voor een paar schoenen. Ik kon mijn oren niet geloven. We verwachtten dat het geld wel weer teruggeboekt zou worden, maar dat gebeurde niet. De dag daarna kreeg oom Jake een wiskundeboek van de man. Hij zei dat ik dat moest achterlaten in het appartement van Em. Dat vond ik gek, maar ik dacht: oké, als een of andere idioot honderdduizenden dollars wil betalen voor een paar schoenen en voor mij, zodat...'

'Hoeveel?' gooide Mathers eruit.

Tyler keerde zich naar zijn vader. 'Oom Jake zei dat de man hem aanvankelijk vijftigduizend gaf toen hij erin toestemde om te helpen, en daarna nog eens tweehonderdvijftigduizend toen we de schoenen hadden, met nog meer...'

Mathers wendde zich tot de beide rechercheurs. 'Ik geloof dat we verder niets meer moeten zeggen tot mijn advocaat hier is.'

Clair barstte uit: 'Tyler, waar is Emory?'

'Dat weet ik niet.'

'Mevrouw, hebt u mij niet gehoord?' zei Mathers.

'Hoe zag die man eruit?'

Tyler haalde zijn schouders op. 'Ik heb hem nooit gezien. Oom Jake ook niet, geloof ik. Hij had hem alleen over de telefoon gesproken.'

'Wij hebben rechten, mevrouw!'

'Moment, alstublieft.' Clair greep Nash bij de schouder en trok hem mee, het benauwde kantoor uit, de gang op. 'Geloof jij dit?'

'Ik weet niet meer wat ik moet geloven. Er zit kop noch staart aan de hele zaak.'

Clairs telefoon zoemde. Ze keek op het scherm en las de sms:

BEL ME! – KLOZ

62

Dagboek

We lieten mevrouw Carter achter in de kelder. Ze had gezegd dat ze terug zouden komen, en dat deden ze ook. Minder dan een uur later hoorden we de Duster met zijn sonore motorgeluid de straat in rijden. Meneer de Vreemdeling trapte twee, drie keer provocerend op het gas en liet de motor toen stationair draaien. Hij wilde ons laten horen dat ze daar waren.

Met z'n drieën stonden we bijna vijf minuten achter het raam naar de groene auto te kijken. Toen liep vader de keukendeur uit naar buiten, naar de straat.

Ik stond met moeder achter me in de deuropening te kijken toen vader over het gras naar de Plymouth liep die halverwege tussen het huis van de Carters en dat van ons geparkeerd stond. Vader was de auto tot een meter of drie genaderd, toen Meneer de Vreemdeling schakelde en vol gas wegreed in een wolk van opstuivend stof en wegspattend gravel.

Vader bleef abrupt stilstaan en staarde een hele tijd naar de plek waar de auto zo-even nog had gestaan. Toen draaide hij zich om en liep hij terug naar ons huis. Hij sloot de deur achter zich en schoof de grendel ervoor. We deden de deur zelden dicht in de zomermaanden, laat staan op slot, want ons kleine huis had geen airconditioning; een onbelemmerde tochtstroom door open ramen en deuren was zo ongeveer het enige wat we konden doen tegen de hitte.

Hij zag dat moeder en ik stonden te kijken. 'Dit loopt verkeerd af,' zei hij.

'Ze weten niet dat ze hier is,' antwoordde moeder.

'Ze weten het wel. Ik heb geen flauw idee hoe ze erachter zijn gekomen, maar ze weten het.'

'Maar waarom leveren we haar dan niet gewoon aan hen uit? Dan mogen ze met haar doen wat ze willen.'

Vader dacht daar even over na en schudde toen zijn hoofd. 'Ik denk dat ze heel precies weet waar die documenten van haar man verstopt zijn.'

Moeder liep naar de andere kant van de keuken en schakelde het koffiezetapparaat in. Ze haalde een bruine zak gemalen koffie uit een keukenkastje, schepte twee lepels koffie in het filter en zette het apparaat in werking. Even later vulde de geur van een heerlijke melange het vertrek en hoewel vader vond dat ik veel te jong was om koffie te drinken – hij zei dat de cafeïne mij in mijn groei zou belemmeren en de kans zou vergroten dat ik als volwassene zou lijden aan slapeloosheid – vond ik die geur geweldig. De geur van koffie had juist een kalmerend effect op me. Koffie bracht rust teweeg. Moeder pakte twee bekers, schonk koffie in en nam de bekers mee naar de tafel waar vader en zij tegenover elkaar gingen zitten.

'Misschien moeten we haar meenemen naar het meer, haar daar verdrinken en het op een ongeluk laten lijken,' zei moeder.

'Dat middel is misschien erger dan de kwaal,' zei vader. 'Meneer Carter voert de vissen op de bodem van het meer. Ik denk dat we maar beter niet de aandacht op het meer kunnen vestigen.'

'In haar eigen badkuip dan?'

Vader nam een slok van zijn koffie en zette de beker weer op tafel. Hij draaide hem rond tussen zijn beide handen. 'Die lui hebben hun huis al doorzocht. Ze weten dat ze niet thuis is. Omdat we net hebben gedaan alsof ze haastig vertrokken zijn, is het niet waarschijnlijk dat mevrouw alleen terugkomt om een bad te nemen.'

Vanuit het niets zag ik ineens de oplossing voor me. Ik weet niet waar ik het vandaan haalde, maar het was een waardevol idee, dus legde ik het op tafel. 'U kunt haar ook wurgen en het lichaam in de kofferbak van hun auto leggen. Als u het goed aankleedt, zal het net lijken of meneer Carter het heeft gedaan en daarna op de vlucht is geslagen.'

Vader en moeder keken me allebei met een uitdrukkingloze blik aan. Problemen. Ik had mijn mond moeten houden. Misschien moest ik maar gauw naar mijn kamer…

'Excellent idee, knul!' zei vader. 'We hebben de auto bij het spoorwegstation laten staan, de beste plek om te suggereren dat iemand er met de trein vandoor is.'

Moeder knikte instemmend. 'Maar we moeten er eerst achter zien te komen waar ze de documenten heeft verstopt.'

Vaders ogen waren aan zijn koffiebeker gekluisterd. 'Verzekering?'

Moeder knikte. 'Verzekering. Als die lui er niet intrappen, kan het geen kwaad als we iets in handen hebben om te onderhandelen. Veronderstel eens dat hij het geld ook heeft gestolen? Dat geld zou goed van pas kunnen komen.'

'Wij zijn geen dieven,' protesteerde vader.

'Als we moeten verhuizen, hebben we dat geld nodig. Wie weet hoe deze ramp verder nog zal aflopen? Het is hun schuld dat wij erbij betrokken zijn geraakt. Ze zijn ons nog iets schuldig.'

Omdat moeder meneer Carter had vermoord en we nu mevrouw Carter gevangen hielden in de kelder, ontging het me hoe je dat 'hun schuld' kon noemen, maar vader moet het er toch mee eens zijn geweest, want hij stribbelde niet verder tegen.

Moeder dronk het laatste restje koffie op en zette haar lege beker in de gootsteen. 'Doen we het vannacht of morgen?'

'Het kan beter overdag. 's Nachts is het te rustig bij het station, dan is de kans groter dat we opvallen,' zei vader.

'Hoe wil je haar zo ver krijgen dat ze vertelt waar die documenten zijn?' vroeg moeder.

Ook vader dronk nu de laatste slok koffie uit zijn beker en zette die naast de beker van moeder. 'Dat wordt het grootste probleem. Ze is een taaie. Misschien wil jij het eens proberen?'

Een brede glimlach plooide zich om moeders lippen. 'O ja, dat wil ik zeker!'

63

Clair

Dag 2 • 15.56 uur

Clair verkreukelde een leeg Pepsi-blikje en gooide het in de prullenbak vlak bij Nash. 'Hoelang heeft het nu al geduurd?'

'Sinds ze met hem bezig zijn of sinds de vorige keer dat je dat vroeg?' vroeg Klozowski.

Ze schudde haar hoofd. 'Maakt niet uit... allebei... weet ik veel. Waarom duurt het zo lang?'

'Twaalf minuten sinds de vorige keer dat je het vroeg. Drieënhalf uur sinds we hier in het ziekenhuis zijn, en drie uur en twaalf minuten sinds ze hem de OK ingereden hebben.'

'Het is mijn schuld,' zei Nash tegen niemand in het bijzonder. 'Ik ging ervan uit dat hij bij Forensisch werkte. Hij maakte foto's en hij had de juiste papieren. Er liepen nog tien man van Forensisch rond en er was er niet één die hem raar aankeek, alsof hij een bedrieger was.'

'Hij was ook geen bedrieger,' zei Klozowski. 'Op papier tenminste niet, hij was daar volkomen legaal. Ik heb contact gehad met zijn leidinggevende. Volgens het dossier bij HR is hij twee maanden geleden hiernaartoe overgeplaatst vanuit Tucson. Niemand heeft die overplaatsing via de telefoon nagetrokken. Ze vertrouwden gewoon op de elektronische dossiers.'

'En die waren nep?'

Klozowski knikte. 'Heel knap gehackt. Volgens zijn leidinggevende had Watson – ik bedoel Bishop – aan een tiental zaken gewerkt toen hij deze kant op kwam. Zijn collega's roemden hem om zijn vakkundigheid. Hij loste twee moordzaken op alleen door nog eens even naar bloedspetters te kijken. Shit, als hij was gebleven, zou hij over een paar jaar de scepter hebben gezwaaid over Forensisch.'

Clair keek beduusd. 'Maar je zei dat zijn vingerafdruk aan een andere naam was gekoppeld. Hoe kan het dat dat jou wel is opgevallen, maar dat ze het bij Forensisch of HR niet hebben gezien?'

'Zijn vingerafdruk kwam terug met twee namen. In het ene geval als de vingerafdruk van de fictieve Paul Watson, in het andere geval uit een dossier van een minderjarige delinquent met de naam Anson Bishop. Ik denk dat hij VICAP heeft gehackt en de match met Paul Watson zelf heeft gecreëerd om antecedentenonderzoek te slim af te zijn. Bij HR hebben ze geen toegang tot dossiers van Jeugdcriminaliteit.'

'Maar jij wel.'

Klozowski rolde met zijn ogen. 'Nou ja, niet officieel. Dat dossier bij Jeugdcriminaliteit was verzegeld en dan moet je weten waar je moet zoeken. Vraag maar niet hoe ik eraan gekomen ben. Het punt is dat je de naam van zo'n dossier pas te zien krijgt als je het dossier hebt geopend, dus hebben ze bij HR waarschijnlijk gedacht dat het dossier dat van Paul Watson was. Het was gecodeerd voor winkeldiefstal en dat is niet zwaar genoeg om te worden geweigerd bij Forensisch, dus wie er dan ook naar dat dossier heeft gekeken toen hij oorspronkelijk in dienst kwam, heeft het terzijde geschoven en is overgegaan tot de orde van de dag. Als hij dat dossier al ooit onder ogen heeft gehad. *Als.* Want ik betwijfel of iemand wel zo diep heeft gegraven, vooral omdat hij hiernaartoe kwam bij een overplaatsing.'

'Wat weten we van Anson Bishop?' vroeg Clair.

Klozowski snoof. 'We weten geen bal. Zodra ik dit had ontdekt heb ik Porter gebeld.' Hij haalde diep adem. 'Shit, denk je dat het mijn schuld is? Ik bedoel, als ik Porter niet had gebeld, zouden ze nog steeds met zijn tweeën bezig zijn geweest allerlei sporen te volgen. Dan had Bishop geen reden gehad om Porter aan te vallen. Fuck, het is mijn schuld.'

Het werd stil in de wachtruimte.

Klozowski keek de kring rond. 'Kom op, jongens, nu moeten jullie zeggen dat het niet mijn schuld was. Dat zoiets als dit er gewoon zat aan te komen.'

Nash stompte hem tegen zijn schouder.

Klozowski sprong overeind en wreef over de pijnlijke plek, 'Hé, klootzak!'

'Als Porter de pijp uitgaat, sla ik al je tanden uit je bek,' gromde Nash.

'Hoor, hoor, de neanderthaler aan het woord,' zei Clair. Ze richtte zich tot Klozowski en zei: 'Natuurlijk is het niet jouw schuld. Je hebt geprobeerd hem te waarschuwen. Dat zouden we allemaal hebben gedaan.'

Een arts met een ziekenfondsbrilletje en donkerblond haar kwam de wachtruimte binnen, keek even niet-begrijpend naar de beide mannen en richtte zich toen tot Clair: 'Mevrouw Norton?'

Clair ging staan. 'Ja?'

'Uw vriend heeft de operatie doorstaan zonder complicaties. Hij heeft veel geluk gehad. Dat mes zat maar een centimeter van een van de belangrijkste slagaders. Als hij iets anders was geraakt, was hij in een paar minuten doodgebloed. Nu is het echter niet meer dan een vrij oppervlakkige wond met alleen wat weefselschade. We houden hem nog even hier tot morgenochtend, maar ik verwacht eigenlijk geen problemen.'

Clair sloeg haar armen zo heftig om de man dat hij bijna zijn klembord liet vallen.

'Mogen we naar hem toe? vroeg Nash.

De arts bevrijdde zich onhandig uit Clairs omhelzing en knikte. 'Hij is net weer bijgekomen en hij vraagt naar u. Normaal gesproken zou ik zo snel na een operatie niemand bij hem laten, maar hij heeft duidelijk gemaakt dat u met z'n allen betrokken bent bij een onderzoek waar veel druk achter zit en ik kan moeilijk toestaan dat hij door het ziekenhuis gaat dwalen, dus maak ik een uitzondering. Probeert u het alstublieft kort te houden. Hij heeft de rust hard nodig.' Hij maakte een gebaar in de richting van de gang. 'Komt u maar mee.'

Kamer 307 was een tweepersoonskamer, maar het bed bij de deur was leeg. Clairs hart sloeg een keer over toen ze de hoek omsloeg en Porter in het tweede bed ontwaarde, aangesloten op een hartmonitor en IV. Hij keerde zijn hoofd in hun richting toen ze binnenkwamen en keek hen glazig aan.

'Tien minuten,' zei de arts. Hij draaide zich om en liep naar de balie van de verpleegkundigen.

Clair liep naar het bed en pakte Porters hand. 'Hoe voel je je, Sam?'

'Ik voel me alsof iemand me in mijn been heeft gestoken met mijn eigen keukenmes,' zei hij. Zijn stem klonk rauw, verstikt.

'We zullen hem pakken,' zei Nash.

Klozowski kwam aarzelend, met gebogen hoofd, dichterbij. 'Het spijt me, Sam.'

'Het is niet jouw schuld,' zei Porter. 'Ik had de signalen moeten opvangen. Er was iets vreemds aan hem.'

'Er was helemaal niets vreemds aan hem,' zei Nash. 'Hij heeft ons allemaal voor de gek gehouden.'

'Wat weten we van hem?'

Klozowski vertelde het relaas van de vingerafdrukken en het verleden met jeugdcriminaliteit. 'Afgezien daarvan hebben we niets. We hebben de foto van zijn legitimatie gekopieerd en uitgedeeld aan de pers. Zo gauw ze maar even de kans krijgen laten ze in de media zijn boeventronie zien. De commissaris heeft al drie persconferenties gegeven en hij heeft er nog een op de rol staan voor het nieuws van zes uur vanavond.'

Clairs telefoon zoemde. Ze keek op het schermpje. 'Tyler Mathers wordt geregistreerd op het hoofdbureau. Ze houden hem vast zo lang ze kunnen, maar waarschijnlijk loopt hij over een paar uur al weer vrij rond. Hij blijft erbij dat hij niet meer weet dan wat hij ons heeft verteld. Ze hebben hem de foto van Bishop laten zien, maar hij herkende hem niet.'

'Tyler Mathers?' vroeg Porter. 'Wat heeft hij ermee te maken?'

Clair vertelde wat ze te weten waren gekomen – dat Kittner was betaald om voor die bus te springen, dat Tyler de schoenen van Talbot had gestolen en het wiskundeboek had achtergelaten in het appartement van Emory.

'Watson is de Moordenaar van het Vierde Aapje,' zei Nash zacht. 'Of Bishop, of hoe hij maar mag heten. De kleine klootzak heeft deze hele toestand pal onder onze neus geregisseerd.'

Porter probeerde het allemaal voor zich te zien terwijl hij vocht tegen de slaperigheid van de pijnstillers. 'Ik weet dat jullie liever hier zijn, maar jullie moeten terug naar het bureau om meer uit te zoeken over Bishop.' Hij verlegde zijn gewicht naar rechts. 'Hij heeft nog steeds Emory en nu hij ontmaskerd is, zal hij zijn plannen wel versneld uitvoeren. Ze heeft geen tijd meer te verliezen. Wíj hebben geen tijd meer te verliezen. Stond er een adres op zijn papieren bij HR?'

Klozowski knikte. 'Ja, maar dat bleek het adres van Kittner te zijn.'

Porter ging verliggen en maakte een grimas.

'Voorzichtig, Sam. Je moet oppassen met die wond,' zei Nash bezorgd.

'Die klootzak wist precies hoe hij dat mes in mijn been moest steken. Ze hadden maar zeven hechtingen nodig om me weer dicht te maken. Het doet wel verdomd veel pijn trouwens.'

'Als hij je had willen vermoorden, zou hij dat hebben gedaan. Hij wilde je alleen afremmen,' zei Klozowski.

Porter ging opnieuw verliggen. 'Ik had een van jullie mee moeten nemen. Ik heb een zware tijd achter de rug en ik weet nog niet zo precies waarover ik wel en niet wil praten. Ik denk dat ik voor de gemakkelijkste weg koos toen ik die knul meenam naar Bureau Eenenvijftig.'

Clair pakte zijn hand. 'We zijn één grote familie, Sam. Je kunt met ons allemaal praten, of met niemand, als je maar weet dat we allemaal voor je klaarstaan.'

'Ze hebben hem gepakt,' zei Porter. 'De jongen die haar heeft doodgeschoten. Ze hebben hem opgepakt voor een andere overval, en de man achter de kassa van de avondwinkel heeft hem herkend. Dat is nu voorbij.'

Clair kneep in zijn hand. 'We vermoedden al dat je er voor zoiets naartoe moest. Als we iets voor je kunnen doen, moet je het gewoon vragen, oké?'

Porter knikte. 'Laten we maar weer aan het werk gaan en alles eens op een rijtje zetten.'

'Weet je zeker dat je daar al aan toe bent?' vroeg Nash.

'Ik ben nog een beetje suf van de verdoving en ze voeren me fantastische pijnstillers. Dat betekent, denk ik, dat ik nu ongeveer op hetzelfde niveau functioneer als jullie en ik heb jullie altijd slim genoeg gevonden.'

'We zijn in ieder geval zo slim dat we ons niet in onze benen laten steken.'

Porter wuifde Nash' opmerking weg. 'Clair, heb jij het overzicht in je hoofd?'

Ze knikte en hield haar telefoon omhoog. 'Ik heb hier alles.' Ze tikte een tijdje op het scherm tot de app Kladblok werd weergegeven. 'Goed, onze man in het lijkenhuis is niet de Moordenaar van het Vierde Aapje. In zijn plaats komt de voorlopig vage Anson Bishop.' Ze keerde zich naar Klozowski. 'Ik wil dat jij weer naar het bureau gaat en dat je alles wat je maar over hem te pakken kunt krijgen boven water haalt. Vooral waar hij in de stad is en waar hij naartoe gaat. Als we geluk hebben, vinden we Emory aan de hand van de gps-gegevens van zijn telefoon. Ik zal zorgen dat je een opsporingsbevel krijgt.'

'Waarschijnlijk gebruikt hij wegwerptelefoons,' zei Klozowski.

'Misschien, maar misschien ook niet. Hij had niet verwacht dat we hem zouden ontmaskeren, nu nog niet tenminste. Ga ook maar eens graven in de identiteit Paul Watson. Misschien levert dat ook nog iets op.'

'We moeten in het register kijken,' zei Porter.

'Welk register?' wilde Clair weten.

'We moesten ons registreren op Bureau Eenenvijftig. Dat betekent dat hij een telefoonnummer en een adres moest opgeven.'

Nash haalde zijn telefoon tevoorschijn en koos een nummer. 'Zoek ik uit.'

Clair ging verder. 'We weten dat Bishop Kittner opdracht heeft gegeven die schoenen aan te trekken. Hij wilde dat Kittner dood zou gaan met die schoenen aan zijn voeten, zodat wij het spoor terug konden volgen naar Talbot. Dat betekent ook dat we alle andere spullen die hij bij zich had moeten beschouwen als aanwijzingen.'

'Een beetje geld, een bonnetje van de stomerij, een fedora, het zakhorloge... Wat moeten we ermee?'

'Puzzelen,' mompelde Porter.

'Wat?'

Porter schudde zijn hoofd. 'Dat is een term die hij een paar keer heeft gebruikt in dat dagboek. Kun je me het dagboek even geven? Het zat in mijn broekzak toen ik hier werd opgenomen.'

Clair keek de kamer rond en vond de spullen van Porter in een afgesloten plastic zak op een plank in een kast bij de badkamer. Ze haalde het dagboek uit de zak en gaf het aan Porter.

'Omdat ik hier toch aan een bed gekluisterd lig, ga ik het uitlezen. Ik heb verder niets om handen.'

Nash verbrak de verbinding en kwam teruglopen. 'Hij heeft een adres opgegeven aan La Salle – niet het adres van Kittner, dit is een ander adres. Berwyn Apartments.'

'Oké, dat heeft vast iets te betekenen. Ga er met Espinosa en Clair naartoe,' zei Porter.

'Wat wil hij volgens jou?' vroeg Nash. 'We hebben een heleboel informatie over Talbot, maar niets waarop we een aanklacht kunnen baseren. Volgens mij is Bishop nog niet klaar. We missen nog iets.'

'Voor Talbot is het belangrijk dat Emory in leven blijft vanwege dat project aan de waterkant,' zei Clair.

'Hoezo?' vroeg Porter.

Ze vertelde over het verhoor waaraan Talbot was onderworpen.

'Maar dat betekent nog niet dat Bishop haar in leven zal houden,' zei Nash. 'Misschien vermoordt hij haar juist om het project een halt toe te roepen.'

Porter dacht even na. 'Ik ben het met Nash eens. Aap vermoordt altijd iemand die degene die de misdaad begaat dierbaar is. Ik geloof niet dat Emory hem ook maar een bal kan schelen, als hij Talbot maar ten val kan brengen. Ik denk dat hij van mijn huis rechtstreeks naar het hol is gegaan waar hij haar gevangen houdt. Hij wil dit afmaken. Wat hem betreft eindigt het allemaal met haar.'

WHITEBOARD RESUMÉ

Aap = Paul Watson = Anson Bishop

Slachtoffers:
1. Calli Tremell, 20, 15 maart 2009
2. Elle Borton, 23, 2 april 2010
3. Missy Lumax, 18, 24 juni 2011
4. Susan Devoro, 26, 3 mei 2012
5. Barbara McInley,17, 18 april 2013 (als enige blond)
6. Allison Crammer, 19, 9 november 2013
7. Jodi Blumington, 22, 13 mei 2014

Emory Connors, 15, 3 november 2014
Ging joggen om 18.03 uur gisteren

TYLER MATHERS
Emory's vriend – neef van

JACOB KITTNER
de man die onder de bus kwam

ARTHUR TALBOT
Financiën?
Lichaam van Gunther Herbert (CFO Talbot Enterprises) gevonden in gebouw van Mulifax Publications (eigendom Talbot)
Er is iets met project Moorings Lakeside (eigendom Talbot)
Grond van Moorings Lakeside eigendom van Emory

N. BURROW
~~Huishoudster? Kinderjuf? Een beetje van beide~~ Privélerares

VOORWERPEN, GEVONDEN OP HET LICHAAM VAN ~~AAP~~ KITTNER
Dure schoenen – John Lobb – $1500/paar – maat 45 (~~Aap~~ Kittner heeft 43) – vingerafdrukken van Talbot

Goedkoop pak
Fedora
75 cent (twee kwartjes, twee dubbeltjes en een stuiver)
Zakhorloge
Bonnetje van stomerij (nummer 54873) – Klozowski filtert stomerijen
Terminale maagkanker – medicijnen: octreotide, trastuzumab, oxycodon, lorazepam
Tatoeage, binnenkant rechterpols, nieuw – cijfer acht? Oneindigheidssymbool?
Wiskundeboek – achtergelaten door Aap, leidt naar

PAKHUIS MULIFAX PUBLICATIONS
Gedeeltelijke vingerafdruk op spoorwagonnetje bij ingang tunnel, waarschijnlijk gebruikt om lijk te vervoeren
Afdruk van Watson/Bishop/Aap
Oor, ogen en tong achtergelaten in doosjes (Gunther Herbert) – brochure op lichaam en doosjes leiden naar

VASTGOEDPROJECT MOORINGS LAKESIDE
Helemaal uitgekamd – niets gevonden

Videobeelden – tonen aan dat ~~Aap~~ Kittner zelfmoord pleegde, gezicht niet herkenbaar

Taken:
- Nash en Clair gaan naar La Salle (appartement Bishop/Aap)
- Klozowski: achtergrond Watson/Bishop/Aap
- Porter: dagboek uitlezen

64

Emory
Dag 2 • 16.18 uur

Het werd stil in de wereld van Emory. Een stilte zo oorverdovend dat hij als een vuurrode hittevlaag tekeerging achter haar oogleden, van haar goede oor door haar hersens kolkte naar de andere kant van haar hoofd met de woestheid van kokende olie. Ze drukte met haar vrije hand tegen haar slaap en vervloekte de andere, vastgeketende hand.

Waarom was deze nachtmerrie nog niet voorbij?

'Alsjeblieft, maak me dood,' fluisterde Emory met een stem die niet langer haar eigen stem was. Het was een dunne, droge stem voortgebracht door het schuurpapier dat achter in haar keel haar stembanden had vervangen. Het was de stem van een meisje dat ze niet wilde kennen.

De muziek was weg, vervangen door het luide rinkelen waarvan ze wist dat het alleen in haar hoofd bestond, maar dat weerkaatst leek te worden door de wanden. Het lawaai voedde de migraine die voortkwam uit een hoofdpijn die was veroorzaakt door het door niets getemperde verlangen liever te sterven dan nog een uur onder deze omstandigheden te moeten doorbrengen in deze hel.

De muziek was weg, maar kwam wel weer terug. De muziek kwam altijd weer terug.

De laatste song was 'Whole Lotta Love' geweest van Led Zeppelin. Ze kende hem, maar had geen idee waar ze hem eerder had gehoord. Dat ze zo gemakkelijk op de naam van de band kon komen, terwijl ze niet eens meer kon bedenken welke dag van de week het was, verraste haar. 'Stairway to Heaven' was ook van Led Zeppelin en ze had zitten wachten tot dat nummer gedraaid zou worden. Sinds ze hier wakker was geworden, had ze het al vier keer gehoord, en ze begon het een beetje te zien als een herkenningstune, een teken dat er weer een dag voorbij was. Maar vandaag had ze het niet gehoord. Of wel? Wanneer had ze het voor het laatst gehoord? Ze kon het zich niet meer herinneren. Ze kon zich niets meer herinneren.

Je raakt gedehydrateerd, schatje. Ik geloof dat je hand nu ook geïnfecteerd is. En wat zie je eruit. Zo vraagt niemand je voor het galafeest.

Haar hand was waarschijnlijk ontstoken. De kloppende pijn in haar pols was bijna net zo erg als haar hoofdpijn.

Ze weigerde die hand nog eens aan te raken.

Dat ging ze niet doen.

Zeker weten.

De laatste keer dat ze de pols had aangeraakt, voelde die helemaal niet meer als een onderdeel van haar eigen lichaam, maar als een volgepropte handschoen. Hij was enorm opgezwollen – minstens twee keer zo dik als normaal – en het weefsel rond de handboei was klam en zompig. Gek genoeg deed dat niet zo veel pijn als de pols zelf, en ze vroeg zich af hoe dat kwam. Had die handboei zenuwen afgesneden?

De botten in haar pols stonden ook in een rare hoek, haar vingers wezen een heel andere kant op dan de bedoeling was, het was een soort gebaar dat alleen stripfiguren konden maken. Dat was niet best. Dat was helemaal niet best. Ze zou eigenlijk haar polsslag weer moeten opnemen, maar het leek haar allemaal niet meer zo belangrijk.

Ik wil wedden dat je wel een rat op zou kunnen eten.

'Ik ga geen rat eten,' zei Emory. Ze wreef over haar slaap. 'Ik ga nog liever dood.'

Echt, schatje? Ik zou liever een rat opeten. Ik zou er geen moment over nadenken in de positie waarin jij verkeert. Je breekt zijn kleine nekje en dan snijd je hem open op de scherpe rand van die brancard. Als je dat snel doet, is het vlees nog warm. Alsof je een restje kip eet. Kip eet je wel, ik heb gezien dat je kip at.

'Ik ga geen rat eten,' zei Emory opnieuw, dit keer luider met meer afwijzing in haar stem.

Het is zo donker dat je net kunt doen alsof je iets anders eet. Ribbetjes bijvoorbeeld. Je vindt ribbetjes immers heerlijk?

Emory's maag rommelde.

Je vrienden hoeven er niets van te weten, en zelfs als ze het wel te weten zouden komen, denk je dat ze je dat kwalijk zouden nemen? Ik wil wedden dat ze je zouden prijzen omdat je zo dapper en vindingrijk was geweest.

Hoewel Emory geen enkele rat kon zien, wist ze zeker dat ze haar gezelschap hielden. Toen ze op de grond had gelegen, had ze gevoeld hoe ze over haar voeten en haar benen renden. Zelfs nu ze boven op de brancard zat, voelde ze dat iets haar aanstaarde. Haar nekharen stonden recht overeind. Konden ratten zien in het donker? Had ze zich dat al afgevraagd? Ze kon het zich niet meer herinneren.

Natuurlijk zou je er eerst een moeten vangen. O, ik denk dat je het echt moet proberen, vind je ook niet? Dat zou ons kleine geheimpje zijn. Ik beloof je dat ik het aan niemand zal vertellen. Een maaltje zou je zo goed doen. Dat zou je weer wat energie geven zodat je je weer kunt concentreren. Misschien zou je dan weer even kunnen nadenken over manieren om hier weg te komen. Ik heb gehoord dat rat heel goed is voor de hersenactiviteit, goed voor het geheugen.

Emory sloot haar ogen, haalde diep adem en begon terug te tellen vanaf tien in de hoop die stem buiten te sluiten. Toen ze bij één was, was het stil.

Ik wil wedden dat de ogen smaken als snoepjes.

'Kop dicht!' schreeuwde ze. 'Ik éét géén rátten!'

Oké, oké, jij je zin, schatje. Ik weet wel bijna zeker dat ze jou wel zullen opeten als je eindelijk van de honger bent doodgegaan. Waarschijnlijk trekken ze nu lootjes wie het eerste hapje mag nemen.

Een luide klik.

Het werd ineens verblindend wit voor haar ogen. Ze kneep haar ogen stijf dicht, en toen dat nog niet genoeg hielp, drukte ze haar gezicht tegen haar been en sloeg er haar vrije arm omheen. Het hielp niets. Ze zag roze dwars door alles heen, ze zag de bloedvaatjes in haar oogleden. Alles om haar heen baadde in het licht. Het licht was zo fel, zo fel. Het schroeide.

Ze hoorde iemand gillen, een afgrijselijke gil die van alle kanten weerkaatst weer naar haar terugkwam. Pas toen ze snakkend naar adem lucht in haar longen zoog, realiseerde ze zich dat zij zelf zo gilde. Ze klapte haar mond dicht en hield zich doodstil. Het enige geluid dat ze nog produceerde, was het bonzen van haar hart en haar eigen gierende ademhaling.

Emory dwong zichzelf haar ogen open te doen. Door de tranen heen kon ze zien dat het licht van ver boven haar kwam. Ze trok haar rug hol en keek omhoog, keek naar het licht.

Ver boven zich zag ze een silhouet, onmogelijk ver boven zich. En bij dat silhouet was een stem, die echoënd naar haar omlaag kwam, weerkaatste tegen de wanden, en uiteindelijk klonk alsof de man van de stem maar een paar meter van haar vandaan stond.

'Hoi Emory. Het spijt me dat het zo lang heeft geduurd voordat ik je weer kon opzoeken. Ik ben een heel druk baasje geweest.'

65

Dagboek

Ik kan me niet herinneren dat ik in slaap was gevallen, maar op een zeker moment moet dat toch zijn gebeurd, want ik was oorspronkelijk op mijn rug gaan liggen en nu lag ik op mijn zij met een vlek van speeksel op het kussen. Ik had nog steeds de kleren van gisteren aan, behalve mijn tennisschoenen, want je moet nooit schoenen dragen in bed, of je boven op het dekbed ligt of eronder. Vader had tegen moeder en mij gezegd dat we maar het beste onze kleren konden aanhouden, zodat we heel snel in actie zouden kunnen komen als Meneer de Vreemdeling 's nachts weer terug zou komen.

Volgens de wekker op mijn nachtkastje was het bijna acht uur.

Ik stond op, rekte me uit en liep naar de deur.

Ik had mijn stoel gisteravond weer onder de deurkruk gezet. Ik was ervan overtuigd dat moeder niet langer van plan was me iets aan te doen, maar het leek me veiliger het zekere voor het onzekere te nemen. De stoel kreunde toen ik hem opzij schoof. Ik trok de deur open en liep de gang in.

Vader lag te slapen op de bank. Misschien was hij stomdronken. Er lag een lege fles Captain Morgan rum op de vloer en hij snurkte onbedaarlijk hard.

De deur naar de slaapkamer van mijn ouders was dicht. Waarschijnlijk sliep moeder ook als een roos. Vader en moeder waren gisteravond nog tot diep in de nacht opgebleven om onze huidige situatie te bespreken. Ik had erbij willen blijven, maar vader stond erop dat ik naar bed zou gaan voor een gezonde nachtrust. Waarschijnlijk wilde hij ook onder vier ogen met moeder praten.

Hoewel ik donders goed weet dat afluisteren afkeurenswaardig gedrag is voor een nette jonge man, probeerde ik hen toch af te luisteren. Helaas hielden ze daar rekening mee, want ze praatten bijna fluisterend en vanuit mijn positie viel het gemompel niet te ontcijferen. Ik neem aan dat het gesprek geen happy end had gekregen, omdat moeder in de slaapkamer sliep en vader al voor de tweede opeenvolgende nacht op de bank lag. Tenzij hij zich natuurlijk had voorgenomen om de wacht te houden. Als dat zo was, dan had hij er niet veel van terecht gebracht.

Als moeder nog steeds in de slaapkamer was, had ze nog niet met mevrouw Carter gepraat. Dat deed me goed, want ik wilde erbij zijn, als me dat zou worden toegestaan.

Vader zou wel over niet al te lange tijd wakker worden en ik wist dat hij dan een geweldige hoofdpijn zou hebben, die gepaard zou gaan met een even geweldige trek, dus begon ik in de keuken met de voorbereidingen voor het ontbijt. Twintig minuten later had ik een schaal met dik met boter besmeerde toast op tafel staan, schijfjes sinaasappel en een koekenpan met roereieren met Amerikaanse kaas.

Alsof de rattenvanger van Hamelen langs was geweest, kwam moeder op dat moment gapend de slaapkamer uit. Ze ging aan tafel zitten. 'Heb je ook koffie gezet?'

Dat had ik inderdaad gedaan. Ik zette een beker voor haar neer en schonk die tot de rand vol. Ik deed er twee klontjes suiker in en een scheutje koffiemelk.

'Dank je.'

Vader kreunde en werd wakker. Hij zette zijn voeten op de vloer en wreef in zijn vermoeide, bloeddoorlopen ogen. 'Hoe laat is het?' Zijn stem was hees en gruizig.

'Zeven minuten over acht,' zei ik. 'Wilt u ontbijt, vader?'

Hij knikte, ging staan en rekte zich voor het raam van de woonkamer uit. 'O jee.'

Hij staarde naar buiten. Zijn gezicht was slap en bleek. 'Moet je eens zien.'

Moeder en ik liepen naar het raam. Het was alsof een vuist zich om mijn hart sloot en heel hard kneep.

De Dodge van de Carters stond weer op de oprit. De beide portieren waren open en alle kleren die ik zo zorgvuldig had ingepakt, lagen verspreid over de voortuin en de oprit. En niet alleen over hun voortuin en oprit, maar ook over die van ons. Een shirt hing aan een tak van de netelboom in de hoek van onze voortuin. Tennisschoenen en teenslippers hingen als versierselen in de rozenstruiken van moeder, en...

O jee. De Porsche van vader. Het linnen dak was neergeklapt en het portier aan de passagierskant stond open. Vader liet het dak nooit 's nachts neergeklapt, tenzij de auto in de garage stond, en een portier open laten staan was onder alle omstandigheden ontoelaatbaar.

Vader duwde ons aan de kant en rende naar buiten. Ik probeerde hem tegen te houden omdat ik bang was dat wie dat ook allemaal had gedaan – je zou zeggen, Meneer de Vreemdeling en zijn vriend, maar je moet niet overhaast conclusies trekken – er misschien nog steeds zou zijn, maar ik was niet sterk genoeg.

Toen ik ook buiten was en dichter bij de auto kwam, zag ik dat het dak helemaal niet neergeklapt was. Het was helemaal verdwenen. Iemand had het met slordige halen van een mes losgesneden en de treurige resten achter de stoel van de bestuurder gepropt.

En daar hield het niet mee op.

Alle vier de banden waren leeg. Ik inspecteerde de band waar ik het dichtst bij stond en het kostte me geen enkele moeite om de plek te vinden waar het mes in het rubber was gestoken. In de zijkant van de band zaten op twee plaatsen gaten, die onmiddellijk duidelijk maakten dat er niets te plakken viel. De band was geruïneerd en zou vervangen moeten worden. Ik nam aan dat het met de andere drie banden niet beter gesteld zou zijn.

Beide koplampen waren ingeslagen. Het verbrokkelde glas lag op de bumper en op de oprit. De achterlichten waren ook stuk. Iemand had ze kapot getrapt of geslagen met een honkbalknuppel. Het was niet te zien hoe het gebeurd was.

Hoe hadden ze dat voor elkaar gekregen zonder lawaai te maken? Zoiets hadden we toch moeten horen?

In de lak waren woorden gekrast. Schuttingtaal. En de stoelen? Het mes dat geen enkele moeite had gehad met het dak en de banden, had ook wel raad geweten met het zachte zwarte leer en het in repen gesneden, waarna de vulling zich overal door de auto verspreid had.

Ik zag op hetzelfde moment als vader dat de kap iets omhoog stond. Beiden pakten we hem beet en tilden hem verder op. De kabels naar de accu waren losgetrokken en omgekeerd weer aangesloten, met vrijwel zeker als resultaat dat elk elektronisch onderdeel van de auto onherstelbaar vernield was. Je kon de zwavelstank nog ruiken. De schade die die actie teweeg had gebracht, moest onmiddellijk zijn geweest, maar de dader had niettemin de moeite genomen om de kabels omgekeerd ook vast te zetten, een waarborg voor destructie. De accu was onder de druk gebarsten en zwavelzuur was naar buiten geborreld door de ventilatiesleuven aan de bovenkant, en over de reserveband en de gereedschapskist gedropen die vader onder de kap bewaarde.

De motorkap achter stond ook open. De olievuldop was weg, net als de dop van de koelvloeistof. Bijna een pond suiker lag als een vochtige plak rond de beide vulopeningen. De rest van de suiker was ongetwijfeld door de vulopeningen zelf gegaan.

Ook rond de vulopening van de benzinetank vonden we suiker.

Vader kon er alleen maar naar staren.

Zijn ogen waren vastgekluisterd aan zijn geliefde Porsche en zijn handen trilden bij zijn heupen.

Moeders auto was er niet veel beter vanaf gekomen. Haar Fort Tempo stond op vier lege banden en de motorkap stond omhoog.

Ik keek de straat in of ik een groene Plymouth zag, maar er was geen spoor van te bekennen.

Moeder staarde naar het huis van de Carters. De voordeur stond open.

66

Porter

Dag 2 • 16.40 uur

De telefoon op het kastje naast het ziekenhuisbed van Porter kwam tot leven en rinkelde zo luid dat hij in elkaar kromp. Zijn been jankte van de pijn. Hij wreef voorzichtig over de verse hechtingen in zijn dijbeen en pakte toen de hoorn van de haak. 'Hallo?'

'Hoe gaat het, Sam?' vroeg de man die hij had gekend als Paul Watson, maar die Anson Bishop bleek te heten. In zijn stem klonk een vreemde zelfverzekerdheid door die er eerder niet was geweest. Porter wist dat dit de echte man was, dat het personage Watson niet meer dan een façade was geweest.

'Ik voel me alsof iemand heeft geprobeerd me te vermoorden,' zei Porter. Zijn vrije hand ging onwillekeurig terug naar zijn gewonde been.

'Ik heb niet geprobeerd je te vermoorden, Sam. Als dat mijn bedoeling was geweest, zou je nu dood zijn. Waarom zou ik mijn lievelingspion in het spel uit de weg ruimen?'

Porter zocht op het kastje naar zijn mobiele telefoon en herinnerde zich toen dat Bishop die in zijn eigen appartement onder zijn hak had verbrijzeld. Als hij het hoofdbureau had kunnen bellen, had hij ze opdracht kunnen geven de herkomst van het gesprek te traceren.

'Ik gebruik een wegwerptoestel, Sam. Zo'n goedkoop kreng dat je op de hoek van de straat kunt kopen. Er zit een prepaidkaart in die ik meer dan een maand geleden contant heb afgerekend. Ik vermoed dat je dit gesprek wel zou kunnen traceren, maar wat voor zin heeft dat? Over een paar minuten drijft deze telefoon in de Chicago River tussen alle andere troep en binnen de kortste keren is hij kilometers ver weg.'

'Waar is Emory?'

'Waar is Emory?'

'Is ze in leven?'

Geen antwoord.

Porter dwong zich rechtop te gaan zitten en negeerde de pijn. 'Je hoeft haar geen pijn te doen. Vertel ons wat je over Talbot weet, dan nemen wij hem voor onze rekening. Ik geef je mijn woord.'

Bishop gniffelde. 'Ik geloof je zonder meer, Sam. Echt waar. Maar we weten allebei dat het spelletje niet op die manier wordt gespeeld, toch?'

'Er hoeft niemand meer te sterven.'

'Natuurlijk wel. Anders leren ze het nooit.'

'Als je haar vermoordt, doe je kwaad, Bishop. Dan ben je niet beter dan de rest,' zei Porter.

'Talbot is tuig. Hij is een groene, slijmerige infectie op deze aardkloot, iets wat moet worden uitgesneden en opgeruimd voordat het het omringende weefsel aantast.'

'Maar waarom moet Emory daaronder lijden? Waarom ruim je Talbot niet uit de weg?'

Bishop zuchtte. 'Pionnen moeten worden opgeofferd om de koning ten val te brengen.'

'Dit is geen spelletje.'

'Alles is een spelletje, Sam. We zijn allemaal spelers. Heb je helemaal niets geleerd toen je mijn dagboek las? Ik dacht dat de psycholoog van de kouwe grond die je nu eenmaal bent, dat zo langzamerhand wel helder voor de geest zou hebben. Ik heb al heel lang geleden geleerd dat je de vader het beste kunt straffen voor zijn zonden door hem de pijn van zijn kind te laten voelen. Iemand als Talbot verwacht dat hij op een bepaald moment voor zijn misdrijven zal moeten boeten – hij heeft zich daar geestelijk op voorbereid. Hij wacht op die dag. Als je hem in de gevangenis gooit, leert hij niets. Dan ontwikkelt hij zich niet, dan verandert hij niet. Dan zit hij zijn tijd uit en zodra hij weer op vrije voeten rondloopt, doet hij iets wat nog veel erger is. Maar als je die man zijn kind afpakt als straf voor wat hij heeft gedaan? Dat is heel andere koek. Dan zal hij de rest van zijn leven elk moment dat hij wakker is vervloeken wat hij heeft aangericht. Er zal geen uur voorbijgaan waarin hij niet beseft dat zijn kind de dood heeft gevonden als straf voor zijn zonden.'

'Emory is onschuldig,' zei Porter.

'Ze is heel dapper. Ik heb haar verteld dat haar dood veranderingen ten goede teweeg zal brengen. Ik heb haar uitgelegd dat haar vader dit over hen beiden heeft afgeroepen, en ik geloof dat zij het begrijpt.'

Hij sprak in de tegenwoordige tijd over Emory. Was ze nog in leven?

'Het is belangrijk dat jij ook probeert om het te begrijpen. Dat is belangrijk voor mij. Probeer alle puzzelstukjes die ik je heb aangereikt, in elkaar te passen. Zoek het maar uit. Je hebt de oplossing in handen. Of eigenlijk, dat was zo.'

'Je zei dat alles wat ik nodig had, te vinden was in het dagboek.'

Bishop blies zijn adem luidruchtig uit. 'Is dat wat ik heb gezegd?'

Porter sloeg met zijn duim bladzijden om van het aantekenboekje. 'Ik ben bijna aan het eind.'

'Ja, Sam, dat ben je. Bijna aan het eind.' Hij haalde diep adem en liet die ditmaal langzaam ontsnappen. 'Ik neem aan dat je vrienden ondertussen in mijn appartement zijn. Misschien werpt dat nieuw licht op de zaak?'

'Waar is Emory, Bishop?'

'Het is *elementary*. Zo had jij het gisteren kunnen noemen. Het is jammer dat we een einde aan dat spel moesten maken. Ik had zo veel plezier met rechercheurtje spelen, samen met jou en je vrienden. En ik mis mijn collega's bij Forensisch ook heel erg.'

'Waarom heb je dat gedaan? Net doen alsof je forensisch rechercheur bent? Waarom heb je Kittner overgehaald voor die bus te springen? Wat is de bedoeling?'

Bishop lachte opnieuw. 'Precies, waarom.' Hij zweeg even. 'Ik denk dat ik gewoon nieuwsgierig was naar jou, Sam. Je zit nu al vijf jaar achter me aan, een gezellig kat-en-muisspelletje met z'n tweeën. Ik wilde je beter leren kennen. Vader zei eens: "Je danst gemakkelijker met een duivel die je kent." Ik moest je leren kennen. Ik zal er geen doekjes om winden: de uitdaging trok me ook aan. Het is goed om jezelf uit te dagen, vind je ook niet?'

'Ik vind dat je volslagen gestoord bent,' zei Porter.

'Nou, nou, laten we het een beetje beschaafd houden. Denk aan de lessen van mijn vader. Kwaad spreken leidt alleen maar tot meer kwaad, en er is al zo veel kwaad in de wereld.'

'Laat haar gaan, Bishop. Ga weg, maak hier een einde aan.'

Bishop schraapte zijn keel. 'Ik heb nog een paar doosjes voor je, Sam. Nieuwe doosjes. Ik ben echter bang dat ik geen tijd heb om ze voor je op de post te doen. Ik hoop dat je het niet erg vindt als ik ze gewoon ergens voor je klaarzet? Ergens waar jij ze zult vinden?'

'Waar is ze?' vroeg Porter opnieuw.

'Misschien heb ik ze al klaargezet. Misschien moet je eens contact opnemen met Clair en Nash.'

'Als je haar iets aandoet, vermoord ik je,' gromde Porter.

'Tiktak, Sam. Tiktak.'

Klik.

De lijn verstomde.

Porter hield de telefoon nog even aan zijn oor, hoorde zijn eigen ademhaling uit het kleine luidsprekertje en legde toen de hoorn weer op de haak.

Tiktak.

Bishop speelde een ander spelletje.

Porter klom uit het bed, langzaam, zijn hand op de wond. De hechtingen trokken aan zijn huid, maar scheurden niet uit. Hij liep door de kamer naar de klerenkast en pakte de plastic tas met zijn schoenen. Geen spoor te bekennen van zijn kleren. Ze hadden zijn broek opengeknipt. Die lag nu waarschijnlijk samen met zijn shirt in een afvalcontainer.

Shit.

Hij trok laden open tot hij ergens een groen operatie-uniform vond, dat hij aantrok. Het zat een beetje strak, maar het moest maar. Hij wilde zijn schoenen pakken toen hij uit één van de schoenen het plastic zakje zag steken met het zakhorloge.

Het glansde in het tl-licht.

Zijn hart sloeg over en zijn adem stokte in zijn keel.

Kon het zo eenvoudig zijn?

67

Dagboek

Het gras was nog vochtig van de ochtenddauw en voelde sponzig aan onder mijn voeten. Ik liep in de richting van het huis van de Carters zonder erbij na te denken. Ook al kon ik hen niet horen, ik wist dat mijn beide ouders maar een paar passen achter me liepen. Ik verwachtte elk moment een van hen te horen zeggen dat ik moest stoppen, of wachten of achter hen moest gaan lopen, maar dat gebeurde niet. Ik denk dat vader in shock was, en ik kon er alleen maar naar gissen wat er door het hoofd van moeder ging.

Toen ik langs de auto van de Carters liep, zag ik dat hij er niet helemaal net zo aan toe was als de Porsche van vader. O, zeker, ze hadden ervoor gezorgd dat de auto geen centimeter meer zou rijden, maar de vernieling was veel minder persoonlijk geweest. Ze hadden de stoelen niet aan repen gesneden en het glas niet ingeslagen. Ze hadden hun destructieve werk beperkt tot die zaken die voor het rijden van belang waren. Bij de Porsche van vader hadden ze niet alleen hun lusten botgevierd op de auto, ze hadden hem ook zelf aangevallen. Ze hadden hem een boodschap gestuurd.

De weekendtas die ik zo zorgvuldig had ingepakt, was opengescheurd. De inhoud lag verspreid op de veranda van de Carters: medicijnen, tandenborstels, deodorant. Iemand had zijn hak op de tube tandpasta gezet en een streep Crest over de planken gespoten. De mieren waren al opgewonden in de weer de buit naar hun nest ergens onder die vloerplanken te slepen. Ik had zin om ze plat te stampen, maar hield me in. 'Probeer niet in de tandpasta te trappen,' zei ik zacht. 'We willen geen sporen achterlaten.'

Vader gromde achter me. Ik weet zeker dat hij mijn behoedzame optreden op waarde wist te schatten, maar ik kon het hem moeilijk kwalijk nemen dat hij mij er niet mee complimenteerde.

Zowel de hordeur als de achterdeur stond open. Ik kon zo de keuken in kijken.

Ik keerde me om naar de straat om nog een keer te controleren of de groene Plymouth niet was teruggekeerd, en stapte toen naar binnen.

De plas bourbon was opgedroogd tot een slagveld van aan alcoholvergiftiging overleden mieren. Het spoor van dode mieren werd verder van de bron verwijderd dunner en verdween onder het aanrecht bij de gootsteen. Iemand had de glasscherven bij elkaar op een hoopje geveegd in een hoek.

Op de keukentafel lagen keurig netjes gerangschikt zes foto's. Foto's die ik nooit eerder had gezien, maar die er niettemin erg bekend uitzagen. Foto's van moeder en mevrouw Carter, naakt in bed.

68

Clair

Dag 2 • 16.47 uur

Clair trapte het gaspedaal in tot op de vloer terwijl ze in haar Honda Civic over West Van Buren reed. Het blauw en rood van haar zwaailicht weerkaatste van het witgekalkte beton van de tunnelwanden.

'Hoe groot is de kans dat hij haar gewoon gevangen houdt in zijn eigen appartement?' vroeg Nash. Zijn vingers omklemden de portierhendel zo stijf dat ze wit weggetrokken waren.

Clair snoof. 'Bevalt mijn rijstijl je niet?'

Nash bloosde. Hij liet de portierhendel los en boog en strekte zijn vingers. 'Je rijdt honderddertig over de ring aan het begin van de avondspits. Het verbaast me dat je nog geen stukje trottoir, inclusief een paar voetgangers, hebt meegenomen.'

Clair schoot om een zwarte BMW heen, die werd bestuurd door een man van middelbare leeftijd. Hij toeterde lang en stak een agressieve middelvinger op achter de voorruit. 'Noodhulp heeft voorrang, klootzak!' schreeuwde Clair naar haar achteruitkijkspiegel terwijl ze haar eigen middelvinger uit het raam stak.

'Je geeft geen antwoord op mijn vraag,' zei Nash.

'Je wilt weten wat ik denk? Ik denk dat Watson of Bishop of hoe die lul maar mag heten, een spelletje met ons speelt. Op het moment dat we die deur inrammen, vliegt de hele santenkraam de lucht, dat is wat ik denk,' zei Clair. 'En, weet je, als de kans bestaat dat hij daar is, vind ik het de moeite waard. Voor hem is het al vanaf het begin een spelletje geweest. Wij rennen als een stel domme muizen door zijn doolhof. We gaan alleen maar naar zijn appartement omdat hij dat wil, zo simpel is het. Waarom zou hij anders zijn adres hebben opgeschreven? Ik denk...'

'Shit!' riep Nash.

Clair rukte aan het stuur, bonkte het trottoir op en miste een vuilniswagen met minder dan een meter speelruimte. Toen ze het stuur naar links rukte, bonkte de auto weer de straat op, zo rakelings langs een hotdogtentje dat Nash, als hij zijn hand uit het raam had gestoken, in één moeite door zijn avondmaaltijd had kunnen meenemen. 'Ik denk dat Emory nog ergens in leven moet zijn, zolang hij nog steeds aan onze touwtjes trekt.'

'Ga je net doen of er zonet niets is gebeurd?'

Clair knikte. 'Jep.'

Nash rolde met zijn ogen. 'Zet die sirene uit en haal dat zwaailicht van het dak. We komen in de buurt. Het appartementencomplex van Bishop moet hier vlak voor ons zijn.'

'Daar is Espinosa.' Clair wees naar de donkerblauwe bestelbus van Tomlinson Plumbing twee straten verderop. Ze parkeerde drie auto's achter de bestelbus en belde Espinosa.

De stem van Espinosa kwam krakend uit het luidsprekertje van haar telefoon: 'Het is dat gebouw met één verdieping waar die rode Toyota Camry voor staat.'

Clair en Nash zagen het beiden.

'Mijn mensen zijn in positie. Het appartement van Bishop is op de begane grond, tweede deur rechts aan de straatkant. We observeren het al zo'n twintig minuten. De luxaflex zit dicht. We krijgen geen warmte van binnen, maar door die bakstenen is het lastig meten. We trappen de deur in en als we het sein veilig geven, komen jullie achter ons aan. Duidelijk?'

'Duidelijk,' zei Clair. 'Wij zijn er klaar voor.'

Espinosa blafte commando's. Drie mannen sprongen uit het busje en renden de straat over. Espinosa rende met een andere man naar de voordeur. De derde sprintte om het gebouw heen naar de achterkant. Eenmaal bij de voordeur riep de eerste man: 'Politie!' Hij beukte de deur open met een kleine stormram terwijl Espinosa hem dekte. Ze doken allebei naar binnen en verdwenen in het schemerige interieur.

Espinosa's stem klonk opnieuw uit het luidsprekertje: 'Alles veilig.'

Clair en Nash stapten uit en haastten zich de straat over met getrokken pistool.

Toen ze bij de voordeur aankwamen, stapte Espinosa naar buiten. 'Hij wist dat we eraan kwamen. Hij heeft ons hiernaartoe gelokt.'

'Hoezo? Wat is er binnen?'

Hij knikte met zijn hoofd over zijn schouder. 'Ga zelf maar kijken.'

Clair fronste de wenkbrauwen en stapte over de drempel het appartement in.

Het appartement was niet zo heel groot, misschien vijfenzeventig vierkante meter. Je kwam meteen in de woonkamer binnen. Links was een klein keukentje, rechts een kleine badkamer en in de achterwand was nog een deur. Er stond geen meubilair. De keuken leek niet in gebruik. De wanden waren kaal.

Midden in de kamer stond een witte doos met een zwart lint eromheen.

69

Dagboek

Ik veegde de foto's bij elkaar en stopte ze in mijn zak op het moment dat vader en moeder achter me de keuken binnen kwamen.

'Het ruikt alsof er hier iets ligt te verrotten!' riep moeder uit. Ze trok haar neus op.

Vader wees naar de koelkast. 'Iemand heeft de deur open laten staan. Waarschijnlijk is alles bedorven.'

Ik had mijn hand nog steeds diep in mijn broekzak. Ik durfde niet omlaag te kijken, want ik verwachtte half en half dat ik dan de foto's naar de vloer zou zien dwarrelen, al wist ik dat ik ze veilig in mijn zak had gestopt.

Vader floot zacht tussen de tanden. 'Ze hebben hier behoorlijk huisgehouden.'

Dat hadden ze zeker. Alle laden waren opengetrokken, kastdeuren stonden open. De inhoud van laden en kasten lag her en der verspreid over de vloer en het aanrecht. In de woonkamer was er weinig heel gebleven van de bank. Alle kussens waren aan flarden gesneden. De vulling rolde als tumbleweed in wolken door de kamer. Ze hadden een grote X op het scherm van de tv gekrast. De boeken van meneer Carter waren van de planken getrokken en in stukken gescheurd. Overal lagen bladzijden. Ze hadden letterlijk alles overhoopgehaald.

'Dit voelt niet goed,' zei moeder. 'We moeten hier weg.'

Vader liep snel even de gang in, wierp een blik in de slaapkamer en kwam terug naar de keuken. 'Als hier was wat ze zochten, moeten ze het hebben gevonden. Ze hebben in alle kamers gezocht, overal waar je maar iets zou kunnen verstoppen.'

'Ik wil weg,' zei moeder. Ze schuifelde met haar voeten.

Ik hoorde de auto net iets eerder dan vader, maar hij was sneller bij de hordeur. Ik ging naast hem staan en zag de groene Plymouth Duster toen die van de straat het gravel van de oprit opdraaide, naar het huis. De ochtendzon weerkaatste van de voorruit en ik kon niet zien wie erin zat.

'Terug naar huis, nu!' commandeerde vader.

Met z'n drieën renden we zo hard we konden over het gras, moeder voorop en vader achter mij. Ik verwachtte eigenlijk nog min of meer dat hij zou stoppen en op een of andere manier wraak zou nemen voor wat ze met zijn Porsche hadden gedaan, maar hij bleef rennen. Vader was te slim om zich door zijn woede tot domme acties te laten verleiden.

Ik sprong de treden van onze veranda op toen de Plymouth ergens achter ons tot stilstand kwam. We hoorden het piepen van een portier dat openging, onmiddellijk gevolgd door het geluid van de grendel van een geweer. Meneer de Vreemdeling riep met bulderende stem: 'Ha, die buren! Hebben jullie ons al gemist?'

70

Porter

Dag 2 • 16.57 uur

Toen Porter de hoofdingang van het ziekenhuis uit liep zag hij een jonge vrouw uit een taxi stappen. Hij drukte twee vingers tegen zijn lippen en floot zo hard dat een keurige oudere heer die naast hem stond ervan schrok. Porter glimlachte vriendelijk, knikte de man toe en hobbelde naar de taxi.

Hij liet zich op de achterbank vallen, wat de chauffeur de opmerking ontlokte: 'Ontsnapt?'

Porter trok het portier dicht en kromp in elkaar toen dat aanzetten tot kracht aan zijn hechtingen trok. 'Hoezo?'

'U hebt een operatiepakje aan en ziet er een beetje te ruig uit om voor arts door te gaan.'

'Nee, nee, zo is het niet. Een van mijn medewerkers heeft me met een keukenmes in mijn been gestoken en me voor dood achtergelaten in de keuken. Ik kon mijn kleren niet vinden, daarom heb ik dit aangetrokken.'

'Toe maar.' De chauffeur grijnsde. 'Waar gaan we heen?'

'Naar een winkel die Lost Time Antiques and Collectibles heet, aan Belmont,' zei Porter.

'Adres?'

Porter besefte dat hij geen adres had. Hij zocht naar zijn telefoon en herinnerde zich dat Bishop die had verbrijzeld. 'Dat weet ik niet. Ik heb me laten vertellen dat het aan Belmont was.'

De chauffeur haalde zijn eigen telefoon tevoorschijn en tikte een tijdje op het scherm. '316 West Belmont. Zo te zien recht tegenover het appartementencomplex Belmont Edge.'

'Dat zou heel goed kunnen.' Porter keek uit het raam naar het aanzwellende verkeer aan het begin van het spitsuur. 'Als ik je zou vertellen dat ik bij de politie werk, zou je er dan sneller naartoe kunnen rijden?'

De chauffeur voegde in alle rust in tussen het overige verkeer en wierp een blik op Porter in de achteruitkijkspiegel. 'Laat me je legitimatie eens zien.'

Porter maakte een beweging om zijn legitimatie uit zijn achterzak te halen en realiseerde zich toen dat hij een operatie-uniform droeg. 'Het zit in mijn…'

'… broek en er steekt een keukenmes dwars doorheen?'

'Ja…'

'Ik zal zien wat ik kan doen.'

Porter haalde het dagboek tevoorschijn en las verder.

71

Dagboek

Ik denk dat ik de kogel voelde voordat ik de knal van het schot hoorde. Het projectiel suisde langs mijn hoofd en boorde zich tien centimeter verder naar rechts in de deurpost. De splinters vlogen in het rond. Een van de splinters trok mijn wang open. Nog voordat ik met mijn vingers de schade kon opnemen, beukte vader me tegen mijn rug om me met geweld het huis in te duwen. Ik verloor mijn evenwicht en schoof languit over de vloer. Ik kwam tot stilstand tegen de zijkant van de bank. Ik rolde om en zag moeder op haar hurken bij de bank schuilen. Haar ogen schoten wild heen en weer van mij naar de voordeur en weer terug. Achter me trapte vader de deur met een knal dicht.

Hij lag op de vloer, kwam ver genoeg omhoog om de grendel voor de deur te schuiven en liet zich toen weer vallen.

'Hij heeft je geraakt!' gilde moeder.

Ik schudde mijn hoofd. 'Nee, moeder, het was maar een splinter, niets ernstigs. Het komt wel weer goed.'

Het duurde even voordat ik doorkreeg dat ze niet tegen mij praatte. Ik volgde haar ogen naar vader. Hij hield zijn linkerhand tegen zijn rechterschouder gedrukt. Een snel groeiende rode vlek spreidde zich onder zijn vingers uit.

Moeder stond op en liep naar vader toe.

'Laag blijven,' zei vader.

Ze knielde bij hem neer. 'Laat eens zien.'

'Het is maar een schampschot. Ik geloof niet dat het erg is.'

Moeder knoopte zijn shirt los en inspecteerde de wond. 'Haal het verbandtrommeltje eens even, en een natte handdoek, en hou je hoofd laag,' zei ze tegen me.

Ik sloop naar de keuken en pakte het kleine rode verbandtrommeltje uit het aanrechtkastje. In alle slaapkamers en in de badkamer hadden we ook zo'n trommeltje. Dit verbandtrommeltje gebruikte moeder altijd als ik een geschaafde knie had of een blauwe plek op een elleboog, wat nogal eens voorkwam, en ik vroeg me dan ook af of alles wat ze nodig had er nog wel in zat. Ik overwoog een van de andere verbandtrommeltjes te halen, maar het leek met het beste eerst deze naar moeder te brengen en pas als het nodig was meer op te halen. In een la naast de gootsteen vond ik een schone handdoek, die ik onder de kraan hield en door en door nat maakte. Toen haastte ik me terug naar de woonkamer.

Er glinsterde zweet op vaders voorhoofd. Ik kon me niet herinneren wanneer ik hem voor het laatst had zien zweten.

Moeder pakte het trommeltje van me aan, maakte het met een hand open en pakte het flesje met alcohol. Ze veegde bloed weg met de handdoek en goot pure alcohol in de wond. Vader zoog sissend lucht in zijn longen.

De kogel had de huid niet doorboord, maar slechts een schaafwond, een rode geul in de huid getrokken. Ik boog me naar vader toe om het beter te kunnen zien, maar moeder duwde me weer weg. 'Je zit in het licht.'

'Het spijt me, moeder.'

Ze depte de wond opnieuw en pakte met haar vrije hand een rol verbandgaas. Een minuut later had ze de wond verbonden. Het verband kleurde rood, maar het bloeden was al minder geworden. Het kwam wel weer goed met vader.

Hij glimlachte naar haar. 'Dank je.'

Moeder knikte en stopte het flesje alcohol en het resterende verbandgaas weer in het trommeltje. Ze schoof het trommeltje opzij. 'En nu?'

'Nu maken we een einde aan al dit gedoe.'

72

Clair

Dag 2 • 17.09 uur

Clair liep ernaartoe. 'Heb je het opengemaakt?'

Espinosa schudde zijn hoofd. 'De eer is aan jou. Als je denkt dat er iets gevaarlijks in zit, kan ik de explosievendienst optrommelen.'

Nash knielde voor de witte doos neer, trok een paar latex handschoenen aan en tikte op het zwarte lint waarmee de doos dichtgebonden was. 'Dat is niet zijn stijl. Hij stopt lichaamsdelen in zijn doosjes, maar nooit iets van dit formaat.'

'Maak het open, Nash,' zei Clair.

'Misschien moeten we loten. De vorige heb ik opengemaakt.'

'Nee, ik sta erop. Ik heb *Seven* gezien. Als het hoofd van Gwyneth in die doos zit, houd ik dat nog maanden in mijn hoofd. Dit is helemaal jouw pakkie-an. Wees een man.'

Nash keerde zich weer naar de doos. 'Noteren: het is een heel normale doos, het soort doos dat je bij elke zaak in kantoorartikelen kunt kopen.' Hij boog zich dichter naar de doos toe. 'Ik ruik niets. De doos is nergens vochtig, er lekt geen vloeistof uit. Er staat niets op geschreven.'

Hij trok aan het lint; de knoop schoot los. Het lint gleed van de doos en viel aan weerszijden op de vloer. Toen Nash zijn hand uitstak naar het deksel, deden Espinosa en Clair beiden een stap achteruit.

'Misschien moeten we wachten op Forensisch,' zei Nash.

'Openmaken, misschien wordt dan duidelijk waar we Emory moeten zoeken.'

Nash knikte aarzelend, trok het deksel open en boog zich over de doos om erin te kunnen kijken. 'Huh.'

73

Dagboek

Ik kromp in elkaar toen iemand op de voordeur bonsde.

'Heb ik je geraakt?' vroeg Meneer de Vreemdeling aan de andere kant van de deur. 'Dat spijt me. Ik was een beetje te enthousiast, denk ik. Het is al zo lang geleden dat ik heb gejaagd. Mijn wijsvinger begon al te jeuken toen we de stad uit reden.'

'Blijf uit de buurt van de ramen,' zei vader zacht.

Ik knikte en kroop dichter naar de hoek van de bank. Ik was niet bang. Nou ja, goed, een beetje misschien, maar dat zou ik vader en moeder niet laten merken. Ik wilde mijn mes terug.

Er klonk weer een luide bons toen Meneer de Vreemdeling op het hout sloeg. Ik kon niet uitmaken of hij met zijn vuist op de deur bonsde of met de kolf van zijn geweer, maar ik schrok ervan.

De stem van Meneer de Vreemdeling klonk gedempt. 'Ik heb het vriendelijk gevraagd. Echt waar. Nu ga ik het minder vriendelijk vragen. Ik heb die documenten nodig die uw aardige buurman heeft gestolen. Ik weet dat jullie die hebben, dus laten we maar overslaan dat jullie net doen alsof je van niets weet. Ik begrijp niet precies wat er hier allemaal aan de hand is, en eerlijk gezegd interesseert dat me ook helemaal niet. Jullie geven mij die documenten en vertellen me even waar de Carters zich hebben verstopt en dan zijn wij weer weg zonder verdere vragen te stellen. Dat lijkt me een redelijk voorstel, toch? Ik denk dat ik onder de omstandigheden heel welwillend ben.'

'Hij denkt dat ze nog leven,' zei moeder zacht. Ze was voorzichtig bij vader vandaan geschoven en probeerde uit het zijraam naar buiten te gluren.

'Alles wordt natuurlijk anders als de Carters zich daarbinnen bij jullie hebben verstopt. Jullie willen geen onderdak verschaffen aan criminelen, toch? Want hij is een crimineel, hoor. Iedereen die zich op zijn werk schuldig maakt aan diefstal, ook al steelt hij alleen maar informatie, is wat mij betreft een crimineel, net zo erg als verkrachters en moordenaars. En zijn vrouw is geen haar beter. Die heeft een hele doos met scrupules achter in de kast opgeborgen.'

Zijn stem was luid maar gelijkmatig. Ik kreeg de indruk dat hij pal achter de deur op de veranda stond. Als we een pistool hadden gehad, hadden we hem dwars door het hout kunnen doodschieten. Een kogel door het midden van de deur zou waarschijnlijk precies het juiste resultaat hebben gehad. Waarschijnlijk dacht hij dat we een wapen hadden, iets zwaars, want anders had hij toch zeker tegen die tijd de deur al ingetrapt. Dat zou ik in ieder geval wel hebben gedaan. Vader geloofde echter niet in wapentuig en hij tolereerde geen pistool in huis. 'Wapens geven ongelukken,' zei hij altijd. 'Met messen is het iets anders – die steken nooit zomaar per ongeluk iemand. Een mes kan niet per ongeluk afgaan.' Ik vroeg me af of hij daar nu misschien iets genuanceerder over ging denken. Ik kon zijn gezicht niet lezen. Hij had zich amper bewogen. Dat kwam niet door die wond, dat was maar een kras. Hij concentreerde zich. Ik vermoedde dat hij een plan bedacht. Vader raakte niet in paniek en reageerde ook niet overhaast. Hij leek altijd precies te weten wat hij moest doen en wanneer.

Moeder kroop naar het raam achter de bank, het raam dat zicht bood op de tuin aan de zijkant van het huis. Ze keek net over de rand van de vensterbank naar buiten.

Toen er een gezicht verscheen, gilde ze en dook ze weer weg. De man met het lange blonde haar en de dikke brillenglazen stond aan de andere kant van het glas; zijn dunne, rode lippen plooiden zich in een grijns. Zijn mond vormde geruisloos het woord 'hallo' en hij drukte een handpalm tegen het raam. Ik zag hoe condens rond die handpalm op het glas neersloeg. Toen hij zijn hand weer weghaalde, bleef er een perfecte handafdruk achter. Toen toverde hij de loop van een geweer tevoorschijn en tikte ermee tegen het glas. Terwijl hij weer wegdook, werd zijn grijns nog breder. Moeder en ik keken elkaar aan en vervolgens vragend naar vader.

Er klonk opnieuw gebons op de voordeur. 'Zijn jullie daar nog?'

Vader legde een vinger op zijn lippen.

Meneer de Vreemdeling ging door. 'Dat hele gedoe met die auto van hen vond ik een beetje verwarrend. Dat zo'n auto wordt achtergelaten bij het station is heel begrijpelijk, dan lijkt het net of ze op reis zijn gegaan.

Maar waarom zouden ze dan hun koffers in de auto achterlaten? Wie gaat er nu op reis en vergeet zijn koffers mee te nemen? Toen we de auto hadden gevonden en ik die koffers zag, was het me meteen duidelijk dat iemand de hele zaak geënsceneerd had. Ik dacht eerst dat het een schijnbeweging van de Carters was, even een beweging naar links en dan snel zelf naar rechts. Maar toen ik daar een beetje over nadacht, leek het me toch niet zo aannemelijk. Zo slim is Simon niet. O, natuurlijk, hij kan toveren met cijfers, maar net als al die lui die goed zijn met boekjes, heeft hij nul-komma-nul gezond verstand, is hij niet echt door de wol geverfd. Als hij op de vlucht moet, slaat hij op de vlucht. Dat betekent dat hij zijn koffers meegenomen zou hebben als hij zijn auto bij het station had achtergelaten. Toen ik die kleine list eenmaal had doorzien, kostte het me weinig moeite om te bedenken dat jullie erbij betrokken moesten zijn. Jullie hebben de enige twee huizen in deze godverlaten straat. Waar zouden ze anders naartoe moeten? Die jongen van jullie scheet zowat in zijn broek toen ik hier de vorige keer was. Een slimme donder, dat moet ik hem nageven, maar hij kan nog wel een beetje les gebruiken in het opdissen van leugens. Een paar jaar oefenen, zou ik zeggen, dan komt het wel goed.'

Vader wees naar moeder, vervolgens naar de keuken en maakte toen een stekend gebaar in de lucht. Moeder begreep het en kroop langs me op zoek naar de messen.

'Hoe dan ook, ik sta maar een beetje te kletsen. Het maakt niet uit hoe ik op jullie veranda terecht ben gekomen, maar ik sta hier nu en jullie zitten daarbinnen en wat ik zoek is ook ergens daar binnen. Ik ga ervan uit dat jullie het niet de moeite waard vinden om voor een paar velletjes papier overhoop te worden geknald, zelfs niet voor het verborgen houden van criminele buren. Ik bedoel, waarom zou je voor hen de pijp uitgaan, hè? Waarom zou jullie zoontje het leven moeten laten vanwege de problemen van een ander? Want dat is wat er gaat gebeuren als jullie niet snel naar buiten komen.'

Moeder kwam terug kruipen uit de keuken met twee grote koksmessen uit het messenblok op het aanrecht. Ze gaf er een aan vader en hield het andere zelf.

Meneer de Vreemdeling schraapte zijn keel. 'Zoals ik al zei, ik heb het vriendelijk gevraagd. Nu ga ik het minder vriendelijk vragen. Terwijl ik hier met jullie heb staan keuvelen, heeft mijn vriend meneer Smith een rondje om jullie huis gemaakt met een paar jerrycans benzine. Het begint hier vreselijk te stinken. Hij heeft het heel aardig en behoorlijk hoog over de gevels verdeeld en in de kruipruimte gegoten. Hij had zelfs nog wat over voor een paar bomen, dus we kunnen er een leuk vreugdevuur van maken.'

Er viel iets met een harde klap op het dak. Het bleef nog even bonkend rollen en bleef toen stil liggen.

'Jeetje! Ik wou dat jullie dit konden zien! Hij heeft een volle jerrycan op jullie dak gegooid. De benzine druipt nu overal langs de muren omlaag. Shit, het komt zelfs uit de regenpijp. Hij heeft jullie hele huis van top tot teen met vijfennegentig procent octaan overgoten.' Meneer de Vreemdeling gniffelde, zijn stem klonk opgewonden. 'Nu komt het moment waarop ik het minder vriendelijk vraag. Jullie krijgen vijf minuten om met de Carters naar buiten te komen. Dan gaan we lucifers afstrijken om het vreugdevuur aan te steken. Dat betekent natuurlijk wel dat de documenten dan verloren gaan – en jullie buren ook – maar dat moet dan maar. Als het hier allemaal tot een goed einde komt, kan ik vannacht weer lekker slapen. Als jullie proberen ervandoor te gaan, gaan we prijsschieten alsof we op de kermis zijn. Vijf minuten, mensen, meer niet.'

74

Porter

Dag 2 • 17.12 uur

De taxi kwam met gillende banden tot stilstand op West Belmont, aan de oostkant van Lake Shore Drive, tegenover het appartementencomplex Belmont Edge. De chauffeur wees met een duim naar een gebouw rechts van hen. 'Dat is het. Volgens mij kon het niet sneller.'

Porter gleed over de achterbank naar de andere kant en tuurde uit het raam. Het gebouw was typerend voor het soort gebouwen in deze buurt: bakstenen gevels, waarschijnlijk daterend uit het begin van de twintigste eeuw, een glazen pui op de begane grond en zo te zien woonruimte op de verdieping. Veel van de winkeliers in dit deel van de stad woonden boven de winkel. En de winkeliers die er niet zelf woonden, verdienden een klein fortuin met het verhuren van de ruimte. Lake Michigan lag op een steenworp afstand en voor woonruimte met uitzicht op het meer werd altijd de hoofdprijs betaald. Dat je zo even te voet naar de waterkant kon, was ook mooi meegenomen.

Porter reikte naar de portierkruk en begon uit te stappen.

'Hé!' riep de chauffeur. 'Je bent me zesentwintig dollar en tweeëntwintig cent schuldig.'

'Ik heb geen geld bij me,' zei Porter. 'Maar Chicago Metro is je eeuwige dank verschuldigd voor je hulp.'

'Om de dooie donder niet!' De chauffeur maakte zijn gordel los en duwde zijn portier open.

Porter stak zijn hand op. 'Relax. Ik maak een grapje. Ik bel binnen mijn partner om geld. Even geduld.'

De chauffeur maakte zich op om tegen te stribbelen, maar sloeg toen om als een blad aan de boom en zei: 'Je been bloedt.'

Porter keek omlaag naar zijn dijbeen, waar zich een donkere vlek van een centimeter of vijf had gevormd. 'Shit, Ik denk dat er een hechting losgetrokken is.'

'Hebben ze je echt gestoken?'

Porter drukte voorzichtig met de punt van een vinger op zijn dijbeen. Er bleef vochtig bloed aan kleven.

'Ik zou je moeten terugbrengen naar het ziekenhuis.'

Porter schudde zijn hoofd. 'Ik red me wel.'

De taxichauffeur knikte aarzelend en leunde tegen de zijkant van de taxi.

Porter keerde zich naar de winkel.

Lost Time Antiques and Collectibles was donker. Porter hinkte naar de deur en probeerde hem open te doen. Op slot. Hij schermde het licht af met zijn handen en tuurde met zijn gezicht dicht bij het glas naar binnen.

'Ze zijn gesloten,' zei de chauffeur achter hem. 'De openingstijden staan op de deur. Ze gaan om vijf uur dicht. We zijn een kwartier te laat.'

Porter deed een stap achteruit en zag het rode bordje met de openingstijden. De chauffeur had gelijk. Porter liep weer naar het raam en tuurde opnieuw naar binnen. Tegen alle wanden hingen en stonden klokken, variërend van kleine digitale klokjes tot grote staande klokken. Pendules zwaaiden onvermoeibaar heen en weer, sommige synchroon, andere in een geheel eigen ritme. Het was een biologerend gezicht. Hij probeerde zich in te denken hoe het moest klinken als ze allemaal begonnen te slaan op het hele uur.

Porter bonsde met zijn vuist op de deur, deed een stap achteruit en keek naar het appartement op de verdieping. Misschien woonde de eigenaar daar?

'Het is niet mijn bedoeling je te vertellen hoe je je werk moet doen, maar als je die lui van deze winkel dringend nodig hebt – en het lijkt me dat dat zo is, omdat je hier op die deur gaat staan bonzen terwijl je ondertussen staat dood te bloeden op de stoep – zou je ook eens bij de buren kunnen vragen. Misschien weten zij hoe je in contact kunt komen met de baas of de eigenaar van die winkel.'

Porter keerde zich om en volgde de blik van de chauffeur naar het naastgelegen pand, waar net een vrouw met drie plastic hoezen met kleding van de stomerij naar buiten kwam. Ze struikelde bijna van de stoeprand toen ze om de parkeermeter heen bij de kofferbak van haar auto probeerde te komen.

Porter voelde zijn hart tekeergaan. Hij liep naar de parkeermeter bij de taxi en las wat er op het bordje met parkeertarieven stond.

'Mag ik je telefoon lenen?'

'Dat is een grapje, zeker?'

Het moest van het gezicht van Porter te lezen zijn geweest dat het niet als grap bedoeld was, want de chauffeur haalde zijn schouders op, liep om de taxi heen en haalde zijn telefoon uit een houder bij het dashboard. Porter toetste een nummer in.

'Klozowski,' klonk het aan de andere kant van de lijn.

'Kloz, met Porter.'

'Heb je een nieuw telefoonnummer?'

'Lang verhaal. Ben jij in de buurt van ons whiteboard?'

'Ja, hoezo?'

Porter haalde diep adem. 'Hoeveel kleingeld had het slachtoffer van dat ongeluk met die bus in zijn zak toen hij werd aangereden?'

'Je bedoelt Kittner, ook niet langer bekend als de Moordenaar van het Vierde Aapje? Vijfenzeventig cent. Hoezo?'

Porter begon naar de stomerij te lopen. 'Welk nummer stond er op dat bonnetje van de stomerij?'

'Waar ben je mee bezig? Moet jij niet rustig liggen bij te komen in een ziekenhuisbed?'

'Kloz, ik heb het nummer van dat bonnetje nodig.' Hij duwde de deur van de stomerij open en liep naar de toonbank.

Een man met overgewicht, donker haar en dikke brillenglazen, die twee zakken met wasgoed in zijn handen had, keek hem gemeen aan. De jongen achter de toonbank was directer. 'Achter in de rij aansluiten, maat.' Toen zag hij de bloedvlek op Porters dijbeen. 'Jezus! Hebt u een dokter nodig?'

Porter tastte in zijn achterzak naar zijn legitimatie en herinnerde zich voor de tweede keer in korte tijd dat hij die niet had. 'Ik ben van Chicago Metro. Ik kom voor een bestelling.' Hij hield de telefoon weer bij zijn oor. 'Klozowski, het nummer van het bonnetje?'

'Ah, ja, dat is 54873.'

Porter herhaalde het nummer voor de jongen achter de toonbank. Die keek hem op zijn beurt achterdochtig aan en typte toen het nummer op het toetsenbord van zijn computer. 'Moment.' Hij verdween door een deur naar de ruimte achter de winkel.

Achter zich hoorde Porter dat de zwaarlijvige man beide zakken wasgoed op de vloer liet vallen en zuchtte.

'Sorry.'

De man gromde, maar zei niets.

De jongen keerde terug met een bundeltje kleren aan drie klerenhangers over zijn arm. Hij hing het pakket aan een haak aan de zijkant van de toonbank.

Porter trok het plastic opzij en zag een korte joggingbroek, een topje, sokken en ondergoed. Alles was schoon en gestreken. Een paar loopschoenen van Nike hingen in een plastic zak aan een van de andere klerenhangers.

De jongen wees naar de schoenen. 'Ik zei nog tegen die man toen hij die spullen bracht dat we geen schoenen schoonmaken, maar hij stond erop dat alles bij elkaar bleef.'

'Porter, zeg eens iets,' zei Klozowski. 'Wat gebeurt daar allemaal?'

'Ik heb de kleren van Emory gevonden,' zei Porter.

75

Dagboek

'Haal Lisa uit de kelder en breng haar hiernaartoe,' zei vader tegen moeder.

Ze knikte en verdween de keuken in. Ik hoorde het kraken van de kelderdeur en haar voetstappen op de keldertrap. Vader keerde zich naar mij: 'Knul, ga eens naar de keuken en pak moeders soeppan – weet je welke pan ik bedoel? Die grote met dat glazen deksel.'

Ik knikte.

'Ik wil dat je ongeveer twee centimeter olie in die pan giet en dat op het fornuis zet, op een hoog vuur. Lukt dat, denk je?'

Ik knikte opnieuw.

'Oké, gauw dan maar.'

Ik rende naar de keuken, trok de soeppan onder uit een keukenkastje en zette hem op een gaspit. De olie stond in een kast naast het fornuis, een grote fles vol. Ik draaide de dop eraf, goot een laag olie in de pan en draaide het gas onder de pan helemaal open. Er gebeurde niets. Een seconde later rook ik gas. 'Koekenbakker,' zei ik tegen niemand in het bijzonder. Ik pakte de doos lucifers uit de la naast het gasfornuis. Het waakvlammetje ging altijd zonder aanwijsbare oorzaak uit. Moeder had wel een halve doos lucifers per week nodig. Ik streek een lucifer af en hield de vlam onder de pan. Het gas ontbrandde met een plofje. Blauwe vlammen lekten weg onder de bodem van de pan. Ik stopte het doosje lucifers in mijn zak en ging terug naar de woonkamer. Ik stak mijn duim omhoog naar vader.

Hij knikte.

Er werd weer op de deur gebonsd. 'Het is wel heel erg stil daarbinnen. Alles in orde? Op mijn horloge hebben jullie nog vier minuten.'

'Simon Carter is dood!' riep vader terug.

Even bleef het stil aan de andere kant van de deur. Toen vroeg Meneer de Vreemdeling: 'Wat is er gebeurd?'

'Soms overkomt ongelukkige mensen een ongeluk.'

'Dat kun je wel zeggen,' antwoordde Meneer de Vreemdeling. 'Ik mocht hem eigenlijk toch al niet zo. En mevrouw?'

Moeder kwam de kamer in met mevrouw Carter. Moeder had haar een handdoek over de schouders gegooid om te verhullen dat onze gevangene geen blouse droeg. Ze hield haar in de boeien geslagen handen voor haar buik. Ik kon er niets aan doen, ik bloosde toen ik haar zag. Zelfs nadat ze dagen in de kelder in haar eigen smeerboel had doorgebracht, bleef ze een mooie vrouw. De punt van moeders mes prikte tegen haar huid, net onder de ribbenkast.

Vader liet zijn blik over haar glijden en richtte zich toen weer tot de man op de veranda. 'Ze is een paar dagen bij ons te gast geweest, maar ik ben bang dat ze langer is gebleven dan onze gastvrijheid verdraagt. Ik wil haar best naar buiten sturen, maar alleen op voorwaarde dat jullie haar in die mooie auto van jullie zetten en terug rijden naar de stad. Mijn gezin en ik hebben niets te maken met dit alles. Het enige wat wij willen, is met rust gelaten worden. Als je ons met rust laat, zie ik geen enkele reden waarom we hier ooit ook maar een woord over zouden moeten zeggen tegen wie dan ook. Jij krijgt wat je wilt hebben, wij krijgen wat we willen hebben, iedereen spint er garen bij.'

'Is dat zo?'

Mevrouw Carter schudde heftig haar hoofd. 'Als je me aan die mannen uitlevert, vermoordt hij ons allemaal, ook je zoon. Die lui laten geen losse eindjes slingeren. Je kunt ze nooit vertrouwen.'

'Drie minuten!' riep Meneer de Vreemdeling.

'Ze weet niets van vermiste documenten. Wat haar man ook heeft uitgespookt, hij heeft haar nooit iets verteld,' zei vader.

'En dat moet ik geloven?'

'Het is waar!' riep mevrouw Carter.

'Ben jij daar, Lisa?' riep Meneer de Vreemdeling. 'Heb je die mensen een handvol geld beloofd als ze even voor je zouden zorgen? Zit het zo? Waarom kom je niet naar buiten, zodat we eens even over de zaak kunnen praten? Ik word hees van al dat schreeuwen door die deur.'

Vader richtte zich weer naar de deur. 'Zoals ik al zei, ik wil haar best uitleveren. Het maakt mij niet uit wat je met haar doet, als je ons verder met rust laat. Jouw probleem is niet ons probleem.'

'O, dat ben ik niet met je eens.'

'Vertel je baas maar dat Simon dood is!' riep mevrouw Carter. 'Al zijn geheimen zijn met hem het graf in gegaan.'

'Ik ben bang dat ik mijn werk niet goed zou doen als ik je zomaar op je woord zou geloven.'

Het geluid van brekend glas trok onze aandacht naar de keuken. Een hand stak naar binnen door het smalle raampje naast de keukendeur en probeerde de knop van het slot om te draaien. Vader schoot eropaf. Hij hief het mes en haalde in één vloeiende beweging uit met het lemmet. Het bloed spatte uit de wonden op twee, drie vingers. Even bleef het stil, toen schreeuwde de man buiten het uit van de pijn. De hand verdween weer. Op weg terug naar de woonkamer griste vader de pan kokende olie van het vuur.

Meneer de Vreemdeling lachte. 'Ha! Je hebt meneer Smith aardig te grazen genomen. Ik zei al tegen hem dat hij nooit snel genoeg binnen zou komen op die manier, maar hij wilde niet luisteren, hij zou het op zijn eigen manier doen. Zo zijn die jongelui tegenwoordig, hè? Ze luisteren niet meer naar oudere mensen met meer ervaring, heel anders dan toen wij jong waren, toch? Ze hebben niet dat respect waarmee wij zijn grootgebracht, dat je vroeger met de paplepel werd ingegoten. Die zoon van jou misschien wel, dat lijkt me een bedachtzaam mannetje. Volgens mij kan dat een steunpilaar voor onze maatschappij worden – als hij de kans krijgt. Of het zover komt is op het moment natuurlijk helemaal van jou afhankelijk.'

'Ik vermoord die vuile klootzak!' schreeuwde meneer Smith ergens achter Meneer de Vreemdeling.

Ik kroop naar het raam dat uitzicht bood op de voortuin en zag de man met het lange blonde haar en de dikke brillenglazen aan de rand van de veranda staan. Aan zijn voeten lag een plas bloed. Hij scheurde een strook katoen van zijn T-shirt en wikkelde dat om zijn hand. Het kleurde meteen rood.

Meneer de Vreemdeling kreeg mij in de gaten en knipoogde. 'Door al die opwinding ben ik helemaal vergeten op mijn horloge te kijken,' zei hij luid. 'Laat ik er maar van uitgaan dat je nog een halve minuut hebt. Hoe lijkt dat? Klopt dat wel, denk je?'

Ik dook weg en maakte dat ik uit de buurt van het raam kwam. 'Ze zijn maar met z'n tweeën, vader. Als we ons opsplitsen en er een door de achterdeur gaat, en de rest door de voordeur, kunnen ze ons nooit allemaal tegenhouden.'

'En waar moeten we dan naartoe? Ze hebben onze auto's vernield.'

'We pakken die van hem.'

Vader schudde zijn hoofd. 'We moeten er hier en nu een einde aan maken, anders blijven we altijd op de vlucht.'

'Zij hebben wapens.'

'Maar wij zijn slimmer. We moeten er goed over nadenken, een oplossing verzinnen.'

Moeder was ongewoon stil en rustig geweest. 'We vermoorden Lisa en gooien haar lichaam naar buiten.'

Mevrouw Carter verzette zich, maar moeder hield de punt van haar mes bij het oog van mevrouw Carter, die meteen verstijfde en naar het zilverkleurige metaal staarde. 'Mijn man heeft bijna veertien miljoen dollar naar buitenlandse rekeningen gesluisd. Ik heb alle nummers en wachtwoorden. Jullie krijgen de helft van het geld als jullie me hier levend uit halen.'

Vader liep weg van de deur, naar mevrouw Carter toe. 'En die hele papierwinkel? Dat is waar ze op uit zijn.'

Mevrouw Carter zuchtte diep. 'Kluisjes bij Middleton in de binnenstad. Vier stuks. Daar staat genoeg in voor nog eens honderd miljoen.'

'Waar zijn de sleutels?'

Mevrouw Carter zei niets.

Vader greep haar bij het haar, rukte haar uit moeders greep en sleurde haar mee naar de pan kokendhete olie. Hij duwde haar hoofd omlaag in de richting van de pan. Mevrouw Carter stribbelde tegen, ze trok haar rug hol en probeerde vader te trappen, maar vader was geweldig sterk. Hij hield haar gezicht een paar centimeter boven de dampende olie. 'Ik vraag het nog één keer, dan duw ik je gezicht in de olie. Waar zijn de sleutels?'

Mevrouw Carter schudde haar hoofd en probeerde zich te bevrijden, maar vader hield haar stevig vast en negeerde haar trappen. Met haar polsen in de handboeien, kon ze weinig uitrichten met haar handen. 'Nee...' hijgde ze.

Vader haalde zijn schouders op en duwde haar gezicht dichter naar de olie.

De olie bruiste en sputterde. Kleine druppeltjes spatten tegen de huid van haar gezicht en toverden er kleine rode blaasjes op. Ze gilde en spartelde uit alle macht tegen. Losse haren verschrompelden waar ze met de hete olie in aanraking kwamen. 'Onder de kat! God, stop! Ze liggen onder de kat!'

‘Wat?’ Hij ontspande zijn greep iets. Er kwam een paar centimeter extra ruimte tussen het gezicht van mevrouw Carter en de hete olie.

Ik wist echter wat ze bedoelde. Ik wist precies wat ze bedoelde. ‘Bij het meer? Mijn kat?’

Mevrouw Carter knikte snel.

‘Weet jij wat ze bedoelt?’

‘Ja, vader.’

Vader keerde zich met tot spleetjes geknepen ogen tot mevrouw Carter. ‘Jij gaat precies doen wat ik je zeg. Begrepen?’

Er werd opnieuw luid op de deur gebonsd. ‘De tijd is voorbij, mensen.’

76

Clair

Dag 2 • 17.12 uur

'Wat zit erin?' vroeg Clair.

'Een stapel papieren en een briefje,' zei Nash. Hij stak zijn hand in de doos en pakte een vel briefpapier boven op een paar duizend documenten die bij elkaar werden gehouden met elastiek.

Clair boog zich ernaartoe. 'Wat staat er?'

Nash las het hardop voor:

Ha, vrienden,

Het doet me deugd dat jullie eindelijk je weg naar hier gevonden hebben! Ik hoopte dat ik hier ook had kunnen zijn als het zover was, maar helaas, dat heeft niet zo mogen zijn. Ik beschouw het maar als een troost dat dit materiaal nu in jullie deskundige handen terecht is gekomen, omdat ik zeker weet dat jullie het naar jullie kompanen bij de financiële opsporingsdienst zullen brengen, waar het een plekje op de groeiende stapel bewijsmateriaal tegen meneer Talbot en zijn bedrijf zal krijgen.

Hoewel ik geloof dat deze doos meer dan genoeg informatie bevat om een veroordeling te rechtvaardigen, ben ik bang dat ik te ongeduldig was om het hele proces af te wachten en heb ik alvast maar een vonnis voltrokken dat naar mijn mening meer dan passend is voor de misdrijven in kwestie. Evenzeer als Gunther Herbert, zijn zakenpartner sinds jaar en dag, zal meneer Talbot vandaag ook het gerecht niet kunnen ontlopen en zal hij onverwijld verantwoording moeten afleggen voor zijn daden. Misschien zal ik hem toestaan zijn dochter nog éénmaal ten afscheid een kus te geven? Misschien ook niet. Misschien is het maar het beste als ze elkaar zien bloeden.

Met vriendelijke groet,
Anson Bishop

Nash kneep zijn ogen half dicht. 'Wordt Talbot nog altijd geschaduwd?'

Clair had haar mobiele telefoon al gepakt. 'Dat zoek ik uit.'

Nash keerde zich weer naar de doos en trok er een van de bundels papieren uit. Het pak, met ongeveer driehonderd vel papier, was ongeveer vijf centimeter dik. Het vel papier dat bovenop lag, was wit en gelinieerd in groen. Op elke regel stond iets in een keurig handschrift, kleine lettertjes. 'Dit ziet eruit als boekhouding. Het is oud. Er staat een datum op dit blad van bijna twintig jaar geleden. Wie houdt er in vredesnaam nog boeken bij op papier tegenwoordig?'

Clair wuifde hem weg, keerde hem de rug toe en begon te ijsberen door het vertrek met haar telefoon tegen haar oor gedrukt.

Nash haalde zijn schouders op en keek weer op het papier. Op de eerste regel stond: 163. WF14. 2.5k. JM.

'Is dat een soort code?'

Hij haalde de andere pakketten uit de doos. Het waren er alles bij elkaar twaalf. Ze bevatten vergelijkbare gegevens. Hij legde ze op een keurige stapel naast zich neer. Helemaal onder in de doos lag een gele envelop. 'Nu komt het,' mompelde hij in zichzelf terwijl hij de envelop uit de doos haalde.

Clair verbrak de verbinding en kwam naar hem toe. 'In de patrouillewagen reageert niemand. Ik krijg voicemail. De balie kan ze ook niet te pakken krijgen. We moeten naar Talbots huis.'

Nash maakte een gebaar naar de doos. 'En dit?'

'Laat iemand het naar Kloz brengen,' zei ze.

Nash knikte en maakte de envelop open. Hij zat vol polaroidfoto's. Hij trok er een uit de envelop. Het was een kiekje van een naakt meisje van een jaar of dertien, veertien.

77

Dagboek

Ik deed de deur open – niet vader, niet moeder en zeker niet mevrouw Carter, maar ik. Ik deed de deur open en stond oog in oog met Meneer de Vreemdeling, die op onze veranda stond en dezelfde regenjas aanhad als de eerste keer dat ik hem had gezien, een paar dagen geleden. Het zweet droop langs zijn voorhoofd. Hij depte het weg met een witte zakdoek die hij in zijn linkerhand hield. In zijn rechterhand, de mollige vingers stevig om de greep geklemd, had hij de .44 Magnum die ik gisteren in zijn dashboardkastje had gevonden. De loop was op mijn voorhoofd gericht.

'Hoi, vriendje. Alles goed met jou, hoop ik.'

Achter hem koesterde meneer Smith zijn gewonde, met een bloederige strook stof omwikkelde hand. Een klein plasje bloed lag op de punt van zijn schoen en op de grond rond zijn voet. Hij klemde een geweer losjes onder zijn arm. Zijn gezicht was rood gevlekt. Hij staarde naar me met een woeste blik in de ogen. 'Ik snijd je vader de darmen uit zijn lijf.' Hij hief zijn gewonde hand voor het geval ik niet zou weten waarom hij dat wilde doen en schudde hem heen en weer. De druppels bloed vlogen in het rond en besmeurden de witte planken van de veranda. Daar zou moeder niet blij mee zijn.

'Nou, nou,' zei Meneer de Vreemdeling. 'Laten we het een beetje vredig houden. Je kunt het die eenvoudige mensen niet kwalijk nemen dat ze hun huis verdedigen.'

'Dat zullen we godverdomme nog wel eens zien.'

Meneer de Vreemdeling depte opnieuw het zweet van zijn voorhoofd. De kraag van zijn shirt was doorweekt.

Ik kon de benzine ruiken. De dampen stegen in een ijl waas op van de veranda. Sporen benzine dropen langs de gevel. Er stonden vier jerrycans op onze oprit.

'Waarom hebt u een jas aan als u het zo warm hebt?' Dat was een eenvoudige vraag en ik was van mening dat die een antwoord verdiende, ongeacht de omstandigheden. Soms vind ik het moeilijk me op andere zaken te concentreren zolang bepaalde kwesties niet zijn opgelost.

De lippen van Meneer de Vreemdeling plooiden zich in een brede grijns. 'Inderdaad, waarom? Ik vind jou een fascinerend kereltje. Zo leergierig. Als ik je nu eens zou vertellen dat dit mijn lievelingsjas is en dat hij me al geluk bracht, lang voordat jij het leven op deze planeet veraangenaamde met je aanwezigheid, en dat ik vandaag het gevoel had dat ik wel een beetje geluk kon gebruiken, zodat ik hem uit de kast heb gehaald en heb aangetrokken, maakt me niet uit hoe warm het is – wat zeg je dan?'

'Dan zeg ik dat het een lelijke jas is en dat hij waarschijnlijk verschrikkelijk stinkt doordat u zo zweet.'

De grijns verdween niet van het gezicht van Meneer de Vreemdeling, maar zijn ogen begonnen donker te gloeien. 'Dit gesprekje, jongeman, bezorgt me een gevoel van déjà vu, dus ga ik je dezelfde vraag stellen als toen we elkaar leerden kennen. Daarmee maken we de cirkel rond. Zijn je ouders thuis?'

Hij wist heel goed dat ze er waren, dus ik vond het een stomme vraag, maar ik knikte niettemin en gaf de deur een duwtje, zodat hij openzwaaide.

Mevrouw Carter stond een paar passen achter me. Daarachter stond vader. Hij had een arm om haar middel geslagen; zijn andere arm hing over haar schouder. Hij hield een van de keukenmessen bij haar hals met de punt tegen de slagader. Zij hield haar hoofd een beetje scheef, weggedraaid van het mes, en staarde naar de mannen buiten.

'Lisa.' Meneer de Vreemdeling knikte. 'Gecondoleerd met je man.'

Ze zei niets en hield haar geboeide handen voor haar borsten.

Meneer de Vreemdeling keek langs ons naar moeder, die tegen de bank leunde met haar armen slap langs het lichaam. 'Leuk u ook weer te zien, mevrouw.'

Moeder liet een schamper lachje horen, maar zei niets.

Meneer de Vreemdeling stopte de zakdoek in zijn zak en richtte de .44 op vader. 'Laat het mes vallen.'

Vader schudde zijn hoofd. 'Nee.'

'Wat dan?' vroeg Meneer de Vreemdeling.

'De documenten zitten in een kluisje. Mijn zoon weet waar ze de sleutels heeft verstopt, dus hij gaat ze nu halen, terwijl wij hier wachten. Ik houd dit mes de hele tijd hier, en als jij of je vriend ook maar iets doet wat ik ook bedreigend vind, snij ik haar de keel af. Dat zal me weinig moeite kosten, ik heb het mes al bij haar halsslagader. Als jij op mij schiet, kan ik die kraan wagenwijd openzetten terwijl ik op de grond val. Als je mijn vrouw of mijn zoon ook maar een haar krenkt, doe ik het ook. Als ik dat doe, is er niemand meer in leven die je kan vertellen in welke bank je dat kluisje moet zoeken.'

Meneer Smith deed zijn mond open om te protesteren, maar Meneer de Vreemdeling stak zijn hand op om hem het zwijgen op te leggen. 'Hoe weet ik dat hij niet naar de politie gaat?'

Vader haalde zijn schouders op. 'Omdat wij Simon uit de weg hebben geruimd. We zitten allemaal in hetzelfde schuitje. Hij haalt die sleutels en is binnen een half uur terug.'

Meneer de Vreemdeling keek mevrouw Carter aan.

'Deze mensen zijn knettergek,' zei mevrouw Carter. 'Ze hebben hem vermoord en mij bijna een week lang gevangen gehouden in de kelder.'

Het mes drukte stevig tegen haar hals. De minieme inspanning van het praten alleen al deed een klein beetje bloed langs haar hals omlaag glijden.

Meneer de Vreemdeling richtte zich weer tot vader. 'Dus dat jochie van jou rent ergens naartoe en wij blijven hier met z'n allen staan met wapens op elkaar gericht tot hij terugkomt met de sleutels van een kluis. Dan krijg ik Lisa van jou, en mijn vriend en ik verdwijnen uit jullie leven dat daarna nog lang en gelukkig zal duren. Verder hoeft er niemand meer dood te gaan. Wat weerhoudt ons ervan om jullie allemaal de nek om te draaien zodra we terugkomen van de bank?'

Opnieuw haalde vader even zijn schouders op. 'Ik vermoed dat we op een gegeven ogenblik elkaar domweg een beetje moeten vertrouwen.'

Meneer de Vreemdeling dacht daar even over na en schudde toen zijn hoofd. 'Nee, ik vind het geen goed plan.' Hij richtte de .44 op vaders hoofd.

'Hij is niet geladen,' gilde ik. 'Ik heb de kogels eruit gehaald.'

Vader duwde mevrouw Carter naar de man, zijn handen...

De Magnum ging af met oorverdovend gebulder.

78

Porter

Dag 2 • 17.22 uur

'Hoe bedoel je? Jij hebt de kleren van Emory?' vroeg Klozowski.

Porter pakte de klerenhangers van de haak en liep in de richting van de deur.

'Hé! Daar moet je voor betalen!' riep de jongen achter de toonbank. 'Kom terug!'

'Porter? Ben je daar nog?'

'Ik ben bij een stomerij aan Belmont. Dat bonnetje was van een setje kleren en...'

'Wacht eens even, ben jij niet in het ziekenhuis? 'vroeg Klozowski. 'Hé, Porter, ga me niet vertellen dat je vertrokken bent uit het ziekenhuis.'

De jongen van de stomerij stormde naar buiten met een stanleymes in zijn hand en versperde Porter de weg. 'Jij moet weer naar binnen en betalen voor die kleren, anders heb je een serieus probleem, vriend.'

Porter zag de taxichauffeur die om de taxi heen liep, achter de jongen kwam staan, hem het stanleymes afpakte en hem een tik op zijn achterhoofd gaf. 'Die man is rechercheur, idioot. Wou je een nachtje in de cel logeren?'

De jongen wreef zich over zijn achterhoofd. 'Hij? Politie? Waarom heeft hij dan een pyjama aan?'

Porter knikte in de richting van de stomerij. 'Hup, naar binnen. Nu.'

De jongen draaide zich om en liep weer naar binnen.

'Porter?'

Porter drukte de telefoon weer tegen zijn oor en vertelde Klozowski over het telefoontje van Bishop en zijn vermoeden welke rol het zakhorloge speelde. Hij dacht koortsachtig na. 'De parkeermeter kost vijfenzeventig cent per uur en naast de klokkenmaker zit een stomerij. Vanaf het begin heeft hij ons al deze kant op gestuurd, maar we zagen het gewoon niet.'

'Oké, maar waar is "deze kant" en waar is Emory?'

Porter haalde het horloge uit zijn zak en hield het omhoog, liet het ronddraaien tussen zijn vingers. Het zat nog steeds in de plastic zak, waardoor het moeilijk was om het deksel open te klappen. De wijzers stonden stil.

3.14.

Hij keek naar de taxichauffeur. 'Wat was het nummer van die klokkenmaker?'

'316.'

Porter keek naar links. Er stond een schutting om het terrein van een toren met vijftig, zestig verdiepingen.

'Kloz, wie is de eigenaar van 314 West Belmont?'

'Moment.' Porter hoorde Klozowski tekeergaan op een toetsenbord. 'Dat is een kantoorgebouw dat vorig jaar is aangekocht door Intrinsic Value LLC, een dochter van CommonCore Partnerships, dat geheel in eigendom is van A.T. The Market Corp, een van de bedrijven van Talbot. Het gebouw wordt op het moment volledig gerenoveerd. In het voorjaar moet het weer open.'

'Stuur SWAT als de donder hiernaartoe.'

79

Dagboek

Ik zag vader door de lucht vliegen, zijn handen voor zich uit gestrekt om Meneer de Vreemdeling bij de hals te grijpen. Zijn mond stond open en zijn gezicht was vuurrood, woede was de brandstof waarop zijn motor draaide.

Vanaf het moment dat de Magnum afging, de loop omhoog sprong en de kogel het luchtruim koos, verliep alles in slow motion. Ik zag het projectiel de loop verlaten. Ik zag de kogel zich in vaders voorhoofd naar binnen boren, boven zijn linkeroog, met niet meer dan een klein rood vlekje als gevolg. Ik zag de schok die zich over zijn gezicht verspreidde. En ik zag hoe zijn achterhoofd explodeerde in een wolk van rode mistdruppeltjes.

Vader viel in een roerloze hoop op de grond.

'Vader?'

Ik herkende mijn eigen stem niet. Hij klonk zwak, ver weg. Hij klonk als de stem van iemand onder water. 'Ik... Ik had de kogels eruit gehaald.'

Meneer de Vreemdeling klikte de cilinder uit de Magnum en schudde hem er toen met een handbeweging weer in. 'Een goede soldaat controleert altijd zijn wapen voor de strijd, knul.' Hij richtte het pistool op mevrouw Carter die languit aan zijn voeten lag. 'Overeind komen.'

Mevrouw Carter kwam traag overeind.

Moeder stond roerloos met haar mond wagenwijd open naar adem te happen.

Mijn ogen zaten vastgeklonken aan vaders levenloze lichaam. Ik wist dat hij dood was, maar ik kon me zelf er niet toe brengen om dat toe te geven. Ik verwachtte elk moment dat hij weer zou opstaan en afrekenen met de man die had gedreigd hem te zullen vermoorden, de man die ons privéleven had geschonden.

Ik gilde.

Het was een gil zo schril en scherp dat ik de trillingen door mijn hele lichaam voelde. Mijn vingers vonden hun weg in mijn broekzak en sloten zich om mijn mes, om het troostende heft en de zilverkleurige versieringen, die warm aanvoelden. Heet zelfs. Ik greep het mes met al mijn kracht vast, trok het tevoorschijn en klikte het lemmet uit het heft in één vloeiende beweging. Het volgende moment stortte ik me op Meneer de Vreemdeling. Hij probeerde zijn Magnum op me te richten, maar ik was veel te snel. Ik zwaaide het mes omhoog en stak het lemmet door de zachte huid onder zijn kin, door vlees en been tot het zijn weg vond in zijn mond, dwars door zijn tong en uiteindelijk niet verder kon, vast gestoken in zijn verhemelte. Toen rukte ik het mes omlaag en sneed hem de keel door. Het mes scheurde door spieren, pezen en aders. Het bloed spatte in mijn gezicht, in mijn haar, in mijn ogen. Het kon me niet schelen. Ik stak hem opnieuw. Toen hij langzamerhand in elkaar zakte, liet ik me op mijn knieën naast hem vallen en stak ik hem in zijn borst, keer op keer. Ik stak hem tien keer, honderd keer. Ik stak hem tot...

Mijn ogen schoten open en ik staarde weer naar het levenloze lichaam van mijn vader. Ik had me niet bewogen, geen millimeter. Ik stak mijn hand in mijn zak, op zoek naar mijn mes, maar kon het niet vinden. Moeder had me mijn mes afgepakt. Het enige waar mijn vingers op stuitten was het doosje lucifers en de foto's die ik in het huis van de Carters snel in mijn zak had gestopt.

'Haal die hand langzaam uit je zak, knul,' hoorde ik Meneer de Vreemdeling zeggen. Ik voelde de loop van de Magnum tegen mijn slaap. Hij was nog heet.

Ik haalde mijn hand uit mijn zak, zonder de lucifers of de foto's.

De loop drukte hard tegen mijn slaap.

Het schot was afgrijselijk luid, ik kneep mijn ogen dicht. Mijn lichaam verstijfde, in afwachting van de kogel die net als bij vader dwars door mijn schedel zou gaan, het leven uit me zou wegrukken, en me in een diepe duisternis zou werpen waar ik hem weer zou zien.

De duisternis kwam niet.

Meneer de Vreemdeling zakte naast me in elkaar. Rook steeg op uit een groot gat in zijn achterhoofd.

80

Clair

Dag 2 • 17.26

Beide agenten waren dood. De chauffeur was van dichtbij net onder de slaap in zijn hoofd geschoten. Zijn partner was door drie kogels in de borst geraakt. Voor zover Clair wist, had Aap nog nooit eerder mensen doodgeschoten. Op het dashboard lag een 9 millimeter Beretta 92FS – het reservewapen van Porter.

De finale, dacht ze.

Nash tikte Clair op de schouder. Ze draaide zich om. Hij wees naar het huis van Talbot met de loop van zijn pistool. De voordeur stond op een kier.

De zon was bijna onder; lange schaduwen kropen over het uitgestrekte gazon voor het huis. Binnen brandde nergens licht, al was het daar langzamerhand wel tijd voor. Er klonk geen enkel geluid. Alleen die deur was er, op een kier.

'Hij kan nog steeds binnen zijn,' zei Clair. Ze trok haar Glock uit de holster.

'Porter en ik zijn hier gisteren geweest. Talbot heeft een vrouw en een dochter en in ieder geval één huishoudster. Misschien wel meer.'

Clair belde met het bureau, maar al snel verbrak ze de verbinding. 'Er zijn auto's onderweg, maar het is spitsuur. Het duurt minstens tien, vijftien minuten. Het team van Espinosa is nog altijd bij het appartement van Bishop.'

Nash liep naar de voordeur. 'Geef me dekking.'

Clair knikte grimmig. Ze konden niet wachten. Het was volstrekt onvoorstelbaar wat Bishop allemaal kon doen als hij daar nog binnen was. De dood van die agenten was een rechtstreekse oorlogsverklaring aan de politiemacht. Ze gaf helemaal niets om Talbot, maar als ze het kon voorkomen, zou ze ervoor zorgen dat hem en zijn familie niets overkwam. Datzelfde gold voor Nash.

Bij de deur gekomen, perste Nash zich tegen de deurpost. Voorzichtig gluurde hij om de hoek naar binnen. Hij schudde zijn hoofd. 'De jaloezieen zijn omlaag,' zei hij zonder stemgeluid.

Clair knikte en legde haar vingers op haar lippen.

Nash duwde voorzichtig de deur verder open en kromp in elkaar toen de scharnieren een laag piepend geluid voortbrachten.

De straatlantaarns floepten aan. Clair verwelkomde het licht tot ze haar eigen schaduw zag, over de vloer van de hal, naast die van Nash. Hij moest het ook hebben gezien, want hij dook meteen naar binnen, om de deur heen en verschuilde zich in het schemerige interieur. Clair volgde zijn voorbeeld. Ze deed haar uiterste best om in het donker enig teken van leven op te vangen.

Een gedempt kreunen bereikte hun oren.

Nash kwam razendsnel in beweging, zijn pistool recht voor zich uit omlaag gericht. Het was duidelijk dat hij zich het interieur nog herinnerde van de vorige dag, want hij ontweek soepel een klein tafeltje. Clair zou er zeker tegenaan zijn gebotst. Het licht van de straatlantaarns leek te stokken bij de drempel van de voordeur en onwillig verder het huis in te komen.

Voorbij het tafeltje was de ingang van iets wat waarschijnlijk een bibliotheek of een woonkamer was. De resten van een vuur knetterden nog na in de open haard. Een gesneuveld bijzettafeltje lag in een zee van glassplinters – de resten van een kristallen karaf of een vaas. De bank was omgegooid en lag op zijn rug. Midden op het karpet lag een vrouw languit.

Nash keek het vertrek rond en knielde bij haar neer. Afgaande op de kleren die ze aanhad, moest dit de huishoudster zijn. Clair keek vanuit een ooghoek naar Nash en de huishoudster terwijl ze haar pistool op de hal gericht hield.

De vrouw was aan handen en voeten geboeid met een telefoonkabel. Ze had een prop in haar mond. Clair zag haar ogen in het schemerlicht heen en weer schieten van de een naar de ander. Nash gebaarde haar dat ze geen geluid mocht maken en trok toen de prop uit haar mond. Ze hoestte. Tranen sprongen in haar ogen.

'Is hij hier nog?' vroeg Nash gehaast.

81

Dagboek

'Ik had die klootzak twintig minuten geleden al een kogel door zijn kop moeten jagen,' zei meneer Smith. Hij stond op de drempel met het geweer in zijn gezonde hand.

'Waarom deed je dat niet?' vroeg moeder.

'Ik wist niet wat ik met je man aan moest. Het ging allemaal niet volgens plan.'

'Soms moet je improviseren,' zei moeder. 'Laat me die hand eens zien.'

Meneer Smith liep naar moeder. Mevrouw Carter haalde met beide handen nog geboeid uit en sloeg moeder in haar gezicht. Moeder ging bijna onderuit.

'Shit! Wat bezielt jou?' riep moeder uit. Haar mondhoek bloedde.

'Je had hier dagen geleden al een eind aan kunnen maken. Weet je wat hij me heeft aangedaan met die rat? Hij had me wel kunnen vermoorden!'

Meneer Smith greep Meneer de Vreemdeling bij zijn kraag en sleepte hem het huis in, in de richting van de kelderdeur. 'Hou op met kibbelen, daar hebben we geen tijd voor. Briggs heeft versterking opgeroepen op weg hiernaartoe.'

Het levenloze lichaam van vader lag nog steeds aan mijn voeten.

Ik had me niet bewogen.

Ik kon me niet bewegen.

Mevrouw Carter liep langzaam naar me toen en streek me door mijn haar. 'Gaat het?'

Ik knikte. Het was mistig in mijn hoofd, mijn gedachten bewogen traag onder een zware nevel. Ik haalde de foto's uit mijn zak en gaf ze aan mevrouw Carter. 'Die zijn van u.'

Ze pakte de foto's aan en bekeek ze stuk voor stuk aandachtig terwijl er een blos op haar wangen kwam. 'Waar heb je die gevonden?'

'Vanochtend op uw keukentafel. Iemand had ze daar neergelegd.'

Meneer Smith gniffelde. 'Dat heeft Briggs gedaan, die zieke klootzak. Hij had ze in een kookboek boven op de koelkast gevonden.'

Het lichaam van vader.

Ik hoorde iemand kreunen en besefte dat ik het zelf was. Een donkere snik, diep onder uit mijn keel.

'Ik heb je toch gezegd dat die jongen niet deugt. Hij spoort niet, hij heeft nooit gespoord,' zei moeder. Haar ogen waren donker en koud. Dit was niet de moeder die ik op dat moment nodig had, dit was de Andere Moeder. Ze zag de dode lichamen niet. Ze keek er dwars doorheen, alsof ze er helemaal niet waren.

'Zulke dingen moet je niet zeggen,' zei mevrouw Carter.

Moeder liep naar ons toe, pakte me bij mijn kin en tilde mijn hoofd achterover. 'Wanneer heb jij voor het laatst je medicijnen genomen?'

'Ik... Dat weet ik niet.'

'Dat weet ik niet, dat weet ik niet, dat weet ik niet,' bauwde ze me na met een zeurderige stem. 'Ik wil dat je als een haas naar het meer rent en de sleutels ophaalt van de plek waar mevrouw Carter ze heeft verstopt. Denk je dat je dat voor me kunt doen?'

Ik knikte. 'Ja, mama.'

'Hou op, ik wil niet dat je dat zegt. Je weet dat ik dat haat.'

'Het spijt me, moeder.'

Nou, hup dan. We hebben haast. We moeten weg zijn voordat de vrienden van die schurk opduiken.' Ze maakte een hoofdgebaar naar het lichaam van Meneer de Vreemdeling.

Ik rende langs meneer Smith en mevrouw Carter. Toen ik over mijn schouder terugkeek, was moeder aan het werk met de handboeien van mevrouw Carter. De handboeien vielen rinkelend op de veranda. Mevrouw Carter wreef haar polsen. Moeder en mevrouw Carter fluisterden iets tegen elkaar, terwijl hun ogen op mij gericht waren. Meneer Smith sleepte het lichaam van vader weg.

Woordeloos rende ik weg naar het smalle pad door het bos naar het meer.

82

Porter

Dag 2 • 17.27 uur

Porter nam het stanleymes over van de taxichauffeur en stopte het in zijn zak. 'Hoe heet je?'

'Marcus. Marcus Ingram.'

'Heb jij een pistool, Marcus?'

Het volume van Klozowski's stem bereikte een peil waarbij het geluid ook te horen was zonder dat de luidspreker van de telefoon was ingeschakeld. 'Jij gaat daar niet naar binnen, Sam. Wacht op versterking. Je bent net neergestoken, weet je nog? Je zou plat in bed moeten liggen, punt uit. Als Clair dit hoort, is ze in staat je een kogel in je lijf te jagen.'

'Heb jij een pistool, Marcus?' vroeg Porter nog een keer.

De taxichauffeur schudde zijn hoofd. 'Ik hou niet van pistolen. Maar dit heb ik wel.'

Hij reikte onder de stoel van de bestuurder en trok er een kleine honkbalknuppel onder vandaan waarin in kleurige letters CHICAGO CUBS was gestanst. 'Die heb ik al sinds 2008 toen ze om het kampioenschap speelden tegen de Dodgers. Ze verloren, maar deze kleine jongen heeft me al flink geholpen om de nodige straatrovers en wanbetalers een lesje te leren. Dit is geen goedkoop souvenirtje. Deze is gemaakt van Amerikaans essen. Daar komt geen barst in.'

'Porter? Ik heb met de balie gepraat. Er zijn auto's onderweg. Hou je gedeisd.'

Porter pakte de knuppel aan en woog hem op zijn hand. Het gewicht was goed. 'En een zaklantaarn?'

Marcus knikte. 'Jep.' Hij boog zich voorover in de auto en kwam weer tevoorschijn met een kleine ledlamp. 'Klein, maar helder.' Hij gaf hem aan Porter.

'Kloz? Ik hou je aan de lijn zolang als het gaat, maar ik stop de telefoon in mijn zak om beide handen vrij te hebben. Probeer je stil te houden. Als hij daar ergens binnen is, wil ik niet dat hij me hoort aankomen.'

Bishop wist dat hij eraan kwam, daarvan was Porter overtuigd. De man die eerder Watson heette, had een keurig spoor van broodkruimeltjes uitgelegd. Hij wist niet alleen dat Porter eraan kwam, hij wachtte hem ook op.

'Hij wil dat ik alleen kom, Kloz. Als dat meisje nog leeft en als ze daar binnen is, hebben we maar één kans om haar er levend uit te krijgen. Ik moet alleen naar binnen, precies zoals hij het wil,' zei Porter.

Klozowski zuchtte. 'Hij vermoordt je. Dat snap je toch wel?'

'Hij had me gisteren al kunnen vermoorden. Hij wil dat ik er tot aan het einde bij ben.'

'Zodat hij je dan kan vermoorden. Dat is zijn finale en daar moet jij een rol in spelen. Dat is de enige reden waarom hij je niet al eerder heeft vermoord. Als jouw rol is uitgespeeld en het doek valt, heeft hij je niet meer nodig. Wacht buiten tot de versterking komt. Die is er binnen tien minuten. Als je alleen naar binnen gaat, pleeg je zelfmoord.'

Porter hoefde er geen seconde over na te denken. Zonder Heather had hij niets wat de moeite waard was om voor te leven.

'Zeg tegen ze dat ze op zoek moeten naar Marcus. Die zal hier op SWAT staan te wachten. Hij kan aanwijzen waar ik naar binnen ben gegaan.' Toen, voordat Klozowski de tijd kreeg om nog iets terug te zeggen, liet hij de telefoon in zijn broekzak glijden en liep over het trottoir naar 314 West Belmont, de zaklantaarn in zijn ene hand en de kleine honkbalknuppel in zijn andere hand.

83

Dagboek

Het water was angstaanjagend vlak toen ik bij het meer kwam. Het water was roerloos, op een enkele rimpeling na die werd veroorzaakt door een eend die lusteloos ronddreef, midden op het meer. Ik had het hele stuk hardgelopen en zakte aan de rand van het water, moeizaam naar lucht happend, bijna door mijn benen. Ik had gehoopt dat het weer helder zou worden in mijn hoofd als ik zo hard zou lopen. Ik had gehoopt dat het hardlopen me zou doen vergeten wat ik zojuist allemaal had gezien, wat er was gebeurd, maar op het moment dat ik mijn ogen sloot, zag ik die kogel dwars door vader heen gaan. Ik zag moeder toekijken, maar niets doen. Ik zag moeder even roerloos blijven staan als ikzelf op het moment dat vader werd doodgeschoten. Ik stond voorovergebogen met mijn handen op mijn knieën uit te hijgen tot mijn kracht terugkeerde en zocht toen de oever af naar mijn kat.

Er restte niets dan wat viezige vacht en botjes. De restjes vlees die ik de laatste keer dat ik had gekeken, nog had gezien, waren nu ook verdwenen. Zelfs niet één enkele mier kroop over het kadaver. Ze zouden wel met iets groters en mooiers bezig zijn, dacht ik. Er ging altijd iets dood in het bos, net zo goed als er altijd nieuw leven was.

Ik stootte de kat aan met de neus van mijn schoen en verwachtte eigenlijk toch nog wel dat er een tor of een ander onderkruipsel tevoorschijn zou komen, maar er gebeurde niets.

Moeder had gezegd dat ik me moest haasten.

Ik liet me op mijn knieën vallen, duwde de kat opzij en begon te graven waar hij had gelegen.

Een zwakke geur drong mijn neus binnen, een mengeling van uien en rottende spinazie, en ik probeerde niet te denken aan gesmolten vetten en lichaamssappen die daar in de aarde waren getrokken toen de ontbinding van de kat had ingezet. Ik probeerde niet aan dat soort dingen te denken, omdat ik er misselijk van zou kunnen worden, en in de wetenschap dat meneer Carter in brokken op de bodem van het meer daar naast me lag, kon ik me niet permitteren dat de autoriteiten op de oever een plak braaksel zouden vinden, mochten ze ooit een vermoeden krijgen omtrent zijn laatste rustplaats.

Zo'n tien centimeter diep stuitten mijn vingers op een plastic zak, een gripzakje. Ik trok het uit de grond en veegde er het zand af.

In de zak zat mijn mes.

Geen sleutels van een kluis.

Mijn Ranger buckknife, verder niets.

Mijn maag kromp samen, het was alsof een krachtige vuist zich om mijn ingewanden sloot.

Ik pakte de zak en ging op weg terug naar huis. Ik hoorde de stemmen net voordat ik uit het bos op ons gazon zou komen. Het waren stemmen van mannen.

Twee witte bestelbusjes stonden op onze oprit. Op beide busjes stond met grote rode letters TALBOT ENTERPRISES op de portieren. Er stonden drie mannen bij onze voordeur.

De Plymouth Duster was verdwenen. Moeder en mevrouw Carter waren samen met meneer Smith vertrokken. Ik wist het zeker: ik was alleen.

84

Porter

Dag 2 • 17.31 uur

Nummer 314 had een glazen pui. De meeste winkels waren dichtgetimmerd met underlayment, maar dat gold niet voor de hoofdingang met de glazen draaideur. Porter duwde onderzoekend tegen de deur in de verwachting dat de deur gesloten zou zijn, maar hij kwam in beweging en draaide om zijn as. Porter wierp nog een laatste blik over zijn schouder naar Marcus Ingram, stapte toen in de draaideur en gaf zich over aan het mechaniek. De geluiden en geuren van de stad maakten snel plaats voor een absolute stilte en de poederige geur van bouwstof. Hij stapte uit de draaideur de hal van het gebouw in.

Porters eerste indruk was dat ze nooit ofte nimmer dit gebouw tegen het voorjaar klaar zouden hebben. De wanden waren allemaal nog van onafgewerkt beton. Overal lag bekistingsmateriaal. Hij vermoedde dat er op termijn nog allerlei binnenwanden zouden worden opgetrokken, maar voorlopig was het één grote chaos. De vloer was bezaaid met voetsporen die alle kanten op gingen. Het licht van straatlantaarns scheen zwak naar binnen door de grote ramen achter hem. Veel viel er niet te zien.

Porter knielde en bestudeerde de voetafdrukken. Hij knipte de zaklantaarn aan en liet het licht langzaam over de vloer glijden alsof het een vuurtoren was die de contouren van een baai in kaart bracht. Alle voetsporen leken te zijn gemaakt met zware werkschoenen, op één set na. Hij kwam overeind en liep naar het spoor, boog zich eroverheen om het beter te kunnen zien. Keurige herenschoenen met een gladde zool. Ernaast was een spoor in het stof, alsof daar iets was versleept.

Hij volgde het spoor naar een rij liften in de hoek achter in wat de lobby zou worden van het nieuwe gebouw. Zes liften in de achtergevel. Hij drukte op de liftknop, maar er gebeurde niets. Hij had ook niet verwacht dat de lift het zou doen. Natuurlijk was de stroom afgesloten. Over de stalen deuren was met rode tape een waarschuwing geplakt: GEVAAR – GEEN LIFTKOOIEN.

Het spoor in het stof liep door voorbij de liften, verder links de hal in. Toen hij een hoek omsloeg, stond hij voor een deur die, zo veronderstelde hij, naar het trappenhuis leidde. In het verbleekte groen van de deur was met vuurrode letters de tekst RICHT HET OOG NIET OP HET KWAAD aangebracht. Op de vloer voor zijn voeten lagen twee ogen. Ze staarden ijzingwekkend kalm naar hem op.

85

Clair

Dag 2 • 17.31 uur

'Miranda,' zei Nash met iets meer nadruk, 'is hij nog steeds in het huis?'

De tranen rond de ogen waren opgedroogd. Ze jammerde zacht, schudde haar hoofd en knikte toen snel. 'Ik weet het niet,' zei ze. 'Ik kon niet zien waar hij heen ging.'

'Hoelang is het geleden dat je hem hebt gezien?'

Die vraag leek haar te verwarren. Haar pupillen werden iets groter. 'Ik... Ik weet het niet.'

'Heeft hij je iets gegeven?'

Ze staarde hem aan en leek na te denken over de vraag. 'Ik weet het niet. Ik denk het. Ik kan me niet herinneren dat hij me geboeid heeft. Het is allemaal vaag.'

'Is er verder nog iemand in huis?' vroeg Nash.

De huishoudster haalde diep adem en wierp een blik in de richting van de trap. 'Mevrouw Patricia en meneer Talbot zijn in hun kamer.' Haar pupillen werden nog groter. 'Hij is naar boven gegaan. Ik herinner me dat hij naar de trap liep.'

Nash volgde haar blik naar de trap, die amper zichtbaar was in de laatste resten daglicht. 'En Carnegie?'

'Ik weet niet precies of ze thuis is. Ik heb haar sinds vanochtend niet meer gezien. Misschien is ze in haar kamer.'

Clair knielde bij de vrouw neer, al hield ze haar ogen en haar pistool nog steeds op de hal gericht. 'Miranda is het, toch?'

De huishoudster knikte.

'Ik ga je losmaken. Zodra je weer vrij bent, wil ik dat je naar buiten gaat. Daar zul je mijn auto zien staan, een groene Honda. Hij is niet op slot. Ga in mijn auto zitten en wacht tot de politie komt. Blijf laag en verstop jezelf tot ze er zijn,' zei Clair. 'Lukt dat?'

De huishoudster knikte.

Clair rekende snel af met de telefoonkabel om de enkels terwijl Nash zich bemoeide met de kabel om haar polsen. Toen Miranda probeerde te gaan staan, wankelde ze en viel ze bijna weer op de grond. Nash ving haar op en hielp haar om haar evenwicht te hervinden. 'Het kan wel even duren voordat het is uitgewerkt wat hij je heeft gegeven, dus probeer heel rustig te bewegen.'

'Ik geloof dat ik moet overgeven,' zei de huishoudster. Haar gezicht was lijkbleek. Ze steunde op het bijzettafeltje om niet te vallen.

'Kalm aan maar,' zei Clair. 'Hulp is onderweg.'

Ze keken de vrouw na die steun zoekend bij de muren naar de voordeur wankelde en naar buiten liep, de duisternis van de beginnende avond in. Toen ze uit het zicht verdwenen was, keerden ze zich om naar de trap, de pistolen in de aanslag.

86

Porter

Dag 2 • 17.32 uur

Porter raakte met een vinger de rode verf aan. Die was nog nat.

De ogen waren blauw.

Hij wilde Emory's naam roepen, maar hij wist dat hij daarmee niet meer zou bereiken dan het prijsgeven van zijn eigen positie. Hij wist ook dat hij de ogen in een plastic zak moest stoppen, maar hij had geen plastic zak. Hij knielde neer. Bishop had ze in hun geheel verwijderd, met oogzenuw en al. Dat was niet zo eenvoudig. De oogbal wipte zo uit de kas, maar het vergde een vaardige hand en de juiste instrumenten om goed achter het oog te komen en het te verwijderen zonder het oog te beschadigen. De ogen zagen er vers uit. Het bloed was nog niet echt geronnen en droog.

Porter haalde de telefoon uit zijn zak. 'Kloz? Ik ben binnen. Ik heb Emory's ogen gevonden voor de deur naar het trappenhuis op de begane grond. Heb je hier ook een ambulance naartoe gestuurd?'

Hij hoorde niets en keek op het schermpje – geen bereik.

'Shit.'

Hij stopte de telefoon weer in zijn zak.

Hij pakte de honkbalknuppel steviger beet en stapte over de ogen naar de deur. Hij drukte de deurkruk omlaag, zwaaide de deur open en liep het trappenhuis in. Het licht van zijn zaklantaarn gleed over stof en vuil dat als een droge mist in de lucht hing. Hij moest moeite doen om niet te hoesten. Het was onmogelijk om hier nog het spoor te volgen. Op de eerste tree van de trap stonden zo veel voetafdrukken dat Porter geen flauw idee had hoeveel mensen die trap op en af waren gegaan. Het konden er wel tientallen zijn.

Porter liet het licht in het trapgat omhoog schijnen.

Wat had Klozowski gezegd? Hoeveel verdiepingen had dit gebouw? Als je er van buiten naar keek, zouden het er makkelijk vijftig kunnen zijn. Porter betwijfelde of hij onder normale omstandigheden al die trappen op zou kunnen klimmen, laat staan met de steekwond in zijn been. Hij trok de groene broek van het operatie-uniform omlaag en bekeek de wond. Het bloeden was opgehouden, maar de wond klopte. Het deed nu bijna meer pijn dan op het moment dat Bishop hem had gestoken. De huid direct rondom het verband en de pleisters was paars en zwart.

Porter haalde het stanleymes uit zijn zak en sneed er een strook stof mee van het shirt dat hij aan had, wikkelde dat om het verband en knoopte het vast. Hij sneed nog een strook af en bond die om zijn been boven de wond – niet zo strak als een tourniquet, maar wel zo strak dat het de doorbloeding zou vertragen. Hij hoopt dat hij het op die manier langer zou volhouden.

Hij zette zich aan het beklimmen van de trappen.

87

Clair

Dag 2 • 17.33 uur

Nash ging voorop en stak de hal in één soepele beweging over. Clair kwam meteen achter hem aan. Niet alleen was het na het ondergaan van de herfstzon donker in het huis, het was ook koeler geworden. De haren in haar nek en op haar armen stonden recht overeind en Clair hield zichzelf voor dat dat door de kou kwam, maar het bonzen van haar hart maakte duidelijk dat er een andere oorzaak was.

De eerste tree van de trap kraakte onder Nash' gewicht. Ze hoorde hem zacht vloeken en kneep hem in zijn schouder. Ze hoorde de treden ook kraken toen ze er zelf op stapte en overwoog even haar schoenen uit te trekken, maar ze bedacht dat het waarschijnlijk weinig zin zou hebben in zo'n huis als dit. Huizen die zo oud waren hadden nu eenmaal krakende houten vloeren en trappen.

Ze liepen langzaam en zo stil mogelijk op de tast de trap op. Clair voelde iets vochtigs op de trapleuning. Ze bleef staan, hield haar vingers onder haar neus en rook onmiskenbaar de koperachtige geur van bloed. Ze had die geur vaker geroken dan ze zich kon herinneren, maar ze zou er nooit aan wennen.

Nash bleef eveneens stilstaan en keek om, zijn gezicht niet meer dan een lichtere vlek in de duisternis.

Clair stak haar vingers omhoog. 'Bloed,' fluisterde ze. Het woord kwam als een zucht over haar lippen.

Nash keek naar zijn eigen hand en veegde die af aan zijn broek. Toen liep hij verder de trap op.

Haar handpalmen begonnen te zweten, de Glock voelde steeds zwaarder.

Boven aan de trap was een overloop met een gang in beide richtingen.

Recht tegenover de trap was een badkamer. Nash liep er met zijn pistool voor zich uit gericht naar binnen en constateerde dat de badkamer leeg was.

Clair stond met haar rug tegen de muur, met haar pistool in de aanslag om hem te dekken.

In de plint van de overloop waren kleine ledlampjes ingebouwd die net genoeg licht verspreidden om iets te kunnen zien. In de gang links waren drie deuren, aan het einde van de gang rechts alleen een stel dubbele deuren. Aan de muren hingen ingelijste foto's van familieleden, grote en kleine. Clair vermoedde dat de dubbele deuren van de slaapkamer waren van de Talbots. Achter de deuren in de andere gang lagen de kamer van Carnegie en logeerkamers.

'Welke kant op?' fluisterde ze.

'De slaapkamer,' fluisterde Nash, die al in de richting van de dubbele deuren liep.

88

Porter

Dag 2 • 17.33 uur

Porter bleef stilstaan op de trap net onder de overloop van de tweede verdieping. In de dikke laag stof op de vloer van de ruimte van niet meer dan tweeënhalve meter bij iets meer dan een meter lagen weggegooide verpakkingen van fastfood. De muren waren lichtgroen geverfd.

Hij hoorde een stem.

Met de honkbalknuppel in zijn hand liep hij de laatste treden op, terwijl hij het licht van zijn zaklantaarn heen en weer liet glijden in de duisternis.

'Word je al moe, Sam?'

Meteen nadat de stem had geklonken, was er een statisch kraken hoorbaar. Toen werd het stil.

'Waar ben je, Bishop?' zei Porter. Zijn stem klonk hoger dan hij zou wensen en het geluid weerkaatste tegen de kale betonnen muren.

'Ik weet dat je niet in vorm bent, kerel, maar kom, kom, ik heb oude vrouwtjes wel sneller zien traplopen dan jij doet.'

'Val dood.'

'Misschien is een beetje fysieke inspanning wel goed voor je. Om van die pens af te komen.' Weer het statische kraken.

Porter zag de portofoon toen hij de overloop had bereikt. Een kleine zwarte Motorola met een rubberen antenne stond tegen de eerste tree van de volgende trap.

Toen Bishop opnieuw sprak, lichtte een kleine rode led op in het ritme van het stemgeluid.

'Wat dacht je van een rijmpje om de tijd te doden? Lijkt je dat wel wat, Sam?'

Porter pakte de portofoon. Bishop begon zangerig voor te dragen: '*Gansje, gansje, ganzerik, raad toch eens, waar banjer ik? Trapje op en trap-*

je af en in de kamer van mevrouw. Daar was een oude man die heel niet bidden wou. Ik sleurde 'm aan zijn benen mee en smeet hem naar benee. Heb je je wel eens afgevraagd waar dat kinderliedje over gaat, Sam? Ik bedoel, het is eigenlijk best wel heftig voor kleine kinderen en toch zeggen we het voor ze op. Mijn moeder deed het altijd als we een trap op of af liepen.'

Porter drukte op de knop op de portofoon en hield de microfoon dicht bij zijn mond. 'Ik kom je halen, vuile idioot.'

'Sam!' riep Bishop uit. 'Je hebt het gehaald. Ik begon me al zorgen te maken.'

'Waar ben je, Bishop?'

'Vlakbij, Sam. Ik heb op je gewacht. Ik wist dat je de puzzel zou oplossen. Je bent de slimste van dat stelletje uilskuikens. Ik moest je een beetje leiden, maar je bent eruit gekomen. Ik ben trots op je.'

'Ik heb de ogen gevonden. Is Emory nog in leven?'

Bishop zuchtte. 'Het spijt me dat ik geen tijd meer had om ze netjes voor je in te pakken. Ik was best wel bang dat een rat ze eerder zou vinden dan jij en er met een lekker hapje vandoor zou gaan. Daar kon ik niet zo veel aan doen, maar gelukkig was jij op tijd.'

Porter besefte dat hij de ogen met het een of ander had moeten afdekken. Hij had niet aan ratten gedacht. 'Waar ben je?'

Bishop gniffelde. 'O, je moet nog een eindje, vriend. Trappenlopen zal niet zo gemakkelijk zijn met die wond. Dat spijt me echt. Ik hoop dat ik je niet al te veel pijn heb gedaan, maar ik moest nu eenmaal improviseren. Je had me samen met je vriendjes een beetje in het nauw gedreven.' Hij zweeg even en ging toen verder: 'Je moet wel voortmaken, Sam. We hebben niet zo veel tijd meer. Wond of geen wond, jouw nabije toekomst bestaat voornamelijk uit traplopen.'

Porter begon weer te klimmen. Door het stilstaan, ook al was het maar heel kort geweest, was zijn been stijf geworden. Hij dwong zijn spieren te gehoorzamen en beet op zijn tanden toen het pijn ging doen. Bij iedere stap voelde het alsof het mes opnieuw in zijn been werd gestoken en door spieren en zenuwen sneed. 'Ik wil met haar praten. Dat is het minste wat je me kunt toestaan. Ik moet weten dat ze nog in leven is.'

Even hoorde hij alleen statisch geruis. Toen zei Bishop: 'Ik ben bang dat Emory op het moment even niet beschikbaar is.'

Porter stak de overloop van de derde verdieping over en begon aan de volgende trap. Het voelde alsof zijn longen in brand stonden.

'En, heb je het uit?' vroeg Bishop.

'Heb ik wat uit?'

'Dat weet je wel.'

'Jouw kleine dagboekje?'

'Hou me niet voor de gek, Sam. Hou me nooit voor de gek. Iemand voor de gek houden is een kwaad op zich en daar ben ik niet bepaald dol op.'

Porter veegde met zijn mouw het zweet van zijn voorhoofd. 'Je moeder heeft je anders behoorlijk voor de gek gehouden op het eind. Wat vond je daarvan?'

'Je hebt het dus wel uitgelezen.'

'Ja, ik heb het uitgelezen.'

'Mijn moeder was een kwade heks die verdiende wat haar is overkomen,' zei Bishop.

'Jouw moeder was vast heel goed in bed. Ze wond al die kerels moeiteloos om haar vingers. Zulke hete bliksems zijn altijd gestoord.'

'Ik heb wel door wat je probeert te doen, maar dat werkt niet, dus hou er maar meteen mee op.' Bishops stem klonk wrevelig.

'Dus ze zijn nooit teruggekomen? Ze hebben jou daar gewoon laten staan?'

Er kwam een klikkend geluid uit het luidsprekertje, alsof Bishop steeds maar nerveus op de knop van de portofoon drukte. Een tic.

'Kun je je nog herinneren dat ik die lucifers in mijn zak had? Ik heb het huis in brand gestoken terwijl die lui van Talbot binnen waren. Het leek me een goed plan om nog even iets te doen met die benzine die Meneer de Vreemdeling en Meneer Smith overal hadden rondgesprenkeld. De brandweer heeft de kinderbescherming gebeld en die bracht me naar een opvanghuis. Daar heb ik twee weken gezeten voordat ik naar mijn eerste pleeggezin ging. Niemand had ook maar een vermoeden dat ik het vuur had aangestoken. Als moeder ooit nog voor mij is teruggekomen, heb ik daar nooit iets van vernomen.'

'Het klinkt alsof je moeder samen met die Lisa Carter het geluk heeft gezocht en haar zoontje als een blok aan het been beschouwde. Het was nooit haar bedoeling geweest om jou mee te nemen.'

'Ik was beter af zonder die twee.'

'In een pleeggezin? Waarschijnlijk wel. Als zelfs maar de helft van wat je allemaal hebt opgeschreven waar is, ben jij in een knettergek gezin opgegroeid.'

'Denk om je woorden, Sam. Denk om je woorden.'

'Juist. Spreek geen kwaad. Het spijt me. Het voelt niet goed om de heilige regels van jouw gezegende vader te overtreden.'

De vierde verdieping.

'Je moeder wilde dat je vader die dag zou doodgaan, dat had ze zo gepland. Ze had het wel gehad met hem. Wie ging er met die blonde kerel naar bed? Je moeder of Lisa Carter? Ach, shit, hij naaide ze natuurlijk allebei terwijl jij in een hoekje met je piemeltje zat te spelen.'

'Denk om je woorden, Sam.'

'Val dood, Bishop. Dat maak ik zelf uit.'

Bishop haalde diep adem. 'Schuttingtaal duidt op een zwakke geest en ik weet dat jij bepaald geen zwakke geest hebt. Ik wil wedden dat je al een plan hebt bedacht om wraak te nemen op die jongen die je vrouw heeft doodgeschoten. Hoe heet hij ook al weer? Campbell? Je liep daar zo kalm en ogenschijnlijk vergevingsgezind weg, maar ik zag de woede en de haat branden in je ogen.'

'We zijn niet allemaal uit op wraak.'

Bishop gniffelde. 'Als ik jou samen met hem zou opsluiten in een kamer en ik zou je verzekeren dat wat je ook zou doen geen gevolgen voor jou zou hebben, zou je hem dan niets doen? Zou je hem dan geen kogel tussen de ogen schieten? Zou je hem dan niet met een mes van zijn kruis tot zijn adamsappel opensnijden en toekijken terwijl hij dood lag te bloeden? Hou jezelf niet voor de gek, Sam. Het zit in ons allemaal.'

'Maar we voeren het niet uit.'

'Sommigen wel en daar wordt de wereld alleen maar beter van.'

Porter snoof. 'Misschien was ze er niet zonder jou vandoor gegaan, als je niet zo'n lullige snotneus was geweest. Misschien hadden ze dan met zijn drieën een plekje voor jou kunnen inruimen. Dan had je een nieuw leven kunnen beginnen samen met je nieuwe pappie en je twee mama's en wat er dan ook goddomme maar in die kluis zat.'

Bishop lachte zacht. 'Ik wil wedden dat je maatjes op Bureau Eenenvijftig vannacht vergeten de cel waarin Campbell zit op slot te doen. Dat ze jou binnenlaten door de achterdeur zodat je even onder vier ogen met hem kunt praten. Ik denk niet dat het iemand iets kan schelen als ze hem morgenvroeg aan de balken zien hangen. Niemand laat ook maar een traan om zo'n vent. Dat verdien jij wel, toch? Als tegenprestatie voor wat hij heeft gedaan?'

'Hoe heette hij eigenlijk echt, die blonde kerel?'

Het bleef eerst even stil, toen klonk opnieuw Bishops stem uit het kleine luidsprekertje: 'Franklin Kirby.'

'Jouw moeder en Lisa waren al vanaf het begin van plan er met Franklin Kirby vandoor te gaan.'

'Ja.'

'En jouw vader maakte geen deel uit van die plannen.'

Bishop zei niets.

'Waar kenden die vrouwen Kirby überhaupt van?' Porter probeerde Bishop nu aan de praat te houden. Hij interesseerde zich volstrekt niet voor Kirby en de Carters en de ouders van Bishop, maar hij wist dat Bishop Emory met rust liet zolang hij hem aan de praat hield. Hij wilde koste wat het kost voorkomen dat Bishop Emory nog meer pijn zou doen.

Bishop drukte weer snel achter elkaar op de knop van zijn portofoon. Vijf keer, tien keer. 'Kirby werkte samen met Simon Carter bij de accountantsfirma. Volgens mij was hij verantwoordelijk voor het wegsluizen van het geld. Waarschijnlijk waren ze van plan het geld te verdelen en de documenten als bewijsmateriaal achter de hand te houden zodat niemand achter hen aan zou komen.'

'Niemand gaat achter een paar miljoen aan met het risico dat er informatie op straat komt te liggen die de hele organisatie de kop kan kosten.'

'Precies.'

'Maar Kirby draaide Simon Carter een loer, geholpen door jouw moeder,' zei Porter. 'En ook zijn partner. Hij schoot hem gewoon dood.'

'Simon Carter mishandelde zijn vrouw. Ze zag een kans om aan hem te ontkomen en greep die met beide handen aan. Ik denk dat moeder ermee instemde om haar te helpen. De dood van die andere man was niet meer dan een bijkomstigheid.'

Porter voelde iets warms op zijn been en keek omlaag. De wond was weer gaan bloeden. Hij drukte zijn hand op zijn dijbeen en klom verder. 'Jij zag de naam van Talbot op die busjes en toen drong het tot je door welk verband er was?'

Het bleef stil.

'Bishop?'

'Vader heeft me geleerd dat ik elke situatie moet benaderen met een goed doordacht plan. Toen ik zestien was, had ik meerdere valse identiteiten. Het is niet zo moeilijk om een valse identiteit te bemachtigen als je eenmaal in de molen van de pleegzorg zit. Ik ben criminelen in opleiding tegengekomen vanaf het moment dat ik voor het eerst een voet over de drempel zette van een tehuis. Maar ik heb mijn handen schoon gehouden. Ik vermeed de gevechten en de drugs. Ik concentreerde me op maar één ding en uiteindelijk kon ik aan het werk voor Talbot. Ik was geduldig. Ik ben begonnen als stagiair en heb me langzaam opgewerkt. Ik heb altijd goed overweg gekund met computers. Aanleg, denk ik. Het duurde maar even of ik werkte op de afdeling IT. Ik volgde het spoor van Simon Carter. Dat kostte weinig moeite. Al die gestolen dossiers? Daar had hij kopieën van gemaakt op hun eigen servers. Hij had ze pal onder hun neus verstopt op naam van verzonnen klanten. In minder dan twee jaar had ik alles wat hij bij elkaar had gebracht en nog een beetje meer. Simon Carter had belastende informatie verzameld over tientallen criminelen in de stad, informatie die tot twintig jaar terugging. Dat waren niet alleen gedetailleerde dossiers van wat ze hadden uitgespookt, hij had ook gegevens over zo ongeveer elke dollar die van de ene hand overging in de andere. Dat waren echt slechte mensen, Sam. Ze hielden zich overal mee bezig, van gokken tot handel in blanke slavinnen. Alles hing samen met alles, ze hadden allemaal banden met elkaar, het was een hele ondergrondse wereld van kwaad die als een levend wezen kwaad ademde. Overdag werkte ik voor Talbot en 's nachts werkte ik aan die puzzel.'

'Woonde je op jezelf toen je zestien was?'

'Ik woonde in een leegstaande flat in de West Side. Ik deelde die flat met vijf andere jongens die ik had leren kennen in de pleegzorg. Alles was beter dan die tehuizen. Onderbreek me niet, Sam, dat is onbeschaafd.'

'Het spijt me.'

Bishop ging verder: 'Al die criminelen hadden banden met elkaar. Ze zaten allemaal in één groot web, met één man in het midden, die alle touwtjes in handen had.'

'Talbot.'

'De partner van Kirby haalde de trekker over van die Magnum waarmee mijn vader werd doodgeschoten, maar al die mensen stonden achter hem,' zei Bishop plechtig. 'En Talbot stond vooraan.'

'Hoeveel mensen heb je vermoord?' vroeg Porter. Hij was bijna buiten adem aangekomen op de achtste verdieping.

'Mijn handen zijn minder schoon dan ze ooit waren, Sam, maar ik heb gedaan wat ik moest doen.'

'Je hebt onschuldige mensen vermoord.'

'Niemand is onschuldig.'

'Ik wil Emory spreken,' zei Porter opnieuw.

Negende verdieping.

'Hé, wil je iets grappigs horen?'

'Tuurlijk, waarom niet?'

Een gil verscheurde de stilte, een gil die tegelijk van boven kwam en uit het kleine luidsprekertje van de portofoon, een bloedstollende gil van pijn die hij onder zijn eigen huid voelde.

'Je moet opschieten, Sam. Tempo.'

89

Clair

Dag 2 • 17.34 uur

De dubbele deur zat op slot.

Nash probeerde de deurkruk een tweede keer, alsof hij verwachtte dat het resultaat anders zou zijn dan bij de eerste poging, en keerde zich toen gefrustreerd om.

Clair drukte haar oor tegen de deur.

Ze hoorde niets.

Nash gebaarde haar achteruit te gaan en leunde naar voren. Hij stak drie vingers op.

Clair begreep wat hij bedoelde. Ze knielde, richtte haar pistool op de deuren en zette haar ellebogen op slot.

Nash kromde één vinger, toen een tweede en gooide zich op de derde tel met al zijn gewicht tegen de deuren. Bijna tuimelde hij pardoes de slaapkamer in toen de deuren onder luid gekraak openvlogen.

Nog steeds geknield liet Clair haar blik door het vertrek dwalen, haar pistool in de aanslag.

Een groot hemelbed stond achter in de kamer onder een rijk bewerkt cassetteplafond. Links in de kamer was een kleine zithoek met een open haard en boekenplanken, van de rest van de kamer gescheiden door een bureau en een bank. Een vuur knetterde in de open haard. Achter in de slaapkamer was een gang.

Nash liep voorzichtig de kamer in. Clair volgde hem.

Op de vloer naast de bank lag een vrouw, aan handen en voeten gebonden en met een prop in haar mond, net als de huishoudster.

Nash liep zonder in te houden door naar de inloopkast in de rechterhoek van het vertrek en maaide kleren opzij om te controleren of niemand zich daar had verborgen. Clair liep door naar het gangetje, dat uit bleek te komen op een met wit marmer beklede badkamer. Nergens in die ruimte zou iemand zich schuil kunnen houden. De douchehoek lag achter transparant glas en daar bevond zich overduidelijk niemand. Links stond een linnenkast, vol dikke handdoeken en een verzameling flessen met shampoo, conditioner en huidreinigingsproducten waarmee je een klein hotel zou kunnen bevoorraden. Ook daar hield niemand zich schuil.

Ze keerde terug naar de slaapkamer, waar Nash zich juist bukte om onder het bed te kijken.

Clair knielde neer bij de vrouw en bevrijdde haar van de prop in haar mond. 'Is hij hier nog steeds?'

'Ik... Ik geloof het niet,' zei de vrouw. Haar stem trilde. 'O, god. Hij heeft Arty meegenomen!'

Ze begon te worstelen en probeerde te gaan zitten. Nash hielp haar overeind. Hij maakte haar boeien los en zette haar in een zwaar gestoffeerde stoel bij het bed.

'En je dochter?' vroeg Nash.

'Carnegie komt pas om...' Ze rekte haar nek om naar een kleine klok te kunnen kijken die op de schoorsteenmantel boven de open haard stond. 'Hoe laat is het? Het is te donker. Ik kan het niet zien.'

'Ongeveer halfzes.'

'Na vijven?'

Een sirene doorbrak in de verte de stilte.

Clair liep naar het grote raam bij het bed en trok het gordijn opzij. Ze zag niets buiten. 'Mevrouw, hoe lang geleden is hij weggegaan?'

De vrouw wreef over haar slapen. 'Arty kwam even na twee uur thuis om zich om te kleden voor een vergadering. Hij kwam meteen daarna. Hooguit tien minuten later.'

'Wat gebeurde er?'

'Dat weet ik niet precies – het gebeurde allemaal zo snel. Ik zat daar op de bank te lezen en toen klopte er iemand op de slaapkamerdeur. Ik dacht dat het Miranda was. Arty zei dat hij open zou doen. Ik hoorde een luide knal en toen ik opstond om te kijken wat er aan de hand was, rende die man de kamer in. Hij kegelde me omver, zodat ik op de bank viel. Ik denk dat ik met mijn hoofd ergens tegenaan gevallen ben, want ik ben even buiten bewustzijn geweest. Toen ik weer bijkwam waren mijn handen vastgebonden en was hij bezig met mijn voeten. Ik gilde en hij grijnsde alleen maar naar me. Hij zei dat hij even met mijn man moest praten. Toen knevelde hij me. Ik zag Arty daar liggen.' Ze maakte een hoofdgebaar in de richting van de gang. 'Hij bewoog wel, maar heel erg traag. Ik geloof dat hij probeerde te gaan staan. De man liep naar Arty toe en stak hem een injectienaald in zijn hals, met een of andere drug, want daarna was Arty buiten bewustzijn. Toen kwam hij weer bij mij terug en stak hij een injectienaald in mijn arm. Ik verloor opnieuw het bewustzijn en toen ik weer bijkwam, was het vuur bijna uit, dus ik moet wel een tijd weg zijn geweest. En toen kwam u.'

Clair toonde de vrouw de foto van Bishop die op haar telefoon stond. 'Is dat hem?'

De vrouw knikte. 'Hij zal Arty toch niets aandoen?'

Nash had het lichtknopje gevonden en deed het licht aan. Hij betreurde zijn daad meteen.

Op de wand van de slaapkamer waren met bloed de woorden DOE GEEN KWAAD geschreven.

90

Porter

Dag 2 • 17.40 uur

Toen Porter de tiende verdieping bereikte, proefde hij een vieze smaak in zijn mond. Op het verbleekte groen van de deur was met nog nadruipende letters in vers bloed de tekst SPREEK GEEN KWAAD geschreven. In het stof voor zijn voeten lag een mensentong naast een bloederige tang.

Dit was de verdieping van Aap.

Hij liet de portofoon in zijn zak glijden, knipte de zaklantaarn uit, greep de honkbalknuppel steviger beet en duwde toen de stalen deur open. Snel liep hij de ruimte erachter binnen, de kloppende pijn in zijn been negerend.

Het was een hal die werd verlicht met brandende kaarsen.

Kleine witte kaarsen van een paar centimeter dik en hoog stonden in een rij langs de linkermuur van een gang die na tien meter een haakse bocht maakte.

Porter haalde de mobiele telefoon uit zijn zak en keek op het scherm. Nog steeds geen bereik. Hij stopte de telefoon weer weg en rolde de honkbalknuppel tussen zijn handen.

Guns 'N Roses barstte met veel geweld los, midden in de song:

Welcome to the jungle
We take it day by day

Porter liet de honkbalknuppel bijna vallen toen hij probeerde zijn oren af te dekken. Hij drukte zijn handpalmen tegen beide zijden van zijn hoofd en hield de knuppel alleen nog met het puntje van zijn vingers vast. Hij had nog nooit zulke harde muziek gehoord. Het was alsof hij op de eerste rij onder het podium stond bij een popconcert. Hij zag geen luidsprekers, maar de muziek kwam duidelijk van verderop, om de bocht.

Hij begon de gang in te lopen.

Het leek haast onmogelijk, maar het volume nam nog toe. Porter zou zweren dat de vlammen van de kaarsen op de bassen dansten.

Toen hij bij de bocht in de gang kwam en de hoek moest omslaan, had hij geen keus. Hij moest zijn handen van zijn oren halen om de knuppel met beide handen vast te houden. Hij haastte zich om de hoek, de knuppel als de loop van een wapen voor zich uit en zijn bloedende been achter zich aan slepend. Hij kwam in een soort hal, bezaaid met wat het bedrijf dat er ooit gevestigd was geweest, had achtergelaten.

Midden in de ruimte stond een oud bureau, omringd door brandende kaarsen. Op het bureau stond een zwaar gehavende gettoblaster van het soort dat Porter al in twintig jaar niet meer had gezien. Het zwarte plastic van de behuizing zat onder het stof en verfvlekken. Een van de twee kleppen voor cassettebandjes ontbrak en het glas dat de schaal met radiozenders moest beschermen zat zo vol barsten dat er vrijwel niets meer door te zien was. Ledlichten flikkerden en dansten op de maat van de muziek op het display, een zee van rood, groen, geel en blauw. Een draad kronkelde boven uit het apparaat, over het bureau, en eindigde bij vier enorme luidsprekers die op elkaar gestapeld stonden bij drie liftschachten zonder deuren. Er was een stuk papier op de gettoblaster geplakt waarop stond: WIE DE RADIO OP EEN ANDERE ZENDER ZET DAN 97.7 GOOI IK VAN HET DAK. WAS GETEKEND: UW VRIENDEN VAN DE LOKALE ZENDER 49. Daaronder had iemand gekrabbeld: CLASSIC ROCK 4EVER.

Alle apparaten waren aangesloten op een generator van Briggs and Stratton die rechts van Porter stond te puffen. Porter bukte zich en schakelde de generator uit. Hij sputterde even en viel toen stil. De muziek stierf weg.

'Hou je niet van Guns 'N Roses?' kraakte Bishops stem uit het luidsprekertje van de portofoon in zijn zak.

Porter haalde met een ruk de portofoon uit zijn zak. 'Waar ben jij, verdomme.'

'Ik ben nog vergeten je te vertellen wat er van Lisa Carter is geworden in haar nieuwe leven.'

'Wat?'

'Lisa Carter stierf dezelfde dag als mijn vader om meteen daarna op te staan uit de dood met een splinternieuwe identiteit. Wil je weten hoe ze nu heet? Ik denk dat je de naam wel zult herkennen.'

Porter hoorde de stem niet alleen in de krakende versie uit het luidsprekertje, maar ook op een andere manier, als de echte stem, ergens dichtbij, als een soort echo. Het lukte hem echter niet om vast te stellen waar het geluid vandaan kwam. Zijn oren suisden nog na van de keiharde muziek.

Rondom de liftschachten waren vier deurgaten, aan weerszijden twee. De kaarsen die rond het bureau stonden maakten het echter moeilijk om in het schemerduister verderop iets te onderscheiden. Hij voelde dat Bishop naar hem keek.

'Wil je niet weten wie mevrouw Carter na die dag werd?'

Porter liep in de richting van het dichtstbijzijnde deurgat, de honkbalknuppel hoog geheven, klaar om te slaan.

'Niet doen.'

Porter verstijfde.

Schaduwen gleden over de vloer toen Anson Bishop uit het schemerduister kwam en Talbot voor zich uit duwde op een kantoorstoel op wieltjes. Hij was met ducttape vastgeplakt aan de stoel, handen, voeten, lichaam, alles. Een slordig verband was om zijn hoofd gewikkeld ter hoogte van zijn ogen. Er droop bloed uit zijn mond.

Anson Bishop stond achter hem en hield een mes tegen Talbots keel. 'Hoi Sam.'

Porter kwam behoedzaam dichterbij en liet zijn ogen over de voor het overige lege ruimte gaan. 'Waar is ze?'

'Heb je een pistool, Sam? Als dat zo is, wil ik dat je het daar in de gang achterlaat.'

'Nee. Alleen deze.' Porter hield de knuppel omhoog.

'Hou die maar vast, als dat je een goed gevoel geeft, maar je moet daar nu wel blijven staan. Er is geen reden om nog dichterbij te komen.'

Talbot kreunde met een vochtig, gorgelend geluid. Zijn hoofd zakte opzij.

Porter hoorde sirenes in de verte. 'Hij moet naar een ziekenhuis. Hij hoeft niet dood.'

'We gaan allemaal dood, Sam. Sommigen zijn er alleen beter in dan anderen. Toch, Arty?' Hij drukte het mes steviger tegen Talbots keel. Bloed welde op uit een klein wondje. Talbot reageerde niet, hij was zonder twijfel in shock. Bishop monsterde Porter. 'Je moet naar dat been laten kijken. Dat beklimmen van al die trappen was misschien niet zo'n goed idee.'

Porter keek omlaag en zag dat de hele broekspijp met bloed doorweekt was. Alle hechtingen moesten zijn uitgescheurd en gesprongen. Hij drukte zijn hand op de wond, bloed welde op tussen zijn vingers door. Hij begon duizelig te worden. De honkbalknuppel gleed uit zijn hand en viel op de vloer. 'Ik red me wel.'

'Ik vind jou een goede rechercheur, Sam. Ik wil dat je dat weet. Ik wist dat je de puzzel zou oplossen. En je wegcijferen voor anderen? Dat is bewonderenswaardig. Dat kom je vandaag de dag niet zo vaak meer tegen.'

Porter haalde diep adem en dwong zich rechtop te gaan staan. Hij probeerde de witte vlekken die voor zijn ogen dansten te negeren. De sirenes klonken nu dichterbij. 'Ze zijn hier zo. Er is nog tijd om te doen wat je zou moeten doen. Vertel mij waar Emory is en laat Talbot gaan. Je kunt gewoon weglopen. Ik ben niet in staat om achter je aan te gaan.'

Bishop duwde de kantoorstoel zacht in de richting van de dichtstbijzijnde liftschacht. Een grijns speelde om zijn lippen. 'Talbot laten gaan?'

'Nee! Niet doen!' Porter probeerde naar Bishop toe te lopen.

Bishop hief de hand waarmee hij het mes vasthield en wees ermee naar Porter. 'Stop! Kom niet dichterbij.'

Porter bleef staan.

Talbots bloed druppelde van de punt van het mes en kwam op zijn arm terecht. De stoel stond niet meer dan anderhalve meter van een val van tien verdiepingen en een paar kelders. Porter probeerde uit te rekenen hoe diep dat was. Dertig meter? Of veertig? Hij wist het niet precies. Het maakte ook niet uit. Het was diep genoeg.

'Dat je je om Emory bekommert, kan ik begrijpen, maar dit stuk vuil hier? Je krijgt snel genoeg de dossiers te zien, Sam. Ik wil wedden dat Clair en de jongens die ondertussen hebben gevonden. Deze man had de hand in elke smerige deal die er in de afgelopen dertig jaar in deze stad is gesloten. Alle moorden en corruptie die jij geprobeerd hebt te bestrijden, kun je op zijn conto schrijven. Hoeveel mensen zijn er vanwege hem omgekomen? Hoeveel moeten er nog sterven alleen omdat hij zijn zakken wil vullen?'

Buiten kwam het gestage geluid van wieken die de lucht ranselden dichterbij. Een helikopter landde op het dak. Bishop hoorde het ook. Zijn ogen schoten even omhoog naar het onafgewerkte plafond en richtten zich toen weer op Porter. 'Het lijkt erop dat je vrienden gearriveerd zijn.'

'Ze komen van boven. SWAT komt nu waarschijnlijk al in het trappenhuis omlaag. Je tijd is op, Bishop. Het is voorbij.' Het werd Porter even zwart voor de ogen, zijn benen voelden slap. Hij dwong zichzelf te blijven staan. 'Ga weg bij Talbot en ga liggen.'

Bishop draaide de kantoorstoel in een wijde cirkel rond. 'Deze wereld gaat erop vooruit zonder hem, denk je ook niet? Dat is wat vader gewild zou hebben.'

'De partner van Kirby, wat had hij ermee te maken?' zei Porter in een laatste poging afleiding te creëren. 'De man die je vader doodschoot.'

'Wat?'

'Kirby was van plan om er met je moeder en Lisa Carter vandoor te gaan, maar die andere man, die jij Meneer de Vreemdeling noemde?' Het kostte Porter moeite te blijven staan. Zijn hele lichaam voelde zwaar. Hij wilde het liefst even gaan slapen. Maar hij moest Bishop aan de praat houden. Hij moest hem lang genoeg aan de praat houden om SWAT de kans te geven hen te bereiken. Lang genoeg...

'Hij heette Briggs. Hij werkte voor onze vriend hier,' zei Bishop die de stoel met Talbot nog een keer rond draaide. 'Ik geloof dat hij een soort lijfwacht was. Ik heb Arty ernaar gevraagd, maar hij wou me geen antwoord geven. Hij zat maar te jammeren over zijn ogen... "Ik zie niks! Ik zie niks!" Bla, bla, bla. Op het laatst moest ik er wel voor zorgen dat hij ophield. Je had het eens moeten horen.'

'Was hij er ook bij betrokken?'

'Tot hij de trekker overhaalde en vader doodschoot, was hij waarschijnlijk de enige volwassene daar op die dag die onschuldig was. Hij deed gewoon zijn werk. Hij wist niet dat Kirby in dat complot zat, en hij wist zeker niet dat Kirby van plan was hem om te leggen.'

Talbots lichaam schokte op de kantoorstoel, zijn hoofd sloeg achterover. Zijn vingers strekten zich en alle spieren in zijn lichaam trokken spastisch samen.

'Hij raakt in een shock. Hij moet echt naar een ziekenhuis.'

Bishop glimlachte. 'Je vrienden zijn er zo, maar ik maak me zorgen om jou. Gaat het wel? Je ziet akelig bleek, Sam.'

Het ging niet goed met Porter. Hij zag Bishop dubbel en hij had geen gevoel meer in zijn armen. Hij wilde zich bukken, de honkbalknuppel oprapen en door het stof op Bishop af stormen om de ziel uit zijn lijf te slaan, om zijn hoofd in elkaar te rammen tot er alleen bloederige pulp over was, maar hij moest zich tot het uiterste inspannen om te blijven staan. Hij moest zich concentreren om niet van zijn stokje te gaan. 'Wat is de nieuwe naam van Lisa Carter?'

Bishop begon te glunderen. 'Ah, dat is ook zo! In alle opwinding was ik dat helemaal vergeten. Bedankt, Sam, dat je me even hebt geholpen.'

Talbot bewoog niet meer. Het viel niet te zien of hij nog ademde.

Bishop ging verder. 'Moeder veranderde haar naam in Emily Gerard. Ik had een paar jaar nodig om daarachter te komen. Maar helaas heeft die identiteit het nooit verder geschopt dan die dag, tenzij moeder erin is geslaagd om volledig onder de radar te leven. Ik heb geprobeerd haar op te sporen, maar die naam is nooit meer ergens opgedoken. Geen creditcards, geen transacties in vastgoed, helemaal niets. Ik denk dat ze de naam eigenlijk nooit heeft gebruikt. Lisa Carter heeft haar nieuwe naam echter wel gebruikt. Ze heeft zelfs niet eens geprobeerd zich ergens te verschuilen. Ik denk dat de naam je wel bekend zal voorkomen, omdat je hem eerder hebt gehoord in de afgelopen dagen. Lisa Carter veranderde haar naam in Catrina Connors.'

Porters gedachten waren stroperig. Hij dacht wel, maar zijn gedachten waren traag. Hij herkende de naam, hij wist dat er zo iemand was, maar hij kon de naam niet plaatsen. Toen...

'Emory's moeder?'

Een brede grijns plooide Bishops gezicht. Hij liet Talbot op zijn kantoorstoel rondraaien als een tol. 'Je vroeg mij toen in het hoofdkwartier om informatie over haar in te winnen en ik had je op dat moment dolgraag alles verteld wat ik al over haar wist, maar dan had ik de pret bedorven.'

'Hoe...?'

'Simon Carter had veertien miljoen dollar weggesluisd naar buitenlandse bankrekeningen. Ik weet dat moeder en zij daar een tijd van hebben geleefd. Maar ze kochten ook vastgoed, veel vastgoed; vastgoed waarvan ze wisten dat Talbot er op een dag zijn oog op zou laten vallen. Toen Talbot uiteindelijk contact opnam met Lisa Carter omdat hij een rij pakhuizen aan de waterkant van haar wilde kopen, verleidde ze hem, met Emory als resultaat. Op Emory's eerste verjaardag zette Lisa Carter al haar vastgoed op naam van haar dochter. Daarna heeft ze Talbot verteld wie ze was. Ze vertelde hem ook dat ze alle documenten had die haar man jaren eerder had ontvreemd, en dat ze die aan de pers zou overhandigen, tenzij Talbot ermee instemde om al zijn legitieme bezittingen op naam van Emory te zetten bij zijn overlijden. Kort daarna heeft hij zijn testament overeenkomstig gewijzigd.'

'Hoe ben je dat allemaal te weten gekomen? Je zei dat je niet wist waarnaartoe je moeder en Lisa Carter waren verdwenen.'

'Gunther Herbert was heel toeschietelijk,' zei Bishop. 'Een week geleden hebben we heel fijn met elkaar gesproken.'

'De CFO van Talbot?'

‘Ja.’

‘Dus als Talbot sterft...’

‘... erft Emory miljarden en stort zijn hele criminele imperium als een kaartenhuis in elkaar.’

Porter keek naar Talbot. Talbot bewoog een beetje. Zijn hoofd zwaaide heen en weer; diep uit zijn keel steeg een rochelend gekreun op. ‘Je kunt hem niet vermoorden.’

‘O nee?’ Bishop duwde tegen de stoel.

Talbot rolde over de vloer naar de meest linkse liftschacht. Porter perste alle kracht waarover hij nog beschikte in zijn benen en dook erachteraan. Hij kwam hard op het beton terecht en gleed met gestrekte armen naar de stoel. Zijn vingers gleden nog over het staal van een van de wielen terwijl ze over de rand glipten. Heel even kreeg hij greep op het wiel, maar toen rukte de stoel zich los en verdween met Talbot in de diepte.

Hij hoorde ver onder zich Talbot op het beton smakken, gevolgd door een gil. Het was de zwakke, gedempte gil van een meisje uit de liftschacht ernaast, de middelste liftschacht, maar een paar meter rechts van waar hij nu lag.

Emory.

Vanuit een nog slechts uiterst vaag functionerende ooghoek zag hij dat Bishop in alle rust naar de derde liftschacht liep, met zijn rug ernaartoe op de rand ging staan, naar Porter wuifde en zei: ‘Vaarwel, Sam, Ik heb ervan genoten.’ Toen deed hij een stap achteruit en verdween in het donkere gat.

Het werd Porter zwart voor de ogen en hij verloor het bewustzijn.

91

Porter

Dag 2 • 17.58 uur

'Sam? Hoor je me? Ik geloof dat hij bijkomt...'

Het was Clair.

Klaartje.

Waar was Bishop gebleven?

'Even opzij graag, mevrouw.'

Fel licht.

Het felste licht ooit.

'Meneer?'

Het licht verdween met een klik. Porter knipperde met de ogen. Het bonkte in zijn hoofd. 'Waar...?'

Clair duwde de ambulancebroeder opzij. 'Op de begane grond, net buiten het gebouw. We hebben je met een mand onder de helikopter naar beneden gebracht. We hadden geen zin om dat vette lijf van jou al die trappen af te slepen.'

'Bishop heeft Talbot vermoord.'

Clair veegde een streng haar van zijn voorhoofd. 'Dat weten we, hé, kijk...'

Porter volgde haar wijzende vinger.

Nash kwam naar buiten door de glazen deur naast de draaideur en hield de deur open zodat twee ambulancebroeders met een brancard ongehinderd naar buiten konden. Op de brancard lag een meisje. Boven haar hing de plastic zak van een infuus. Haar hoofd en haar pols waren verbonden met wit verbandgaas.

'Is alles...?'

'Ze redt het wel,' zei Clair. 'Bishop had haar met handboeien vastgemaakt aan een brancard onder in de liftschacht. Ze is uitgedroogd en die handboei heeft haar pols beschadigd, maar waarschijnlijk kunnen ze haar hand wel redden. Afgezien van dat oor heeft hij haar met rust gelaten. Hij heeft haar alleen daarbeneden vastgehouden. Er zijn voortdurend bouwvakkers in het gebouw geweest, maar niemand had iets door omdat ze veel hoger aan het werk waren.'

Porter ging met zijn tong langs zijn lippen. Zijn keel voelde aan als schuurpapier. 'Bishop sprong in die andere liftschacht. Is hij dood?'

Clair zoog haar longen vol lucht en liet die langzaam weer ontsnappen. 'Hij sprong niet. Hij liet zich zakken langs een touw. Dat touw en een harnas had hij op een werkplateau in die liftschacht klaar liggen, en helemaal onder in de liftschacht was een gat naar een tunnel, net zoals bij het Mulifax-gebouw. Hij is verdwenen, Sam. We hebben agenten gestuurd naar elke ingang van dat tunnelcomplex die we kennen, maar ik ben bang dat we hem niet zullen vinden. Terwijl zo ongeveer de halve politiemacht van Chicago in het gebouw hier bezig was om jou veilig naar buiten te krijgen, was hij gezellig aan het abseilen. En nu is hij ergens in de stad verdwenen.'

'Mevrouw?' De ambulancebroeder onderbrak haar. 'Hij heeft veel bloed verloren. Hij moet naar het ziekenhuis.'

Clair keek de ambulancebroeder vuil aan en glimlachte naar Porter. 'Je hebt het goed gedaan, Sam. Je hebt Emory gevonden en we beschikken nu over een signalement van Aap. Zodra hij een fout maakt, grijpen we hem. Als deze dag voorbij is, heeft de hele wereld zijn kop gezien. Dan kan hij zich nergens meer verbergen.'

Porter kneep in Clairs hand. Hij zag de ambulancebroeders Emory in een ambulance schuiven. Toen deed hij zijn ogen dicht. Hij wilde even slapen.

92

Porter

Dag 3 – 08.42 uur

Toen Porter zijn ogen weer opendeed, lag hij in het ziekenhuis. De kamer zag er net zo uit als de kamer waarin hij eerder had gelegen. Hoe laat was het? Hij zocht naar een klok en zijn telefoon, maar vond geen van beide. Zonlicht stroomde door het raam naar binnen en verwarmde de deken op zijn bed. Had hij werkelijk de hele nacht doorgeslapen?

'Waar is verdomme die alarmknop voor de zuster?' Hij woelde tussen de lakens, maar slaagde er alleen in om de slang van het infuus om zijn hoofd te wikkelen.

'Ik kan je ook geen seconde alleen laten,' zei Nash, die de kamer binnenkwam met een kartonnen beker koffie uit een automaat in zijn ene hand en snoepgoed in de andere hand. 'Ik zie de kop al voor me: AAN SERIEMOORDENAAR ONTSNAPTE RECHERCHEUR PLEEGT ZELFMOORD MET INFUUSSLANG.'

'Ik ben niet ontsnapt. Hij is nooit van plan geweest om me te vermoorden.' Porters stem klonk hees.

Nash pakte een kartonnen beker op het kastje naast het bed en reikte hem Porter aan. 'Hier, probeer dit eens. De zuster heeft het net gebracht.'

'Wat is het?'

'Gemalen ijs.'

Porter pakte de beker aan en zette hem aan zijn lippen. Hij morste koud water over zijn kin en zijn borst.

'Oké, misschien was het al een tijdje geleden. Het ijs zal wel gesmolten zijn.'

Nash bukte zich en kwam weer omhoog met de alarmknop. Hij drukte erop. 'Ik zal vragen of ze nog meer heeft.'

Porter tilde het laken op en bekeek zijn met een smetteloos nieuw verband omwikkelde dijbeen. Op zijn armen zaten verse schaafwondjes en blauwe plekken. Hij vertelde Nash wat Talbot was overkomen.

'Misschien heeft Watson of Bishop of hoe de klootzak dan ook mag heten ons wel een dienst bewezen.'

Porter trok zijn wenkbrauwen op, maar zei niets.

'We hebben in het appartement van Bishop een doos gevonden met genoeg bewijsmateriaal om drieëntwintig afzonderlijke criminelen aan te klagen die in en rond Chicago actief zijn geweest. En weet je wat ze allemaal gemeen hadden?'

'Talbot?'

'Talbot.'

'Bishop heeft het me verteld.'

Nash snoof. 'Als je me een week geleden had gevraagd wat ik van Talbot dacht, had ik je gezegd dat de man waarschijnlijk van plan was om onze volgende burgemeester te worden.'

'Dat lijkt me helemaal niet zo onwaarschijnlijk, als dit er niet tussen was gekomen.'

'Er zit me trouwens nog wel steeds één ding dwars. Hoe heeft Bishop dit allemaal kunnen financieren? Hij heeft Kittner driehonderdduizend overgemaakt om voor die bus te stappen. Waar heeft hij al dat geld vandaan gehaald?' vroeg Nash.

'Misschien had hij het onder de kat gevonden,' zei Porter.

'Welke kat?' Nash fronste zijn wenkbrauwen.

'Je moet dat dagboek lezen.'

Nash nam een slok van zijn koffie. 'Ik denk dat ik wacht tot de film in de bioscoop draait.'

Porter keek naar de repen snoepgoed. 'Mag ik daar eentje van?'

Clair stak haar hoofd om de hoek van de deur. 'Wel, verdomd, hebben ze je dezelfde kamer gegeven.'

'Hé, Klaartje.'

Ze liep naar het bed en sloeg haar armen om hem heen. 'Rare rotzak! Ik heb de neiging om je met handboeien aan dat bed vast te maken, zodat je er niet weer vandoor kunt gaan.'

Nash schoot overeind. 'Ik meld me vrijwillig als hij niet wil!'

Clair pakte het lege ijsbekertje en gooide het naar Nash. 'Viezerik.'

'Ik ben erelid van de club.'

Ze keerde zich weer naar Porter. 'Ben je klaar voor bezoek?'

Hij haalde zijn schouders op. 'Als ik jullie beiden aan kan, kan ik de hele wereld aan.'

Clair trok zijn lakens recht en glimlachte. 'Hier blijven. Ik ben zo terug.' Ze liep de kamer uit en kwam even later terug achter een rolstoel waarin een tiener zat. Haar hoofd en haar pols waren verbonden en haar huid zag lijkbleek, maar er kon geen misverstand over bestaan wie ze was.

'Hallo Emory,' zei Porter.

'Hoi.'

Porter keerde zich naar de anderen. 'Mogen we even met z'n tweeën babbelen?'

Clair greep Nash' hand en trok hem mee naar de deur. 'Wij gaan op zoek naar een ontbijt.'

Nash grijnsde naar Porter en Emory. 'Volgens mij vindt ze me aardig.'

Toen de deur achter hen was dichtgevallen, richtte Porter zijn blik weer op Emory. Alles in aanmerking genomen zag ze er nog heel goed uit. Vergeleken met de paar foto's die hij had gezien, was ze afgevallen. Haar gezicht was smalletjes en er liepen een paar plooien over die ze normaal gesproken pas over een jaar of tien zou hebben gekregen. Hij wist dat dat die plooien vooral een gevolg waren van dehydratie en dat ze mettertijd wel zouden wegtrekken. Maar haar ogen werkten niet mee. Dat waren niet de ogen van een vijftienjarige. Het waren de ogen van iemand die oneindig veel ouder was, iemand die dingen had meegemaakt die niemand ooit moest meemaken.

'Dus,' zei hij.

'Dus.'

Hij maakte een gebaar naar het kastje. 'Ik zou je graag iets willen aanbieden, maar ik heb zelfs geen gemalen ijs meer. Voor een ziekenhuiskamer is deze kamer maar zuinigjes ingericht.'

Emory wees omhoog naar de zak van het infuus aan de standaard achter haar rolstoel. 'Ik heb mijn eigen versnapering meegebracht. Maar toch bedankt.'

Porter hees zichzelf in een zittende houding. De kamer begon even te tollen. 'Ho, ho, ho.'

'Pijnstillers?'

Hij likte zijn korstige lippen. 'Volgens mij hebben ze me dit keer het echte spul gegeven.'

Emory hield haar pols omhoog. 'Ze hebben mij hiervoor ook iets gegeven wat goed werkt. En voor het oor. Ik heb ze gevraagd om het vanochtend even kalm aan te doen, omdat ik u wilde opzoeken.'

Porter wendde zijn blik af. 'Het spijt me dat ik je niet eerder gevonden heb, Emory. Ik...'

Ze schudde haar hoofd en legde haar hand op zijn arm. 'Niet doen. U hébt me gevonden. Mevrouw Norton heeft me verteld wat u allemaal hebt gedaan de afgelopen dagen en ik zou niet weten waar ik moest beginnen om u te bedanken.'

Ze volgde zijn ogen naar haar omzwachtelde pols. 'Ze hebben de pols gisteravond geopereerd. Er is een zenuw beschadigd en ik heb een botje bij mijn duim gebroken, maar het zou allemaal wel ongeveer weer goed moeten komen. Waarschijnlijk houd ik iets minder gevoel in mijn hand, maar alle vingers moeten het weer gaan doen en de dokter denkt dat ik dan alle bewegingen weer zal kunnen maken.' Ze wriemelde met haar vingers om haar woorden te onderstrepen en trok een grimas tegen de pijn.

'En je oor?' Porter wist eigenlijk niet waarom hij het vroeg. Normaal gesproken zou hij nooit zo'n vraag stellen tenzij de ander had duidelijk gemaakt dat het bespreekbaar was. Hij gaf de pijnstillers de schuld.

'Ik geloof dat ze een nieuw oor voor me gaan kweken.'

'Hè?'

'Er was vanochtend een dokter die zei dat hij een nieuw oor kan laten groeien op mijn arm met kraakbeen van mijn ribben,' zei Emory. 'Het duurt een maand of drie, maar je zou het verschil niet kunnen zien tussen het resultaat en het origineel.'

Porter liet zich achterover vallen in de kussens. 'Ze hebben me echt heel sterk spul gegeven. Volgens mij hoorde ik je net zeggen dat ze een oor op je arm willen laten groeien.'

Emory giechelde. Dat was een aangenaam geluid om naar te luisteren.

Porter staarde naar haar, naar die ogen waarachter ervaringen schuilgingen die ze nooit meegemaakt hadden mogen hebben, naar het meisje achter die ogen, en hij besefte dat ze het wel zou redden. 'Zullen we over je moeder praten? Ik heb veel over haar gehoord de afgelopen tijd. Kunnen we eens kijken wat de een weet en wat de ander weet?'

Emory glimlachte. 'Dat zou ik wel graag willen.'

Epiloog

Twee dagen later

'Shit.' Nash tilde zijn voet op en keek naar de hondenstront die aan zijn schoen kleefde.

'Ik had je daarvoor moeten waarschuwen,' zei Porter, die in zijn zak naar zijn sleutels zocht. 'Dat is een beetje een ding hier. Ik denk dat we ons hier niet echt thuis zouden voelen zonder hondenstront op de stoep.'

De avond was gevallen en overal brandde licht. Na zonsondergang was het flink afgekoeld, maar Porter verwelkomde de verandering. Het herinnerde hem eraan dat hij leefde.

Ze stonden op de stoep van het appartementencomplex waar hij woonde. De artsen hadden hem twee dagen vastgehouden in het ziekenhuis om zeker te weten dat de hechtingen hun werk zouden doen, voordat ze hem lieten gaan. Kennelijk had hij enig krediet verspeeld toen hij er zonder overleg vandoor was gegaan om achter een seriemoordenaar aan te jagen en daarbij via de trap naar de tiende verdieping in een smerig gebouw te klimmen. En dat zo kort nadat ze zijn wond hadden behandeld. Ze maakten zich zorgen om infecties, maar die zorgen waren afgenomen en de wond heelde mooi.

'Je had me niet thuis hoeven te brengen. Ik had het ook wel alleen kunnen vinden.'

Nash wuifde de tegenwerping weg. 'Clair zou er niet meer over ophouden.'

'Jullie vertrouwen me niet.'

'Dat ook.' Nash liep naar de stoeprand en probeerde zijn schoen schoon te schrapen.

Net voordat ze uit het ziekenhuis waren vertrokken, was Porter gebeld door rechercheur Baumhardt van Bureau Eenenvijftig. Harnell Campbell, de jongen die Heather had vermoord, was er op de een of andere manier in geslaagd de borg bij elkaar te scharrelen.

'Hoe kan zo'n snotneus aan een half miljoen komen?' vroeg Nash.

'Als hij een geldschieter heeft gevonden, had hij maar tien procent nodig,' zei Porter.

'Met het beroven van avondwinkels krijgt hij zelfs dat bedrag niet bij elkaar.'

'Waarschijnlijk heeft hij een maat die dealt of die hem iets schuldig is. Maakt ook niet uit. Baumhardt denkt dat ze sterk staan. De jongen gaat achter de tralies, alleen nog niet vandaag.'

Nash haalde zijn schouders op. 'Als hij tijdens het proces nog maar te vinden is.'

'Je bent lekker positief.'

'Sorry.'

Ze liepen de hal in. Porter maakte de brievenbus open. Hij zat propvol.

'Wanneer heb je die voor het laatst open gehad?'

'Een paar dagen geleden.' Hij rommelde tussen al het papier, haalde er de *TV Guide* tussenuit, propte de rest weer naar binnen en duwde het kleine deurtje weer dicht. Hij maakte aanstalten om de trap op te lopen, maar Nash greep hem bij zijn arm en wees naar de lift. 'Niets daarvan. Volgende week mag je weer aan je conditie werken. Nu niet, zeker geen trappen. Bevel van de dokter.'

'Ik zal moeten verhuizen naar een flatje op de begane grond,' mopperde Porter. 'Bishop heeft al mijn plezier in trappen en liften vergald.'

Nash drukte op de liftknop. De deur gleed open en ze stapten in de lift.

'Hebben jullie al voortgang geboekt met het zoeken naar Bishop?' Porter was verbannen uit het hoofdkwartier en mocht zich niet met het onderzoek bemoeien, maar hij kon zich niet inhouden. Het vrat aan hem te weten dat Bishop nog ergens vrij rondliep.

'We hebben meer dan duizend tips binnengekregen in de afgelopen twee dagen, maar dat heeft nog niets opgeleverd. Ze hebben hem vlakbij gezien, bij Hard Rock aan het meer, maar ook in Frankfurt – Frankfurt in Duitsland, niet Frankfurt in Illinois. Forensisch heeft zijn appartement uitgekamd en het lijkt er niet op dat hij er ooit heeft gewoond. Hij heeft kennelijk alles alleen voor ons geënsceneerd. We hebben geen flauw idee waar hij eigenlijk verblijft.'

'En dat huis waar hij is opgegroeid? Dat huis uit het dagboek? Hebben jullie dat al gevonden?'

'Kloz zoekt in het hele land naar huizen die in de afgelopen twintig jaar zijn afgebrand in de buurt van een plas of een meertje, maar dat heeft nog niets opgeleverd. Accountants worden geregistreerd, dus hij heeft overal gezocht naar een accountant die Simon Carter heette, maar ook dat heeft niets opgeleverd. Hij heeft een lijst samengesteld van alle Plymouth Dusters in het hele land. Daar staan er meer dan vierduizend op en ik heb geen idee wat we aan moeten met zo'n lijst; waarschijnlijk is het een dood spoor. We hebben de werknemersdossiers van diverse bedrijven van Talbot in beslag laten nemen, maar er is niemand gevonden die Simon Carter, Briggs of Franklin Kirby heet. Ik begin bijna te geloven dat dat hele dagboek flauwekul is, alleen maar bedoeld om ons op een dwaalspoor te zetten. Gisteren heeft de FBI zich gemeld in de vorm van vier mannen in een donker pak en met een nog veel donkerder gemoed. Ze wilden het hoofdkwartier van ons overnemen, maar ik heb ze in dat kamertje aan de ander kant van de gang gezet.'

Porter fronste de wenkbrauwen. 'Dat kamertje waar het zo raar ruikt?'

'Ja... Het is de FBI. Misschien kunnen zij ontdekken waar die geur vandaan komt.'

De deur van de lift ging open op de derde verdieping. Ze liepen door de hal naar het appartement van Porter.

Porter stak zijn sleutel in het slot. 'Ik denk dat dat dagboek het enige echte is wat we van hem te zien hebben gekregen. Hij wilde ons laten weten waar hij vandaan kwam.'

'Nou, mij interesseert alleen waar hij naartoe is.'

Ze liepen naar binnen en Porter deed het licht aan. Hij keek naar de plek waar hij was neergevallen toen Bishop hem in zijn been had gestoken. 'Wie heeft er schoongemaakt?'

'Clair is gisteren langs geweest. We wilden niet dat je in die smeerboel thuis zou komen, dus hebben we geloot. Zij had pech, maar waarschijnlijk is dat maar goed ook, want ik had er alleen maar een kleedje op gelegd of een plant op gezet, denk ik. Van bloedvlekken krijgt een woning karakter, je zou het eens bij mij thuis moeten zien.'

Porter kon zich er niet veel bij voorstellen.

'Bedank haar maar wanneer je haar weer ziet.'

Nash schuifelde met zijn voeten. 'En, wanneer kom je terug?'

'Volgende week, denk ik, of misschien over twee weken.' Hij trok de koelkast open en haalde er een flesje bier uit. 'Wil je ook?'

'Gaat niet. Ik heb dienst.' Nash draaide zich om naar de deur. 'Ik kom morgen nog even kijken, goed?'

'Dat hoeft niet. Ik red me wel.'

Nash glimlachte en knikte. 'Dat weet ik. Welterusten straks, Sam.'

'Welterusten, Brian.'

Porter deed de deur achter Nash op slot en draaide de kroonkurk van zijn flesje. IJskoud bier had iets waardoor de hele wereld er anders uit begon te zien.

Heather keek hem aan vanuit de foto op het bijzettafeltje. Hij liep ernaartoe en streelde met zijn vinger over haar wang. 'Ik mis je, snoepje.' Hij pakte zijn nieuwe mobiele telefoon en begon het nummer van haar voicemail in te toetsen, maar hield in en legde de telefoon weg. 'Welterusten, snoepje.'

Hij dronk zijn bier op, zette het flesje op tafel en liep naar zijn slaapkamer.

In eerste instantie zag hij het kleine witte doosje niet dat op de rand van het bed stond, en toen hij het wel zag, dacht hij even dat hij het zich maar verbeeldde. Het stond er echter wel degelijk – een klein wit doosje waar een zwart lint omheen was gestrikt – vlak naast het briefje van Heather. Zijn hand tastte instinctief naar zijn pistool, maar hij realiseerde zich dat hij dat nog steeds niet terug had.

Hij liep om het bed heen en pakte het doosje. Zijn hand trilde. Hij wist dat hij handschoenen zou moeten aantrekken, maar het interesseerde hem gewoon niet. Hij trok de strik los en liet het lint op de vloer vallen. Hij deed het dekseltje open en keek in het doosje.

Op een bedje van watten lag een menselijk oor. In de rand van het oor stak een hele reeks piercings, zes diamantjes en vier ringen. Het oor was heel precies afgesneden, met chirurgische precisie. In de watten zaten hier en daar bruine vlekken van geronnen bloed.

Op de binnenkant van de oorlel stond met zwarte inkt het woord FILTER getatoeëerd.

Hij herkende het oor onmiddellijk. Tareq had op dat oor gewezen op Bureau Eenenvijftig.

Op de binnenkant van het dekseltje was een briefje geplakt in het pietepeuterige handschrift van Anson Bishop:

Sam,
Een aardigheidje van mij voor jou...
Het spijt me dat je hem niet hebt horen krijsen.
Hoe zou je het vinden om mij een plezier te doen?
Een kleine vriendendienst?
Help me mijn moeder te vinden.
Het wordt tijd dat zij en ik eens goed met elkaar praten.
B.

Dankwoord

In de allereerste plaats wil ik graag duidelijk maken dat ik ben opgegroeid in een gelukkig gezin in het zuiden van Florida. We hadden zelfs niet eens een kelder. Geen enkele van de opvoedkundig zo armzalige acties van de vader en moeder van Aap is gebaseerd op het echte leven, tenminste, mijn eigen echte leven. Dit verhaal is een voortvloeisel van 'Wat zou er gebeuren als...' en een verbeelding die al een tijd geleden is ontspoord. Dat is alles.

Ik bedank het fantastische team bij Houghton Mifflin Harcourt: Tim Mudie omdat hij wel iets zag in dit verhaal en me heeft geholpen het te publiceren, Michaela Sullivan voor de prachtige omslag, Katrina Kruse voor de marketing, Stephanie Kim voor de publiciteit... Er zijn er zoveel, dat ik hoop dat je het me zult vergeven als ik je naam hier ben vergeten. Wees ervan overtuigd dat ik je dankbaar ben en sta te popelen om weer met je samen te werken.

In het bijzonder wil ik mijn agent Kristin Nelson bedanken, omdat ze een goed onderkomen heeft gevonden voor dit boek en me met zo veel deskundigheid langs de klippen van de hedendaagse wereld van het uitgeven heeft geloodst.

Ik wil ook graag mijn eerste lezers bedanken: Summer Schrader, Jenny Milchman, Erin Kwiatkowski, Darlene Begovich, and Mary Hegemann. Zonder jullie suggesties en bijdragen zou dit een heel ander verhaal zijn geworden. Ik ben erg gesteld geraakt op het verhaal dat we er samen van hebben gemaakt. Zoals altijd, Jennifer Hankes, hartelijk bedankt voor het rechtzetten van alles wat fout kan gaan als je zit te slapen tijdens de Engelse les op school.

Tot slot degene die ik het liefst heb, mijn vrouw Dayna. Ik zal wel nooit begrijpen waarom je mij tolereert, maar ik ben er wel blij om. Ik kan me niet voorstellen dat ik deze reis met iemand anders dan jou had kunnen maken.

J.D.